CHARLOTTE LINK

Sturmzeit

CHARLOTTE LINK

STURM ZEIT

Band 1

Roman

blanvalet

MIX
Papier | Fördert gute Waldnutzung
FSC® C014496

Penguin Random House Verlagsgruppe FSC® N001967

8. Auflage

in der Penguin Random House Verlagsgruppe GmbH,
Neumarkter Straße 28, 81673 München
produktsicherheit@penguinrandomhouse.de
(Vorstehende Angaben sind zugleich Pflichtinformationen nach GPSR.)

Umschlaggestaltung: www.buerosued.de
Umschlagmotiv: Malgorzata Maj/Arcangel Images; mauritius images/age fotostock/Ullrich Gnoth; www.buerosued.de
NB · Herstellung: sam
Satz: Uhl + Massopust, Aalen
Druck und Bindung: GGP Media GmbH, Pößneck
Printed in Germany
ISBN 978-3-7341-0598-2

www.blanvalet.de

1. Buch

1

Der Junitag verdämmerte in rotgoldenem Abendlicht. Über den blassblauen Himmel zogen ein paar zerrupfte Wolken, in den Wiesen zirpten Grillen, und die Blätter der Bäume rauschten leise. Die Tannenwälder am Horizont wurden dunkler, die Schatten über den Wiesen länger. Die Stämme der Kiefern leuchteten kastanienfarben.

»Morgen«, sagte Maksim, »fahre ich nach Berlin zurück.«

Unvermittelt hatte der strahlende Abend seinen Glanz verloren. Felicia Degnelly, die neben Maksim am Ufer eines Baches saß, blickte erschrocken auf. »Morgen? Aber warum denn? Der Sommer hat doch gerade erst angefangen!«

Maksims Antwort war ausweichend. »Ich treffe Freunde. Wichtige Freunde.«

»Genossen!«, sagte Felicia spöttisch, aber ihr Spott sollte nur verbergen, wie verletzt sie war. Die Genossen kamen vor ihr, vor dem gemeinsamen Sommer auf dem Lande, vor Abenden wie diesem.

Sie sah Maksim von der Seite an und dachte voller Erbitterung: Du weißt ja nicht, was du willst!

Im Innersten aber war ihr klar, dass er es genau wusste. Seine Gedanken waren gefesselt von einer Idee, nicht von ihr. Er sagte nie, was andere Männer sagten, wenn sie mit ihr zusammen waren, etwa: »Du bist sehr hübsch!« oder

»Ich glaube, ich könnte mich in dich verlieben!« Nein, von ihm kamen seltsame Worte wie Umsturz, Weltrevolution, Umverteilung des Eigentums, Enteignung der besitzenden Klasse. Dass es eine Welt für ihn gab, zu der sie keinen Zutritt fand und zu der er ihr auch keinen Zutritt erlauben würde, hatte sie schon vor fast zwei Jahren begriffen, am Kaisergeburtstag in Berlin, als sie durch die Straßen gingen und die jubelnden Menschen betrachteten, als in Maksims Gesicht Wut und Zynismus rangen. Plötzlich hatte er etwas vor sich hingemurmelt (später erfuhr sie, dass es ein Zitat von Marx war): »Dieser Mensch ist nur König, weil sich andere Menschen wie Untertanen zu ihm verhalten.«

Sie hatte ihn angeschaut. »Was sagst du?«

Auf einmal hatte ein verachtungsvoller, beinahe brutaler Zug um seinen Mund gelegen. »Egal«, erwiderte er und musterte geringschätzig ihr schönes Kleid und ihren neuen Hut (beides trug sie seinetwegen), »egal, du wirst es doch nie verstehen. Nie!«

Er hatte recht. Sie verstand ihn nicht. Sie verstand nicht, dass er sich für eine *Idee* begeistern konnte, während sie sich für das *Leben* begeisterte. Er wollte die Welt verändern zum Besten der Menschheit, und sie – ja, sie wollte eigentlich nur das Beste für sich selbst. Und sie wollte Maksim Marakow.

Er war der Sohn eines Russen und einer Deutschen, hatte seine Jugend abwechselnd in Petrograd und Berlin verbracht und alle Sommer auf dem Landsitz von Verwandten bei Insterburg in Ostpreußen, unweit von Lulinn, dem Gut, das Felicias Großeltern gehörte. Er war vier Jahre älter als Felicia, und von Anfang an waren sie wie magisch angezogen aufeinander zugegangen. Beide dunkelhaarig, mit hellen Augen und gleichmäßigen Gesichtszügen, hielten die meisten Leute sie für Geschwister. Kamen sie zusammen, so tauchten sie in eine fremde Welt, und über ihrer Kindheit lag der Zauber geheimer Spiele, die niemand störte. Die Obstgärten von Lulinn, die Wälder und Seen ringsum, die Wiesen waren Szenenbilder ihrer ungeschriebenen Zwei-Mann-Stücke. Irgendwann aber, in irgendeinem Sommer, betraten sie wieder ihre Bühne und erkannten einander kaum mehr. Felicia kam in eleganten Kleidern, trug die Haare aufgesteckt und hatte sich ein etwas gekünsteltes Lachen angewöhnt. Maksim erschien in abgetragenen Anzügen, sah blass und übernächtigt aus. Beide waren sie erwachsen geworden, aber ihre ersten Schritte auf diesem Weg hatten sie in entgegengesetzte Richtungen getan. Ihre letzte Gemeinsamkeit bezogen sie aus Erinnerungen, aber es sah nicht so aus, als werde es Gemeinsamkeiten in der Zukunft geben. Und auf einmal erkannte Felicia: Ich liebe ihn. Ich werde ihn immer lieben.

Sie liebte diese dunkle, fremde Welt, die sie nicht verstand. Sie liebte seine abweisenden Augen und seine verächtlichen Worte, die er für das etablierte Bürgertum hatte. Sie liebte seine zynischen Bemerkungen über den Kaiser, und sie liebte die lebendige Freude seines Gesichtes, wenn er von der Revolution sprach. Sie liebte das alles – aber sie begriff nicht den Ernst, die Leidenschaft, die dahinterstand. Sie begriff nicht, dass ihre beiden Welten einander ausschlossen.

Sie war achtzehn Jahre alt, hatte ein gesundes Selbstvertrauen, und es wäre ihr nicht im Traum eingefallen, das *Kapital* zu lesen, nur um über etwas reden zu können, was sie doch nicht berührte.

Sie setzte auf ihre Augen, ihren Mund, ihr glänzendes Haar, auf tiefausgeschnittene Kleider und geheimnisvolle Parfüms.

Sie saßen schweigend, bis die Sonne unterging, und in

ihrem Schweigen lag der Abschied von einer Zeit, die fast unmerklich vorbeigegangen war. Schließlich stand Maksim auf, griff Felicias Hand und zog sie neben sich hoch. »Es wird kalt«, sagte er, »wir sollten nach Hause gehen.«

Sie standen einander dicht gegenüber, Felicia mit einem breitrandigen Hut aus blaulackiertem Stroh auf dem Kopf.

Sie hob ihr Gesicht, öffnete leicht die Lippen, erwartungsvoll, weil es ihr unsinnig schien, einen Moment wie diesen zu vertun. Sekundenlang konnte sie in Maksims Augen etwas von der alten Zärtlichkeit entdecken, dann erlosch sie schon wieder, und mit einem etwas mühsamen Lachen erklärte er: »Nein. Ich mach dich nicht unglücklich, und mich schon gar nicht.«

Was redete er da? Von welchem Unglück sprach er?

»Na, dann nicht«, sagte sie schnippisch, »wenn du von nun an wie ein Mönch leben willst, dann tu's doch!«

»Ich will meinen Weg gehen, Felicia. Und du wirst deinen gehen, und ich glaube nicht, dass sich diese Wege jemals kreuzen werden.«

»Heißt das, wir sehen einander nie wieder?«

»Wir sehen uns nicht so wieder, wie du dir das vorstellst.«

»Warum nicht?«

Mit einer zornigen Bewegung riss Maksim einen Zweig von einem Baum und zerbrach ihn in kleine Stücke. »Wirst du das denn nie verstehen, Felicia?«

»Danke, ich habe längst verstanden. Du musst ja das internationale Finanzmonopol stürzen, und da bleibt dir natürlich für nichts sonst Zeit. Lieber nächtelang Marx anhimmeln, als einmal ein Mädchen küssen! Ein aufregendes Leben, wirklich. Ich wünsche dir viel Spaß dabei!« Sie drehte sich um und rannte davon. Sie kannte den Weg im Schlaf, und irgendwie gelangte sie über Wurzeln und Äste hinweg, ohne zu stürzen. Natürlich hatte sie erwartet, er werde ihr nachkommen, aber nach einer Weile stellte sie fest, dass er offenbar gar nicht daran dachte. Vor Wut und Verletztheit kamen ihr die Tränen. Erst an der Auffahrt von Lulinn riss sie sich zusammen, putzte die Nase und trocknete das Gesicht.

Das Herrenhaus von Lulinn war zweihundert Jahre zuvor erbaut worden, obwohl die Familie Domberg seit dreihundert Jahren auf diesem Grund und Boden saß. Das erste Haus war eines Nachts in Flammen aufgegangen – eine wahnsinnige Vorfahrin, so hieß es, habe das Feuer aus Eifersucht gelegt –, und das neue war an seiner Stelle aus der Not des Augenblickes heraus recht schmucklos und einfach entstanden: ein großes Gebäude aus grauem Stein, mit vielen Fenstern, Efeu umkletterte es, zu seinen Füßen lag ein blühender Rosengarten, und auf sein Portal führte eine eichengesäumte Allee, an die sich rechts und links weite Koppeln anschlossen, auf denen Trakehner, der Stolz des alten Domberg, grasten. Jetzt lag alles im Dunkeln, in den Eichen ging der Wind, die Pferde bewegten sich als dunkle Schatten wie Elfen über die Wiesen. Felicia blieb stehen und sah sich hoffnungsvoll um. Manchmal kam ein Wagen vorbei, dann brauchte man die lange Allee nicht zu Fuß zu gehen.

Aber diesmal blieb alles still. Mit einem Seufzer wollte sie sich auf den Weg machen, da vernahm sie ein Rascheln im nahen Erlengebüsch. Eine dunkle Gestalt huschte hervor.

»Nicht erschrecken, Fräulein, nicht erschrecken. Ich bin es, Jadzia!«

»Ach Gott, Jadzia, hast du mich erschreckt! Was treibst du dich denn da im Gebüsch herum?«

Jadzia war Dienstmädchen auf Lulinn, eine alte Polin, von der Großvater Domberg immer sagte, man wisse bei ihr nicht, ob sie sich für ihre Herrschaft vierteilen ließe oder sie alle eines Nachts in ihren Betten ermorden würde. Sie ging eigene, geheimnisvolle Wege, manchmal war sie verschwunden, dann tauchte sie unversehens wieder auf. Entweder, so hieß es, war sie Schmugglerin oder Sozialistin – oder beides.

»Ich weiß etwas«, sagte sie.

»Was denn?« Es konnte ja immerhin etwas Interessantes sein. Jadzia trat näher. »Den österreichischen Thronfolger haben sie erschossen. Heute, in Sarajewo. Täter soll gewesen sein Serbe!«

Wenn es weiter nichts war! »Ach«, sagte Felicia gleichgültig.

»Wird gäbn Krieg«, fuhr Jadzia fort, »großer Krieg!«

»Sicher nicht, Jadzia. Warum sollte daraus ein Krieg entstehen?«

Jadzia murmelte etwas auf Polnisch. Felicia ging weiter. Sarajewo – wo lag das überhaupt? Sie hatte nie von diesem Ort gehört. Im Übrigen war es ihr auch gleichgültig. Sie dachte über Maksim nach und darüber, weshalb sie ihn anderen vorzog. Es war so, dass sie all die netten jungen Männer, die sie sonst kannte, zum Sterben langweilig fand. Sie waren so schrecklich aufmerksam und gut erzogen; sie verstand sie – und verachtete sie. Sie hatten nichts Rätselhaftes an sich und waren damit keine Herausforderung. Gerade danach aber suchte sie. Sie wollte Abenteuer, und in Maksim schien ihr die Erfüllung dieses Wunsches zu liegen.

Felicias Bruder Johannes wurde an diesem 28. Juni 1914 fünfundzwanzig Jahre alt.

Außerdem wurde er an diesem Tag zum Oberleutnant ernannt. Und sein Urlaub begann.

Am frühen Morgen hatte er gemeinsam mit seinem

Freund Phillip Rath das langweilige Garnisonsnest am Rhein, wo seine Kompanie stationiert war, verlassen, um zu dem alljährlichen Familiensommer auf Lulinn zu reisen. Sie machten in Berlin Station; zum einen, um sich auszuruhen, zum anderen, damit Phillip seine Familie, die ebenfalls in Berlin lebte, kurz sehen konnte. Am Abend trafen sie sich bei Johannes, in der augenblicklich leeren Wohnung seiner Eltern in der Schlossstraße. Phillip brachte seine Schwester Linda mit, eine achtzehnjährige puppenhafte Schönheit, die mit Felicia zur Schule gegangen und seit einem halben Jahr mit Johannes verlobt war. Außerdem waren sie in Begleitung eines Mannes, den Johannes nicht kannte: Alex Lombard aus München.

»Unsere Väter waren Geschäftspartner«, erklärte Phillip, »daher kennen wir uns etwas. Ich traf Alex vorhin zufällig, und da er nichts vorhatte, habe ich ihn mitgenommen.«

Johannes und Alex schüttelten einander die Hände. Unvermittelt dachte Johannes: ein interessanter Mann. Sicher mindestens zehn Jahre älter als ich.

»Lombard«, sagte er stirnrunzelnd, »sind Sie …«

»Die Textilfabrik aus München, ja.« Alex grinste. »Die gehört allerdings meinem Vater. Ich bin hin und wieder so wie jetzt sein Handlungsreisender, wenn ich mich nicht gerade in der Rolle des missratenen Sohnes wohler fühle.«

Die vier jungen Leute verbrachten einen vergnügten Abend. Johannes hatte Sekt gekauft, das Grammophon spielte, und durch die geöffnete Balkontür floss warme Nachtluft. Alex machte den Alleinunterhalter. Er konnte urkomische Geschichten erzählen, Menschen, die er in seinem Leben getroffen hatte, treffend parodieren, sich selbst, andere und die Welt als solche so dreist ins Lächerliche ziehen, dass man sich hätte biegen können vor Lachen – wären nicht seine Ironie eine Spur zu beißend, sein Spott ein wenig zu giftig gewesen. Seine Zuhörer schwankten stets zwischen Belustigung und Betroffenheit. Irgendjemand hat dich mal irgendwann sehr verletzt, dachte Johannes, und ich habe auch das Gefühl, du trinkst etwas zu viel.

Seine schicksalhafte Wende nahm der Abend gegen Mitternacht, als die Gäste gerade beschlossen hatten zu gehen und Alex Lombard draußen auf dem Flur plötzlich wie angewurzelt stehen blieb.

»Ach«, sagte er, »das habe ich vorhin gar nicht gesehen!«

Es war ein Bild, das seine Aufmerksamkeit fesselte, ein Ölgemälde, das ein junges Mädchen zeigte. Das Mädchen saß auf der Seitenlehne eines Sofas, sehr lässig und wie zufällig. Es trug ein blasslilafarbenes Kleid, hielt einen weißen Strohhut in den Händen, und am Ausschnitt des Kleides war eine weiße Rose befestigt. Die lockigen, dunkelbraunen Haare fielen bis zur Taille hinab. Das Mädchen entsprach keineswegs dem Schönheitsideal seiner Zeit, das zartere und lieblichere Frauen verlangte, blass und fein wie zerbrechliches Porzellan. Diese hier jedoch erschien weder lieblich noch zerbrechlich. Sie hatte ein schmales Gesicht mit einer geraden Nase und einem schöngeformten Mund, der sehr zuversichtlich lächelte. Die hohe, weiße Stirn gab dem Gesicht etwas unerwartet Vornehmes.

»Wer ist das?«, fragte Alex fasziniert.

»Meine Schwester Felicia«, erwiderte Johannes, »mein Onkel Leo hat sie gemalt, und ich glaube, er hat sie sehr gut getroffen.«

»Felicia«, sagte Alex, und er sprach den Namen, als ließe er ihn auf der Zunge zergehen. Er vertiefte sich wieder in das Bild, unbekümmert um die lächelnden Blicke, die sich Johannes und Phillip zuwarfen. Er konnte sich Felicias Stimme vorstellen, ihre Bewegungen und wie es klingen musste, wenn sie lachte. In allem, was sie tat, mussten ein Schuss Ironie und eine unbändige Lust am Provozieren mitschwingen, überhaupt kam sie ihm vor wie eine einzige Provokation. Sie war ebenso höhere Tochter wie Femme fatale, und beide Rollen vermochte sie wahrscheinlich recht überzeugend zu spielen. Sie war die Aristokratin mit Hut und Handschuhen und teurem Schmuck, sie war aber auch die Bäuerin, die barfuß am Rande eines staubigen Feldweges kauerte und sich mit einem großen Ahornblatt kühle Abendluft zufächelte.

Doch das eigentliche Rätsel lag in ihren Augen.

Sie waren von einem reinen, hellen Grau, ohne den geringsten Anflug eines mildernden Blaus oder Grüns darin. Kühle Augen, die in vollkommenem Widerspruch zu dem Lächeln des Mundes standen. Eigenartig entrückte Augen, abweisend und herrschsüchtig. Geheimnisvolle Augen, die nichts preisgaben und so aussahen, als ließen sie es nicht zu, dass ihre Besitzerin jemals ganz erforscht und erkannt würde.

Dieses Mädchen gibt sich niemandem ganz, dachte Alex. Er hatte plötzlich das eigenartige Gefühl, in einen Spiegel zu schauen, und scheuchte seine Gedanken hastig fort: So ein Unsinn! Romantisches Gewäsch. Ein ganz normales Mädchen, und der Maler hat sie wohl nicht besonders gemocht und ihr deshalb so kalte Augen gegeben.

»Hübsch«, sagte er daher nur beiläufig, »eine hübsche Schwester haben Sie, Herr Oberleutnant!«

»Sie verdreht jedem Mann den Kopf, der ihr über den Weg läuft«, entgegnete Johannes, »aber anstatt endlich zur Ruhe zu kommen und zu heiraten, hängt sie ihr Herz an einen fanatischen Sozialisten, der für sie nur Verachtung übrighat.«

»Passt«, sagte Alex, »Frauen wie sie ertragen es nicht, angebetet zu werden.«

Sie hatten unterdessen die Wohnung verlassen und standen im Treppenhaus mit seinen breiten Stufen und roten Läufern. Linda und Johannes hielten einander bei den Händen und konnten sich nicht trennen, während sich Alex und Phillip in ein Gespräch über deutschen und französischen Wein vertieften. In der Wohnung im Erdgeschoss ging die Tür auf, und der alte Amtsgerichtsrat, der dort wohnte, streckte den Kopf hinaus. Er war sehr einsam und lag ständig auf der Lauer, um jemanden der Familie Degnelly zu erwischen und in ein Gespräch zu verwickeln. Jetzt, zu dieser mitternächtlichen Stunde, glühten seine Augen begeistert.

»Haben Sie schon gehört, was passiert ist?«, fragte er.

Johannes, der ein schlechtes Gewissen wegen der lauten Grammophonmusik hatte, lächelte verbindlicher als sonst. »Nein. Was ist denn geschehen?« Wahrscheinlich hatte die Nachbarskatze Junge bekommen, oder etwas ähnlich Welterschütterndes war geschehen.

»Auf das österreichische Thronfolgerpaar wurde ein Attentat verübt. In Sarajewo. Sie sind beide tot. Der Täter kam wohl aus dem serbischen Untergrund.«

Johannes ließ Lindas Hand los. Phillip und Alex verstummten.

»Was?«, fragte Johannes schließlich.

»Ja, ja. Alle Extrablätter verkünden es. Erzherzog Franz Ferdinand ist tot!«

»Aber das ist ja …« Für einen Moment standen sie alle wie versteinert. Dann murmelte Phillip: »Der nächste Krieg wird von irgendeiner ganz lächerlichen Angelegenheit auf dem Balkan ausgelöst werden.«

»Was?«

»Bismarck. Bismarck hat das mal gesagt.«

Alex grinste. »Die lächerliche Angelegenheit auf dem Balkan. Ja, Freunde, ich schätze, das ist sie. Dann gute Nacht.«

Er setzte seinen Hut auf und ging pfeifend die Treppe hinunter, während hinter ihm lebhaftes Stimmengewirr einsetzte.

»Bei den Serben und Kroaten hat es schon zu lange gebrodelt. Österreich wird sich diese Provokation nicht gefallen lassen.«

»Dann hängen wir mit drin. Deutschland hat ein Bündnis mit Österreich. Andererseits weiß kein Mensch, ob die serbische Regierung beteiligt war, und wegen eines Attentäters …«

»Mein Vater sagt immer, wenn ein Krieg ausbricht, dann an der französischen Grenze, weil die Franzosen Elsass-Lothringen in Wahrheit noch nicht aufgegeben haben.«

»Da hat er sicher recht, Linda.«

»Was meint ihr, werden die Österreicher …«

»Könntest du dir vorstellen zu sterben?«, fragte Christian unvermittelt. Sein Freund Jorias, der vor sich hin gedöst hatte, schrak auf. »Was meinst du?«

»Na ja, ich habe gerade darüber nachgedacht. Wenn es Krieg gibt und wenn er lange genug dauert, dann werden wir bestimmt auch noch eingezogen. Nächstes Jahr machen wir unser Fähnrichexamen, und dann wären wir schon so weit. Es ist auf einmal … so eine verrückte Vorstellung!«

Jorias nickte langsam. Die Lokomotive stieß einen schrillen Pfiff aus, dumpf rumpelten die Räder über die Geleise. Die beiden Jungen sahen zum Fenster hinaus, aber es war schon tief in der Sommernacht, und sie konnten nur das Spiegelbild ihres schwach erleuchteten Abteils sehen.

»Jetzt dauert es nicht mehr lange bis Insterburg«, sagte Christian, und in seiner Stimme klang aufgeregte Freude. Er war Felicia Degnellys jüngerer Bruder, gerade sechzehn geworden, und er gehörte zu denen, auf die das Reich mit Stolz blickte: Er war ein Kadett. Er durchlief jenen Weg, auf dem Kinder bereits zu Soldaten gemacht und im Sinne bester preußischer Traditionen erzogen wurden, gedrillt bis zum Umfallen, gebildet wie kleine Professoren, infiziert aber vor allem mit einer heiligen Liebe zum Kaiser, zum Vaterland – und zum Tod.

Christian und sein Freund Jorias, der keine Eltern mehr hatte und daher in das Familienleben der Degnelly-Familie miteinbezogen war, hatten erst vor Kurzem das Vorkorps in Köslin verlassen und bereiteten sich in der Hauptkadettenanstalt Lichterfelde auf ihr Fähnrichexamen vor. Sie trugen graue Uniformen mit engen, steifen Kragen, blütenweiße Handschuhe und voller Stolz die weißen Schulterklappen der HKA.

Sie sahen sehr erwachsen aus, aber Offizierslaufbahn hin oder her – sie waren sechzehn! Und es war Sommer, die Ferien begannen. Lulinn wartete. Für gewöhnlich, wenn sie in diesem Zug saßen, drehten sich die Gespräche nur um die kommenden fünf Wochen, diesmal jedoch verhielten sich beide recht schweigsam. Obwohl der Zug sie Kilometer für Kilometer von Berlin fortführte, obwohl die Freiheit winkte und sie den Rest dieser Nacht schon in ihrer heißgeliebten Dachkammer auf Lulinn schlafen würden, spukten in ihrer Erinnerung noch allzu deutlich die Worte ihres Hauptmannes, mit denen er mittags vor die Kompanie getreten war. »Der österreichische Thronfolger und seine Gemahlin sind in Sarajewo ermordet worden, wahrscheinlich von einem serbischen Attentäter. Es ist nicht ausgeschlossen, dass noch während Ihres Urlaubs Seine Majestät der Kaiser den Zustand drohender Kriegsgefahr ausrufen wird. In diesem Fall finden Sie sich bitte unverzüglich, und ohne auf weiteren Befehl zu warten, hier im Kadettenkorps ein!«

Drohende Kriegsgefahr, drohende Kriegsgefahr … die Räder schienen diese Worte immer wieder zu singen.

Ich habe eigentlich keine Angst, dachte Christian, nein, es ist nur so unwirklich. Ich kann mir den Krieg nicht vorstellen.

»Noch jemand in Königsberg zugestiegen?« Der Schaffner war plötzlich aufgetaucht und sah sich suchend um. Er musterte die beiden Jungen wohlwollend. »Ah – das ist die Jugend, auf die Deutschland stolz sein kann! Die Hüter und Bewahrer brandenburg-preußischer Tradition! Sind Sie denn auch bereit, für Kaiser und Vaterland auf dem Feld der Ehre zu sterben?«

Er redet so, als wären wir schon im Krieg, dachte Jorias unbehaglich. Aber man war nicht umsonst seit Jahren auf Fragen wie diese eingeschworen.

»Jawohl!«, sagten die beiden Kadetten wie aus einem Mund, dann sahen sie einander an, und es war, als riefen sie einander zu: Aber nicht jetzt. Nicht jetzt. Der Sommer beginnt doch gerade erst …

2

Der alte Ferdinand Domberg pflegte zu sagen, es gebe mancherlei Schlimmes, was einem Mann in seinem Leben widerfahren könne, aber das Schlimmste sei zweifellos, Vater von Töchtern zu werden.

Söhne konnten einen Mann zur Weißglut treiben, sicher (er hatte zwei solche Exemplare; Victor, der Älteste, konnte vor Selbstgerechtigkeit kaum aus den Augen schauen, und Leo, der Jüngste, vertat sein Leben als mittelloser Maler), aber hin und wieder konnte man sie anschreien und böse Worte zu ihnen sagen und sich das Herz erleichtern, indem man ihnen alle Strafen des Himmels an den Hals wünschte.

Töchter hingegen … Sie ließen sich viel schwerer beschimpfen, und man wusste nie, was sie dachten, und sie handelten sowieso immer anders, als sie sprachen. Selbst wenn sie zu seinen Vorhaltungen mit bekümmerter Miene schwiegen, wusste er, dass sie ihm in Wahrheit nicht einmal zuhörten. Was seine beiden Töchter anging, so hatten sie ihn vor Jahren schwer gekränkt, indem sie beide Männer heirateten, mit denen er nicht einverstanden gewesen war. Elsa, immerhin die Mutter seiner Lieblingsenkelin Felicia, hatte ihm ihren Auserwählten, einen Berliner Arzt, nicht einmal vorgestellt, sondern ihn erst nach der Hochzeit gewissermaßen als unabänderliche Tatsache präsentiert. Und Belle, die jüngere, die vor nichts und niemandem Respekt hatte, war mit einem Baltendeutschen dahergekommen. Schlimmer noch, mit einem hohen Offizier der russischen Armee. Ferdinand zeigte in all den Jahren keine Bereitschaft, diese Geschmacklosigkeit zu verzeihen, und jedes Jahr kam es während einer der gemeinsamen Mahlzeiten zu dem peinlichen Moment, da er seine Töchter vor versammelter Mannschaft durchdringend ansah und laut sagte: »Es ist wohl so, dass man als Frau nehmen muss, was man eben kriegen kann, nicht?«

Es war ein heißer Juliabend, und der alte Herr blickte sehr missmutig drein. Er saß im Esszimmer von Lulinn, unter Hirschgeweihen und Ahnenbildern, schluckte seine Herztropfen und betrachtete zornig den gedeckten Abendbrottisch. Zehn Minuten über die festgesetzte Zeit; die vielen eigenwilligen Mitglieder seiner Familie hielten es offenbar nicht für nötig, pünktlich zu kommen. Nur seine Frau Laetitia saß in einem Lehnstuhl am Fenster, und seine Tochter Elsa lehnte daneben an der Wand. Beide blickten hinaus in den leuchtenden Sommerabend, und Elsa hatte ganz offenbar wieder ihre Melancholie. Sie war eine zarte, blasse Frau, von der kein Mensch wusste, wie sie, eine so empfindsame Person, einer so raubeinigen Familie hatte entspringen können. In diesen Tagen litt sie um ihren Sohn Johannes. Wegen Sarajewo war er nicht nach Lulinn gekommen, sondern »hielt sich in Berlin bereit«, wie er schrieb. Bereit wofür?, fragte sich Elsa bekümmert.

Der alte Domberg knurrte wütend. »Früher war es üblich, dass solche, die zu spät kommen, eben nichts mehr kriegen«, sagte er zornig, »aber heutzutage wird gewartet, bis auch der Letzte einzutreffen geruht. Eine Schande ist das!« Er schlug mit der Faust auf den Tisch, dass das Geschirr schepperte.

Laetitia wandte sich ihm zu. In ihrer Jugend hatte sie zu den schönsten Mädchen der östlichen Provinzen gehört, und noch im Alter erkannte man die grandiose Beauté, die sie einst gewesen war. Sie hatte die schmalen eisgrauen Augen, die den meisten Frauen ihrer Familie zu eigen waren, eine gerade Nase und schmale Lippen. Sie sprach mit tiefer, rauchiger Stimme und galt als unumschränkte Herrscherin auf Lulinn. »Reg dich nicht auf, Ferdinand«, sagte sie, »du hast ein schwaches Herz, vergiss das nicht. Victor und Gertrud sind übrigens gerade ins Haus gekommen. Sie müssen gleich hier sein.«

Ferdinands Gesicht verfinsterte sich noch mehr, wie immer, wenn der Name seiner Schwiegertochter fiel. Mit Victor, seinem Ältesten, hatte Ferdinand ehrgeizige Pläne gehabt. Er sollte die vornehmste Frau aus der besten Familie heiraten; stattdessen kam er eines Tages mit Gertrud an, einem unansehnlichen dicklichen Mädchen, das kaum den Mund aufbrachte. Die ganze Familie rätselte, was ein gutaussehender Mann wie Victor an dieser verkniffenen Frau aus kleinbürgerlichen Verhältnissen fand.

Ferdinand hatte sich bis zu diesem Tag nicht mit ihr abgefunden. »Seit unseren Zeiten, Laetitia, ist es mit der Familie bergab gegangen«, sagte er gehässig. Laetitia teilte seine Ansicht über Gertrud durchaus, scheute jedoch aus einer gewissen Loyalität heraus davor zurück, dies so unverblümt zu zeigen. Gertrud gehörte zur Familie, und eine Familie, davon war Laetitia überzeugt, konnte nur stark sein, wenn sie zusammenhielt.

So erwiderte sie nichts, sondern wandte ihr Gesicht wieder dem Fenster zu. »Dort kommt Belle«, sagte sie lebhaft, »mit Nicola! Wie süß die Kleine aussieht!«

Belle, eigentlich auf den Namen Johanna Isabelle getauft

und zeitlebens von der Familie nur »Belle« gerufen, war eine große und schwere Frau, fast ein wenig zu füllig, aber so schön, dass jedes Pfund an ihr kostbar schien. Sie trug ein helles Musselinkleid, ihr goldbraunes Haar leuchtete im Abendsonnenlicht. An der Hand führte sie ihre sechsjährige Tochter Nicola.

Belle lebte seit ihrer dramatischen Hochzeit mit Oberst Julius von Bergstrom in Petersburg. Sie führte ein aufwendiges gesellschaftliches Leben, ging am Zarenhof ein und aus, und Ferdinand verfärbte sich jedes Mal vor Wut, wenn er daran dachte, dass seine Enkelin Nicola zwischen lauter Russen aufwachsen musste, Slawen, von denen er immer sagte, dass sie noch mal Unglück über Deutschland bringen würden.

»Möchte wissen, was Belle tut, wenn es Krieg gibt«, brummte er, »sie muss sich doch wie eine Verräterin fühlen mit ihrem Russen, den sie da geheiratet hat!«

»Er ist kein Russe«, widersprach Laetitia, »er ist Deutscher.«

»Baltendeutscher. Die Balten werden auf russischer Seite kämpfen.«

»Es gibt aber gar keinen Krieg.«

»Ach, es gibt keinen, wie? Und wie soll Österreich auf den Mord von Sarajewo reagieren?«

»Wie auch immer, Russland wird sich nicht einmischen. Man wird sich dort nicht auf die Seite der Königsmörder schlagen.«

»Wenn einem das den Grund liefert, in Ostpreußen einzufallen, dann schon«, entgegnete Ferdinand, der die geheime Überzeugung hegte, es sei dieses herrliche grüne Land zwischen Ostsee und Memel, um das jeder Kampf geführt werde. Was konnte es Schöneres geben auf der Erde als diese sanften Hügel, die fruchtbaren Wiesen, die tiefen Wälder und weiten Seen unter einem Himmel, der blauer war als irgendwo sonst in Europa. Worum kämpfen, wenn nicht um die endlosen Kornfelder, die sich leise im Wind wiegten, um die hundertjährigen Eichen, die zehn Männer gemeinsam nicht umfassen konnten? In jedem Frühjahr, in dem er den Schrei der heimkehrenden Wildgänse vernahm, begriff Ferdinand Domberg in einer seinem Wesen sonst völlig fremden Demut, dass es eine Gnade war, hier leben zu dürfen.

Doch jetzt war es Sommer, die Wiesen sahen aus wie schaumige Wogen von Blumen, und Ferdinand dachte nicht an Gnade, sondern an Recht. Sie sollten nur kommen, die slawischen Horden, wagen sollten sie es, einen einzigen Fuß auf den Boden von Lulinn zu setzen. Zum zweiten Mal an diesem Abend schlug er mit der Faust auf den Tisch. »Wo, zum Teufel, ist Felicia?«, fragte er. Elsa, die bislang ihren Blick nicht von dem rauschenden Laub eines Apfelbaumes gewandt hatte, sah ihn an. »Sie wollte ausreiten«, erklärte sie, »mit irgendwelchen Jungen aus der Nachbarschaft. Sie ist bestimmt bald zurück.«

»Was für Jungen?«

»Von den umliegenden Gütern. Sie kennt sie von Jagdgesellschaften und Bällen. Alle aus guter Familie.«

»Maksim Marakow ist nicht dabei?« Ferdinands Blick wurde lauernd.

Elsa schüttelte arglos den Kopf. »Der ist in Berlin, soviel ich weiß …«

»Na ja … Zwischen Marakow und Felicia ist nicht alles so harmlos. Gertrud hat sie einmal belauscht, und es soll recht vertraulich zugegangen sein.«

»Gertrud ist ein Scheusal«, entgegnete Elsa kurz.

In minutenlanger Einmütigkeit schwiegen alle, dann

bohrte Ferdinand weiter. »Ich würde ja nichts sagen, mir ist es gleich, mit wem sie sich amüsiert. Aber über Marakow gibt es Gerüchte. Er soll ein Sozialist sein!«

»Und wenn schon!« Elsa hatte keine Lust, über Maksim zu reden. »Zwischen den beiden ist nichts.«

Laetitia lächelte. Elsa kannte ihre Tochter schlecht. Sie selber hatte eine besondere Beziehung zu Felicia, sie war ihre Lieblingsenkelin, weil sie sich selbst in ihr wiederfand. Sie war ebenso unabhängig gewesen, so berechnend liebenswürdig, so heftig in das Leben verliebt. Felicia konnte ihr nichts vormachen. Sie wusste, dass die Sache mit Maksim Marakow nicht ausgestanden war. Es gab seit einiger Zeit einen neuen Zug im Gesicht der Enkelin, in den Augen ein Wissen, das nichts mit der Schulweisheit einer frischgebackenen Abiturientin zu tun hatte.

Ferdinand, dem die Hitze des Tages zu schaffen gemacht hatte und den die Unpünktlichkeit seiner Kinder vor allem deshalb fast rasend machte, weil sie ihm bewies, dass er seine beste Zeit als gefürchteter Diktator auf Lulinn überschritten hatte, suchte weiterhin Streit. Bislang hatte er nur gequengelt, nun ging er zum Angriff über. »Du solltest vielleicht ein bisschen mehr darauf achten, mit wem deine Tochter ihre Zeit verbringt, Elsa«, sagte er anzüglich, »oder willst du, dass mit ihr dasselbe geschieht wie mit dir?«

Elsa fuhr herum, totenblass im Gesicht. Auf ihrer Nase bildeten sich in Sekundenschnelle feine Schweißperlen. »Dass du es noch wagst, davon zu sprechen, Vater!«, sagte sie tonlos.

Zum dritten Mal an diesem Abend fiel Ferdinands Faust krachend auf den Tisch. »Glaubst du im Ernst, ich ließe mir von dir vorschreiben, worüber ich sprechen darf und worüber nicht?«, schrie er.

Laetitia erhob sich. Ihr Mund war nur noch ein dünner Strich. »Wir waren übereingekommen, diese Sache niemals wieder zu erwähnen«, sagte sie hart.

Ferdinand, den sie heute noch ebenso leicht einschüchtern konnte wie zu Beginn ihrer Ehe, brummte etwas Unverständliches. Laetitia wandte ihren gefürchteten stahlharten Blick Elsa zu, doch in der hatte sie schon immer einen widerspenstigen Gegner gehabt. Elsa wurde noch um eine Schattierung blasser, aber sie wich nicht aus. »Übereinkunft«, sagte sie, »hieß nach deinem Verständnis immer, dass du etwas bestimmst und die übrigen Menschen sich fügen.«

Laetitia gab um nichts nach. »Ach, so siehst du das! Dabei hätte ich fast gedacht, es sei auch in deinem Interesse, wenn wir dieses … Missgeschick von damals möglichst stillschweigend übergehen.«

»Missgeschick? Du nennst es Missgeschick, wenn … oh Gott …« Elsa musste sich setzen. Sie hatte nicht weinen wollen, aber plötzlich konnte sie die Tränen nicht länger zurückhalten. Zusammengekrümmt saß sie am Fenster und schüttelte sich vor Schluchzen, während ihre Mutter vergeblich versuchte, ihr ein Taschentuch zwischen die zitternden Finger zu schieben. Ihr strenges, ebenmäßiges Gesicht versteinerte wie stets, wenn sie an den Tag vor beinahe dreißig Jahren erinnert wurde, an dem die damals sechzehnjährige Elsa ein Telegramm von ihrer großen Jugendliebe, dem charmanten Manuel Stein, erhielt, in dem er ihr mitteilte, er habe sich mit einem jungen Mädchen aus Kiel verlobt, sei überglücklich und werde so bald wie möglich heiraten. Elsa, die von dem Tag an, da er zur Marine gegangen war, die dumpfe Ahnung eines endgültigen Abschieds gehegt hatte, brach zusammen. Laetitia versuchte, sie zu trösten, indem sie ihr immer wieder versicherte, Manuel sei ein Luftikus, und er habe ihr keinen größeren Gefallen tun können, als sie zu verlassen. Ferdinand tobte, weil er Elsas Schmach als persönliche Niederlage empfand, und die ganze Familie war nur froh, dass Manuel weit weg war, da Ferdinand sich sonst unweigerlich mit ihm duelliert hätte und am Ende noch vor einem Gericht gelandet wäre.

»Du wirst noch viele Männer kennenlernen, Elsa«, hatte Laetitia gesagt, »oh, es gibt so viele! Du brauchst es deinem Vater nicht zu erzählen, aber bevor ich ihn traf, war ich mit einem bezaubernden Jungen zusammen, den ich zu gern geheiratet hätte. Unsere Väter waren dagegen, und die Sache zerschlug sich. Und du siehst«, sie hatte auf ihre unverwüstliche Art gelächelt, »es hat mir nicht das Herz brechen können!«

Elsa hatte ihre Mutter verzweifelt angesehen. »Aber ich bekomme ein Kind von ihm, Mutter«, hatte sie leise gesagt.

Das hatte eingeschlagen wie eine Bombe. Selbst Laetitia brauchte einige Tage, um sich von dieser Nachricht zu erholen. Ferdinand bekam einen Tobsuchtsanfall, zerschmiss eine Bodenvase aus dem sechzehnten Jahrhundert und entließ von einem Moment zum anderen drei alte, treue Knechte, die schon unter seinem Vater auf Lulinn gearbeitet hatten. »Das hast du also getrieben, wenn du angeblich mit dem jungen Stein ausgeritten bist!«, schrie er. »Wie weit seid ihr gekommen? Bis zur nächsten Scheune? Oh Gott, in meinem Heu!«

Laetitia sah ein, dass alles Geschrei nichts nutzte. Sie verurteilte Elsas Verhalten nicht; die beiden waren jung, da geschah so etwas, und sie selber hatte früher keineswegs bis in das baldachingeschmückte, handgeschnitzte, gewaltige Ehebett der Dombergs hinein Enthaltsamkeit geübt. So etwas kam in den besten Familien vor, musste aber natürlich sorgfältig vertuscht werden. »Das Kind darf nicht zur Welt kommen«, sagte sie bestimmt, »das siehst du ein, Liebling, nicht wahr?«

»Nein. Nein, das sehe ich überhaupt nicht ein. Es ist Manuels Kind, und ihm wird nichts geschehen.«

Laetitia rang die Hände, Ferdinand fluchte, aber nichts half. Da packte Laetitia eines Tages ihre Koffer und die von Elsa, nahm die Tochter an die Hand und erklärte: »Wir fahren nach Wien!«

»Nach Wien? Warum das?«

Laetitia hüllte sich während des ganzen Weges in geheimnisvolles Schweigen. Auf Elsas drängende Fragen antwortete sie schließlich nur: »Es ist besser, wenn du das Kind weit fort von daheim bekommst. Wir entgehen den Blicken und Fragen unserer Nachbarn.«

»Aber ich werde mit dem Kind zurückkehren. Was sagen wir dann?«

»Wir werden sehen«, entgegnete Laetitia ausweichend.

In Wien quartierten sie sich bei einer Freundin von Laetitia ein, die verschwiegen und absolut vertrauenswürdig sein sollte. Elsa blieben die Wochen in der dunklen, allzu üppig und beengend eingerichteten Wohnung ein Leben lang als Albtraum im Gedächtnis haften. Es war Mai, die Kirschbäume blühten, die Sonne strahlte, aber Elsa durfte kaum einen Fuß auf die Straße setzen, weil Laetitias Freundin zwar verschwiegen, aber auch überaus prüde war und nicht wollte, dass die Nachbarschaft etwas von dem heimlichen Besuch erfuhr. Elsa lief wie eine gefangene Katze in ihrem Zimmer hin und her, dachte an Manuel und hoffte zu sterben.

Sie brachte ihr Kind, einen Sohn, beinahe vier Wochen vor dem errechneten Termin zur Welt, in einem Krankenhaus, das den prosaischen Namen *Landesgebäranstalt* trug und adeligen, ledigen jungen Damen die Gelegenheit gab, »unter der Maske« zu entbinden, was bedeutete, ihr Kind zu gebären, ohne dem Arzt oder einer der Schwestern Namen, Alter oder irgendetwas über die eigene Herkunft sagen zu müssen. Es schockierte Elsa, als sie bei ihrer Entlassung ein Papier unterschrieb, auf dem sie lediglich als »Nummer 33 des Jahres 1885« aufgeführt war. Sie ging ohne ihren Sohn zu Laetitias Freundin zurück, weil der Arzt ihr gesagt hatte, das Kind sei kränklich und müsse noch einige Wochen in seiner Obhut bleiben. Laetitia sagte, sie könnten die großzügige Gastfreundschaft nicht länger in Anspruch nehmen und müssten nach Insterburg zurückfahren.

»Aber ich kann nicht ohne mein Kind gehen«, widersprach Elsa.

Laetitia überlegte. »Der Kleine muss noch wochenlang hierbleiben. Ich weiß etwas, Liebes. Wir beide fahren heim, und wir laden unsere liebe Gastgeberin ein, in etwa fünf oder sechs Wochen nachzukommen. Wir können uns für ihre Güte revanchieren, und sie kann bei dieser Gelegenheit gleich deinen Sohn mitbringen. Bis dahin kann er sich erholen.«

Elsa, vom Kummer um Manuel und durch die lange Gefangenschaft zermürbt, willigte ein. Sie reiste mit ihrer Mutter zurück nach Ostpreußen, brach beim Anblick von Lulinn wegen zahlloser Erinnerungen an einen vergangenen Sommer in Tränen aus, zog sich in die Einsamkeit ihres kleinen, freundlichen Zimmers zurück und wartete auf ihr Kind. Die Wochen vergingen, sie hörte weder etwas von der Freundin noch von dem Kind.

Schließlich konnte Laetitia Elsa nicht mehr vertrösten. Von der Tochter in die Enge getrieben, gab sie zu, was der eigentliche Sinn der Landesgebäranstalt für ledige Mütter war: Nicht nur, dass die Damen dort unerkannt und im Geheimen entbinden konnten, die Last um das unerwünschte Neugeborene wurde ihnen gleich ganz und gar abgenommen, indem die Stadt Wien die Säuglinge für ein reichliches Geld, das die Familie der Mutter zu zahlen hatte, übernahm.

Elsa begriff nicht sofort: »Was?«, fragte sie ungläubig.

Laetitia nickte begütigend. »Die Stadt sorgt für das Kind. Du brauchst dich um nichts mehr zu kümmern.«

»Die Stadt? Was heißt das, die Stadt?«

»Es gibt dort Pflegestellen, die …«

»Pflegestellen? Du meinst Waisenhäuser? Mutter, wie konntest du …«

»Deinem Kind geht es gut, Elsa, da kannst du beruhigt sein. Dein Vater hat viel Geld bezahlt, damit es …«

Elsa sah ihre Mutter fassungslos an. »Du hast mein Kind verkauft … an eine Stadt! Du hast …«

Laetitia vernahm den schrillen Ton in Elsas Stimme. Gleich würde sie anfangen zu schreien. Sie stand auf und schloss das Fenster. »Nicht verkauft, Elsa. Wir haben es in Pflege gegeben und viel Geld bezahlt, damit es in gesicherten Verhältnissen aufwächst. Viele junge Frauen in deiner Lage tun das.«

Vor Elsas Augen flimmerte es. »Das kann nicht wahr sein«, flüsterte sie, »das tust du nicht. So etwas kannst du nicht tun!«

»Ich habe es für dich getan. Damit du frei bist. Lieber Himmel, Elsa, ich habe die Moralisten nicht erfunden, aber es gibt sie, und wir müssen uns mit ihnen arrangieren. Du bist zu jung, um für einen unbedachten Schritt ein Leben lang bezahlen zu müssen. Jetzt steht dir wieder alles offen. Du kannst heiraten, und du wirst wieder Kinder haben.«

Elsa, die mit glasigen Augen, ohne etwas zu verstehen, gelauscht hatte, öffnete den Mund zum Schrei. Laetitia kam ihr zuvor.

»Die Angelegenheit ist vorüber«, sagte sie scharf, »vergiss Manuel und vergiss das Kind. Es kommt eine Zeit, da bist du mir dankbar!«

Elsa dachte nicht daran, dankbar zu sein. Sie weigerte sich, ihr Zimmer zu verlassen, hörte auf zu essen und blieb schließlich nur noch im Bett. Ferdinand ließ die schönsten Delikatessen aus Königsberg kommen, aber selbst die verschmähte sie.

Ihre Geschwister, denen niemand die Wahrheit gesagt hatte, die aber ahnten, worum es ging, versuchten alles, um sie aufzumuntern, doch Elsa blieb teilnahmslos.

»Was sollen wir denn tun?«, fragte Laetitia verzweifelt.

Elsa schlug die Augen auf, die übergroß waren in dem mageren Gesicht und in tiefen Höhlen lagen. »Ich will mein Kind«, sagte sie.

Laetitia begriff, dass ihre Tochter entschlossen war zu sterben, wenn ihr Wunsch nicht erfüllt würde. Sie packte zum zweiten Mal ihre Koffer und reiste nach Wien, um Nachforschungen über ihren Enkel anzustellen. Was sie herausbekam, war niederschmetternd: Elsas Sohn war in einem Waisenhaus während einer Keuchhustenepidemie gestorben.

Elsa weinte nicht, als sie es erfuhr. Sie stand mühsam auf, trank ein paar Schlucke Milch und aß etwas Brot. Vier Tage lang sprach sie kein Wort, aber sie aß und aß, so lange, bis sie etwas von ihren alten Kräften wiedergefunden hatte. Dann verließ sie Lulinn, mit zwei Reisetaschen und der festen Absicht, nie wieder dorthin zurückzukehren. Zwei Jahre lang hörte die Familie nichts von ihr. Dann stand sie eines Tages vor der Tür; mit ihrem Mann, dem jungen Berliner

Arzt Dr. Rudolf Degnelly, und ihrem kleinen Sohn Johannes auf dem Arm. Sie war viel älter geworden, ihr Gesicht trug den melancholischen Ausdruck, den es nie wieder verlieren sollte, wenigstens aber schien sie nicht mehr so todessehnsüchtig wie einst.

»Weiß dein Mann, was geschehen ist?«, fragte Laetitia.

Elsa nickte. »Er weiß alles. Aber sonst soll es nie jemand erfahren. Auch nicht meine Kinder.«

Elsa kam von da an jedes Jahr nach Ostpreußen, in den Sommermonaten, in denen sich auch ihre Geschwister dort trafen. Sie schien diese Aufenthalte nicht zu genießen, hielt aber eisern an ihnen fest.

»Ihre Wurzeln sind hier«, sagte Ferdinand, »das kann sie nicht vergessen.«

Er hatte damit den Nagel auf den Kopf getroffen. Laetitia, die beobachtete, wie sich Elsa mit einer trotzigen Sehnsucht ihrer Schwermut hingab, begriff, dass auch böse Erinnerungen einen Menschen an einen Ort fesseln können.

Heute, an diesem Abend, war es das erste Mal seither, dass Elsa weinte. Ihr krampfhaftes Schluchzen dauerte jedoch nur einige Minuten. Dann richtete sie sich kerzengerade auf, ergriff Laetitias Taschentuch und trocknete sich energisch die Augen. »Entschuldige bitte«, sagte sie, »es wird nicht wieder vorkommen.«

Ferdinand sah sie erleichtert an. Mit weinenden Frauen wusste er nichts anzufangen. Ihm war klar, dass er einen Fehler gemacht hatte, aber solange er lebte, hatte er sich für nichts entschuldigt, und er tat es auch jetzt nicht. Eine ungemütliche Stille senkte sich über den Raum, doch dann wurde plötzlich die Tür aufgerissen, und von einem Augenblick zum anderen hallten die Wände wider von einem Dutzend lebhaft durcheinanderschwirrender Stimmen. Victor stolzierte wie ein Gockel herein, gefolgt von seiner sauertöpfischen vierzehnjährigen Tochter Modeste und der grämlich dreinblickenden Gertrud, die sich unpassenderweise in weiße Spitze gehüllt hatte und wie eine überalterte Braut aussah. Belle sang ein zweideutiges Liebeslied vor sich hin, was allseits ein leichtes Stirnrunzeln hervorrief, und ihre Tochter Nicola hielt einen großen, leuchtend bunten Wiesenblumenstrauß in den Händen, den sie mit einer anmutigen Bewegung Laetitia in die Arme warf, ehe sie ihrem Großvater auf den Schoß kletterte und ihn auf die Nase küsste. Leo, im maßgeschneiderten Anzug mit elfenbeinfarbenem Seidenhemd (beides bestimmt noch nicht bezahlt, dachte Elsa), schwenkte einen Umschlag. »Ein Telegramm aus Berlin!«, rief er. »Für die holde Elsa!«

»Von Rudolf?«

Leo schüttelte den Kopf. »Nein. Von einem anderen Mann. Elsa, wie viele Eisen hast du eigentlich im Feuer?«

Laetitia und Belle lachten, Gertrud wurde rot. »Es ist geschmacklos und unverschämt«, zischte sie Victor zu.

Elsa ergriff das Telegramm. »Von Johannes. Was kann er wollen?«

Jadzia trat ein, in jeder Hand einen großen Krug mit eiskalter Buttermilch. Sie zündete die Kerzen auf dem Tisch an, brachte frisches Brot und eine Schüssel mit Quark. Alle setzten sich. Eine friedvolle Stimmung breitete sich aus, während draußen die Sonne hinter den Hügeln versank: Der Einzige, der hin und wieder poltern musste, war Ferdinand. »Christian und Jorias fehlen. Und Felicia auch. Sie kriegen nichts mehr, wenn sie so unpünktlich kommen.«

Niemand nahm ihn ernst. Zumindest Felicia, das wussten alle, könnte mitten in der Nacht erscheinen, sie würde von Ferdinand noch immer mit offenen Armen empfangen. Sie glich Laetitia in ihrer Jugend so völlig, dass Ferdinand noch einmal die gleichen feurigen Gefühle empfand wie ein halbes Jahrhundert zuvor.

»Was schreibt denn Johannes?«, erkundigte sich Laetitia. Elsa legte das Telegramm nachdenklich neben ihren Teller. »Er will seine Linda noch in diesem Monat heiraten.«

»Linda?«, fragte Ferdinand stirnrunzelnd. »Wer ist denn das? Welche Familie? Wo kommt sie her?«

»Du kennst sie, Vater. Sie war ein- oder zweimal in den Ferien hier. Sie ist die Schwester von Phillip Rath, dem besten Freund von Johannes. Ein wirklich entzückendes Mädchen, nur …« Alle hörten auf zu essen und sahen Elsa an.

»Was denn?«, fragte Belle.

Elsa lächelte hilflos. »Es geht so schnell. Ich verstehe nicht, warum er es so überstürzt …«

»Ach was, ich verstehe das sehr gut«, brummte Ferdinand, »er ist ein junger Mann und sehr verliebt, und er möchte dieses Mädchen haben, ehe sein Urlaub zu Ende ist und er in seine Kaserne am Ende der Welt zurückmuss!«

»So ist es«, sagte Laetitia dankbar. Ferdinand hatte seine Taktlosigkeit gegenüber Elsa von vorhin wiedergutgemacht, indem er eine harmlose Erklärung fand für etwas, das sie plötzlich alle mit einer dumpfen Bedrückung umfing. Jeder verstand, weshalb Johannes so überstürzt heiraten wollte, vielen jungen Leuten ging das jetzt so. Die Soldaten fürchteten nicht das Ende ihres Urlaubs, sie fürchteten den Beginn eines Krieges.

Am Anfang der Eichenallee von Lulinn zügelte Felicia ihr Pferd und sah sich nach den beiden jungen Männern um, die ihr, ebenfalls zu Pferd, gefolgt waren. Die Sonne ging gerade unter, und abendliche Schatten breiteten sich über die Wiesen. Felicia, die ein Reitkostüm aus blauem Tuch trug, warf den Kopf zurück. Ihre Haare hatten sich bei dem schnellen Ritt gelöst und fielen ihr wirr und lockig über die Schultern. Sie atmete schnell und strich ihrem Pferd über den nassen Hals.

»Weiß Gott, ich hab es schon wieder nicht geschafft«, sagte sie, »sie sitzen alle längst beim Abendessen, und Großvater wird fluchen und toben, weil ich kein einziges Mal pünktlich sein kann. Am liebsten würde ich euch beide bitten, mitzukommen und mich zu beschützen!«

Die beiden Männer lachten. Jeder in der Gegend wusste, dass Felicia den alten Domberg spielend leicht um den Finger wickeln konnte.

»Wir werden hier warten. Und wenn wir dich um Hilfe schreien hören, springen wir durchs Fenster«, sagte einer der beiden Begleiter. Sie waren Brüder, Benjamin und Albrecht Lavergne vom Nachbargut Skollna. Albrecht leistete gerade seinen Militärdienst ab, Benjamin war Student in Heidelberg. Die Sommermonate verbrachten sie daheim, und seit Maksim abgereist war, waren sie beinahe jeden Tag mit Felicia zusammen. Als Kinder hatten sie oft zusammen gespielt; später waren sie gemeinsam zu den Jagdgesellschaften in der Rominter Heide geritten, wenn sich dort im Herbst Kaiser und Adel trafen. Heute hatten sie einen Ausflug zum See gemacht und fühlten sich nun ebenso hungrig wie müde und glücklich.

Nachdem die jungen Leute sich verabschiedet und eine Verabredung für den nächsten Tag getroffen hatten, setzte Felicia ihren Weg allein fort. Wie immer, wenn sie die Allee heraufkam, fühlte sie sich von einem Glücksgefühl ergriffen, in dem sich Unruhe und Ärger auflösten. Schon als Kind war es so gewesen. Welchen Kummer sie auch mit sich herumtrug, er zerrann, wenn sie zwischen den Eichen entlangritt.

Sie zügelte ihr Pferd noch einmal, als sie neben sich auf der dunklen Wiese zwei Gestalten auftauchen sah. Es waren ihr jüngerer Bruder Christian und sein Freund Jorias, beide in grasbefleckten weißen Hemden und knöchellangen Hosen, unter denen nackte, schmutzige Füße hervorsahen. Die Haare über den sonnenverbrannten Gesichtern sträubten sich in alle Richtungen, die bloßen Arme trugen Spuren von Brombeerranken und Disteln.

»Hallo, Felicia!«, rief Christian. »Dass du hier entlangreitest, ist wohl ein sicheres Zeichen, dass wir zu spät sind.«

»Das stimmt. Und wo kommt ihr her? Ihr seht recht abenteuerlich aus.«

Die beiden blickten an sich hinunter. »Ach, wir waren überall«, erklärte Jorias, »zuletzt an einem Teich, den wir dieses Jahr das erste Mal entdeckt haben.« Er schwenkte das Fischernetz, das er über der Schulter trug. Felicia warf einen Blick in den leeren Eimer, den Christian gerade abstellte.

»Nun, das war ja von grandiosem Erfolg gekrönt«, meinte sie anzüglich. Sie wusste, dass sowohl Christian als auch Jorias gefangene Fische ins Wasser zurückwarfen, weil sie es nicht fertigbrachten, sie zu töten. Natürlich liebten sie es nicht, darüber zu sprechen. Sie murmelten irgendetwas Verlegenes und spielten mit den Zehen im Gras, das feucht wurde vom Abendtau.

Felicia betrachtete die beiden zärtlich. Sie sahen so jung aus, ohne ihre Kadettenuniformen. Fast noch wie die zwei kleinen Jungen, die früher auf Lulinn herumgestromert waren. Dass sie nicht mehr Indianer spielen, ist auch alles, dachte Felicia liebevoll, gar nicht vorzustellen, dass sie einmal richtig erwachsene Männer sein werden, die heiraten und Kinder haben. Für mich werden sie immer so bleiben, wie sie heute sind!

Langsam kamen sie auf das Herrenhaus zu. Felicia ließ ihr Pferd im Schritt trotten, damit die Jungen nebenhergehen konnten. Aus den Fenstern des Esszimmers fiel Kerzenschein in die Dunkelheit. Ein Knecht eilte herbei, um Felicias Pferd in den Stall zu bringen. Felicia strich sich über ihr Reitkostüm.

»Wir müssen uns wohl noch umziehen«, meinte sie, »Tante Gertrud fängt ja an zu schreien, wenn sie uns so sieht!«

»Auf ein paar Minuten kommt es jetzt nicht mehr an«, sagte Jorias, »Ärger kriegen wir sowieso.« Einträchtig betraten sie das Haus. Jadzia kam ihnen wie ein geheimnisvoller, kleiner Schatten entgegen. In der Hand hielt sie einen Strauß roter Rosen.

»Schöne Blumen«, flüsterte sie, »sind von Boten gebracht worden für Fräulein Felicia!«

»Was, für mich?«

»Aus Insterburg. Von fremdes Herr!« Jadzia hatte die beiliegende Karte offenbar schon eingehend studiert.

Felicia griff aufgeregt danach. »Oh … sicher von Maksim!«, entfuhr es ihr.

Christian lachte. »Der ist doch in Berlin.«

»Bote hat erzählt Nachricht«, fuhr Jadzia fort. Sie sah sich vorsichtig um. »Österreich hat gestellt Ultimatum an Serbien. Will Serbien unter Kontrolle. Oh … wird geben Krieg! Wird Deutschland gehen auf Seite von Österreich, wird Russland gehen auf Seite von Serbien. Großer Krieg!«

»Ach Unsinn, Jadzia«, sagte Felicia ärgerlich. Sie hatte gerade entdeckt, dass die Blumen nicht von Maksim kamen, sondern von einem Mann, den sie überhaupt nicht kannte. Alex Lombard. »Ich war kürzlich in Berlin Gast Ihres Bruders, Oberleutnant Degnelly«, schrieb er, »ich sah Ihr Bild in der Wohnung. Da ich geschäftlich in Insterburg war, wollte ich mich auf diese Weise bei Ihnen vorstellen.«

»Wie merkwürdig«, murmelte Felicia, »er kennt mich doch gar nicht!«

Jorias und Christian begannen eifrig über das österreichische Ultimatum zu diskutieren. »Serbien begibt sich nicht freiwillig unter österreichische Kontrolle«, rief Jorias, »nie!«

»Aber sie riskieren auch keinen Krieg.«

»Wenn sie tatsächlich mit russischer Hilfe rechnen können …«

Felicia hörte nicht zu. Sie stieg langsam die Treppe hinauf. Ihre Finger spielten mit den Rosen, deren tiefrote Blüten im Dämmerlicht fast schwarz aussahen. Rote Rosen … was hatte dieser fremde Mann in ihrem Bild gesehen, dass er ihr rote Rosen schickte?

Gut zu wissen, dass es andere Männer gibt als Maksim Marakow, dachte sie, und ihre Fantasie begann sich mit dem geheimnisvollen Alex Lombard intensiv zu beschäftigen. Ob ich ihn jemals kennenlernen werde?

Unter den Linden vor der Universität fand eine Demonstration statt. Unwillkürlich verhielt Maksim seinen Schritt. Es waren zehn Frauen, die dort Plakate trugen und Flugblätter verteilten, Studentinnen, wache, intelligente Gesichter. Es hatten sich mindestens fünfzig Passanten eingefunden, die das Geschehen beobachteten. In einiger Entfernung standen zwei Polizisten, die unschlüssig schienen, ob sie eingreifen sollten. Als sich Maksim durch die Menge drängte, konnte er von allen Seiten leise gemurmelte oder ungeniert laute Kommentare hören. »Suffragetten! So was gehört eingesperrt!« – »Was diese Weiber brauchen, sind Männer, die ihnen beibringen, dass sie Frauen sind!« – »Heiraten sollten sie und Kinder kriegen. Das würde ihnen die Flausen austreiben!« – »So was wie die nimmt doch kein Mann!«

Maksim stand jetzt in der vordersten Reihe. Eine Frau mit großen dunklen Augen trat auf ihn zu und reichte ihm ein Flugblatt. Unter dem missbilligenden Murren der Menge ergriff Maksim das Papier und überflog den Text. Die Verfasserin prangerte in scharfen Worten die Diskriminierungen an, denen Frauen noch immer an der Universität ausgesetzt waren. Offiziell wurden sie zwar zum Studium zugelassen, aber es gab Professoren, die sich weigerten, Frauen an ihren Seminaren teilnehmen zu lassen, oder die während ihrer Vorlesungen die Zuhörerinnen so bissig und anzüglich traktierten, bis diese freiwillig den Hörsaal verließen.

»Wir fordern gleiches Recht für Männer und Frauen an deutschen Hochschulen!«

»Richtig«, sagte Maksim, »es ist unbedingt richtig, sich dafür einzusetzen.«

»Ach nein«, entgegnete die dunkeläugige Frau ironisch, »wie großzügig von Ihnen!«

Maksim kam sich plötzlich idiotisch vor. »Verzeihen Sie. Was ich sagen wollte, war eigentlich nur …«

»… dass Sie ein Mann von liberaler Weltanschauung sind, ich verstehe.«

Maksims Augen tauchten wie hypnotisiert in ihre. Er senkte seine Stimme, schloss damit alle Menschen ringsum aus und machte sie beide inmitten der lauten Menge zu Komplizen.

»Ein Mann von sozialistischer Weltanschauung!«

»Oh …« Sie lächelte. Maksim begriff, was ihn an ihren

Augen so faszinierte. Sie waren fiebernd, hungrig, fanatisch. Das waren die Augen, nach denen er, ohne es zu wissen, immer gesucht hatte. »Ich heiße Maksim Marakow«, sagte er unvermittelt und dachte gleich darauf: Sie empfindet mich wahrscheinlich als ziemlich plump und aufdringlich.

»Ich bin Maria Iwanowna Laskin«, entgegnete sie gelassen, »Mascha. Meine Freunde nennen mich Mascha.«

Ohne ein weiteres Wort drehte sie sich um, ließ Maksim stehen und reihte sich wieder in die Kette der Demonstrantinnen ein.

3

Felicia fing an, das Leben auf Lulinn äußerst ungemütlich zu finden. Jeder sprach nur noch über den Krieg. Ob sie morgens ins Esszimmer kam, wo Laetitia und Belle bei einer letzten Tasse Tee saßen, ob sie hinunter in die Küche ging, wo Jadzia zwischen Schüsseln und Pfannen hin und her eilte, ob sie sich ein Pferd aus dem Stall holte und die Knechte aufscheuchte, die Zigaretten rauchend auf einem Heuballen saßen, überall war man gerade dabei, über den Krieg zu reden. Serbien hatte sich in seiner Antwort an Österreich bereit erklärt, gegen die Feinde Österreichs im eigenen Land mit scharfen Maßnahmen vorzugehen, aber es beharrte auf seiner Souveränität. Österreich brach daraufhin die diplomatischen Beziehungen ab und ordnete eine Teilmobilmachung an. Was sollte Deutschland tun? Wie würden die Russen reagieren? Und was war mit England, mit Frankreich? Die Meinungen gingen hin und her. Ferdinand humpelte am Arm seines Sohnes Victor über den Hof und schimpfte ohne Unterlass. Seine Wut gründete sich auf die unausweichliche Erkenntnis, dass jeder künftige deutsche Krieg ohne ihn würde stattfinden müssen, womit ein Sieg zweifellos von vornherein ausgeschlossen war. Mit seinem Spazierstock zeichnete er gigantische Schlachtpläne in den Sand vor dem Hauptportal, ließ imaginäre Divisionen zu Dutzenden aufmarschieren, die eine russische Invasion in Ostpreußen zurückschlagen sollten. Es kam zu einer regelrechten Familienkrise, als der tollpatschigen Modeste eines Tages das Pferd durchging und mitten durch Großvaters mühevoll ausgearbeitete deutsche Rettung galoppierte. Sekundenschnell war alles zerstört. Ferdinand belegte Modeste mit Schimpfwörtern, die zu vulgär waren, als dass irgendjemand aus der Familie sie später hätte wiederholen können. Gertrud stellte sich vor ihre Tochter und verlangte eine Entschuldigung. Daraufhin brach Ferdinands jahrelang aufgestauter Zorn gegen sie los. Lautstark erklärte er ihr, wer sie war und was sie war, so erbarmungslos und so treffend, dass sich Gertrud nie wieder ganz davon erholte und die übrige Familie beinahe Mitleid mit ihr bekam.

»Bevor der Krieg anfängt, schlagen wir uns hier noch die Köpfe ein«, sagte Laetitia schließlich, »Schluss jetzt! Ich will kein böses Wort mehr hören!«

Jadzia heizte die Stimmung noch mehr an, als sie gerade in diesem Augenblick das Zimmer betrat und Tante Belle ein Telegramm übergab. Es kam von Belles Mann aus Petersburg. »Er möchte, dass Nicola und ich sofort nach Hause kommen«, sagte sie, nachdem sie es gelesen hatte, »er meint, man wisse nicht, wie lange noch Personenzüge fahren.« Sie sah sorgenvoll und bekümmert aus, was alle betroffen machte, denn Belle war sonst fast immer strahlender Laune. Ferdinand geriet wieder außer sich. »Ja, geh nur, geh!«, rief er. »Geh nur nach Petersburg, wo du dich offensichtlich zu Hause fühlst! Geh zu deinem Mann und freu dich darauf, dass er demnächst auf deutsche Soldaten schießen wird!«

Belle ging zur Tür. »Ich denke auch daran, dass reichsdeutsche Soldaten auf ihn schießen werden«, sagte sie, »und beides finde ich äußerst unerfreulich.«

»Ich werde ebenfalls abreisen«, verkündete Elsa, »ich muss natürlich in Berlin sein, wenn Johannes heiratet. Und ich …« Sie brach ab, doch jeder wusste, was sie hatte sagen wollen. Es hätte ihr das Herz gebrochen, ihn nicht mehr zu sehen, ehe der Krieg ausbrach. Christian und Jorias beschlossen nach kurzem Überlegen, sich anzuschließen. Sie hatten die Worte ihres Hauptmannes noch im Gedächtnis, und es schien ihnen, als herrsche jetzt die akute Kriegsgefahr, von der er gesprochen hatte.

Elsa bestritt natürlich, dass irgendetwas akut sei. »Ihr bleibt hier und genießt eure Ferien«, sagte sie, »in einem Krieg haben Kinder sowieso nichts zu suchen!«

Die beiden sahen sie empört an. »Mutter, das ist nicht dein Ernst!«, rief Christian. »Wir müssen …«

»Jeder hat an seine Pflicht zu denken«, knurrte Ferdinand, »die Soldaten gehören in ihre Kasernen, ganz gleich, wie alt sie sind. So, da gibt es nichts mehr zu reden!«

»Und wer denkt an mich?«, fragte Felicia. »Wer denkt an mich, wenn ihr alle abreist?«

»Du kommst natürlich mit.«

»Nein. Ich will nicht mit. Ich will bis zum Herbst hierbleiben. Berlin im Sommer ist heiß und stickig!«

»Du weißt ja nicht, was du redest«, mischte sich Leo ein, der heute wieder seinen lila Hut schräg auf dem Kopf trug und überhaupt nicht hierherzupassen schien, »du kennst die Sommernächte von Berlin nicht! Geh nur erst in tiefer, warmer Nacht Arm in Arm mit einem Mann unter den Linden entlang, atme den süßen Duft des Lebens und der Liebe, und …«

»Leo, ich lege nicht den geringsten Wert darauf, dass Felicia nachts mit einem Mann durch Berlin strolcht«, unterbrach ihn Elsa, »dann soll sie lieber hierbleiben. Aber merk dir eines, Felicia: Sowie sich die Lage zuspitzt, kommst du auf der Stelle nach Hause. Ich habe keine Lust, jedes meiner Kinder an einem anderen Ort zu wissen, wenn hier plötzlich die Hölle los ist!«

So war es auf Lulinn plötzlich still geworden; nur wenige Spuren noch zeugten von der Fröhlichkeit der letzten Wochen. Christians und Jorias' Fischernetz lehnte einsam in einer Ecke, ein paar grellrote Schuhe von Tante Belle lagen im oberen Flur herum und brachten Jadzia zum Stolpern. Felicia fand eine Seidenfliege, die Leo gehörte, lilagrün gestreift und allzu auffallend. Leo, der sich auf dem Land immer langweilte, war ebenfalls abgereist; Felicia hatte ihn zum Bahnhof nach Insterburg gebracht und ihm nachgewinkt. Er hatte sich zum Fenster seines Abteils hinausgelehnt, sein Taschentuch geschwenkt und die rote Rose gelöst, die an seinem Revers befestigt war. In hohem Bogen warf er sie Felicia zu Füßen. »Auf Wiedersehen!«, rief er. »Auf Wiedersehen, liebste Felicia, vergiss deinen alten Onkel nicht!« Die Lokomotive pfiff schrill. Felicia hob die Rose aus dem Staub auf und verließ langsam den Bahnhof.

Von den jungen Leuten war nur Modeste auf Lulinn zurückgeblieben. Sie war so dickfellig und stumpf wie ihre Mutter Gertrud, hatte ewig fettige Haare und einen schlechten Teint. Sie kicherte viel und bildete sich ein, jeder Knecht auf Lulinn habe es auf sie abgesehen. »Wie sie mich mit ihren Blicken verfolgen«, flüsterte sie Felicia zu, »richtig peinlich, nicht? Soll ich dir ein Geheimnis anvertrauen?«

Felicia blickte sie mürrisch an. »Nein«, sagte sie, was Modeste nicht im Mindesten abschreckte. »Einer von den Stallburschen hat mich neulich abends geküsst!« Sie kicherte. »Aufregend, nicht? Hat dich schon mal ein Mann geküsst?«

Die Frage kam etwas ängstlich, denn Modeste hoffte, hier einen Vorsprung zu haben. Sie fürchtete immer, neben ihrer Berliner Cousine als Landpomeranze zu wirken.

Felicia dachte an den Juniabend im Wald, an Maksims leise Stimme. »Ich mach dich nicht unglücklich. Und mich schon gar nicht!« Sie stand abrupt auf, würdigte Modeste keines Blickes mehr und ging davon.

Als Einziger war ihr Benjamin Lavergne von Skollna geblieben. Dessen Bruder war vorzeitig in seine Kaserne zurückgekehrt, und Benjamin rang mit sich, ob er sich überhaupt noch für das nächste Semester einschreiben sollte. »Wenn es Krieg gibt, kann ich doch nicht in Heidelberg im Hörsaal sitzen!«, sagte er zornig. »Nicht wenn alle anderen kämpfen!« Er warf sich auf den Rücken und starrte in den blauen Sommerhimmel. Er und Felicia hatten einen Ausflug zum See gemacht und dort Federball gespielt. Nun lagen sie müde im Gras. Felicia hatte Schuhe und Strümpfe ausgezogen, ihren Hut an einen Ast gehängt. Gelangweilt zerrieb sie eine Kamillenblüte zwischen den Fingern. »Jetzt fang nicht schon wieder damit an«, sagte sie, »es ist ja noch gar nicht raus, ob es Krieg gibt. Ihr Männer könnt es wohl gar nicht erwarten, in die Gewehre der anderen hineinzulaufen!«

»Das verstehst du nicht, Felicia. Wenn die anderen an der Front sind, kann ich nicht hinter meinen Lehrbüchern sitzen!«

»Doch, kannst du. Und jetzt hör auf mit dem Gerede, oder ich werf dich ins Wasser, damit du wieder einen klaren Kopf bekommst. Was meinst du denn«, sie sah zu ihm hin und lächelte, »was meinst du denn, was aus uns Mädchen werden soll, wenn ihr Männer euch alle auf und davon macht? Das Leben wird ja sterbenslangweilig!«

Benjamin richtete sich auf. Sein Gesicht nahm einen gespannten Ausdruck an. »Meinst du das wirklich so?«, fragte er.

Felicia pflückte eine leuchtend rote Mohnblume und reichte sie ihm. »Natürlich«, sagte sie, »ich wäre untröstlich, wenn du mich auch noch im Stich ließest. Dann könnte ich wirklich gleich nach Berlin zurückfahren.«

»Felicia …« Er griff nach ihrer Hand.

Sie lachte verlegen. »Was ist? Warum denn so feierlich auf einmal?«

»Ich weiß nicht …« Er sah sie nicht an. »… kann sein, ich habe mich in dich verliebt, vor langer Zeit schon.«

»Oh …« Felicia wusste nicht gleich, was sie darauf erwidern sollte. Sie blickte auf den glitzernden See, das Erlengestrüpp am Ufer. Auf den rotbraunen Stämmen der Kiefern lag warm die Sonne, und irgendwo sang eine Amsel. Er ist so ein netter Junge, dachte sie. Sie wollte ihn nicht kränken; außerdem gefiel ihr die Situation. Ihr Herz schlug ruhig, ihre Hände blieben kühl, aber sie bemerkte, dass Benjamin der Schweiß auf die Stirn trat. Ungeduldig dachte sie: O Gott, das geht ihm aber etwas zu nah!

»Ich hoffe, du bist nicht verärgert?«, fragte Benjamin schließlich.

Felicia unterdrückte ein Lächeln. »Nein. Das kommt nur alles ein bisschen überraschend.«

»Dann hast du nie etwas gemerkt?«

»Nein … ich glaube, eigentlich nicht …«

»Ich habe mich nie getraut, es dir zu sagen, Felicia. Wahrscheinlich hätte ich mich jetzt auch nicht getraut, wenn es nicht vielleicht Krieg gäbe …« Benjamin betrachtete das zarte Gesicht, das ihm seit frühester Kindheit vertraut war, die schönen blassgrauen Augen, deren Unergründlichkeit ihn heute zum ersten Mal nicht verunsicherte. Sie sah sehr sanft aus, und er kannte sie nicht genug, um zu wissen, dass sie immer sanft aussah, wenn sie ihre wirklichen Gedanken und Gefühle verbergen wollte. Sie neigte sich etwas vor, sodass er ihren Geruch von sonnenwarmer Haut und Parfüm wahrnehmen konnte. Er griff nach einer ihrer langen Haarsträhnen und ließ sie sacht durch seine Finger gleiten. Er verstand nicht, wie es geschehen war, dass sie einander plötzlich so nah waren. Niemals hatte ihn ihr Atem so dicht gestreift, nie waren ihm ihre Lippen so erwartungsvoll erschienen. Staunend beobachtete er, wie sich ihr Gesichtsausdruck veränderte, ehe er sie küsste, wie er fremd und abwesend wurde.

Sie ist gar nicht da, dachte er flüchtig, aber diese Erkenntnis drang nicht bis in sein Bewusstsein durch.

Seine Hand umfasste ihren Arm, mit der anderen fühlte er ihren Herzschlag unter dem dünnen Stoff ihres Kleides. Irgendwo schrien schrill zwei Finken, eine Flugente hob sich aus dem Schilf am Seeufer. Ihre Flügel zerteilten laut schlagend die Luft. Felicia wich zurück. »Ich hatte eben für einen Augenblick alles vergessen«, sagte sie leise. Die Worte schienen ihr passend, weil sie nichts preisgaben, Benjamin aber die Freiheit heraushören ließen, was immer er hören mochte. Er wirkte sehr verletzlich, wie er da vor ihr kauerte. Als er bemerkte, wo seine Hand lag, zog er sie errötend zurück. »Würdest du mich heiraten, Felicia?«, fragte er. Wie viele schüchterne Menschen neigte er in mutigen Momenten zu Sprüngen ins kalte Wasser. Felicia, die das die ganze Zeit befürchtet hatte, strich sich die Haare zurück. »Ich mag dich sehr gern, Benjamin, wirklich. Aber ich glaube, ich kenne dich schon zu lange, und deshalb …«

Benjamin, aufgewühlt bis ins Innerste, sah sie verletzt

an. »Nicht länger als Maksim Marakow, oder?«, fragte er scharf.

Felicia fuhr auf. Die Maske lieblicher Unschuld glitt blitzschnell von ihrem Gesicht, sie bekam einen harten Zug um den Mund. »Wie kommst du jetzt auf Maksim Marakow?«, gab sie zurück, so angriffslustig, dass Benjamin die Erwähnung dieses Namens schon leidtat. »Ach, nur so«, murmelte er, aber Felicia ließ sich nicht abspeisen. »Warum gerade Maksim?«

»Ich …« Er starrte an ihr vorbei zum See. »Modeste sagte …«

»Was?«

»Na ja, dass du und Maksim …« Er schwieg.

Felicia stand auf, zupfte ihr zerdrücktes Kleid zurecht. »Gott schütze dieses Ungeheuer«, murmelte sie, »heute Abend findet Modeste mindestens zehn dicke schwarze Spinnen in ihrem Bett vor, darauf kann sie sich verlassen.« Mit wütendem Schwung setzte sie ihren Hut auf den Kopf. »Ich gehe jetzt nach Hause. Es ist ohnehin schon spät.«

Benjamin sprang auf die Füße und streckte die Hand nach ihr aus, aber sie trat zurück. Resigniert wandte er sich ab.

»Komm, wir gehen«, sagte er, »es ist schon spät.«

Auf dem ganzen Weg sprach er kein Wort. Erst als Lulinn vor ihnen auftauchte, blieb er stehen. In seinen Augen lag eine Zärtlichkeit, die Felicia als erdrückend empfand.

»Was auch geschieht«, sagte er, »du kannst immer zu mir kommen, wenn du Hilfe brauchst. Auch wenn du meine Gefühle nie erwiderst, ich würde alles für dich tun.«

Felicia merkte, dass eine leise Gereiztheit sie befiel. Sie war nie selbstlos, ihre Taten nie zweckfrei. Allzu viel menschliche Größe fand sie ärgerlich. »Danke«, entgegnete sie ein wenig von oben herab, »es ist gut, das zu wissen. Auf Wiedersehen, Benjamin. Und wenn du doch noch zu den Soldaten gehst, dann sag es mir. Ich komme zum Bahnhof und winke dir nach!« Sie lachte, die kurze Beklommenheit war verflogen. Eilig lief sie die Allee entlang. Der gute Benjamin! Sie hatte ihn wirklich gern, aber mehr konnte sie beim besten Willen nicht für ihn empfinden. Sie summte eine leise Melodie vor sich hin und dachte an Maksim, bis eine schrille Stimme sie aufschreckte.

Modeste stand plötzlich vor ihr. »Na? Wo kommst du her? War es nett mit Benjamin?«

»Ach, du bist es!« Schnell packte Felicia einen von Modestes fahlgelben Zöpfen und riss daran.

Modeste schrie auf. »Au! Was machst du denn?«

»Du weißt schon, wofür. Und wenn du es nicht weißt, verdienst du es trotzdem. Du hinterhältiges, dummes Stück!«

Modeste fing an, laut zu weinen. »Mutter, Mutter, komm schnell! Felicia reißt mir alle Haare aus!«

Gertrud eilte keuchend herbei. Sie hatte rote Flecken im Gesicht, und ihr Kleid klebte feucht an ihrem Körper. »Lass Modeste in Ruhe!«, schrie sie. »Was fällt dir denn ein? Dein Großvater ist sehr krank, und du …«

»Was? Großvater ist krank?«

»Schwer krank«, wiederholte Gertrud genüsslich, denn sie hasste keinen Menschen so wie Ferdinand Domberg, »der Arzt ist jetzt bei ihm. Er ist vorhin beim Teetrinken zusammengebrochen, Herzanfall!«

Zum ersten Mal fand Felicia, dass das Gesicht ihrer Großmutter alt aussah. Für Augenblicke hatte sie ihre überwältigende Vitalität verloren. Sie stand vor der Schlafzimmertür, starrte dem Arzt nach, der Ferdinand absolute Bettruhe verordnet hatte, und wirkte ein wenig fassungslos. »Ach Felicia«, sagte sie und ließ sich in einen der Sessel fallen, die auf dem Gang standen, »Felicia, das war wirklich scheußlich eben. Wir saßen auf der Terrasse beim Tee, plötzlich lässt Großvater seine Tasse fallen, greift sich ans Herz und schnappt nach Luft. Ich dachte erst, er spielt Theater, aber dann … ah, ich brauche jetzt eine Zigarette!« Laetitia fischte eine Zigarette aus ihrer Rocktasche und steckte sie an. Felicia wusste, dass ihre Großmutter hin und wieder rauchte, aber heute hielt sie ihr zum ersten Mal ebenfalls eine Zigarette hin. »Hier, willst du auch eine? Manchmal hilft das. Ich wüsste gar nicht, wie ich ohne Schnaps und Zigaretten mein Leben überstanden hätte.«

Felicia tat ein paar vorsichtige Züge. Sie verschluckte sich, Tränen traten ihr in die Augen, und sie musste husten, aber durch den Qualm lächelte sie Laetitia zu, und die erwiderte das Lächeln.

Ihre Ruhe wurde jäh gestört, als laute Schritte die Treppe hinauftrampelten und ein keuchender Victor mit zerwühlten Haaren auftauchte. Er blickte pikiert auf die beiden rauchenden Frauen. »Mutter, ich habe dir hundertmal gesagt …«, fing er an, aber Laetitia unterbrach ihn scharf: »Hör auf mit deiner Pedanterie. Deinem Vater geht es nicht gut.«

»Gertrud hat es erzählt. Ist es sehr schlimm? Soll ich mal nach ihm sehen?«

»Er übersteht's, meint der Arzt. Und geh nicht zu ihm. Er soll schlafen.«

»Gut. Es … Es tut mir leid, dass ich gerade jetzt damit komme … aber …« Victor war so aufgeregt, dass er keine Worte fand. Schließlich platzte er heraus: »Ich melde mich bei den Reservisten in Königsberg. Ich reise schon morgen früh.«

Gertrud, die gerade mit Modeste die Treppe hinaufkam,

schrie auf. »Das darfst du nicht«, rief sie, und ihrem Gesicht war anzusehen, dass sie bereits überlegte, wie ihr die Rolle der angstvoll daheim wartenden Soldatenfrau stehen würde, »ich sterbe vor Angst, wenn du das tust!«

»Ja, Vater, du musst bleiben!«, bat auch Modeste und hängte sich an seinen Arm.

Victor blickte äußerst heroisch drein. »Der Ernst der Stunde erfordert von jedem Mann die höchste Treue zu seinem Vaterland«, verkündete er, »und Tapferkeit von jeder Frau. Russland hat Österreich den Krieg erklärt.«

Einen Moment schwiegen alle, dann fragte Modeste: »Aber was hat das mit uns zu tun?«

Felicia sah sie verächtlich an und blies ihr boshaft eine Rauchwolke ins Gesicht. »Deutschland hat ein Bündnis mit Österreich«, sagte sie, »und wenn Österreich mit Russland Krieg führt, dann tun wir das auch.«

Victor, der das gern selber und in viel gewählteren Worten einem Auditorium aufgeregt lauschender Frauen erklärt hätte, bedachte seine Nichte mit bösen Blicken. »Ich möchte jedenfalls, dass ihr alle mit nach Königsberg kommt«, sagte er, »hier ist es nicht sicher genug für euch.«

»Und wer sorgt für das Gut?«, erkundigte sich Laetitia.

»Der Verwalter. Die Knechte.«

Laetitia lachte. »Glaubst du, die bleiben einen Tag länger als wir? Wenn die nur das Wort Russe hören, laufen die davon. Außerdem ist Ferdinand nicht reisefähig. Und ohne ihn gehe ich nicht.«

»Damit will sie uns nur zwingen, auch zu bleiben«, schimpfte Gertrud, »aber ich packe sofort meine Koffer, darauf könnt ihr Gift nehmen!«

»Ich auch«, echote Modeste.

Laetitia sah Felicia an. »Felicia …«

Felicia dachte nach. Mit Victors Sippe nach Königsberg – eine grässliche Vorstellung! Mit Gertrud und Modeste in einem Hotel, womöglich sogar in einem Zimmer … dann schon lieber heim nach Berlin!

Laetitia erhob sich und richtete sich zu ihrer zarten Größe von einem Meter sechzig auf. »Also gut«, sagte sie, »Victor verteidigt die Heimat, Gertrud und Modeste verbarrikadieren sich in Königsberg, Großvater und ich halten hier die Stellung. Und Felicia, du reist nach Berlin. Da gehörst du hin!«

Obwohl sie das gerade selber noch gedacht hatte, protestierte Felicia sofort. »Oh nein, Großmutter. Ich gehe nicht. Ich bleibe hier bei Euch auf Lulinn.«

»Nein, Kind. Wir sind keine sechzig Kilometer von der russischen Grenze entfernt, und wenn es zum Krieg kommt, dann geht es hier als Erstes los.«

»Ja. Und deshalb lasse ich euch nicht allein!«

»Mir alter Frau werden sie nichts tun. Aber für dich ist es nicht ganz ungefährlich. Bitte, fahr nach Berlin!«

Felicia dachte an die zahllosen Schreckensgeschichten, die man ihr von den Russen, den »slawischen Horden«, erzählt hatte. Aber neben der Furcht erwachte ein neues, bisher unbekanntes Gefühl in ihr, etwas ganz und gar Fremdes, das sie mit einem leisen Staunen, aber ohne Zögern hinnahm: Es war ein Treuegefühl gegenüber ihrer Familie und gegenüber Lulinn. Es verwirrte sie, weil sie in ihrem Leben nichts getan oder gedacht hatte, was nicht auf irgendeine, noch so unbewusste Weise selbstsüchtig gewesen wäre. Zum ersten Mal verspürte sie eine Verantwortung, die stärker war als alle eigennützigen Triebe. Die Abendsonne fiel durch das hintere Flurfenster, ließ Laetitias weißes Haar aufleuchten und machte die Ahnenbilder entlang der Wände bunt und lebendig.

Felicia lächelte ihrer Großmutter zu. Ja, Lulinn und seine Geschichte waren es wert, jetzt nicht fahnenflüchtig zu werden.

4

Im Telegraphenamt in Berlin war die Hölle los. Tausende drängten sich vor den Schaltern, mit jeder Minute kamen mehr hinzu. Draußen auf den Straßen sausten Autos mit Offizieren darin herum, überall sah man Soldaten, von denen manche die deutsche Fahne schwenkten oder zusammenstanden und »Heil dir im Siegerkranz« sangen.

Männer, Frauen, Kinder, Bürger und Arbeiter, Reiche und Arme standen in bunten Gruppen beieinander, redeten, gestikulierten, überschrien sich gegenseitig. Die ganze Stadt war auf den Beinen, und über allem stand strahlend die Augustsonne und verwandelte die Straßen in einen glühend heißen Kessel, in dem trotz der fortgeschrittenen Nachmittagsstunde noch kein kühlerer Wind den Abend ankündigte.

Seit einer halben Stunde war Deutschland im Krieg.

Elsa hatte sich im Telegraphenamt bis zu einem Schalter vorgeboxt, mit einer Härte, die man ihr kaum zugetraut hätte. Ihre chronische Melancholie ließ sie stets sanft und überzart erscheinen, aber bei allem war sie doch Laetitias Tochter, und es gab Stunden, da schlug dieses Erbe durch.

So auch heute. Dieser Tag, der erste August 1914, forderte alle Kraft von ihr.

Rudolf, ihr Mann, konnte nicht aus seiner Praxis fort; er hatte sie nur bekümmert angesehen und gesagt: »Das Wartezimmer ist bis auf den letzten Platz besetzt. Ich kann die Patienten nicht einfach nach Hause schicken. Elsa, ich weiß, unserer geliebten Felicia wird nichts geschehen.«

Wenn ich das auch glauben könnte, dachte Elsa. Glücklicherweise fand sich Linda bereit, sie zu begleiten. Linda war am Tag zuvor in einer kleinen, hastigen Zeremonie Johannes' Frau geworden; ihre Flitterwochen hatten genau zwölf Stunden gedauert, dann kam sein Einberufungsbefehl, und Johannes musste sich unverzüglich in seine Garnison im Westen begeben. Linda hatte ihn zum Zug begleitet, war dann in Tränen ausgebrochen und zu Elsa geeilt, der sie nun wie ein kleiner, bleicher Schatten auf Schritt und Tritt folgte.

Die Dritte im Bunde war ein dunkelhaariges, dunkeläugiges Mädchen, Sara Winterthal, die mit Felicia und Linda zur Schule gegangen war. Sara galt unter ihren Freundinnen als graue Maus, weil sie blass, schüchtern und unscheinbar war, aber sie besaß die Gabe einer fast zur Hellsichtigkeit entwickelten Intuition und eine große innere Kraft, was weniger egozentrische Personen als Felicia und Linda sicher bemerkt hätten. Sie behandelten sie immer ein wenig herablassend und hatten noch nicht begriffen, dass sie da war, wenn Hilfe gebraucht wurde – so wie jetzt.

Elsa klammerte sich am Schaltertisch fest und wehrte sich beharrlich gegen einen groben, dicken Mann, der sie fortzustoßen versuchte. An ihren Händen traten die Knöchel hervor, ihr Gesicht war bleich und die Augen dunkel umschattet. »Ich muss unverzüglich ein Telegramm aufgeben!«

Der Beamte, der aussah, als würde er vor Hitze und Nervosität gleich wahnsinnig, schüttelte bedauernd den Kopf. »Nichts zu machen. Für Zivilisten geht nichts mehr. Der Telegraphendienst steht ausschließlich dem Militär zur Verfügung.«

Elsas Augen wurden noch größer. »Aber das ist unmöglich. Ich muss nach Insterburg telegraphieren, sofort! Meine Tochter sitzt dort oben, fast ganz allein!«

Einige Leute blickten sie mitleidig an. Die arme Frau, jetzt, wo die Kosaken kamen! Es kursierten bereits die wildesten Gerüchte über Gräueltaten an der Grenze, und jeder Deutsche blickte heute angstvoll nach Ostpreußen, wo der Krieg seinen Anfang nehmen musste.

»Muss gar nicht so schlimm werden, gute Frau«, tröstete ein Mann, »ich sag immer, was ein richtiger deutscher Soldat ist, der lässt überhaupt keinen Russen rein ins Land.«

»Ich glaube auch nicht, dass die Russen so schlimm sind, wie immer behauptet wird«, meinte ein anderer, aber für diese Bemerkung erntete er zornige Blicke. Man brauchte einen Feind, und man konnte die nicht leiden, die zu beschwichtigen versuchten.

»Man drückt uns das Schwert in die Hand«, hatte der Kaiser gestern vom Balkon des Schlosses aus gesagt, und die Menge hatte gejubelt. Ja, das Schwert ergreifen und losschlagen, das wollten sie alle, und zwar lieber heute als morgen. Elsa hatte den ganzen Tag über schon die wilde Kriegslust der Menschen gespürt, als sie mit tausend anderen vor dem Schloss gestanden und angstvoll die Zeiger der Uhr beobachtet hatte. Seit gestern gab es ein deutsches Ultimatum an Russland mit der Aufforderung, die Truppen entlang der österreichischen Grenze unverzüglich abzuziehen. Um zwölf Uhr mittags lief das Ultimatum ab, ohne dass aus Petrograd eine Antwort gekommen wäre. Gerüchten zufolge waren russische Kavallerietrupps bereits da und dort über die deutsche Grenze vorgedrungen und hatten in kleinen Dörfern schaurig gewütet. Eine unverhohlene Gier lauerte in den Menschen. Die Spannung der letzten Wochen war zu groß gewesen, jetzt musste das Gewitter losbrechen, weil kaum mehr Luft zum Atmen da war. Wer praktisch dachte, lief zu den Banken, denn es hieß, an der Börse sei der Teufel los, und das Geld sei jetzt im Strickstrumpf unter dem Bett sicherer als im Tresor. Irgendjemand versuchte, Elsa Kriegsanleihen zu verkaufen, aber sie hörte kaum hin. Sie hielt die Hände ineinander verkrampft, wischte sich nur hin und wieder den Schweiß von der Stirn und dachte im Übrigen an ihre Kinder. Johannes war auf dem Weg nach Westen, wo die Franzosen saßen, von denen noch keiner wusste, ob sie im Ernstfall mit Russland gehen würden. Und Felicia war im Osten auf Lulinn, und Gott mochte wissen, was jetzt dort geschah. Alle empfanden es als Erleichterung, als um fünf Uhr ein Offizier vor das Schlossportal trat und die Mobilmachung verkündete. Einige Sekunden lang standen die Menschen wie erstarrt, dann stimmte jemand einen Choral an, und alle fielen ein. »Nun danket alle Gott« klang es feierlich aus tausend Kehlen über den hellen Platz unter strahlend blauem Sommerhimmel. Viele Leute hatten Tränen in den Augen; auf allen Gesichtern, alten oder jungen, lag derselbe Ernst, dieselbe bedingungslose Bereitschaft. Nur Elsa weinte nicht, noch sang sie. Sie dachte an ihre Kinder und hätte schreien mögen. Wie die Lämmer zur Schlachtbank wollten diese Menschen in den Krieg trotten und jubelten dabei noch!

Elsa hatte Linda und Sara, die beide schluchzten, jede an eine andere Hand genommen und mit sich fortgezogen.

»Kommt, wir müssen sehen, was wir für Felicia tun können«, sagte sie. Sie rannte beinahe durch die Straßen, ohne darauf zu achten, dass sie in ihrem engen Korsett kaum atmen konnte. Linda keuchte hinterher, und Sara weinte, nunmehr nicht aus Kriegsenthusiasmus, sondern weil ihre Schuhe drückten. Ein schneidiger junger Offizier hielt im

Auto neben ihnen und schrie: »Mobilmachung!« Eine ältere Frau brach unter hysterischem, patriotischem Geschrei zusammen. Eine andere wies urplötzlich auf einen Mann, der vor einem der angeschlagenen Extrablätter stand, und brüllte: »Der ist ein russischer Spion! Ich weiß es. Haltet ihn!« Und schon stürzten sich ein halbes Dutzend Bürger auf ihn und schlugen ihn zu Boden.

Wie die Wahnsinnigen benahmen sie sich.

Elsa schwindelte es.

Die Leute schienen zu allem bereit, zu kämpfen, zu töten und notfalls glanzvoll zu sterben. Im Taumel der Begeisterung verblasste die Angst, wurde der Gedanke an den Tod zu einem heroischen Erlebnis.

Schreiend, singend und jubelnd fielen sie einander um den Hals und fühlten sich einig und stark.

Als sich Elsa aus dem Telegraphenamt hinaus wieder auf die Straße drängte, war sie den Tränen nahe. Sie schrak zusammen, als Linda plötzlich ausrief: »Oh, da ist ja Alex Lombard!«

Sie drehte sich um und erblickte einen gutaussehenden Mann, der seinen eleganten Seidentafthut zog und sich so formvollendet verbeugte, als seien sie bei einem Empfang und nicht auf einem menschenüberfüllten Platz mitten in Berlin. Linda übernahm die Vorstellung: »Alex Lombard, ein Freund meines Bruders. Frau Degnelly, Johannes' Mutter. Und Sara, eine Freundin.«

Alex und Elsa gaben einander die Hand. Elsa betrachtete ihn und fühlte sich irgendwie an eine müde Katze erinnert, deren Trägheit einzig der Einschläferung ihrer Feinde und der Schonung ihrer Muskeln für den entscheidenden Schlag dient.

»Feiern Sie auch Deutschlands Erhebung gegen seine

Feinde?«, fragte er ironisch und warf dabei Linda ein Lächeln zu, das sie einen Schritt zurückweichen ließ.

»Ach, gar nichts feiern wir«, erwiderte Elsa verzagt, »meine Tochter Felicia ist noch in Ostpreußen, und ich muss, ich muss ihr einfach telegraphieren, dass sie sofort kommen soll.«

»Wieso ist sie denn immer noch da oben?«

»Weil sie das eigensinnigste Mädchen ist, das ich kenne. Sie hatte es sich in den Kopf gesetzt, und nun … Und sie lassen mich nicht telegraphieren, weil nur das Militär …«

»Keine Sorge. Da oben erfahren sie vom Kriegsausbruch ebenso schnell wie wir hier, und dann wird sie sich auf den Weg machen. Im Übrigen«, Lombard lachte leise und dachte an das Bild, das ihn so gefesselt hatte, »im Übrigen wird Felicia sicher auch mit den Russen fertig!«

Keine der drei Frauen bemerkte die Sorge in seinem Lächeln. Sie sahen nur den schönen Mund und die blitzenden Augen und dachten, dass er doch ein ziemlicher Leichtfuß sei.

»Aber«, fuhr er fort, »wenn es Sie beruhigt, werde ich ein Telegramm aufgeben. Verschlüsselt.«

Schon nach wenigen Minuten kehrte er zurück, ungerührt und ohne Hast. »Alles in Ordnung. Felicia wird in den Schoß der Familie zurückkehren.«

Er hakte sich bei Linda und Sara unter. »Meine Damen, darf ich Sie in ein Café einladen? Es ist ein schöner Sommertag, und wir sollten etwas Hübsches unternehmen.«

»Mir … ist nicht danach«, meinte Elsa unbehaglich. Alex Lombard gefiel ihr nicht besonders gut, aber immerhin hatte er ihr sehr geholfen. Sie sah sich voller Grauen um. »Diese Menschen … Ich kann ihre Begeisterung nicht verstehen. Sie sind ja wie irr!«

»Ja, sie haben auf diese Stunde gewartet«, entgegnete Alex nachdenklich, »nichts ist rauschhafter als das Gefühl der Einigkeit. Lieber gemeinsam sterben, als allein leben. Sie können die Streiks vergessen, die Sozialisten, den Hunger. Ihr Patriotismus eint sie, und wie die hilflosen Küken laufen sie vor allen Schwierigkeiten des Alltags davon unter die wärmenden Federn des bedrängten und doch so stolzen Vaterlandes!«

»Aber der Krieg dauert nicht lange, nicht wahr?«

Alex zog die Augenbrauen hoch. »O nein«, meinte er lustig, »das sagen sie doch alle. Keine acht Wochen. Und bis dahin wollen wir uns den Sommer nicht verderben lassen.«

Er wich einem alten Mann aus, der die Hand aufhielt und etwas von einer Spende für den Sieg murmelte.

»Waren Sie schon im Freibad draußen in Wannsee? Noch nicht? Oh, dann wird es höchste Zeit. Wollen wir morgen zusammen hingehen? Ich denke nicht, dass Ihre patriotische Gesinnung darunter leiden wird!«

Felicia stapfte müde über die Wiesen von Lulinn und schlang sich im Gehen die Haare zu einem Knoten. Ihr Nacken war schweißnass, und das Kleid klebte an ihrem Körper. Sie trug enge Lackschuhe, aber jetzt beugte sie sich mit einer entschlossenen Bewegung hinab, zog sie aus und behielt sie in der Hand. Es war einfach zu heiß. Sie war fast eine Stunde gelaufen, um zu dem kleinen, verborgenen Stall in den Wäldern zu gelangen, einer Jagdhütte, in der sie zwei Pferde versteckt hatte, denen sie nun täglich Wasser und Heu bringen musste. Jedes Mal, wenn das laute Wiehern sie begrüßte, lobte sie ihre eigene Schlauheit. Gerade rechtzeitig, ehe deutsche Truppen nach Lulinn kamen und alle Pferde beschlagnahmten, war es ihr gelungen, die beiden kräftigsten fortzuschaffen: Man musste ja höflich zu den Truppen sein und behaupten, es als Ehre zu empfinden, Pferde für den Kampf zu geben, aber in Wahrheit war Felicia entrüstet über diese »Diebstähle«, wie sie es nannte. Was sollten sie tun, wenn sie plötzlich fliehen müssten? Die alten Klepper nehmen, die man ihnen gelassen hatte? Nein, sie hatte vorgesorgt. Es gab die Pferde im Wald und hinten in der Scheune einen, vorsichtshalber mit Stroh getarnten Leiterwagen. Seither konnte Felicia besser schlafen, wenn sie auch die Vorstellung, plötzlich eine Abteilung Russen die Allee entlangkommen zu sehen, äußerst beunruhigend fand. Wie alle anderen hatte sie die Ereignisse der letzten Wochen voller Angst verfolgt und sich von aller Welt abgeschnitten gefühlt. Nachrichten bekamen sie oft nur von Flüchtenden aus weiter östlich gelegenen Gebieten, die mit Wagen und Pferden und Ziegenherden an Lulinn vorbeikamen und sich dort ausruhten. Die Deutschen hatten bei Stallupönen eine Schlacht gewonnen, bei Gumbinnen aber verloren, und offenbar gab es unter den deutschen Generälen heftige Streitereien.

»Prittwitz und François können sich nicht auf eine einheitliche Order einigen«, hatte gestern ein verwundeter Soldat gesagt, »wenn der eine blau sagt, sagt der andere grün, und alles ist durcheinander.«

Heute früh waren wieder Soldaten zurückgekommen, hatten um einen Schluck Wasser gebeten und berichtet, dass General Prittwitz ausgetauscht werden sollte. »Sie holen Ludendorff von der Westfront. Und irgendeinen pensionierten General haben sie auch noch aufgetrieben. Ich glaube, er heißt Hindenburg oder so ähnlich.«

»Können Sie etwas über die Westfront sagen?«, fragte Laetitia gespannt, aber der Soldat schüttelte den Kopf. »Kaum etwas. Die Franzosen leisten wohl mehr Widerstand als erwartet. An Ihrer Stelle würde ich übrigens das Gut verlassen. Wir sind so ziemlich die letzten Truppen.«

Laetitia blieb kühl. »Wir können nicht. Mein Mann ist sehr krank. Er würde eine Flucht nicht überstehen.«

»Sie sind sehr mutig.«

Was bleibt uns auch anderes übrig, dachte Felicia nervös. Ich frage mich wirklich, warum sie die Russen so tief ins Land lassen!

Ihr fiel das Schlagwort ein, das General François bei Kriegsbeginn geprägt hatte: »Kein Slawe wird deutschen Boden betreten!«

Großartig, und nun kamen sie in Scharen. Felicia musste fast immerzu an die vielen scheußlichen Geschichten denken, die man ihr erzählt hatte. Auch heute, als sie Lulinn von fern erblickte und es so still und wie leblos in der Sonne lag, ging ihr Herz in jähem Schrecken schneller. Waren die Russen da gewesen, während sie fort war? Doch dann beruhigte sie sich wieder. Über den Hof liefen ein paar Hühner, irgendwo schnatterte eine Gans. Die würden sicher nicht mehr leben, wären die Feinde schon da.

Aber – weshalb war alles so ruhig? Trotz ihrer Erschöpfung lief Felicia das letzte Stück rascher. Keine Menschenseele ließ sich blicken. Sie stieß die Haustür auf.

»Jadzia!«, rief sie, aber niemand kam. In plötzlicher Panik schrie sie: »Großmutter! Großmutter, wo bist du?«

Von oben erklangen Schritte. Laetitia erschien auf der Treppe. »Oh Felicia, gut, dass du kommst. Ich fing an, mich ein wenig einsam zu fühlen.«

»Wo sind sie denn alle, Jadzia, die anderen Mädchen, die Knechte? Es ist so still …«

»Sie sind alle fort«, erwiderte Laetitia, »sie haben die Nerven verloren. Wir sind jetzt allein.«

Die Worte klangen seltsam eindringlich durch das hohe Treppenhaus. Felicia lauschte ihrem Klang nach und versuchte, ihre Bedeutung zu erfassen, und auf einmal spürte sie, wie sich ihr Gesicht bis in die Lippen hinein entfärbte.

Laetitia eilte die Treppe hinunter und nahm ihren Arm. »Kind, du wirst mir doch nicht umfallen? Du hättest doch diesem verschlüsselten Telegramm aus Berlin folgen sollen. Wenn du noch gehen willst, dann …«

»Nein.« Felicia kam wieder zu sich. »Natürlich bleibe ich. Mir war eben nicht gut … die Hitze draußen, weißt du …«

Laetitia lächelte, setzte sich auf die unterste Treppenstufe und erklärte wie so oft, Felicia sei wirklich ihre Enkelin, das könne sie in Situationen wie dieser sehen, denn die Abkömmlinge ihrer Familie seien immer loyal gewesen.

Felicia ließ sich auf einen Stuhl fallen. »Ach Großmutter, wie lieb von dir, das zu sagen. Aber ich fürchte, ich bin nicht so edel, wie du meinst. Ich bin eine richtig selbstsüchtige Person, und ich …«

»Natürlich bist du das. Ich bin es auch, und deine Mutter ist es und deine Tante Belle … aber wir sind es auf eine andere Weise als die dicke, dumme Modeste. Modeste wird immer ein Blatt im Winde sein, umgetrieben von ihrer eigennützigen Gier, dabei eine Sklavin ihrer Bequemlichkeit. Sie ist eine kleine Tyrannin, aber wir – wir haben äußerst herrschsüchtige Triebe. Doch wir haben auch Verantwortungsgefühl und Mut. Wenn wir etwas lieben, dann stellen wir uns davor und verteidigen es bis zum letzten Blutstropfen, nicht aus Edelmut, sondern weil wir ganz genau wissen, dass wir am leichtesten die beherrschen, die wir beschützen. Das ist es doch auch, warum wir hiergeblieben sind, nicht?«

Sie brach ab und lauschte nach oben.

»Hat Großvater gerufen? Ich sehe mal nach ihm!« Rasch lief sie die Treppe hinauf. Felicia folgte ihr.

Ferdinand Domberg wirkte ganz verloren in dem großen Bett. Seine schmalen Hände, die durchsichtig waren wie feines Pergament, fingerten unruhig an der Decke herum. Sein Gesicht hatte eine gelbliche Farbe angenommen, und die Augen waren braun umrandet. Erst als sich Laetitia über ihn beugte, entspannten sich seine Züge, trat Klarheit in seinen Ausdruck. »Laetitia«, flüsterte er und versuchte vergeblich, die Hand zu heben. Sein Atem ging flach, doch wenn Laetitia vor seinen bläulichen Lippen erschrak, so zeigte sie es nicht. Sie lächelte sanft, und er hing an ihrem Lächeln, als wolle er sich daran festklammern.

Er ist vollkommen abhängig von ihr, dachte Felicia fasziniert, er ist es immer gewesen.

Zaghaft trat sie näher. Ihr todkranker Großvater schüchterte sie mehr ein, als es der kerngesunde, stets so leichtsinnig fluchende und tobende je getan hatte. Mit dem alten, polternden Tyrannen hatte sie umzugehen gewusst. Doch jetzt hatte er sich verändert, und Krankheit hatte sie immer erschreckt und verunsichert. Mit Schwäche wusste sie nichts anzufangen.

»Kann ich … Kann ich irgendetwas für dich tun?«, flüsterte sie.

Der Großvater wandte den Kopf und sah sie matt an. Felicia war nicht sicher, ob er sie überhaupt erkannte. »Fenster«, murmelte er, »öffne das Fenster!«

Sie trat ans Fenster und stieß weit die beiden Flügel auf. Sofort flutete drückend heiße Luft ins Zimmer, eine stickige Schwüle, in der die Rosen aufdringlich süß dufteten und einen schweren, einschläfernden Geruch verströmten. Die

Bienen summten laut durch den stillen, heißen Nachmittag, kein Grashalm, kein Blatt rührte sich.

Felicia drehte sich um. »Es wird ein Gewitter geben«, sagte sie, »es ist so totenstill draußen, dass …« Sie stockte, lauschte in die Stille hinein. »Hörst du nicht?«, fragte sie.

Laetitia hob den Kopf. »Nein, ich …« Dann sprach auch sie nicht weiter, ihre Augen wurden groß, mit jeder Faser ihres Körpers schien sie auf etwas zu lauschen, was dort draußen war. Ihre Augen begegneten denen Felicias, und Felicia las darin den stummen Befehl, dass, was immer nun geschähe, Großvater sich um keinen Preis aufregen durfte. Felicia schluckte trocken. Sie lehnte sich wieder hinaus, fühlte die Sonne auf ihrem Gesicht und gab sich für einen Moment der trügerischen Vorstellung hin, es sei nur einer von hundert anderen sonnigen Ferientagen und Benjamin käme die Allee entlang, um sie zum Schwimmen oder Tennisspielen abzuholen. Aber es war nicht Benjamin, es war kein Ferientag. Es war Krieg, und zwischen den Eichen im Schatten der Blätter und Zweige tauchten Reiter auf. Bajonette blinkten in der Sonne. Es waren keine deutschen Uniformen, die diese Männer trugen.

Mit zitternden Händen schloss Felicia das Fenster; die Scheiben klirrten leise. Ihr Mund fühlte sich trocken und pelzig an. Mit fremder, rauer Stimme sagte sie: »Soldaten kommen. Es sind …« In ihren Augen stand wilde Angst. Großmutters stahlharter Blick traf sie schneidend. Mühsam setzte sie fort: »Es sind recht viele.«

Ferdinand schlug die Augen auf. »Soldaten?«

»Deutsche Soldaten«, sagte Laetitia unbekümmert, »sie wollen sich hier ausruhen und einen Schluck Wasser trinken. Ich werde hinuntergehen und sie willkommen heißen.« Sie wollte aufstehen, doch Ferdinands klauenähnliche, lange Finger umklammerten ihre Hände mit rücksichtsloser Härte. »Nein«, befahl er mit einem Anflug seiner einstigen Rauheit, »du bleibst bei mir. Ich mache es nicht mehr lange, und der Teufel soll mich holen, wenn ich in den letzten Minuten meines Lebens allein bleiben muss.«

Laetitia lächelte beruhigend. »Ich bleibe. Felicia …«

Felicias Augen weiteten sich. »Ich? Aber …« Sie biss sich auf die Lippen. Sie dachte an alles, was Laetitia ihr vorhin gesagt hatte, und begriff nun, welchem Zweck diese Unterhaltung hatte dienen sollen. Laetitia hatte sie nicht ablenken, sie hatte ihr Kraft geben wollen.

»Wir sind mutig und verantwortungsbewusst, wir verteidigen, was wir lieben.«

Ihre Knie zitterten, ihr Gesicht war weiß, aber so ruhig wie möglich, damit Großvater nichts merkte, ging sie zur Tür. Sie hörte die Pferde über den Hof traben, vernahm helles Wiehern und eine scharfe Stimme, die einen unverständlichen Befehl brüllte. Jemand hämmerte gegen die Haustür, stieß sie entschlossen auf. Schwere Stiefel trampelten über die Steinplatten in die Halle.

Felicia fürchtete, ihr würde übel werden. Nie im Leben hatte sie sich so sehr gefürchtet. »Ich gehe schon«, sagte sie. Sie verließ das Zimmer, ging den Flur entlang. Als sie die Treppe erreichte, hob sie den Kopf. Ohne Hast kam sie die Stufen hinab.

Die russischen Soldaten waren vor allem daran interessiert, etwas Essbares aufzutreiben. Von Beginn des Krieges an war der Nachschub ihr größtes Problem gewesen. Die Transportwege waren lang und umständlich, und die Russen konnten das deutsche Schienennetz nicht benutzen, da die Deutschen keine Züge zurückgelassen hatten und die russischen Züge auf einer anderen Spurbreite fuhren.

Von der Bevölkerung war der größte Teil in die westlich gelegenen Städte Ostpreußens geflohen und hatte leere Höfe zurückgelassen. Nun, da sich François' Truppen zurückgezogen und nach Süden begeben hatten, wo der russische General Samsonow mit seinen Truppen an den masurischen Seen stand, ließ Rennenkampf, der die erste russische Armee befehligte und inzwischen Schwierigkeiten hatte, die Lage zu überblicken, seine Truppen westwärts ziehen und hatte täglich mit Versorgungsschwierigkeiten zu kämpfen.

Die Russen hatten bereits Jadzias Speisekammer bis auf den letzten Krümel ausgeräumt und machten im Hof Jagd auf die Hühner und Gänse. Eine Abteilung hatte Haus und Hof sogleich umzingelt und jeden Winkel nach versteckten deutschen Soldaten abgesucht. Einige andere warfen sich gerade erschöpft auf Sofas und Sessel und streckten die Beine weit von sich. Ein junger Offizier, das Gewehr in der Hand, ging zur Treppe und schickte sich an, die Stufen hinaufzusteigen.

Überrascht blieb er stehen, als er Felicia erblickte. Sie hielt sich mit einer Hand am Geländer fest, mit der anderen fasste sie sich eine Sekunde lang nervös an den Hals, ehe sie sie sinken ließ. Sie hatte nicht einen Schatten von Farbe im Gesicht, und ihre schwarzen Brauen hoben sich gespenstisch dunkel vom Weiß ihrer Haut ab.

Der Leutnant grinste. »Wen haben wir denn da?«, fragte er in gutem Deutsch. »Schönes Kind, was tun Sie denn hier so allein?«

Die anderen wurden aufmerksam und kamen heran. Sie blieben unten stehen, eine Uniform an der anderen, und lachende, sonnenverbrannte Gesichter blickten zu Felicia hinauf. Sie sah sie an und wurde etwas ruhiger. Sie wusste nicht sicher, was sie erwartet hatte – irgendwie hatte sie stets die Vorstellung von einer Horde schlitzäugiger Mongolen gehabt und sich schaudernd der berüchtigten Grausamkeiten eines Dschingis Khan entsonnen. Wie albern, dachte sie jetzt, so furchtbar sind sie gar nicht.

»Ich bin ganz und gar nicht allein«, sagte sie schnippisch, »und bitte, Sie können hier nicht herauf!«

Die Männer blickten sie überrascht an. Dann musste der Leutnant lachen. »Habt ihr gehört?«, wandte er sich an die anderen. »Wir dürfen nicht hinauf! Die junge Dame hat es uns soeben verboten!«

Einer erwiderte etwas auf Russisch, und alle lachten grölend. Der Leutnant wandte sich wieder Felicia zu; er hatte sein rechtes Bein eine Stufe höher gestellt und stützte sich lässig darauf. Seine dunklen Augen blitzten. »Schätzchen«, sagte er, »was, wenn wir doch hinaufwollen?«

Felicia meinte, einen ersten Funken von Erregung in seiner Stimme zu hören, und das ängstigte sie. Sie begriff, dass sie in ernste Bedrängnis geraten könnte, bemühte sich aber, kühl zu bleiben. »Mein Großvater liegt im Sterben«, sagte sie, »und er soll sich nicht beunruhigen.«

Ihre Ruhe beeindruckte die Männer. Der Leutnant schüttelte bedauernd den Kopf. »Tut mir leid. Meine Leute müssen das ganze Haus durchsuchen. Ich verspreche aber, dass sie sich vollkommen zivilisiert benehmen werden.« Er nickte einigen Männern zu, und schon liefen sie die Treppe hinauf. Felicia blieb unbeweglich stehen. Der Leutnant betrachtete sie interessiert, das schmale Gesicht, den spitz in die Stirn verlaufenden Haaransatz, die blassgrauen Augen, in denen nicht die Spur eines Entgegenkommens, einer leisen Bitte um Milde stand.

Er verfolgte die weiche Linie ihres Mundes. Eine richtige Dame, dachte er, doch dann, während sein Blick abwärtsglitt, musste er lachen.

Felicia folgte seinen Augen irritiert und zuckte zusammen. Lieber Himmel, sie hatte völlig vergessen, ihre Schuhe wieder anzuziehen! Unter dem wadenlangen, geblümten Sommerkleid sahen ihre nackten Beine hervor, zerkratzt von Disteln und Dornen und voller Erde und Staub. Errötend hob sie den Kopf. Wie ärgerlich, mit nackten und restlos verdreckten Füßen vor den Soldaten zu erscheinen.

»Nun, wir werden nicht weiter stören«, versicherte der Leutnant, »wir ruhen uns nur etwas aus und füllen unseren Proviant auf. Ihr habt keine Pferde mehr hier?«

»Nein. Die wurden alle von unseren Truppen konfisziert.«

Der Leutnant zuckte mit den Schultern. »Das macht nichts. Ohnehin … dauert es keine zwei Wochen mehr, und wir ziehen durch das Brandenburger Tor!«

Durch das Brandenburger Tor! Felicia wusste nicht, welcher Teufel sie ritt, aber ehe sie richtig nachdenken konnte, hörte sie sich schon mit klarer Stimme sagen: »Reden Sie doch nicht solchen Unsinn!«

Gleich darauf erschrak sie heftig. Wie konnte sie denn so etwas sagen! Der Leutnant, der sich schon abgewandt hatte, drehte sich langsam zu ihr um. Aus seinen Augen war das Lächeln gewichen. Die übrigen Männer hielten den Atem an. Leise fragte er: »Sagen Sie, gibt es irgendetwas, wovor Sie sich fürchten?«

Felicia hatte weiche Knie und das Gefühl, die Treppe schwanke. Mit halbwegs fester Stimme erwiderte sie: »Nein, ich fürchte mich nie.«

Ein Anflug von Bewunderung glitt über das Gesicht des Mannes. »Sie lügen, Madame. Aber Sie sind in der Tat sehr tapfer.« Noch einmal umfasste sein Blick ihre Gestalt. »Hätte ich Sie unter anderen Umständen getroffen, wäre ich mit Ihnen tanzen gegangen.« Er drehte sich zu den Männern um, nun wieder ganz militärisch streng. In befehlendem Ton sagte er etwas auf Russisch, und gleich kam Bewegung in die Soldaten. Sie fuhren fort, Proviant aus der Küche zu holen und zu verpacken; ihre Pferde zu tränken und sich selber rasch ein paar Hände voll Wasser über die Gesichter zu schütten. Der Trupp, der das Haus durchsucht hatte, tauchte mit leeren Händen wieder in der Halle auf. Schon nach kurzer Zeit waren sie fertig, packten ihre Gewehre und verließen das Haus. Der Leutnant ging als Letzter, blieb in der Tür stehen und hob grüßend die Hand. »Auf Wiedersehen, Madame. Schade, dass wir im Krieg sind, nicht?«

Felicia nickte ihm zu. Kaum war er draußen, sank sie auf der nächsten Treppenstufe nieder, barg das Gesicht in den Händen und lauschte dem rasenden Schlag ihres Herzens. Das Rauschen in ihren Ohren mischte sich mit dem Hufgetrappel der davontrabenden Pferde.

Sie hob den Kopf.

Der Nachmittag war wieder still und heiß, er duftete nach Klee und Jasmin und war erfüllt vom Summen der Bienen.

Sie sind fort, dachte Felicia, sie sind tatsächlich fort! Sie fühlte sich so schwach, dass sie am liebsten sitzen geblieben wäre und in die wundervolle Ruhe gelauscht hätte, aber dann fiel ihr Laetitia ein, und eilig sprang sie auf. Sie musste ihr gleich sagen, dass alles gut gegangen war und sie sich nicht länger zu fürchten brauchte. Ihre nackten Füße tappten über den Gang. »Großmutter!«, rief sie. »Großmutter …« Laetitia kam ihr an der Tür zum Schlafzimmer entgegen, müde, mit blassem Gesicht. Sie streckte Felicia die Hand entgegen, und zu ihrem Schrecken bemerkte Felicia, dass diese Hand zitterte. Erschrocken fragte sie: »Was ist? Warum zitterst du? Alles ist vorbei!«

»Ja«, erwiderte Laetitia leise, »alles ist vorbei.«

Felicia blickte hinüber zu Großvaters Bett, das zerwühlt war wie ein Schlachtfeld. Sie stieß einen erschrockenen Seufzer aus, und ihre Großmutter nickte langsam. »Ja. Großvater ist gestorben.«

Staubbedeckt, übermüdet und hungrig kamen sie in Königsberg an. Felicia hatte das Gefühl, dass es keinen Knochen mehr in ihrem Körper gab, der nicht schmerzte, so sehr hatte sie die Fahrt in dem ungefederten Leiterwagen über holprige Feldwege durchgeschüttelt. Am schlimmsten war es mit ihren Armen, die so wehtaten, dass sie hätte weinen mögen. Stunde um Stunde hatte sie die Zügel gehalten und die beiden müden Pferde vorangetrieben. Sie musste dabei ständig daran denken, dass Großvater ihr als Kind das Kutschieren beigebracht hatte, und bei der Erinnerung daran stiegen ihr unaufhaltsam die Tränen in die Augen und liefen ihr über die Wangen. Sie schluckte krampfhaft, um es zu verbergen, aber Laetitia, die mit einem gewaltigen schwarzen Strohhut auf dem Kopf neben ihr auf dem schwankenden Kutschbock saß, wandte sich ihr zu und sagte: »Wein ruhig, Kind. Das erleichtert.«

Es hatte nur dieser Aufforderung bedurft, und Felicias Tränen strömten wieder. »Ach Großmutter, es ist alles so schrecklich! Ich hatte ihn so lieb.«

»Ich weiß. Ich habe ihn schließlich auch geliebt.«

»Ja, du auch. Ihr habt so sehr zusammengehört. Er war alles für dich, und …«

»Oh, er war nicht die große Liebe meines Lebens«, unterbrach Laetitia.

Felicia starrte sie an. »Nein?«

»Nein, gewiss nicht. Es gab einen anderen, aber … nun, das ist sehr lange her. Aber ganz sicher bin ich …«, sie hielt inne, ihr Gesicht trug einen versonnenen Ausdruck, während sie um Jahre und Jahrzehnte zurückblickte in eine Zeit, die sehr fern war und in der sie so jung gewesen war wie Felicia heute, »ganz sicher bin ich glücklich gewesen mit ihm.«

Sie hatten einen Landarbeiter aufgetrieben, der ihnen einen Sarg aus Insterburg besorgt und ein Grab auf dem Familienfriedhof ausgehoben hatte, und einen Pfarrer, der sich vor den Russen in seinem Haus verbarrikadiert hatte, auf Laetitias inständige Bitten hin sich aber bereit erklärte, nach Lulinn zu kommen und die Totenmesse zu lesen. Felicia und ihre Großmutter standen im Schatten der Fichten, die um den Friedhof herum wuchsen, und waren die einzigen Trauergäste. Felicia dachte daran, welch eine pompöse Zeremonie das in Friedenszeiten gewesen wäre und wie sehr Großvater dieses schlichte, eilige Begräbnis gegrämt hätte. Sie warf ihm einen flammend bunten Strauß Rosen auf den Sarg; sie hatte sie wild durcheinander gepflückt, leuchtend gelbe, schneeweiße, zartrosafarbene und samtig rote. Die Rosen waren Ferdinand Dombergs Stolz gewesen, ebenso wie die Pferde, die Eichenallee und sein guter Name. Trotz allem war es tröstlich, dass Ferdinand hier auf Lulinn hatte sterben dürfen und nun unter seinen Kiefern ruhte.

Auf dem Weg zurück zum Haus hakte sich Großmutter bei Felicia unter und sagte: »Wir fahren nach Königsberg. So schnell wie möglich.«

»Es gehen keine Züge mehr.«

»Wir haben Pferd und Wagen.«

»Wir können doch Lulinn nicht im Stich lassen.«

Laetitia blieb stehen. »Doch, das können wir. Wir sind wegen Großvater geblieben, und der braucht uns jetzt nicht mehr. Außerdem haben wir überhaupt nichts mehr zu essen. Und vor allem wissen wir nicht, was hier noch geschieht, und ich habe mir geschworen, dich niemals wieder solchen Gefahren auszusetzen. Wenn ich daran denke, was alles hätte geschehen können …« Sie schauderte. »Nein, wir fahren!«

Es gelang ihnen, an den russischen Truppen vorbeizukommen, ohne auch nur einem Soldaten zu begegnen. Sie hatten keine Ahnung, wo die Armee stand, daher benutzten sie vorsichtshalber die verstecktesten Schleichwege, die natürlich am schwierigsten zu befahren waren. Sie kamen an kleinen plätschernden Nebenflüssen der Pregel vorbei, an stillen Wiesen und wogenden Kornfeldern, und an viele Orte hatte Felicia Erinnerungen, die ihr plötzlich wehtaten. Hier, in diesem Bach, hatte sie sich einmal die Füße gekühlt bei einem Ausritt mit Christian und Jorias, sie hatten am Ufer gesessen und den Atem der Pferde in ihrem Nacken gefühlt. Dort hatte sich Linda während einer Wanderung den Fuß verstaucht, als sie einmal einen Sommer auf Lulinn verlebte. Auf einmal schien es Felicia, als wäre das alles schon lange her. Irgendwann – sie wusste selber nicht genau, wann – hatte das Leben eine andere Richtung eingeschlagen. Die alte Zeit nahm schon den melancholischen Anstrich der Vergangenheit an, die nur noch im Gedächtnis existiert.

Königsberg quoll über von Menschen. Viele Flüchtlinge kampierten in Hotels und Pensionen und versammelten sich auf Straßen und Plätzen, warteten auf die neuen Extrablätter, diskutierten, fragten, fluchten und überschrien einander.

War Prittwitz zu Recht gegen Ludendorff ausgetauscht worden? Was sollte man vom alten Hindenburg halten? Gott möge geben, dass es endlich irgendjemandem gelänge, die verdammten Russen von deutschem Boden zu verjagen! Ein dicker Polizist mit wichtiger Miene schlug eine neue Bekanntmachung an einen Baum, und sofort war er umlagert von Menschen. *Die belgische Stadt Löwen von deutschen Soldaten besetzt*, verkündete das Blatt, und als Überschrift prangten die Worte des Generals v. Kluck: *Wir werden die Belgier lehren, Deutschland* zu *respektieren!*

»Nicht nur die Belgier!«, schrie ein Mann und erntete damit allseits begeisterte Zustimmung. »Die ganze Welt wird es begreifen, dass sie mit uns nicht Schlitten fahren kann!« Alle jubelten. Laetitia drückte ihren Hut tiefer ins Gesicht. »Ich begreife nicht, weshalb der deutsche Patriotismus so derb sein muss. Man sieht immer unwillkürlich die alten Hunnen vor sich!« Sie brachten ihr Gefährt vor dem Hotel *Berliner Hof* zum Stehen, denn hier hatten Tante Gertrud und Modeste absteigen wollen. Felicia hatte nicht die geringste Neigung, den beiden boshaften Weibern zu begegnen; sie wusste, sie würde ihnen alle zehn Fingernägel in die drallen Gesichter schlagen, wenn in ihren kleinen, wimpernlosen Augen die heimliche Freude über Großvaters Tod aufleuchten würde. Nein, jetzt drängte es sie so schnell wie möglich nach Hause. Hier wurde ihr die Welt zu finster, sie brauchte jetzt ihre Mutter, die sie tröstete, ihren Vater, der ihr versicherte, dass sie ein tapferes Mädchen sei. Sie wollte alles Vertraute wiedersehen, denn hier war das Vertraute jäh zerstört worden.

Sie sprang vom Wagen und übergab die Zügel einem herbeieilenden Hoteldiener. »Großmutter, ich gehe zum Bahnhof«, sagte sie entschlossen, »ich will sehen, ob nicht noch ein Zug nach Berlin geht. Willst du mitkommen?«

»Nein, das wäre nicht gut«, meinte Laetitia, »wenn sich die Lage hier so weit beruhigt hat, dass wir nach Lulinn zurückkönnen, sollen nicht Victor, Gertrud und Modeste allein dort ihren glanzvollen Einzug halten. Irgendjemand von der alten Garde muss ihnen auf die Finger sehen.«

»Soll ich …«

»Nein. Das schaffe ich allein.« Laetitia reichte ihrer Enkelin die Reisetasche. »Hier, nimm die gleich mit. Aber wenn kein Zug geht, dann kommst du zurück. Verstanden? Und lass dich nicht mit fremden Männern ein. Es sind mir ein bisschen viele Soldaten in der Stadt.«

»Ich gebe schon acht!« Felicia küsste die welke Haut der alten Frau, roch den vertrauten Duft nach Veilchen und Seife und spürte den festen Druck ihrer Hände. »Vielleicht sollte ich doch …«, meinte sie zweifelnd, doch Laetitia schüttelte den Kopf. »Geh nur. Der Sommer ist vorüber«, sagte sie, und etwas in ihrer Stimme ließ Felicia schaudern. Mit ihrer Tasche in der Hand drängte sie sich durch die Menge. Weshalb nur war dieser August so heiß? Zu spät bemerkte sie, dass sie ihren Sonnenhut im Wagen vergessen hatte.

Auf dem Bahnhof wimmelte es von Soldaten, Mitgliedern der Königsberger Garnisonstruppen und der Landwehrbrigaden. Viele waren verwundet; Felicia sah verbundene Arme, geschiente Beine und schwarze Klappen über den Augen. Manche stützten sich beim Gehen auf Krankenschwestern, in denen Felicia hier und da die Töchter von befreundeten Gutsbesitzerfamilien erkannte. An diesem Tag inszenierten einige einen großen Auftritt. Felicia erspähte Ernestine, ein Mädchen aus der Nachbarschaft, das im Kleid einer Rot-Kreuz-Schwester neben einem humpelnden Soldaten einherging und ihn fürsorglich stützte. Sie kicherte und strahlte ohne Unterlass, und der junge Mann, fiebrig, wie er war und wegen seiner Behinderung unfähig zu entkommen, lauschte ergeben. Ernestine kam sich ungeheuer wichtig vor. »Hallo, Felicia!«, rief sie, »was tust du denn noch hier? Ich dachte, du seist längst in Berlin?«

»Ich mochte Ostpreußen in der Stunde größter Not nicht

verlassen«, gab Felicia zurück, »und ich sehe, auch du erfüllst deine vaterländische Pflicht mit ganzer Hingabe.«

Ernestine sah sie entrüstet an. Sie opferte sich auf im Dienst der guten Sache, und Felicia kam daherspaziert und machte sich darüber lustig. Nun lächelte sie dem verwundeten Soldaten auch noch schamlos zu, dass er Ernestine vergaß und wie verzaubert das Mädchen mit den blassgrauen Augen betrachtete.

»Los, kommen Sie«, befahl Ernestine grob und zerrte ihn so heftig weiter, dass er fast über sein verletztes Bein gestolpert wäre und nur im letzten Moment von einem herbeistürzenden Kameraden aufgefangen werden konnte.

»Aber Schwester, was machen Sie denn?«, hörte Felicia ihn sagen und musste über Ernestines wütendes Gesicht lachen. Sie hätte sich gerne noch länger amüsiert, doch sie musste weiter. Als sie über den Bahnhof hastete, sah sie plötzlich Onkel Victor, der in einem Schalterhäuschen saß und emsig auf einem Papier herumkritzelte. Rasch trat sie heran. »Onkel Victor!«

Er fuhr auf und starrte sie finster an. »Was, um alles in der Welt, tust du denn hier?«, fragte er giftig.

Felicia zog die Augenbrauen hoch. »Und was tust du hier, Onkel Victor? Ich dachte, du bist an der Front und schießt jede Minute wenigstens einen Feind tot!«

Es gefiel Victor gar nicht, so ertappt zu werden. In seinem Kopf hatte er sich bereits Erzählungen der kühnsten Heldentaten zurechtgelegt, mit denen er später prahlen wollte, und nun kam seine Nichte daher, erwischte ihn hinter dem Schreibtisch und schleuderte ihm Frechheiten ins Gesicht. »Du kannst dir deine schnippischen Bemerkungen sparen, mein Fräulein«, sagte er zornig, »was ich hier tue, ist sehr wichtig. Ich überwache das Verladen der Verwundeten.«

Es lagen Felicia noch ein paar hübsche Bosheiten auf der Zunge; die verschluckte sie, als ihr in den Sinn kam, was sie ihm eigentlich mitteilen musste. »Großvater ist gestorben«, sagte sie.

Victor blickte sie fassungslos an. »Gestorben? Haben ihn die Russen …?«

»Nein. Du … Du musst dich nicht genötigt sehen, auf der Stelle loszustürzen und ihn zu rächen. Es war sein Herz.«

Victors Gesicht nahm eine graue Farbe an, sein Kinn zitterte. Er war völlig erschüttert, denn es gelang ihm nicht, sich seinen vitalen, aufbrausenden Vater, vor dessen scharfer Zunge er sich ein Leben lang insgeheim gefürchtet hatte, tot vorzustellen. Er sah aus, als wäre seine ganze Welt ins Wanken geraten, und einen Augenblick lang tat er Felicia fast leid. Um zu vermeiden, dass sie plötzlich beide in Tränen ausbrachen, sagte sie schnell: »Großmutter ist im *Berliner Hof*. Und ich möchte nach Hause. Wann geht der nächste Zug?«

Nun war Victor wieder die Wichtigkeit in Person. »Du bist ja nicht gescheit! Ein Zug! Hier gehen heute und morgen nur Verwundetentransporte ab, und was übermorgen wird, weiß noch niemand.«

»Ja, aber ich möchte doch nach Berlin zurück!«

»Glaubst du, im Krieg nimmt noch irgendjemand Rücksicht auf deine Wünsche? Nein, es wird Zeit für dich zu lernen, dass du nicht der Mittelpunkt der Erde bist!« Es tat Victor gut, das endlich einmal sagen zu können. Solange er sie kannte, hatte er sich über Felicia geärgert. »Geh zurück ins Hotel. Vielleicht ist Gertrud so freundlich und stellt für dich ein Notbett in ihrem Zimmer auf«, setzte er gönnerhaft hinzu.

Nur das nicht! Felicia hätte lieber auf offener Straße kampiert.

»Danke«, entgegnete sie von oben herab, »ich sehe mich lieber noch etwas um.«

Victor zuckte mit den Schultern. Felicia nahm ihre Tasche auf und trat wieder hinaus in die sengende Hitze.

In Scharen hasteten die Menschen die Bahnsteige entlang. Felicia wurde immer wieder angerempelt, zur Seite gestoßen oder von Krankenpflegern angeschnauzt, die ihr mit ihren Bahren entgegengeeilt kamen.

»Machen Sie doch Platz!«, schrie einer. »Herrgott, warum steht ihr feinen Damen einem bloß immer im Weg herum?«

Felicia wich empört aus. In diesem Ton hatte selten jemand mit ihr gesprochen. Sie hob sich auf die Zehenspitzen und spähte umher. Wenn doch nur irgendein bekanntes Gesicht auftauchte, jemand, der ihr weiterhelfen konnte! Und gerade da entdeckte sie Maksim Marakow.

Er stand, in grauer Uniform, neben einem anderen Soldaten am Rande der Gleise, rauchte eine Zigarette und hörte mit gerunzelter Stirn den Ausführungen des anderen zu. Er war sehr schmal geworden und sah selbst auf die Entfernung müde aus. Was Felicia am meisten erschreckte, war der dicke weiße Verband, der sich um seinen rechten Arm schlang. Nun erst bemerkte sie, dass seine Uniformjacke nur lose um seine Schultern hing und der Arm mit einer Schlinge gestützt wurde. Maksim war verwundet.

So rasch sie konnte, eilte sie auf ihn zu. »Maksim! Was ist denn geschehen?«

Maksim sah sie überrascht an. »Felicia, was tust du denn hier?«

»Ich war in Lulinn. Aber die Russen sind gekommen, und wir mussten fort. Ach Maksim, und Großvater ist gestorben …«

Es tat Felicia gut, von ihrem Kummer, von der Angst der letzten Tage berichten zu können.

Maksim würde Mitleid mit ihr haben, ihr sagen, dass sie tapfer gewesen war, vielleicht würde er sie kurz an sich ziehen …

Sie blickte zu ihm auf wie ein Kind und gewahrte einen Anflug zärtlicher Sorge in seinen Augen. »Du Armes«, sagte er weich. »Du hast eine harte Zeit hinter dir.«

»Ja, das schon, aber … du doch auch!« Vorsichtig berührte sie seinen Arm.

Maksim lächelte. »Die Schlacht bei Gumbinnen forderte ihre Opfer«, meinte er leichthin, »hübsch, nicht? Der Arm wird wahrscheinlich steif bleiben. Leider kann ich mich auf diese Weise nicht wieder so schnell Deutschlands Feinden entgegenwerfen!«

Der andere Soldat sah betreten zur Seite. Die Ironie in Maksims Worten war ihm nicht entgangen, und er wusste nichts damit anzufangen. Ein verlegenes Schweigen breitete sich aus, das Maksim schließlich brach. »Willst du etwa verreisen, Felicia?« Er wies auf ihre Tasche.

»Ja. Ich will zurück nach Berlin. Ich muss einen Zug finden!«

»Da wirst du kaum Glück haben. Es gibt keine Personenzüge. Schon gar keine Erste-Klasse-Coupés!«

»Das ist mir egal. Und wenn ich auf einem Viehwagen fahre! Ich will endlich nach Hause!«

»Dabei ist es in Königsberg gerade so interessant!«

Eilig blickte sie auf. Sie versuchte zu ergründen, ob in seiner Stimme ein Klang gewesen war, der sein Interesse daran verriet, dass sie blieb. Die Erkenntnis, dass er in Königsberg war, und die Frage, was sie denn eigentlich in Berlin sollte, durchzuckten sie gleichzeitig.

Aber schon sagte er: »Na ja, ich drehe dieser Stadt sicher auch bald den Rücken zu. Berlin ist immer noch besser.«

»Gibt es denn keine Möglichkeit, dass ich von hier fortkomme?«

Maksim schüttelte erst den Kopf, dann betrachtete er sie nachdenklich, und plötzlich umspielte ein boshaftes Lächeln seine Lippen. »Vielleicht gibt es eine«, meinte er, »bleib hier stehen. Ich will sehen, was ich tun kann!« Er verschwand im Gewühl. Felicia presste ihre Tasche fest an sich. Wie gut, dass Maksim ihr half! Sie hatte ihn zu ihrer großen Liebe erkoren, und so nüchtern und berechnend sie den Männern sonst gegenüberstand, an diesem romantischen Traum hielt sie unerbittlich fest. Maksim allein vermochte einen Wesenszug in ihr zu berühren, der tiefer und noch fast versteckt in ihrem Inneren lag, den zu erwecken sie keinem sonst, nicht einmal sich selbst erlaubt hätte.

Sie seufzte erleichtert, als sie ihn aus der Menge auftauchen sah. Er sah sehr zufrieden aus, aber etwas an dem heiteren Blinken in seinen Augen stimmte Felicia misstrauisch.

»Ich habe etwas für dich«, sagte er, »einen Zug nach Berlin. Komm schnell, er fährt in fünf Minuten ab!« Er nahm ihre Tasche und drängte sich vor ihr her den Bahnsteig entlang. Felicia folgte erleichtert. Onkel Victor würde sich wundern, wenn sie, anstatt kleinlaut um eine Unterkunft im Hotel zu bitten, ein Grußtelegramm aus Berlin schickte. Albern von ihm, ihr einreden zu wollen, es gingen keine Züge mehr.

Maksim blieb stehen. »Hier«, sagte er, »wir sind da.«

Felicia erblickte mehrere große Güterzugwaggons. Die Schiebetüren standen weit offen. Krankenpfleger schleppten Bahren mit Verwundeten heran, reichten sie vorsichtig hinauf, wo sie von anderen Männern in Empfang genommen wurden. Bleiche Gesichter auf harten Kissen, fiebrige

Augen zwischen dicken Verbänden. Heisere Stimmen baten um einen Schluck Wasser, flehten um Morphium oder gleich um die ewige Erlösung. Wuchernde Bärte umrankten bleiche Lippen, und überall war Blut, fließendes, hellrotes oder verkrustetes, dunkles Blut. Alles schien getaucht in Blut, alles schien erfüllt von Stöhnen und Jammern. Felicia griff sich an den Hals. »Oh … das ist …«, sagte sie schwerfällig, »das ist ja furchtbar …«

Ein Verwundeter, der soeben an ihr vorübergetragen wurde, streckte die Hand nach ihr aus. »Helfen Sie mir«, flüsterte er, »halten Sie mich doch …«

Felicia trat zurück, sodass seine Hand ins Leere griff. Sie sah nicht, dass Maksims Lippen schmal wurden und dass Zorn und Verachtung in seinen Augen standen. »Ja, so fein stirbt es sich für den Kaiser«, sagte er bitter, »hübsch, nicht? So glanzvoll und heroisch!«

»Ach hör auf. Ich weiß ja, dass du den Kaiser nicht magst. Bring mich lieber zu meinem Abteil!« Sie wollte schnell weiter, aber er hielt sie zurück.

»Es gibt kein Abteil, Felicia. Ich habe dir gesagt, dass es mit Personenzügen aussichtslos ist. Aber dieser Verwundetentransport geht nach Berlin, und sie brauchen jede Hand. Ich habe mit einem der Ärzte vereinbart, dass du als Krankenschwester mitfahren kannst.«

Sie fuhr herum. Natürlich scherzte er, aber, weiß Gott, manchmal fand sie ihn nicht im Allergeringsten komisch. »Maksim, rede keinen Unsinn. Ich möchte jetzt …«

»Sind Sie die Dame, die uns helfen will?« Ein kleiner, grauhaariger Mann im weißen Arztkittel tauchte vor Felicia auf und nahm ihre Hand. »Schnell, dort im dritten Waggon werden Sie gebraucht. Ein Schwerstverwundeter!«

Felicia riss sich los und wurde blass. »Das ist ein Irrtum.

Ich … Ich habe so was noch nie gemacht. Ich bin keine Krankenschwester. Ich kann nicht mal Blut sehen, und ich …«, ihr Gesicht verzog sich vor Widerwillen, »ich will auch kein Blut sehen!« Der Arzt starrte sie an. In seinen Augen konnte sie deutlich lesen, was er von ihr dachte, aber das kümmerte sie nicht. Sollte er doch denken, was er wollte. Sie wandte sich zu Maksim. »Maksim, versteh doch …«

Die Worte erstarben auf ihren Lippen. Diesmal konnte sie es nicht übersehen. Der Zug um Maksims Mund wirkte beinahe brutal in seiner Verächtlichkeit. »Ich verstehe durchaus«, entgegnete er kalt, »der Anblick dieser halbtoten Kerle gefällt dir nicht. Männer sollen elegant und schön sein, nicht in ihrem eigenen Blut und Eiter verrecken. Du willst ihnen winken, wenn sie in ihren sauberen grauen Uniformen singend aus der Stadt ziehen, um sich irgendwo weit weg für Deutschlands Ehre zu schlagen, aber du willst nicht bereit sein, sie aufzunehmen, wenn sie mit zerfetzten Gliedern zurückkehren. Du willst das ganze Leben nur im Glanz von Kronleuchtern und Spiegelsälen sehen, und was mich freut, ist nur, dass dieser Krieg, der noch Jahre dauern wird, Leuten wie dir zeigt, wie die Welt wirklich ist. Die Zeit des Kaiserreiches ist vorüber. Ihr werdet schmelzen wie Wachs über einer Flamme!«

Felicia hörte ihm fassungslos zu. Sie kannte solche Reden von ihm, aber nie hatte sie ihn so wütend erlebt. Nie hatte er sie so schonungslos gekränkt. Ein böser, flammender Zorn erwachte in ihr, und er meinte weniger Maksim als die Tatsache, dass er der einzige Mensch auf Erden war, der sie so tief im Inneren treffen konnte.

»Du kannst vollkommen sicher sein«, fuhr sie ihn an, »ich zerschmelze nicht wie Wachs über einer Flamme. Ich niemals! Ganz gleich, wie lang dieser Krieg dauert und was immer er bringt: Wenn einer von uns beiden vor die Hunde geht, dann bist du es! Und wenn du die vornehmen Damen lieber siehst, die gern Krankenschwester spielen, weil sie sich damit wichtig und patriotisch vorkommen – bitte sehr! Vielleicht siehst du ihre Verlogenheit nicht. Ich jedenfalls bin wenigstens ehrlich. Ich hasse den Krieg, und ich will nichts damit zu tun haben!«

»Du hasst nicht den Krieg, sondern die Unannehmlichkeiten, die er dir bringt«, sagte Maksim, aber Felicia hörte ihm nicht zu. Ihre Wut fiel so schnell in sich zusammen, wie sie gekommen war; zurück blieben Schmerz und die Entschlossenheit, den Abgang so würdevoll wie möglich zu gestalten.

Sie reichte dem Arzt ihre Hand. »Helfen Sie mir bitte auf den Wagen«, sagte sie, »ich komme mit nach Berlin.« Sie presste die Lippen zusammen, als sie hinaufgeklettert war und in das Halbdunkel des stickigen Waggons tauchte. Der Gestank war so schlimm, dass sie glaubte, sie würde ersticken. Überall schwirrten Fliegen herum; schwarze, dicke Käfer krochen zu Felicias Entsetzen in die offenen Wunden der Verwundeten hinein. Ein Mann neben ihr richtete sich auf und erbrach sich, im letzten Moment konnte sie ihren Fuß wegziehen. Die Lokomotive stieß einen kreischenden Laut aus, und Felicia hätte sich am liebsten umgedreht und wäre aus dem langsam anrollenden Zug gesprungen. Doch dort draußen stand Maksim, und den Triumph, sie mit klappernden Zähnen die Flucht ergreifen zu sehen, wollte sie ihm nicht gönnen.

Für den Arzt und die Patienten jedoch bedeutete sie zunächst keine Hilfe. Sie kauerte sich in eine Ecke auf eine Holzkiste, stützte den Kopf in die Hände und fing an, wie ein kleines Mädchen zu weinen.

5

Die Uhrzeiger näherten sich bereits mitternächtlicher Stunde, als sich Felicia zu fragen begann, weshalb sie sich darauf eingelassen hatte, einen Abend mit dem Fremden aus München zu verbringen. Nicht, dass er nicht amüsant gewesen wäre, im Gegenteil, selten hatte sie sich in der Gesellschaft eines Mannes so gut unterhalten. Er wohnte im Hotel *Esplanade* in der Bellevuestraße am Tiergarten, und dort aßen sie auch zu Abend. Sie schlürften Austern, verschlangen Blinis mit Kaviar und stillten ihren Durst mit Champagner, der in den hohen Gläsern schäumte. Der Fremde – im Stillen nannte sie ihn noch »den Fremden«, obwohl sie wusste, dass er Alex Lombard hieß – protzte ein bisschen mit seinem Geld, aber das wirkte seltsamerweise weder affig noch lächerlich, wie manchmal bei sehr jungen Männern, die auf Kosten ihrer Väter hohe Zechen machten.

Alex Lombard schien sich über sich selber lustig zu machen, während er den erstaunten Kellner mit einem Trinkgeld beglückte, das fast der Endsumme auf der Rechnung gleichkam. Er lachte; über sich, das Geld und das Leben, aber sein Mund wirkte ein wenig angespannt dabei. Seine Gebärden, mit denen er Champagner nachschenkte und die Blumenverkäuferin heranwinkte, um Felicia eine Rose zu schenken, schienen beinahe verachtungsvoll. Er hatte nichts mit den Männern gemein, die Felicia kannte, und es war kein Zufall, dass sie für ihn nur das Wort »fremd« fand.

Kurz nach ihrer Rückkehr aus dem Sommer war er in der Schlossstraße aufgekreuzt, gerade an dem Tag, als Felicias Vater nach Osten reiste, um sich als Arzt den deutschen Truppen anzuschließen, und Elsa Stunde um Stunde wie betäubt im Berliner Zimmer saß und auf den Hof hinunterstarrte. Der Fremde nannte seinen Namen, erklärte, er habe damals bei Kriegsausbruch ein Telegramm an Felicia abgesandt, und er sei nur vorbeigekommen, um zu erfahren, ob die junge Dame sicher in Berlin angekommen sei.

Elsa schreckte aus ihrer Melancholie auf. »Ja, ja das ist sie. Felicia, komm doch mal her.«

Der Anblick von Männern rief in Felicia immer eine instinktive Beutegier wach, und der von Alex Lombard besonders. Er sah gut aus, fand sie, und er war offensichtlich anders als ihre üblichen Freunde. Er hatte eine gewisse Ähnlichkeit mit Maksim; Größe und Figur stimmten überein, die dunklen Haare, die hochmütig blickenden Augen, der Anflug von Zynismus in den Gesichtszügen. Keine Spur jedenfalls von der schmachtenden Kuhäugigkeit eines Benjamin Lavergne, der sich und alles, was mit ihm zusammenhing, stets überaus wichtig nahm. Der Fremde schien es auch abzulehnen, Zuflucht zu jenen verschnörkelten Umwegen zu nehmen, die für gewöhnlich das Verhältnis zwischen Männern und Frauen bestimmten. Zu Elsas Entsetzen (Er hätte das nicht tun dürfen, dachte sie, er nutzt es aus, dass ich ihm Dankbarkeit schulde.) fragte er ohne Umschweife: »Hätten Sie Lust, morgen Abend mit mir essen zu gehen, Felicia?«

Sie sagte zu, aus vier Gründen: Sie ging sehr gern aus. Er

ähnelte Maksim Marakow. Sie bekam die Chance, Elsas patriotischem Strickkränzchen zu entfliehen. Und … sie war süchtig nach jeder Gelegenheit, die sie die furchtbare Fahrt von Königsberg nach Berlin vergessen ließ.

Es war die Hölle gewesen. Sie hatte Verbände wechseln und Wunden auswaschen, Fliegen verjagen und Blut und Erbrochenes wegwischen müssen. Ihr Kreuz hatte geschmerzt, ihre Füße hatte sie kaum gespürt. Der Arzt fuhr sie mehrmals heftig an, ein irr gewordener Verwundeter ging ihr an die Kehle, und sekundenlang fürchtete sie um ihr Leben. Ein anderer Soldat starb ihr unter den Händen, was sie erst an den starren, weit aufgerissenen Augen merkte, die sie plötzlich blicklos anglotzten. Sie sprang auf und schrie, so lange, bis ihr aufging, dass sich kein Mensch darum kümmerte. Die anderen waren alle viel zu sehr mit ihrer eigenen Arbeit beschäftigt. Wie hielten sie das nur durch?

Wahrscheinlich fühlten sie sich von einer heißen, patriotischen Flamme durchglüht, und das machte sie stark. Felicia hatte Frauen gesehen, die *Heil dir im Siegerkranz* sangen und dabei aussahen, als würden sie von einer Woge der Opferbereitschaft, der Hingabe an die Sache emporgeschleudert, denen die Tränen in die Augen schossen, deren Gesichter von einem strahlenden Leuchten verklärt wurden. Sie konnten den Krieg ertragen, indem sie ihn zu einem heiligen Kampf erhoben. Die Fahne war heilig, die Gewehre, das Blut, Tod, Gefahr, Angst, Flucht, Abschied waren heilig. Auch der Schmerz war heilig. Felicia hatte manchmal den Eindruck, sie sei der einzige Mensch weit und breit, dem die Geschehnisse der letzten Wochen Grauen und Albtraum bedeuteten.

Sie war dem Fremden dankbar, dass er während des ganzen Abends weder Tannenberg noch den Namen Hindenburg erwähnt hatte. Sie kannte keinen Mann – außer Maksim –, der darauf verzichtet hätte, ihr eine langwierige Analyse der Schlacht aus der letzten Augustwoche anzutun. Jeder sonst sprach davon.

Tannenberg hatte das Feuer der Begeisterung neu und heftiger entfacht. Der Krieg war schon so gut wie gewonnen. Hindenburg hatte im Osten aufgeräumt. Und im Westen sah es auch nicht schlecht aus: Deutsche Siege bei Neufchâteau, Longwy, Montmedy, und jetzt standen die Deutschen an der Marne, die französische Regierung war nach Bordeaux geflohen. Ehe das Herbstlaub fiel, hieß es in diesen Tagen, ist der Krieg aus. Und jubelnd fiel die Bevölkerung in diesen optimistischen Chor ein.

Alex Lombard redete nicht vom Krieg. Er erzählte von den Reisen, die er gemacht hatte, von interessanten Menschen, von lustigen Begebenheiten. Ein leises Unbehagen bei Felicia rührte daher, dass sie seinen Zynismus nicht gewohnt war und dass ihr seine Art, Menschen und Dinge, von denen er sprach oder die er ansah – also auch sie selber –, auf eine merkwürdig grausame Weise bis ins Innerste zu sezieren, fremd war. Er liebte es, Schwächen bloßzulegen, Personen und Geschehnisse auf ihre Unvollkommenheit zu reduzieren. Seine Freude daran war von diabolischer Erbarmungslosigkeit, aber ganz unerwartet konnte er plötzlich mit einem warmen Lächeln seinen Worten die Schärfe nehmen. Er schien es als Spiel zu genießen – und Felicia hasste es, wenn mit ihr gespielt wurde.

Ich glaube nicht, dass ich ihn je wiedersehen werde, dachte sie, als das Essen schließlich vorüber war und sie das Restaurant verließen.

Draußen sagte Alex: »Diesen Abschnitt des Abends hätte Ihre Mutter gebilligt, Felicia. Die Frage ist – möchten

Sie nach Hause, oder möchten Sie, dass wir nun an einen Ort gehen, von dem Ihre Mutter vielleicht besser nichts erfährt?«

Felicia bekam große Augen. Alex musste lachen. »Kind, sehen Sie mich nicht so an, ich will Sie ja nicht fressen. Ich will nur wissen, ob Sie mich in einen Nachtclub begleiten?«

»Oh ...« Felicia war nie in einem Nachtclub gewesen, aber insgeheim hatte sie es sich immer gewünscht. Nun stand sie hier in der Dunkelheit, irgendwoher klang leise Musik, und Lombard sah sie sehr intensiv an. Ihr Erlebnishunger siegte über ihr Unbehagen. Herausfordernd sah sie Alex an. »Natürlich«, sagte sie, »komme ich mit.«

»Natürlich«, erwiderte Alex und winkte einem Taxi.

Monas Etablissement lag in der Friedrichstraße, in der man am Tag einkaufen konnte, die bei Nacht aber ganz dem Amüsement gehörte. Musik dröhnte aus den Lokalen, gemischt mit Lachen, Schreien, Singen und Grölen. Überall brannten Lichter, und es herrschte ebenso viel Leben wie am Tag – nur, dass es von anderen Gesetzen bestimmt war.

Felicia schaute sich fasziniert um, nachdem sie aus dem Auto gestiegen waren. »Warum gerade hier?«, fragte sie.

Alex hob die Augenbrauen. »Ich liebe es. *Monas Etablissement* ist viel zu viel Plüsch und viel zu viel Kristall. Ein einziger fetter Zynismus.«

»Warum lieben Sie Zynismus?«

»Nun, er ist der Versuch, die Verlogenheit zu entlarven, nicht?«

»Ich finde, Plüsch und Glas sind selber verlogen. Sie imitieren etwas, wovon sie weit entfernt sind.«

»Sie haben ja recht, Felicia. Bloß – wenn etwas so offensichtlich lügt wie *Monas Etablissement*, dann sagt es schon wieder die Wahrheit. Kommen Sie, nehmen Sie meine Hand, und bleiben Sie dicht bei mir. Sie sind zu hübsch, als dass ich Sie hier allein herumlaufen lassen könnte.«

Ein unbeschreibliches Geschrei, Gequalme und Getöse empfingen sie.

In dem engen Raum saßen an die hundert Menschen auf Stühlen, Bänken und teilweise auch auf den Tischen. Sie rauchten, tranken und unterhielten sich lautstark. Hin und wieder lachte jemand schrill, oder eine Frau schrie kreischend auf. Felicia erblickte ärmliche Gestalten und solche, die aus besseren Verhältnissen stammen mussten. Hier und da blitzte teurer Schmuck auf, saßen Herren in reinseidenen Westen zwischen spärlich bekleideten Mädchen.

Ein Soldat, dessen ganze rechte Gesichtshälfte unter einem Verband verschwand, hämmerte auf dem Klavier herum und brüllte ein gefühlvolles Lied dazu.

»Dem haben sie in Frankreich die Ohren zerschossen«, erklärte eine aufgetakelte Blondine gerade einem Gast, »unglücklicherweise war er vorher Komponist. Für den ist das Leben gelaufen.«

»Der Krieg dauert jetzt nicht mehr lange!«

»Ehe das Herbstlaub fällt, ist er aus, das sagen alle.«

»Ob das Laub so lange wartet?«

»Komm, wir haben Hindenburg! Wir sind unschlagbar!«

»Noch ein Wort vom Krieg, und ich lass den Scheißladen hier in die Luft gehen.« Alle lachten. Der Mann am Klavier spielte einen schrillen misstönenden Akkord. Eine üppige Brünette trat an Alex und Felicia heran. »Alex, warum hast du mir die bisher unterschlagen?«, rief sie und hängte sich an seinen Arm.

»Wo hast du das bezaubernde Püppchen her? Eine Haut wie weißes Porzellan, Wangen rosig wie der Morgenhimmel.

Aber meinst du nicht, dass sie zu unschuldig ist, um sie hierherzubringen?«

»Sie ist sicherlich unschuldiger als du, Mona«, entgegnete Alex und küsste die Fremde auf beide Wangen«, aber darum bin ich ja auch bei ihr und pass auf sie auf.«

Mona schüttete sich aus vor Lachen. »Du passt auf sie auf? Das ist ungefähr so, wie wenn man den Wolf das Schaf hüten lässt. Kindchen, ich fürchte, ich werde Sie in meine starken Arme nehmen müssen. Alex hat eine Vorliebe für so junge Geschöpfe. Sagen Sie, weiß Ihre Mutter, dass Sie mit ihm ausgehen?«

Auf Alex' Gesicht trat ein verärgerter Ausdruck. »Ihre Mutter kennt mich selbstverständlich«, entgegnete er kurz, »und nun – hast du einen Tisch für uns?«

Mona lächelte anzüglich. »Sag nur nicht, es ist ernst diesmal! Natürlich habe ich einen Tisch für dich – und für die Kleine!« Sie ging voran zu einem kleinen Tisch, der ein wenig abseits in einer Nische stand. Hier war es düster; eine einzige Kerze flackerte, und von den rotverhangenen Lampen des übrigen Raumes strahlte kaum Licht herüber.

Alex rückte Felicias Stuhl zurecht, dann nahm er ihr gegenüber Platz. »Was möchten Sie trinken, Felicia? Einen Whisky auf Eis?«

Felicia mochte nicht zugeben, dass sie in ihrem ganzen Leben noch keinen Whisky getrunken hatte, und nickte gleichgültig. »Ja, das ist gut. Einen Whisky.«

Gleichzeitig dachte sie, dass Alex Lombard sich tatsächlich sehr von allen Männern unterschied, die sie bislang gekannt hatte. Keiner von ihnen hätte sie in ein solches Lokal geführt und ihr, ohne mit der Wimper zu zucken, ein Glas Whisky bestellt. Sie dachte an Benjamin, wie er ihr den Antrag gemacht hatte, und an seine Augen, in denen sein Innerstes bloßgelegen hatte. Lombards Augen gaben kein Geheimnis preis. Um ihrer Verwirrung Herr zu werden, fragte Felicia herausfordernd: »Warum sind Sie eigentlich nicht bei den Soldaten, Herr Lombard?«

Alex schwenkte den Whisky in seinem Glas. »Ich bin Hauptmann der Reserve«, erwiderte er, »aber Sie wissen, wir haben eine Textilfabrik in München, und natürlich produzieren wir jetzt auf Hochtouren – Uniformen vor allem. Ich wollte an die Front, aber sie wiesen mich ab mit der Begründung, dass die deutsche Industrie jetzt nicht an allen Ecken und Enden zusammenbrechen dürfe.«

»Sie wollten in den Krieg? Sind Sie ein Patriot?«

Alex verzog das Gesicht. »Nein. Ein Patriot bin ich nicht. Aber ich wäre lieber in den Krieg gezogen, als nach Hause zurückzugehen.«

»Weshalb?«

»Sie wollen alles ganz genau wissen, wie? Trinken Sie lieber noch einen Schluck, und lassen Sie uns von etwas anderem reden.«

Felicia nahm einen tiefen Schluck, um gleich darauf das Gefühl zu haben, ein Feuerstrahl rinne ihr die Kehle hinauf und hinunter. »Ich mag keinen Whisky«, sagte sie angewidert, »und ich werde nie wieder welchen trinken!«

»Braves Mädchen! Dann habe ich Sie also nicht vom rechten Weg abgebracht?« Er selber trank in großen Zügen sein Glas leer. »Oh, hören Sie? Dieser Veteran am Klavier hat aufgehört, und Mona lässt das Grammophon spielen.« Er erhob sich. »Möchten Sie mit mir tanzen?« Er wartete ihre Antwort gar nicht ab, sondern nahm ihre Hand und zog sie mit zu der kleinen Tanzfläche vor der Theke. Sie waren die Einzigen, die tanzten, und alle Blicke folgten ihnen. Einige Männer pfiffen anerkennend. Felicia stellte fest, dass

Alex sehr gut tanzte und dass ihr sein Geruch nach Whisky, Tabak und Rasierwasser gefiel.

Sie tanzte mit entrückter Miene – was ein bisschen auch am Champagner vom Abendessen lag –, und als die letzten Töne verklangen, fragte sie unvermittelt: »Wie alt sind Sie eigentlich?«

Alex lachte. »Uralt. Über dreißig.«

»Ja?«

»Ja … ein gefährlich erfahrener Mann, wissen Sie.« Er betrachtete ihr Gesicht. »Vielleicht bringe ich Sie nun besser nach Hause!«

»Warum denn schon?«

»Nun … Schafe sollten gehen, wenn Wölfe anfangen, hungrig zu werden.«

Das war ein Ton, den sie verstand. Der Fremde wurde ihr vertraut. Auf einmal war er nur noch ein Mann, der sich für sie interessierte. »Ich kann schon auf mich selber aufpassen«, sagte sie, drehte sich um und wollte zu ihrem Tisch zurückgehen.

Sie blieb so abrupt stehen, dass Alex, der hinter ihr kam, beinahe über sie gestolpert wäre. Maksim Marakow hatte soeben in Begleitung einer fremden Frau *Monas Etablissement* betreten, und seine und Felicias Augen kreuzten sich in jähem Schrecken.

Alle vier standen sie einander gegenüber, und niemand wusste etwas zu sagen, nachdem die förmliche Vorstellung über die Bühne gegangen war.

»Alex Lombard aus München. Ein Freund von Phillip und Johannes.«

»Maria Iwanowna.«

Maria Iwanowna – weiter nichts? Wer ist sie, wo kommt

sie her, seit wann kennst du sie, weshalb ziehst du mit ihr um diese Zeit durch die Stadt? Felicia schoss eine unausgesprochene Frage nach der anderen durch den Kopf, während sie die Rivalin aus schmalen Augen musterte. Eine hübsche Frau (aber ich bin hübscher!), etwas zu blass, übernächtigt, abgearbeitet. Sie hatte dunkles Haar und dunkle Augen, einen feinen, sehr energischen Mund, auffallend sensible Hände. Voll Wut registrierte Felicia, dass zwischen ihr und Maksim eine unübersehbare Vertrautheit herrschte.

Hilfesuchend sah sie sich nach Lombard um, aber der beantwortete ihren Blick nur mit einem anzüglichen Grinsen. Verdammter Kerl, er sah aus, als wisse er alles und fände es auch noch komisch. Mit brüchiger Stimme fragte sie: »Maksim, warum bist du wieder in Berlin? Als ich dich das letzte Mal sah…«

»…war ich noch ein treuer Kämpfer Seiner Majestät des Kaisers, ich weiß. Mein Arm macht Schwierigkeiten.« Er hob den Arm, und Felicia sah, dass er ihn noch immer bandagiert trug. »Eignet sich nicht mehr besonders zum Töten. Bis Weihnachten hab ich erst mal Urlaub. Aber nach allem, was man hört, ist der Krieg bis dahin sowieso vorbei.«

Mascha verzog spöttisch das Gesicht. Felicia, mit der feinen Intuition einer Frau in ihrer Lage, erkannte: Sie ist genau wie er. Das ist die Vertrautheit. Wahrscheinlich ist sie Sozialistin. Wahrscheinlich Frauenrechtlerin. Wahrscheinlich… Nicht weiter nachdenken! Es tat zu weh. Mit gespielter Lustigkeit wandte sie sich an Alex. »Wir wollen doch nicht wirklich schon gehen? Ich möchte erst noch einen Whisky trinken. Und noch mal tanzen!« Sie umklammerte seinen Arm.

»Bestellen Sie mir noch einen Whisky, bitte!«

»Kind, Sie sollten…«

»Wenn Sie's nicht tun, tu ich's selber.« Sie winkte Mona: »Einen doppelten Whisky für mich!«

Die Blicke der anderen ignorierend, kippte sie den Whisky hinunter wie Wasser. Ihr wurde himmlisch leicht und höllisch schlecht. Schwankend schleppte sie Alex zur Tanzfläche.

»Ich möchte jetzt tanzen!« Der Whisky ließ sie alles ganz weit weg sehen, alles von fern hören. Die Welt verschwamm in einem nebligen Licht, oben war unten und unten oben. Sie benahm sich völlig unmöglich, sie wusste es, aber es erleichterte sie.

Die Leute tuschelten über sie, hier und da fielen obszöne Bemerkungen, aber dafür entschädigten sie Maksims Augen, in denen sie zumindest einen Anflug von Betroffenheit las. Oder gelesen hatte, bevor sie sich in alkoholgetränkte Abgründe stürzte und zum ersten Mal in ihrem Leben die Flucht ergriff. Sie versteckte sich vor der Erkenntnis, dass sich Maksim ihr entzogen hatte, dass ihre Macht an eine Grenze gestoßen war. Die Demütigung, die sie empfand, setzte sie in exaltierte Fröhlichkeit um.

Wenn ihr nur nicht immer elender würde! Am Anfang hatten Ekstase und Übelkeit im Gleichgewicht gelegen, jetzt blieb nur noch die Übelkeit. Sie hing wie ein Sack in Alex Lombards Armen, ihre Knie knickten ein, sie machte ein oder zwei unsichere Schritte. Sie meinte, seine Stimme über sich zu hören – »Du armes Kind«, sagte die Stimme, oder etwas Ähnliches, dann wurde ihr schwarz vor Augen, und ein dunkles Loch tat sich vor ihr auf.

Als sie erwachte, lag sie auf einem Bett, neben ihr brannte eine Lampe, und der furchtbare Schwindel war verflogen. Ihre Augen tränten etwas, ihr Kopf schmerzte, aber wenigstens drehte sich die Welt nicht mehr so atemberaubend schnell. Sie dachte: Wie komisch, ich habe ja noch meine Kleider an, und ich gehe doch nie mit Kleidern ins Bett!

Dann wurde ihr klar, dass sie nicht in ihrem Bett lag, sondern in einem fremden, und dass sie das Zimmer ringsum nie gesehen hatte. Sie wollte sich aufsetzen, doch ein stechender Schmerz durchzuckte ihren Kopf, und mit einem Seufzer fiel sie in das Kissen zurück.

»Bleiben Sie um Gottes willen liegen!« Alex Lombard trat an das Bett heran und musterte sie mit einer Mischung aus Besorgnis und Spott. »Es ist ein Wunder, dass Sie keine Alkoholvergiftung davongetragen haben. Was Sie da heute Abend getan haben, hätte den stärksten Kerl umhauen können!«

»Wo bin ich denn hier?«

»Im *Esplanade*. In meinem Zimmer.«

»Oh Gott!«

»Es ging nicht anders. Hätte ich Sie in diesem Zustand zu Ihrer Mutter zurückgebracht, hätten Sie wahrscheinlich eine Menge Ärger bekommen.«

»Sie hätten auch Ärger bekommen!«

»Aber Felicia!« Er lachte. »Ich wasche meine Hände in Unschuld. Diese Verwicklung dramatischer Umstände konnte ich wirklich nicht voraussehen.«

»Es gab keine dramatischen Umstände!«

»Nein? Dann muss ich manches missverstanden haben. Ich hatte das Gefühl, dass Sie sich in hochexplosiven Zündstoff verwandelten, als Sie diesen Mann – wie hieß er noch? –, diesen Maksim Marakow sahen. Und ich meinte, es hätte an seiner aparten Begleiterin gelegen, dass Sie so plötzlich Ihre Rolle als höhere Tochter aufgaben und den Whisky in sich hineinschütteten, als hätten Sie Ihr Leben lang nichts anderes getrunken. Sie haben diesen neuen Part überaus gut gespielt!« Er lachte schon wieder und ließ sich in einen Sessel neben dem Bett fallen.

»Selten hat mich etwas so amüsiert!«

Mit unverhohlener Feindseligkeit sah ihn Felicia an.

Besäße er auch nur eine Spur von Taktgefühl, er hätte weder Maksim noch Maria noch den unseligen Whisky jemals wieder erwähnt. Und er hätte schon gar nicht die Situation ausgenutzt und sie auf sein Zimmer geschleppt. Das Gefühl des Ausgeliefertseins – sie lag hier auf seinem Bett, betrunken, unfähig sich zu rühren, ohne vor Schmerz zu stöhnen – verdoppelte ihre Wut.

»Wie spät ist es überhaupt?«, fauchte sie.

»Etwa fünf Uhr morgens.«

»Was?« Fast hätte sie sich wieder aufgerichtet, aber geistesgegenwärtig neigte sich Alex vor, legte sanft die Hand auf ihre Stirn. »Bleiben Sie liegen!«

»Meine Mutter hat wahrscheinlich schon die Polizei alarmiert. Sie wird verrückt sein vor Sorge!«

»Keine Angst. Ich habe sie angerufen.«

»Sie haben sie angerufen? Und ihr gesagt, dass ich … Dass wir …«

Alex grinste. »Ich weiß, wie man mit Müttern umgeht. Ich habe alles ein bisschen beschönigt. Zum einen habe ich Ihren volltrunkenen Zustand verschwiegen. Ich habe auch nicht erzählt, dass wir Ihrer großen Liebe begegnet und Sie durch schreckliche Gefühlswirren gegangen sind!« Er machte eine kurze Pause.

Er ist ein Scheusal, dachte sie, ein richtiges Scheusal!

»Ich habe behauptet, Ihnen sei auf einmal sehr übel geworden«, fuhr Alex fort, »Sie hätten beim Abendessen zu sehr geschlungen, und …«

Er ist der grässlichste Mann, der mir je begegnet ist!

»… und da es nicht so aussähe, als würden Sie eine Autofahrt ohne peinliche Zwischenfälle überstehen, hätte ich Sie bis morgen früh in die Obhut meiner Schwester Kassandra gegeben, die mit mir in Berlin sei und im selben Hotel wohne.«

»Wie raffiniert!«

»Ja, nicht wahr? Der Vollkommenheit wegen habe ich Ihre Mutter sogar mit Kassandra sprechen lassen.«

»Haben Sie Ihre Stimme verstellt?«

»Nein. Aber ein weiblicher Hotelgast, der mir sehr zugetan ist, war so freundlich, Kassandras Rolle zu übernehmen. Der Dame schien eine solch pikante Angelegenheit viel Spaß zu machen.« Seine Stimme wurde leiser. »Und Ihnen macht sie auch Spaß, Felicia. Sie hassen Langeweile und Gleichmaß, und lieber fallen Sie besinnungslos in die Arme eines fremden Mannes, als dass Sie alles seinen gewohnten Trott gehen lassen. Oder wären Sie jetzt wirklich lieber daheim bei Ihrer Mutter?«

Sie antwortete nicht, sondern starrte nur zur Decke. Sie spürte einen bitteren Geschmack im Mund, der sie argwöhnen ließ, sie habe sich in den Stunden der Besinnungslosigkeit womöglich tatsächlich übergeben; eine beschämende Vorstellung, und sie schwor sich, den Fremden nie danach zu fragen. Es gab manches, was sie lieber nicht wissen wollte – auch nicht, was sie geredet hatte, als sie in *Monas Etablissement* wie eine komische Jahrmarktsfigur über die Tanzfläche getaumelt war. Maksim war Zeuge der Schande gewesen, und dieses Biest auch, die schwarzäugige Mascha … Wie um einen Rest von Würde zu wahren, verkündete Felicia unvermittelt: »Ich habe mir im Grunde nie etwas aus Maksim Marakow gemacht!«

»Ach nein?« Für einen Moment löste gespannte Aufmerksamkeit den amüsierten Ausdruck in Lombards Augen ab. Gleich darauf aber war er wieder der Mann, der nie etwas ernst zu nehmen schien. »Dann heiratest du mich?«

»Wie?« Jetzt setzte sich Felicia wirklich auf und ignorierte die tausend Nadelstiche in ihren Schläfen. »Haben Sie auch zu viel getrunken?«

»Ich trinke nie mehr, als ich vertrage. Und deshalb weiß ich, was ich sage. Ich würde dich gern heiraten.«

»Warum?«

Alex lächelte. »Das ist wenigstens eine sachliche Gegenfrage. Du bist sehr hübsch, ganz einfach, und du hast etwas, das mich anzieht. Vielleicht sind es deine Augen. Ein Mann kann sie nicht vergessen, wenn er sie einmal gesehen hat.«

»Sie kennen mich überhaupt nicht.«

»Du mich auch nicht. Es wäre von Anfang an ein faires Spiel.«

»Das ist der romantischste Heiratsantrag, der mir je gemacht wurde«, sagte Felicia, die sich sicherer zu fühlen begann, weil sie jetzt überzeugt war, dass er scherzte oder vielleicht doch betrunken war.

»Ich glaube nicht, dass du ein romantisches Mädchen bist«, erwiderte Alex. Er entdeckte Nachdenklichkeit auf ihrem Gesicht, einen weichen Schimmer in den alkoholgetrübten Augen, und es entfachte zu seinem Erstaunen einen hilflosen Zorn in ihm, plötzlich mit der Erkenntnis konfrontiert zu sein, dass es romantische Regungen in ihr gab, er sie aber nicht wachzurufen vermochte. Er stieß an eine uneinnehmbare Mauer, an ihre beharrliche Entschlossenheit, alles, was sanft und zärtlich in ihr war, für einen anderen aufzusparen.

Er neigte sich zu ihr hin und küsste ihre Lippen, seine Hände glitten an ihren Armen entlang und schlossen sich fest um ihre Finger. »Jetzt sag endlich ja oder nein«, verlangte er, ehe er sie ein zweites Mal küsste.

Felicia wurde schon wieder schwindelig, der Schweiß brach in ihren Handflächen aus. Sie drängte sich enger an ihn, aber als wisse er, dass er erreicht hatte, was er wollte, ließ er sie los und wich zurück. »Heirate mich, Felicia, komm mit nach München. Es ist schön dort.«

Nun, da er ihre Hände nicht mehr hielt und die Erinnerung an seine Küsse verblasste, konnte sie wieder kühl überlegen. Das Beste an seinem Vorschlag war, dass sie nach München gehen würden, weit weg von Berlin und von Maksim. Sicher irritierte es ihn zu erfahren, dass sie einen anderen Mann geheiratet hatte – am Ende machte es ihn sogar eifersüchtig.

Und dann, Alex Lombard hatte Geld. Sie sah sich in dem Hotelzimmer um, kein Zimmer, sondern eine Suite, und sie dachte an die Trinkgelder vom Abendessen. Eine Textilfabrik…

Außerdem war er ein gutaussehender Mann – und erfahren.

Felicia wusste, sie würde keinen Mann heiraten können, von dem sie nicht berührt werden wollte, aber das konnte sie von Lombard weiß Gott nicht sagen – und irgendjemanden musste sie schließlich heiraten. Es könnte nett werden mit ihm; über mehr dachte sie nicht nach.

Sie hob den Kopf, und ihre Augen, noch immer mit einem leichten Schleier überzogen, funkelten herausfordernd.

»In Ordnung«, sagte sie, »ich werde Sie heiraten.«

Sie erwartete einen Freudenausbruch bei ihm, aber seine nächsten Worte überraschten sie. »Ich täusche mich nicht über deine Motive, Felicia. Aber es war mir schon immer gleichgültig, warum ich etwas bekomme. Hauptsache, ich habe es zum Schluss.« Er stand auf, wobei er kaum merklich schwankte, und Felicia wusste: Er hatte mehr getrunken, als er vorgab.

»Schlaf jetzt, Felicia. Ich bin nebenan – wenn irgendetwas ist.«

Felicia lächelte kühl. Sie hatte bereits vergessen, dass er ein guter Spieler war und die Unruhe, die seine Nähe in ihr erweckte, möglicherweise kalkuliert hatte.

Sie war überzeugt, im Vorteil zu sein, weil er sie liebte und sie ihn nicht.

6

Sie war verheiratet, ehe sie sichs versah. Das Ereignis kam für jedermann überraschend, besonders für Elsa, die sich verzweifelt zwei Fragen stellte: Wie, um alles in der Welt, sollte sie so schnell ein standesgemäßes Hochzeitskleid herzaubern, und weshalb hatte es sich ihre Tochter in den Kopf gesetzt, einen Mann zu heiraten, den sie einmal in ihrem Leben gesehen hatte und von dem niemand etwas wusste? (Bis auf die Tatsache, dass er Felicia in eine unmögliche Situation gebracht hatte, als er sie mit in sein Hotel nahm, Schwester hin oder her, und die überstürzte Hochzeit erhöhte die Peinlichkeit nur noch.)

»Du bist zu unreif«, sagte sie, »du weißt überhaupt nicht, worauf du dich da einlässt.«

»Ich weiß es sehr wohl«, entgegnete Felicia kurz. Sie legte in der letzten Zeit eine Sachlichkeit an den Tag, die alle verwunderte. Auf Saras und Lindas entsprechende Vorhaltungen hin entgegnete sie nur: »Ihr lest zu viel in der *Gartenlaube*, und ich kann euch sagen, es ist alles Unsinn, was die Marlitt schreibt. Die Liebe ist keine romantische Sache. Sie ist ... etwas Notwendiges und Unumgängliches, mehr nicht!«

Sie betrachtete ihr schönes, blasses Gesicht im Spiegel mit einiger Zufriedenheit. Dahinter sah sie Saras und Lindas verstörte Mienen. Es tat ihr gut, auf den romantischen Träumen der Freundinnen herumzuhacken; es half ihr, mit den eigenen Träumen fertigzuwerden, die unerfüllt in ihr schlummerten und plötzlich eine fremde, rücksichtslose Rohheit erfuhren.

Felicia weinte nicht während der Trauung, das besorgten ohnehin Linda und Sara ausgiebig für sie. Beim Jawort versagte ihr die Stimme, aber das lag nur an einer leichten Erkältung, die sie sich zugezogen hatte, als sie am Abend vorher über ihren Grübeleien am offenen Fenster eingeschlafen war. Ihr Vater und Johannes konnten nicht kommen, aber Christian bekam einen Tag von der Kadettenanstalt frei und saß mit ernstem, etwas verwundertem Gesicht in der Kirche. Die wenigen Gäste unterhielten sich in der Hauptsache über die Schlacht an der Marne und schienen die Frage, ob General Bülows Rückzug seiner zweiten Armee tatsächlich notwendig gewesen war, wichtiger zu finden als das Schicksal der Braut. Es ärgerte Felicia, dass sich niemand richtig um sie kümmerte. Falkenhayn, Bülow, Kluck … die Namen der Generäle langweilten sie zu Tode.

»Die Deutschen siegen, die Deutschen siegen!«, schrie ein patriotisch begeisterter alter Herr. »Die Marne war keine Niederlage für uns!«

Alex Lombards kühle Stimme klang dazwischen. »Sie war auch kein Sieg. Die Front ist erstarrt. Unsere Soldaten sitzen dort in Frankreich in den Schützengräben, und es wird verdammt ungemütlich, wenn der Winter kommt und der Schlamm zu Eis wird.«

Winter! Die Gäste lächelten milde.

Bis dahin war der Krieg längst gewonnen. Ehe das Herbstlaub fällt, hieß es. Und hatten junge deutsche Rekruten in Flandern nicht gerade wieder deutschen Kampfgeist, deutsches Heldentum bewiesen? Sicher, viele waren gefallen, und ihr Ziel, Dünkirchen und Boulogne den Engländern zu entreißen, hatten sie nicht erreicht. Aber bald, bald kam der große, entscheidende Sieg, ein Sieg wie der von Tannenberg, und die Soldaten kehrten heim ins Reich, das mit offenen Armen auf sie wartete.

»Bist du glücklich?«, flüsterte Sara. Felicia fuhr zusammen.

»Ja doch, natürlich«, erwiderte sie unwirsch. Sie musste niesen und zog eilig ein Taschentuch hervor. Ihr Blick fiel auf das verschnörkelte Monogramm, mit dem Elsa in höchster Eile die Wäsche ihrer Tochter bestickt hatte. F. L. Lombard hieß sie, nicht Marakow. Und plötzlich, zu Saras großem Schrecken, brach sie in Tränen aus.

Felicia hatte wenig Ahnung von der Liebe, jedenfalls nicht von jenem Aspekt, den sowohl die *Gartenlaube* als auch die in ihrem Elternhaus vorhandene Literatur gewissenhaft aussparten. Zwar konnte sie sich manchen Reim auf das machen, was sie den anzüglichen Bemerkungen und geflüsterten Witzen von Tante Belle und Onkel Leo früher auf Lulinn hatte entnehmen können, aber ihre Vorstellungen waren bis hin zum Tag ihrer Hochzeit verschwommen geblieben.

Elsas hastige Andeutungen am Abend zuvor hatten sie eher verwirrt als erleuchtet. »Manches wird dir vielleicht sehr ernüchternd vorkommen, Kind, aber denk daran, dass alles schön und wunderbar sein kann, wenn du einen Mann wirklich liebst.«

Was ist »alles«, hätte sie am liebsten gefragt und hatte gleich darauf gedacht: Aber ich liebe Alex ja nicht. Ich liebe doch Maksim!

Dafür, dass sie Alex nicht liebte, verschaffte ihr die erste Nacht mit ihm – die erste, die sie überhaupt in den Armen eines Mannes verbrachte – ungeahnten Genuss. Sie hatte vorgehabt, was immer passieren würde, kühl und distanziert zu bleiben, und sie hatte nicht damit gerechnet, dass ihr Körper so sehnsüchtig und erwartungsvoll auf die Hände und Lippen, auf die zärtliche Stimme des fremden Mannes reagieren würde. Sie drängte sich an ihn, hoffte, dass diese Nacht nie vorübergehen würde, und empfand alles, was sich jenseits dieses Zimmers, dieser Fenster abspielen mochte, als unwirklich.

Als sie früh am nächsten Morgen erwachte und erstes Tageslicht hinter den Vorhängen sah, wünschte sie nichts mehr, als dass Alex ebenfalls erwachen und sie wieder in die Arme nehmen würde. Die heftigen, beinahe gierigen Empfindungen, mit denen sie den Schlafenden betrachtete, verunsicherten sie tief. Entweder hatte sie Elsa falsch verstanden, oder die wusste nicht alles von der Liebe, oder … mit ihr selber stimmte irgendetwas nicht. Sie ließ sich in ihr Kissen zurückfallen und versuchte die Gedanken zu ordnen, die ihr durch den Kopf gingen. Sie liebte doch nur Maksim, wieso konnte sie dann solchen Gefallen am Körper eines anderen Mannes finden?

Ihr fielen seine Küsse ein, damals, im *Esplanade*.

Irgendetwas hat er, dachte sie ratlos, irgendetwas …

Er war erwacht und neigte sich über sie. »Guten Morgen, Felicia«, sagte er, und seine Stimme war warm und lockend. Felicia schlang beide Arme um seinen Hals, küsste seinen Mund.

Ich gehöre Maksim für immer, dachte sie, du bekommst nur meinen Körper – nichts sonst!

Sie hatten drei Tage im *Adlon* in Berlin verbracht, ehe sie nach München gefahren waren. Felicia war nie in Süddeutschland gewesen. Sie betrachtete entzückt den tiefdunkelblauen Himmel, die flammend bunten Herbstwälder, die barocken Zwiebelturmkirchen zwischen sanft gewellten Wiesen und die mächtigen Bauernhäuser mit ihren tiefgezogenen Dächern, den blumengeschmückten Balkonen und den bunten Astern in den Vorgärten. Irgendwo glitzerte ein See in der Sonne, aber bei seinem Anblick musste sie plötzlich an den Wannsee denken, an märkischen Sand und schlanke Kiefern, an die melancholischeren Farben des Nordens, und dies war der Moment, als sie das Heimweh nach Berlin spürte, das sie, solange sie lebte, an keinem Ort der Welt je wieder verlassen würde.

Doch, natürlich, München gefiel ihr. Die grünen Türme der Frauenkirche, das dunkel schillernde Wasser der Isar, das Rathaus auf dem Marienplatz, der bezaubernde Park von Schloss Nymphenburg. Alex ließ das Taxi kreuz und quer durch die Stadt fahren, um ihr alles zu zeigen, dann erst bogen sie in die Prinzregentenstraße ein. »So, wir sind da«, sagte er.

Felicia hatte nie ein größeres Haus gesehen. Es war drei Stockwerke hoch, abgesehen von den Räumen unter dem Dach, es war breit und wuchtig, die Eingangstür gewaltig wie ein Portal. Die Mauern hatten eine blassgelbe Farbe, ausgebleicht und fahl wie viele Wände unter einer südlichen Sonne. Die Dachziegel flammten hellrot auf unter dem müden Licht des späten Septembernachmittags. Eine breite Sandsteintreppe führte von der Straße zum Eingang hinauf. Drinnen empfing sie ein adrettes Hausmädchen, das ehrerbietig knickste. »Gnädiger Herr, wir freuen uns über Ihre Rückkehr. Seien Sie herzlich willkommen.«

Ihr Blick ruhte neugierig auf Felicia.

»Meine Frau«, stellte Alex gleichmütig vor, »ich habe in Berlin geheiratet. Ist mein Vater daheim?«

»Ja … sicher …« Das Mädchen schien fassungslos. Felicia hatte den Eindruck, es wusste nichts vom Gang der Ereignisse.

Sie folgte Alex, der mit großen Schritten eine Treppe hinaufstieg. »Alex, hör mal, du hast aber doch … Ich meine, dein Vater weiß doch …«

»Nein.«

»Was nein?«

»Du meinst doch unsere Heirat, oder? Mein Vater weiß nichts davon.«

»Du wolltest ihm telegraphieren!«

»Das habe ich mir dann anders überlegt.«

»Heißt das … Heißt das, er hat überhaupt keine Ahnung davon, dass ich … als deine Frau mit hierherkomme?«

»Es wird für ihn die größte Überraschung des Jahres«, erklärte Alex mit zufriedenem Ingrimm. Er pochte kräftig an eine Tür. Auf das »Herein« öffnete er, nahm Felicia an der Hand und zog sie hinter sich her in das Zimmer. »Vater, darf ich dir meine Frau vorstellen?«, fragte er. »Felicia Lombard. Wir haben Ende letzter Woche in Berlin geheiratet.«

Der Mann, der hinter dem Schreibtisch gesessen hatte und sich nun erhob, hatte den gleichen großen, kräftigen Körperbau wie Alex, doch er ging gebeugt, und seine Haare waren grau. Auch die Gesichtszüge der beiden Männer ähnelten einander, die dunklen Augen, die schmalen Lippen, das zynische Lächeln. Heute allerdings flackerte das Lächeln nur für den Bruchteil einer Sekunde auf, so lange, wie er glaubte, Alex mache einen albernen Scherz. Dann fiel sein Blick auf die blinkenden Ringe an den Fingern seines Sohnes und der fremden Frau, und sein Gesicht erstarrte. »Was heißt das?«, fragte er kurz.

Alex machte eine hochmütige Miene. »Ist das alles, was du zur Begrüßung deiner Schwiegertochter hervorzubringen hast?«

»Rede keinen Unsinn. Du hast in Wahrheit nicht geheiratet.«

»Doch. Willst du die Urkunde sehen?«

Sein Vater zögerte. »Sie müssen verzeihen«, wandte er sich dann an Felicia, »die Scherze meines Sohnes gehen manchmal etwas weit, Fräulein …?«

»Frau Lombard«, sagte Felicia mit klarer Stimme.

Er musterte sie von Kopf bis Fuß, dann sagte er mit grollender Stimme: »Ich bin Severin Lombard. Und jetzt sagen Sie mir noch einmal ins Gesicht, dass Sie meinen Sohn geheiratet haben!«

Felicia lächelte. Sie hatte keine Angst. Dieser Mann war wie ihr Großvater, und vor dem hatte sie sich auch nie gefürchtet. »Ja«, sagte sie, »es ist so. Alex und ich haben geheiratet.«

Severin stutzte. Er hatte nie eine Frau gekannt, die nicht vor ihm gekuscht hätte. In seinem Mienenspiel rangen Ungläubigkeit, Ärger – und Bewunderung. Die Bewunderung siegte, als ihm aufging, dass Ärger und Ungläubigkeit nichts nutzen würden. Er traf selten auf Menschen, die ihm ebenbürtig waren, und wie viele Tyrannen war er stets auf der Suche nach jemandem, der es wagen würde, ihm Einhalt zu gebieten. Egozentrisch, herrschsüchtig und raffgierig, wie er war, witterte er in dem fremden jungen Mädchen eine verwandte Seele. Sie hatte nichts mit anderen Frauen gemein. Und sie – er ließ seinen Blick zwischen ihr und Alex hin und her schweifen –, sie war nicht in seinen Sohn verliebt. Nicht im Mindesten. Er kicherte boshaft. »Willkommen, Felicia«, sagte er, »Sie haben sehr schöne Augen!«

Als Felicia am nächsten Morgen ins Frühstückszimmer kam, war Alex nicht da. Sie traf nur seine Schwester Kassandra, ein sechzehnjähriges Mädchen mit langen schwarzen Haaren und dunklen Augen, das sie schon am Abend zuvor beim Essen kennengelernt hatte. Kat präsentierte sich ganz als das Kind, das sie war, verspielt, launisch, lebhaft, kokett und zärtlich, und Felicia, die selten Frauen als Freunde gehabt hatte – außer der schafsköpfigen Linda und der hellsichtigen Sara –, bemerkte verwundert, dass Kat Lombard ihr ihre Freundschaft anbot.

Ihr Blick war erwartungsvoll.

»Guten Morgen, haben Sie gut geschlafen?«, fragte sie. »Oder darf ich du sagen?«

Felicia rückte ihren Stuhl zurecht. »Du sollst du sagen. Wo ist denn der Kaffee? Ach hier.« Sorgfältig schenkte sie ein.

Kat seufzte. »Du hast es gut. Ich muss saure Sahne zum Frühstück trinken. Wegen meiner Nerven.« Sie verzog das Gesicht. »Ich war schon mehrmals zur Kur. Damit ich dicker werde. Aber es hilft nichts. Bei mir bleibt nichts hängen.«

Felicia musterte den zerbrechlichen, schmalen Körper, der in dem langen grauen Kleid fast versank. Kat war viel zu blass und hatte bläuliche Schatten um die Augen, ihr Gesicht sah knochig und spitz unter den dicken, dunklen Haaren hervor, und sein größter Reiz lag in seinem schnell wechselnden Ausdruck.

»Alex ist mit Vater in die Fabrik gefahren«, berichtete sie, »dort muss der Teufel los sein. Die ganze Textilindustrie hat auf Uniformen umgestellt, und täglich werden Flugblätter an die Arbeiter ausgegeben, die sie zu Höchstleistungen antreiben. Das Vaterland braucht jetzt alle Kraft!« Sie kicherte. »Ich müsste eigentlich in der Schule sein. Aber ich hatte keine Lust. Ich wollte lieber mit dir reden. Warum hast du meinen Bruder geheiratet?«

Felicia, die gerade in eine knusprige Marmeladensemmel beißen wollte, hielt überrascht inne. »Weil ich … na ja, weil …«

Kat lachte hell. »Kennst du ihn überhaupt richtig?«

»Nein. Eher gar nicht.«

Kat runzelte nachdenklich die Stirn. »Ich kenne ihn auch nicht. Er ist sehr schwer zu verstehen. Manchmal denke ich, er hat den Tod unserer Mutter nie verwunden. Danach begann für ihn eine sehr harte Zeit.«

»Mit seinem Vater versteht er sich nicht besonders, wie?«

»Versteht sich nicht besonders? Oh Gott, ich sage dir, in ganz München gibt es keine zwei Menschen, die sich so sehr hassen wie diese beiden!«

»Oh …«

»Vater droht immer, Alex zu enterben, und Alex tut nur, wovon er weiß, dass Vater es nicht will. Vater ist ein schrecklicher Tyrann, und …« Sie wurde unterbrochen von dem Hausmädchen, das ins Zimmer trat. Es reichte auf einem silbernen Tablett eine Visitenkarte. Kat las sie und schrie leise auf. »Tom Wolff? Oh nein, Fanny, ich will ihn nicht sehen! Sag, dass ich Migräne habe oder wieder eine Nervenkrise, oder …«

»Meine Liebe, wie schön, Sie so gesund und froh zu sehen«, sagte eine Stimme. Kat und Felicia fuhren herum. Der Besucher, ein großer, etwas zu schwerer Mann im grauen Straßenanzug, stand bereits in der Tür. »Verzeihen Sie, wenn ich hier einfach eindringe, aber nachdem ich nun dreimal vergeblich gekommen bin und Mademoiselle Fanny mir immer wieder von Ihrem desolaten Zustand berichtete, wollte ich mich nun doch persönlich davon überzeugen, dass Sie wenigstens noch unter den Lebenden weilen. Ein bisschen blass sind Sie ja um die Nase, aber sonst … bezaubernd, einfach bezaubernd!«

Kat machte ein unnahbares Gesicht.

Der Mann wandte nun seinen Blick zu Felicia hin. Felicia merkte, dass er sehr helle, fast blasse Augen hatte und eine Art, Menschen so intensiv anzustarren, dass sie sich eines Gefühls von Ekel nicht erwehren konnte.

»Tom Wolff«, stellte Kat mit kühler Stimme vor, »die Konkurrenz. Er besitzt ebenfalls eine Textilfabrik. Und das ist Felicia, meine Schwägerin.«

»Ah … ich wusste gar nicht, dass Alex einen so guten Geschmack hat!«

Niemand erwiderte etwas darauf. Wolff räusperte sich.

»Ich bin gekommen, um Kassandra zum Ball am Wochenende einzuladen. Das Komitee der Kriegshilfe der Münchener Industrie veranstaltet ein Tanzfest. Der Erlös geht an unsere Soldaten.«

Kat hob gelangweilt die Augenbrauen. »Ich weiß. Aber ich gehe bereits mit jemand anders dahin. Sie sehen, Herr Wolff, Sie haben sich umsonst bemüht.«

Tom Wolff wurde blass. Felicia beobachtete mit Vergnügen, wie unbeherrscht sich seine Finger zusammenkrampften und wieder öffneten. Sie fing ein amüsiertes Lächeln von Kat auf.

Sie spielt gern mit den Männern, dachte sie, und da sie diesen Zug an sich selber kannte, fühlte sie Sympathie für das junge Mädchen. Dann fiel ihr ein, dass für sie die Zeit des Flirtens vorüber war, und ihre Lippen pressten sich zusammen. Sie würde mit keinem Mann mehr spielen. Und kein Mann würde sie reizvoll finden, denn sie konnte nichts mehr versprechen. In plötzlich unerwartet heftigem Neid wünschte sie sich an Kats Stelle.

Eine ungemütliche Stille hatte sich in dem Zimmer ausgebreitet. Wolff hielt den Kopf beinahe demütig gesenkt, aber Wut und Ärger lauerten in seinem Gesicht. »Könnte ich beim nächsten Ball um Ihre Begleitung bitten?«, fragte er leise.

Kat schien einen Moment zu überlegen. »Nein«, erwiderte sie, »nein, das glaube ich nicht.«

Die Tür ging auf, und Alex trat ein. Er wirkte überrascht. »Wolff, sieh an«, sagte er, »was führt Sie zu uns?«

»Das hat sich schon geklärt«, entgegnete Tom Wolff gepresst.

Alex winkte dem Hausmädchen. »Fanny, begleiten Sie unseren Besucher hinaus. Leben Sie wohl, Wolff!«

Dies, das wusste Felicia, war der Gipfel der Unhöflichkeit. Lästige Handelsvertreter höchstens setzte man so unverfroren vor die Tür.

»Ihr könnt ihn nicht ausstehen, oder?«, fragte sie, kaum dass er verschwunden war.

»Er ist ein Neureicher«, erklärte Kat, »und er findet keinen Platz hier in der Gesellschaft. Deshalb möchte er mich unbedingt heiraten, aber natürlich denke ich gar nicht daran. Er hat keine Manieren, und er wird nie richtig dazugehören.«

»Sag das nicht zu laut«, meinte Alex. Er schenkte sich einen Whisky ein, warf sich in einen Sessel und schlug die Beine lässig übereinander. »Wir haben Krieg. In Kriegszeiten kippt die Welt um, was unten war, ist plötzlich oben, und wer oben war …« Er lachte. »Nun, wir werden sehen!«

Dann lächelte er sanfter. »Felicia, wie geht es dir?«, fragte er. Seine Stimme klang warm, und unwillkürlich erwiderte Felicia sein Lächeln.

»Es geht mir gut. Kat und ich verstehen uns hervorragend.«

Alex nahm einen tiefen Schluck Whisky. »Wie schön, dass du meine Familie so liebst!« Das klang etwas bitter. Felicia wusste, dass ihm dabei sein Vater durch den Sinn ging, und bei sich dachte sie: Oho! An diesem Punkt bist du also zu treffen! Alex unterdessen wechselte, wie er es gern tat, unvermittelt das Thema. »Die Türkei ist übrigens in den Krieg eingetreten!«

»Nein! Auf Seiten der Entente?!«

»Auf unserer Seite.«

»Wie gut!«, rief Kat. »Vielleicht ist der Krieg doch bald aus!«

Alex kippte mit wütendem Schwung den restlichen Whisky hinunter. Seine Augen glühten vor Verachtung. »Ehe das Herbstlaub fällt!« Mit boshaftem Vergnügen beobachtete er, wie ein Regenschauer und ein heftiger Windstoß ein Bündel bunter Blätter von draußen gegen die Fensterscheibe schleuderten. Er stand auf, nahm das Glas und die Flasche und ging zur Tür. »Ich gehe in die Bibliothek. Ich glaube, ich werde heute früh zu viel trinken, und das möchte ich euch nicht zumuten. Bleibt nur hier, und träumt in aller Ruhe vom Ende des Krieges. Und, Kat, bitte, morgen gehst du ausnahmsweise wieder einmal in die Schule, ja?«

Die Tür fiel hinter ihm zu. Felicia starrte ihm nach. »Macht er das oft? Solche … solche«, sie suchte absichtlich nach einem brutalen Wort, »solche Besäufnisse?«

»Ja, weißt du es denn nicht? Er trinkt zu viel. Schon lange. Er ist oft so lebensverachtend, und manchmal denke ich, seine eigene Lästerlichkeit kommt auf ihn zurück und verfolgt ihn. Ich habe mir immer so sehr gewünscht, dass er glücklicher wird. Ich glaube, jetzt mit dir wird er es!« Kat strahlte. Schuldbewusst senkte Felicia die Augen.

Welch eine seltsame Familie, dachte sie, ein tyrannischer Vater, eine Tochter mit überspannten Nerven, ein Sohn, der zu viel trinkt und der …

Sie stutzte, weil ihr ein Gedanke durch den Kopf ging, der sie verwunderte. Gab es am Ende eine Gemeinsamkeit zwischen Maksim und Alex? Litt Alex am Leben geradeso wie Maksim? Vielleicht bestand der ganze Unterschied zwischen ihnen darin, dass Maksim die Welt verbessern wollte, Alex hingegen … Trieb es ihn, gemeinsam mit ihr unterzugehen?

»Vier Monate bis zum Fähnrichexamen«, sagte Christian, »was meinst du, Jorias, dauert der Krieg noch so lange?«

Jorias blickte auf. Sie saßen in einem kleinen Café in Lichterfelde, kauten mühsam an einem mit wenig Fett gebackenen Kuchen und starrten missmutig hinaus in den verhangenen Dezemberhimmel. Es war Sonntag, aber zum ersten Mal hatte Christian keine Lust gehabt, nach Hause zu fahren. Er wollte sich nicht von Elsa bemuttern lassen, während Johannes in Frankreich im Schützengraben lag und sein Vater in einem Lazarett im Osten Dienst tat. Elsas Angst um ihren ältesten Sohn ließ sie sich mit übertriebener Besorgnis um ihren jüngsten kümmern. Christian sträubte sich dagegen. Er verschlang die täglichen Frontberichte in der Zeitung, wünschte sich nichts sehnlicher, als dabei zu sein, und reagierte zunehmend gereizt, wenn er wie ein Kind behandelt wurde. »Was wird deine Familie sagen?«, fragte Jorias. »Ich meine, wenn du dann an die Front gehst?«

»Meine Mutter wird sich sträuben. Aber sie wird nachgeben müssen.« In Christians grauen Augen glühten Eifer und Bereitschaft, und das entzündete das Feuer auch in Jorias.

Verrückt konnte man werden daheim, zwischen Schulbank, Exerzierplatz und Sonntagmorgenkaffee. Während der Arbeitsstunden schrieben sie Aufsätze, »Warum ich meinen Kaiser liebe«, aber das Papier erschien ihnen allzu trocken unter ihren heißen Händen. Nicht schreiben wollten sie – sondern kämpfen! Was nützte es, dem Kaiser in dürren Silben Treue zu schwören, wenn es in diesen Zeiten nur einen Beweis gab, den auf dem Schlachtfeld! Sie waren jung, sie waren stark und gesund, und die Jahre in der Kadettenschule hatten Patriotismus und Hingabe in ihnen gesät; eine Saat, die nun schneller und heftiger aufging, als das jemand vorausgesehen hatte. Lieber sterben, als noch länger Sonntag für Sonntag in den stillen, bürgerlichen Straßen von Lichterfelde herumzutrotten.

»Mein Vormund schreibt, er kann es gar nicht erwarten, mich unter den Helden von Frankreich zu sehen«, sagte Jorias, »wir dürfen uns nur vor nichts fürchten. Meinst du, das gelingt uns?«

Ein alter Mann, der gerade vorbeischlurfte und diese Worte gehört hatte, blieb stehen. Seine Augen unter den buschigen Brauen funkelten zornig. »Diese verdammte Liebe zum Tod«, sagte er, »oh Gott, diese verdammte Liebe zum Tod, mit der sie euch verseucht haben!«

Er wurde überschrien von einem Herrn am Nebentisch, der seiner Begleiterin soeben lautstark erklärte: »Die englische Seeblockade kann uns völlig kaltlassen, meine Liebe. Die wollen Deutschland von den Rohstoffmärkten abschneiden, aber sie unterschätzen unsere Industrie. Kein chilenischer Salpeter mehr zur Herstellung von Munition? Wozu Chile? Unsere Chemiker entwickeln ihn eben selber! Erst heute früh las ich, dass ein entsprechendes Verfahren kurz vor dem Abschluss stehen soll!«

Sein Blick fiel auf Christian und Jorias. Wohlwollend betrachtete er ihre Kadettenuniformen. »Das ist Deutschlands Zukunft! Na, Jungs, wann geht's raus nach Frankreich?«

»So bald wie möglich.«

»So ist es recht. Haltet euch nur an das leuchtende Beispiel unseres großen Helden, des Siegers von Tannenberg, unseres hochverehrten Herrn Generalfeldmarschalls von Hindenburg!« Der Mann war sehr laut geworden, seine Stimme erzitterte vor Rührung. Einige Umsitzende applaudierten, als der Name Hindenburg fiel.

Christian und Jorias sahen einander an. »Weißt du was?«, fragte Jorias leise. »Ich habe plötzlich das Gefühl, dass wir viel älter geworden sind. Seitdem der Krieg ausgebrochen ist, ist auch mit uns etwas geschehen. Ich denke manchmal an den letzten Sommer in Lulinn. Ich glaube, das war das letzte Mal, dass ich mich jung gefühlt habe.«

Die Schneeflocken fielen langsam und sacht vom Himmel und breiteten sich als samtiger weißer Teppich über die Straßen und Plätze Berlins. Alle Geräusche klangen gedämpft, der Himmel hing in schweren grauen Wolken tief über der Stadt.

Fröstelnd zog Linda die Bettdecke bis unter das Kinn. Ihre Augen folgten Johannes, der aufgestanden war und sich anzuziehen begann. Erst als er in seiner Uniform dastand und den Pistolengurt umschnallte, richtete sie sich auf. »Musst du wirklich nach Frankreich zurück?«

Er sah sie an. »Weihnachten ist vorüber. Andere haben überhaupt keinen Urlaub bekommen.«

»Aber es war so kurz.«

»Ich weiß. Ich gehe ja auch nicht gern.« Johannes setzte sich auf den Bettrand und strich mit einem Finger sacht über Lindas Augenbrauen.

Linda betrachtete ihn verwundert. Er schien so ernst… »Hast du Angst?«, fragte sie.

Johannes musste lächeln. Er dachte an das, was man ihm seit seinem elften Lebensjahr beigebracht hatte: Der deutsche Soldat kennt keine Angst! »Angst«, wiederholte er bedächtig, »ich weiß nicht. Die Angst wurde mir allzu gründlich ausgetrieben. Aber ich kann keine Begeisterung empfinden, ich konnte das nie. Die Kadettenschule ist eine Sache, der Krieg eine andere. Von Anfang an ist mir klar gewesen, dass ich auf Menschen würde schießen müssen. Aber manches konnte ich mir nicht vorstellen. Als wir durch Belgien marschierten… Linda, ich habe gesehen, wie Zivilisten erschossen wurden. Alte Menschen, Frauen, Kinder, auf Marktplätzen zusammengetrieben und erschossen. Ein paar deutsche Soldaten waren aus dem Hinterhalt getötet worden, und, weiß Gott«, ein bitterer Zug verhärtete seinen Mund, »wir haben uns gründlich revanchiert. Als Löwen in Flammen aufging und die Schreie der Menschen durch die Nacht hallten, da… Da wäre ich am liebsten davongelaufen. Mit jedem Tag wachsen meine Zweifel, Linda, und ein Soldat, der einmal angefangen hat zu zweifeln, ist ein schlechter Kämpfer!« Seine Stimme verlor sich, schweigend hing er Bildern und Erinnerungen nach. Scheu hob Linda die Hand, strich ihm über den Arm. Er zuckte zusammen und betrachtete das zarte, hübsche Gesicht seiner Frau, die kleine Nase, den weichen Mund, die großen, kindlichen Augen. Seine Worte hatten sie erschreckt, das begriff er, aber wirklich nachempfinden konnte sie sie nicht. Linda war nicht geschaffen, über Krieg und Frieden nachzudenken, nach Sinn und Wert zu suchen. Sie war eine Puppe, sanft, freundlich und kindlich, erzogen in einer Ordnung, die von Frauen erwartete, dass sie anmutig und schön sind und nichts weiter vom Leben verlangen, als für ihren Mann und ihre Kinder da zu sein. Die Männer stellten sich den Härten des Daseins, die Frauen warteten daheim, sie in ihre Arme zu nehmen, wenn sie müde und erfüllt zurückkehrten. Manchmal zweifelte Johannes, ob wohl diese sorgsam behütete Welt den Krieg überleben würde. Tief im Inneren hegte er die Furcht, dass Glanz, Schönheit und Sorglosigkeit des Kaiserreiches bereits in ihren Grundfesten schwankten.

»Weißt du, ich wünschte, ich müsste nicht hier allein in Berlin bleiben«, sagte Linda, »es ist so einsam ohne dich. Und ohne Phillip. Immerzu muss ich an dich denken, und niemand lenkt mich ab.«

»Willst du nicht ganz zu meiner Mutter ziehen?«

»Nein … deine Mutter weint den ganzen Tag, gerade jetzt, wo auch Christian bald an die Front geht. Sie macht mich noch trübsinniger.«

»Und wenn du nach München gingest? Zu Felicia?«

»Oh ….«, Lindas Miene erhellte sich, »meinst du, das ginge?«

»Schick ihr doch ein Telegramm und frag sie. Ich bin ganz sicher, sie wird dich einladen.«

»Ja, ich werde es so machen. Wenn ich dich zum Bahnhof bringe, schicke ich das Telegramm ab.«

Am Bahnhof trafen sie Sara und Onkel Leo. Leo hatte eine schwarze Melone auf dem Kopf und trug einen Mantel mit Pelzkragen. Vom Revers wippte eine gewaltige rosarote Papierblume. »Mon dieu!«, rief er, was bei einigen Umstehenden ein Stirnrunzeln auslöste, denn französische Worte galten als unpatriotisch. »Was sehe ich? Meinen werten Neffen Jo und seine entzückende junge Frau!« Wohlwollend betrachtete er Linda, die einen eleganten knöchellangen Mantel und eine kleine, kecke Pelzmütze trug. »So rosige Wangen, und das mitten im Winter! Ihr habt euren Urlaub wohl bis zum letzten Augenblick genossen, wie?«

Linda blickte rasch zur Seite, während Johannes verlegen murmelte: »Aber Onkel Leo!«

»Keine falsche Bescheidenheit bitte! Ich weiß die guten Seiten des Lebens zu schätzen. In deinem Alter … ach Gott, die tollsten Sachen haben wir da getrieben!«

»Wo willst du hinfahren, Onkel Leo?«

»Ich? Nun, jedenfalls nicht an die Front. Ich fahre nach Hamburg. Kenne ein paar nette Leute dort, die ich mal wieder besuchen sollte!« Er zwinkerte mit den Augen. »Die reizende Sara war so nett, mich hierherzubegleiten.«

Sara lächelte verhalten. Als Gast bei Felicia hatte sie Onkel Leo vor vielen Jahren kennengelernt, und Felicia hatte Leo damals beauftragt, das »graue Mäuschen« ein wenig aufzumuntern. Was dieser dann auch versucht und sich damit Saras schüchterne Zuneigung gesichert hatte – die er allerdings kaum zu würdigen wusste. Sara gehörte nicht zu den Frauen, die Leopold Domberg länger beachtete.

»Wahrscheinlich wittert Sara eine Tragödie in ihm«, hatte Felicia oft gespottet, denn Saras seherische Fähigkeiten schienen immer und überall das Drama zu erblicken. Tatsächlich wirkte sie heute verstört, als sie auf dem kalten Bahnsteig stand, die Hände tief in einem schwarzen Pelzmuff vergraben, einen langen schwarzen Kaschmirschal um den Hals geschlungen. Linda hatte plötzlich eine Idee.

»Möchtest du mich vielleicht nach München begleiten? Ich besuche Felicia für ein paar Wochen. Wir könnten beide ein bisschen Ablenkung brauchen.«

Sara hatte sich nie so weit von daheim fortgewagt und brachte hundert Bedenken vor, aber Linda fegte sie alle vom Tisch.

»Was ist schon dabei? Wir fahren zusammen, und in München haben wir Felicia!« Sie schleppte Sara, die sich der Form halber ein wenig sträubte, zum Telegraphenamt und gab hochzufrieden die vielversprechende Ankündigung auf: »Eintreffen Neujahrstag in München – hast du Lust auf längeren Besuch? Sara und Linda.«

7

Der Besuch dauerte tatsächlich länger. Im Mai waren Sara und Linda immer noch in München.

Nur gut, dass ich meine Freundinnen habe, dachte Felicia jeden Tag erleichtert, allein wäre es ja nicht auszuhalten! Sie hatte beiden früher wenig Aufmerksamkeit geschenkt, immer gefunden, dass es so viel interessantere Menschen gab.

Vor allem Männer. Felicia vermisste die Männer sehr. An der Front schossen sie einander tot, und sie saß hier und – war dem Vaterländischen Frauenverein in die Hände gefallen.

Es gab ein paar äußerst energische Damen in München, die sich mit ganzem Einsatz der Heimatfront widmeten, und es gab Leute, die scherzhaft behaupteten, ohne das unermüdliche Wirken dieser weiblichen Generäle läge Deutschland bei Weitem nicht so gut im Rennen. Im Februar hatte die masurische Winterschlacht die Russen endgültig von deutschem Boden vertrieben – ein Gedanke, der Felicia ein wenig von ihrem Seelenfrieden zurückgab, dachte sie doch gerade im Frühjahr besonders heftig und sehnsüchtig an Lulinn: Die Kirschbäume im Obstgarten blühen, die Wiesen sind hellgrün und gesprenkelt mit kleinen weißen Blüten. Die Sonne steigt schon, ein kühler Wind weht, der nicht lau ist und keine Kopfschmerzen macht wie der in München, er ist über die Seen und Wälder von Masuren gestrichen oder über die salzigen Wellen der Ostsee, er ist frisch und klar.

Und gerade war dem deutschen General Falkenhayn ein erfolgreicher Angriff gegen die Russen bei Tarnow-Gorlice geglückt. Sicher, es dauerte nun schon etwas länger als gedacht, die Maisonne schien bereits, und bald jährte sich der Tag von Sarajewo, aber dann konnte es wirklich nur noch eine Frage von Wochen sein. Nur die Engpässe der Kriegswirtschaft machten das Leben ein bisschen schwierig. Die Blockade der Engländer zeigte ihre Wirkung. Die deutsche Landwirtschaft konnte den Bedarf an Lebensmitteln nicht länger decken, zumal auch viele Bauern an der Front waren und es auf den Feldern an Arbeitskräften fehlte. Umso wichtiger war es, den Markt zu organisieren und den Patriotismus am Brennen zu halten. Und in niemandes Händen war diese Aufgabe besser aufgehoben als in denen des Frauenvereins.

Der Name Lombard hatte einen guten Klang in München – vor allem wegen der Vorstellung von Geld, die sich mit ihm verband – sodass, als bekannt wurde, der junge Lombard habe geheiratet, sogleich eine Abordnung von Frauen in der Prinzregentenstraße erschien, entschlossen, die junge Berlinerin für die Sache zu werben. Es handelte sich um Damen aus befreundeten Familien, Frauen von Geschäftspartnern der Fabrik Lombard, und gegen ihre Überredungskunst hatte die überraschte Felicia keine Chance. Ehe sie sichs versah, gehörte sie dazu, und jammernd und stöhnend musste sie bald erkennen, was das bedeutete: Ihre gesamte Zeit wurde verplant, unnachsichtig wurde darüber gewacht, dass sie ihr Soll an Einsatz erfüllte. Und das war nicht wenig.

»Wie ich das Strümpfestricken hasse«, sagte sie wütend zu Alex, »und diese endlosen Nachmittage, an denen nichts und gar nichts geschieht und wir über Kochrezepte reden, bei denen man kein Fett braucht und kein Mehl, und über die Verwertung von Küchenabfällen, und jedes Mal räumen sie mir den halben Kleiderschrank aus für das Rote Kreuz … ach, ich hab es so satt!«

Alex lächelte. »Wo sind deine patriotischen Gefühle?«

»Die hatte ich nie, das weißt du doch!«

»Ich weiß, ja. Das war immer dein Problem, nicht? Du kannst dich nicht für eine Sache engagieren, sondern nur für dich selbst. Hat es nicht schon Menschen gegeben, die für diesen Zug deines Wesens nicht das allergeringste Verständnis aufbrachten?«

Es gab nichts, was sie so hasste, wie derlei Anspielungen. »Wenn du es doch aufgeben könntest, über Dinge zu reden, von denen du nichts verstehst!«, fauchte sie leise und verließ das Zimmer.

Es gab Tage, an denen sie sich verzweifelt fragte, warum sie diesen Mann geheiratet hatte. Er war ihr fremd, oft schien es ihr, als würde er ihr mit jedem Tag noch fremder. Hier in diesem düsteren alten Stadthaus, in dem er seine Jugend unter der Fuchtel eines verknöcherten Tyrannen und in engster Verbundenheit mit einem hochsensiblen, übernervösen Mädchen verbracht hatte, hätte sie versuchen können, den Mann, den sie aus einer Laune heraus geheiratet hatte, zu verstehen, seine Vorliebe für harten Alkohol, seine Menschenverachtung und seine rasch wechselnden Stimmungen zu begreifen, aber es lag ihr nichts daran, diesen Versuch zu machen.

Sie sah von Alex nicht mehr als das, was er nach außen hin zeigte, und dieses Bild gefiel ihr nicht. Sie war überzeugt, nie im Leben unglücklicher gewesen zu sein als in dieser Münchener Zeit, und mehr als alles andere hasste sie den Krieg, der sie zwang, ihr Dasein mit Beschäftigungen zuzubringen, zu denen sie nicht die allergeringste Lust verspürte.

Zweimal in der Woche traf sich das Strickkränzchen in der Prinzregentenstraße. Es grämte Felicia, dass sie den Damen dann jedes Mal etwas zu essen anbieten musste. Zucker und Mehl waren rationiert und nur noch auf Marken erhältlich, und Felicia, für die Kuchen und Plätzchen früher das Selbstverständlichste auf der Welt gewesen waren, sah nun mit schlecht verhohlenem Ärger zu, wie sich die dicke Clara Carvelli ungeniert ein Stück Kuchen nach dem anderen in den Mund schob und die offenherzige Auguste Breitenmeister den teuren Kaffee hinunterschüttete, als handelte es sich um Quellwasser. Dabei strickten sie Reihe um Reihe oder wickelten Verbandmull auf und wirkten so selbstgerecht, dass es einem die Sprache verschlagen konnte.

Lydia Stadelgruber, die Dritte im Bunde, erschien stets in Begleitung ihrer Tochter Clarisse, die einen Verlobten an der Ostfront hatte und viel Aufhebens darum machte. Ihren Erzählungen nach ging Tarnow-Gorlice ganz allein auf das Konto des jungen Mannes. Clarisse liebte es, tiefsinnige Betrachtungen über Verzicht und Opferbereitschaft der deutschen Frau anzustellen. Sie errang sich damit die Zuneigung Clara Carvellis, die einen Sohn in Frankreich hatte, und die von Linda, der von allen Seiten ein Höchstmaß an Zuwendung entgegengebracht wurde, denn sie erwartete ein Kind, und sie war sehr stolz darauf. Die Frage, ob dieses Kind wohl je seinen Vater kennenlernen würde, war ein beliebtes Thema im Kränzchen. Lindas Angst um Jo war nie gespielt gewesen, aber während sie in Berlin ihrer Furcht allein ausgeliefert gewesen war und sehr darunter gelitten hatte, begann sie

sie hier in diesem Kreis mitfühlender Frauen beinahe wohlig zu genießen. All das Gerede von Opfer und Mut beeindruckte sie tief und erfüllte sie mit der Bereitschaft zu tragen, was immer das Schicksal ihr auferlegen würde.

Dieser unselige Krieg wäre viel schneller zu Ende, wenn die Frauen nicht so viel faseln würden von Ehre und Entsagung, dachte Felicia oft verärgert. Warum nur erklärt eine Frau wie Linda ihrem Mann nicht klipp und klar: Wir haben geheiratet, ich bekomme ein Kind, nun bleib gefälligst bei mir und setz nicht dein Leben aufs Spiel, damit ich das Kind nicht womöglich allein großziehen muss! Das wäre ihr gutes Recht. Aber nein … nachts weint sie sich still und leise die Augen aus, und tagsüber erzählt sie jedem, ob er es hören will oder nicht, dass sie stolz und glücklich ist darüber, dass der Vater des Kindes in Frankreich steht und bereit ist, für Deutschland und den Kaiser zu sterben! Kein Wunder, dass es die Männer dann berauschend finden, ins Feld zu ziehen.

An einem warmen Maitag saßen sie wieder einmal alle im Wohnzimmer des Hauses am Prinzregentenplatz und strickten eifrig. Die Sonne schien durch die Fenster, und von draußen klang das Lachen einiger Soldaten, die mit einem Mädchen flirteten. Felicia hob immer wieder den Blick, sah hinaus und seufzte schwer. Sie trug ein neues, sehr schönes Kleid aus violettem Musselin, mit einem breiten Einsatz aus tiefrosafarbenem Samt in der schmalen Taille, aber ihre Freude daran trübte die Erkenntnis, wie sinnlos es war, sich hübsch anzuziehen, wenn einen doch niemand ansah als ein Vierteldutzend alter Hennen, denen die Missbilligung über so viel unverhohlene Eitelkeit deutlich ins Gesicht geschrieben stand. Hätte sie wenigstens im Englischen Garten spazieren gehen können …

»Dieser Tag ist fast zu schön, um ihn im Zimmer zu verbringen«, sagte sie hoffnungsvoll. Niemand reagierte, bis auf Kat, der das Stillsitzen ebenfalls schwerfiel. »Ja, das wäre ein Tag, um sich in die Sonne zu setzen«, meinte sie sehnsüchtig. Ihre dunklen Augen irrten ruhelos durch das Zimmer.

Auguste blickte sie missbilligend an. »Wirklich, Kassandra, so solltest du nicht reden. Der Krieg ist nicht dazu da, sich zu amüsieren. Unsere tapferen Helden an der Front können auch keinen Spaziergang machen!«

»Aber sie langweilen sich bestimmt nicht halb so sehr wie wir«, murmelte Felicia halblaut, glücklicherweise ohne, dass es jemand hörte. Eine Weile klapperten wieder nur die Stricknadeln, dann unterbrach Auguste die Stille.

»Ich habe eine Idee, die ich hier gerne vortragen würde. Vielleicht geht ihr ja darauf ein …«

»Bitte, Auguste, wir hören zu«, entgegnete Clara. Augustes dezente Ankündigung war eine reine Farce, das wussten alle, denn sie setzte immer durch, was sie wollte, und »Idee« war bei ihr gleichbedeutend mit »Befehl«, doch eisern hielten sie und die anderen Frauen am täglichen Ritual eines demokratischen Schauspiels fest.

»Es gäbe eine Möglichkeit, ein bisschen Geld zu sammeln – das wir dann dem Roten Kreuz zugutekommen lassen –, außerdem macht es Spaß. Und es verbessert unsere Sprache. Viele Leute spielen dieses Spiel schon.«

»Und was ist es?«

»Ist euch einmal aufgefallen, wie viele ausländische Worte wir in unserem Sprachschatz haben? Besonders französische. Gedankenlos sagen wir Pompadour, wenn wir ein Täschchen meinen, oder Portemonnaie, wenn wir auch Geldbörse sagen könnten. In diesen Zeiten erscheint mir das äußerst unpatriotisch.«

»Da hast du eigentlich recht«, meinte Lydia nachdenklich.

Auguste runzelte die Stirn. Sie setzte voraus, dass sie recht hatte. »Die Menschen, die diese Sprache sprechen«, fuhr sie fort, »schießen auf unsere Männer, Brüder und Söhne. Als wahre Deutsche sollten wir uns dem verderblichen Einfluss ihrer Sprache entziehen. Ich schlage daher vor, wer immer in diesem Kreis in Zukunft ein französisches oder englisches Wort benutzt, muss zehn Pfennig bezahlen. Und wenn genug Geld beisammen ist, machen wir eine nützliche Anschaffung für das Rote Kreuz.«

Der Vorschlag wurde begeistert begrüßt. Auguste konnte sich wieder einmal im allgemeinen Lob sonnen. Kat brachte eine große Tonschüssel, die in die Mitte des Tisches gestellt wurde und für das Bußgeld bestimmt war. Glücklich über den neuen Spaß und bestrebt, rasch ein paar klingende Münzen zusammenzubekommen, ließ sich in der nächsten Stunde jeder so viele französische Wörter einfallen wie nie zuvor. »Pardon«, sagte Clarisse, als ihr eine Stricknadel auf den Boden fiel, und gleich darauf schrie sie mit gespieltem Schreck: »Oh nein! Wie dumm von mir! Entschuldigung, wollte ich natürlich sagen!«

Linda, mit ihrer Schwangerschaftsübelkeit kämpfend, verlangte piepsend, zur Chaiselongue in die Ecke geführt zu werden, was einen entzückten Trubel auslöste. »Sofa, Kind, Sofa!«, rief Clara Carvelli, »zehn Pfennig bitte!«

Und Lydia stürzte die Runde in Ratlosigkeit, indem sie sich erkundigte, ob es erlaubt sei, etwas als »burgunderfarben« zu bezeichnen, da doch Burgund nicht eigentlich ein französisches Wort sei, jedoch …

Felicia stützte den Kopf in die Hände und blickte zum Fenster hinaus. Heimweh und Langeweile überfielen sie mit solcher Heftigkeit, dass sie am liebsten geweint hätte, aber sie verbiss es sich, weil sie sich den Fragen der anderen nicht aussetzen wollte. Sie konnte die Begeisterung ihrer Freundinnen nicht teilen, sie würde es nie können. Ihr Herz erbebte nicht, wenn sie an Deutschland dachte, daher konnte es auch nicht im Zorn erzittern, wenn ein französisches Wort fiel. Es schmerzte höchstens, weil sie an Onkel Leo denken musste, der Frankreich und die Franzosen liebte und sie immer »ma petite« oder »mon amour« gerufen hatte.

»Nun zur Altmaterialsammlung«, sagte Auguste, »ich habe mit der Vorsitzenden der hiesigen Zweigstelle des Roten Kreuzes einen Jour fixe vereinbart, an dem wir … oh!«

Lautes Stimmengewirr hob an. »Aber Auguste! Nicht Jour fixe: ein regelmäßiges Treffen höchstens.«

»Zehn Pfennig, meine Dame!«

Sara schwenkte die Schüssel, in der es schon verheißungsvoll klirrte. »Wir haben schon einiges beisammen. Bis jetzt hat nur Felicia nichts gespendet!«

»Ich habe mich eben nicht verplappert.«

»Ja, weil du fast gar nichts gesagt hast«, meinte Linda, »komm, du musst auch etwas geben! Sag ein französisches Wort.«

»Ich weiß keines …«

»Irgendeines. Was dir gerade einfällt.«

Felicia betrachtete den grauen Strickstrumpf in ihrem Schoß, stahl sich mit den Augen einen flimmernden Sonnenstrahl von draußen, kehrte in das dunkle Zimmer zurück.

»Tristesse«, sagte sie und zückte ihren Geldbeutel.

»Christian hat sein Fähnrichexamen mit Auszeichnung bestanden«, schrieb Elsa. Ihre sonst klare, flüssige Schrift erschien zittrig und verschwommen. »Ich wünschte, er hätte nie eine Kadettenschule von innen gesehen! Noch ein paar Übungen, und er geht an die Front. Nach Frankreich …«

Hier verwischte sich die schwarze Tinte zu einem großen Fleck. Johannes faltete das zerknitterte, schmutzige Papier zusammen und schob es in eine Tasche seiner Uniform. Wie jeden Brief aus der Heimat hatte er auch diesen, seitdem er angekommen war, wenigstens ein Dutzend Mal gelesen und dabei Bilder und Erinnerungen an daheim heraufbeschworen: Er konnte den Sekretär sehen, an dem Elsa ihre Briefe schrieb, die topasfarbenen Vorhänge vor den Fenstern, mit denen sie das allzu helle Tageslicht aussperrte. Gedämpft fiel die Sonne ins Zimmer, schwach klangen die Straßengeräusche herauf.

Er konnte den Duft von Elsas Parfüm riechen.

Arme Mama, dachte er. Ihr Bild verschwamm. Er war wieder in Frankreich, irgendwo an der Aisne, in einem kleinen, von Granaten zerbombten Dorf, und spürte ein beißendes Hungergefühl im Magen. Der Hunger war beinahe schlimmer als die Müdigkeit. In der vergangenen Nacht hatte es ein kurzes Gefecht mit den Franzosen gegeben, aber sonst war alles ruhig geblieben, und die Wache haltenden Soldaten hatten erbittert mit dem Schlaf ringen müssen. Die eigentlichen Feinde der Deutschen in diesem Sommer 1915, als sich die Front um keinen Schritt bewegte, schienen Johannes der Hunger, die Läuse und die Ruhr zu sein. Die Versorgungsprobleme der Armee wurden jeden Tag offensichtlicher, und es gab kaum einen Soldaten, der seine Eingeweide nicht zum Teufel gewünscht hätte.

Irgendwo mussten gerade eine Menge Schweine notgeschlachtet worden sein, weil die Bauern sie offenbar nicht mehr füttern konnten; vor acht Tagen jedenfalls hatte es für jeden Schweinefleisch gegeben, so viel er nur wollte. Johannes hatte den Hunger wohlweislich vorgezogen, aber die anderen verschlangen, was sie nur erwischen konnten. Die ungewohnte Fettzufuhr brachte sie fast um. Die Kompanie kotzte eine Nacht lang; mit grauen Gesichtern, schweißnassen Nasen und zitternden Lippen gaben es die Männer auf, sich einen Rest von Würde bewahren zu wollen.

Johannes, der Stunde um Stunde einen Kameraden in den Armen gehalten hatte, der bis zur vollkommenen Erschöpfung erbrechen musste und ohne fremde Hilfe nicht stehen konnte, fragte sich, ob Christian wusste, was ihn an der Front erwartete. Konnte er sich vorstellen, wie zermürbt die »Helden« nach einem Jahr Krieg waren, wie müde und ausgebrannt und leer. Sie hatten einen eisig kalten Winter lang in den Schützengräben ausgehalten, und sie hatten gesehen, wie ganze Reihen von Menschen im Kugelhagel zusammenbrachen.

Johannes konnte sich nicht erinnern, jemals Begeisterung für den Krieg empfunden zu haben. Er hatte stets einen leisen Schauder gespürt, wenn andere um ihn herum mit Begeisterung vom Kämpfen sprachen. Alles in ihm lehnte sich dagegen auf. Besonders, wenn er sich an seine Kindheitssommer auf Lulinn erinnerte (mitten im wildesten Gefecht sah er die Eichenallee vor sich oder hörte das Wiehern der Pferde am frühen Morgen) oder wenn er an seine Mutter dachte und an Linda. Und an das Kind.

Linda hatte ihm die Neuigkeit von ihrer Schwangerschaft derart kompliziert und verschlüsselt mitgeteilt, dass er Stunden gebraucht hatte, um zu enträtseln, was sie eigentlich meinte. Seitdem er es wusste, hatten sich sein Zorn auf den Krieg und seine Entschlossenheit, ihn zu überleben, noch um ein Hundertfaches verstärkt. Aber das Leben würde nicht dort weitergehen, wo es im August 1914 stehen geblieben und dann in diesen irrsinnigen, atemberaubenden, tödlichen Strudel geraten war, nichts würde sein, wie es gewesen war. Auch nicht für Christian, dachte Johannes ahnungsvoll, keinen Fisch kann er töten, aber nach Westen wird er fahren wie in das größte Abenteuer seines Lebens, angefüllt mit den Worten seiner Lehrer von Pflicht und Schuldigkeit und Ehre und preußischer Tradition … aber von den Lazaretten weiß er nichts und von den Schreien der Verwundeten, von der Ruhr und dem Hunger, von dem kalten Schlamm der Schützengräben …

»Nun, Degnelly, wie geht's?« Ein Freund von Johannes aus der Kadettenschule, dessen linkes Auge seit einem halben Jahr ununterbrochen nervös zuckte, trat heran, zog ein Taschentuch hervor und wischte sich über das erhitzte Gesicht. »Guter Gott, ist das warm heute! Ich war gerade im Lazarett. Da drinnen hältst du es nicht aus. Da wird man ja nur noch kränker.«

»Haben Sie Phillip gesehen?«, erkundigte sich Johannes – Phillip litt seit beinahe drei Wochen an einem unerklärlichen Fieber, und Johannes hatte sich große Sorgen um ihn gemacht.

»Es geht ihm besser. Aber er sieht natürlich zum Gotterbarmen aus. Trotzdem hat er verdammt viel Glück: Sie schicken ihn für vierzehn Tage auf Urlaub.«

»Er fährt nach Berlin?«

»Nach München. Zu seiner Schwester. Sind Sie nicht mit ihr verheiratet?«

»Doch«, sagte Johannes. Er kramte einen Stift und ein Stück Papier hervor. »Ich werde ihm einen Brief für sie mitgeben.« Während er sich ein paar heitere, zuversichtliche Sätze abrang, verspürte er plötzlich den heftigen Wunsch, Linda aufrichtig sagen zu können, wie verflucht dreckig es ihm ging und wie alt und verbraucht er sich zu fühlen begann.

Doch er wusste, Linda hätte das beunruhigend und erschreckend gefunden – und nicht verstanden.

Kaum sahen sie einander das erste Mal, verliebten sich Kat und Phillip ineinander, und die Familie, die geglaubt hatte, dies sei wieder nur eine von Kats vorübergehenden Euphorien, musste einsehen, dass es diesmal ernst war. In den zwei Wochen von Phillips Urlaub trennten sie sich kaum eine Minute; nur nachts, worauf Jolanta, die Haushälterin, mit der Unnachgiebigkeit und Strenge einer preußischen Gouvernante achtete. Insgeheim hegte sie den düsteren Verdacht, die beiden Verliebten würden versuchen, sich über Anstand und Moral hinwegzusetzen, weshalb sie nachts stundenlang wach lag und auf jedes Geräusch im Haus lauschte. Hörte sie es irgendwo knacken oder rascheln, schoss sie mit einer Lampe in der Hand und einem wollenen Tuch um die Schultern aus ihrem Zimmer, um die Sittenlosen auf frischer Tat zu ertappen, wobei sie einmal die arme Sara, die sich noch ein Glas Wasser holen wollte, fast zu Tode erschreckte und ein anderes Mal einen betrunkenen Severin erwischte, der aus dem Hofbräuhaus kam und torkelnd die Treppe hinaufzuschleichen versuchte. Außerdem kam sie Linda auf die Schliche, die es sich zur Gewohnheit gemacht hatte, wenn alle schliefen in der Küche noch einmal Jagd auf etwas Essbares zu machen.

»Kaum zu glauben, was in diesem Haus weit nach Mitternacht noch alles los ist«, sagte sie entrüstet zu Fanny, dem Hausmädchen, »aber wenigstens ist der fremde Offizier nicht bei unserer Kassandra gewesen, dafür kann ich meine Hand ins Feuer legen.«

Kat entging die beständige Überwachung natürlich nicht, aber auf ihren Protest hin erklärte Jolanta nur, sie halte es für ihre Pflicht, das naive, unerfahrene Kind zu beschützen, »solange du nichts bist als ein kleines Schulmädchen und keine Ahnung von den Männern hast!«.

Felicia war zunächst etwas gekränkt gewesen, denn Phillip hatte sich einmal sehr für sie interessiert, und sie hätte nicht gedacht, dass er sich so schnell würde trösten können. »Ich bin gespannt, wie lange das anhält«, sagte sie zu Alex, »Kat hat sich nie lange für etwas begeistern können!«

»Sie braucht jemanden, der ihr Halt gibt«, erwiderte Alex, »und ich glaube, Phillip kann ihr den geben. Er ist der Mensch, auf den sie gewartet hat.« In seiner Stimme klang etwas, das Felicia stutzen ließ.

»Du sagst das so … so …«

»Wie denn?«

»Na ja, als würdest du glauben, dass jeder Mensch auf einen anderen bestimmten Menschen wartet …«

»Glaubst du das nicht?«

Sie wollte ihm eine patzige Antwort geben – sie hatte manchmal das Gefühl, anders als patzig gar nicht mit ihm reden zu können –, aber seltsamerweise erstarb ihr die Bosheit diesmal auf der Zunge. Es war selten, dass er in ihrem Inneren etwas anzurühren vermochte, aber diesmal war es ihm geglückt, und sie konnte nichts sagen, was hart oder böse gewesen wäre. Ihr Gesicht nahm einen sanften Ausdruck an.

Alex lächelte verachtungsvoll. »Du glaubst es schon«, sagte er und stand auf. Er nahm die Whiskyflasche aus dem Schrank, schenkte sich ein Glas voll und leerte es in einem Zug. »Vielleicht«, er bedachte Felicia mit einem scharfen, mitleidslosen Blick, der sie ganz durchdrang und scharf analysierte und weder Zorn noch Liebe für das, was er sah, ausdrückte, »vielleicht müsste irgendetwas geschehen, damit du erwachsen wirst. Und – es wird auch geschehen. Weißt du, ihr alle, du und deinesgleichen, ihr seid eine feine, lustige Gesellschaft, die auf einem schillernden, bunten Regenbogen tanzt und überhaupt nicht merkt, dass sie sich bereits der abschüssigen Stelle nähert. Ein Bogen, Liebste, hat es an sich, dass er hoch und wieder hinuntergeht. Aber ist ja auch egal …«

Die Tür ging auf, und Severin trat ein. »Habt ihr gehört, was Kat vorhat?«, fragte er. »Einen Ball will sie veranstalten in unserem Haus. Für alle Freunde und Bekannten und die Soldaten aus dem Lazarett. Ahhh … was das wieder kosten wird!« Ächzend – denn sein Rheuma plagte ihn – fiel er in einen Sessel. »Jetzt, wo alles rationiert ist. Ich wette, ein neues Kleid braucht sie auch. Hat es ihr ja schwer angetan, der junge Offizier aus Berlin!« Zu Felicia gewandt, doch mit einem Seitenblick auf seinen Sohn fügte er hinzu: »Der zählte wohl früher zu deinen Verehrern, wie? Da ist etwas zwischen euch …«

Felicia wusste, dass der Alte sie provozieren wollte, und lächelte. Doch Alex stellte klirrend sein leeres Glas ab und ging zur Tür.

»Deine Anzüglichkeiten waren schon weniger plump, Vater, und wesentlich raffinierter«, sagte er und verließ das Zimmer.

»Also, wir gehen jetzt hinein«, bestimmte Felicia. Sie stand mit Sara und Linda hinter der Flügeltür, die zum großen Saal führte, und spähte durch einen Spalt in das Getümmel. Wie immer, wenn Kat etwas wollte, hatte sie auch diesmal durchgesetzt, dass all ihre Wünsche erfüllt wurden. Es gab eine eigene Kapelle, die auf einem kleinen Podest am Ende des Saals postiert war, und eine Gärtnerei hatte Blumen geliefert. Rosen blühten vor den Fenstern; Margeriten, Levkojen, blutroter Mohn und duftender Jasmin ragten aus allen Vasen. Wo es nur Platz gab, standen Kerzenleuchter, große, einarmige goldene Halter, zwölfarmige aus altem Silber, dazwischen solche aus weißem Porzellan, von porzellanen Blütenranken umschlungen. Es gab rote und honigfarbene Kerzen und dazwischen, mit Wachs unauffällig in kleinen Vasen oder Tassen befestigt, die deutsche Fahne in allen Größen – als kleiner Papierwimpel ebenso wie als gewaltiger, von Auguste selber gehäkelter Wandbehang, der zwischen die beiden hohen Bogenfenster an der Längsseite des Raumes gespannt worden war. Am Kopfende hing ein Porträt des Kaisers im silbernen Rahmen, getreu den Nationalfarben mit roten, weißen und schwarzen Seidenblüten geschmückt.

Darunter saßen des Kaisers Streiter. Es war eine etwas klägliche Schar, wie zerrupfte Krähen anzusehen, hohläugig und blass, in viel zu weite Uniformen gekleidet, die wie alte Säcke an den mageren Körpern herumschlabberten. Sie hatten sich aus dem Lazarett hierhergeschleppt, um endlich wieder einmal etwas Abwechslung zu finden, sich zu amüsieren und hübsche Mädchen zu sehen.

Viele bewegten sich nur an Krückstöcken oder mussten von einer Schwester im Rollstuhl geschoben werden, andere trugen einen Arm in der Schlinge oder hatten einen breiten Verband um die Stirn. Hier und da blitzten abenteuerliche schwarze Piratenklappen über verletzten Augen auf, aber die bleichen Gesichter darunter zeigten keinen Ausdruck der Verwegenheit.

Die Frauen hatten sich so schön wie möglich zurechtgemacht, um die Männer die Erinnerung an vergangene und die Angst vor kommenden Schrecken vergessen zu lassen. Natürlich litt auch die Textilindustrie bereits unter Engpässen, aber man konnte ja alte Kleider auftrennen und neue daraus arbeiten. Die Mode war seit Kriegsausbruch wieder sehr weiblich geworden: tief ausgeschnittene Kleider, schmale Taillen und weite schwingende Röcke, die mit Spitzen und Rüschen besetzt waren und beim Tanzen wie bunte Flügel um die Trägerinnen herumflogen. Diese »Kriegs-Krinoline«, wie mancher sie spöttisch nannte, war Ausdruck eines radikalen Bewusstseinswandels, der seit dem August 1914 eingesetzt hatte. Frauenbewegung und Reformfragen traten in den Hintergrund, viele Frauen nahmen begeistert die alte Rolle wieder an: Mütter, Frauen, Schwestern und Bräute der Soldaten wollten sie sein und ihnen jeden Tag neu beweisen, mit welch unerschütterlichem Glauben sie ihnen, ihrem Mut, ihrer Überlegenheit vertrauten.

Was Felicia betraf, so gefiel ihr die neue Mode, weil sie ihre schlanke Taille und ihre schönen Schultern zur Geltung brachte. Sie hatte natürlich auch auf einem neuen Kleid bestanden – fliederfarbener Georgette mit einer Reihe echter Brüsseler Spitze am Saum –, und zum ersten Mal seit langer Zeit hatte sie wieder das Gefühl, sich wirklich zu amüsieren. Es gab noch genug Soldaten, die unverletzt waren und tanzen konnten, und mit ihnen zu flirten fiel heute Abend unter die patriotische Pflicht. Die Matronen saßen in einer Ecke, fächelten sich Luft zu, da der Juliabend von drückender Schwüle war, und spielten unverdrossen und mit unverminderter Begeisterung das Spiel: Wie vermeide ich französische Wörter und ersetze sie durch deutsche?

Pflichtschuldig hatte Felicia geglaubt, sie müsse wenigstens den ersten Tanz mit Alex tanzen, aber der lehnte mit gekreuzten Beinen und verschränkten Armen an der Wand und betrachtete, zwar amüsiert, doch distanziert das Leben und Treiben um ihn herum. »Nein, nein, heute Abend musst du dich ganz unseren tapferen Kriegern widmen«, sagte er,

»sieh nur diesen hübschen, blassen Jungen da drüben, der dich so sehnsüchtig anblickt! Na komm, lächle ihm zu!«

Brüsk wandte sie sich ab und lächelte den Fremden an. Sogleich war er bei ihr und bat sie um den nächsten Tanz.

Warte nur, dachte Felicia grimmig, ich kann jeden Mann im Saal haben, und dich lass ich schmoren!

Sie flirtete so heftig und aggressiv mit jedem Mann, der ihren Weg kreuzte, dass da und dort bereits Geraune laut wurde. Auguste lehnte sich zu Lydia hinüber. »Sie treibt es ein bisschen weit, Lydia, findest du nicht?«

Die sanfte Lydia dachte nie etwas Schlechtes von anderen Menschen. »Sie wird sich sagen, dass all diese Männer bald wieder in ein ungewisses Schicksal gehen. Und dass sie die Erinnerung an das Lächeln einer schönen Frau bitter nötig haben werden.«

Auguste, weit weniger gutgläubig, schnaubte verächtlich. »Lächerlich, von Felicia Lombard etwas Gutes zu denken. Das Mädchen ist kalt bis ins Herz und wird es immer bleiben. Ich sage dir, Lydia, Felicia kennt niemanden als sich selbst. Und sie …«, Augustes Stimme klang wie ein Grollen, »sie hat etwas Verdorbenes an sich!«

»Aber schau nur, wie glücklich Kat aussieht«, sagte Lydia, die nicht gern lästerte, rasch, »sie hat bereits den ganzen Abend nur mit ihrem Offizier getanzt!«

»Ich frage mich, warum erst Alex und nun auch noch sie sich ihre Auserwählten in Berlin suchen müssen. Als ob wir nicht genug passende Partien in München hätten!« Auguste betrachtete alles, was sich jenseits der Donau abspielte, mit größtem Misstrauen. »Kat sollte Tom Wolff heiraten. Er will sie doch unter allen Umständen!«

»Aber Auguste!« Lydia war entsetzt. »Der ist nicht standesgemäß!«

»Standesgemäß! Standesgemäß! Er hat eine glänzende Zukunft vor sich. Dieser Tom Wolff wird eines Tages steinreich sein. Die Frauen werden sich schon bald alle Finger nach ihm lecken!«

»Kat hat es nicht nötig, auf Geld zu sehen.«

»Vielleicht doch einmal. Ihr Vater lebt nicht ewig, und Alex…« Sie schwieg, aber es war allzu deutlich, was sie über Alex dachte. Sie hielt den Alkohol für das größte Laster der Menschheit, und da jeder Alex' bedauernswerte Neigung zu harten Getränken kannte, gab sie keinen Pfifferling mehr auf ihn. »Ach«, sagte sie und kniff die Augen zusammen, »ist dort nicht überhaupt Wolff? Es ist schon befremdlich, mit welcher Gelassenheit er sich in unseren Kreisen bewegt!«

Gelassenheit war in Wirklichkeit das Letzte, was Wolff in diesen Minuten empfand. Er fühlte sich unbehaglich, bemerkte sehr wohl, dass er hochgezogene Brauen und Stirnrunzeln hervorrief, und versuchte, seine Unsicherheit hinter einer hochmütigen Miene zu verbergen, was ihm an diesem Abend weniger denn je gelang.

Pack, dachte er zornig, eines Tages sollen sie bluten dafür!

Seit dem Tag, da er, der bettelarme Bauernsohn aus dem Bayerischen Wald, dem verarmten Anwesen seines versoffenen Vaters und seiner schwindsüchtigen Mutter den Rücken gekehrt und den festen Entschluss gefasst hatte, reich zu werden, hatte ihn die Münchener Geldaristokratie mit Gleichgültigkeit, Spott oder verletzender Herablassung behandelt. Es kümmerte sie wenig, dass er härter arbeitete als einer von ihnen und dass er sein Geld mit einer Verbissenheit hortete, die dem größten Geizhals der Welt noch Ehre gemacht hätte, im Gegenteil, sie lachten noch darüber. Wolff schwieg, aber er notierte sich jedes hochmütige Lächeln, jede Zurückweisung, jeden Fußtritt, den er einstecken musste. Irgendwann, das war der einzige und unerschütterliche Glaube seines Lebens, irgendwann würde seine Zeit kommen. Er war cleverer als sie, durch seine Adern floss frisches Blut, Körper und Geist hatten sich nicht über Jahrhunderte hinweg in genussreichem Wohlleben, in weichen Sesseln verschlissen. Er war wach. Er konnte warten. Sich erinnern. Sich rächen.

Er entdeckte Felicia, die sich zwischen zwei Tänzen ausruhte und einen der von Jolanta für das Fest gebackenen Pfannkuchen verzehrte. Jolanta hatte geflucht und gestöhnt, weil sie nicht wusste, wie sie mit ihren Lebensmittelmarken auskommen sollte, und nur unter Aufbietung aller kochkünstlerischen Raffinessen war es ihr geglückt, aus nicht vorhandenen Vorräten eine Art Teig herzustellen, den sie so lange streckte, dass eine stattliche Anzahl Pfannkuchen dabei herauskam. Da sie praktisch kein Fett verwandte, bröselte das Gebäck schon, wenn man es nur ansah, und nachdem jeder Gast einmal die Peinlichkeit durchlebt hatte, nach dem Essen eines Pfannkuchens plötzlich in einem Meer von Krümeln zu stehen, auf das die anderen Gäste mit indignierten Mienen starrten, rührte keiner mehr etwas an, sondern beteuerte mit hungrigen Augen, völlig satt zu sein.

Felicia hatte wenig Skrupel; zu diesem Schluss war Wolff gekommen, als er sie das erste Mal in diesem Haus getroffen hatte, und die Erkenntnis kam ihm heute wieder. Er fand sie keineswegs sympathisch, denn er witterte in ihr dieselbe Willenskraft und den unverbrauchten Eigensinn, über die er selbst verfügte, und wie jeder sehr ehrgeizige Mensch liebte er es nicht, seine Stärken in anderen Menschen zu entdecken. Aber obwohl sie aus jener Gesellschaftsklasse stammte, die er so hasste, und obwohl sie zweifellos noch ein sehr törichtes junges Ding war, empfand er für sie nicht die Verachtung, die der Rest der lustigen Gesellschaft an diesem Abend in ihm hervorrief. Sie alle kamen ihm vor wie eine Schar aufgedrehter, degenerierter, eingebildeter Snobs, die in einem bereits reichlich angeschlagenen Schiff über ein stürmisches Meer fuhren und die, sollte dieses Schiff kentern, mit staunenden Augen und zu einem Oh geöffneten Mündern untergehen würden.

Zieh ihnen die Planken unter den Füßen weg, und sie gehen alle zum Teufel, sagte er sich immer wieder.

Aber Felicia – die würde sich einen Rettungsring zu greifen wissen. Ein Orkan konnte ihr im Innersten nichts anhaben – das begriff er mit demselben Instinkt, mit dem er taugliche junge Pferde und Rinder von solchen unterschied, die husten und lahmen würden, ehe sie zwei Jahre alt waren.

Er schlenderte heran und grüßte grinsend. »Guten Abend, Frau Lombard. Wie geht's?«

Sie sah auf, aus tiefen Gedanken erwachend, wie ihm schien. »Ach, Sie sind es«, sagte sie zerstreut, »hat Kat Sie eingeladen?«

Die Frage traf ihn wie eine Ohrfeige, aber er konnte seinem Gesicht blitzschnell jenen maskenhaften Ausdruck geben, den er sich angewöhnt hatte, um zu verschleiern, was er wirklich dachte. Seine Zeit war noch nicht gekommen. »Einladungen waren auf dem schwarzen Markt erhältlich«, erwiderte er. Tatsächlich hatte er verdammt viel Geld hingeblättert, um eine zu bekommen, und Marian Carvelli, Clara Carvellis Schwägerin, hatte ihm ihre auch nur gegeben, weil er ihr zusätzlich Buttermarken abtrat, die sie für ihre tuberkulosekranke Tochter brauchte. »Kat ist mir jedes Opfer wert«, fügte er hinzu. Felicia lächelte ironisch, ein Lächeln, das ihre Augen unberührt ließ. Guter Gott, sie war wahrhaftig nicht sein Typ, aber sie hatte Augen, die einen Mann bis in die Träume verfolgen konnten.

»Sie sollten Kat nicht mehr allzu viele Opfer bringen«, sagte sie kalt, »ich fürchte, es lohnt sich nicht.« Sie ließ die restlichen Brösel ungeniert auf den Boden fallen und ging davon. Er blickte ihr nach, aber der Zorn, der ihn überfiel, war diesmal nicht mit blindem, schmerzhaftem Hass gepaart, sondern mischte sich mit einer grimmigen, erwartungsvollen Freude. Irgendwann, dachte er, haben wir beide noch einmal unser ganz persönliches Duell. Und das wird mir mehr Spaß machen als das langweilige Abschlachten der anderen Salonratten!

»Du wirst mich doch heiraten, Kat?« Die Frage klang hastig und beinahe ängstlich. Kat lächelte. »Natürlich.«

Phillip seufzte erleichtert. »Würdest du … Ich meine, könntest du dir vorstellen, dass wir heiraten, bevor ich wieder an die Front muss? Also noch in dieser Woche?«

»Ob ich es mir vorstellen kann? Ich will es, Phillip! Ich würde dich jetzt in dieser Minute heiraten, wenn es möglich wäre!«

Sie sahen einander an. Sie hatten den Ballsaal verlassen, und es war ihnen gelungen, an den wachsamen Augen Jolantas vorbei hinunter in den Wintergarten zu gelangen, wo sie nun auf einem Sofa aus geflochtenem Bambusrohr saßen. Kat hatte sich die dunklen Haare heute ganz aus dem Gesicht gestrichen und trug sie in einem schweren, dicken Knoten. An den Ohren blitzten goldene Ringe, die ihrer verstorbenen Mutter gehört hatten. Mit der ungewohnt strengen Frisur sah sie älter aus als sonst, zugleich gab ihr das einfache weiße Kleid etwas Kindliches und Unschuldiges.

Sie ist ja erst sechzehn, rief sich Phillip ins Gedächtnis.

Für gewöhnlich wäre eine solch überstürzte Heirat ganz undenkbar gewesen. Aber die Zeiten hatten sich seit Kriegsausbruch geändert.

Was als unumgänglich notwendig und wichtig gegolten hatte, verlor seinen Sinn. Wozu lange werben, wozu eine endlose Verlobungszeit, wenn der Bräutigam doch nur ständig im Schützengraben lag und an keinem Morgen wusste, ob es noch einen Abend für ihn geben würde, und die Braut sich mit keuschen Küssen und Feldpostkarten begnügen musste, beständig damit rechnend, dass sie den Mann, den sie liebte, vielleicht niemals wiedersehen würde. Die Menschen, die an den alten Formen festhalten wollten, besorgte Väter, misstrauische Mütter und alte Tanten, fochten tapfer, aber – vergeblich. Der Krieg hatte die Welt auf den Kopf gestellt, an jedem Tag starb ein Stück Vergangenheit, die Zukunft konnte kein Versprechen geben, was blieb, war die Gegenwart, das winzige, befristete Stückchen Zeit, das jedem von ihnen zugeteilt war und keine Sicherheit bot.

»Wir müssen deinen Vater um Erlaubnis bitten«, sagte Phillip, »du bist erst sechzehn. Er wird vielleicht nicht begeistert sein.«

»Er wird es erlauben. Sonst erinnere ich ihn daran, dass meine Mutter auch nicht älter war, als sie ihn heiratete.«

Phillip stand auf. »Ich gehe zu ihm und spreche mit ihm. Hör mal, Liebling, es wird dir bestimmt nie etwas ausmachen, dass ich zehn Jahre älter bin als du?«

»Glaubst du, das wäre wichtig? Wie alt du bist und wie alt ich? So wie du bist, bist du der Mann, den ich liebe, und alles, was ein Teil von dir ist, ist ein Teil dessen, was ich liebe.« Sie sah ihm nach, als er davonging, dann lehnte sie sich behaglich zurück und nahm einen Schluck von ihrem Sekt.

Sie fand das Leben sehr aufregend, sehr unkompliziert –

und sehr schön. Sie gab sich träumerischen, bunten Gedanken hin, tauchte erst aus ihnen auf, als eine scharfe Stimme von der Tür her fragte: »Herr Lombard? Sind Sie es?«

Jolanta, natürlich! Sie tauchte immer dann auf, wenn jemand ganz allein sein wollte. Kat drehte sich um. »Nein, ich bin es. Was gibt es denn?«

»Ein Telegramm für Ihren Vater. Möchte wissen, wo er steckt!« Jolanta blickte sich argwöhnisch um, konnte aber, entgegen ihrer Erwartung, nicht einen Schatten von Phillip entdecken. Düster betrachtete sie Kats verzückten Gesichtsausdruck. »Also, ich muss schon sagen, ich finde …«, begann sie, unterbrach sich jedoch gleich wieder, weil von weit her ein leises Läuten zu hören war. »Schon wieder jemand an der Hintertür! Dabei ist es bald Mitternacht. Sind wir denn ein offenes Haus für jedermann? Ja, ja, ich geh schon. Fanny und die anderen Mädels sind verschollen. Drücken sich wahrscheinlich im Ballsaal herum und machen den Soldaten schöne Augen!« Schimpfend eilte sie davon. Ihr schwante nichts Gutes, ganz und gar nicht. Kat hatte ausgesehen, als wäre ihr der Heilige Geist begegnet, und sie wollte jede Wette eingehen, dass sie nicht die ganze Zeit allein dort unten gesessen hatte.

Sara war den ganzen Abend an der Seite eines jungen Soldaten geblieben, der im Rollstuhl saß und dort auch zeitlebens sitzen würde, weil ihm eine französische Granate beide Beine zerfetzt hatte. Er sah müde und melancholisch aus und betrachtete das fröhliche Treiben ringsum mit einer Resignation, die Sara schlimmer schien als Bitterkeit und Zorn. Gegen Mitternacht schlief er erschöpft ein, und die Schwester, die ihn begleitet hatte, rollte ihn davon. Sara stand auf und ging zu Felicia, die soeben einen langweiligen Tänzer unter dem Vorwand, sie müsse sich die Nase putzen, abgeschüttelt und sich zu Linda gesellt hatte, die bei den Matronen in der Ecke saß.

»Felicia! Linda!«, rief Sara. Eine fremde Begeisterung glühte in ihren Augen, und ihre sonst bleichen Wangen hatten sich gerötet. »Soll ich euch sagen, welcher Einfall mir gekommen ist?«

»Welcher denn?«

»Es gibt einen Platz, wo wir viel dringender gebraucht werden als hier beim … beim Strümpfestricken und Verbände aufwickeln«, ein scheuer Blick flog zu Auguste, »wir sollten an die Front gehen – als Schwestern!«

»Ach, guter Gott!« Felicia war entsetzt. Das kam nun davon. Den ganzen Abend über schon hatte sie den Eindruck gehabt, dass Saras Gesicht mehr und mehr den Ausdruck eines Engels annahm, während sie neben dem verletzten Soldaten kauerte.

»Ich kann nicht«, sagte Linda schnell, »du weißt, das Kind …«

»Aber Felicia könnte doch. Und Kat!«

»Das ist wirklich ein guter Einfall«, meinte Clara Carvelli, »Felicia, ich finde, Sie sollten zustimmen!«

»Aber …« Das hatte ihr noch gefehlt. Wieder kam ihr der Lazarettzug ins Gedächtnis, die endlose Fahrt von Königsberg nach Berlin, und voller Grauen dachte sie: Nein! Niemals wieder. Ich will mit dem Krieg und mit allem nichts zu tun haben. Ich wollte keinen Krieg, ich habe nie Begeisterung geheuchelt, und jetzt will ich es nicht ausbaden. Sollen sie ruhig alle über mich herziehen, ich gehe nicht!

»Nun?«, fragte Auguste. Sie sah sehr kampfeslustig aus. Alle Augen richteten sich auf Felicia. Sie kam sich auf einmal wie gefangen vor und blickte sich hilfesuchend um. Es hätte nicht viel gefehlt, und sie wäre Fanny um den Hals gefallen, die herantrat und sie ansprach. »Es ist ein Herr für Sie unten in der Küche; gnädige Frau. Er möchte mit Ihnen sprechen.«

»In der Küche? Weshalb kommt er nicht her? Was ist das für ein Herr?«, schoss Auguste sofort ihre Fragen ab. Aber Felicia, selig, entwischen zu können, hatte sich bereits mit einer kurzen Entschuldigung abgewandt und verließ schnell den Saal.

»Er hat seinen Namen gar nicht genannt, sagt Jolanta«, plapperte Fanny draußen, »aber er ist wirklich ein Herr, das kann man nicht anders nennen, und wir hätten vielleicht etwas falsch gemacht, wenn wir ihn fortgejagt hätten, oder?«

»Es ist ja alles richtig so, Fanny.« Sie stiegen die Treppe in den Keller hinunter, wo sich die Küche befand.

Jolanta stand wie ein Drache neben der Tür und bebte vor Misstrauen. Neben ihr stand ein Mann und betrachtete angelegentlich einen toten Karpfen, der mit geöffnetem Maul und großen, starren Augen mitten auf dem Küchentisch lag.

Es war Maksim.

Instinktiv hielt sich Felicia gerade noch zurück, seinen Namen zu rufen; der Klang ihrer Stimme hätte sie verraten. Ihr Gesicht aber hatte sie nicht in der Gewalt, und sie spürte, dass ihr alles Blut aus den Wangen lief und ihre Augen groß wurden. Glücklicherweise schaute Jolanta nur zu Maksim hin, und Fanny stand hinter ihr und konnte sie nicht sehen. Maksim trug keine Uniform, der eine Ärmel seines Anzuges hing noch immer schlaff herunter. Er sah erschöpft aus, aber sein Blick war eindringlich und konzentriert.

»Ich hab ja wirklich Glück, dass du noch wach bist, Felicia«, sagte er, »guten Abend!«

Jolanta zog die Augenbrauen hoch.

»Das ist … Maksim Marakow«, erklärte Felicia hastig, »ein Jugendfreund aus Insterburg. Wir kennen uns, seit wir Kinder waren.« Sie biss sich auf die Lippen. Ihre Erklärung war viel zu lang.

»Kann ich dich allein sprechen?«, fragte Maksim ohne Umschweife. Sie bemerkte jetzt erst, wie nervös er war. Er folgte ihr die Treppe hinauf, durch die dunkle Halle in den kleinen Salon, in dem Besucher empfangen wurden. Aus dem Ballsaal klang schwach Musik. Felicia knipste das Licht an und lehnte sich von innen gegen die Tür, als wollte sie die ganze übrige Welt aussperren. »Maksim«, sagte sie, »ich …«

Er unterbrach sie hastig. »Mein Taxi steht noch draußen. Ich … Äh, könntest du es wohl für mich bezahlen?«

Bei jedem anderen hätte sie eine spöttische Erwiderung auf der Zunge gehabt; jetzt aber fühlte sie sich nur etwas verwirrt. »Natürlich. Nur …« Sie sah sich um. Sie trug natürlich kein Geld bei sich, aber glücklicherweise erspähte sie die große tönerne Schale auf dem Tisch, in der das Strickkränzchen seine Bußgelder sammelte. Mit beiden Händen griff sie in die Münzen. »Hier. Es müsste reichen.«

Maksim machte ein verblüfftes Gesicht. »Kleiner hast du es nicht?« Aber er nahm es und ging damit zur Tür. »Ich komme gleich wieder. Warte auf mich.«

Als er zurückkam, schloss er die Tür sorgfältig. Wieder nahm er sich keine Zeit für einleitende Worte. »Das war leider nicht alles«, sagte er, »Felicia, ich brauche Geld.«

»Geld?« Wovon sprach er? Seit wann brauchte Maksim Geld?

»Ja, Geld«, erwiderte er ungeduldig, »einhundert Goldmark. Kannst du mir die leihen?«

»Ich verstehe nicht …«

»Ich kann im Augenblick nicht an meine Konten heran –

aus bestimmten Gründen sind sie von der Regierung gesperrt. Das muss dir als Erklärung genügen. Also, kann ich es haben?«

Wenn er könnte, würde er es aus mir herausschütteln, dachte Felicia. Was er sagte, drang nur wie durch eine Wand von Watte zu ihr. Sie konnte sich beim besten Willen nicht auf seine Worte konzentrieren; sie konnte nichts darauf erwidern; sie konnte ihn nur betrachten und jede einzelne vertraute, geliebte Linie seines Gesichtes verfolgen, so eindringlich, als wäre es das letzte Mal, dass sie ihn sah.

Er wird ein anderer werden, ging es ihr unbestimmt durch den Kopf, für mich wird er ein anderer werden, weil unsere Erinnerungen, das, was wir gemeinsam hatten und was uns verbindet, verblassen werden und weil alles, was sich von nun an zwischen uns abspielt, von dieser Hast und Unruhe bestimmt sein wird, mit der er mir begegnet, von der Nervosität, mit der er mich braucht und wieder fallen lässt, braucht …

»Wozu willst du so viel Geld?«, erkundigte sie sich. Ihre Stimme hatte endlich wieder einen halbwegs normalen Klang. Sie merkte, dass sie ihn seine letzten Nerven kostete mit ihrer Fragerei; kaum merklich verkrampften sich die Finger seiner rechten Hand, schwach zuckte ein Muskel an seiner Schläfe. Beherrscht antwortete er: »Ich verlasse Deutschland. Ich habe meinen Abschied von der Armee genommen. Mein Arm ist ja ohnehin hinüber.« Er hob seinen steifen, linken Arm ein wenig an. »Und nun mache ich mich also in der Stunde der Not auf und davon. Aber ich denke, Kaiser und Nation werden auch ohne mich zurechtkommen.«

»Wo willst du hin?«

»Nach Osten.«

»Russland?«

Maksim strich sich erschöpft über die Haare. »Felicia, kann ich nun das Geld haben oder nicht? Glaub mir, ich würde nicht hier stehen und dich aufhalten, wenn es nicht sehr wichtig wäre.«

Nein, das würdest du nicht, dachte Felicia. Seine offensichtliche Müdigkeit und seine mühsam bezwungene Gereiztheit begannen auf sie abzufärben, sie fing an, sich elend und unwillig zu fühlen. Zugleich spürte sie den verzweifelten Wunsch, diese Minuten mit ihm festzuhalten, obwohl sie wusste, dass es nichts festzuhalten gab. In Wahrheit war Maksim überhaupt nicht bei ihr, seine Gedanken waren weit fort, und Felicia bedeutete für ihn nichts als einen ärgerlichen, unumgänglichen Aufenthalt. Jahre später, sie wusste es, wenn sie ihn an diesen Abend erinnern würde, würde er nicht sagen: »Aber ja, ich weiß, es war schon bald Mitternacht, und ich stand in der Küche neben diesem Drachen von einer Köchin. Du hattest ein bezaubernd schönes Ballkleid an, Liebling, und später, in diesem Salon, in dem schwachen Licht, warst du sehr blass und sehr schön, und ich fragte mich, warum, zum Teufel, du diesen anderen Mann geheiratet hast.«

Nein, das würden nicht seine Worte sein. Stattdessen würde er stirnrunzelnd sagen: »Im Juli 1915? Ja richtig, du willst mich erinnern, dass ich dir noch einhundert Goldmark schulde. Du bekommst sie bestimmt. Es war wirklich nett von dir, mir damals zu helfen!« Das war es. Einhundert Goldmark. Das war genau der Wert, den sie in diesen Augenblicken für ihn hatte, nicht mehr und nicht weniger. »Ich habe nicht so viel Geld«, sagte sie, »eigentlich habe ich gar kein eigenes Geld.«

»Aber irgendjemand in diesem Haus wird doch …«

»Ich kann nicht Alex danach fragen!« Zum ersten Mal erwähnte sie ihren Mann, doch das löste keine Regung in Maksim aus.

»Nein«, murmelte er bloß, »das kannst du wohl nicht…« Unschlüssig blickte er sich um. »Na ja, dann…«

Felicia hatte einen Einfall. »Warte hier. Ich bin gleich zurück.«

Zum ersten Mal lächelte er. »Beeil dich. Ich wüsste wirklich nicht, was ich jemandem erklären sollte, der jetzt hier hereinkäme und mich fragte, was ich hier suche.«

»Nur nicht nervös werden!« Sie verließ den Raum. Sie wusste nun, wer ihr das Geld geben würde. Wenn sie es geschickt anfinge, dann täte er es sogar mit dem größten Vergnügen.

Sie kam vor Severins Zimmertür gleichzeitig mit Phillip an, der, sein brennendes Anliegen voller Nervosität mit sich tragend, einen etwas verstörten Eindruck machte. Er wäre liebend gern sofort ins Zimmer gestürzt und hätte den Antrag hinter sich gebracht, aber seine Höflichkeit zwang ihn, Felicia, die ihm bleich vorkam wie ein Geist, den Vortritt zu lassen. Er fragte sich, was sie wohl um diese Zeit von Severin Lombard wollte, und ging, die Arme auf dem Rücken verschränkt, mit langen Schritten auf dem Gang hin und her.

Es überraschte Felicia, dass sie Severin vor einem aufgeklappten Koffer antraf, in den er wahllos und eilig ein paar Hemden, Hosen und sein Waschzeug warf. Er sah nur flüchtig auf, als seine Schwiegertochter das Zimmer betrat. »Hallo, Felicia«, sagte er, »was ist? Warum bist du nicht bei dem Ball?«

Felicia wies auf den Koffer. »Willst du verreisen?«

»Ich muss sofort weg. Noch mit dem Nachtzug nach Frankfurt. Ich habe ein Telegramm bekommen, dass mein ältester Bruder im Sterben liegt, und wenn ich jetzt nicht aufpasse wie der Höllenhund selber, reißen sich meine beiden raffgierigen Schwestern seine gesamte Hinterlassenschaft unter den Nagel, und die ist nicht zu knapp!«

»Ach … dann tut es mir natürlich leid, gerade jetzt zu stören, aber …« Sie schwieg bescheiden. Severin grinste, während er seinen Schlafanzug in eine unausgefüllte Kofferecke knäulte.

»Komm, mein Herz, nicht heucheln! Es tut dir nicht im Geringsten leid. Du willst etwas von mir, und sonst interessiert dich gar nichts, weder mein sterbender Bruder noch meine Erbschaft. Also, was ist?«

Sie war erleichtert, dass er ihr so entgegenkam und es ihr in seiner unverblümten Art ersparte, nach Einleitungen und verschlüsselten Umwegen zu suchen.

»Ich brauche einhundert Goldmark«, sagte sie, »ich meine, ich brauche sie jetzt sofort, und zwar bar.«

»Oh … würdest du es als aufdringlich empfinden, wenn ich dich frage, wozu du mitten in der Nacht einhundert Goldmark brauchst?«

Anstelle einer Antwort sagte Felicia: »Ich wusste niemanden, zu dem ich sonst hätte gehen können.«

Severin biss an. »Wenn du Geld brauchst, solltest du eigentlich deinen Mann fragen!«

»Ja, aber …« Sie schlug die Augen nieder und tat so, als suchte sie verlegen nach einer Antwort. »In diesem Fall … ich brauche das Geld ja nicht für mich, sondern für einen – Bekannten …«

Severin runzelte die Stirn. »Was für einen Bekannten? Ist er hier? Einer der Gäste?«

»Nein. Ein alter Freund aus Insterburg. Er wartet unten. Ich kann dir jetzt nicht sagen, weshalb, aber er braucht unbedingt Geld. Er zahlt es zurück, sobald er kann.«

»Warum musst du deine alten Freunde vor Alex verschweigen?«, fragte Severin. »Und wie heißt dieser Mann?«

»Maksim Marakow.« Es war keine Absicht, aber sie dankte Gott dafür, dass ihr bei der Erwähnung dieses Namens das Blut in die Wangen stieg.

Severin bemerkte es natürlich, seine Augen verengten sich, und mehr denn je sah er aus wie ein listiger Schakal. »Verstehe«, lächelte er, »das also ist Alex' Nebenbuhler. Ich wusste, dass es einen geben muss. Von Anfang an habe ich es dir angemerkt!«

Felicia schwieg und sah zu Boden, aber innerlich dachte sie triumphierend: Er gibt mir das Geld! Er ist ein alter Geizkragen, aber um Alex einen Stich zu versetzen, trennt er sich sogar von einhundert Goldmark.

»Du bist ein raffiniertes, kleines Ding«, sagte Severin und zog seine Brieftasche hervor, »du wusstest schon, wie du es anstellen musst, nicht?« Kichernd reichte er ihr den Schein. »Hier, gib sie deinem Romeo. Aber jetzt muss ich schleunigst gehen, sonst verpasse ich den Zug.« Er machte den Koffer zu, hängte seinen Mantel über den Arm und setzte seinen Hut auf.

»Das Ganze bleibt doch unter uns?«, vergewisserte sich Felicia.

Severin klopfte ihr beruhigend auf die Schulter, aber Felicia hatte das unbestimmte Gefühl, dass ein gewisser Reiz für ihn in der Hoffnung lag, Alex würde eines Tages von der Intrige erfahren.

Draußen trat ihnen Phillip in den Weg, doch Severin schnitt ihm sogleich das Wort ab. »Nicht jetzt, Herr Oberleutnant. Ich muss den Nachtzug nach Frankfurt noch erwischen. Ich bin ohnehin schon spät dran.«

»Wann kommen Sie zurück?«

»Ich weiß nicht. Kann länger dauern. Auf Wiedersehen, Herr Oberleutnant. Wiedersehen, Felicia, du falscher Engel!« Schon war er verschwunden.

»Verdammt«, sagte Phillip, »hör mal, Felicia, du hättest dir wirklich keinen ungünstigeren Moment …«

Aber sie hörte ihm nicht zu, sondern eilte, so schnell es ihr Kleid erlaubte, die Treppe hinab.

Maksim war zutiefst erleichtert, als sie ihm das Geld gab.

Er verstaute es sorgfältig in der Innentasche seines Anzuges und vergewisserte sich noch zweimal, ob es da wirklich sicher war. »Ich kann dir gar nicht sagen, wie sehr du mir geholfen hast, Felicia«, sagte er, »wenn ich mal irgendetwas für dich tun kann …«

»Wie solltest du?« Felicia lächelte mühsam. »Ich wüsste ja gar nicht, wo ich dich finden kann!«

»Ich weiß es selber noch nicht genau. Mascha wird …« Er brach ab.

Felicias Augen wurden groß und dunkel. »Sie geht mit dir?«

Er nickte, wobei er Felicia nicht ansah. »Ja …«, antwortete er vage, und sie schwiegen beide. Nichts war zu hören als der gedämpfte Klang der Musik aus dem Ballsaal. »Ich denke, ich muss jetzt gehen«, sagte Maksim schließlich, »hab keine Angst, ich brenne nicht mit dem Geld durch. Du bekommst es bestimmt zurück.«

»Das ist doch nicht so wichtig.«

»Also dann …« Er machte einen unschlüssigen Schritt zur Tür hin, »lass es dir gut gehen, Felicia.«

Er blieb stehen, als er den leisen, erschrockenen Ausruf von ihr vernahm. Widerwillig drehte er sich um. Sie stand mitten in dem düsteren Zimmer, umbauscht von dem duftigen Kleid, aber trotz ihrer Eleganz sah sie auf einmal sehr jung und verletzbar aus, ganz anders, als er sie gekannt hatte, sie war nicht die strahlende, lebhafte Felicia, die auf dem zugefrorenen See im Berliner Tiergarten Schlittschuh lief und ganze Trauben von Männern um sich versammelte, nicht die wilde, lustige Felicia, die auf ihrem Pferd über die ostpreußischen Wiesen galoppierte, sich lachend die Haare aus dem Gesicht strich und dann die nackten Füße in das klare Wasser eines Baches tauchte. Felicia, das Kind mit seinen ungezählten Ansprüchen, seinen verwöhnten Launen, gab es nicht mehr. Für Augenblicke konnte Maksim eine Frau entdecken, von deren Vorhandensein er bislang nichts geahnt hatte. Er fühlte sich seltsam verwirrt und hatte den Eindruck, als regten sich Gedanken und Wünsche in ihm, von denen er um keinen Preis wollte, dass sie allzu wach wurden. Er hatte Felicias Schönheit stets gelassen Widerstand leisten können, weil seine Verachtung für all das, was sie repräsentierte, seine Empfänglichkeit für weibliche Reize überwog. Mit leisem Schrecken stellte er fest, dass es Felicia gelingen könnte, Risse in seine Mauer der Abwehr zu treiben.

Doch Felicia, von diesen Gedanken nichts ahnend, trug bereits wieder ihr viel erprobtes kokettes Lächeln auf dem Gesicht, und auch Maksim musste unwillkürlich lächeln. Im Grunde war sie doch ein Kind.

»Willst du mir nicht einmal einen Kuss zum Abschied geben?«, fragte sie.

Maksim zögerte, aber er fühlte eine Verpflichtung, ihrer Bitte nachzukommen. Er trat auf sie zu, neigte sich zu ihr hin und küsste mit kühlen Lippen ihre Wangen. Sie hob die Arme, schlang sie um seinen Hals und zog ihn an sich. Ihre Lippen trafen auf seine, so verzweifelt, dass es ihn schauderte.

Auf einmal, ohne dass er es gewollt hatte, ohne dass er

etwas tun konnte, war er ein anderer, und die Welt verwandelte sich mit ihm. Es gab keinen Krieg, keine Toten, keine Lazarettzüge; es gab keine Armut, keine Unterdrückung und keine Ausbeutung. Er musste nicht kämpfen, um die Welt zu ändern, denn sie war gut, wie sie war. Er brauchte nicht länger Idealen nachzulaufen, nicht zu streiten, zu reden und zu überzeugen. Er konnte sich Felicias Umarmung hingeben, der Umarmung einer Frau, die stark war und sicher und in der er seine Vergangenheit und seine Sehnsucht wiederfand – all das, was sie geteilt hatten und wovon Mascha nichts wusste, die Sommer von Lulinn, die stillen, langen, heißen Tage, in denen das wirkliche Leben fern schien und die Gegenwart ein Traum war, erfüllt von nichts anderem als dem Summen der Bienen, dem tiefen, dunklen Blau des Rittersporns am Wegrand, dem sanften Wind, der den Geruch von warmem Harz aus den Wäldern über die Wiesen trug.

»Alex hat mir nie etwas bedeutet«, sagte sie hastig, so schnell, als hätte sie Angst, ihr bliebe keine Zeit, alles zu sagen, was sie sagen wollte, »es war nur …«

»Sei doch still. Bitte, Felicia!«

»Ich habe so sehr darunter gelitten, dass du immer so abweisend warst, so kalt und so … verächtlich. Ich wusste nicht, was ich falsch mache oder was …«

»Hör auf, Felicia!«

»Wenn du willst, verlasse ich Alex noch heute …« Sie sah, wie sich sein Gesicht veränderte, wie es einen erschrockenen, beinahe entsetzten Ausdruck annahm. »Ich habe Alex nur geheiratet, weil ich so eifersüchtig auf Mascha war, aber die ganze Zeit habe ich …«

»Sei still! Herrgott noch mal, sei still!« Seine Stimme zitterte vor Wut. Er packte sie grob an den Schultern und schüttelte sie. »Halt den Mund, sag ich!«

Sie hatte in ihrer Besessenheit den Luftzug nicht gespürt, der ins Zimmer drang, aber jetzt, da sie erstarrt und plötzlich ernüchtert innehielt, gewahrte sie die kaum merkliche Veränderung, die mit dem Raum, in dem sie sich befanden, vor sich gegangen war. Er hatte seine Atmosphäre fernab von aller Welt verloren. Langsam drehte sie sich um.

In der geöffneten Tür stand Alex, kalkweiß im Gesicht. Dahinter Phillip, der noch immer mit seinem wichtigen Anliegen herumlief und offenbar kaum begriff, was er eben gehört hatte.

Von einem Kirchturm schlug es Mitternacht. Im Ballsaal wurde es still, Stühle rückten, dann setzte die Kapelle feierlich mit der Kaiserhymne ein, und alle Gäste sangen dazu. Clara Carvellis unreiner Sopran übertönte die anderen, und in Felicias Erinnerung verband sich diese Nacht später für immer mit dem schrillen Missklang, in dem Clara beim hohen C an ihre Grenzen stieß.

8

Noch Jahre später sah Felicia die nun folgenden Tage wie in ein dunstiges Licht getaucht. Wie Schattenfiguren bewegten sich die Menschen an ihr vorbei, und schmerzlich empfand sie eine Distanz zwischen sich und ihnen, die sie aus keinem Abschnitt ihres Lebens vorher kannte. Eine neue Empfindsamkeit machte sie scheu; jedes Licht schien ihr zu hell, Stimmen zu laut, die Dunkelheit bedrohlich und fremd. Alles beobachtete sie von fern: Alex, der sich noch in derselben Nacht fürchterlich betrank und von der entsetzten Fanny am nächsten Morgen unrasiert und in einer Wolke von Alkoholdunst quer über einem Sofa in der Bibliothek gefunden wurde.

Jolanta, die einen Entsetzensschrei nach dem anderen ausstieß, als sie die geplünderte Geldschale im Salon entdeckte.

Sara, die nicht aufhörte, den anderen mit ihrer Rote-Kreuz-Schwester-Idee auf die Nerven zu gehen.

Linda, der auf einmal der Gedanke kam, ihr Kind müsse unbedingt in Berlin zur Welt kommen, die aber beim Anblick der hoffnungslos überfüllten Züge auf dem Münchener Hauptbahnhof einen solchen Schrecken bekam, dass sie schleunigst umkehrte und in Tränen aufgelöst erneut in der Prinzregentenstraße erschien.

Und wieder Alex, der am Tag nach dem Ball wortlos seine Koffer packte, ein Taxi kommen ließ und davonfuhr.

Felicia hatte keine Ahnung, wohin er verschwand, bis Jolanta ihr erklärte, dass es ein kleines Holzhaus am Starnberger See gebe, das der Familie gehöre und in das sich Alex schon immer zurückgezogen habe, wenn er allein sein wollte.

Phillip meldete ein Telefongespräch nach dem anderen nach Frankfurt an, ohne von Severin, dessen Bruder schließlich geschlagene drei Wochen brauchte, um zu sterben, etwas anderes als die stereotype Antwort zu bekommen: »Ich kann das nicht hier am Telefon entscheiden, Herr Oberleutnant. Besuchen Sie uns in Ihrem nächsten Urlaub wieder, dann sprechen wir über Sie und meine Tochter!«

Kat schien auf einmal sehr angespannt und bestürmte Phillip jeden Tag, mit ihr nach Frankfurt zu reisen und Severin die Pistole auf die Brust zu setzen, ohne dass Phillip seine zögernden Vorbehalte – »Wir können ihn doch jetzt nicht so bedrängen, wo gerade sein Bruder stirbt …« – aufgegeben hätte.

Die Extrablätter berichteten triumphierend von der deutschen Eroberung Litauens, Polens und des Kurlandes, und Jolanta schimpfte ununterbrochen über die sich täglich verschärfenden Rationierungsmaßnahmen.

Das klarste Bild bot wohl noch Kat, die am Ende der Woche mit steinernem Gesicht sagte: »Ich kann nicht gegen mein Gefühl an, dass das die erste und letzte und einzige Gelegenheit war, die Phillip und ich hatten.«

Und dann musste Phillip zurück an die Front.

Linda wurde morgens beim Frühstück von ihren Wehen überrascht.

»Ich bekomme mein Kind«, sagte sie, und zum Beweis stöhnte sie theatralisch.

Ein großes Durcheinander setzte ein, denn Linda hatte in all den Monaten sämtliche Hausbewohner davon überzeugt, dass das große Ereignis der wichtigste Moment im ganzen Jahr sei und daher gebührende Beachtung verdiene.

»Hier, halt dich an meinem Arm fest«, bot Felicia an, »kannst du noch laufen?«

Linda nickte und biss sich auf die Lippen.

»Möchtest du vielleicht in mein Zimmer?«, fragte Kat. »Es ist kühler und schattiger als deines.«

»Ich weiß nicht… ja… nein. Ich will in mein Zimmer. Oh, seid froh, dass ihr nicht wisst, wie das ist!«

Darauf konnten sie alle nur betreten schweigen. »Sara, sag doch Fanny Bescheid, dass sie den Arzt holen soll«, bestimmte Felicia und dankte angesichts von Lindas bleichen Lippen Gott heimlich dafür, dass er sie bislang mit dieser Tragödie verschont hatte. »Beeil dich! Du weißt, es wird eine sehr schwierige Geburt!«

Am späten Nachmittag war das Kind da, ohne Komplikationen und ohne dass Linda vor Schmerzen ohnmächtig geworden wäre, wie sie es in ihren schwarzen Stunden vorausgesehen hatte.

»Es ist ein Junge«, sagte der Arzt, als er auf den Gang hinaustrat, wo Felicia, Kat und Sara mit verstörten Gesichtern warteten, »es gab nicht die geringsten Probleme. Mutter und Kind sind kerngesund und kräftig.«

»Na bitte«, sagte Felicia, »dann war es ja keineswegs ein solches Drama!« Wie meistens in den letzten Wochen sah sie blass und müde aus. Der Arzt, ein alter Freund der Familie, fasste sie unter das Kinn und hob prüfend ihr Gesicht. »Sie gefallen mir gar nicht, Kind«, sagte er besorgt, »so blutleere Lippen und so schmale Wangen! Sie sahen besser aus vor einem Jahr, als Sie hierherkamen!«

Vor einem Jahr! War es tatsächlich schon ein Jahr her, seitdem sie Berlin verlassen hatte? So viele sinnlose, leere Monate …

»Mehr Vitamine essen«, brummte der Arzt, »und nicht so viel grübeln, hören Sie? Ein Baby wäre das Richtige für Sie, das würde Sie auf andere Gedanken bringen.«

Gerade in diesem Augenblick tauchte Alex im Gang auf. Er trug einen hellen Anzug, der etwas zerknittert wirkte, und hatte seine Krawatte nur locker umgebunden. In der Hand hielt er seinen weißen Hut. Um Mund und Kinn lag der dunkle Schatten eines drei Tage alten Bartes, und er roch etwas zu aufdringlich nach einem teuren, äußerst provokanten Rasierwasser.

»Ach Doktor«, sagte er. Seine Worte kamen klar, offenbar hatte er an diesem Tag wenigstens nichts getrunken. »Was machen Sie denn hier? Jemand krank?« Er schaute von einem zum anderen. »Weshalb steht ihr alle auf diesem Gang herum? Gibt es hier heute noch etwas zu sehen?«

»Linda hat ihr Baby bekommen«, erklärte Felicia, »es ist ein Junge.«

»Oh … welch freudiges Ereignis! Ein Junge? Ein neuer tapferer Krieger. Da können die Eltern aber stolz sein. Man sollte es dem glücklichen Vater gleich schreiben, damit er da draußen wenigstens weiß, wofür er Leib und Leben riskiert!« Er lachte und schien die allseits erschrockenen Gesichter zu genießen. »Na, was ist? Wollen wir nicht alle einen Schluck trinken auf den neuen Erdenbürger?«

»Ich habe noch einen wichtigen Termin«, sagte der Arzt rasch, »entschuldigen Sie mich, Alex.«

»Selbstverständlich. Selbstverständlich entschuldige ich Sie. Was ist mit euch anderen? Kat, du bist in den Schnaps doch beinahe ebenso verliebt wie in deinen Phillip, stimmt's? Also zier dich jetzt nicht!«

»Ich muss mich um Linda kümmern«, entgegnete Kat, und Sara schloss sich sofort an. »Ich mich auch. Verzeihen Sie bitte.«

Alex machte eine übertriebene Verbeugung, bei der er mit seinem weißen Hut beinahe den Fußboden fegte. »Ich verzeihe alles. Es gibt kaum einen Menschen, der so viel verzeiht wie ich! Geht hin und haltet der jungen Mutter die Hand! Überbringt ihr meine besten Wünsche – ich selbst bin wohl in diesem Augenblick am heiligen Lager nicht erwünscht!«

Kat und Sara beeilten sich, dem Gespräch zu entkommen, und öffneten die Tür zu Lindas Zimmer. Felicia wandte sich wortlos ab, um ihnen zu folgen, doch Alex hob blitzschnell die Hand und packte ihren Arm, so hart und schmerzhaft, dass sie nur mühsam einen Schrei unterdrückte.

»Du bleibst«, bestimmte er, »mit dir will ich jetzt reden!«

»Lass mich! Linda braucht mich jetzt!«

»Linda hat mehr als genug Beistand. Und außerdem hat es dich, solange du lebst, nicht gekümmert, ob dich vielleicht jemand brauchen könnte. Also bitte, mein Herz, gewöhn dir keinen falschen Zungenschlag an!«

»Und du«, gab sie kalt und leise zurück, »wähle bitte einen anderen Ton, wenn du mit mir sprichst.«

»Oh, ich wüsste tatsächlich einen anderen Ton, und den würdest du zweifellos am besten verstehen. Ich nehme mich nur mit Rücksicht auf Sara und Kat, die uns so fasziniert zuhören, zusammen, Liebling!«

Sara und Kat, die seine Spitze nicht überhört hatten, verschwanden endgültig. Sie wussten nicht, was zwischen Felicia und Alex vorgefallen war, und es schien ihnen ratsam, keine Fragen zu stellen.

Alex ließ Felicias Arm nicht los, während er sie den Gang entlangzerrte und grob in ein Nebenzimmer zog. Die Tür fiel schmetternd hinter ihnen zu. Er gab Felicia so plötzlich frei, dass sie taumelte. Haltsuchend griff sie nach der Lehne eines Sessels.

Sie richtete sich auf und strich ihren Rock glatt. »Also, worüber willst du mit mir sprechen?«, fragte sie kühl. Alex lächelte, aber in seinen Augen stand keine Wärme. Auf einmal fürchtete sie sich. Sie erkannte, dass er außer sich war vor Wut; zorniger und gereizter, als sie ihn je erlebt hatte. Der Alkohol nahm ihm stets die äußerste Spitze der Feindseligkeit und ließ ihn über sich und die Welt lachen.

Jetzt aber war sein Lachen grausam, durch nichts gemildert. Und er war ihr ebenbürtig.

Er war nicht betrunken, er war hellwach, angespannt – und gefährlich. Sie konnte spüren, dass er sich nur mühsam beherrschte. Sein Lächeln war nicht wie sonst Ausdruck des amüsierten Spotts, mit dem er sich über seine eigenen Empfindungen lustig machte, sein Lächeln war diesmal nur der Versuch, seine hemmungslose Wut unter Kontrolle zu halten. Offenbar hatten ihn die Wochen, in denen er verschwunden gewesen war, kein bisschen besänftigt.

»Wärst du nicht gleich weggelaufen damals«, sagte sie vorsichtig, »dann hätte ich dir schon viel eher erklären können, weshalb …«

»Weshalb du Marakow geküsst hast? Ja, das war eine eindrucksvolle Szene, nicht? Dieses düstere Zimmer, du und deine große Liebe Arm in Arm, deine hastig gestammelten Worte. Ah«, er warf seinen Hut durch das Zimmer, sodass er, gut gezielt, auf dem mittleren Arm eines silbernen Kerzenleuchters hängenblieb und leise wippte, »Marakows Gesicht, als er mich sah! Das war zu spaßig, eine wirkliche Komödie! Und du merktest natürlich nichts und stießest diese verhängnisvollen Worte hervor. Ich habe Alex nie geliebt! Dein guter Maksim hätte dir am liebsten die Zunge aus dem Hals gerissen, um dich endlich zum Schweigen zu bringen!«

»Alex, wenn du doch …«

»Wenn ich doch verstehen würde? Aber ja, ich verstehe. Ich weiß, was dir Marakow bedeutet. Ich habe zwar geglaubt, du hättest mehr Stolz, aber … nun ja! Denk nicht, ich hätte etwas dagegen, wenn du ein bisschen spielst! Du bist ja erst neunzehn, nicht?« Er zündete sich eine Zigarette an. Seine Hände zitterten kaum merklich.

»Ja, aber …« Felicia war verwirrt. Sie tappte völlig im Dunkeln. Was wollte er denn? Natürlich war er eifersüchtig – jeder Mann in seiner Lage wäre eifersüchtig gewesen, das konnte sie begreifen –, aber seine Eifersucht schien ihr nicht der eigentliche Grund für seine Wut. Was aber dann? Während sie sich noch den Kopf zerbrach, sagte er leichthin und von ihr abgewandt, da er gerade einen Aschenbecher suchte: »Ich war draußen am See. Wir haben ein kleines Häuschen dort. Als Kind verbrachte ich dort einmal die ganzen Sommermonate, zusammen mit meiner Mutter. Sie war gern da, vor allem, um fort zu sein von meinem Vater. Sie liebte den See, und wir gingen stundenlang am Ufer spazieren. Ich lief barfuß, und ich weiß noch, wie ich irgendwann anfing zu weinen, weil mich die Kieselsteine so sehr in die Füße pikten.«

»Oh … ich … Ich würde das Häuschen gern einmal kennenlernen. Vielleicht könnten wir mal zusammen da hinfahren.«

Er zuckte mit den Schultern. »Vielleicht. Sag mal, hier stand doch irgendwo ein Aschenbecher. Ach, da ist er ja.« Mit konzentrierter Miene klopfte er die Asche ab. »Vorgestern besuchte mich mein Vater dort«, sagte er. Sein Tonfall hatte sich nicht verändert, aber Felicia spürte, dass in seiner Stimme ein fremder Klang schwang.

Vorsichtig entgegnete sie: »Sein Bruder ist gestorben.«

»Ja, armer, alter Kerl! Und wie die Aasgeier haben sie sich versammelt, um ihm sein Geld möglichst zu entreißen, solange er noch warm war. Weißt du, mein Vater denkt nur an Geld. Es ist die einzige Maßeinheit, die er kennt.«

»Nun … das ist bei vielen so …«

»Ja, da hast du wohl recht. Aber«, er drehte sich um und sah sie an, seine Augen waren schmal und glitzernd wie die einer hungrigen, räuberischen Katze, »aber umso verwunderlicher, dass solch ein alter Geizkragen einhundert Goldmark ohne jede Absicherung an einen Wildfremden verleiht, nur weil ihn eine hübsche junge Frau darum bittet. Oder erstaunt dich das gar nicht?«

Sie wurde blass vor Schreck. Severin hatte also geredet.

Sie hatte immer gewusst, dass er es eines Tages tun würde, aber sie hatte sich eingebildet, es würde noch lange dauern.

»Dann hat er es dir erzählt«, sagte sie wenig geistreich.

Alex drückte seine kaum angerauchte Zigarette aus, so fest, als wollte er sie zerquetschen. »Und ob er es mir erzählt hat. Und selten hat er etwas mit so viel Genuss getan. Felicia brauchte Geld für ihren … Bekannten. Sie kam zu mir, und ich gab es ihr! Ganz einfach. Kein Wort mehr. Aber sein Lächeln dazu. Sein Gesichtsausdruck, mit dem er mich verhöhnte und mir wortlos zurief: Ich habe gewonnen! Sie und ich – wenn es hart auf hart kommt, stehen wir zusammen. Du bedeutest ihr nichts, nicht einmal so viel, dass sie zu dir kommt, wenn sie etwas braucht!« Alex lachte heiser. »Um mir das sagen zu können, hätte er Marakow wahrscheinlich sogar eine Million gegeben!«

»Alex, ich …«

Mit zwei Schritten war er neben ihr, und plötzlich war sein Gesicht so verzerrt, grausam und fremd, dass Felicia vor Angst aufschrie. Er schlug ihr so hart auf den Mund, dass ihr ein Schmerz durch den ganzen Kiefer fuhr und sie vor Entsetzen verstummte.

»Halt deinen Mund! Halt deinen Mund, oder ich vergesse meine guten Manieren, und das heraufzubeschwören würde ich mir an deiner Stelle gut überlegen!«

Aber die hast du ja schon vergessen, dachte sie empört, während ihr Tränen der Wut und Angst in die Augen stiegen.

»Jetzt hör mir gut zu«, fuhr er leise fort, »ich habe dir vor unserer Heirat gesagt, dass ich mich in dir nicht täusche, und so kann ich jetzt nicht gut gekränkt sein, wenn ich dich in Marakows Armen erwische, obwohl ich es anständiger fände, wenn ihr eure Rendezvous nicht ausgerechnet in meinem Haus abhalten würdet. Verzehr dich ruhig weiter nach ihm, aber«, seine Stimme wurde leiser, seine Aussprache noch akzentuierter, »aber gnade dir Gott, wenn du dich noch einmal, noch ein einziges Mal, hinter meinem Rücken mit meinem Vater zusammentust! Verbünde dich mit dem Satan, wenn du willst, schließe Freundschaft mit sämtlichen Ausgeburten der Hölle, aber noch eine solche Intrige mit meinem Vater, und du wirst es bitter bereuen, das kann ich dir versprechen!« Er trat einen Schritt zurück, sein Gesicht entspannte sich. Mit ruhigen Händen zündete er sich eine zweite Zigarette an. Wären nicht die Bartstoppeln gewesen und die Ringe unter seinen Augen, es hätte ihm niemand mehr etwas angemerkt.

Felicia konnte wieder gleichmäßig atmen.

Ihre Hände ließen die Sessellehne los, an der sie Halt gesucht hatten. »Spiel dich nicht so auf«, sagte sie, so klar und furchtlos und selbstverständlich, wie sie einst den russischen Soldaten auf Lulinn eine dreiste Erwiderung hingeschleudert hatte, »ich tu ja doch, was ich will!«

Alex sah sie überrascht an, Ungläubigkeit im Blick, dann warf er seine Zigarette auf den Tisch – langsam verglomm sie auf der gläsernen Platte – und zog Felicia in seine Arme; sie wehrte sich, aber diesmal kämpfte sie vergeblich, die Hände, die sie hielten, waren zu stark. Aus Alex' Augen war der Zorn gewichen, was jetzt in ihnen stand, war Begehren, ohne Zärtlichkeit und ohne Liebe, eine so unverfälschte, unverblümte Gier, dass sie erschrocken seufzte – sie musste plötzlich an puren Whisky denken, der in der Kehle brennt, so schmerzhaft, dass man vor dem ersten Schluck Angst hat und ihn sich doch nicht versagen kann.

»Lass mich los«, sagte sie heftig, »bist du verrückt geworden? Lass mich sofort los!«

Er beugte sich über sie, sie versuchte, beide Arme gegen seine Brust zu stemmen, er sah sie an – und dann, plötzlich, hatte sie nicht mehr den Wunsch, sich zu wehren.

Nur widerwillig fand Felicia in die Wirklichkeit zurück, begegnete den Sonnenstrahlen, die matt und rötlich durch das Fenster fielen und ihr zeigten, dass der Nachmittag langsam in den Abend überging. Von der Straße her erklangen gedämpft die Flüche eines Bierkutschers.

Sie richtete sich auf und zerrte den bis zur Taille hinauf verknäulten Rock wieder über ihre Beine hinunter, schlüpfte in ihre Schuhe und strich sich über die Haare. Sie erhob sich von dem kleinen Rokokosofa und suchte zwischen den Kissen nach ihren Ohrringen. Alex saß mitten im Zimmer in einem Sessel, die Beine übereinandergeschlagen, und rauchte eine Zigarette. Auf einmal ergrimmte sie seine Gelassenheit. »Du bist wahnsinnig«, sagte sie, »wenn jemand gekommen wäre!«

Gleichmütig atmete er den Rauch aus. »Die Tür ist abgeschlossen.«

»Trotzdem … man hätte uns hören können. Herrgott, wo sind denn meine Ohrringe geblieben?«

Sie musste schließlich unter das Sofa tauchen, um ihre Ohrringe zu finden, und die Situation, wie sie dort zwischen Wollmäusen auf den Knien liegend herumkroch, erweckte Widerwillen in ihr. Es kam ihr alles so billig vor, und am meisten erboste es sie, dass Alex mit ihr umsprang, wie es ihm gerade in den Sinn kam.

Mit vor Zorn ungeschickten Fingern befestigte sie endlich den Schmuck, und in ihrem Wunsch, Alex' provozierenden Gleichmut zu erschüttern, sagte sie plötzlich scharf: »Ich gehe fort!«

Alex blieb unbewegt. »Wirklich? Wohin denn?«

»Nach … nach …«

»Zu deiner Mutter am besten. Junge Frauen kehren gern weinend in den Schoß der Mutter zurück, wenn sie sich in ihrer Ehe unglücklich fühlen.«

Genau das hatte Felicia vorgeschwebt, Berlin oder Lulinn, Elsa oder Großmutter, irgendein Winkel, in den sie sich zurückziehen und sich verhätscheln lassen konnte. Aber natürlich, Alex brachte es immer fertig, alles mit Schmutz zu bewerfen, und nun kam es ihr selber peinlich vor, nach Hause zu gehen und jeden wissen zu lassen, dass sie vor ihrem Mann davongelaufen war. »Nein«, sagte sie daher, »nicht zu meiner Mutter. Was sollte ich da? Ich werde …« Sie überlegte angestrengt; dann schoss ihr ein Gedanke wie ein Blitz durch den Kopf, und ehe sie gründlicher darüber hätte nachdenken können, verkündete sie bereits triumphierend: »Ich gehe als Schwester an die Front!«

Immerhin war es ihr tatsächlich geglückt, ihn zu erschüttern, wenn auch nicht ganz so, wie sie sich das erhofft hatte. Nach einigen Sekunden verblüfften Schweigens lachte Alex laut. Er lachte, als habe er soeben den besten Witz seines Lebens gehört. »Ach, du großer Gott«, sagte er, »Himmel, nein, das ist gut! Dass du darauf verfällst, hätte ich dir wirklich nicht zugetraut!«

Er stand auf und ergriff seinen Hut, der noch immer über dem Kerzenleuchter hing. »Weiß der Teufel, Felicia, du bist das Umwerfendste, was ich kenne. An die Front! Nimm es mir nicht übel, aber«, das Lachen schüttelte ihn, »mit einem heiligeren Herzen hat wohl nie eine Frau der guten Sache gedient!« Er setzte den Hut auf. »An die Front … Felicia im Lazarett, bei Blut und Läusen und Ruhr … also, wenn ich's nicht selber gehört hätte, ich würde es nicht glauben!«

Immer noch lachend verließ er das Zimmer.

II. Buch

I

Es war Februar, und ein kalter Wind wehte durch die Straßen von Berlin. Wer vor die Tür musste, zog seinen wärmsten Mantel an, schlang wollene Tücher um den Kopf und band einen Schal vor Mund und Nase. Die Leierkastenmänner, die durch die Hinterhöfe zogen, trugen dicke Handschuhe, die Kinder, die hinter ihnen herliefen, hatten rote Nasen und blaue Lippen. Die Kohle war knapp und Holz ebenfalls schwer zu bekommen. Die Schlangen vor den Lebensmittelgeschäften wurden täglich länger, und da und dort wurden bereits wieder die Stimmen der Sozialisten laut und mit ihnen die Stimmen der Kriegsmüden. 1916 – und noch kein Ende des Krieges in Sicht.

Elsa saß in einem Lehnstuhl im Wohnzimmer. Im Ofen brannte ein Feuer, aber es war nur klein, weil das Dienstmädchen die Kohlen sparsam nachlegte. Die Fensterläden knarrten im Wind. Elsa hatte einen breiten Mohairschal um ihre Schultern geschlungen und sah klein und wie zusammengefallen aus.

Ihr Bruder Leo, der am Bücherregal stand und angelegentlich die Titel auf den Buchrücken studierte, drehte sich zu ihr um. Zum hundertsten Mal an diesem Tag hatte Elsa das Gefühl, sie werde sich nie an seinen veränderten Anblick gewöhnen. Zu Leo gehörten welliges, viel zu langes, schütteres Haar, eine silberfarbene zweireihige Weste, ein dandyhafter Anzug und die unvermeidliche Papierrose am Revers. Dieser Leo nun, in der grauen Soldatenuniform und mit kurzgeschnittenen Haaren, wirkte so unglücklich, dass es einem das Herz zerreißen konnte. Ein Schauspieler, dem eine falsche Rolle zugeteilt war und der sich einen Abend lang, zur Qual der Zuschauer und zu seiner eigenen, bemühte, seinen Part auf irgendeine Weise über die Bühne zu bekommen. Es konnte ihm nicht gelingen. Für Uniformen war er nicht gebaut.

»Ich an deiner Stelle würde zu Mutter nach Lulinn fahren«, sagte er, »du siehst so hungrig aus. Daheim kriegst du wenigstens genug zu essen.«

»Ach Leo …«

»Ich weiß, Victor und Gertrud gehen dir auf die Nerven. Und die halslose Modeste. Aber Berlin … Ohne deine Familie wirkst du so verloren in der großen Stadt!« Er kniff sie zärtlich in die Nase. »Hör einmal auf deinen kleinen Bruder!«

»Kleiner Bruder …« Ihr Blick glitt wehmütig über seine Uniform und blieb am Gürtel mit der Pistole hängen. »So klein auch wieder nicht!«

»Ja, nicht wahr, das Feldgrau verleiht mir Würde? Leopold Domberg, ergebener Diener Seiner Majestät des Kaisers!«

Er knallte die Hacken zusammen, hob grüßend die Hand an die Mütze. Sein stets etwas melancholischer, weicher Mund verzog sich zu einem gequälten Lächeln. Die schlaffen Wangen zuckten. Die tiefen Falten unter seinen runden Augen mit den hängenden Lidern traten an diesem Tag noch deutlicher hervor als sonst. Er schmiss sich in einen Sessel und legte die Beine auf den Tisch, eine Unart, die Elsa, wie er wusste, zutiefst missbilligte, ihm aber stets mit einem zärtlichen, nachsichtigen Lächeln erlaubt hatte. »Dass die mich tatsächlich noch einziehen würden! Mich alten Mann! Ich hätte es im Leben nicht geglaubt!«

»Du bist nicht alt. Noch keine vierzig!«

»Ja, aber sieh mich an. Mein Leben lang war es mein Unglück, dass mich jeder niedliche Backfisch für eine antiquierte Ausgabe seines Vaters hielt, und das einzige Mal, wo mir meine Falten etwas nützen könnten, rechnen die kühl auf mein Geburtsjahr zurück und erklären mir dreist: ›Sie sind jung, stark und gesund, Domberg!‹ Ha, gesund! Die sollten sich mal meine Leber anschauen. Die hab ich seit zwanzig Jahren keine Sekunde verschnaufen lassen! Na ja – ich verrecke sowieso mal am Alkohol«, setzte er düster hinzu.

»Nein. Wenn du zurückkommst, machst du eine Entziehungskur.«

»Gott, Elsa, sag so was nicht! Ich werfe mich ja noch freiwillig vor eine Kanonenkugel. Weißt du, was das Schlimmste ist? Dass sie mich nach Frankreich schicken! Ich soll auf Franzosen schießen, ich, Leopold! Ich liebe die Franzosen. Ich habe tausend Freunde in Frankreich. Jacques und Pierre und ich, wir haben Paris unsicher gemacht, und das war meine tollste Zeit!« Sein schwermütiges Gesicht erhellte sich. »Die schönen Pariser Frauen! Ich sage dir, Elsa, keine war vor uns sicher. Da gab es dieses Etablissement am Montmartre von Madame Daphne. Daphne hatte blondes Haar und einen Körper, der …« Ein Blick auf das Gesicht seiner Schwester ließ ihn sich unterbrechen. »War jedenfalls eine verdammt schöne Frau«, vollendete er unbestimmt.

»Du wirst sie eines Tages wiedersehen, Leo.«

»Meinst du? Denkst du nicht auch, dass nach diesem Krieg nichts mehr so sein wird, wie es war? Ob ich wohl noch einmal abends durch den Bois schlendern und diese herrliche, einzigartige unverwechselbare Luft von Paris atmen kann? Ach, und die Kneipen, die Künstlerlokale, mon dieu, da haben wir vom Rotwein gelebt! Die Cafés auf den Champs-Élysées! Und«, er verzog genießerisch das Gesicht, »wenn Mutter mir wieder heimlich Geld geschickt hatte, dann gab es Champagner. Champagner, so viel jeder wollte. In einer einzigen Nacht haben wir alles verprasst, und am Morgen war ich wieder bettelarm, nicht reicher als die Spatzen, die von den Brotkrumen leben, aber das war das Leben, das war mein Leben, meine Leidenschaft! Paris, Champagner und die Liebe …« Er lauschte seinen Worten nach, dem verklingenden Echo einer fernen Zeit. »Verfluchte Scheiße«, sagte er müde. Elsa zuckte zusammen, wies ihn aber nicht zurecht. Er nahm die Füße vom Tisch, stand ruhelos auf. »Tu mir einen Gefallen, Elsa, geh nach Lulinn. Du hältst es nicht aus, hier allein zu warten, auf Nachricht von deinem Mann, von Jo, von Christian, von Felicia! Hast du je begriffen, weshalb sie plötzlich Krankenschwester werden musste?«

»Nein.«

Er neigte sich über sie, seine Augen blickten sie freundlich und verständnisvoll an. »Geh nach Lulinn. Was immer zwischen dir und Mutter war, es ist lange vorbei. Sie mag eine herrschsüchtige Tyrannin sein, aber sie liebt dich. Sie liebt uns alle!«

Elsa wandte ihr Gesicht ab.

Nichts war vorbei, nie würde es vorbei sein.

Sie hatte ihre Ferien in Ostpreußen verbringen können, zum Teil der Kinder wegen, zum Teil wohl auch aus Sentimentalität. Lulinn, die Heimat. Sie stöhnte unhörbar. Sie konnte und wollte den Abgrund nicht überqueren, der zwischen ihr und Laetitia lag, und ginge sie jetzt heim, dann täte sie damit den entscheidenden Schritt. Sie und ihre Mutter, zwei Frauen, die beieinandersaßen und auf das Ende des Krieges und auf Nachrichten von der Familie warteten. Sie mussten einander näherkommen, aus der gemeinsamen Angst würde vielleicht eine neue Innigkeit wachsen.

»Das ist unmöglich«, sagte sie.

Leo sah sie erstaunt an. »Was? Dass Mutter uns liebt?«

»Nein. Ich meine, es ist unmöglich für mich, nach Lulinn zu gehen. Bitte, Leo, dräng mich nicht!«

Leo wechselte das Thema. »Schreibt Felicia hin und wieder?«

Elsa schien erleichtert. »Ja, ganz treu alle drei Wochen. Sie hat es tatsächlich erreicht, im Osten in demselben Lazarett Dienst tun zu können wie ihr Vater. Kat ist auch bei ihr, ihre Schwägerin, weißt du. Ich glaube nicht, dass Felicia ihren Aufgaben gern nachkommt, aber …«

»Es gibt weiß Gott Schöneres für ein junges Mädchen!«

»Aber sie tut wohl alles, was man ihr aufträgt. Wenn es nicht so gefährlich wäre und ich nicht solche Angst um sie hätte, würde ich sagen, dass es ihr bestimmt nichts schadet. Ach, sie hätte …«

Leo betrachtete sie aufmerksam. »Sie hätte bei ihrem Mann bleiben sollen, meinst du?«

Elsa zögerte. Doch vor ihrem jüngeren Bruder hatte sie beinahe nie Geheimnisse gehabt. »Linda hat brieflich ein paar Andeutungen gemacht. Es muss zwischen Alex und Felicia einen großen Streit gegeben haben, und dieser Streit war wohl auch der Grund, weshalb Felicia plötzlich auf den Einfall kam, Schwester zu werden. Sie wollte fort von Alex, war aber offenbar zu stolz, zu mir zu kommen.«

Leo musste lachen. »Um ehrlich zu sein, ich konnte mir von Anfang an nicht recht vorstellen, dass Felicia plötzlich die Ideale einer Florence Nightingale in sich entdeckt haben sollte. Das ist es also! Sie will Lombard ein wenig schmoren lassen und tarnt es mit der guten Sache! Ein ausgekochtes kleines Luder, deine Tochter!«

»Leo!«

»Verzeihung. Ist eigentlich Linda noch in München?«

»Ja. Ich möchte wirklich wissen … Ich meine, findest du es schicklich, dass sie dort mit Alex allein ist?«

»Ganz allein werden sie nicht sein.«

»Nein … aber Felicia ist jedenfalls nicht da, und Kat auch nicht. Und Sara ist in Frankreich.«

»Die gute Sara …« Leo griff nach seinem Mantel und hängte ihn sich um die Schultern. Über dem Pelzkragen sah sein Gesicht aus wie das eines alten, traurigen Teddybären. »Elsa, ich muss gehen. Mein Zug geht in einer Stunde. Ich sage dir, ich könnte Falkenhayn …«

»Pst! Er ist der Chef des Generalstabs!«

»Eben. Wozu braucht man so etwas? Wozu braucht man den Krieg? Elsa, meine Liebste«, er umarmte sie heftig, fast grob, was über seine Rührung hinwegtäuschen sollte, »ich habe so viele Frauen geliebt, aber von allen Frauen auf der Welt liebe ich dich am meisten. Meine große Schwester!«

Elsa biss sich auf die Lippen. Ihr Gesicht war starr.

»Leo, wenn du Jo triffst oder Christian …«

»Klar, ich grüße sie von dir! In welchem Schlamassel stecken die noch augenblicklich?«

Elsa bewegte vorsichtig ihre kalten Füße. Wie musste es sein bei dieser Kälte in einem Schützengraben … Ihre Stimme zitterte. »Verdun«, sagte sie.

Leo lächelte ermunternd. »Verdun? Keine Angst, Elsa. Wahrscheinlich … Wahrscheinlich wird das keine besonders schlimme Sache!«

Die Granate schlug direkt neben Christian ein, und ihr Krachen war so laut, dass er fest davon überzeugt war, er werde jetzt sterben.

Diesmal bin ich dran, schoss es ihm durch den Kopf. Einen Augenblick lang verwunderte ihn der Gedanke, dass er sich gar nicht fürchtete; es war, als wäre die grenzenlose Angst vor dem Moment des Todes schlimmer gewesen als der Tod selber. In dem tobenden Inferno aus fliegenden Kugeln, krachenden Granaten, Feuer, Rauch, Schlamm und Blut schien es, als wäre der Tod weniger ein Feind als ein Erlöser, und mehr als einmal in den vergangenen Tagen, da er im Schützengraben lag und mit zitternden Händen sein Gewehr nachlud, hatte er sich sekundenlang der Vorstellung hingegeben, das zähe, atemlose, angstgepeitschte Ringen um jeden Fußbreit Boden, jeden Herzschlag Leben aufzugeben, dem Tod das Feld zu überlassen. In seiner völligen Erschöpfung war es diese Vorstellung gewesen, die ihn Stunde um Stunde ausharren ließ. Ich kann jederzeit sterben. Wenn ich nicht mehr will, werde ich einfach sterben. Ich muss nicht aushalten. Ich werde jetzt aushalten, weil ich es möchte, aber ich habe es in der Hand zu sterben, und ich werde es tun, wenn es zu schlimm wird.

Er lebte noch immer. Die Granate hatte neben ihm ein Loch in die Erde gerissen. Den Kameraden, der vor drei Minuten zu ihm gesagt hatte, er wünsche sich eine hübsche, leichte Verletzung, »gerade genug für ein paar Wochen Urlaub daheim«, hatte es voll erwischt. Er lag ein Stück weggeschleudert im Schlamm, die Hände in den Boden gebohrt, und unter seinem Bauch quoll etwas hervor, Eingeweide und Blut.

»Da guck doch mal, der Ulli«, rief jemand, »ich muss …«

»Lass ihn, Mensch! Der lebt doch nicht mehr. Achtung!«

Wieder das Surren, mit dem die Granaten anflogen.

Christian duckte sich. Jedes Mal, wenn ein anderer hatte dran glauben müssen, kehrte in einem unkontrollierbaren Schweißausbruch seine verfluchte Angst zurück. Er konnte nicht an gegen sein Zittern, so beschämend es war, und sooft er sich auch sagte, dass er bereit sei zu sterben, so sehr hielt er doch am Leben fest.

»Wir sind einfach zu jung«, hatte Jorias vor einigen Wochen gesagt, nach der Erstürmung des Forts Douaumont, dessen Einnahme mit Tausenden von Toten bezahlt worden war. Zu jung … In Christians Ohren hämmerten die Worte der Lehrer von der Kadettenanstalt. »Es ist eure Pflicht und Schuldigkeit, für das Reich und den Kaiser …«

Pflicht und Schuldigkeit, Pflicht und Schuldigkeit … Die Granate schlug ein, ein ganzes Stück entfernt diesmal, jedoch nicht weit genug, dass die Schreie eines von Splittern Getroffenen nicht durch das ohrenbetäubende Krachen und den wabernden Rauch ringsum herübergeklungen wären. Er schrie, schrie schrill und verzweifelt, er schrie keine Worte, sondern stieß bloß die entsetzten, durchdringenden Laute eines schmerzgepeinigten Tieres aus.

Christian kauerte sich zusammen. Wieder schwappte die Angst wie eine Welle über ihn weg und spülte alles fort, was ihn sieben Jahre Kadettenschule gelehrt hatten. Wie immer in solchen Momenten, da er sich seiner Angst hilflos ausgeliefert fühlte, suchte Christian nach der Begeisterung, mit der er nach Frankreich gefahren war, nach dem eigenartigen, wilden, warmen Schauer, der sein Blut hatte rascher pulsieren lassen, als sie zwischen Fähnrichexamen und Truppe noch durch eine rasche Feldausbildung auf dem Kasernenhof getrieben worden waren. »Leeeeegt an! Feuer!!« Wenn doch, verdammt noch mal, irgendwo etwas von dieser heißen Vorfreude wäre, vielleicht ließe ihn das die Angst vergessen.

»Ich muss immerzu an Lulinn denken«, hatte Jo zwei Abende zuvor gesagt, als sie sich ein Stück hinter der Front trafen und brüderlich eine Zigarette teilten, »ist es nicht verrückt? Mir fliegen die Kugeln um den Kopf, und es ist, als ginge die Welt unter, und ich sehe immer Lulinn vor mir, wie eine Vision, eine Verheißung. Dieses stille, friedliche Land, in das ich zurückkehren möchte!«

Ich wünschte, ich könnte an Lulinn denken, dachte Christian verzweifelt, ich wünschte, ich könnte an irgendetwas denken außer an meine Angst.

Der Kamerad fünfhundert Schritte entfernt schrie noch immer, ohne dass seine Schreie auch nur im Mindesten schwächer wurden. Christian hatte plötzlich die furchtbare Vorstellung, es könnte Johannes sein. Wenn es Jo war, der dort litt… wie so oft, seit er hier war, wünschte er, keine Brüder und Freunde hier draußen zu haben. Es machte alles noch schlimmer, gab der Angst eine weitere Dimension, der Fantasie einen größeren Spielraum.

War es noch sinnvoll, dass er eine Gewehrsalve nach der anderen abgab? Er sah nichts, schoss blind in die Gegend. Schon wieder nachladen. Er kramte die Munition hervor. Neben ihm kniete Max, ein schwäbischer Pfarrerssohn. Er betete ununterbrochen, den ganzen Tag schon, und seine murmelnde Stimme zerrte an Christians Nerven. Manchmal schien es ihm, als hätte Max bereits den Verstand verloren. Er konnte kein Gebet, keinen Psalm, kein Lied mehr zusammenbringen, sondern stammelte nur unzusammenhängende Textzeilen. »Befiehl du deine Wege…« »Dein ist das Reich…« »Und ob ich schon wanderte im finstern Tal…« »In der Welt habt ihr Angst, doch…«

Christians Gedanken konnten sich dem monotonen Sprechen nicht entziehen, unwillkürlich vollendete sein Geist die

Fetzen, die ihm hingeworfen wurden. In der Welt habt ihr Angst, doch sehet, ich habe die Welt überwunden. Nein! Er musste sich dagegen wehren. Betete er das erst, dann war alles verloren. Gebete waren für die Toten.

Aber mit irgendetwas musste man sich beschäftigen. Jorias hatte ihm erzählt, dass er die Worte der lateinischen Dichter hersagte, die sie in der Schule hatten lernen müssen. »Gallia est omnis divisa in partes tres …«

Die Franzosen schienen einen neuen Vorstoß zu versuchen, denn ein wahres Bombardement von Kugeln und Granaten setzte ein, und es gab keine Unterbrechung mehr dazwischen.

Christian schnappte erschrocken nach Luft, rang um Atem, versuchte, sich in der Dunkelheit zu orientieren. Er konnte nichts und niemanden mehr sehen, und einen grauenhaften Moment lang überfiel ihn die Vorstellung, alle seien tot und er als Einziger übriggeblieben. Dann spürte er einen lebendigen Körper dicht an seinen gepresst. Jorias' keuchende Stimme sagte: »Christian, bist du es? Du, ich hab was abbekommen, einen Splitter oder so was. Ich kann nichts fühlen, aber ich habe es gemerkt.«

»Wo ist denn Max?«, fragte Christian, dem aufging, dass die Gebete geendet hatten. »Er war neben mir.«

»Hier liegt einer. Ich glaube …« Jorias' Stimme wurde übertönt vom ohrenbetäubenden Bellen heranrückender Gewehre. Christians Finger fühlten sich feucht an.

»Zurück!«, brüllte jemand. Es war Hauptmann von Stahl, der Kompanieführer, dessen Stimme seit Tagen heiser war und nur noch mit äußerster Anstrengung die notwendigen Befehle hervorbrachte. »Zurück! Wir geben die vorderste Linie auf! Zurück!!«

Im Kugelregen und Granatenhagel krochen die Soldaten

rückwärts. Es hatte zahllose Leben gekostet, die paar Meter zu gewinnen, es würde ebenso viele Leben kosten, sie wieder zu verlieren. Christian schob sich wie eine Schlange auf dem Bauch nach hinten, das Gewehr eng an sich gedrückt, mit den Füßen den Weg ertastend. Der Verwundete von vorhin hatte nach kurzem Schweigen wieder zu schreien begonnen. Er war also immer noch nicht tot, vielleicht hatte nur eine kurze Bewusstlosigkeit zu seinem Verstummen geführt. Ob es irgendjemandem gelang, ihn mitzunehmen? Vielleicht schrie er deshalb jetzt so mörderisch, weil sie an ihm herumzerrten und ihn zurückzuschleifen versuchten. Es würde ihnen nicht viel Zeit bleiben, ihn zu retten. Das Nachrücken der Franzosen glich nun einem Orkan.

Der schwarze Rauch, der sich über die Erde senkte, nahm jede Sicht. Christian musste sich konzentrieren, um die Richtung beizubehalten. Vor seinen Augen drehte sich alles. Als dicht vor ihm eine Granate einschlug, fiel sein Gesicht in den Schlamm, seine Hände schlossen sich unwillkürlich über seinem Kopf, um ihn zu schützen. Er merkte, wie ihm die Tränen aus den Augen brachen. Mit letzter Kraft schob er sich zurück und glitt in den Schützengraben, der die zweite Linie der Front bildete.

Er brauchte einige Minuten, um genug Energie zu finden, sich umzusehen. »Jorias?«, rief er leise, aber niemand antwortete. Der Qualm verzog sich, er konnte andere Soldaten neben sich erkennen, aber Jorias war nicht unter ihnen.

»Jorias!« Er wusste genau, dass sie eben noch dicht beieinander gewesen waren.

Wo, auf diesen wenigen Metern, waren sie getrennt worden?

Ihm fiel die Granate ein, die in allernächster Nähe eingeschlagen hatte. So schnell er konnte, eilte er auf allen vieren hinter seinen Kameraden durch den Schützengraben. »Jorias! Hat einer von euch Jorias gesehen?«

Rußgeschwärzte Gesichter wandten sich ihm zu. »Nein. Bleib auf deinem Platz! Bist du denn verrückt, hier so herumzutoben?«

»Ich glaube, den Jorias hat's erwischt«, sagte ein blonder Junge, der aussah wie fünfzehn, »der ist liegen geblieben.« Gewehre krachten. Alle duckten sich. Beinahe verwundert betrachtete der blonde Junge seinen rechten Arm, aus dem plötzlich ein heller Blutstrahl schoss. Mit einem verwirrten Seufzer kauerte er sich nieder und wurde schneeweiß im Gesicht.

Christian kroch zu seinem alten Platz. Auf dieser Höhe musste Jorias liegen.

In dem namenlosen Entsetzen, das ihn plötzlich ausfüllte, schien die Angst keinen Raum mehr zu finden. Er konnte nur an Jorias denken, jeder Herzschlag rief ihm den Namen des Freundes zu, jeder Atemzug gab ihm die schreckliche Gewissheit, dass die Zeit verstrich und dass es Jorias' Leben sein konnte, womit jedes Zögern bezahlt werden musste. Er kroch aus dem Schützengraben hinaus, in den er sich gerade noch geschleppt hatte wie in die letzte Höhle der Welt. Jemand rief entsetzt: »Bleib hier! Ist der denn verrückt geworden?«

»Jorias ist draußen«, erwiderte ein anderer.

»Aber der ist längst …« Das Pfeifen der Gewehrkugeln zerriss Stimmen und Worte. Christian kroch weiter, hinein in eine brodelnde, schwarze, mörderische Hölle. Die Franzosen schossen ohne Unterlass, die Deutschen standen ihnen um nichts nach. Jede Sekunde detonierte eine Granate, und kein Mensch wusste mehr, von welcher Seite sie kam. Gerade auf der Linie, wo sich die Bombardements beider Gegner trafen, lag Jorias. Christian sah ihn erst, als er schon beinahe gegen ihn stieß. Jorias lag langgestreckt auf der Erde, seine Arme standen in seltsamen Winkeln vom Körper ab. Die Granate – es musste die gewesen sein, die Christian beinahe die Nerven hatte verlieren lassen – hatte ihm beide Beine abgerissen. Sie waren fort, einfach fort, als wären sie nie da gewesen. Jorias schwamm buchstäblich in seinem eigenen Blut, und er gab nicht die leiseste Regung mehr von sich. Christian spürte, wie sich Betäubung in ihm ausbreitete. Vollkommen ruhig griff er nach Jorias' Händen, zog den Freund zu sich heran, schleppte ihn so zäh und unermüdlich und unnachgiebig durch den Feuersturm, wie eine Ameise eine zu groß geratene Beute zu ihrem Bau trägt. Er ist tot, er ist tot, hämmerte es in ihm, aber die Erkenntnis setzte sich nicht bis zu jener Stelle seines Gehirns fort, wo sie ihm eine Wunde gerissen und ihn in einen Strudel des Schmerzes und Entsetzens gestürzt hätte. Nachher würde das Begreifen über ihn herfallen und ihm für alle Zeiten den Frieden und die Zärtlichkeit rauben, die Merkmale seines Wesens und seiner Jugend gewesen waren und die er sich bis zu dieser Stunde bewahrt hatte. Doch das Nichtbegreifen ließ ihn den Schützengraben erreichen, und als er glaubte, dass ihn nun alle Kraft verließe, war er angekommen, und irgendjemand zog ihn hinunter in die Deckung, ein anderer nahm ihm Jorias ab. Christian vernahm, lauter als den Lärm des Kampfes, seinen eigenen keuchenden Atem. Er vermochte nichts zu sagen, betrachtete nur Jorias' Gesicht. Jemand hatte ihn auf den Rücken gelegt, sodass er ihn ansehen konnte.

Unter Ruß und Staub hatte dieses Gesicht keine Farbe mehr, es war weiß bis in die Lippen, grau um die Augen. Es wirkte entspannt, so ruhig, als wäre der Tote ein Schläfer. Zugleich schien er sehr jung, nun, da die Anspannung der vergangenen Tage aus seinen Zügen gewichen war, und so verletzlich, wie es nur ein Schlafender sein kann.

Ein paar Haarsträhnen fielen in seine Stirn, genauso wie in all den Nächten, in denen er neben Christian geschlafen hatte, in ihrer Stube in der Kadettenschule und in der kleinen Dachkammer mit den schrägen Wänden und geblümten Tapeten auf Lulinn.

Es war eine kurze, rasche Abfolge von Bildern, die an Christian vorüberzog, jedes einzelne nur für Sekunden wie von einem Blitz erhellt, ehe es wieder in den Schatten tauchte, Bilder einer Kindheit und Jugend, die er mit Jorias geteilt hatte, gedankenlos, fröhlich, in der sicheren Gewissheit, dass das Leben immer so sein würde, und sie endeten jäh und immer wieder an der Stelle, die Christian nicht begreifen konnte und die später in den Chroniken der Familie Leonardi in den dürren Worten festgehalten sein würde:

Jorias Leonardi, gefallen am 24. Februar 1916 bei Verdun.

Die Augen des Mannes waren groß und fiebrig. Sein Mund hatte sich vor Schmerz zu einer grotesken Form verzerrt. Er hielt Felicias Arm so fest umklammert, dass sie sich auf die Lippen beißen musste, um nicht zu schreien. »Hier, bitte, nehmen Sie meinen anderen Arm«, murmelte sie gepresst, als sie meinte, es nicht länger aushalten zu können, aber er schien sie gar nicht zu hören, sondern grub seine Finger nur noch tiefer in ihre Haut.

Er stieß ein heiseres Gebrüll aus, als ihm das Messer des Arztes ins Bein schnitt. Die Kugel saß tief, und das Gewebe ringsum hatte sich schon entzündet und eiterte. Sie musste heraus, daran hatte keiner der Ärzte einen Zweifel gelassen. Außer den Verwundeten selber schien es niemanden zu kümmern, dass dank der miserablen Versorgungslage Morphium und Chloroform ausgegangen waren und für heute jeder Patient jeden Eingriff ohne den Anflug einer Betäubung über sich ergehen lassen musste.

»Morgen kriegen wir Nachschub«, hatte eine Schwester gesagt.

»Und warum, verdammt, könnt ihr mir dann die elende Kugel nicht morgen rausholen?«

»Das schaffen Sie nicht. Es muss jetzt sein.«

Er hatte sich Felicia erbeten, sie sollte seine Hand halten. Wie die meisten Soldaten in diesem gottverlassenen Lazarett irgendwo in der Gegend von Czernowitz war er in sie verliebt. Sie war die hübscheste von allen, und sie schien unfähig, mit einem Mann zu sprechen, ohne mit ihm zu flirten. Sie war verheiratet, aber daran dachte sie in den seltensten Momenten, daher gab es für die Männer ebenfalls keine Veranlassung, daran zu denken. Man verzieh ihr gern, dass sie wenig krankenschwesterliche Qualitäten vorweisen konnte und sich vor Blut, Läusen, Dreck, zerfetzten Gliedmaßen und Geschrei unverhohlen grauste.

Der Soldat auf dem Operationstisch suchte durch den Schleier hindurch, der erster Vorbote einer Bewusstlosigkeit war, Felicias graue Augen, gewahrte Entsetzen, Mitleid darin, und – fast etwas wie Abscheu.

Er fiel in Ohnmacht, ehe er das Geheimnis von Felicias Augen ergründen konnte.

Felicia registrierte erleichtert, dass der eisenharte Druck um ihren Arm nachließ. Sie wandte sich zu ihrem Vater. »Ich glaube, er ist ohnmächtig geworden, Vater.«

Dr. Degnelly sah kurz auf. »Das ist das Beste, was ihm passieren konnte. Bis er aufwacht, sind wir fertig.«

Armer Papa, er sieht so müde aus, dachte Felicia zärtlich.

Ihr Vater hatte kaum eine Rolle gespielt in ihrem Leben, ein sanfter, stiller Mann, dessen Ehe der gescheiterte Versuch war, eine Frau, die ihn nicht liebte, von ihrer Melancholie zu heilen. Immer wenn Felicia seine müden Augen sah, kam es ihr schuldbewusst in den Sinn, wie sorgfältig sie selbst darauf achtete, so viel Bequemlichkeit wie möglich zu finden. Es fiel ihr so schwer, sich aufzuopfern, und lieber heute als morgen wäre sie abgereist – wenn nicht ihr Stolz sie zurückgehalten hätte. Vor niemandem mochte sie klein beigeben, nicht vor Alex, nicht vor ihrer Mutter, am wenigsten aber vor Papa, der mit gebeugtem Rücken und dunklen Schatten unter den Augen Tag und Nacht seinen Pflichten nachkam. Sie hoffte stets, er werde nicht merken, wie halbherzig sie der guten Sache diente.

Wie viele sehr wissenschaftlich orientierte Menschen zeigte Dr. Degnelly in mancher Hinsicht eine erstaunliche Naivität. Es wunderte ihn nicht, dass Felicia Dienst an der Front tat, dabei hätte er sie gut genug kennen müssen, um zu wissen, dass eine solche Arbeit nicht im Mindesten zu ihr passte. Ihm kam gar nicht in den Sinn, dass in der Ehe seiner Tochter einiges nicht zum Besten stehen mochte. Hin und wieder erkundigte er sich zerstreut nach Alex: »Wie geht es ihm? Was ist los in München?«

Felicia gab nicht zu, dass sie keine Briefe von Alex erhielt – sie schrieb ihm ebenfalls nicht –, und murmelte irgendetwas. Ihr Vater war ohnehin meistens zu erschöpft, um genau zuzuhören. Er lächelte, müde und abwesend, und sagte: »Ich bin froh, dass du da bist, Kleines. Es tut gut, einen vertrauten Menschen um sich zu haben.«

Sie nahm ihn dann in die Arme und zog ihn an sich, und er lehnte seinen Kopf an ihre Schulter, als fände er dort einen Platz zum Ausruhen. Und wenn sie seine grauen, dünnen

Haare betrachtete, ging ihr auf, dass die Jahre an ihm gezehrt und seine Kraft verbraucht hatten.

Nie konnte sie ihn ansehen, ohne sich nicht zugleich der engen Frist bewusst zu sein, die das Leben ihnen allen setzte. Sie hätte ihr Gesicht gern an seiner Brust geborgen, während ihr der verzweifelte Gedanke durch den Kopf schoss: Es ist alles schiefgelaufen. Nichts geht so, wie ich es wollte. Dieser verdammte Krieg!

Sie hatten das Haus in der Prinzregentenstraße zusammen verlassen, Felicia, Kat und Sara. Sara war glücklich, weil die anderen ihren Bitten endlich nachgaben. Kat wunderte sich über Felicias Entschluss, aber sie ging mit, weil sie nicht allein zurückbleiben, zur Schule gehen und auf Phillip warten wollte.

»Wenn er in den Krieg zieht, kann ich es auch«, sagte sie, »wenn er keinen Weg findet, mit Vater wegen uns zu sprechen, kann er nicht erwarten, dass ich ewig zu Hause sitze und mir die Augen ausweine!« Hinter ihren Worten lagen Angst und Resignation. Sie hatte nicht aufgehört, Phillip zu lieben, aber jeder Tag, der verging, erschien ihr wie das Näherrücken eines unbestimmbaren Unheils. Darüber sprach sie nicht mit Felicia, ebenso wenig, wie die ihre Sorgen den anderen mitteilte. In beiden Mädchen war das Bedürfnis, zusammenzusitzen und über alles zu reden, erloschen. Ihren geheimsten Kummer hüteten sie verbissen.

Kat hatte es geschafft, ebenfalls ihren Dienst in Galizien tun zu dürfen, hauptsächlich deshalb, weil sie und Felicia schon während der kurzen Ausbildungszeit in München immer wieder versichert hatten, keine ginge irgendwohin ohne die andere. Vor ihrer Zähigkeit kapitulierte man. Übrig blieb Sara, die an die Westfront geschickt wurde. Felicia brachte sie an den Bahnhof, und das Letzte, was sie von ihr sah, war ein trauriges Gesicht mit einem Rußfleck auf der Nase, was ihr ein melancholisches, etwas groteskes Aussehen gab.

Felicia hatte die langgestreckte Baracke verlassen, in der die Verwundeten lagen und wo hinter einer spanischen Wand die Operationen durchgeführt wurden. Sie rieb ihr rotes, schmerzendes Handgelenk und atmete tief die reine Abendluft. Die Sonne stand schon weit im Westen, aber es war immer noch recht heiß. Ein trostloser Landstrich, dieses Galizien, fernab von aller Welt, ein Ort, wo sich Fuchs und Hase gute Nacht sagten und wo jeder Soldat es als Strafe empfand, seinen Dienst tun zu müssen. »Wer den Krieg verliert, bekommt Galizien«, hieß es in defätistischen Kreisen, ein Ausspruch, der eine traurige Absurdität aus der Tatsache gewann, dass es ausgerechnet hier war, wo die halbe österreichisch-ungarische Armee geschlachtet wurde.

Vom nahen Fluss erhob sich ganz sacht ein leiser Wind. Felicia sah zum Himmel. Wenn es doch endlich einmal Regen gäbe oder ein kräftiges Gewitter! Wenn nur diese unerträgliche Hitze aufhörte!

Sie hätte sich so gern ein schönes, leichtes Sommerkleid angezogen, sich die Haare gekämmt, Parfüm an Hals und Armen verteilt … Stattdessen …

Seufzend schlüpfte sie aus ihren Schuhen. Ihre Füße waren voller Blasen.

Benny, der rothaarige, sommersprossige Pfleger aus Innsbruck, der im Lazarett als Mädchen für alles galt und sehr beliebt war, trat an sie heran. Er rauchte eine Zigarette – eine begehrte Kostbarkeit im Lager.

»Hallo, Benny«, sagte Felicia, »gibst du mir einen Zug ab?«

»Wie Madame befehlen«, erwiderte Benny. Verstohlen tat

sie ein paar Züge. Es war den Schwestern verboten zu rauchen, aber Felicia musste oft an die Worte ihrer Großmutter denken: »Es gibt ein paar Situationen im Leben, die lassen sich nur mit Schnaps und Zigaretten überstehen.«

»Ich hab was gehört«, sagte Benny leise. Er sah sich vorsichtig um und trat noch einen Schritt näher an Felicia heran. »Könnte sein, dass uns ein russischer Großangriff bevorsteht. Kann 'ne schlimme Sache werden.«

»Ach, das ist doch nur Gerede«, sagte Felicia gelangweilt, »du kommst jede Woche mit so einem Gerücht!«

»Diesmal habe ich es aus verlässlicher Quelle.«

»Na gut. Dann wird es wieder einen ganzen Haufen Verwundeter geben, und wir werden die Nächte durcharbeiten. Oh, du glaubst nicht, wie satt ich es habe!«

Benny warf den Zigarettenstummel auf die Erde und trat ihn aus. Sein rundes, lustiges Gesicht blickte bekümmert drein. »Vielleicht gibt's eine Möglichkeit für dich, hier wegzukommen, Felicia. Ich weiß nämlich noch was: Übermorgen geht ein Verwundetentransport von hier ab. Nach Wien.«

»Oh …«

»Weißt du, wer der begleitende Arzt ist? Dein Vater!«

»Papa? Ach, Gott sei Dank! Dann kommt er endlich einmal weg von diesem schrecklichen Lazarett. Er ist völlig überarbeitet.«

»Sie schicken ihn anschließend für drei Wochen auf Urlaub. Ich hörte, wie sie darüber redeten. ›Schickt Degnelly auf Urlaub, ehe er uns hier zusammenklappt‹, sagten sie. Die Schwestern, die mitfahren sollen, stehen übrigens noch nicht fest.«

Felicias Interesse erwachte. »Ach, du meinst …«

»Du solltest schneller sein als die anderen. Ein Ausflug in die Heimat wäre nicht schlecht, oder?«

»Nicht schlecht? Es wäre das Beste, was mir passieren könnte! Vielleicht springen zwei oder drei freie Tage dabei raus! Oh Benny, ich sehne mich so sehr nach etwas Abwechslung. Manchmal denke ich, mein ganzes Leben wird sich nur noch zwischen verletzten, sterbenden Menschen und scharfzüngigen Oberschwestern abspielen. Und dann die Hitze, der Staub und die Fliegen …«

»Warum«, fragte Benny, »bist du Schwester geworden?«

»Weil ich … Weil … Ach, das ist eine komplizierte Geschichte.« Sie stieg wieder in ihre Schuhe. »Danke für den Tipp, Benny. Ich werde mich gleich darum kümmern.«

»Solltest du machen. Und denk an den russischen Angriff! Ist vielleicht besser, dann nicht mehr hier zu sein!«

Sie lächelte. Benny und seine Orakelsprüche. Er liebte es, mit seinen düsteren Prophezeiungen das ganze Lager in Aufregung zu versetzen.

Eine Viertelstunde später war alles geklärt. Oberschwester Paula hatte Felicia scharf angesehen und gesagt: »Möchte wissen, wie Ihnen so etwas immer gelingt, Frau Lombard!« Aber sie gab ihre Einwilligung. Felicia fragte auch gleich für Kat.

»Kassandra Lombard? Die geht mit. Und sie kriegt auch gleich drei Wochen Urlaub. Ist hypernervös, das arme Ding!«

»Bekomme ich keinen Urlaub?«

Die Oberschwester schnaubte. »Sie? Wofür? Machen Sie denn je etwas anderes als Urlaub?«

»Nehmen Sie jetzt Ihren Tee, gnädige Frau, oder warten Sie auf Herrn Lombard?«

Linda zuckte zusammen. In der Tür stand Fanny und sah sie abwartend an. »Wie spät ist es denn, Fanny?«

»Schon nach fünf Uhr. Herr Lombard ist noch nicht daheim!«

»Dann bringen Sie mir meinen Tee jetzt schon, bitte.« Linda erhob sich von dem Seidenkissen, auf dem sie gekauert und mit ihrem Sohn gespielt hatte. Paul – sie hatte ihn Paul genannt, nach Paul von Hindenburg –, Paul war jetzt schon zehn Monate alt. Meist krabbelte er, aber manchmal versuchte er schon zu stehen. Mit tapsigen Händen griff er nach seiner Mutter und lachte dabei. Er hatte weiches blondes Haar und runde blaue Augen.

Linda setzte sich an den Tisch vor dem Kamin. Fanny stellte das Tablett mit Tee und Plätzchen vor sie hin. Die Plätzchen sahen grau aus. Wie aus Wasser und Staub gebacken, dachte Linda. Sie lehnte sich zurück und trank den Tee in kleinen Schlucken.

Sie war gerade fertig, als Alex Lombard das Zimmer betrat. Er sah so gut aus, dass ihr für Sekunden der Atem stockte. Er hatte einen Schal aus elfenbeinfarbener Seide um den Hals geschlungen, und der dunkelgraue Schimmer eines nachlässig rasierten Bartes lag auf seinen Wangen. Er lächelte. »Tag, Linda. Ist noch etwas Tee für mich da? Nein? Macht nichts. Wir haben einen Anlass zu feiern!« Er holte eine Flasche Gin aus dem Schrank und zwei Gläser. Dann nahm er Paul auf den Arm und schwenkte ihn durch die Luft. »Na, Monsieur, haben Sie heute wieder was Neues gelernt? Wissen Sie, Linda, der Kleine wird mit jedem Tag hübscher!« Er setzte ihn ihr auf den Schoß, entkorkte die Flasche und schenkte zwei Gläser voll. »Trinken Sie, Linda. Trinken Sie auf mich. Ich habe mir heute einen lang gehegten Wunsch erfüllt!«

»Welchen denn?«, fragte Linda. Bei sich dachte sie: Vor allem hast du heute bereits eine ganze Menge getrunken!

»Ich gehe zu den Soldaten. Hauptmann Lombard hat sich gemeldet, und man hat ihn genommen. Fabrik hin oder her, die Reservisten werden jetzt bis auf den letzten Mann gebraucht!« Er leerte sein Glas in einem Zug und schenkte sich gleich neu ein.

»Nächste Woche geht's nach Frankreich!«

»Was?«

Er musterte sie amüsiert. »Was erstaunt Sie so?«

»Nun, ich dachte ... Ich glaubte immer, dass ...«

»Heraus mit der Sprache! Was glaubten Sie? Dass Alex Lombard eigentlich kein Patriot ist?«

Linda nickte tödlich verlegen. Dies schien ihr eine unaussprechliche Beleidigung. Aber Alex lachte nur und kippte seinen zweiten Gin hinunter. »Ich habe eine Vorliebe für jedes Abenteuer, Madame. Und dieser Krieg ist ein Abenteuer!«

»Bloß ein Abenteuer?«, fragte Linda leise. Seine Worte kränkten sie, aber sie wagte nicht, es zu zeigen. Alex hatte sie immer etwas eingeschüchtert.

»Ja«, erwiderte er, »bloß ein Abenteuer. Wissen Sie, Linda, ich habe nichts zu verlieren. Das ist das Schöne an meinem Leben, es ist mir nichts wert. Deshalb bin ich frei zu tun, was ich will. Mir haben immer die Menschen leidgetan, die an ihrem Leben hängen. Sie müssen dauernd Angst haben. Ich habe keine! Herrgott, ist das ein Spaß!« Er leerte das dritte Glas.

Linda nippte an dem ihren. »Sie gehen hoffentlich nicht, weil das Kind und ich Ihnen zur Last fallen?«

»Last? Meine Gute, ich liebe Kinder! Ich liebe Frauen!« Er lachte über ihr schockiertes Gesicht. »Nein, ich gehe, weil ich endlich überzeugend darlegen konnte, dass mein Vater die Fabrik sehr gut allein leiten kann und ich nicht im Geringsten gebraucht werde. ›Meine Herren, an der Front kann ich mehr für Deutschland tun!‹, habe ich gesagt.« Er starrte auf Lindas Glas. »Trinken Sie doch! Nicht so schüchtern, Linda! Trinken Sie, dann verstehen Sie mein Glück!«

»Felicia wird kaum froh sein, davon zu hören«, murmelte Linda.

Alex hob schwerfällig den Kopf. Seine dunklen Augen waren die eines Schläfers, der aus einem tiefen Traum erwacht und Mühe hat, sich im Hellen zurechtzufinden. »Felicia …«, sagte er leise, fast verwundert. »Felicia … was sagten Sie von ihr?«

»Es wird ihr Sorgen machen, wenn sie von Ihrem Entschluss erfährt.«

Er trank das vierte Glas aus und lachte hässlich. »Es wird«, sagte er, »Madame Lombard verdammt gleichgültig sein, das ist die verfluchte Wahrheit!«

Es klopfte an der Tür. Fanny trat ein. »Ein Telegramm«, sagte sie, »für Linda Degnelly. Aus Frankreich.«

Linda wurde weiß bis in die Lippen.

»Scheiße«, sagte Alex. Er schien ernüchtert. Eine fahle, unschöne Blässe breitete sich über sein Gesicht.

Linda entfaltete das Papier. »Es ist von Johannes selber«, sagte sie, »Gott sei Dank, dann ist er nicht …« Sie las und stieß einen Schreckenslaut aus.

Alex sah sie an. »Nun? Was schreibt er?«

Mit bebender Stimme las Linda vor: »Christian bei der Erstürmung des Forts Thiaumont gefallen – sei bei Mutter in Berlin, wenn sie die Nachricht erhält – Johannes.«

Fanny schnüffelte leise. Alex hob sein leeres Glas und betrachtete durch den geschliffenen Stiel hindurch mit zusammengekniffenen Augen die verzerrte Tapete am anderen Ende des Zimmers. »Felicias jüngster Bruder«, sagte er langsam, »ein sehr netter Junge, soweit ich mich erinnere. Kann kaum älter als zwanzig gewesen sein.«

»Er war neunzehn«, sagte Linda. Sie stand auf. »Ich muss nach Berlin zurück. Jo hat recht. Man kann Mutter jetzt nicht allein lassen.«

»Ich helfe Ihnen beim Packen«, sagte Fanny, »ach Gott, neunzehn erst! Da hat so ein junger Mensch sein ganzes Leben vor sich, und da kommt ein scheußlicher Franzose daher und …«

»Du wirst es nicht glauben, Fanny«, sagte Alex, »aber es gibt auch tote Franzosen in diesem Krieg. Neunzehnjährige! Von Deutschen erschossen. Von solchen wie mir!« Er erhob sich ebenfalls und nahm eine Flasche Whisky aus dem Schrank. »Ich trinke noch ein bisschen. Ich … wie sagt man so schön? … Ich ersäufe mein Elend im Schnaps!« Sein Gesicht verzog sich schmerzlich. »Armer Christian! Das Leben ist ein Misthaufen, aber jeder sollte die Chance haben, das selber herauszufinden.«

2

Im Zug befand sich ein Verwundeter mit Bauchschuss. Er stöhnte so, dass niemand es mehr aushielt. Dr. Degnelly gab ihm Morphium, aber selbst das nützte kaum noch etwas.

Ein Pferd in diesem Zustand würde man erlösen, dachte Felicia voller Grauen, wenn Papa ihm eine Überdosis Morphium …

Aber das wagte sie nicht laut zu sagen. Solche Gedanken hätten ihren Vater erschüttert. Sanft tupfte sie ihm mit einem Taschentuch über die feuchte Stirn. Degnelly blickte auf. »Danke, Kleines«, sagte er, und leiser fügte er hinzu: »Der hier hat es bald geschafft. Es ist das Beste.«

»Natürlich, Papa. Und du hast getan, was du konntest.« Fürsorglich reichte sie ihm ein Glas Wasser. »Du musst mehr trinken. Wem nützt es, wenn du krank wirst?«

Am anderen Ende des Waggons sagte Schwester Paula zu Kat: »Wenn sie sich um einen der Verwundeten nur halb so sehr kümmern würde wie um ihren Vater! Ihre Schwägerin, wissen Sie, gehört zu einem Schlag Frauen, wie ich ihn nur allzu gut kenne. Für solche Frauen gibt es ein paar wenige Dinge auf der Welt, die sind ihnen überaus kostbar, und für die würden sie sich in Stücke reißen lassen, aber der Rest der Menschheit, der …«, sie schnaubte verächtlich, »der kann getrost verrecken, da zucken die mit keiner Wimper!«

»So dürfen Sie von Felicia nicht sprechen. Sie ist ganz anders, als Sie denken. Ich bin froh, dass sie jetzt zu meiner Familie gehört. Ich mag sie sehr gern!«

Die Oberschwester betrachtete das schwärmerische Mädchen nachdenklich. »Na, Sie werden noch mal an mich denken«, brummte sie, »so, und jetzt los, los! Fangen Sie an, die Verbände zu wechseln! Muss ich immer alles zweimal sagen?«

Fauchend und prustend ratterte der Zug durch flaches, ödes Land. Felicia lauschte dem Stampfen der Räder. Sie hätte eine Melodie dazu singen mögen, so lockend ging ihr der Rhythmus durch alle Glieder. Mit jeder Minute kamen sie Wien näher. Und waren sie erst in Wien … ach, undenkbar, dass sie dann zurückkehren sollte! Noch einmal ein Lazarett, nein, das war nichts für sie. Sie musste einen Weg finden, zu Hause bleiben zu dürfen.

Und dann ging es nichts wie heim nach Berlin. Nur fort vom Krieg und all dem Scheußlichen. Verstohlen kratzte sie sich am Rücken. Flöhe! Natürlich hatte sie sich wieder welche eingefangen. Keiner blieb vor den Biestern verschont. Und obwohl sie mit diesem Übel nicht allein dastand, fand sie es unaussprechlich peinlich und widerwärtig.

Der Zug hielt so plötzlich, dass Felicia beinahe den Halt verloren hätte. Der Mann mit dem Bauchschuss fiel von seinem Bett. Er stieß einen leisen Schrei aus, dann kippte sein Kopf nach hinten, seine Augen wurden starr und glasig. Die übrigen Männer klammerten sich an ihren Tragen und Rollstühlen fest. Allgemeines Geschimpfe setzte ein. »Was soll denn das? Warum hält der hier?«

»Kann er das nicht ein bisschen sanfter machen?«

»Was glaubt der, was er transportiert? Holz?«

»Ruhe!«, donnerte Schwester Paula. »Ruhe! Kein Grund

zur Aufregung. Felicia, finden Sie schnell heraus, weshalb wir hier halten. Wenn's ein Maschinenschaden ist, dann gute Nacht!«

Felicia stieg vorsichtig über den toten Soldaten hinweg. Sie hatte den Eindruck, dass ihre Nerven vibrierten. Nur jetzt keine Verzögerung mehr. Sie könnte es nicht aushalten!

Mit einem Ruck öffnete sie die Schiebetür des Waggons. Brütende Hitze flutete in das Innere. Fremde, feindselige Gesichter starrten sie an. Verdreckte Uniformen, wirre Haare, staubbedeckte Pferde. Kein Lächeln, keine Freundlichkeit in den schmalen, dunklen Augen. Sie brauchte eine ganze Weile, ehe sie begriff.

»Was ist los?«, erklang Schwester Paulas schnarrende Stimme von weit her. Einer der Verletzten, der so lag, dass er die Tür im Auge hatte, antwortete lässig: »Nur keine Aufregung, Schwester, das ist kein Maschinenschaden. Bloß ein paar Russen!«

Sie durften nicht miteinander reden, während sie in der Einsamkeit unter blauem Himmel und zwischen zirpenden Grillen darauf warteten, dass von dem letzten kleinen, verschlafenen Bahnhof, den sie passiert hatten, eine Lokomotive kam, um ihren Zug wieder in die entgegengesetzte Richtung zu ziehen. Trotzdem gingen die Gerüchte von Mund zu Mund – einer der Russen selber hatte wohl etwas verlauten lassen.

Große russische Offensive – sind tief ins Land eingedrungen – größter Sieg seit Beginn des Krieges – General Brussilow hat die Armee geführt – 200 000 Gefangene …

Bruchstücke von Sätzen schwirrten durch die Luft, wurden eilig aufgefangen und weitergegeben. Brussilow, Brussilow, Brussilow … Der Name hämmerte in Felicias Kopf.

Sie hatte den Wagen verlassen, saß im Schatten der Räder auf der Wiese. Ihr Platz wäre bei den Verwundeten gewesen, sie wusste es, doch sie wollte nicht. Später … Kat, Paula und die anderen kamen auch ohne sie aus. General Brussilow – Gott verdamme ihn! Alles hatte er zunichtegemacht! Ein Russe trat an sie heran.

»Zigarette?«, fragte er. Sie schüttelte den Kopf. Nein, sie wollte keine Zigarette, sie wollte nach Hause!

Dr. Degnelly sprang aus dem Wagen und sprach einen jungen russischen Offizier an. »Wir haben einen Toten im Zug. Dürfen wir ihn begraben?«

Nach kurzem Zögern gab der Offizier seine Zustimmung. Mit Schaufeln bewaffnet begaben sich Degnelly und zwei leichter verwundete Männer zu einer Kiefer, in deren Schatten sie das Grab zu schaufeln begannen. Felicia beobachtete sie. Lethargie breitete sich in ihr aus. Der rothaarige Benny kam ihr in den Sinn. »Du solltest fort sein, wenn es passiert!«

Sie war nicht weit genug gekommen. Hätte sie nur, hätte sie nur … Ihre Gedanken jagten, einen Schuldigen an der Misere zu finden. Ja, hätte sie nur Alex nie geheiratet! Seinetwegen saß sie hier in der Tinte. Sie hasste ihn, wenn er nur wüsste, wie sehr sie ihn hasste … Der Soldat, der ihr eine Zigarette angeboten hatte, trat noch einmal auf sie zu. »Keine Angst«, sagte er tröstend, »wird nichts passieren. Kommen in Lager, werden ausgetauscht irgendwann gegen russische Gefangene!«

»Aber warum wir alle? Führt ihr denn auch Krieg gegen Krankenschwestern und Ärzte?«

Er hatte sie nicht verstanden. »Was ist?«

»Ach nichts!«

Aus dem Zug erklang Schwester Paulas Stimme. Unverdrossen gab sie Befehle. »Schwester Susanne, soll das hier ein ordentlicher Verband sein? Tun Sie gefälligst Ihre Arbeit und schielen Sie nicht ständig nach draußen!« Selbst beim Ausbruch eines Erdbebens wäre sie um nichts von ihrer strengen Disziplin abgewichen.

Felicia beobachtete wieder die Männer, die unter der Kiefer das Grab schaufelten. Ihr Vater richtete sich gerade auf, strich sich über die Stirn. »Das reicht. Tiefer kommen wir sowieso nicht.«

Einer der russischen Soldaten schlenderte an die Grube heran. Ein kleiner, untersetzter Mann mit breiten Wangenknochen und schrägen Augen. Er trug ein provokantes Grinsen auf den Lippen. Er sagte etwas, was wohl niemand verstand, aber in seiner Stimme schwang ein verächtlicher Ton. Auf einmal – es kam Felicia vor, als beobachtete sie ein Theaterstück auf der Bühne, ruhig und wie einstudiert geschah alles –, auf einmal packte einer der deutschen Soldaten seine Schaufel fester und hob den Arm. Er glühte vor Fieber, schwang die gefährliche eiserne Waffe hoch über dem Kopf. Keineswegs erschrocken, nur verwundert verfolgte der Russe mit den Augen seine Bewegungen. Felicia konnte das verzerrte, vom Fieber zerstörte Gesicht des Deutschen sehen. Er dreht durch, dachte sie, lieber Gott, er bringt den Russen um!

Der Russe hob gelassen seine Pistole. Im gleichen Augenblick packte Dr. Degnelly den Kranken am Arm, um ihn beiseitezustoßen. Dieser stolperte, die Kugel traf Degnelly mitten in die Brust. Erstaunt blickte er an sich hinunter auf den rasch größer werdenden Blutfleck. Sein Blick kreuzte sich mit dem des Russen. Beide Männer sahen einander betroffen an.

Felicia sprang auf. »Vater!«, schrie sie. »Vater! Oh Gott, der hat auf meinen Vater geschossen!« Sie rannte über die

Wiese. Hinter sich hörte sie Kat schreien. Sie fiel neben ihrem Vater, der zu Boden gesunken war, auf die Knie und schlang beide Arme um ihn. »Vater, Papa, tut es weh? Es ist nur ein Streifschuss, nicht wahr? Es ist nicht schlimm. Nur so viel Blut, aber …« Sie hielt ihn aufrecht, obwohl er sich mit matter Kraft gegen ihre Arme sträubte. Er wollte sich hinlegen, aber sie ließ es nicht zu. Er durfte nicht liegen, lag er erst, dann stand er vielleicht nie wieder auf.

Das Blut quoll hell und pulsierend aus der Wunde und färbte Felicias graues Schwesternkleid rot. Degnelly öffnete mühsam den Mund. »Lass mich los. Lass mich los, ich bin müde.«

Sanft ließ sie ihn zur Erde gleiten. Sie wandte sich um und rief mit leiser Stimme: »Der Arzt! Wo bleibt denn der Arzt?« Der zweite Arzt, der den Zug begleitete, ein sehr junger Mann, stürzte herbei.

Er untersuchte die Wunde, dann sah er Felicia an und schüttelte kaum merklich den Kopf. Degnelly öffnete die Augen. »Felicia, Liebes!« Er tastete nach ihrer Hand. »Ich bin so müde!«

»Ja«, erwiderte Felicia mit erstickter Stimme, »du sollst dich auch ausruhen. Schlaf nur, nachher wirst du dich viel besser fühlen …«

Er lächelte matt. »Kein Nachher. Es ist vorbei. Ich bin froh, dass du da bist.«

»Papa, rede doch nicht so …«

»Hör zu, Kleines, du musst deine Mutter von mir grüßen. Merk dir den Tag meines Todes. Deine Mutter muss es wissen. Sie wird den Tag meines Todes wissen wollen.«

»Aber du glaubst doch nicht, dass du …«

»Mach dir nichts vor. Und bitte«, Degnellys Augen wurden ernst, die Nähe des Todes verlieh ihm eine neue Einsicht, »bitte, kehr, sobald du kannst, zu deinem Mann zurück. Es ist nicht gut, Zeit zu verschwenden. Das Leben ist zu kurz. Es ist nicht gut, andere zu verletzen.«

Was meinte er? Er konnte doch nicht wissen, dass sie und Alex… Aber darüber wollte sie jetzt auch gar nicht sprechen. Sie wollte ihn nur bitten, dass er bei ihr bliebe, ihm sagen, dass er jetzt nicht einfach sterben dürfe. Nicht hier unter der glühenden Sonne, in dieser gottverlassenen Einsamkeit.

»Natürlich, Papa. Ich werde Alex nie mehr verletzen. Ich werde ihn glücklich machen…« Alles hätte sie ihm jetzt versprochen.

Seine Augen blickten nicht mehr klar. »Sag deiner Mutter, dass ich sie sehr geliebt habe. Sag es ihr bitte!«

»Natürlich sag ich es ihr. Und ich weiß, wie sehr sie dich auch liebt. Sie hat dich immer…«

Ein trauriges Lächeln umspielte Degnellys Mund. »Sie hat mich nie geliebt. Sie hat mich nur geheiratet, um zu vergessen…« Er sprach nicht weiter, ein anderer Gedanke schoss ihm durch den Kopf. »Was wird jetzt aus dir?«

»Oh, mach dir um mich keine Sorgen!« Sie log ruhig und überzeugend. »Ich hörte gerade, dass die Schwestern alle heimgeschickt werden. Ich komme schon durch, Vater.«

Er sah sie zärtlich an, dann glitt eine Sekunde lang Erschrecken über sein Gesicht. Er sah aus, als stünde er einer unsichtbaren Gefahr gegenüber, doch gleich darauf entspannten sich seine Züge wieder. Ohne Widerstreben tat er seinen letzten Atemzug.

In unfassbarem Grauen starrte Felicia ihn an. Sie lauschte in ihrem Inneren nach einer Regung, aber alles war betäubt. Es schien, als begriffe sie nicht, was geschehen war. Trotz aller Erfahrung, der gewaltsame Tod gehörte noch immer nicht in ihr Leben. Daran hatte die Arbeit im Lazarett nichts geändert. Das Leid der fremden Soldaten hatte sie im Innersten nicht aufwühlen können. Diesmal aber wurde ihr ein Stück aus der eigenen Seele gerissen.

Ich weine nicht. Wenn ich jetzt weine, werde ich wahnsinnig. Ihr Schmerz suchte einen Ausweg. Aus kalten schiefergrauen Augen sah sie den jungen Arzt an, der hilflos neben ihr stand.

»Können Sie noch etwas anderes, als dumm herumstehen?«, fragte sie barsch.

Er zuckte zusammen. »Es gibt nichts mehr zu tun. Ihr Vater …«

»Er ist tot, ich weiß.« Eine Woge des Entsetzens stieg in ihr auf, als ihr klar wurde, dass er direkt neben der gerade noch von ihm geschaufelten Grube lag. Er hatte sich das eigene … Brüsk erhob sie sich. Ihr Gesicht war gespenstisch bleich, ihre Augen glühten. Ein harter Zug lag um ihren Mund. Der große Blutfleck auf ihrer Brust hob sich dunkel vom blassen Grau ihres Kleides ab.

Sie musste dafür sorgen, dass ihr Vater beerdigt wurde. Sie musste eine Bibel auftreiben und ein paar Worte daraus lesen. Sie musste seine persönlichsten Gegenstände – den Ehering, seine Taschenuhr, das Amulett mit dem Bild Elsas – an sich nehmen, und wehe dem Russen, der es ihr streitig machen würde. Diese Dinge gehörten jetzt ihrer Mutter, und die sollte sie auch bekommen.

Mit raschen Schritten ging sie zu den Waggons zurück. Kat streckte unsicher den Arm nach ihr aus, zog ihn aber gleich wieder zurück, erschrocken über den Ausdruck der Unnahbarkeit auf Felicias Gesicht. Was immer in diesen Minuten mit ihr geschah – keinen Menschen auf der Welt ließ sie daran teilhaben.

Es war Zufall, dass Alex und Onkel Leo sich an der Westfront trafen, in einem kleinen Dorf an der Somme. Alex war gerade zum Major ernannt worden und übernahm das Kommando über das Bataillon, dem Leo angehörte. Und gleich am ersten Tag kam es zu einem Zwischenfall, als nämlich Leo während eines Gefechtes auf Alex' Befehl hin, die Gräben zu verlassen und vorzustürmen, hinter seinen Schutzwall gekauert sitzenblieb und verwundert seine unkontrolliert zitternden Hände betrachtete.

»Komm mit!«, schrie Alex durch das ohrenbetäubende Gewehrfeuer hindurch. »Mach schon!«

»Ich kann nicht«, sagte Leo. Vergeblich versuchte er, seine Hände zu Fäusten zu ballen. »Meine Beine zittern genauso wie meine Hände. Ich kann nicht laufen.«

Durch das kurze Zögern hatte Alex den entscheidenden Moment des Stürmens verpasst. Der Feind feuerte nun wie wild. Kurzentschlossen rutschte er zu Leo in den Graben. Er zog seine Schnapsflasche hervor. »Nimm einen Schluck. Das passiert uns allen mal, dass wir hier die Nerven verlieren.«

Durch den Rauch sahen sie einander an, und in beider Mienen dämmerte Verstehen. »Ich hatte noch keine Gelegenheit, mich vorzustellen, Herr Major«, sagte Leo, »ich bin Leopold Domberg.«

»Domberg? Sie sind …«

»Felicia Degnellys Onkel, ja. Wir lernten uns bei Ihrer Hochzeit mit meiner Nichte kennen. Haben aber nur kurz miteinander gesprochen.«

»Unser heutiges Treffen scheint mir weniger romantisch«, sagte Alex, »was ist, schaffen Sie's jetzt bis zum nächsten Graben?«

Leo nahm noch einen tiefen Schluck. »Natürlich, Herr Major«, entgegnete er fröhlich.

Sara war so etwas wie der Mittelpunkt des Lazaretts. An ihr konnte niemand vorbei, und auch ältere Schwestern holten sich immer wieder Rat bei ihr. Sie flößte Vertrauen ein und strahlte eine Ruhe aus, wie sie keiner sonst an diesen fürchterlichen Tagen an der Somme aufbrachte. Es gab nicht genug Betten, die Gänge standen voller Bahren, die Schwestern mussten über die Verwundeten hinwegturnen und sich nicht selten aus den eisenharten Umklammerungen ihrer hilfesuchenden Hände freikämpfen. Die Schlacht an der Somme hatte sich zu einer der schrecklichsten Materialschlachten des Krieges entwickelt. 104 französische und englische Divisionen versuchten, die deutsche Front zu durchbrechen, ohne aber einen entscheidenden Sieg zu erringen. Es blieb bei einem gnadenlosen Gemetzel auf beiden Seiten. Die Männer starben zu Tausenden, meist unter furchtbaren Qualen. Und die Überlebenden würden für ewig gezeichnet bleiben. Zerschossene Gliedmaßen, verbrannte Augen, verwirrte Gemüter, es gab kaum einen, der ohne Verletzungen blieb. Es gab wenig Linderung für sie. Sara betete oft um etwas Chloroform. Chloroform, nur ein bisschen für die Amputationen wenigstens, bitte, lieber Gott!

Sara, die schüchterne Sara, die es nie gewagt hatte, laut ihre eigene Meinung zu äußern, zeigte plötzlich eine Kraft und Tapferkeit, die niemand in ihr vermutet hätte. Sie hielt alle Fäden in der Hand, widerspruchslos fügte man sich ihrer sanften Stimme. Selbst wenn an einem Tag vier Transporte mit Schwerverletzten kamen, die Luft widerhallte von ihren Schreien und süßlich roch nach Blut, wenn die Verwundeten vor der Tür liegen mussten, weil drinnen kein Platz mehr war, wenn die Hälfte der Schwestern ausfiel, weil sie vor Überanstrengung, wegen der Hitze oder einfach aus Entsetzen ohnmächtig wurden, dann behielt Sara eisern die Nerven. Rasch, umsichtig und gewissenhaft tat sie, was getan werden musste, und dass sie kaum noch eine Nacht schlief, merkte man höchstens daran, dass sie von Tag zu Tag bleicher und dünner wurde. Jeder liebte und bewunderte sie – und beides, sowohl Liebe als auch Bewunderung, war neu für sie. Manchmal kam ihr voller Schrecken – und Reue – der Gedanke, dass alles wieder anders würde, wäre erst der Krieg vorbei. Sie konnte es sich kaum mehr vorstellen, in den farblosen Alltag zurückzukehren, der sie selbst unweigerlich wieder zur Farblosigkeit verdammen würde. Die Wahrheit zu erkennen, schien ihr fast sündhaft, und sie versuchte, so selten wie möglich daran zu denken: Sie brauchte den Krieg. Ihre Qualitäten, die jetzt so hochgerühmt wurden, brauchten den Hintergrund eines flammenden Weltunterganges.

Angstvoll fragte sie sich, wie es ihr gelingen sollte, sich jemals wieder im Frieden zurechtzufinden.

Leo verfolgte einen Plan. Im Grunde verfolgte er ihn bereits von dem Tag an, als man ihn an die Front gerufen hatte. Was ihm zunächst nur dann und wann als Gedankenblitz durch den Kopf gegangen war – ich werde dort nicht lange bleiben! –, nahm hier in Frankreich schließlich feste Gestalt an. Ich werde hier überhaupt nicht mehr bleiben!

Er wusste, Desertion war fast Wahnsinn. Zu versuchen, sich durch die deutschen Truppen hindurch nach Hause zu schlagen, schien beinahe unmöglich. Aber er sagte sich, dass er nichts zu verlieren hatte. Noch zwei Wochen Front, und er würde einen Nervenzusammenbruch bekommen. Entweder erschoss er sich dann selber, oder er stürzte sich freiwillig in die Bajonette der Gegner. Versuchte er aber, diesem Irrsinn hier zu entfliehen, gab es eine geringe Chance für ihn. Einen Funken Hoffnung, doch noch zu überleben.

Seine Vorstellungen gewannen feste Umrisse, als er in dem Dorf, das Hauptquartier seines Regiments war, Sara Winterthal traf.

Sie lächelte ihn scheu an und sagte leise: »Guten Tag, Herr Domberg!«, und er zerbrach sich den Kopf, wer sie sein mochte.

»Ich bin Sara Winterthal«, erinnerte sie ihn, »eine Freundin von Felicia.«

Endlich dämmerte es ihm – Sara, natürlich!

Er merkte, dass sein schlechtes Gedächtnis sie betrübte, und versuchte rasch, seinen Fehler wiedergutzumachen.

»Es liegt an Ihrer Schwesternhaube. Sie verändert Sie. Ich erinnere mich – Sara.« Er sprach ihren Namen sanft und eindringlich aus und sah, wie seine Stimme in ihren Augen einen Funken entfachte.

»Ich … Ich muss ins Lazarett zurück«, murmelte sie hastig, »auf Wiedersehen – Leopold!«

»Auf Wiedersehen.« Er sah ihr nach. Hände weg von ihr, befahl er sich im Stillen, sie ist zu gut!

Er fand sie nicht im Mindesten anziehend, aber in ihren braunen, stillen Augen hatte er ein Brennen gefunden, das ihn nachdenklich stimmte. Hingabe, Bereitschaft … diese Frau würde durchs Feuer gehen für den Mann, den sie liebte. Ein Grund mehr, sie in Ruhe zu lassen. Vor ihrer Selbstlosigkeit schreckte er zurück, sie war wie ein Strom, der alles überrollte. Sie brachte einem Menschen mehr entgegen, als er haben wollte, und er hatte Angst vor seinem eigenen Egoismus, der ihn verführen könnte, dieses Mädchen auszunutzen. Er konnte sie nicht mit in seine Pläne einbeziehen. Nein, entschlossen machte er auf dem Absatz kehrt, das konnte er nicht!

Er traf sie immer wieder, ohne dass er es darauf anlegte,

obwohl er später dachte, unbewusst habe es ihn doch in ihre Nähe gezogen. Er konnte abends nur schwer Schlaf finden und nutzte oft die Dunkelheit, sich noch ein wenig im Dorf herumzutreiben. Sara schien die gleiche Angewohnheit zu haben. Meist lehnte sie am Stamm der uralten Linde vor dem Lazarett, eine schmale weiße Gestalt mit vor der Brust verschränkten Armen. Wahrscheinlich waren die paar Minuten abends der erste Moment des Tages, an dem sie Luft holen konnte. Sie unterhielten sich meist über neutrale Dinge, über die Seeschlacht vor dem Skagerrak, in der Engländer und Deutsche aufeinandergetroffen waren und die, obwohl sie vor der Entscheidung abgebrochen worden war, als deutscher Erfolg gewertet wurde, und über den Rücktritt von Admiral Tirpitz im März, der sich gegen den Kaiser und Bethmann-Hollweg mit seiner Forderung nach einem uneingeschränkten U-Boot-Krieg nicht hatte durchsetzen können. Sie diskutierten den möglichen Kriegseintritt der USA und die Frage, ob es in Russland eine Revolution geben werde. Im Grunde interessierte sie das beide nicht. Eines Abends brachte Sara Zigaretten mit, die ihr ein sterbender Patient geschenkt hatte. Sie reichte sie Leo. »Hier, für Sie. Sie haben sicher schon lange keine mehr.«

Zigaretten galten als größte Kostbarkeit. Leo betrachtete sie mit Ehrfurcht. »Wirklich, für mich? Das kann ich doch nicht annehmen. Behalten Sie ein paar auch für sich!«

»Ich rauche nicht. Das gehört auch zu meinem langweiligen Wesen.«

»Was ist daran langweilig? Glauben Sie, eine Frau wird erst durch so einen idiotischen Glimmstängel interessant?«

»Die Frauen, die Sie kennen«, sagte Sara leise, »rauchen alle.«

Leo zündete sich eine Zigarette an und nahm einen tiefen

Zug. »Die Frauen, die ich kenne«, sagte er mit Überzeugung, »können Ihnen nicht das Wasser reichen!«

»Meinen Sie das wirklich?« Sara blickte auf.

Er konnte ihre Augen durch die Dunkelheit glänzen sehen. Sanft legte er seine Hand auf ihren Arm. »Natürlich. Hätte ich einen Grund, Ihnen Märchen zu erzählen?«

Er meinte es tatsächlich ernst.

Hier draußen verschoben sich die Dinge. Er bewunderte Sara, weil sie eine Arbeit tat, die er um keinen Preis hätte tun wollen, aber ihm war klar, dass ihn seine Vorliebe für üppige Blondinen einholen würde, kaum wäre er wieder in Berlin. Doch Berlin war fern. Das alte Leben war weit weg.

Eines Abends traf er Sara nicht an, was ihn überraschend heftig berührte, denn seine Kompanie hatte für den nächsten Morgen Einsatzbefehl in vorderster Frontlinie.

Sie rückten erst nach drei Tagen wieder ins Quartier ein, reichlich dezimiert, todmüde und kaputt. Leo flüchtete sich abends zu der Linde vor dem Lazarett und merkte, dass er sich nach Saras sanfter Stimme sehnte, nach ihrem zarten Gesicht.

Sie stand schon da, als er kam. »Gott sei Dank«, sagte sie hastig, »ich hatte Angst, dass …«

»Unkraut vergeht nicht. Aber wo waren Sie neulich? Ich habe auf Sie gewartet.«

Sara nickte. »Ich hatte einen Zusammenbruch. Angeblich passiert das hier jedem mal. Die Nerven, wissen Sie …«

»Ich verstehe.«

»Manchmal dauert es so furchtbar lange, bis ein Sterbender wirklich stirbt. Sie schreien wie Tiere in einer Falle. Sie leiden so sehr. Und manchmal denke ich dann …« Sie brach ab und sah an Leo vorbei irgendwohin in die Dunkelheit.

Leo drehte sie vorsichtig zu sich hin. »Was denken Sie, Sara?«

»Nichts.« Ihre Stimme war sehr leise geworden. »Nichts, was man aussprechen dürfte. Es wäre eine Lästerung des Kaisers.«

»Er ist bezeichnenderweise nicht hier. Also reden Sie.«

»Nein …«

»Sara, wenn Sie mir nicht sagen, was Sie denken, wem dann?«

Sie schlug die Augen nieder. »Manchmal denke ich, dieser ganze Krieg ist ein einziger Irrsinn!« Gleich darauf taten ihr diese Worte leid, schnell umfasste sie Leos Hand. »Oh Leo, wie taktlos von mir! Wie taktlos und gemein. Sie kämpfen, und Sie sehen Ihre Freunde sterben, und ich komme daher und sage, das sei alles Irrsinn! Oh bitte, verzeihen Sie mir! Seien Sie nicht gekränkt!«

»Ich bin nicht gekränkt. Nein, Sara, wirklich nicht. Sehen Sie, ich denke wie Sie, Irrsinn ist das, Wahnsinn, ein Verbrechen. Jawohl, ein Verbrechen an der Menschheit, am Leben, an Gott, und es …«

»Leo, um Himmels willen!«

»Sara, hören Sie mir zu. Ich habe nie anders gedacht. Und deshalb will ich weg von hier. So schnell wie möglich.«

»Weg? Aber Sie sind verrückt, Sie …«

»Ich bin nicht verrückt. Verrückt ist, wer bleibt. Hier werde ich sterben, durch eine fremde oder meine eigene Kugel. Ich habe nichts zu verlieren, und ich habe eine winzige Chance, Sara.« Er machte eine kurze Pause, um mehr Eindringlichkeit in seine Worte zu legen. »Sara, würden Sie versuchen, mir Zivilkleidung zu beschaffen?«

Das Lager, in das man die Gefangenen aus dem Lazarettzug brachte, lag nur wenige Kilometer nordwestlich von Moskau und bestand aus einer Anzahl kleiner Holzhütten, die von einem Stacheldrahtzaun umgeben waren. Scharen von Menschen, hauptsächlich deutsche oder österreichische Kriegsgefangene, drängten sich in diesem primitiven Dorf, in dem es eine Großküche und eine Baracke mit viel zu wenig Toiletten gab.

Jener große militärische Vorstoß der Russen im Sommer 1916, der als die Brussilow-Offensive berühmt und berüchtigt werden sollte, hatte 200 000 Gefangene gebracht, und die Lager quollen über. Dadurch, dass mehrere Lazarette und Lazarettzüge erbeutet worden waren, befand sich eine ganze Anzahl Frauen unter den Gefangenen, Krankenschwestern vor allem, die dringend gebraucht wurden.

Felicia und Kat waren in eine Baracke eingewiesen worden, die für dreißig Frauen vorgesehen war, aber bereits fünfzig beherbergen musste. Am Ende des Raumes gab es ein kleines, vergittertes Fenster, das nicht geöffnet werden konnte und dessen Scheiben verdreckt und verklebt waren. Entlang der Wände und in der Mitte stand jeweils eine Reihe doppelstöckiger Betten. Jede Frau bekam etwas Stroh und eine alte Wolldecke. Im Übrigen hatte aber keineswegs jede Frau ein eigenes Bett.

»Seht zu, wie ihr klarkommt«, sagte die Aufseherin, die muskulös war wie ein Mann und recht gut deutsch sprach, »müsst eben zusammenrücken!«

Felicia und Kat teilten sich ein Lager. Es befand sich nah an der Tür, was im Winter zugig sein dürfte, im Sommer aber recht angenehm war. Außerdem handelte es sich um ein Oberbett. Es hatte zwar kein Geländer, und Felicia fragte sich gleich, wie lange es dauern würde, bis eine von ihnen herausfiele, aber dafür hatte man hier oben das Gefühl, etwas freier atmen zu können als unten.

Es herrschte ein erstickender Gestank in der Baracke. Jedes Mal, wenn Felicia den Raum betrat, hatte sie erneut das Gefühl, sie werde es nicht ertragen. »Lieber Gott«, sagte sie nach der ersten Nacht, während derer sie kein Auge zugetan hatte, weil die unruhig sich umherwälzende Kat sie mehrmals fast in den Abgrund gestoßen hätte, »ich halte das nicht länger als einen Monat aus. Ich muss unbedingt, so schnell wie möglich, von hier fort!«

»Wird so schnell nicht gehen, Schätzchen«, meinte die Frau im Bett nebenan. Sie hatte ein feistes, aufgequollenes Gesicht, derbe Züge und das dünne, blonde Haar voller selbst gebastelter Lockenwickler. »Bin schon seit Kriegsausbruch hier. Komme aus Deutschland, war hier in Stellung. Haben mich gleich interniert, und seitdem sitze ich hier fest. Ist die größte Scheiße, die mir je vorgekommen ist, das kann ich nur sagen!«

»Ich war Krankenschwester«, sagte Felicia, »bei der letzten großen Offensive haben sie den Lazarettzug geschnappt, den ich begleitete. Ich verstehe nicht, wie die eine Rote-Kreuz-Schwester hier festhalten können!«

»Warum nicht, Baby?« Gemütlich seufzend suchte sich die Frau eine bequemere Stellung in ihrem Bett. »Was'n der Unterschied zwischen 'ner feinen Schwester wie dir und 'ner Schlampe wie mir? Für die Russen gar keiner, merk dir das! Nur, dass die 'ne Schwester noch besser brauchen können.« Sie kicherte, dann fuhr sie in vertraulichem Ton fort: »Hier sind viele, die probieren's auf jede Weise, verstehste, mehr Essen und so! Siehst du die Rothaarige da drüben?«

Felicia gewahrte eine junge, rothaarige Frau, die sich recht üppiger Körperformen erfreute. Sie war gerade aus ihrem Bett gestiegen und kratzte sich ihre Flohstiche.

»Hier gibt's einen Aufseher, und mit dem treibt sie's jeden Abend«, flüsterte die Alte, »das ganze Lager weiß es! An der hinteren Wand von der Küchenbaracke. Ruck, zuck, verstehst du? Jeden Abend, kannst du dir das vorstellen?« Unüberhörbarer Neid schwang in ihrer Stimme. »Dafür verspricht er ihr seit einem halben Jahr, dass sie bald freikommt«, setzte sie düster hinzu, »aber haben die Männer je gehalten, was sie versprechen?«

Felicia grauste es. Dann bemerkte sie den entsetzten Ausdruck auf Kats Gesicht. »Erzählen Sie doch nicht solche Geschichten!«, fuhr sie die Alte an. »Dieses Mädchen hier ist gerade erst siebzehn! Sie erschrecken sie ja zu Tode.«

»Siebzehn? Ah – und wohl aus 'ner feinen Familie, was? Wird sich hier an manches gewöhnen müssen, das arme Ding!«

Kat, zeitlebens verwöhnt, umsorgt, von ihrem Vater und ihrem Bruder beschützt, schien, seitdem sie das Lager betreten hatte, wie in einem bösen Traum gefangen.

Alles ängstigte sie: der Stacheldraht, die barschen Stimmen der Aufseher, der vertrauliche Blick und die aufdringlichen Finger des dicken Kochs, das vulgäre Lachen der rothaarigen Graziella, wenn die abends mit ihrem Uniformierten hinter der Küchenbaracke verschwand.

Wie eine verirrte kleine Katze klammerte sie sich an Felicia, und die nahm es auf sich, dass sie von nun an für zwei Menschen sorgen musste. Jener klare, gesunde Sinn, der es ihr stets verbot, ihre Kräfte im Kampf mit dem Unausweichlichen zu verschleißen, befahl ihr, die Tage im Lager nicht zu zählen, weder auf das zurückzublicken, was vergangen war, noch sich in Träume von einer besseren Zukunft zu flüchten. Man trachtete ihnen hier nicht nach dem Leben, aber Felicia erkannte bald, dass der Tod zwischen dem Stacheldraht auf der Lauer lag und dass sie alle bereits eine potentielle Beute abgaben. Sie durfte an jedem Morgen an nichts anderes denken als an den Tag, der vor ihr lag und den sie nach besten Kräften überstehen musste. Sie durfte nicht an ihren Vater denken und nicht an Maksim, ihre Mutter, ihre Brüder. Jetzt musste sie ihre Sinne beisammenhalten. Sie musste ihren Ekel betäuben, wenn sie morgens in der langen Schlange von Frauen an den Toiletten anstand, die höchstens einmal im Monat gesäubert wurden und von Fliegenschwärmen belagert waren. Und kurz darauf stand sie erneut in einer Schlange, vor der Küchenbaracke diesmal, eine Blechschüssel in der Hand, die von Anna, ehemalige Metzgerin und gefürchtetste Aufseherin im Lager, mit einem scheußlichen klebrigen Pamps gefüllt wurde, dessen einzelne Bestandteile beim besten Willen nicht mehr auszumachen waren.

Eisern zwang sie sich, das Frühstück bis zum letzten Krümel hinunterzuwürgen. Und sie zwang Kat. »Wir halten hier nur durch, wenn wir essen«, sagte sie, »also iss! Mir ist auch schlecht, aber du siehst, es geht.«

»Aber ich kann wirklich nicht«, protestierte Kat mit schwacher Stimme. Sie war schon ganz hohläugig und hatte eine ungesunde graue Gesichtsfarbe. »Ich müsste mich sofort übergeben!«

»Du übergibst dich nicht. Mir ist es auch nicht passiert. Und jetzt stell dich nicht so an«, sagte Felicia kalt. Kat wagte keine Widerrede mehr. Sie schluckte krampfhaft; ihr spitzes Gesichtchen spiegelte Angst und Verzweiflung. Felicias Gewissen regte sich. Sie ging zu hart um mit Kat.

Aber es war jetzt nicht die Zeit für Sanftmut und Freundlichkeit. Und sorgte sie nicht für ihre Schwägerin, so gut sie nur konnte? Boxte sie sich nicht jedes Mal in der Schlange nach vorn, damit sie beide noch genug zu essen bekamen;

schlug sie sich nicht mit viel stärkeren Frauen um das frische Stroh, damit Kat weicher liegen konnte? Und wies sie nicht sogar den fetten Koch in seine Schranken, wenn er bei jeder sich bietenden Gelegenheit seine Finger an Kats Arme oder Beine legte? Zu diesem Zweck gewöhnte sie sich eine Sprache an, die niemand in ihrer Familie (außer Laetitia) für möglich gehalten hätte.

»Nimm deine dreckigen Pfoten weg, du verdammter Bastard!«, sagte sie – und es machte ihr Spaß.

Dann brach im Lager der Typhus aus. Es war Ende September, die Abende schon kühl, die Tage noch spätsommerlich warm. Felicia hatte Küchendienst gehabt und fast bis zum Umfallen Kartoffeln geschält – harte, weißliche Kartoffeln, an allen Ecken und Enden bereits angefault. Die Finger taten ihr weh, die Füße spürte sie schon kaum mehr. Sie saß auf dem Bett und kämmte Kats Haare. Draußen war es dunkel, und vor dem feuchten Nebel, der über der Erde lag, hatten die Frauen die Tür geschlossen.

Felicias blonde Nachbarin, die Lola hieß, räkelte sich auf ihrem Bett herum und drehte ihre Haare auf die unvermeidlichen Lockenwickler. »Ich hab gehört, 'n paar von uns sollen in eine Fabrik kommen«, verkündete sie, »Munition. Schöner Dreck, was? Dass wir noch die Gewehre basteln, mit denen die dann auf unsere Soldaten schießen!«

»Eine Fabrik wäre gar nicht schlecht«, sagte Felicia nachdenklich.

Lola lachte. »Bilde dir nichts ein, Herzchen! Da kommst du auch nicht eher weg als hier.«

»Irgendwann müssen sie uns freilassen«, beharrte Felicia, »wir sind schließlich keine Soldaten! Was die machen, ist bestimmt verboten.«

Jetzt lachte Lola schallend. »Glaubst du, in diesen Zeiten

kümmert das irgendwen, was verboten ist und was nicht?« Mit einem schlauen Funkeln in den Augen fügte sie hinzu: »Du bist eine von denen, die immer glauben, die Welt dreht sich um sie, und wenn's ihnen mal dreckig geht, dann müsste gleich der liebe Gott herbeistürzen und ihnen helfen. Tut er aber nicht! Hier kräht kein Hahn nach dir, Schätzchen.«

»Red keinen Unsinn«, gab Felicia kurz zurück.

Aber Lola verfolgte schon den nächsten Gedanken. Sie hatte sich die Haare fertig aufgedreht und betrachtete sich in einem kleinen Handspiegel. Was sie sah, befriedigte sie offenbar. »Nicht schlecht. Ich sag immer, eine Frau sollte in jeder Lebenslage gepflegt aussehen. Sonst rennen ihr die Kerle davon.« Nachdenklich stülpte sie die Lippen vor. »Ob mein Alter mir treu ist die ganze Zeit?«

»Du bist verheiratet?«

Lola nickte stolz. »Klar. Mit 'nem feinen Kerl. Sieht verdammt gut aus. Die anderen Mädels waren immer scharf auf den. Aber ganz ohne Frau hält der es nicht aus. Ist wild und stark, weißt du?« Lolas Augen leuchteten in der Erinnerung an vergangene Tage. »Na ja, wenn er zu 'ner Nutte geht, das soll mir recht sein. Darf nur nichts Ernstes werden.«

Die Tür wurde aufgestoßen, ein Schwall feuchter Luft drang herein. Die rothaarige Graziella kam von ihrem allabendlichen Rendezvous zurück. Ihre Locken waren nass vom Nebel, ihr graues Leinenkleid zeigte feuchte Schweißflecken. Sie sah müde und blass aus, und ihre schrägen grünen Augen funkelten nicht wie sonst.

»Tür zu!«, schrie eine Frau. »Es zieht!«

Graziella schloss schwerfällig die Tür und lehnte sich von innen dagegen. Sie hatte tiefe Ringe unter den Augen. Lola hängte ihren Kopf über den Bettrand und betrachtete sie neugierig. »Alle Achtung, Graziella«, sagte sie, »du siehst ganz schön kaputt aus! War wohl schwer in Form, dein Schatz, heute Abend?« Ein paar Frauen lachten derb. Sie warteten auf eine jener scharfen, vulgären Erwiderungen, für die Graziella berühmt war, aber an diesem Abend kam keine.

Graziella strich sich nur schwerfällig mit der Hand über das Gesicht. »Halt dein lästerliches Maul, Lola«, murmelte sie, »es geht mir verdammt dreckig. Weiß gar nicht, was das ist. Mein Kopf tut mir weh, und jeder einzelne Knochen im Leib …« Mit dem Rücken an der Tür entlang rutschte sie zu Boden. Ihre Augen blickten eigentümlich verschleiert.

»Sie ist krank«, sagte eine ältere Frau, »bestimmt hat sie Fieber!«

»Wir haben doch so viele Krankenschwestern hier«, sagte Lola, »los, Felicia, schau dir Graziella an und sag uns, was sie hat!«

»Ich habe keine Ahnung von solchen Dingen«, erwiderte Felicia, die im Lazarett zu Schwester Paulas Entsetzen nicht gelernt hatte, eine Schusswunde von einem Flohstich zu unterscheiden. Eine andere Frau trat heran und untersuchte Graziella, die über Gliederschmerzen, Übelkeit und Kopfweh klagte. Sie sah besorgt aus, als sie sich wieder aufrichtete. »Ich kann mich irren. Aber ich würde das für den Beginn von Typhus halten.«

Entsetztes Schweigen folgte ihren Worten. Lola ließ sich schwer hintenüber auf ihr Bett fallen. »Ich hab gewusst, dass so was passieren würde«, sagte sie, »ich hab das immer gewusst! Irgendwann musste diese Hure sich mal was holen, und jetzt ist es so weit. Jetzt stecken wir bis zum Hals im Dreck!«

»Es ist nicht Graziellas Schuld«, widersprach die andere, »Typhus wird nicht in erster Linie übertragen durch … nun, durch das, was Graziella hin und wieder tut. Es ist viel wahrscheinlicher, dass in unserem Trinkwasser oder im Essen Bakterien sind. In überfüllten Lagern wie diesem hier passiert das leicht.«

»Dann können es viele von uns schon haben?«, fragte Felicia erschrocken.

»Das ist mit einiger Sicherheit anzunehmen, ja.«

»Ich halt's nicht aus«, stöhnte Lola, »ich halt's nicht aus!«

Mit mechanischen Bewegungen fuhr Felicia fort, Kat das Haar zu bürsten. Ihre Hände fühlten sich kalt an. In abgehackten, wirren Gedanken fiel ihr ein, was man ihr über Typhus beigebracht hatte: Kopfweh, Gliederschmerzen, Frösteln, dann ansteigendes Fieber, ein blasser Hautausschlag, Schläfrigkeit bis zum Delirium, Durchfall, und schließlich, am Ende, konnte es zu Darmblutungen kommen oder zu Bauchfellentzündungen, und viele starben daran …

»Uns wird doch nichts geschehen, Felicia?«, fragte Kat. Ihre großen, dunklen Augen waren voller Angst und bettelten um eine trostreiche Antwort.

Mit erzwungener Ruhe sagte Felicia: »Aber was! Wir sind kräftig und gesund, Kat, uns passiert nichts. Und jetzt halt still. Deine Haare sind schrecklich verfilzt!«

Alex Lombard warf seine Zigarette zu Boden, trat sie aus und beschloss, seinem Regiment einen Besuch abzustatten, genauer gesagt, Leopold Domberg, von dem er den Eindruck hatte, er müsse hin und wieder ein bisschen aufgerichtet werden. Schließlich war man verwandt und steckte gemeinsam in derselben Scheiße.

Die Soldaten waren in der ehemaligen Dorfschule untergebracht, deren Dach zwar durch einen Granateneinschlag zertrümmert worden war, deren untere Räume aber noch genutzt werden konnten. Die glühende Sommerhitze hatte alle

Zimmer in stickige Brutkästen verwandelt, und obwohl jetzt der Abend kam und die Fenster offen standen, regte sich drinnen noch kein frischerer Lufthauch. Die Männer lagen auf ihren Feldbetten oder hockten in den Ecken zusammen; manche schliefen, einige lasen oder schrieben Briefe, andere spielten Karten. Es stank durchdringend nach Schweiß. Fliegen schwirrten herum.

Als Alex eintrat, sprang der Feldwebel auf, um Meldung zu machen, aber Alex winkte ab. »Ist Domberg hier?«, fragte er.

»Domberg!!«, brüllte der Kompaniechef. »Domberg! Der Herr Major fragt nach dir!«

»Domberg ist nicht hier.«

»Der hat doch eine Mieze im Lazarett. Wahrscheinlich ist er bei der.«

»Domberg ist nicht anwesend, Herr Major«, teilte der Kompanieführer mit.

Alex nickte. »Ist schon in Ordnung.« Aber etwas beunruhigte ihn.

Leo hatte so etwas in den Augen gehabt …

Quatsch, dich geht das doch nichts an, wies er sich zurecht. Und dennoch, als er auf den Platz vor der Schule trat und einem jungen Leutnant begegnete, der mit wichtiger Miene hin und her flatterte, fragte er sogleich: »Haben Sie Domberg gesehen?«

»Jawohl, Herr Major. Vor einer halben Stunde. Schien auf dem Weg zur Kirche zu sein.«

»Danke, Leutnant.« Nachdenklich blickte Alex zur Kirche hinüber, vielmehr zu der Ruine, die davon übriggeblieben war. Das Kirchenschiff lag in Trümmern, aber Altar und Sakristei besaßen noch Wände und ein Dach. Alex zögerte. Er sollte Leo in Ruhe lassen. Wer in die Kirche ging, wollte allein sein.

Er hatte nicht das Recht, ihm nachzulaufen. Doch da war wieder diese merkwürdige Unruhe. Sich selber einen Narren nennend, überquerte er die stille Dorfstraße und betrat die Kirche.

Jemand hatte den Altar mit frischen Blumen geschmückt, vermutlich jemand aus dem Dorf. Alex gewahrte eine alte, schwarzgekleidete Frau, eine Französin mit dunklen Augen und scharf gebogener Nase, die in der vordersten Bank kniete und sich gerade bekreuzigte. Sie warf dem deutschen Offizier einen langen durchdringenden Blick zu, und Alex konnte die Verachtung spüren, die ihm von der alten Frau entgegenschlug. Eine Verachtung, in der Anklage mitschwang: Du hast unsere Kirche zerstört. Du hältst unser Dorf besetzt. Du schießt auf unsere Männer.

Auf einmal fragte er sich, ob nach einem solchen Krieg jemals Vergebung unter den Menschen möglich sein würde.

Er öffnete die Tür zur Sakristei, eine alte, knarrende Holztür. Der Geruch sonnenwarmer Dielenbretter herrschte hier, durch ein kleines Fenster fiel rotes Abendlicht. Staub lag auf den Regalen, auf einem Stapel Gesangbücher, auf einer abgeblätterten Bibel. Später wusste Alex nicht, weshalb er Leo hier gesucht hatte; er vermutete, er hatte den Raum nur betreten, um dem Blick der alten Frau zu entfliehen.

Plötzlich stand er Sara gegenüber.

Da sie ein Dreivierteljahr in seinem Haus gewohnt hatte, erkannten sie einander sofort. Sara starrte ihn an, ihre Augen waren weit aufgerissen, das schmale Gesicht unter der Schwesternhaube wurde bleich, während sich auf den Wangen hektische rote Flecken bildeten. Es schien, als wollte sie schreien, sie brachte aber keinen Ton hervor.

Dann sah er Leopold, und er trug Zivilkleidung.

Die drei Menschen in dem kleinen Raum blickten von

einem zum anderen, und sekundenlang war nichts zu hören als das monotone Surren einer Fliege. Alex endlich unterbrach das Schweigen. Er hatte nicht sofort begriffen, was er sah, doch nun verstand er, verstand auch den Ausdruck des Schreckens auf Saras Gesicht.

Scharf sagte er: »Zieh sofort die Uniform wieder an, Leo!«

»Herr Major …«

»Zum Teufel mit dem Major! Unter Freunden, Leo: Zieh die Uniform an!«

»Nein.«

»Zieh sie an, und ich vergesse, was ich gesehen habe.«

»Ich zieh sie nicht an, Herr Major. Niemals wieder. Sie müssen mich wohl erschießen. Haben Sie keine Skrupel, nur weil wir hier in einer Kirche sind. Es ist im Grunde nichts anderes als draußen im Schützengraben. Dem lieben Gott tut's hier wie dort weh!«

»Quatsch doch nicht! Ich will dich nicht erschießen, ich will, dass du zur Vernunft kommst!«

»Hat das da draußen irgendetwas mit Vernunft zu tun?«, fragte Leo.

Alex trat einen Schritt vor und packte seinen Arm. »Leo, mit mir musst du nicht über den Sinn und Unsinn eines Krieges reden, weiß Gott nicht! Aber glaub mir, dass es Wahnsinn ist, was du vorhast. Sie werden dich schnappen und zurückbringen, und auf Desertion steht der Tod!«

»Auf das Leben steht der Tod. Wozu also die Aufregung?«

»Lass die Haarspalterei. Du bist zu jung und zu schade dafür, um irgendwo im Morgengrauen an die Wand gestellt zu werden. Wenn sie dich erwischen, und sie werden dich erwischen, dann kann ich nichts mehr für dich tun! Verstehst du das? Ich kann nichts für dich tun!«

»Ich habe mir das alles überlegt. Ich werde das Risiko eingehen. Aber falls Sie es vor Ihrem Gewissen nicht verantworten können, mich gehen zu lassen, dann kann ich das auch verstehen.«

»Ich habe kein Gewissen. Und ich würde am liebsten zu all meinen Männern sagen: Geht nach Hause, lauft …« Er brach ab, wandte sich Sara zu. »Sara, Sie haben ihm die Kleider beschafft, nicht? Vielleicht hört er auf Sie mehr als auf mich. Sagen Sie ihm, dass es mörderisch ist, was er vorhat!«

»Ich habe es ihm gesagt.« Sara wurde abwechselnd rot und blass. Alex hatte sie immer eingeschüchtert, und es entsetzte sie, ausgerechnet ihm entgegentreten zu müssen. Aber ihr Blick blieb klar. »Ich habe es ihm gesagt, doch er ist nicht umzustimmen. Er muss fort. Er hält nicht mehr durch. Ich kann ihn verstehen.«

»Könnte man nicht auf medizinischem Weg versuchen, eine vorübergehende Frontbeurlaubung zu erwirken?«

»Die Symptome reichen nicht. Und wenn sie reichen, wird es zu spät sein.«

Alex ließ sich schwer auf einen Stuhl fallen, streckte die Beine von sich. »Mein Gott«, murmelte er.

Leo grinste. »Lassen Sie mich gehen, Herr Major?«

»Wenn ich könnte, Leo, ich würde dich festbinden.«

»Ich werde auf den Einbruch der Dunkelheit warten.«

»Ich muss ins Lazarett zurück«, sagte Sara rasch. Sie wollte Leo die Hand reichen, aber er zog sie an sich und küsste ihren Mund. Wie unbeteiligt sah Alex zu, registrierte aber den verzweifelten Abschied dieser beiden Menschen, all das Unausgesprochene, das zwischen ihnen lag.

Scheiße, dachte er müde. Er stand auf, öffnete die Tür. »Kommen Sie, Sara. Wir richten hier nichts mehr aus.«

Alles in ihm war wie erstorben und kalt. Die Kirche war leer. Die alte Frau war verschwunden. Über die Trümmer des Ganges wehte kühlere Abendluft herein, es roch würzig nach Moos und Rinde, und in besseren Tagen hätten jetzt die Glocken geläutet und die Menschen von Höfen und Feldern in die Wohnstuben gerufen. Im Abendwind lag die Erinnerung an den Frieden, aber sie stammte aus einer anderen Zeit, einem anderen Land.

Saras Schuhe knirschten leise. »Ich finde es großartig, was Sie getan haben«, flüsterte sie.

Alex, versunken in bedrückende Gedanken, sah sie zerstreut an. »Was habe ich denn getan?«

»Sie haben ihn gehen lassen.«

Alex lachte. Es klang gequält. »Oh Sara, Sara, Sie liebes Kind!« Er blieb stehen, betrachtete eine leuchtend rote Rose, die vor dem einstigen Kirchenportal blühte; im Schein der untergehenden Sonne war sie wie in Blut getaucht. »Was habe ich schon getan! Ich lasse ihn in sein Verderben laufen. In dem Moment, als wir die Sakristei verließen und ihm erlaubten, seinem verrückten Plan nachzugehen, haben wir sein Todesurteil unterschrieben.«

Mit rasender Geschwindigkeit breitete sich der Typhus aus, und da als Erster der einzige Arzt im Lager starb und keine Medikamente zu bekommen waren, geschah nichts, um der Krankheit Einhalt zu gebieten. Die Schwestern taten, was sie konnten, aber die Mittel, die ihnen zur Verfügung standen, waren so erbärmlich, dass sie sich machtlos fühlten. Sie kämpften darum, dass den Kranken eine Schonkost bereitet wurde, aber sie scheiterten an den nicht vorhandenen Nahrungsmitteln. Bei den Männern lag die Sterblichkeitsrate höher als bei den Frauen, da viele Männer durch den schon zwei Jahre dauernden Krieg oder durch eine Verletzung so geschwächt waren, dass die Krankheit bei ihnen leichtes Spiel hatte. Morgens trug man die Toten hinaus, und abends konnte man schon sehen, wen es als Nächstes erwischen würde.

Graziella traf es in den allerersten, noch dunklen und kalten Stunden eines Oktobermorgens. Ihre Krankheit hatte den Höhepunkt bereits überschritten, und die gefürchtete Genesungsphase hatte begonnen. Wie man später anhand ihres beschmutzten Bettes rekonstruierte, war sie plötzlich von heftigen Blutungen überrascht worden, hatte sich auf Händen und Füßen durch die Baracke und hinaus in den Hof geschleppt und offenbar versucht, die Toiletten zu erreichen. Der strömende Regen und die Dunkelheit hatten sie die Richtung verlieren lassen. Sie wurde dicht am Zaun gefunden, in einer Schlammpfütze liegend, vom Regen durchweicht. Ihre Beine hatte sie von sich gestreckt, ihre roten, fettigen Haare hatten sich malerisch um sich verteilt.

Felicia und Lola schleppten sie zu dem Schubkarren, mit dem jener Aufseher, der Graziellas letzter Liebhaber gewesen war, immer die Toten aufs Feld fuhr, um sie dort zu begraben. Als er erkannte, wer die Tote war, spuckte er auf ihren Körper. »Hure!«, sagte er verächtlich.

Mit Graziellas Tod erwachte die Panik in Felicia. Der Herbst trug seinen Teil dazu bei, die kürzer werdenden kalten Tage, die langen, dunklen Nächte, der Nebel, der unbekannte, geheimnisvolle Schrecken zu bergen schien. Bisher hatte sie nur gedacht: Ich muss sehen, wie ich jeden einzelnen Tag überstehe. An später darf ich nicht denken. Es ist wichtig, dass ich heute, an diesem Abend noch lebe und gesund bin!

Doch jetzt riss die Angst sie hin. Jede Sekunde, die verging, konnte sie dem Sterben näher bringen. Das Bild der toten Graziella, wie sie im Morgengrauen vor dem Stacheldrahtzaun gelegen hatte, verfolgte sie in ihren Träumen. Immer wieder fuhr sie nachts zitternd und mit Herzklopfen in die Höhe, und dann gab es nur einen Gedanken, der dumpf in ihrem Kopf hämmerte: Ich muss hier weg … Ich muss hier weg …

Eines Morgens erwachte sie aus unruhigem Schlaf, und wie immer neigte sie sich als Erstes über die neben ihr liegende Kat, ein zärtliches Lächeln auf den Lippen, das schlecht zu ihren kühlen Augen und den harten Linien ihres Gesichtes passte, das sie sich aber abrang, weil sie ahnte, dass Kat nichts so sehr brauchte wie etwas Wärme und Zuwendung.

Heute zerfiel ihr Lächeln sofort, machte heftigem Erschrecken Platz: Kat war nicht wie sonst. Ihre Gesichtsfarbe schien gelblich, die Augen braun umrandet. Über der Nase hatte sich eine Falte gebildet, so als ziehe die Schläferin schmerzhaft die Stirn zusammen. Kats Atem ging flach, ihre Hände fühlten sich heiß an. Es gab keinen Zweifel. Die Krankheit hatte auch sie ereilt.

Felicia leckte sich über die trockenen Lippen. Eine fast hysterische Furcht stieg in ihr auf.

Heiliger Jesus, ging es ihr durch den Kopf, heiliger Jesus, die Nächste bin ich!

3

Alex hatte seit zwei Wochen kein Auge zugetan. Auf den Lippen schmeckte er den Staub des Schützengrabens, es war ihm kalt bis in die Knochen, klamm und feucht klebte seine Uniform an ihm. Der Sommer hatte von einem Tag auf den anderen geendet, der Herbst begann mit Regen und Kälte. Statt unter stechender Sonne starben die Männer im Nebel, aber welchen Unterschied machte das schon?

Er wollte schlafen, nichts als schlafen. Nach Tagen wie den vergangenen reduzierten sich die Bedürfnisse hier draußen auf das existenzielle Minimum: essen, schlafen, trinken. Den Körper irgendwie so stark erhalten, dass er ertrug, was ihm zugemutet wurde.

»Herr Major, kann ich Sie einen Moment sprechen?«

Er zuckte zusammen. Aus dem Nebel zwischen den Häusern war Leutnant Fabry getreten. Müde und gereizt, wie er war, erwiderte Alex barsch: »Ja, Herrgott, was ist denn?«

Fabry sah aus, als wäre er einem Gespenst begegnet. »Herr Major, ich dachte, Sie sollten es gleich wissen. Es ist … Es ist nur … Sie haben Leopold Domberg zurückgebracht.«

Es war Alex, als hätte ihn jemand mit der Faust an der Schläfe getroffen. »Was?«

»Er wurde an der belgischen Grenze aufgegriffen. In Zivilkleidung – und betrunken!«

»Hat er … irgendetwas zugegeben?«

»Er hat gestanden, dass er nach Hause wollte.« Fabrys Stimme klang bekümmert. Er war ein sensibler Mann, der nichts so sehr hasste, wie anderen Menschen Leid zuzufügen. Er mochte Alex, weil der ihm gegenüber eine Art Beschützerrolle angenommen hatte, und er wusste, dass Major Lombard und Domberg Freunde gewesen waren. Muss schwer sein für den Major, dachte er, wenn ich nur …

»Danke, Leutnant«, sagte Alex schließlich und stellte dabei überrascht fest, dass seine Stimme normal klang, »ich werde mich darum kümmern. Soweit es meine Kompetenz zulässt.«

»Er wird vor ein Kriegsgericht gestellt werden.«

»Natürlich.« Und ich kann nichts tun! Ich kann nichts tun. Ich kann sagen, dass er ein hervorragender Soldat war, dass ich immer Vertrauen zu ihm hatte und nie enttäuscht wurde, dass er verwirrt gewesen sein muss, dass er schon lange seine Nerven nicht mehr unter Kontrolle hatte … aber es wird nichts nützen. Es wird nichts nützen, und sie werden ihn erschießen, und alles, was er gewonnen hat, ist wenigstens ein schneller Tod!

»Alles in Ordnung, Herr Major?«, erkundigte sich Fabry besorgt.

»Schon gut, Leutnant Fabry. Keine schöne Situation, nicht? Habe viel gehalten von Domberg. Ich hätte …« Er brach ab. Er wollte sagen: Ich hätte es verhindern können. Ich hätte ihn niederschlagen müssen, damals in der Sakristei, ihn fesseln, auf ihn einreden … aber hätte ich ihn halten können?

»Sie müssen mich wohl erschießen«, hatte Leo gesagt, und Alex wusste: Einen anderen Weg, ihn festzuhalten, hätte es nicht gegeben.

»Wissen Sie was, Fabry«, sagte er, »die Pfarrer erzählen uns ja immer, dass wir nach dem Tod das Paradies finden werden, aber um dorthin zu gelangen, müssen wir leben – und das ist ein verdammt hoher Preis!«

Derselbe Morgen, aber weit weg von Frankreich, von den Schützengräben an der Somme. Derselbe Morgen in Petrograd. Nebel lag über den Häusern und Straßen. Es war sehr kalt. Der Winter, der gefürchtete, russische Winter, würde früh einsetzen in diesem Jahr. Und die Menschen hatten Hunger. Schon jetzt, zu dieser Stunde, da kein Laden geöffnet hatte, standen sie in langen Schlangen vor den Geschäften. Manche standen schon die ganze Nacht.

Nina, Hausmädchen bei Oberst von Bergstrom in dessen feudalem Haus am Tverskij-Boulevard, ging langsam die breite Treppe hinunter in die Eingangshalle. Jemand hämmerte gegen die Haustür, aber sie sah nicht ein, weshalb sie sich beeilen sollte. Ihre Zeit als folgsames Dienstmädchen war ohnehin bald vorbei. Jurij, ihr Freund, hatte es erst gestern wieder gesagt. »Es wird alles anders werden, Nina. Herren und Diener gibt es bald nicht mehr. Es gibt keine Klassen mehr. Alle werden gleich sein.«

»Wieso gleich? Die einen haben Geld, die anderen nicht. Wie können da alle gleich sein?«

»Nein, du verstehst nicht. Wir enteignen sie. Umverteilung des Kapitals. Der klassengebundene Besitz geht in das Volkseigentum über!«

Das Wort »Enteignung« gefiel Nina. Und das Wort »umverteilen« auch. Ob sie dann wohl Madames Perlencollier bekäme?

Zufrieden lächelnd öffnete sie die Tür. Vor ihr stand ein kleiner Junge, barfuß, mit blauen Lippen. Er reichte ihr einen Brief. »Für Madame Bergstrom«, sagte er. Nina gab ihm ein Geldstück. »Wer schickt dich?«, fragte sie. Aber der Junge hatte sich schon umgedreht und war fortgelaufen. Nina betrachtete den Umschlag. Johanna Isabelle von Bergstrom, stand darauf. Der Umschlag war zerknittert und verschmutzt. Nina ging hinauf in *den* Salon, wo Madame frühstückte. Hier brannte ein Feuer im Kamin, es roch nach Kaffee und frisch gebackenem Brot. Belle saß in einem seidenen Morgenrock am Tisch. Die mahagonifarbenen Locken trug sie um diese Zeit noch offen. Ihre Füße steckten in zierlichen Fellpantoffeln. Sie sah schön und gepflegt aus – und sorglos. Jedenfalls für eine oberflächliche Beobachterin wie Nina. Ihr fiel der verfrorene, barfüßige Junge ein. Umverteilung des Eigentums … Sie lächelte böse.

»Ein Brief für Sie, Madame«, sagte sie, »ein Botenjunge brachte ihn.«

»Von wem?«

»Das sagte er nicht, Madame. Er war fort, ehe ich ihn fragen konnte.« Nina blieb abwartend stehen.

Belle sah auf. »Es ist gut, Nina. Du kannst gehen.«

Nina knickste und verließ das Zimmer. Vor der Tür stieß sie fast mit dem Hausherrn zusammen, Oberst von Bergstrom.

Er trug bereits seine Uniform und sah sehr blass aus. So, als hätte er schon seit Langem nicht mehr richtig geschlafen.

»Belle, wie schön, dass du schon auf bist«, sagte er und küsste sie. Belle strich ihm sanft über die Haare. »Willst du wirklich in die Kaserne?«, fragte sie. »Mutest du dir da nicht zu viel zu? Überall spürt man die Vorboten einer Revolution. Besonders in der Armee. Ich habe Angst, dass …«

»Mir geschieht schon nichts.« Julius von Bergstrom setzte

sich und trank ein paar Schlucke Kaffee. Sein übermüdetes Gesicht bekam einen Anflug von Farbe. »Allerdings«, fuhr er fort, »wäre mir wohler, wenn ich dich und Nicola fort von Petersburg wüsste. Man weiß nicht, was noch geschieht. Du solltest zu meiner Familie nach Jowa gehen.«

»Ach, ich soll fort! Aber dir kann nichts geschehen. Nein, Julius, ich bleibe hier. Bei dir.« Ihre Stimme klang fest. Julius sah auf, blickte in ihre schiefergrauen Augen. Er lächelte, neigte sich vor und küsste lange und sacht ihre Lippen.

»Aber wegen Nicola …«, meinte er zögernd.

Belle schüttelte den Kopf. »Du wirst uns beide nicht los. Was immer geschieht, wir überstehen es.« Der Feuerschein warf goldene Flecken auf Belles rotes Haar. Unter dem hauchdünnen Stoff des Morgenmantels hob und senkte sich ihre Brust in ruhigem Atem. Sie zog den Brief hervor. »Ein Bote brachte einen Brief von Felicia«, sagte sie.

Julius blickte ohne großes Interesse auf. »Felicia – deine Nichte, oder? Lebt sie nicht jetzt in München?«

»Ja. Aber der Brief kommt aus der Gegend von Moskau. Sie ist dort in einem Lager!«

»Oh …«

»Während der Brussilow-Offensive wurde der Lazarettzug erbeutet, den sie als Schwester begleitete. Sie ist seit Wochen in diesem Lager. Zusammen mit ihrer Schwägerin übrigens. Sie bittet uns, ihr zu helfen.«

»Ich fürchte, das ist nicht möglich.«

»Du bist Offizier der russischen Armee. Es muss dir möglich sein!«

»Die Armee …« Julius zögerte. »Es ist alles so brüchig geworden. Wer weiß, ob nicht morgen schon meine Leute nicht einmal mehr grüßen, wenn sie mich sehen.«

»Liebling«, in Belles Augen stand jene eiserne Energie, die sie von ihrer Mutter geerbt und die sie im Laufe ihres Lebens zu ihrer stärksten Waffe gemacht hatte, »Liebling, du musst alles versuchen! Und wenn morgen die Offiziere gestürzt werden, kannst du trotzdem heute noch alles in die Wege leiten, Felicia zu helfen!«

»Ich frage mich, wie sie es geschafft hat, einen Brief aus dem Lager zu schmuggeln. Und ihn sogar hier ankommen zu lassen.«

»Mich wundert das nicht. Felicia setzt immer durch, was sie will.«

Julius lächelte. »Sicher. Sie ist deine Nichte. Allerdings weiß ich nicht, ob es nicht zurzeit sogar in diesem Lager sicherer ist als hier in Petrograd. Wir wissen nicht, was passieren wird. Der Winter steht vor der Tür. Die Menschen hungern.« Angewidert schob Julius seinen Teller fort, ließ das Brot darauf unberührt liegen. »Warum sieht denn niemand, dass es immer der Hunger war, der zu den blutigsten Revolutionen geführt hat!«

Belle wollte nicht über Revolutionen sprechen. Sie neigte sich vor. In diesem Augenblick war der Unterschied zwischen ihr und ihrem Mann besonders deutlich: In Julius' Gesicht lagen Wissen und Leiden, in Belles Augen Ruhe und Kraft. »Bitte, Julius, tu, was du kannst. Wir wissen, wie diese Lager sind. Es herrschen Hunger und Krankheiten dort.«

Julius erhob sich. Belle ergriff seine Hand. »Ich weiß ganz genau, was in dir vorgeht«, sagte sie, »und ich sehe auch, was mit diesem Land passieren kann. Aber deshalb dürfen wir nicht aufhören, das Nächstliegende zu tun.«

Julius kapitulierte – wie immer, wenn sie etwas von ihm wollte. »Ich werde alles versuchen«, versprach er.

Erst als er das Zimmer verlassen hatte, gab Belle dem Hustenreiz nach, der sie seit ein paar Minuten quälte, zog ein Taschentuch hervor und presste es gegen den Mund. Mit wütendem Trotz ignorierte sie den Blutfleck, der auf den blütenweißen Spitzen zurückblieb.

Es war ein Kellerloch, in dem Mascha Iwanowna lebte. Zehn ausgetretene, glitschige Steinstufen führten von der düsteren Gasse mit den engstehenden Häusern hinunter zu der morschen, angefaulten Holztür. Ging man hier hinunter, so hatte man den Eindruck, als herrschten über diesen Stufen, diesem Keller immer Winter, Kälte und Nebel.

Ob man hier im Sommer wenigstens blauen Himmel sieht, oder einen Hauch Sonne?, fragte sich Maksim, als er an diesem Oktobermorgen die Treppe hinunterging und sorgfältig aufpasste, dass er auf dem nassen Moos nicht ausrutschte. Er wirkte geheimnisvoll: Seine Gestalt verbarg er unter einem weitschwingenden Mantel, seinen Hut trug er tief ins Gesicht gezogen.

Mascha stand über das Feuer in der Ecke gebeugt. Mit einem Handtuch umfasste sie den Griff der eisernen Kaffeekanne, hob sie vom Blechrost über dem Feuer und trat damit an den Tisch heran. Sie trug ein braunes, hundertfach geflicktes Kleid, eine wollene Decke um die Schultern, und die langen Haare hingen ihr wirr ins Gesicht; mit einer unwirschen Bewegung strich sie sie zurück. »Verdammt kalt heute, wie?«, sagte sie zu dem eintretenden Maksim. »Trink einen Schluck Kaffee. Er ist dünn, aber heiß!«

Maksim setzte sich an den Tisch. Fröstelnd rieb er seine Hände. »In der Stadt gärt es«, berichtete er, »und es soll wieder Verhaftungen gegeben haben. Offiziere.«

»Gut. Lass es gären. Lass den Winter kommen. Hunger

und Kälte sind unsere Verbündeten. Sie – und der Prophet bei Hofe!«

Mascha sprach von Rasputin. Maksim verzog das Gesicht. »Der Hass auf ihn wächst von Tag zu Tag. Gerüchten zufolge ist er ein Agent der Deutschen.«

»Glaubst du das?«

»Nein. Aber es reicht, wenn das Volk es glaubt.«

Mascha lächelte. Sie setzte sich Maksim gegenüber und hob ihre Tasse zum Mund. Er betrachtete ihre Augen über dem Porzellanrand. Schmale, sehr dunkle Augen, dichte Wimpern, gerade Brauen. Augen, aus denen Leidenschaft sprach.

Sie merkte, dass er sie anschaute. »Warum«, fragte sie in ihrer direkten Art, »bist du mir nach Petrograd gefolgt?«

Er zögerte, die Wahrheit zu sagen, entschied sich aber doch dafür. »Weil ich dich liebe«, sagte er.

»Du solltest unsere Sache lieben«, entgegnete Mascha.

Maksim war nicht durcheinanderzubringen. »Sagen wir, ich liebe dich, weil du unsere Sache liebst«, korrigierte er sich.

Mascha lächelte ironisch. »Tatsächlich? Ich hoffe, es ist so.« Sie sah ihn mit derselben Aufmerksamkeit an, mit der er gerade noch sie betrachtet hatte, und dachte: Ich glaube nicht, dass er durchhält.

An seiner Überzeugung hatte sie nie gezweifelt, wohl aber von Anfang an an seiner Kraft, sie durchzusetzen. Sie war nicht sicher, ob er wusste, was auf ihn zukam und welche Konsequenzen sich für ihn daraus ergeben würden.

Revolutionen waren grausam, es hatte keine je gegeben, in der nicht gerade das Blut der Unschuldigen in Strömen geflossen wäre. Es gelang ihr nicht, sich Maksim vorzustellen, wie er auf Unbewaffnete schoss, auf Frauen, vielleicht sogar auf Kinder.

»Woran denkst du?«, hörte sie ihn fragen.

Sie tauchte aus ihren Gedanken auf. »Maksim«, sagte sie, »du weißt, für jeden von uns beiden muss es ein höheres Ziel geben als unser Glück, unsere Liebe, die Gesundheit des anderen und sogar sein Leben. Darüber habe ich gerade nachgedacht. Ich hoffe, dass das für dich kein Problem wird … eines Tages …«

Maksim erwiderte ihren forschenden Blick voller Gelassenheit. »Kein Problem. Wir wollen dasselbe, und wir werden alles dafür tun.«

Mascha nahm noch einen Schluck Kaffee, aber sie tat es nur, um die Augen niederschlagen und Maksim den Zweifel in ihrem Ausdruck verheimlichen zu können.

Was du tust, wird nicht genug sein, dachte sie.

Das Militärgericht hatte sein Urteil gefällt. Leopold Domberg war der Desertion für schuldig befunden und zum Tode verurteilt worden.

Nichts von allem, was der Richter gegen ihn vortrug, stritt er ab.

Er war wenige Kilometer südlich der belgischen Grenze aufgegriffen worden, und zwar ohne Uniform. Es war ihm daher zweifelsfrei zu unterstellen, dass er vorgehabt hatte, die Armee ohne Erlaubnis zu verlassen und nach Deutschland zurückzukehren, vermutlich in der Absicht, dort bis zum Kriegsende unterzutauchen. Man habe ihn außerdem in einer höchst verfänglichen Situation ertappt, auf einem Bauernhof nämlich, wo er mit dem dort ansässigen französischen Bauern Brüderschaft getrunken und die *Marseillaise* gesungen habe.

Hier neigte sich der Richter ungläubig vor. »Die Marseillaise? Ein deutscher Soldat?«

Leo entgegnete, er habe zwischendurch ebenfalls die Kaiserhymne gesungen, aber der Richter wisse wohl, dass es das Lied der französischen Revolution sei, das einem Mann das Blut rascher durch die Adern jage, wohingegen *»Heil dir im Siegerkranz«* eher für ein Begräbnis tauge.

Damit war natürlich alles verloren. Der Richter wurde blass, und Alex, der in seiner Aussage verzweifelt um Leos Integrität gekämpft hatte, stöhnte leise auf. Leo bewies ein zweifellos außergewöhnliches Geschick, seine schlechte Lage noch hoffnungsloser zu gestalten. Alex beobachtete ihn, während das Urteil verlesen wurde. Außer einer unnatürlichen Blässe verriet ihn keine Regung. Er sah nicht anders aus, als er immer ausgesehen hatte, wenn ihm der Schnaps knapp wurde und der Alltag kein Feuerwerk, keine Luftballons und keine Papierrosen bereithielt: grau, müde, die breiten Schultern nach vorn gebeugt, die schweren Lider wie in melancholischer Schläfrigkeit halb über die Augen gezogen. Er vermittelte fast den Eindruck, als wüsste er kaum, was eigentlich geschah.

»Hör mal, Leo, gibt es irgendetwas, was ich für dich tun kann?«, fragte Alex ihn nach der Verhandlung, als es ihm möglich war, ein paar Worte mit ihm zu wechseln.

Leo schüttelte den Kopf. »Du hast schon viel für mich getan – Herr Major! Es hätte leicht auch deinen Kopf kosten können.«

»Ich fürchte, mein Kopf überlebt auch noch einen Weltuntergang«, sagte Alex. Ernst fügte er hinzu: »Das alles ist ein gottverdammtes Pech. Du hattest von Anfang an fast keine Chance, aber ich hätte es dir so sehr gewünscht! Ich wünschte, ich könnte jetzt etwas für dich tun. Wenn ich wenigstens eine Zigarette für dich hätte!«

»Das wäre schön«, meinte Leo sehnsüchtig. Mit einer

überraschend vitalen Ironie in der Stimme sagte er: »Wie gut, dass mein armer Vater das nicht mehr erleben muss. Das Herz hätte es ihm gebrochen!«

»Er war sehr streng, nicht?«

»Oh ja. Und er hat mir immer prophezeit, dass es mit mir ein schlimmes Ende nehmen würde. Allerdings schwebte ihm wohl eher vor, ich würde dereinst mein Leben bei einer Messerstecherei in einer marokkanischen Bar lassen müssen oder in den Armen einer Hure meine versoffene Seele aushauchen. Wäre mir übrigens weitaus lieber gewesen als das, was mich nun erwartet!« Er seufzte tief. »Die arme Sara! Ich hoffe, sie macht sich keine Vorwürfe!«

»Sie hat ihren Dienst im Lazarett gekündigt. Sie will nach Berlin zurück.«

»Sie hat so viel Gutes …« Leo hing seinen Gedanken nach. Dann, unvermittelt, fuhr er fort: »Ich habe eine Scheißangst. Ich habe mein Leben lang Angst vor dem Sterben gehabt. Nicht vor dem Tod, aber vor dem Moment des Sterbens. Ich fürchte mich vor Schmerzen. Was meinst du, wie ist es, wenn sie einen erschießen? Glaubst du, es tut weh? Vielleicht krampft sich das Herz zusammen, vielleicht kämpft es, versucht zu schlagen, während schon das Blut aus dem Körper rinnt. Ob ich Luft kriegen werde? Davor habe ich am meisten Angst, dass es wie Ersticken sein könnte. Alex, glaubst du …«

»Ich weiß es nicht! Herrgott noch mal, ich weiß es nicht!« An den Blicken der Wachsoldaten erst merkte Alex, dass er zu laut gesprochen, vielleicht sogar geschrien hatte. Seine Hände zitterten. Er konnte nicht mehr, es reichte ihm. Irgendwo musste er noch eine Schnapsflasche haben. Das war das einzige Mittel, mit dem Leben fertigzuwerden. »Die treueste Geliebte«, hatte er früher oft vom Alkohol gesagt,

»sie lässt einen Mann nie im Stich.« Seit drei Tagen hatte er sie nicht mehr angerührt.

Weiß Gott, es wurde höchste Zeit!

4

»Seine Majestät, der Zar Nikolaus II., Ihre Hoheiten, die Großfürstinnen Olga, Tatjana, Maria und Anastasia!« Die Stimme des Türstehers zog die Augen aller Anwesenden wie magisch zur Tür. Die Herren verbeugten sich, die Damen versanken im tiefen Hofknicks. Felicia, im grünen Seidenkleid von Tante Belle, knickste ebenfalls, schlug aber nicht die Wimpern nieder, sondern betrachtete die Ankommenden genau.

Wie aufregend, dachte sie, das also ist der Zar von Russland!

Sie sah ein schmales, melancholisches Gesicht, schläfrige Augen, abfallende Schultern. Einen Moment lang begegnete ihr Blick dem des Zaren; sie lächelte unwillkürlich. Sie fand ihn nicht unsympathisch, eher ein wenig bemitleidenswert. Ein Mann, der Angst hatte um seinen Thron, vielleicht auch um seine Familie …

Die vier Großfürstinnen waren sehr hübsch. Maria und Anastasia, die beiden Jüngsten, trugen die langen Haare offen und flüsterten kichernd miteinander. Sie schienen sich bei dem kleinen Weihnachtsempfang ihres Vaters im Winterpalast hervorragend zu amüsieren. Olga und Tatjana blickten ernster drein. Sie sprachen niemanden an, beobachteten stumm die Tanzenden, besonders die Offiziere des Zaren.

Als der Champagner gereicht wurde, gingen die Wogen bereits hoch. »Die Zarin ist nicht dabei. Ich habe es gewusst, ich habe genau gewusst, dass sie nicht kommen würde!«

»Sie sollte in der Lage sein, sich mehr zusammenzunehmen.«

»Es ist wegen Rasputin. Sie soll schwermütig sein, seitdem man ihn ermordet hat.«

»Sie war immer schwermütig. Ob Rasputin wirklich mit ihr und ihren Töchtern …«

»Pst!«

Rasputin, Rasputin, Rasputin. Und: Pst, pst, pst! Mehr konnte Felicia aus dem Stimmengewirr um sie herum nicht ausmachen, dazu verstand sie viel zu wenig russisch. Aber allein schon die geheimnisvollen Mienen der Gäste, die vielen Kerzen, die fallenden Flocken vor den Fenstern reizten alle ihre Sinne. Eine fremde, dunkle Welt, dieses Russland. Sie war in Petrograd. Sie war im Schloss des Zaren. Sie trug ein Kleid aus Seide und trank Champagner. Sie hatte das Lager überlebt!

»Fürst Jusupow soll mit der Ermordung des Starek zu tun haben. Glauben Sie, das stimmt?«

»Meine Liebe, da können Sie absolut sicher sein. Es soll übrigens viele Stunden gedauert haben, ehe Rasputin tot war …«

»Pst!«

Beim Tanzen kam Felicia einmal dicht am Zaren vorbei, der sich mit einigen seiner Offiziere, darunter auch Onkel Julius, unterhielt. Wieder kreuzten sich ihre Blicke. Und wieder schoss Felicia jene Prophezeiung Rasputins durch den Kopf, über die in den letzten Tagen überall geredet wurde: Sei er erst einmal tot, werde es nicht lange dauern, bis das Ende des Zaren herankäme.

»Der Thronfolger ist auch nicht hier. Seine Majestät bringt ihn sonst immer mit.«

»Er wird wieder krank sein.«

»Es ist schon nicht leicht, was diese Familie zu tragen hat.«

Felicia beschloss, eine Tanzpause zu machen. Sie sah sich nach Kat um. Dort hinten saß sie, ganz allein, und sie schien sehr erschöpft. Der Typhus hatte ihre letzten Kraftreserven aufgezehrt. Tante Belle sorgte unermüdlich für sie, Dr. Luchanow, der grauhaarige freundliche Hausarzt der Familie, kam beinahe täglich, um nach ihr zu sehen, doch ihre schmalen Wangen nahmen keine Farbe an, ihre Augen blickten glanzlos. Es schien ihr fast gleichgültig, dass Julius von Bergstrom es tatsächlich geschafft hatte, sie beide nach Petrograd kommen zu lassen. Felicia ärgerte sich darüber. Sie dachte daran zurück, wie sie im Lager für Kat Butter und Brot gestohlen, ihr ein eigenes Bett erkämpft und Tag und Nacht an ihrer Seite gewacht hatte. Sie hatte ihre Schuldigkeit getan. Oh, bis sie diesen schmierigen kleinen Wachbeamten so weit hatte, dass er ihren Brief mit hinausnahm! Schaudernd erinnerte sie sich an seine feuchten Lippen auf ihrem Gesicht, an seine fetten Finger im Ausschnitt ihres Kleides. Dem Typhus sei es gedankt, dass er aus Angst vor der Krankheit nicht mehr forderte als ein paar schnelle Küsse. Immerhin, es hatte sich gelohnt. Sie waren frei und in Sicherheit. Kat sollte dankbar sein.

Sie drängte sich durch das Menschengewühl zu der Schwägerin hin und setzte sich neben sie. »Ist es nicht unglaublich aufregend hier?«, fragte sie. »Wir tanzen im Schloss des Zaren von Russland! Mach doch ein fröhliches Gesicht!«

»Aber Felicia!« Kats übergroße, trübe Augen waren von Furcht erfüllt. »Merkst du denn nicht, was hier los ist? Die

Leute haben Angst. Sie spüren, dass ihnen der Boden unter den Füßen weggerissen wird.«

Felicia sah sie lange an, lauschte dann in den Saal hinein. Sie wusste, Kat hatte recht. Zwischen Walzerklängen und Gelächter lauerte die Angst. Hier und da fielen deutsche Worte, Satzfetzen drangen an Felicias Ohr.

»Die Frage ist doch, kann der Zar noch auf seine Armee zählen?«

»Er kann nicht mal mehr auf seine höchsten Offiziere hoffen, meiner Ansicht nach.«

»Verstehst du, was ich meine?«, fragte Kat.

Felicia nickte. »Ja. Irgendwie … bricht hier ein Feuer aus. Und wir geraten mitten hinein!«

»Sollten wir nicht gleich versuchen, nach Deutschland zurückzukehren?«

»Das ist zu gefährlich«, widersprach Felicia. Sie mochte nichts davon sagen, dass irgendetwas sie bewog, in Petrograd zu bleiben. Sie gab nicht viel auf solche Gefühle, und es wäre ihr lächerlich erschienen, darüber zu sprechen, aber etwas ließ sie den Entschluss, nach Hause zu fahren, vor sich herschieben. Sie mochte noch nicht zurück, es gab eine Unruhe in ihr, die danach verlangte, gerade dortzubleiben, wo Leben und Schicksal am turbulentesten zu werden versprachen.

»Wo ist eigentlich Tante Belle?«, fragte sie, um das Thema zu wechseln.

Beide Mädchen sahen sich um, doch Belle schien verschwunden. Sie machten sich auf die Suche und fanden sie schließlich im Treppenhaus, wo sie in einer Fensternische an die Wand gekauert stand und in ihr Taschentuch hustete. Sie sah sehr blass aus, die Schminke verbarg nicht die Schatten unter den Augen.

»Tante Belle, was machst du denn hier?«, rief Felicia erschrocken.

Belle hob den Kopf. »Ach Kinder, geht doch in den Saal zurück. Ich bin schon in Ordnung!«

»Du siehst aber gar nicht gut aus. Und du hustest!«

Ein reißendes Röcheln klang aus Tante Belles Brust. Sie presste das Taschentuch gegen den Mund und wartete zusammengekrümmt, dass der Anfall vorüberginge. »Es ist wirklich nichts. Eine verschleppte Erkältung. Geht doch und amüsiert euch!«

Sie sah den Mädchen nach, wie sie zum Saal zurückliefen. Die Säume ihrer Kleider raschelten über den Boden. Belle atmete tief. Lieber Gott, dachte sie, lass mich nicht wirklich krank werden!

Irgendwo, wohl in einer der anderen Fensternischen, unterhielten sich leise zwei Männer. »Die Front bricht auseinander. Täglich desertieren Tausende. Es sollen auch wieder Offiziere ermordet worden sein.«

»Der Zar sollte seine Familie aus Russland hinausbringen. Die Erde hier wird zu heiß.«

»Ich fürchte, er begreift den Ernst der Lage nicht.«

»Das hat er mit den meisten Fürsten dieser Erde gemeinsam. Wenn der eigene Thron zu wackeln beginnt, stellen sie sich blind und taub …«

Die Stimmen sprachen weiter, aber vor Belles Ohren verrauschten sie. Aus fiebrigen Augen betrachtete sie den Mosaikfußboden, die stuckverzierten Wände, und es kam ihr vor, als löste sich alles auf, als verlören Formen und Farben ihre Umrisse, als reichten ihr elender Körper, die schwankende Halle, die Worte von Umsturz und Revolution einander die Hände.

Julius braucht mich, dachte sie wütend und verzweifelt,

Julius braucht mich, und ich stehe hier, und das Blut bricht mir aus der Lunge!

Langsam ließ sie sich auf der marmornen Fensterbank nieder. Noch ein paar Minuten. Gleich konnte sie sich wieder unter die Leute mischen. Die Anfälle folgten dichter aufeinander in der letzten Zeit, aber noch fand sie dazwischen die Kraft, ihr Kranksein vor den Augen anderer zu verbergen. Aus dem Saal klang Musik; mit geschlossenen Augen lauschte sie darauf und wartete, dass das Leben in ihren Körper zurückkehrte.

Die Revolution begann, mächtig wie ein gewaltiger Feuerbrand, unaufhaltsam wie ein großer Strom, der seine Dämme überflutet. Die rote Fahne wehte zuerst in Petrograd, zwei Tage später in Moskau, und dann erfasste der Sturm das ganze Zarenreich und hob es aus seinen jahrhundertealten Grundfesten. Am 18. Februar 1917 gab es kein Brot mehr in Petrograd. Die Schaufensterscheiben der Bäckereien gingen zu Bruch, Geschäfte wurden geplündert. An allen Ecken und Plätzen schlossen sich Demonstranten zusammen.

Am 23. Februar fanden Kundgebungen auf den großen Straßen der Stadt, dem Samsonewskij-Prospekt und dem Vyborgkai statt. Die Arbeiter der Putilow-Werke traten in den Streik. Am 24. Februar kam es in den bevölkerungsreichsten Vierteln der Stadt, in Petrogradskaja Storona und Wasilewski Ostrow zu blutigen Unruhen. Die Brücken über die Neva wurden von bewaffneten Patrouillen bewacht. In jeder Fabrik Petrograds wurde gestreikt.

Am 25. Februar wurde der Generalstreik ausgerufen. Es kam zu mörderischen Zusammenstößen zwischen Polizei und Demonstranten.

Der Justizpalast ging in Flammen auf. Am 27. Februar erfolgte die Übergabe der meisten Kasernen an die Revolutionäre. Die Soldaten verteilten Waffen und Munition an das Volk.

Am 28. Februar verließ das Pawlowskij-Regiment, das berühmteste der Kaiserlichen Garde, sein Quartier und zog zum Winterpalast.

Kurz darauf wehte von dessen Zinnen die rote Fahne. Seit diesem Tag, seit dem Nachmittag des 28. Februar 1917, hatte die Kaiserliche Regierung in Petrograd aufgehört zu existieren. Es gab sie nicht mehr. Die Stadt war in den Händen der Revolutionäre.

Der 27. Februar war der Tag, an dem die Unruhen ihren Höhepunkt erreichten. Es war der Tag, an dem Polizeireviere und Gefängnisse brannten und der graue Winterhimmel über Petrograd voller Rauch war. Es gab kaum eine Straße mehr, in der keine Kundgebungen stattfanden, in der keine Fensterscheiben eingeschlagen, Geschäfte geplündert, Häuser besetzt wurden, um Gegner aufzuspüren. Die Polizei, einst korrupt und grausam und die meistgefürchtete Macht im Staat, war nicht länger Jäger, sondern wurde selber gejagt. Die Polizisten fanden keine Unterstützung, nicht bei der Armee und nicht bei den Kosaken, die sich weigerten, auf die Menge zu schießen, und sich unerwarteterweise mit den Revolutionären solidarisierten.

Die Polizisten suchten Zuflucht in wildfremden Häusern, denn gerieten sie in die Hände der aufgeputschten Menge, drohte ihnen ein grausamer Tod: Sie wurden mit Bajonetten erstochen, von Gewehrkugeln durchsiebt, im Fluss ertränkt, in dunklen Hinterhöfen erhängt, niedergetrampelt oder einfach zerrissen. Im ganzen Land gab es keine Institution, die so verhasst war wie die Polizei.

Mascha war dort, wo das Inferno am heftigsten tobte. Sie hatte sich einen schreiend roten Schal nach Piratenart um den Kopf gebunden, darunter wehten ihre langen Haare. Sie trug ihr altes braunes Kleid mit den vielen Flicken und sah aus, als wäre sie leibhaftig der französischen Revolution entstiegen. Sie hätte eine von den Frauen sein können, die mit einem fiebrigen Funkeln in den Augen die Karren begleiteten, die von den Gefängnissen zur Guillotine rollten.

Sie hatte eine Pistole ergattert und schoss einen Polizisten nieder. Er hatte versucht, ein Haus zu verlassen, das von Demonstranten gestürmt worden war, aber zu seinem Unglück stand Mascha vor der Tür. Kaltblütig hob sie die Waffe und schoss. Der Mann starrte sie an, machte ein paar taumelnde Schritte auf sie zu und brach im schmutzigen Schneematsch der Straße zusammen.

Von drinnen erklang lautes Geschrei. »Da ist noch ein Schwein!«, rief ein Mann, und die hysterischen Schreie einiger Dutzend Frauen antworteten: »Haltet ihn fest!«

Jetzt rennt er um sein Leben, dachte Mascha. Aus schmalen kalten Augen beobachtete sie das Haus. Von irgendwoher krachten Schüsse, Schreie hallten durch die Luft. Hundert Feuer brannten in der Stadt.

Der Polizist hatte ein Fenster im zweiten Stock erreicht, und er saß in der Falle. Hinter ihm die tobende Menge, vor ihm der Abgrund. Mascha ging es durch den Kopf: ein Folterknecht am Rande des Todes. Wie armselig werden sie in ihrer Angst! Er wählte den Freitod. Er sprang auf die Straße und blieb in einer seltsam verrenkten Stellung liegen. Er stöhnte leise. Es kostete ihn noch volle fünf Minuten, ehe er sterben konnte. Mascha stand neben ihm. Gelassen betrachtete sie seine letzten Zuckungen. Vor ihren Augen starb kein einzelner Mann, es war ein ganzes System, das sich dort zu ihren Füßen im Todeskampf wand.

Sie sah sich um. Nein, von Maksim keine Spur mehr. Er war mit ihr hierhergezogen, hatte sich aber dann einer Gruppe angeschlossen, die den Justizpalast besetzen wollte. Er hoffte, die Unterlagen über Verhaftungen und Prozesse der letzten Jahre in die Hände zu bekommen. Mascha lächelte. Maksim schwebte ein geordneter Umsturz vor. Die Verbrecher des alten Regimes sollten anhand sorgfältig erstellter Beweise überführt und abgeurteilt werden. Kein Morden, kein Brennen. Ein sauberer Untergang des alten Reiches, eine saubere Errichtung des neuen Systems. Er hatte noch nicht begriffen, dass sich die Revolution vom Blut nährt und es braucht, um sich zu erhalten.

Das Krachen des Schusses klang fern, so fern, dass sie es erst gar nicht auf sich bezog. Der brennende Schmerz, der gleich darauf ihr Bein zerschnitt, verwunderte sie. Blut durchtränkte ihr Kleid. Sie war in die Knie gesunken, ohne es bemerkt zu haben. Langsam begriff sie: Es war ihr Blut, das klebrig ihr Bein hinunterrann.

Sie hob den Kopf. Oh, zum Teufel mit dem grinsenden Bastard, der dort breitbeinig vor ihr stand, in schweren schwarzen Stiefeln. Ein gottverdammter Polizist. Er hatte auf sie geschossen, und jetzt sah er zu, wie ihr Blut in den Schnee sickerte. Allerdings – er grinste nicht. Darin hatte sie sich getäuscht. Sein Gesicht war nur verzerrt, vor Angst, vor Hass, vor Erschöpfung. Mascha hob ihre Pistole, von deren Vorhandensein der andere bislang nichts bemerkt hatte, und schoss. Sie hatte immer schon gut gezielt. Sie traf ihn mitten ins Herz, und er kippte um wie ein Stück Holz.

Nur fort von der Straße. Bliebe sie hier liegen, würde sie irgendwann totgetrampelt, von Genossen oder von Gegnern. Die Stadt raste. Allzu lange würde keiner mehr feine Unterscheidungen machen. Sie schleppte sich auf allen vieren den Rinnstein entlang. Dort, in diesem Haus, stand die Tür offen, die Menge hatte es heute früh geplündert. Eine ehemalige Bäckerei oder … sie wusste es nicht mehr …

Sie wusste nur, sie verlor Blut, viel zu viel Blut! Diese tiefrote Spur hinter ihr … Vor ihren Augen drehte sich alles. Wer hatte das gesagt, mit dem alten Mann und dem vielen Blut? Shakespeare …

»Mascha spielt die Lady Macbeth!« Erinnerungen an die Schulzeit, an Theaterproben im Englischunterricht. Mascha, das Mädchen mit dem Blut an den Händen. Die Universität, Mascha in weißer Spitzenbluse, die Haare aufgesteckt. »Wir verlangen, dass Sie Frauen zu Ihren Seminaren zulassen, Herr Professor. Wir sind ordnungsgemäß immatrikulierte Studentinnen dieser Universität.«

»Hören Sie sich diese Suffragette an, meine Herren! Ist es in Ihrem Sinn, dass unsere Vorlesungen auf ein Niveau gesenkt werden, das der Denkungsart dieser Damen entspricht? Bedenken Sie sich wohl! Zum Ausgleich würde sich Ihnen hier und da ein ganz reizvoller Anblick bieten …«

Die Frauenbewegung und der Kampf des Proletariats … Und nun kroch sie hier durch die Straßen von Petrograd und verblutete! Es war folgerichtig, es war konsequent, es war erhebend. Aber sie wollte leben! Sie erreichte die offene Tür und kroch in das verwüstete Innere des Hauses.

Der Morgen desselben Tages begann im Hause der Bergstroms mit einer Katastrophe. Julius war bereits in die Kaserne gefahren, und die übrige Familie saß noch beim Frühstück – das heißt, sie saßen um den Tisch, doch es gab nichts zu essen, weil die Vorräte verbraucht waren und niemand mehr in der Stadt Brot, Butter oder Milch hatte auftreiben können. Die knurrenden Mägen wurden mit einem dünnen Kaffee-Ersatz beruhigt. Der Morgen war noch dunkel, und nur eine Petroleumlampe brannte, die Elektrizitätswerke streikten bereits.

Gegen zehn Uhr betrat Olga, das Kindermädchen aus Kasachstan, mit vor Nervosität roten Wangen das Zimmer und erklärte in einer Mischung aus Russisch und Deutsch, sie könne die kleine Nicola nirgends finden, sie habe bereits alles durchsucht, keinen Winkel des Hauses ausgelassen, und sie hege die Befürchtung, die Kleine sei auf die Straße hinausgelaufen, wahrscheinlich in einer Verkennung der Umstände, da sie wohl das pausenlose Krachen der Gewehrsalven für ein Feuerwerk gehalten habe, und Madame wisse wohl, dass Nicola ganz verrückt sei nach Abenteuern, und außerdem …

Hier hielt Olga Atem holend inne. Was Belle jetzt tat, hatte sie sich ihren Untergebenen gegenüber noch nie erlaubt. Sie stand auf, trat auf Olga zu und schlug ihr mit aller Kraft ins Gesicht.

»Du hattest keine andere Aufgabe als die, auf mein Kind aufzupassen«, sagte sie, »du bist eine faule, nachlässige Schlampe. Du kannst gehen und brauchst nie wiederzukommen!«

Olgas Augen flammten. »Diese Sitten sind auch bald vorbei«, sagte sie, ehe sie das Zimmer verließ. Nina eilte hinter ihr her. Draußen hörte man beide Mädchen eifrig miteinander reden. Belle fasste sich mit beiden Händen an die Schläfen. »Ich … muss sofort losgehen und sie suchen«, sagte sie wie zu sich selbst, »wo kann sie hingelaufen sein? Diese Unmenschen werden doch einem Kind nichts tun …«

Felicia und Kat hielten sie jede an einer Seite fest.

»Tante Belle, du kannst jetzt nicht auf die Straße gehen«,

rief Felicia, »hör doch, wie sie überall schießen! Es ist viel zu gefährlich!«

»Meine Nicola ist da draußen!«

»Wir werden Sie begleiten, Madame«, sagte Kat, »auf keinen Fall lassen wir Sie allein gehen.«

Felicia starrte sie an. Wirklich, Kat hatte manchmal ihre fünf Sinne nicht beisammen. Wie konnte sie einen so absurden Vorschlag machen?

»Würdet ihr das wirklich tun?«, fragte Belle. »Aber bitte – kein deutsches Wort! Versprecht es mir. Man ist auf die Deutschen hier nicht gut zu sprechen.«

Die drei Frauen zogen ihre Mäntel an und stülpten ihre Pelzmützen auf den Kopf. Felicia wusste, dass sie sich nicht gut ausschließen konnte. Sie folgte den anderen hinaus auf die Straße.

Die Luft war kalt und trocken, der Schnee knirschte unter den Füßen. Die Straße lag seltsam ausgestorben, auch das Klingeln der Straßenbahn fehlte, die sonst hier vorbeifuhr.

Viele Menschen hatten sich verbarrikadiert, andere waren aufs Land geflohen. Das Knattern der Gewehre klang beängstigend laut durch die Stille.

Eine Polizeipatrouille hatte die Brücke über die Newa abgeriegelt. Belle fragte jeden einzelnen Mann nach Nicola, aber keiner konnte ihr etwas sagen. Es waren viele Menschen hier vorbeigekommen in den letzten Stunden, sicher auch Kinder, aber »Im Übrigen, Madame, hätte ich an Ihrer Stelle dafür gesorgt, dass mein Kind überhaupt nicht erst auf die Straße gerät – in solchen Zeiten!«.

Olga ist wirklich eine Schlampe, dachte Felicia erbittert. Sie hüllte sich fester in ihren Mantel und hauchte in ihre Hände. Sie hatte die Handschuhe vergessen, und es war sehr kalt heute.

In der Ferne sahen sie einen Zug von Demonstranten. Rote Fahnen, wohin man nur blickte. Entschlossen schlug Belle diese Richtung ein. »Sie ist immer Menschen nachgelaufen«, erklärte sie, »wahrscheinlich ist sie mittendrin.«

»Als ob es nicht Wahnsinn wäre, in einer Stadt wie dieser ein Kind zu suchen«, murmelte Felicia. Neben ihnen schlug ein Pflasterstein auf dem Boden auf. »Das ist die Frau von Oberstleutnant von Bergstrom!«, keifte eine Frau. »Sie ist eine Deutsche! Eine Spionin! Eine Verräterin!«

Belle streifte das Gesicht der anderen voller Gleichgültigkeit. »Proletariat«, sagte sie geringschätzig. Dann fügte sie hinzu: »Haben Sie vielleicht mein Kind gesehen? Ein kleines, schwarzhaariges Mädchen, neun Jahre alt!«

Die Frau warf den Kopf zurück und lachte schallend. Sie konnte sich kaum mehr beruhigen, schien dicht vor einem hysterischen Anfall zu stehen. Felicia betrachtete sie voller Grauen. War dies das Gesicht der Revolution? In ihrer naiven Vorstellung hatte einer Revolution immer etwas Romantisches angehaftet, aber nun … mehr und mehr schien alles einem Albtraum zu gleichen.

Sie vernahmen ein lautes Krachen von weit her, und plötzlich schlugen über der Stadt Flammen und Rauch in den Himmel.

»Oh Gott, was ist das?«, schrie Kat entsetzt. Die Demonstranten, die sie aus der Ferne gesehen hatten, stürmten auf die Brücke zu. Sie schrien etwas, das Felicia nicht verstand. »Was rufen sie, Tante Belle?«

»Der Justizpalast brennt. Das Feuer da, das ist der Justizpalast. Lieber Gott, Nicola!« Belle schrie den Namen ihrer Tochter wieder und wieder. Ein Polizist umklammerte ihren Arm. »Sie sollten schleunigst fort von hier, Madame. Es kracht gleich ganz furchtbar!«

Die Demonstranten hatten die Brücke erreicht. Steine flogen, ein Schuss fiel. Felicia fühlte sich von der Wucht der heranwogenden Menge zur Seite gerissen und gegen das Brückengeländer gepresst. Gütiger Himmel, die bringen mich um, schoss es ihr durch den Kopf. Tief unter ihr glitzerten bläulich die Eisschollen auf dem Fluss. Mit beiden Händen umklammerte sie das Geländer, während sie weit vornübergeneigt nach Luft schnappte. Wenn diese Bande, diese gottverdammte Bande, sie noch mehr drückte, dann würde sie stürzen. Merkte denn niemand, dass sie gleich fiel? Wo waren Belle und Kat geblieben?

Heilige Maria, es ist ein Albtraum! Lass es nicht mehr sein als ein Traum. Lass mich aufwachen, daheim in Lulinn. Sie hörte ihren eigenen Schrei, ehe sie die Besinnung verlor und zu Boden fiel – nicht in die tödlich kalten Wellen der Newa, sondern auf den festen Stein der alten Brücke.

Maksim warf einen letzten Blick auf die Flammen, dann wandte er sich ab. Der Justizpalast glich einem Scheiterhaufen, es war zwecklos, darauf zu hoffen, Unterlagen aus den Flammen retten zu können. Offenbar interessierte sich auch niemand dafür. Der Feuerschein beleuchtete rußgeschwärzte Gesichter. Ein Symbol brannte bis auf seine Grundmauern nieder … das Symbol eines Regimes, einer Justiz, die allzu lange Furcht und Angst verbreitet, allzu viele Andersdenkende in dunkle Kerker, Folterkammern und in die Eiswüste Sibiriens verbannt hatte.

Die Menschen wollen Rache, dachte Maksim, Rache, weit mehr als Gerechtigkeit.

Er fühlte sich erschöpft, und zum ersten Mal fragte er sich, ob er durchhalten würde.

In Gedanken versunken ging er durch die Straßen. Die

Menschen, die ihm entgegenkamen, nahm er kaum wahr. Und dann plötzlich sah er ein Gesicht, das er unter Tausenden erkannt hätte – Felicia. Jeden anderen Menschen hätte er eher in den Straßen von Petrograd zu sehen erwartet als sie. Das kam ihm so unwahrscheinlich vor, dass er sekundenlang glaubte, er habe ein Trugbild vor sich oder falle einer Täuschung zum Opfer. Zwischen den tobenden Menschenmassen, den brüllenden Demonstranten, den panischen Polizisten, den unschlüssigen Kosaken, kam ein junges Mädchen auf ihn zu, eingehüllt in einen schwarzen Pelz, ein blasses Gesicht, umgeben von einer Kaskade dunkelbraunen Haares. Er konnte es nicht fassen. In der brodelnden, überfüllten Stadt trieben sie aufeinander zu, als wären sie in Wahrheit Besucher einer einsamen Insel, die sich bei ihren Spaziergängen am menschenleeren Palmenstrand notwendigerweise irgendwann einmal begegnen mussten. Beide sahen sie einander im selben Moment und blieben voreinander stehen.

»Maksim!«

»Felicia!«

Instinktiv griff er nach ihrem Arm und zog sie ein paar Schritte zur Seite, in den Schutz eines Hauseinganges. »Felicia, was um alles in der Welt tust du denn hier?«

»Ich suche meine Cousine. Sie ist …«

Er musste lachen. Mit einer Naivität, die er an ihr sonst nicht kannte und die wohl eine Nachwirkung gerade erst überstandener Schrecken war, hatte sie seine Frage zu wörtlich genommen. »Nein, ich meine, wie kommst du nach Petrograd? Ich dachte, du seist noch in München!«

»Oh … das ist eine lange Geschichte … Ich war als Schwester an der Front in Galizien, und wir wurden während der Brussilow-Offensive gefangen genommen. Meine Tante Belle holte mich aus dem Lager hierher, wir hatten

Typhus dort, und … ach, und mein Vater wurde erschossen, von einem russischen Soldaten, irgendwo da unten in der Bukowina, an einem glühend heißen Tag …«

»Armes Kind«, sagte Maksim sanft. Der Klang seiner Stimme rief sie zurück aus ihrer Verstörtheit.

»Und was tust du hier?«, fragte sie.

Er lächelte. »Ich mache Revolution. Ich habe eigentlich gar keine Zeit, hier zu stehen und mich mit dir zu unterhalten.«

»Aber du kannst jetzt nicht einfach fortgehen, Maksim. Ich habe mich verlaufen. Wir sind in eine Demonstration geraten, und fast hätten sie mich ins Wasser geworfen. Ich bin ohnmächtig geworden. Als ich aufwachte, konnte ich Tante Belle und Kat nicht mehr finden.«

Dicht neben ihnen fiel ein Schuss. Felicia schrie auf. Unwillkürlich zog Maksim sie in seine Arme. An seine Brust gepresst atmete sie einen tröstlich vertrauten Geruch. Zigaretten – ja, Maksim hatte immer nach Zigaretten gerochen. Aber dann schlug sie seinen Mantel auseinander und trat einen Schritt zurück, starrte auf die Halterung um seinen Leib, in der er eine Pistole trug. »Maksim …«

Er war ihrem Blick gefolgt. »Was erschreckt dich so? Als Soldat trug ich auch Waffen, aber davon wurdest du nicht blass!«

»Das war Krieg!«

»Das hier ist auch Krieg. Und da haben kleine Mädchen weiß Gott nichts verloren. Ich bringe dich jetzt zu deiner Tante Belle.«

»Ich bin kein kleines Mädchen!«

Er betrachtete sie von Kopf bis Fuß. »Für mich schon. Also, wo wohnt Tante Belle?«

Mit verhaltener Wut in der Stimme nannte sie die Adresse. Maksim hob resigniert die Hände. »Das ist am anderen Ende der Stadt. Da kommen wir jetzt nicht durch. Die Brücken sind alle gesperrt. Ich fürchte, bis heute Abend musst du in unserer Wohnung bleiben.«

»Unserer …?«

»Meine und Maschas.« Absichtlich hatte seine Stimme einen brutalen Klang, als er das sagte.

Felicia wurde blass. »Vielen Dank. Dann irre ich lieber weiter durch die Straßen.«

»Unsinn. Das wäre Selbstmord. Du bist deutsch, und die bourgeoise Abstammung sieht man dir auf zwanzig Schritt Entfernung an. Also hab dich jetzt nicht so!« Er packte grob ihren Arm. Während sie durch die Straßen eilten, fragte er sich wieder und wieder, womit er diese Situation verdient hatte.

Das hier, dachte Mascha, ist sicherlich das absurdeste und verrückteste Zusammentreffen von Zufällen, das es je gegeben hat.

Maksim und Felicia und ich inmitten der russischen Revolution! Sie wusste nicht mehr sicher, wie sie in ihre Wohnung, in ihren Keller gelangt war. Nicht allein jedenfalls. Genossen hatten sie gefunden, als sie in der geplünderten Bäckerei in ihrem Blut lag, hatten sie aufgehoben und nach Hause gebracht, halb gestützt und halb getragen.

»Du brauchst einen Arzt, Mascha«, sagte der bärtige Student, der ihr Bein untersucht und notdürftig abgebunden hatte, »die Kugel muss raus.«

»Kannst du das nicht machen, Ilja?«

»Erstes Semester Medizin, ich hab praktisch keine Ahnung. Und kein Gramm Chloroform.«

Maksim und Felicia kamen an, als die anderen gerade losgezogen waren, einen Arzt zu suchen.

»Ach nein«, sagte Mascha, als sie Felicia erblickte, »wo kommt denn die jetzt her?«

Maksim kniete neben ihr nieder. Vorsichtig streifte er ihr blutiges Kleid in die Höhe und betrachtete die Verletzung. Felicia schluckte. Die Wunde sah scheußlich aus.

»Eine Polizistenkugel«, erläuterte Mascha, »ich dachte wirklich schon, meine letzte Stunde sei gekommen.« Ihr Blick streifte wieder die blasse Felicia in ihrem schönen Pelzmantel. »Maksim, sag doch, wo hast du sie aufgelesen?«

»Ich wohne zurzeit bei Verwandten in Petrograd«, sagte Felicia, und ihre Stimme klang etwas von oben herab, »und ich hatte mich in der Stadt verlaufen. Glücklicherweise traf ich auf Maksim.«

»Das ist wirklich Glück. Sagen Sie, hat Ihnen Ihr Kindermädchen nie beigebracht, dass eine junge Dame nicht allein durch eine fremde Stadt läuft?«

»Vielleicht hätte Ihr Kindermädchen das Ihnen beibringen sollen. Ich kann immerhin noch auf eigenen Füßen stehen!«, schoss Felicia zurück. Sie wickelte den Mantel fester um sich und setzte sich auf einen Stuhl. Angewidert sah sie sich in dem dunklen Keller um. Dass Maksim so armselig hausen musste! Es sah Mascha ähnlich, dass sie ihm das zumutete. Felicia betrachtete sie und stellte mit einer gewissen Zufriedenheit fest, dass sie sehr unvorteilhaft aussah. Die Schmerzen verzerrten ihr Gesicht, ihre Lippen waren rau und aufgesprungen, die Brauen hoben sich schwarz und streng von ihrer gelblichen Haut ab. Allerdings schien Maksim das gar nicht zu bemerken. Er betrachtete sie angstvoll und hatte einen Ausdruck in den Augen … Himmel! Felicia erhob sich brüsk. In seinem Blick lag zu viel, worüber sie nicht nachdenken mochte.

Nach einer Weile erschienen zwei Genossen, einen Arzt

im Schlepptau. Alle sprachen auf einmal russisch miteinander, sodass Felicia kein Wort verstand … Der bärtige Student sah zu ihr hinüber und stellte dann Maksim eine Frage, die der kurz und desinteressiert beantwortete. Felicia wusste, dass sie provokant wirkte, aber das hätte sie überhaupt nicht gestört, wäre nicht Maksim auf Seiten der anderen gewesen.

Nie hatte sie die tiefe Kluft zwischen sich und ihm stärker gespürt. Sie sehnte sich nach Hause und kämpfte mit den Tränen.

Alle scharten sich um Maschas Lager. Der Raum roch durchdringend nach Chloroform. Sie hatten ihr einen Lappen mit dem Betäubungsmittel über den Mund gelegt, und der Arzt begann, die Kugel herauszuschneiden. Felicia starrte angelegentlich durch den schmalen Fensterspalt, der direkt unter der Decke lag und den Blick auf das Pflaster der Straße freigab. Ihr war immer übel geworden von Chloroform, schon im Lazarett. Damals hatte sie sich keinerlei Mühe gegeben, ihre Schwäche zu verbergen; erreichte sie es damit doch meist, vom Dienst am Operationstisch befreit zu werden. Diesmal kämpfte sie dagegen an. Sie würde den Teufel tun, diesen Leuten noch das Klischee des verweichlichten Bürgerfräuleins zu bestätigen. Der Schweiß trat ihr auf die Stirn, als sie Mascha tief in ihrer Bewusstlosigkeit stöhnen hörte. Sie riss sich zusammen. Tief durchatmen … ja, wenn es hier nur einen Hauch frischer Luft gegeben hätte!

»Fertig«, sagte der Arzt auf Russisch. Er hielt die Kugel in die Höhe. Alle lachten. Maksim strich Mascha die Haare aus der Stirn, neigte sich über sie. Felicia verzog verächtlich das Gesicht.

In den vergangenen Minuten hatte keiner von ihnen mehr an die Straßenkämpfe gedacht. Deshalb schraken sie alle zusammen und standen sekundenlang wie erstarrt, als plötzlich die Tür aufflog und zwei Polizisten in den Raum stürmten. Der eine von ihnen taumelte und hielt die Hand auf den Bauch gepresst. Zwischen seinen Fingern sickerte Blut hervor. Der andere schien unverletzt, war aber aschfahl im Gesicht. In beider Augen flackerte Entsetzen.

Der Arzt wich an die hintere Wand zurück. Mascha wälzte sich unruhig zur Seite. Die betäubende Wirkung des Chloroforms ließ nach. Leise und wie ein Kind jammerte sie im Halbschlaf. Felicia rührte sich nicht von der Stelle. Sie hatte Angst. Was bedeutete das schon wieder? Was wollten die beiden? Und was würde geschehen?

Augenblicke lang überschaute niemand die Lage. Der verletzte Polizist schwankte in den Knien und sank auf einen Stuhl. Draußen fielen Gewehrschüsse. Der andere Polizist tat einen Schritt nach vorn. Er sagte etwas auf Russisch, und plötzlich weiteten sich die Augen des bärtigen Revolutionärs. Er schrie eine Salve unverständlicher Worte und wies auf den Polizisten. Dessen Blässe vertiefte sich, er schwankte zurück, murmelte leise, beschwörende Worte, aber es schien fast, als versagte ihm die Stimme. Der Bärtige schrie Maksim etwas zu, wütend, zornig und heiser.

Maksim zögerte. Dann, ehe Felicia ganz begreifen konnte, was geschah, hatte er seine Pistole gezogen. Das Krachen der Schüsse mischte sich mit dem Donnern der Gewehre von draußen und mit Felicias Schreien. Die Polizisten sackten zu Boden und blieben reglos liegen.

Plötzlich war es still im Raum.

Maksim sah sehr elend aus. Mascha, zwischen Besinnungslosigkeit und Wachen schwankend, stellte ein paar verwirrte Fragen, die niemand beachtete. Felicia kuschelte sich schutzsuchend in ihren Mantel. Eine angestrengte Falte auf der Stirn, betrachtete sie die beiden Toten zu ihren Füßen. Es war alles so schnell gegangen.

»So ist es nun mal«, sagte Maksim, »das ist Revolution. Dieser Polizist hat Ilja«, er wies auf den bärtigen Medizinstudenten, »im Krestygefängnis gefoltert. Ich musste ihn erschießen. Du verstehst es vielleicht nicht, aber …« Er brach ab und schrie plötzlich, während er nach Felicias Arm griff: »Es musste sein! Was hätte ich tun sollen? Ich habe gleich gesagt, dass du in einer Revolution nichts verloren hast!«

Felicia sah ihn kühl an. »Lieber Himmel, ich sag ja gar nichts«, entgegnete sie und machte sich unwirsch los. Sie hatte Zeit gehabt, ihre Fassung wiederzufinden, und war zu dem Schluss gelangt, dass die toten Polizisten sie nichts angingen. »Hast du … vielleicht eine Zigarette für mich?«

Sie setzte sich, schlug die Beine übereinander und nahm sich eine der dargebotenen Zigaretten. Als Maksim sich vorbeugte, um ihr Feuer zu geben, gewahrte sie einen neuen Zug um seinen Mund. Sie begriff, dass sie sich eben gerade einen Anflug von Achtung bei ihm erworben hatte.

Mit einer stürmischen und tränenreichen Begrüßung wurde Felicia daheim empfangen. Kat umarmte sie wieder und wieder, und Belle verkündete, sie müssten jetzt alle einen Schnaps trinken, um wieder zu Kräften zu kommen. Sie drückte Maksim, der sich im Hintergrund hielt, ein Glas in die Hand und prostete ihm zu. Sie kannte Marakow noch von Lulinn her und meinte sich zu erinnern, dass er oft mit Felicia ausgeritten und spazieren gegangen war. Sie hatte es für eine harmlose Jugendfreundschaft gehalten. Nun, nachdem ihre erste Verwunderung darüber, was er hier tat, abgeklungen war, fiel ihr Blick auf das Gesicht ihrer Nichte. Mit einem Schlag begriff sie und begann Verwicklungen zu ahnen.

»Ist Nicola wieder da?«, fragte Felicia, nachdem Kat endlich davon abgelassen hatte, sie zu umarmen und zu küssen.

Belle nickte. »Sie war tatsächlich auf die Straße gelaufen, ist aber nicht allzu weit gekommen. Eine Freundin brachte sie zurück. Oh, war das ein Tag! Ich brauche glatt noch einen Schnaps!«

»Ich möchte mich jetzt verabschieden«, sagte Maksim mit höflicher, kalter Stimme.

Belle griff nach seiner Hand. »Darf ich Sie in den nächsten Tagen zum Essen einladen, Monsieur Marakow?«

»Ich fürchte, das ist unmöglich. Ich …«, nun huschte amüsierter Spott über sein ernstes Gesicht, »ich stehe gewissermaßen auf der anderen Seite, wissen Sie.«

»Wie schade«, entgegnete Belle, ohne dass ihre Liebenswürdigkeit auch nur um eine Schattierung blasser geworden wäre, »dann leben Sie wohl. Und kommen Sie gut nach Hause.«

Kalte Winterluft schlug durch die geöffnete Haustür. Irgendwo sang jemand dröhnend die *Internationale*. Es wurde nicht mehr geschossen. Maksim blieb im Licht der Hauslaterne stehen, hinter ihm fielen Schneeflocken zur Erde, Zinnen, Dächer und Türme schimmerten weiß durch die Dunkelheit.

Felicia sah ihn an und wusste, dass es von allen Bildern Maksims dieses war, das sich ihr am nachdrücklichsten einprägen würde. Sie stand im warmen Haus, und er stand im Schnee, und zwischen ihnen tat sich ein Abgrund auf, der unüberwindbar schien. Sie hatte ihn nie mehr geliebt, und nie war sie sich der Grenzen ihrer Macht deutlicher bewusst gewesen als in dem Augenblick, da er langsam seine Handschuhe überstreifte, ihr noch einmal kurz zunickte und in der Nacht verschwand. Verwundert betrachtete sie sich und fragte sich, was aus ihren Waffen geworden war. Ihr schönes Gesicht, ihr Lächeln, ihr glänzendes Haar, ihre zarte Figur hatten offenbar alle Wirkungskraft eingebüßt. Zum ersten Mal in ihrem Leben geriet ihr unbegrenztes Vertrauen in die eigenen Fähigkeiten ins Schwanken.

»Wirst du sie wiedersehen?«, fragte Mascha. Sie lag im Bett, und ihr Bein schmerzte heftig, aber allererste Kräfte kehrten wieder in sie zurück. Maksim stand am Fenster, vor dem sich der Schnee türmte. Bald würden sie hier unten überhaupt kein Tageslicht mehr bekommen. Es dauerte eine Weile, ehe er auf Maschas Frage antwortete. »Nein«, sagte er dann entschieden, »mit einiger Sicherheit nicht. Wenn sie mir nicht so wie heute buchstäblich in die Arme läuft, sehe ich sie nie wieder. Es liegt mir nichts an ihr.«

5

»Ich glaube, dass ich alles, was war, das Lager und die Krankheit, überstanden habe, weil es dich gibt und es uns bestimmt ist, zusammen glücklich zu sein. Deshalb glaube ich auch fest daran, dass wir beide aushalten, was immer auch noch passiert. Wenn ich nur wüsste, wie es dir geht! Ich habe so lange nichts von dir gehört. Aber ich spüre, dass du am Leben bist!« Kat legte die Feder hin und las den Brief noch einmal. Er war an Phillip gerichtet, aber sie hatte keine Ahnung, ob er ihn jemals erreichen würde. Sie wollte ihn nach München an ihren Vater schicken und ihn bitten, ihn weiterzuleiten. Nach Frankreich.

Sie stand auf und sah zum Fenster hinaus. Es war noch früh am Morgen, kein Streifen Licht zeigte sich am Horizont. Wie oft nach Nächten voller Schnee war der Morgen von einer schweren, verzauberten Ruhe.

Kat wollte den Brief gleich fortbringen. Sie hoffte, dass niemand Schwierigkeiten deswegen bekäme. Belle hatte gesagt, die Mädchen sollten mit Briefen nach Deutschland sehr vorsichtig sein, und Briefe an Elsa waren daher auch nur kompliziert verschlüsselt verfasst worden. Und die an Phillip … Liebesbriefe, wer sollte ihnen daraus einen Strick drehen wollen? Sie verließ ihr Zimmer. Nichts regte sich im Haus. Sie huschte die Treppe hinunter – im Dunkeln, das Licht brannte immer noch nicht – und zog ihren Mantel an. Als sie die Straße entlangging, gewahrte sie in vielen Häusern zerbrochene Fensterscheiben. Eine Bretterwand vor einer Baustelle war von Gewehrkugeln durchsiebt. Hinter einem Zaun erblickte sie etwas, das wie ein Fuß aussah. Sollte da ein Toter liegen? Es musste viele Tote gegeben haben gestern.

Schaudernd wandte sie sich ab und lief eilig weiter.

Nina hatte die Nacht bei ihrem Freund Jurij verbracht, und es war eine der fantastischsten Nächte gewesen, die sie beide je gehabt hatten. Die Revolution bekam Jurij. Er war am Tag zuvor im Zug demonstrierender Arbeiter durch Petrograd gezogen, hatte die Fäuste geschwungen, Steine geworfen, mit den anderen in lauten, wütenden Sprechchören Brot und Frieden, Freiheit und Gleichheit gefordert, und das Bewusstsein, Teil einer großen, einigen, unaufhaltsamen Bewegung zu sein, gab ihm Kraft und Selbstbewusstsein.

Die ganze Nacht über hatte er davon gesprochen. Nina dachte daran, als sie durch die dunklen Straßen durch den frühen Morgen auf das Haus von Oberst Bergstrom zulief. An Jurijs Worte von der Revolution – und daran, was sie selber gesagt hatte. Sie hatte ihm vorher schon hundertmal von ihrem Leben als Hausmädchen erzählt, aber nie mit so viel Hass und solcher Wut in der Stimme wie in jener Nacht.

»Schikaniert hat sie mich, die alte Bergstrom, das kannst du dir gar nicht vorstellen. Nina, tu dies, Nina, tu das! Die Haare hab ich ihr gekämmt, ihr die hübschen Kleider rausgesucht, wenn sie zum Ball ging, ihr den Schmuck um den feinen Hals gelegt!« Ninas Stimme hatte plötzlich hoch und gekünstelt geklungen. »Nein, Nina, die Granatkette habe ich letzte Woche zum Geburtstag der Zarin getragen. Gib mir lieber die Smaragde! Pass doch auf, nun hast du die Ohrringe fallen lassen! – Oh Jurij, du ahnst nicht, wie viele Nächte ich mir um die Ohren geschlagen habe, wenn ich auf sie warten musste! Und dann kam sie … schön sah sie aus, sehr blass, denn sie wurde immer blass, wenn sie einen Schwips hatte, und dazu der volle dunkelrote Mund. Sie schleuderte ihre Stöckelschuhe von den Füßen und lachte. ›Nina, hol uns eine Flasche Champagner!‹ Mitten in der Nacht, verstehst du, mitten in der Nacht trank die Champagner wie andere Leute Wasser. Sie saß auf dem weißen Teppich vor dem Kamin, und dann kam Monsieur ins Zimmer, der schöne Monsieur, und sie beteten einander an. Zwei so schöne Menschen … so vollkommen und schön …«

Noch jetzt in der Erinnerung nahm Ninas Gesicht einen harten, bitteren Ausdruck an. Vergangene Demütigungen brannten wieder, der über Jahre hin aufgestaute Hass entfachte sich am Feuer der Revolution neu. Während sie in Jurijs Armen gelegen hatte, waren ihr böse schwarze Gedanken durch den Kopf gegangen. Rache … so viele Menschen sprachen in diesen Tagen von Rache. Vielleicht war dies nun die Stunde, auf die sie immer gewartet hatte. Sie kannte eine ganze Menge Leute in Petrograd, Männer vor allem, wovon Jurij natürlich keine Ahnung hatte. Auch Männer, die nicht ganz ohne Einfluss waren und die ihr durchaus noch manchen Gefallen schuldig waren.

Schließlich war sie immer außerordentlich nett zu ihnen gewesen. Wenn man denen erklärte, dass im Hause Bergstrom nicht alles mit rechten Dingen zuging, dass dort zwei deutsche Mädchen seit Wochen lebten, keine Baltendeutschen, nein Reichsdeutsche … Vielleicht wäre das für manchen in Petrograd recht interessant.

Nina blieb stehen, drehte sich entschlossen um und ging

in die entgegengesetzte Richtung davon. Dann kam sie eben heute zu spät, wen kümmerte es noch? Die Zeiten änderten sich. Madame hatte ihr sowieso nichts mehr zu sagen. Sie bog in eine Seitenstraße ein und lief immer schneller.

Felicia blieb bis zum frühen Nachmittag im Bett. Sie hatte in der letzten Nacht schlecht geschlafen und war zweimal mit Herzklopfen aus bösen Träumen aufgeschreckt. Nun ging ihr Maksim im Kopf herum; mürrisch vergrub sie ihr Gesicht in den Kissen. In der Ferne fielen wieder Schüsse. Die Kämpfe hatten erneut begonnen.

Könnte ich doch dabei sein, dachte Felicia, könnte ich doch sein wie Mascha! Könnte ich doch verstehen, wofür er kämpft! Sie wusste, es würde ihr nicht gelingen, ihm etwas vorzuspielen. Sie konnte keinen Idealismus heucheln, den sie nicht empfand. Es interessierte sie nicht, ob die Welt besser würde, sie konnte nicht so tun, als wären Revolution und Klassenkampf ihr brennendes Anliegen.

Sie hatte nichts dagegen, sich hin und wieder zu verstellen und auf geheimen Umwegen ihre Ziele zu erreichen, doch dies ging zu weit. Gliche sie sich einer Frau wie Mascha an, dann bedeutete das eine völlige Verleugnung ihres eigenen Wesens, und instinktiv ahnte sie, dass sie dann irgendwann beginnen würde, Maksim zu hassen.

Als schließlich der Hunger allzu sehr in ihr nagte, stand sie auf, zog einen Morgenmantel von Belle an und lief auf bloßen Füßen in die Küche hinunter. Die Köchin sah ihr verzweifelt entgegen. »Wenn Sie wollen essen, nichts da«, sagte sie in ihrem gebrochenen Deutsch, »kein Brot, kein Kuchen, kein Fleisch. Nichts! Gibt nichts zu essen!«

»Ja, aber irgendetwas muss doch da sein«, sagte Felicia und fing an, in den Schränken zu wühlen. Nichts zu essen, das gab es gar nicht. In einer zivilisierten Stadt! Sie fand ein Päckchen mit trockenen Keksen und fragte, ob sie die haben dürfe.

»Nichts zu essen, nichts zu essen«, murmelte die Alte nur unglücklich. Felicia überlegte einen Moment, ob sie mit Kat und Belle teilen müsste, aber dann siegte ihre Gier. Sie verschlang das staubige Gebäck, das vom vorletzten Weihnachtsfest übrig geblieben sein musste. Gerade als sie fertig war, ging oben die Haustür. Sie vernahm schwere, langsame Schritte.

»Der Herr Oberst«, flüsterte die Köchin ehrfürchtig.

»Um die Zeit schon?«, fragte Felicia. Im gleichen Augenblick steckte Olga, das Kindermädchen, den Kopf zur Tür herein. Sie trug bereits ihren Mantel, denn Belle hatte es mit ihrer Kündigung ernst gemeint: Bis zum Abend sollte Olga verschwunden sein.

»Hier sind Sie, Madame Lombard! Ich suche Sie schon überall!« Olga war lange genug im Haus, um ein fast akzentfreies Deutsch zu sprechen. »Könnte ich einen Moment mit Ihnen reden?«

»Ja?«

»Allein«, sagte Olga mit einem Seitenblick auf die Köchin. Felicia gab es auf, noch etwas zu essen zu finden. Etwas erstaunt folgte sie Olga in die nebenan gelegene Wäschekammer.

Oberst von Bergstrom und Belle standen im Wohnzimmer, dicht aneinandergeschmiegt, einer die Arme um den anderen geschlungen. Belle hatte ihren Kopf an seine Schulter gelehnt, und er küsste sanft ihre rotbraunen Haare. Sie schwiegen lang, dann sagte Julius: »Ich hätte nie geglaubt, dass das passieren könnte. Das Pawlowskij-Regiment ist das berühmteste, das ehrwürdigste unter allen Regimentern der

Kaiserlichen Garde. Ich hätte jeden Eid geleistet, dass wir, was auch geschieht, beim Zaren bleiben. Und nun sind es meine Kameraden, meine Soldaten, die den Winterpalast besetzt und die rote Fahne gehisst haben. Es erscheint mir wie ein böser Traum.«

Belle hob den Kopf und sah ihn an. »Und du?«

Mit einer ungeduldigen Bewegung löste er sich von ihr und trat einen Schritt zurück. »Ich bin hier, wie du siehst!«

»Was ich meine, ist: Wie wird diese Sache für dich ausgehen? Du hast dich jetzt offen von der Revolution distanziert!«

»Ich weiß. Es ging nicht anders. Ich kann meine Überzeugung nicht verraten. Weiß Gott, ich stehe nicht mit ganzem Herzen hinter dem Zarenreich. Aber ich habe einen Treueeid geleistet. Ich kann es vor allem nicht billigen, auf welche Weise hier ein System aus seinen Angeln gehoben wird. Ich kann mich nicht mit den Menschenhorden solidarisieren, die durch die Straßen ziehen, Polizisten in Stücke reißen und Häuser in Brand setzen!«

»Wenn du das nicht kannst, sollten wir Petrograd verlassen«, entgegnete die praktische Belle, »und zwar möglichst rasch. Wir sollten nach Reval gehen, zu deiner Mutter.«

»Fahnenflüchtig werden?«

»Flüchtig! Was solltest du hier denn noch tun, als auf deine Verhaftung zu warten? Es sind viele Offiziere festgenommen worden in den letzten Monaten. Willst du der Nächste sein?«

»Natürlich nicht.«

»Deine Soldaten grüßen dich nicht mehr. Sie würden im Zweifelsfall auch deinen Befehlen nicht mehr folgen. Deine Anwesenheit hier ist also im Augenblick … überflüssig. Du solltest Urlaub machen und dich aufs Land zurückziehen.«

»Ich glaube, das ist unmöglich, Belle.«

»Ich glaube, es ist unser einziger Weg, Julius.«

Einer so unnachgiebig wie der andere, standen sie einander gegenüber.

Unten in der Wäschekammer redete unterdessen Olga heftig auf Felicia ein. »Es ist ja so, dass ich wirklich keinen Grund habe, Madame einen Gefallen zu tun, und ich weiß auch gar nicht, warum ich es tue.« Olgas Hand schloss sich fest um einen kleinen Geldbeutel.

Felicia war nach oben gelaufen und hatte ihn aus Belles Handtasche gefischt.

»Aber ein gewisses Treuegefühl hat man eben doch.«

Felicia sah sie verächtlich an. »Treue! Ihre Treue lassen Sie sich gut bezahlen. Also, was haben Sie zu sagen?«

»Wenn Madame mich von einem Tag zum anderen auf die Straße setzt, muss ich ja dafür sorgen, dass mir irgendetwas zum Leben bleibt. Es ist nur recht und billig, denn ich muss mir jetzt eine Unterkunft suchen und die schließlich bezahlen. Aber ich kann natürlich auch gleich gehen!« Mit gekränkter Miene wandte sie sich zur Tür.

Aber Felicia packte schnell ihr Handgelenk und zog sie zurück. »Halt! So einfach geht das nicht. Sie haben Geld bekommen, nun reden Sie auch!«

Olga zupfte ihren abgetragenen Mantel zurecht. »Nina ist ein gehässiges kleines Ding, Madame, das kann ich nur sagen. Die hat immer auf den Tag gewartet, an dem sie den Herrschaften was antun kann. Meine Zeit kommt, Olga, verlass dich darauf!, hat sie oft zu mir gesagt. Und heute früh hat sie mit einem Soldaten gesprochen, der auch mal unter Monsieur gedient hat und der jetzt bei den Demonstrationen groß mitmacht. Die Nina kennt ja viele Soldaten. Vor der ist kein Mann sicher, müssen Sie wissen, und ich denke mir immer, es ist gut, dass der Jurij gar nicht weiß, was sie so alles treibt, wenn er nicht bei ihr ist. Der Jurij ist nämlich ihr Freund.« Olga holte tief Atem.

»Ja, und was ist nun?«, fragte Felicia ungeduldig.

»Das will ich ja gerade sagen, Madame. Die Nina kann doch den Mund nicht halten, und deshalb hat sie mir vorhin alles erzählt. Also, die hat dem Soldaten gesagt, dass der Herr Oberst neuerdings Gäste hat, zwei deutsche Frauen nämlich, Sie und Mademoiselle Kassandra. Der Soldat hat gesagt: Er ist ja selber Deutscher, der Herr Oberst, da fragt man sich doch, wo der eigentlich steht! Die Nina hat auch gesagt, sie glaubt, der Herr Oberst hat Sie und Mademoiselle Kassandra aus einem Lager geholt. Also, woher die das wieder weiß! Wenn Sie mich fragen, ich glaube, die lauscht an fremden Türen. Meinen Sie nicht?«

Felicia hielt das für recht wahrscheinlich.

»Es kommt noch besser! Der Soldat hat zu der Nina gesagt, dass Monsieur schon lange bei ihnen auf der Liste steht, also, ich weiß ja nicht, was für eine Liste der meint, aber es hört sich schlimm an, nicht? Und wissen Sie, was der Soldat zum Schluss zu Nina gesagt hat? ›Wart's ab, Schätzchen, vielleicht sitzt der gnädige Herr schon heute Abend im Gefängnis!‹ So hat der gesagt.«

»Ach, großer Gott!« Es gelang Felicia nicht, ihren Schrecken zu verbergen.

Olga betrachtete sie, mit der Wirkung ihrer Geschichte äußerst zufrieden. »Ja, das wollte ich nur erzählen«, meinte sie und nahm ihren Koffer auf. Ihr Lächeln war berechnend und tückisch. »Ich werde dann jetzt gehen, und natürlich wäre es am besten, ich sage niemandem, dass der Herr Oberst nun gewarnt ist, nicht?« Sie sah Felicia abwartend an.

Die erwiderte ihren Blick kalt. »Wie viel wollen Sie noch?«

»Na ja, wenn ich noch mal so viel haben kann, wie Sie mir eben gegeben haben? Ich bin ja jetzt ein ganz mittelloses Mädchen, und Sie müssen verstehen, dass ich auch an meine Zukunft denken muss!«

»Warten Sie hier. Ich spreche mit meiner Tante. Sie wird Ihnen das Geld geben.« Felicia verließ das Zimmer, eilte die Treppe hinauf. Olga war eine falsche Schlange, aber sie zweifelte nicht daran, dass sie eben die Wahrheit gesagt hatte. Hinzugehen und sie alle anzuschwärzen war bezeichnend für Nina, und in einer Zeit wie dieser konnte das höllisch gefährlich werden. Im Stillen sandte sie ein Dankgebet zum Himmel, dass er Olgas Geldgier sowohl über ihre Freundschaftsgefühle für Nina als auch über ihren Hass auf Madame hatte siegen lassen. Die Frage war nun, wie viel Zeit ihnen noch blieb und was sie tun konnten.

Olga hatte ihr Geld bekommen und war verschwunden, und Belle packte in höchster Eile die Koffer, unterstützt von Kat und Felicia, wobei Felicia im Wesentlichen die Aufgabe hatte aufzupassen, dass Nina nicht plötzlich hereinkäme und etwas merkte. Belle hatte sie mit Bügeln und Wäschesortieren beschäftigt, und ihr zufriedenes Pfeifen war weithin zu hören. Es war schwierig, die umfangreichen Reisevorbereitungen in aller Stille zu treffen, denn auch Nicola sollte nichts merken, ehe es wirklich losginge.

Oberst von Bergstrom hatte sich in der Bibliothek eingeschlossen und rührte sich nicht. Die Situation, in die er sich unversehens gestellt sah, machte ihn fast rasend.

Die Vorstellung, bei Nacht und Nebel sein Haus verlassen und aus der Stadt fliehen zu müssen wie ein beliebiger Krimineller, war ihm zutiefst zuwider. Noch dazu war die ganze Affäre inzwischen Gegenstand von Dienstbotenintrigen und unverhohlenen Erpressungsversuchen geworden, und das kam ihm würdeloser vor, als er überhaupt sagen konnte. Er hätte lieber seiner Verhaftung ins Auge gesehen, als vor ihr davonzulaufen, aber gegen so viel geballte Weiblichkeit, die sämtlich zur Flucht entschlossen war, kam er nicht an. Die Argumente der anderen klangen logischer als seine, und das komplizierte Gefüge von Ehre und Treue, das seinem Denken zugrunde lag, konnte er nicht in Worte fassen, schon gar nicht in solche, die Belle überzeugt hätten.

»Warme Sachen vor allem«, murmelte Belle, »das Gut von Julius' Mutter ist schrecklich zugig und in allem noch ein wenig letztes Jahrhundert. Feine Kleider brauchen wir dort jedenfalls nicht.«

»Ob wir mit dem Auto bis zum Bahnhof kommen?«, fragte Kat zweifelnd. »Sehen Sie, Belle, es schneit schon wieder!« Tatsächlich trieben weiche weiße Flocken durch die Dunkelheit.

»Wir schaffen's schon«, entgegnete Belle, »betet lieber, dass noch ein Zug geht heute Nacht!«

Julius von Bergstrom kam die Treppe in die Halle herunter. Er trug einen Mantel über der Uniform und eine Pelzmütze auf dem Kopf. Im Kerzenschein sah sein Gesicht weiß und zermartert aus.

Belle zog Nicola Mantel, Schal und Handschuhe an. »Hast du Lust zu einem Ausflug, Nicola?«

»Wohin?«

»Zu deiner Großmutter nach Estland. Ist das nicht schön?«

Unbemerkt verließen sie endlich das Haus. Grimmige Kälte empfing sie, der Schnee wirbelte ihnen ins Gesicht. Felicia hielt sich ihren Schal vor Mund und Nase. An einem solchen Abend sollte man sein Haus nicht verlassen müssen, dachte sie.

Keiner wusste später zu sagen, woher die Soldaten plötzlich aufgetaucht waren. Niemand hatte sie kommen hören. Wie dunkle, gespenstische Schatten traten sie zwischen den Mauern hervor, schwerbewaffnet, mit kalten Mienen.

»Oberst von Bergstrom?« Ein junger Leutnant trat zu Julius hin, unterließ es aber, ihn zu grüßen.

Julius wandte sich nach ihm um. »Leutnant Mirow?«

»Oberst von Bergstrom, Sie sind verhaftet. Ich muss Sie bitten, uns widerstandslos zu folgen.«

Julius nickte. Belle schoss wie ein angriffslustiger kleiner Vogel dazwischen. »Was liegt gegen meinen Mann vor, Leutnant?«

»Bedaure. Darüber gebe ich keine Auskunft.«

»Leutnant Mirow, Sie kennen uns. Sie waren oft Gast in unserem Haus. Sie und mein Mann …«

»Es interessiert niemanden, was früher war«, unterbrach Mirow, »die Zeiten ändern sich. Im Übrigen sollten Sie vorsichtig sein. Dies dort«, er wies auf Felicia und Kat, die dem russisch geführten Gespräch verständnislos lauschten, »sind wohl die beiden deutschen Frauen, die seit Wochen in Ihrem Haus leben?«

»Wir sind selber deutscher Abstammung«, erklärte Belle. Mirow ging darüber hinweg. »Ich kann Ihnen nur sagen, Madame, es ist ein Auge auf Sie geworfen worden. Es wurden Briefe abgefangen, zum Teil Briefe an einen deutschen Soldaten in Frankreich. Das wird Konsequenzen haben.«

Julius trat einen Schritt vor. »Ich möchte erklären, dass …«

Wieder schnitt Mirow ihm das Wort ab. »Sie können sich bei Ihrer Vernehmung ausführlich äußern. Jetzt kommen Sie bitte.«

»Wann kann mein Mann zurückkehren?«, fragte Belle.

Über die Gesichter der Soldaten glitt ein Grinsen. »Ach

wissen Sie … Madame«, erwiderte Mirow mit einer Höflichkeit, in der unüberhörbar Verachtung schwang, »es ist womöglich wahrscheinlicher, dass Sie ihn dann wiedersehen, wenn wir auch Sie und die beiden anderen Damen abholen.«

»Leutnant Mirow, ich denke, Sie sind nicht ermächtigt …«, begann Julius in scharfem Ton.

Mirows Augen wurden schmal. »Halten Sie den Mund, Herr Oberst. In diesem Land wird jetzt aufgeräumt, und wer schweigt, kommt noch am besten weg. Diesen guten Rat sollten Sie sich merken!«

»Julius! Ich lass dich nicht gehen, ich komme mit!« Belle umklammerte seinen Arm. In ihren langen Wimpern hing eine Schneeflocke; wie sie dort im Dunkeln stand, sah sie aus wie eine Fürstin aus einem russischen Drama, hinreißend schön und verzweifelt, und Felicia dachte, dass sie jeden Mann der Welt hätte erweichen müssen. Nicht aber Mirow. »Keine Eile, Madame, man wird Sie schon auch noch abholen kommen.«

»Julius«, sagte Belle schwach.

Er zog ihre Hand an seine Lippen. »Nicht, Belle, nicht weinen. Mir passiert nichts. Denk jetzt nicht an mich. Auf dich musst du aufpassen, und auf Nicola, auf Kat und Felicia. Bitte, Belle, mach dir keine Sorgen!«

»Wo werden sie dich hinbringen?«

»In ein Gefängnis vielleicht oder in eine Kaserne, ich weiß es nicht. Es ist unwichtig, Belle, weil wir uns wiedersehen und weil alles so wird, wie es war.«

In einem schmerzhaften Begreifen sah sie ihn an. Es war, als ginge ihr in diesem Moment erst auf, was die Revolution wirklich bedeutete. Sie blickte ihrem Mann nach, wie er zwischen den Soldaten in der Dunkelheit verschwand, eine Sekunde lang schien sie in Gefahr, in Tränen auszubrechen, dann ballte sie die Hände in den dicken Fellhandschuhen zu Fäusten.

»Mami, wo geht Vater hin?«, fragte Nicola.

Belle zog sie an sich. »Er kommt wieder, Nicola, er kommt wieder.«

»Machen wir dann jetzt keine Reise?«

»Ich fürchte, nein.« Mit letzter Kraft zwang sich Belle zu einem munteren Ton. »Komm, ich bring dich ins Bett. Soll ich dir noch eine Geschichte erzählen? Ich kenne eine, die ist sehr spannend. Pass auf, es war also einmal …«

Auf dem Weg zum Bahnhof erlitt Belle einen furchtbaren Hustenanfall, der sie zwang, das Auto an den Straßenrand zu steuern, anzuhalten und die Attacke über sich ergehen zu lassen. Halb erstickt hing sie über dem Lenkrad. Felicia, die neben ihr saß, zitterte vor Angst. Es schien ihr höchst zweifelhaft, ob sie den Nachtzug nach Reval noch erreichen würden, ganz abgesehen davon, dass möglicherweise überhaupt keine Züge mehr fuhren. Sie hatte Belle fast gewaltsam aus dem Haus schleifen müssen.

»Fahrt ihr allein, Kinder, du und Kat und Nicola. Fahrt nach Reval, Julius' Mutter wird euch dort aufnehmen. Aber ich bleibe hier. Ich lasse Julius nicht im Stich.«

»Tante Belle, du kannst doch nichts für ihn tun! Bitte, wir müssen versuchen, hier wegzukommen. Sie werden Julius wieder freilassen, und dann kommt er uns nach. Belle!«

»Fahrt ihr allein.«

Felicia hatte die Nerven verloren und nur noch geschrien. »Du wirst mitkommen, du wirst, und wenn ich dich an den Haaren bis zum Bahnhof schleifen muss! Du hast nie ein Gefängnis erlebt, deshalb weißt du nicht, was dich erwartet, denn wenn du es wüsstest, dann würdest du um dein Leben rennen! Du wirst mitkommen, denn es ist Krieg und Revolution, und ich habe Angst, ich habe höllische Angst, allein mit dem Zug bis Reval zu fahren, durch dieses ganze Chaos hier, als Deutsche, die kein Wort Russisch versteht, begleitet von Kat, die sich noch kaum vom Typhus erholt hat, und von Nicola, die gerade neun Jahre alt ist! Du kannst mich jetzt nicht im Stich lassen, Tante Belle!«

Belles Widerstandskräfte erlahmten. Ihre Angst um Nicola gab den Ausschlag. Nicola musste fort aus Petrograd, und wenn Felicia sich weigerte, allein zu fahren, dann blieb auch Nicola zurück. So stieg sie schließlich ins Auto.

Als der Hustenanfall kam, hatten sie die halbe Strecke zum Bahnhof zurückgelegt. Die Straßen waren voll von Menschen, die sangen und schrien. Über den schwarzen Nachthimmel breitete sich rotglühendes Licht, der Schein eines gewaltigen Feuers.

Das Litauische Gefängnis ging in Flammen auf. Die Stadt raste.

»Tante Belle, wenn wir in Reval sind, solltest du zu einem Arzt gehen«, sagte Felicia. Im gleichen Moment hob Belle den Kopf. Im Widerschein des Feuers erkannte Felicia das blutig gefärbte Taschentuch in ihren Händen. Sie hielt den Atem an. »Tante Belle …«

Belle schoss ihr einen wilden, warnenden Blick zu. Vom Rücksitz erklang Kats Stimme. »Was ist denn?«

Belles und Felicias Blicke kreuzten sich erneut; in Felicias Augen lag unverhohlenes Entsetzen. Dann sagte sie: »Nichts, Kat. Ich finde nur, Tante Belle sollte etwas gegen … ihre Bronchitis tun.«

»Es geht schon wieder.« Belle steuerte den Wagen auf die Straße zurück. Schneeschauer stoben gegen die Windschutzscheibe, schemenhaft glitten Häuser und Mauern draußen vorüber. Felicia vergrub sich tiefer in ihren Mantel. Nach und nach erst begriff sie ganz, was sie eben gesehen hatte. Und manches andere dämmerte ihr: Belles elendes Aussehen, die Blässe ihres Gesichtes, der Eindruck, sie werde mit jedem Tag dünner und weniger – all das fügte sich nun zu einem Bild zusammen. Schwindsucht, dachte sie, und die Panik stieg in ihr auf, oh Gott, sie hat …

Sie bohrte die Fingernägel in die Hand, um sich zu beherrschen. Sie musste jetzt die Nerven behalten, auch wenn sie das Gefühl hatte, ihr schwinde der Boden unter den Füßen. Belle war ihr Halt gewesen, aber Belle war eine todkranke Frau …

Der Bahnhof war schwarz von Menschen, trotz der nächtlichen Stunde. Viele wollten das brodelnde Petrograd verlassen, es gab kaum ein Durchkommen. Felicia und Belle trugen die Koffer, Kat führte Nicola an der Hand.

»Bleibt dicht hinter mir«, beschwor Felicia die anderen. »Wenn wir uns hier verlieren, finden wir uns nie wieder.«

Belle übernahm es, Fahrkarten zu besorgen und den Schaffner zu fragen, ob überhaupt noch ein Zug abgehen würde in dieser Nacht. Felicia, Kat und Nicola warteten an einen Pfeiler gelehnt. Mit müden, brennenden Augen starrten sie in das Gewühl ringsum. Nicola schlief fast im Stehen ein; vor Erschöpfung hatte sie sogar aufgehört, nach ihrem Vater zu fragen. Kat zitterte vor Kälte, trotz des warmen Mantels, den sie trug. Hin und wieder schlugen sogar ihre Zähne leise aufeinander. Felicia fühlte sich davon entnervt, schluckte eine bissige Bemerkung aber hinunter. Ich kann ihr das Frieren nicht verbieten, dachte sie.

Endlich tauchte Belle wieder auf, mit ihrem blassen Gesicht und dem dunkelroten Haar über dem schwarzen Mantel die schönste Frau, die sich in dem überfüllten Bahnhof herumtrieb. Ihr Anblick gab Felicia einen Stich. Nun, da sie die Wahrheit kannte, sah sie schärfer hin, und alles, was sie an Belle interessant gefunden hatte – die blutleeren Wangen, die tiefen Augenringe –, empfand sie jetzt als bedrohlich.

Auf einmal hatte sie den Eindruck, gleich weinen zu müssen, aber sie riss sich zusammen. »Tante Belle! Endlich! Hast du …«

»Fahrkarten? Ja. Der Zug müsste gehen, meinte der Schaffner. Aber Genaues weiß er auch nicht. Es kann eine lange Nacht werden.«

Es wurde eine lange Nacht. Sie betteten Nicola schließlich auf ein Lager aus Taschen und Koffern, damit wenigstens sie schlafen konnte. Kat kauerte sich auf den Boden, ihr Kopf fiel zur Seite, sie nickte ein, um alle paar Minuten aufzuschrecken und sich aus verwirrten Augen umzublicken. Felicia und Belle blieben wach. Einmal fragte Felicia leise: »Sollten wir nicht lieber erst noch mal zu Dr. Luchanow?«

»Nein.«

»Wie lange hast du das denn schon?«

»Ich hielt es für eine unausgeheilte Erkältung, wirklich. Eine Rippenfellentzündung, mit der ich nicht fertigwurde. Erst im Dezember begriff ich, dass …«

»Du gehörst längst in ein Sanatorium!«

»Ich weiß. Aber überall sprach man schon von Revolution, und ich wollte Julius um keinen Preis allein lassen.«

»Er hat es nicht bemerkt?«

»Er war wenig zu Hause.«

Sie schwiegen beide. Dann fuhr Belle mit gespielter Zuversicht fort: »Aber du sollst sehen, in Reval bekomme ich das alles in den Griff. Ich werde schrecklich gesund leben. Keine Zigaretten, keinen Alkohol. Lange Spaziergänge an der frischen Luft, Liegekuren, viel Schlaf!« Sie verzog das Gesicht. »Oh Gott, wird das langweilig!«

Gegen vier Uhr morgens lief der Zug ein. Felicia schüttelte Kat wach, half der vor Müdigkeit weinenden Nicola auf die Beine und klaubte die Gepäckstücke zusammen. »Schnell«, drängte sie, »beeilt euch! Kat, halte auf jeden Fall Nicola gut fest!«

An den Waggons herrschte ein unbeschreibliches Gedränge. Schreiende Menschen, Arme, Beine, Koffer, ein bellender Hund irgendwo dazwischen. Felicia kämpfte sich ins Innere des Wagens, streckte dann die Hände aus und zog Belle, Kat und Nicola nach. Ein Mann beschimpfte sie auf Russisch; sie vermutete, wegen ihrer Rücksichtslosigkeit, aber sie antwortete nicht. Sie wollte sich nicht als Deutsche zu erkennen geben.

Sie ergatterten zwei Sitzplätze in einem Abteil. Felicia bestand darauf, dass sich Kat und Belle setzten und Nicola abwechselnd auf den Schoß nahmen. Sie selber blieb stehen, fest an einen dicken Mann gepresst, eingekeilt zwischen zwei Frauen, die sich laut schreiend über sie hinweg unterhielten. Die Räder des Zuges stampften, die Lokomotive zischte und schnaufte. Draußen war tiefe Nacht. Es schneite unermüdlich. Petrograd blieb zurück, und im Osten malte noch immer ein Feuer seinen hellen Schein an den Himmel.

Sie waren fast zwei Tage unterwegs. Immer wieder blieb der Zug aus unerfindlichen Gründen stundenlang stehen.

Als sie die Narwa überquerten und nach Estland kamen, atmete Belle auf. »Gott sei Dank. Jetzt sind wir schon fast daheim.«

Es schneite und schneite, als sie in Reval ankamen. Mit schmerzenden Knochen und schwankend vor Müdigkeit kletterten sie aus dem Waggon. Belle, die sich siebenunddreißig Stunden lang tapfer gehalten hatte, fing, kaum dass sie auf dem verschneiten Bahnhof stand, wieder zu husten an und flüchtete in die Damentoilette. Die anderen drängten in die Bahnhofshalle, wo Kat und Nicola das Gepäck bewachten und Felicia sich um heißen Tee anstellte. Ihr war ganz schwach vor Hunger, aber es gab nichts Essbares zu kaufen. Als sie den ersten Schluck Tee trank, ging es ihr besser. Draußen brach schon wieder die Dunkelheit herein, die Welt versank im Schneetreiben. Sie hielt sich an ihrem Becher fest, fühlte etwas Kraft und Wärme durch ihren Körper rinnen.

Plötzlich dachte sie an Maksim. Ob er merken würde, dass sie verschwunden war?

Nach einer Ewigkeit kehrte Belle zurück. Sie hatte herausgefunden, dass der Zug nach Jowa planmäßig abgehen würde, aber als sie bei Julius' Mutter hatte anrufen wollen, war niemand ans Telefon gegangen. »Ich verstehe das nicht«, sagte sie unruhig, »sie muss zu Hause sein! Es müssen auch Dienstboten da sein. Ich frage mich, was das bedeutet.«

»Vielleicht hat niemand das Telefon gehört.«

»Das wäre sehr merkwürdig. Es ist ärgerlich, denn nun werden sie uns natürlich keinen Schlitten nach Jowa schicken, und ich weiß nicht, wie weit wir bei dem Schnee zu Fuß kommen werden.«

»Laufen?«, fragte Kat entsetzt. »Aber …«

»Es wird uns nicht umbringen«, unterbrach Felicia scharf. Sie war zu müde und zu nervös, um Kats Jammern ertragen zu können. Immer schaut sie mich an, als könnte ich alles in Ordnung bringen, dachte sie gereizt.

Der Zug nach Jowa hatte nur eine Stunde Verspätung, außerdem fanden sie alle einen Sitzplatz. Kat und Nicola schliefen sofort ein. Belle und Felicia unterhielten sich flüsternd. »Es sind zwei Kilometer vom Bahnhof bis zum Gut«, sagte Belle, »und wer weiß, was wir dort vorfinden. Ich habe kein gutes Gefühl.«

»Aber wir müssen dahin. Wir können ja nicht im Freien kampieren.«

»Natürlich müssen wir.«

Jowa hatte eine kleine, verschlafene Bahnstation, die nun im Schnee gänzlich der Welt entschwinden zu wollen schien. Der Bahnhofsvorsteher schlurfte aus seinem Häuschen, sonst aber rührte sich nichts. Nur wenige Reisende stiegen aus, alles Esten, von denen einige den feinen Damen in ihren Pelzen feindselige Blicke zusandten. Belle fragte den Bahnhofsvorsteher, ob man einen Schlitten bekommen könne, aber der zuckte nur mit den Schultern, schüttelte dann den Kopf.

»Es hilft nichts«, sagte Belle resigniert, »wir müssen zu Fuß los. Komm, Nicola, nimm meine Hand!«

Langsam setzte sich die kleine Prozession in Bewegung. Jede hatte ihren Koffer in der einen Hand, mit der anderen rafften sie Rock und Mantel. Sie wechselten einander dabei ab, die weinende Nicola zu führen, die im Schnee fast ganz versank und sich als schier unerträgliches Gewicht an den jeweils sie haltenden Arm hängte. Wo die Landstraße verlief und wo Felder waren, konnten sie nicht mehr erkennen. Und es hörte nicht auf zu schneien. Mit jedem Schritt standen die Frauen bis über die Knie im Schnee. Stiefel und Strümpfe waren längst völlig durchweicht, die Säume der Mäntel schwer von Eis, die Füße und Knöchel empfindungslos.

»Tante Belle, bist du denn sicher, dass wir noch in die richtige Richtung gehen?«, fragte Felicia, die das Gefühl hatte, sie müssten schon seit Stunden unterwegs sein, »hier ist ja weit und breit kein Haus!«

»Wir sind sicher richtig. Vielleicht haben wir die Straße verlassen, aber die Richtung stimmt.«

»Wenn ich das einmal meinen Kindern und Enkeln erzähle«, ließ sich Kat etwas kurzatmig vernehmen, »wie ich während der Revolution aus Petrograd floh und mich durch eine verschneite Winternacht und die Einsamkeit Estlands kämpfte … Sie werden es mir kaum glauben!«

»Im Nachhinein wird die Geschichte nicht einer gewissen Romantik entbehren«, meinte Belle, »bloß im Augenblick … ach Gott, Nicola schläft schon im Laufen ein! Kind, wir können nicht ausruhen. Wir erfrieren sonst.« Sie blickte angestrengt geradeaus. »Könnte es sein, dass da vorn ein Licht ist?«

Mit gestärkter Zuversicht stapften sie weiter. Belle stieß einen Schrei aus, als sie an eine hohe Parkmauer kamen. »Das ist unsere Mauer! Jetzt nur noch die Auffahrt, dann haben wir es geschafft!«

Die Auffahrt erwies sich als lang und unwegsam. Sie war zu beiden Seiten von Tannen gesäumt, deren Zweige sich unter der Schneelast müde zur Erde senkten. Am Ende mündete der Weg in einen rechteckigen Hof, der an drei Seiten von den Flügeln des Herrenhauses umschlossen war. Erstaunlicherweise brannte in fast allen Zimmern Licht. »Seltsam«, meinte Belle, »es muss doch schon nach Mitternacht sein!« Sie schlug mit dem Türklopfer an die Tür.

Es dauerte lange, bis geöffnet wurde. Dann erschien das runzlige Gesicht eines alten Mannes. Er starrte die unerwarteten Besucher verblüfft an. »Madame … von Bergstrom?«

»Sascha! Sascha, warum, um alles in der Welt, geht ihr

nicht ans Telefon? Wir mussten zu Fuß von Jowa bis hierherlaufen!«

»Oh …«

»Jetzt lasst uns wenigstens herein. Wir sind halb erfroren und todmüde.«

Sascha trat zurück. Sie stolperten in die Halle, ließen die Koffer fallen, bewegten vorsichtig die schmerzenden Finger.

»Kommen Sie aus Petrograd?«, fragte Sascha. Er schien ganz durcheinander. »Wo ist denn der Herr?«

»Er … wird später kommen. In Petrograd ist die Hölle los. Alles geht drunter und drüber. Oh Gott«, Belle strich sich über die nassen Haare, aus denen der Schnee taute, »wir brauchen etwas zu essen. Und Nicola muss sofort ins Bett. Wo ist denn die Baronin?« Sie sah die Treppe hinauf, als erwarte sie dort ihre zarte, weißhaarige Schwiegermutter im langen, dunklen Spitzenkleid auftauchen zu sehen. Stattdessen erschienen zwei Dienstmädchen, die die Ankommenden neugierig musterten. Die Unruhe, die Belle unterdrückt hatte, flammte plötzlich wieder auf. »Wo ist die Baronin?«, wiederholte sie. Sascha blickte zu den beiden Mädchen hin, die beiden Mädchen zu Sascha. Eine beklemmende Stille breitete sich aus. Belles Augen verengten sich. »Ich erwarte jetzt eine Antwort«, sagte sie leise.

Sascha räusperte sich. »Nun …«

»Ja?«

»Die Frau Baronin ist leider … Sie war schon seit Jahren krank … und letzte Woche …«

»Sascha!«

»Der Arzt war bis zuletzt bei ihr. Er konnte nichts tun. Sie ist friedlich eingeschlafen.«

Belle starrte ihn an. Sekundenlang konnte sie kaum begreifen, was sie eben gehört hatte. Endlich sagte sie: »Das ist doch nicht möglich! Julius' Mutter stirbt, und kein Mensch sagt uns etwas!«

»Wir dachten …«, stotterte Sascha. Er sah wieder zu den beiden Mädchen hinauf, aber die blieben kühl und unbeeindruckt.

Belle war gefangen in ihrer Verwirrung und Betroffenheit, aber Felicia spürte die Feindseligkeit, die ihnen allen entgegenschlug, und begriff: Man hatte sich hier nach dem Tod der alten Baronin ein gutes Leben gemacht. Und als Letztes hatte man auf Belle und ihre Familie gewartet. Krieg und Revolution hatten die Verhältnisse geändert; nicht Herren und Diener standen einander gegenüber, sondern Feinde.

6

Die estnische Nordküste war ein schönes Land mit ihren Kiefernwäldern, Sümpfen und Feldern. Heller Kalkstein säumte die Buchten, an die blau glitzernd und weiß schäumend die Wellen der Ostsee rollten. Die Gutshäuser lagen in großen Parks mit weiten, gepflegten Rasenflächen, und von den Terrassen aus konnte man das Meer zwischen den Bäumen schimmern sehen. Am Strand gab es Badehäuser und Boote, Schuppen, in denen Liegestühle und bequeme Korbsessel bereitstanden. Alles war darauf angelegt, das Leben so bequem und schön wie möglich zu machen. Aber unter der Oberfläche von Anmut und Schönheit gärte es. Zwei Gruppen teilten sich das Land zwischen Ostsee und Narwa: auf der einen Seite die Baltendeutschen, adelig zumeist, reich, unbekümmert die Privilegien genießend, die ihnen als den »Herren« des Landes zustanden. Auf der anderen Seite estnische Bauern, denen die Aufgabe zugeteilt war, den Herren zu dienen. Ihr Leben rieb sich meist auf in der Sorge, sämtliche Mäuler der oft überreichen Kinderschar zu stopfen. Der Blick auf die feudalen Herrensitze nebenan ergrimmte sie. Dort hatte man Geld, man hatte immer viele Gäste, man lebte sorglos und verschwenderisch und vielfach in provozierender Abkehr von alten russischen Traditionen. Mit Kriegsausbruch verschärfte sich die Lage. Nun waren alle Deutschen Feinde, auch wenn sie unter russischer Fahne kämpften. Dass die jungen Balten selber im Schützengraben lagen, statt sich auf Tennisplätzen und am Strand herumzutreiben, interessierte niemanden mehr. Der Hass hatte zu lange gewährt, das veraltete System konnte nicht mehr an Boden gewinnen. In den Bauernstuben gärte es. Petrograd war nur der Anfang gewesen.

Am 29. Februar 1917 trat die Provisorische Regierung unter der Präsidentschaft des Fürsten Lwow an. Am 2. März dankte der Zar ab.

Belle nahm im Haus die Zügel in die Hand. Nichts konnte ihre Selbstsicherheit untergraben, und nach ein paar Tagen stummer, hasserfüllter Auflehnung fügten sich die Dienstboten und Gutsarbeiter ihrer klaren, festen Stimme. Sie ließ sich nicht die allergeringsten Sorgen anmerken, aber sie wusste, dass sie alle auf einem Pulverfass saßen. Nur ein kleiner Funke noch fehlte zur Rebellion. Und dann … ihre Kräfte schwanden von Tag zu Tag. Die frische Luft tat ihr zwar gut, sie hustete nicht mehr so viel, aber sie merkte, dass sie langsam schwächer wurde. Sie schlief immer mehr und länger, fühlte sich dabei immer erschöpfter. Wenn sie sich im Spiegel betrachtete, dachte sie entsetzt: das Gesicht einer alten Frau!

Dann beschlich sie die Angst, jemand könne etwas merken. Wenn die Dienstmädchen sie lange und prüfend musterten, ging ihr sofort durch den Kopf: Jetzt merken sie es. Jetzt sehen sie, dass ich krank bin, jetzt haben sie begriffen, dass ich nicht mehr lange leben werde.

Sie hatte ständig leichtes Fieber. Ihre Augen zeigten einen heißen Glanz, ihr Atem ging schwer, er war zu warm und roch süßlich. Etwas änderte sich während dieser Monate im

Ausdruck ihres Gesichtes. Sie schien in sich zu versinken, nach innen zu lauschen; in ihrem Blick lag das Wissen, das Menschen erlangen, denen die Nähe des Todes bereits zeitweise Einsicht in andere Dimensionen erlaubt. Nachts quälten sie wirre Träume, die wie aus einer anderen Welt kamen. Sie hielten sie den halben Tag über gefangen und ließen sie stundenlang auf der schmalen Grenze zwischen Traum und Wachen balancieren.

Jeden Nachmittag kam der Gutsverwalter zu ihr, um zu besprechen, welche Arbeiten in den nächsten Tagen getan werden mussten. Er war ein vierschrötiger, untersetzter Mann mit kalten Augen, der genau wusste, dass Belle ihn dringend brauchte, da er im Augenblick der Einzige war, der das Gut führen konnte. Er liebte es, ihr Hiobsbotschaften zu bringen, wie etwa: »Sind wieder zwei unserer besten Zuchtstuten gestorben, wird bald bergab gehen mit uns!« oder nach dem Kriegseintritt der USA im April: »Jetzt geht's Deutschland dreckig. Die werden zermalmt, und dann bleibt nichts mehr von ihnen übrig. Das finden Sie doch auch gut, oder?«

Zu Anfang zeigte er noch einen gewissen Respekt vor der »jungen Baronin«, aber mit feiner Witterung erkannte er bald, dass sie so stark nicht war, wie sie sich gab. Einmal fragte er sogar: »Haben Sie Fieber, Madame?«

»Eine Erkältung, nichts weiter«, gab Belle zurück, »geht bald vorüber.«

Der Mann grinste. Er hatte keine Ahnung, was mit der Frau los war, aber er roch den Tod.

Schließlich nahm er nicht einmal mehr den Hut ab, wenn er in ihr Zimmer trat. Eines Tages unterließ er es sogar anzuklopfen. Belle hatte sich für einen Moment auf dem Sofa ausgestreckt und kämpfte beharrlich gegen eine Vielzahl schreiend bunter, wirrer, verrückter Bilder, die die Wirklichkeit zu verdrängen und von diesem Zimmer Besitz zu ergreifen drohten. Der Verwalter kam ihr im ersten Moment ebenfalls wie ein Trugbild vor, ein großer, dunkler Schatten, der sich drohend vor ihr aufbaute und lachend auf sie hinunterblickte. Dann begriff sie, und mit der ihr verbliebenen Kraft sprang sie auf, schlug die Arme um den Leib, weil das jähe Erwachen sie vor Kälte zittern ließ. »Was fällt Ihnen ein!«, rief sie. »Verschwinden Sie! Machen Sie, dass Sie fortkommen. Und nächstens klopfen Sie an, wenn Sie was wollen!«

»Schon gut«, brummte der Mann. Belle konnte den Hass in seinen Augen sehen, aber auch einen Anflug von Achtung, weil sie ihm bewiesen hatte, dass die Krankheit sie noch nicht willenlos gemacht hatte. Er maß sie mit abschätzenden Blicken, dann grinste er und sagte: »Alles nur noch eine Frage der Zeit.«

»Was meinen Sie damit?«

»Die Tage der Deutschen in Estland sind gezählt, das ist es, was ich meine. Auf Wiedersehen, Madame!« Er verließ das Zimmer und stieß in der Tür fast mit Felicia zusammen. Mit einer ironischen Verbeugung ließ er sie vorbei.

Felicia sah ihm nach. »War er wieder unangenehm?«

Belle hob fröstelnd die Schultern. »Ja. Und das Schlimme ist, mit allem, was er sagt, hat er recht.«

»Was sagt er denn?«

»Dass unsere Tage gezählt sind. Die der baltischen Herrenschicht. Die Revolution wird das Land umstürzen und unser Leben. So wie hier gelebt wurde«, mit den Armen machte sie eine Geste, die Haus und Park und das Land meinte, »das geht nie lange gut. Zu viel Ausbeutung, zu viel Hass. Die Risse schließen sich nicht mehr.« Sie trat ans

Fenster. Unten, vor der Veranda, erblühten purpurrot die ersten Pfingstrosen, durch den Kiefernwald am Ende des Parks leuchtete das Meer. Das Gras stand hoch und wiegte sich leise im warmen Wind. »Es wird Julius sehr treffen, wenn sie uns dieses Land hier wegnehmen.«

»Vielleicht wird noch alles gut«, meinte Felicia, aber sie glaubte nicht, was sie sagte.

»Du und die anderen«, fuhr Belle fort, »ihr solltet sehen, dass ihr nach Deutschland kommt. Nach Hause.«

»Nur mit dir, Tante Belle.«

»Ich gehe nicht weg ohne Julius.«

»Dann bleiben wir auch. Bei mir brauchst du dich doch nicht zu verstellen. Du bist krank. Glaubst du, da lass ich dich allein?«

Belle starrte noch immer zum Fenster hinaus, als wolle sie Sonne und Blühen dort draußen trinken. »Ich sage es dir zum Trost«, begann sie unvermittelt, »der Mensch gedeiht nicht in der Idylle. Es ist ein gesunder Instinkt, der uns dann und wann Sehnsucht nach Wirrnis und Verderben haben lässt.«

Felicia senkte die Augen. Belle drehte sich zu ihr um. »Danach, zerrissen zu werden«, flüsterte sie geheimnisvoll.

»Ich fahre nach Petrograd«, sagte sie nach einer Weile, in der sich die mittägliche Stille über das Zimmer gesenkt und neue Gedanken geboren hatte, »ich muss mich um Julius kümmern. Es darf nicht passieren, dass niemand mehr nach ihm fragt. Dieses Land ist zu groß, man geht leicht verloren darin.«

Kat hatte es sich zur Gewohnheit gemacht, jeden Nachmittag wenigstens zwei Stunden am Meer spazieren zu gehen. In den kleinen Buchten an der Küste floss das Wasser ruhig, und manchmal saß sie auf einem Bootssteg oder einem Stein und träumte über die Wellen hin. Den schnellen, brutalen Wandel in ihrem Leben, der sie erst ins Lazarett, dann in das Lager und schließlich in das brennende Petrograd geführt hatte, konnte sie nicht so schnell verwinden. Mehr und mehr zog sie sich in eine Fantasiewelt zurück, in der es ruhig und friedlich zuging. Dort war der Krieg längst zu Ende, Phillip war gesund zu ihr zurückgekehrt, und das Leben verlief wieder in seinen alten Bahnen. Kat sah alles ganz genau vor sich; hatte sie eine der erdachten Szenen bis zum Letzten ausgekostet, stand sie auf und schlenderte weiter, und manchmal nahm sie sogar ihren Hut ab und ließ sich die Sonne ins Gesicht scheinen.

An jenem Morgen, als Tante Belle den Streit mit dem Verwalter hatte, lief sie besonders weit. Zum ersten Mal seit Langem fühlte sie sich wieder ausgeruht und munter. Sie betrachtete die Welt mit wacheren Sinnen als zuvor. Der Tag war zu schön, um ihn zu verträumen. Aus dem Wald sangen Vögel, zarte blassgelbe Stiefmütterchen wuchsen am Wiesenrand; Margeriten, Goldnesseln und Kornblumen blühten. Das Meer war nie so hell und blau, der Kalkstein an der Küste nie so weiß und leuchtend gewesen.

Kat wollte schon anfangen zu singen – irgendein albernes Lied vom Frühling und Sommer –, als sie bemerkte, dass sie nicht allein war. Zwei junge Männer – kaum älter als sie, siebzehn oder achtzehn vielleicht – kauerten nebeneinander auf einem der Felsbrocken am Wasser. Sie unterhielten sich auf Deutsch.

»Ich kann nicht verstehen, dass die deutsche Regierung es zugelassen hat, Lenin durch Deutschland hindurch nach Petrograd zu transportieren. Er ist gefährlich.«

»Für uns, nicht für den Kaiser. Wenn er hier eine Revolution macht, bedeutet das das Ende des Krieges mit Russland. Ein Gegner weniger.«

»Es wird hoffentlich nicht zu einer weiteren Revolution kommen. Nicht zu einer bolschewistischen.«

»Ich weiß nicht. Ich habe den Eindruck, die Bolschewisten gewinnen an Einfluss.«

»Ach was!« Einer der Männer stand ungeduldig auf. Als er sich umdrehte, erblickte er Kat, die neugierig stehengeblieben war.

»Oh!« Er stieß den anderen Mann an. »Wir haben Besuch!« Über ein paar Steine hinweg turnten sie ans Ufer und blieben vor Kat stehen. »Wollten Sie zu uns?«, fragte der Jüngere. Er hatte blonde Haare und schöne blaue Augen.

Kat lächelte ihn an. »Ich fürchte, ich hab mich verlaufen. Ich gehöre zur Familie von Oberst von Bergstrom, und ich wollte eigentlich nur drüben bei uns am Strand spazieren gehen, aber nun bin ich wohl zu weit gegangen.«

»Das muss man hin und wieder im Leben tun. Darf ich vorstellen, ich bin Andreas von Randow, und dies ist mein Bruder Nikita. Wir sind gewissermaßen Ihre Nachbarn.«

»Randow? Tante Belle erzählte von Ihnen.«

»Wirklich?«

»Nun ja, eben dass es hier Nachbarn mit diesem Namen gibt.«

»Sagen Sie«, fragte Andreas, »was fangen Sie mit diesem langweiligen Sommer an? Früher war hier viel los, aber seit Kriegsbeginn tut sich nichts mehr. Wir sind schon ganz verzweifelt.«

»Müssen Sie nicht zur Schule?«

»Sporadisch. Die meisten Lehrer sind an der Front. Es lohnt sich nicht.«

Kat lachte. »Und Ihr Vater erlaubt das?«

»Unser Vater ist bei Tannenberg gefallen«, erwiderte Andreas. Einen Moment lang war es still, nur das Meer rauschte, und in den Wipfeln der Kiefern sang leise der Wind. Andreas' und Kats Augen begegneten sich. Es war wie ein intimer Gruß, ein Erkennen.

Andreas sagte: »Hätten Sie Lust, mit uns Tennis zu spielen? Wir haben einen Tennisplatz in unserem Park.«

»Ich hab noch nie Tennis gespielt.«

»Sie werden es lernen. Kommen Sie mit?«

Kat zögerte eine Sekunde. Bis zum gestrigen Abend hatte jeder Tag, jeder Moment nur Phillip gehört. Aber dieser Junge, dieser Andreas, er war aus Fleisch und Blut. Er war keine Erinnerung, kein schemenhafter Bote aus einer vergangenen Zeit.

Er war wirklich wie das Meer, der Wind, die Sonne.

»Ja«, sagte sie, »ich komme mit.«

Kat kehrte erst spät nach Hause zurück. Sie hatte völlig die Zeit vergessen, und so war die Sonne schon untergegangen, als sie auf das heimatliche Portal zueilte. Über den blassblauen Abendhimmel schwirrten ein paar Schwalben. Ein feuchter Duft zog vom Park her auf. Alles war friedlich und lebendig. Als Kat das Haus betrat, sah sie Felicia in Begleitung eines älteren Herrn die Treppe herunterkommen. Beide hatten sehr ernste Gesichter. Felicia sah Kat, die mit ihren fliegenden Haaren und roten Wangen einen ungewohnten Anblick bot, zerstreut an. »Ach Kat. Gut, dass du da bist.«

»Es tut mir leid, dass ich so spät …«, setzte Kat an, aber Felicia unterbrach sie gleich. »Kat, das ist Dr. Calvin. Er war bei Tante Belle. Sie ist heute Nachmittag zusammengebrochen.«

»Was?«

»Miliartuberkulose«, erklärte der Doktor, »das bedeutet, Tuberkeln in allen Organen, hauptsächlich natürlich in der Lunge. Die Abwehrkräfte des Körpers sind zusammengebrochen. Die Symptome ähneln dem Typhus. Ich will Ihnen nicht verschweigen, dass die Heilungschancen nicht allzu groß sind.«

Aus Kats Gesicht war alle Farbe gewichen. Sie starrte Felicia an. »Ja, wusstest du, dass sie …«

»Ich wusste, dass sie Tuberkulose hat, ja.«

»Sie gehört in ein Sanatorium«, sagte der Arzt, »in die Schweiz müsste man sie bringen. Im Augenblick ist sie jedoch kaum transportfähig, und der Krieg verkompliziert alles. Ich werde sehen, was ich hier für sie tun kann.«

Er wollte gehen, blieb aber noch einmal stehen. »Ein Rat: Betreten Sie das Zimmer der Kranken nicht ohne Mundschutz. Und so selten wie möglich!« Die Tür fiel hinter ihm zu. Die beiden Frauen blieben zurück, sie sahen einander an. »Es geht ihr sehr schlecht«, sagte Felicia, »und sie quält sich um Onkel Julius. Sie wollte nach Petrograd zurück.«

»Meinst du … sie wird sterben?«, flüsterte Kat. Felicia schwieg. Eine Uhr tickte laut, irgendwo lachte eines der Dienstmädchen. Nur noch spärlich floss Licht durch die Fenster, langsam breitete sich die Dunkelheit aus.

»Kat, würdest du es dir zutrauen, hier ein paar Tage allein zurechtzukommen?«

»Allein?«

»Ich muss nach Petrograd. Ich habe das Gefühl, Belles … Seelenheil hängt davon ab. Ich muss sehen, ob ich etwas für Julius tun kann.«

»Was solltest du für ihn tun können?«

Felicias Augen wurden schmal. »Maksim Marakow. Er wird mir helfen.«

»Aber Felicia!« Kat umklammerte den untersten Pfosten des Treppengeländers. »Felicia, du kannst doch nicht nach Petrograd zurück! Nachdem wir es geschafft haben, von dort zu fliehen, willst du wieder alles aufs Spiel setzen!«

»Ich gehe ja nicht in das alte Haus zurück. Nirgendwohin, wo ich verhaftet werden kann. Niemand wird mich beachten. Ich muss das tun, verstehst du? Julius gehört zu meiner Familie.« Sie wollte schon die Treppe hinauf, da fiel ihr noch etwas ein. »Ach sag mal, wo warst du eigentlich den ganzen Tag?«

Trotz allem, Kats Augen leuchteten auf. »Oh, stell dir vor, ich habe …«, fing sie an, doch sie brach ab und biss sich auf die Lippen. Der Zauber des Nachmittags lag noch in ihr, aber er passte nicht hierher. Sie wollte ihm nicht seinen Glanz nehmen, indem sie ihn dem falschen Ort und der falschen Stunde auslieferte. »Ich habe einfach einen sehr langen Spaziergang gemacht«, sagte sie unbestimmt.

Die letzten Stufen zur Kellerwohnung hinab taumelte Maksim nur noch. Er konnte sich kaum mehr auf den Beinen halten, und vor seinen Augen flimmerte es. Zum Teufel mit der Grippe. Im Sommer!

Drinnen setzte er sich sofort. Das Blut pochte dumpf in seinen Ohren. Gerade wollte er fluchen – so hässlich und laut er nur konnte –, da flog die Tür auf, und Mascha stürmte herein. Sie warf ihre rote Baskenmütze auf den Tisch.

»Die *Prawda* ist verboten worden! Ich komme gerade aus der Redaktion. Die Regierung hat alles durchsuchen lassen. Wir haben unverzüglich unser Erscheinen einzustellen.«

Maksim bemerkte düster: »Sie versuchen, die bolschewistische Bewegung zu zerschlagen. Wladimir Iljitsch bekam eine Aufforderung, vor der Regierung zu erscheinen und sich aburteilen zu lassen.«

»Und? Er geht doch nicht hin?«

»Nein. Er taucht unter. Wir können es uns nicht leisten, gerade Lenin zu verlieren, und für die Regierung wäre es reizvoll, der Angelegenheit mit einer schnellen Kugel ein Ende zu setzen. Willst du eine Zigarette?«

Seine Hände zitterten vor Fieber, als er Mascha Feuer gab. Sie schwang sich auf den Tisch, zog den Rock bis über die Knie hoch und ließ die Beine baumeln. Es war drückend heiß. »Ich tauche auch unter«, sagte sie.

Maksim runzelte die Stirn. »Was ist passiert?«

»Ein Tipp von einem Genossen. Gegen mich ist Haftbefehl erlassen worden.«

»Wohin gehst du?«

»Geheim. Aber mit Trotzki abgesprochen.«

»Ah.« Maksim nickte nur. »Ich mache mir Sorgen um dich«, sagte er dann, »du siehst schlecht aus.«

»Danke. Du auch.«

»Du weißt, wie ich es meine. Du schläfst zu wenig, rauchst zu viel, und ... isst du eigentlich manchmal was?«

Mascha erwiderte seinen Blick voller Spott. »Wie steht es mit dir?«

Maksim strich sich mit der Hand über das Gesicht. Sein Atem ging schwer. Seine Wangen waren tief eingesunken, die Lippen grau, die Augen rotumrändert. Er litt unter einer tiefen Erschöpfung, manchmal glaubte er, einfach nicht weiterzukönnen. Er betrachtete die Stadt, in der schon so viel Blut geflossen war, sah, wie die Menschen vor den Geschäften Schlange standen und mit ihren wenigen, immer strenger rationierten Lebensmittelkarten versuchten, wenigstens ein paar Grundnahrungsmittel zu erkämpfen. Zugleich gab es Schieber und Spekulanten, Kaufleute, die Waren zurückhielten, um sie dann für gewaltige Geldsummen zu verkaufen; bei der Plünderung eines Geschäftes durch die hungrige Menge waren ganze Lager von Mehl, Zucker und Butter gefunden worden. Es gab genug Leute, die sich an der Revolution bereits bereichert hatten, ihre Mätressen mit Gold behängten und rauschende Feste mit Strömen von Champagner feierten. Die einen ergingen sich im Wohlleben, die anderen kauerten nächtelang völlig übermüdet auf den Gehsteigen vor den Läden, um am nächsten Morgen unter den Ersten zu sein, die eingelassen wurden. Bereicherung, Ausbeutung und Korruption, dachte Maksim bitter, wird das denn niemals abzuschaffen sein?

Der bohrende Schmerz in seinen Schläfen setzte wieder ein. Sein Herz jagte. »Ich glaube, ich …«, sagte er schwach, doch seine Worte verloren sich. Er hatte sagen wollen: Ich glaube, ich habe Fieber. Doch seine Zunge schien ihm heiß und schwer und weigerte sich, andere Laute hervorzubringen als ein undeutliches Murmeln. Die Welt um ihn wurde finster. Das Letzte, was er spürte, war der dumpfe Schmerz, mit dem sein Kopf auf der Tischplatte aufschlug.

Als er wieder zu sich kam, lag er auf seinem Bett, aber der Schwindel, das Hämmern in seinem Kopf hielten an. Mascha stand über ihn gebeugt und flößte ihm Wasser ein. Sanft legte sie ihm ihre kühle Hand auf die glühende Stirn. »Was hast du?«, fragte sie.

Maksim versuchte, sich aufzusetzen, aber er schaffte es nicht. Erschöpft sank er zurück. »Eine Erkältung«, murmelte er.

Mascha verzog das Gesicht. »Eine Erkältung? Mein Lieber, mir sieht das eher nach einer Lungenentzündung aus. Du brauchst einen Arzt.«

»Rede nicht. Das einzige Problem ist…« Maksim versuchte sich zu konzentrieren. Es gelang ihm kaum, seine brennenden Augen offen zu halten.

»Das einzige Problem ist«, fuhr Mascha fort, »dass ich mich in einer knappen Stunde mit den Leuten treffen muss, die mich aus Petrograd herausbringen. Sie haben gefälschte Papiere und ein Versteck organisiert. Irgendwo weiter im Osten.«

»Du… musst gehen…«

»Ja!« Mascha warf die Haare zurück und lachte bitter. »Ich muss gehen. Ich kann's nicht riskieren zu bleiben. Aber ich kann dich eigentlich auch nicht allein zurücklassen.«

»Du…« Maksim suchte mühsam nach Worten. Der ganze Raum drehte sich vor seinen Augen. »Du darfst keine Zeit verlieren, Mascha. Bitte. Es ist…« Seine Zähne schlugen aufeinander, der Schweiß brach ihm aus vor Anstrengung. »Es ist niemandem gedient, wenn… du im Gefängnis sitzt, der Sache nicht und mir nicht.«

Mascha nickte. In ihrem Gesicht kämpften die verschiedensten Empfindungen miteinander. Plötzlich sagte sie heftig: »Ja, Maksim, ich werde gehen. Ich muss gehen, und ich muss dich im Stich lassen. Aber du hast immer gewusst, dass es so sein würde. Wir können es uns nicht leisten…« Sie brach ab und erhob sich abrupt. »Ich gehe bei Genosse Ilja vorbei. Er soll sich um dich kümmern. Er ist schließlich Medizinstudent, und mit einer Lungenentzündung wird er fertigwerden.« Sie nahm ihre Tasche auf. Sie wollte noch etwas sagen, aber sie merkte, dass Maksim sie kaum verstehen würde. Seine Augen fielen schon wieder zu, er atmete schnell.

Mascha verließ die Wohnung, mit einem entschlossenen Ruck zog sie die Tür hinter sich zu.

Sie blickte auf ihre Uhr. Es blieb ihr nicht viel Zeit, wenn sie noch bei Ilja vorbeigehen wollte. Sie ging die Straße entlang und bemühte sich, ihrem Gesicht den Ausdruck einer ganz gewöhnlichen Bürgersfrau zu geben, die lediglich vorhatte, sich in die Schlange vor dem nächsten Lebensmittelgeschäft einzureihen.

Ilja Wasilij Obolokow, Mitglied der bolschewistischen Partei, schlug die Tür seiner Wohnung hinter sich zu. Er hielt eine Tasche in der Hand, in die er eilig ein paar wichtige Utensilien gepackt hatte. Ein Fieberthermometer, ein Hörrohr, einige Tabletten und Tinkturen.

Er wartete noch eine Weile, um nicht unmittelbar nach Mascha das Haus zu verlassen. Schließlich lief er hinunter. Seine Schritte hallten im Treppenhaus. Er blinzelte, als er hinaustrat.

Die Sonnenstrahlen flimmerten hell.

Er begriff nicht, wo die beiden Männer hergekommen waren. Sie tauchten so plötzlich auf, einer von rechts, der andere von links, als wäre sie wie von Zauberhand aus dem Boden gewachsen. Sie trugen Zivil. »Ilja Wasilij Obolokow?«, fragte der eine. Ilja sah ihn an. Kühle, unbeteiligte Augen musterten ihn. Es hatte keinen Sinn zu leugnen. Zumal er seinen Pass mit sich trug. »Ja«, antwortete er daher, »ich bin Ilja Obolokow.«

»Sie sind verhaftet. Folgen Sie uns.«

Iljas Augen schweiften rasch die Straße hinauf und hinunter und blieben an dem Auto hängen, das auf der anderen Straßenseite geparkt stand. Es war leer. Keine Spur von Mascha. War sie entkommen?

»Ich möchte wissen, weshalb man mich festnimmt!«, sagte er kalt.

Mit erstaunlich höflicher Stimme erwiderte sein Gegenüber: »Sie sind Mitglied der bolschewistischen Partei. Die Regierung hat einen Haftbefehl gegen Sie erlassen. Wir müssen Sie bitten, ohne Widerstand mit uns zu kommen.«

»Ich protestiere«, sagte Ilja, was ihm natürlich nicht im Mindesten weiterhalf. Er musste in das Auto klettern, ein Mann setzte sich neben ihn, der andere ans Steuer, und schon fuhren sie los.

Die Straße lag still und leer hinter ihnen. Niemand hatte etwas von dem Zwischenfall bemerkt.

Im Fiebertraum sah sich Maksim von verwirrenden Bildern heimgesucht. Er war wieder ein kleiner Junge und saß auf dem Schoß seiner Großmutter. Irgendjemand stellte eine Schüssel mit Kranzbeeren vor ihn hin und sagte mit eindringlicher Stimme: »Iss doch, Maksim. Komm, du musst etwas essen!«

Er versuchte, die Schüssel wegzuschieben, weil er auf einmal davon überzeugt war, die Beeren seien vergiftet. Ein Gesicht neigte sich dicht über seines, blassgraue Augen betrachteten ihn besorgt. Dieses blasse Gesicht … ein eigentümliches Gefühl der Bedrohung beschlich ihn. Er war kein kleiner Junge mehr. Er war ein Mann, er roch den Duft des Sommers, sah, wie die Welt in Dämmerung versank. Vor ihm stand die blasse Frau mit den unglaublichen Augen, und er hätte gewünscht, Gott, er hätte gewünscht … Das Bild des Sommers verschwamm mit dem einer Berliner Straße, oder war es eine Straße in Petrograd, er konnte es nicht erkennen. Um ihn herum raste die Welt, brannten Feuer, glitzerte der Schnee rötlich in der Nacht. Er fragte sich, ob es vom Rauch kam, dass sein Hals so schmerzte, dass er nicht schlucken konnte. Er wünschte nichts mehr, als dass irgendjemand käme, das Feuer zu löschen.

»Das Mittel gegen das Fieber müsste gleich wirken«, sagte eine tiefe Stimme. Sie sprach deutsch und flößte durch ihren bloßen Klang Zuversicht ein. »Nur einen Moment. Er wacht schon auf.«

Maksim öffnete die Augen. Es dauerte ein paar Sekunden, bis er klar sehen konnte und sich Wände und Möbel an die richtigen Stellen schoben. Er erkannte einen grauhaarigen Mann, der ein Hörrohr um den Hals trug und ihn besorgt musterte. Neben ihm stand Felicia. Sie sah elend aus.

Mühsam öffnete er den Mund. »Was … ist geschehen?«

Der grauhaarige Mann nahm seine Hand und fühlte seinen Puls. »Es hat Sie ganz schön umgehauen, Monsieur. Eine schwere Lungenentzündung. Sie können Gott danken, dass diese junge Dame hier Sie gefunden und gleich mich zu Hilfe geholt hat. Ich bin Dr. Luchanow, der ehemalige Hausarzt der Familie Bergstrom. Ich habe Ihnen etwas gegen das Fieber gegeben, aber es wird noch einige Zeit dauern, bis Sie wieder ganz gesund sind.«

Maksim nickte schwach. Seine Augen suchten Felicia. Sofort kauerte sie neben ihm. »Maksim! Du bist sehr krank. Du kannst auf keinen Fall hierbleiben. Jemand muss sich um dich kümmern. Wo … ist denn Mascha?«

Mascha … jetzt fiel ihm alles wieder ein.

»Mascha ist fort. Sie musste fliehen.«

»Und sie hat dich hier ganz allein zurückgelassen?«

»Ilja sollte kommen. Er wird kommen. Lass mich nur …«

»Wir lassen Sie gar nicht, junger Mann«, brummte der Arzt, »Sie müssen jetzt versuchen, sich auf uns zu stützen und mit zu meinem Auto zu kommen. Kommen Sie, ich helfe Ihnen!«

Maksim schüttelte schwach den Kopf. »Ich möchte hierbleiben. Gehen Sie nur.«

»Würde ich ja gern. Aber ich habe das Gefühl, Madame Lombard besteht darauf, Sie mitzunehmen. Und dafür sollten Sie ihr dankbar sein. Ich weiß, dass Sie zu den Bolschewisten gehören, und wahrscheinlich bringt Sie der Gedanke, Ihr Leben zwei besonders üblen Angehörigen der Bourgeoisie zu verdanken, fast um den Verstand. Aber geben Sie Ihre verdammte Arroganz auf. Wenn ihr Revoluzzer krank seid, braucht ihr einen Arzt wie alle anderen Menschen auch, da kann euch sonst nicht mal die Partei helfen. Auf jetzt!« Mit einem kräftigen Ruck zog er Maksim hoch und stellte ihn auf die Füße. Felicia erschrak. Nun erst konnte sie richtig sehen, wie krank Maksim war. Bei jedem Atemzug rasselte es in seiner Brust, als schlügen dort Ketten gegeneinander. Er schwankte leicht und legte hilfesuchend einen Arm um die Schulter des Doktors. Der grinste. »Geht doch, Genosse, oder?«

Es dauerte lange, bis sie Maksim die Kellertreppe hinaufgeführt hatten. Vom Fieber geschüttelt sank er auf dem Autositz zusammen. Felicia betrachtete ihn angstvoll. »Er wird es doch schaffen, Doktor?«

»Der schafft es. Der will es schaffen. Ihn halten seine Ideale aufrecht. Und wahrer Idealismus gibt viel Kraft. Viel mehr, als wir uns vorstellen können. Aber Sie«, Luchanow musterte Felicia streng, »Sie sollten sich mal ausruhen. Der Tag scheint ein bisschen anstrengend gewesen zu sein. Erst laufen Sie bei der Hitze durch die halbe Stadt, dann finden Sie diesen Mann, rennen wie eine Wahnsinnige zu mir und regen sich ganz furchtbar auf. Außerdem haben Sie wahrscheinlich noch nichts gegessen heute, oder?«

»Nein. Aber ich hab auch keinen Hunger.«

»Sie kommen beide mit zu mir. Sie brauchen Ruhe.«

»Das können wir nicht annehmen.«

»Belle und ich sind gute Freunde. Ich werde deshalb ja wohl etwas für Belles Nichte tun dürfen. Zurück an den Twerskij-Boulevard könnt ihr jedenfalls nicht!« Ein schlauer Seitenblick streifte Felicia. Sie erwiderte ihn offen.

»Nein, das können wir nicht, Dr. Luchanow, Sie wissen wohl, dass Oberst von Bergstrom verhaftet worden ist?«

»Ich hörte davon.«

»Wissen Sie, ich kam hierher, um etwas über sein Schicksal zu erfahren. Ich dachte, Maksim könnte mir helfen, aber nun dürfte er wohl kaum dazu in der Lage sein.«

»Kaum. Weshalb kam Belle nicht selbst?«

Felicia zögerte. »Belle ist krank«, sagte sie schließlich.

»Ernst?«

»Tuberkulose. Miliartuberkulose, nannte es der Arzt.«

Luchanow zuckte zusammen. »Belle … so krank?« Dann gewahrte er die tiefe Blässe auf Felicias Gesicht. Rau drückte er ihre Hand. »Armes Mädchen, mit einer ziemlich desolaten Gesellschaft sind Sie belastet! Dieser lungenentzündete Bolschewik und daheim die schwindsüchtige Belle. Aber Sie schaffen es. Sie sehen nicht aus wie jemand, der sich unterkriegen lässt.« Wieder trat das schlaue Funkeln in seine Augen. »Die Situation ist Ihnen gar nicht unlieb, wie? Ich habe bemerkt, wie Sie diesen Marakow angesehen haben. Sein Zustand zwingt ihn in Ihre Hände. Ein netter Schachzug des Schicksals, nicht?«

Felicia antwortete nicht. Luchanow lachte, dann sagte er: »Sie beide können für ein paar Tage meine Gäste sein. In dieser Zeit werde ich versuchen, ob ich etwas über Oberst von Bergstrom herausfinden kann. Aber versprechen Sie sich nicht zu viel. Ich muss vorsichtig sein, und die Lage ist schwierig.«

»Vielen Dank, Doktor. Sie tun so viel. Belle kann glücklich sein, einen solchen Freund zu haben.«

»Wer wäre nicht Belles Freund«, gab Luchanow kurz zurück, und Felicia begriff, dass der Arzt wie die meisten Männer in ihre Tante verliebt gewesen war.

Seltsam, dass alles so gekommen war. Ihre Freundin Sara hatte früher manchmal die Theorie vertreten, das Leben eines jeden Menschen sei vorgezeichnet bis in jede einzelne Sekunde seines Daseins hinein. Felicia hatte das immer von sich gewiesen. »Entsetzlich, diese Idee! Du hättest ja keinen freien Willen mehr!« Jetzt musste sie wieder daran denken.

Sie stand in Dr. Luchanows Wohnung, am dritten Tag nach ihrer Ankunft in Petrograd, und betrachtete Maksim, sein schmales, vom Fieber ausgezehrtes Gesicht zwischen den Kissen seines Lagers.

Das Schicksal hatte sie geradewegs in das düstere Kellerloch geführt, in dem er lag und auf den Tod wartete, es hatte sie geschickt in einem Moment, da es auf der ganzen Welt keinen Menschen zu geben schien, der bereit gewesen wäre, sich um ihn zu kümmern. Nun konnte sie ihn mit nach Reval nehmen und dort für ihn sorgen.

Sie neigte sich über ihn, durchforschte sachlich und präzise die Züge seines Gesichtes. Sie entdeckte, dass Leidenschaft Enttäuschung gewichen war, Glaube Zweifel, Begeisterung Resignation. Ein völlig neues, müdes Gesicht.

Als sie sich wieder aufrichtete, lächelte sie.

Luchanow hatte herausgefunden, dass man den Oberst nach Osten gebracht hatte, aber er konnte nichts Näheres über sein Schicksal erfahren. »Die Quellen versiegen, sowie man sie anzapft«, sagte er, »aber ich glaube nicht, dass wir uns zu sehr sorgen müssen. Es ist eine bittere Zeit, die überstanden werden muss, aber ich bin fest davon überzeugt, dass Oberst von Bergstrom zurückkehren wird. Wenn sich nicht unsere ganze Welt ändert …«

Felicia hob den Kopf. Sprach er nun auch schon davon, dass sich die Welt ändern würde? Seit 1914 schien niemand von etwas anderem zu reden. »Was meinen Sie?«

»Nun … wir haben eine Revolution hinter uns, wir haben die Monarchie gestürzt, das Zarenreich hat aufgehört zu existieren. Aber nun entbrennt der Kampf zwischen der Regierung und den Bolschewisten. Die Bolschewisten wollen aus Russland einen sozialistischen Staat machen, und Sie sehen, mit welcher Härte die Regierung das zu verhindern sucht. Ich fürchte, es wird eine zweite Revolution geben. Einen radikalen Umsturz des Systems. All das, wofür Leute wie Ihr Freund kämpfen. Einen Bürgerkrieg …« Luchanow stockte, hing Augenblicke lang Visionen nach. »Sie und Ihr Freund sollten Petrograd verlassen«, sagte er dann, »vor allem wegen Belle. Wer weiß, wie weit sie den Leuten auf ihrem Gut drüben in Estland noch trauen kann. Wer weiß, welche Stürme uns bevorstehen. Und was diesen Maksim betrifft – lassen Sie ihn nicht aus den Augen!«

Felicia lächelte verlegen, aber Luchanow winkte ab. »Nein, nein, Ihre Gefühle gehen mich nichts an. Ich meinte, Sie sollen ihn nicht aus den Augen lassen, weil er zu den Bolschewiken gehört. Vielleicht brauchen Sie ihn, wenn hier der Flächenbrand beginnt.«

»Wird er die Zugfahrt überstehen?«

»Ich denke schon. Er ist sehr krank, aber zäh. Und noch etwas, Felicia: Sagen Sie Belle doch, ich hätte aus zuverlässiger Quelle erfahren, dass es dem Oberst gut geht. Sie soll sich nicht aufregen.«

Felicia nickte. Ein Blick des Einverständnisses ging zwischen ihr und dem Arzt hin und her, dann sagte Luchanow zufrieden: »Sie sind eine undurchschaubare, tapfere kleine Katze, Felicia. Und Sie haben Belles Augen. Wäre ich dreißig Jahre jünger – aber alles im Leben hat seine Zeit. Sie halten durch, nicht wahr? Und Sie lassen Belle nicht im Stich?«

Felicia nickte und schob das Gefühl, eine allzu schwere Bürde aufgeladen zu bekommen, schnell beiseite. Sie las Anerkennung und Lob in den Augen des Doktors, aber es flößte ihr Unbehagen ein; ihr war ängstlicher zumute, als sie zeigte, und sie hatte nicht den Eindruck, Bewunderung zu verdienen.

7

Tiefhängende Regenwolken verhüllten Wiesen und Wälder am Horizont. Matt und tropfend nass hing das Laub an den Bäumen, eintönig pladderte der Regen in Pfützen und Bäche. Die Felder waren gelb von der Blüte des Kreuzkrautes, dazwischen leuchtete tiefrot der Mohn. Rosen, Hortensien, Fuchsien und die weißen Blüten des Kirschlorbeers wucherten über verschlammter Erde. Gluckernd sammelte sich der Regen in großen Pfützen.

Auf der überdachten Veranda des Gutshauses der Familie Randow saßen Kat, Andreas und Nikita und starrten hinaus in die graue rauschende Wand. Andreas und Nikita trugen ihre weißen Tennishosen und weiße Pullover, hatten ihre Schläger auf dem Schoß liegen und warfen einander gelangweilt einen Tennisball zu. Kat, reizend anzusehen in einem gelben Organzakleid von Tante Belle, saß zwischen den beiden, in ihren Korbsessel gekuschelt wie eine Katze, ein Glas Sherry in der Hand, die Beine angezogen. Sie hatte eine Weile verträumt auf einen Strauch gelber Rosen geblickt, nun lehnte sie sich plötzlich vor und fing mit einer blitzschnellen Bewegung den Tennisball auf. Sie sah Andreas herausfordernd an. »Wenn Sie den Ball wiederhaben wollen, dann gehen Sie und bringen Sie mir eine von den gelben Rosen!«

Andreas, der für Kat durch die Hölle gegangen wäre, sprang sofort auf und lief hinaus in den strömenden Regen. Nikita sah ihm nach. Er schüttelte den Kopf. »Was machen Sie mit meinem Bruder, Kat?«

»Wie?«

»Er ist ganz verrückt nach Ihnen, ich glaube, er würde Sie auf der Stelle heiraten.«

Kat warf den Ball in die Höhe, fing ihn wieder auf. »Gefragt hat er mich noch nicht.«

»Natürlich nicht. Es gibt da eine Schwierigkeit. Sie scheinen nicht recht zu wissen, was Sie wollen. Es hat mal eine andere Sache in Ihrem Leben gegeben, stimmt das?«

Kat wandte sich ab und griff in eine Schale mit gezuckerten Walnüssen. »Und wenn es so wäre? Nimmt das Andreas jeden Mut?«

»Das kommt auf Sie an. Andreas ist unsicher, was Ihre Gefühle betrifft.«

»Ich bin selber unsicher«, gab Kat zurück. Dann schaute sie auf. Andreas kam die Treppe zur Veranda herauf, er stand vor ihr, ein Regentropfen löste sich aus seinen nassen Haaren und perlte über seine Stirn. Er atmete etwas schneller als sonst, als er Kat die gelbe Rose reichte. Sie ergriff sie, und zum ersten Mal, seit sie ihm begegnet war, merkte sie, wie ihre Vorbehalte zerrannen und sich der Kummer darum, dass ihr etwas genommen worden war, noch ehe es richtig hatte entstehen können, in nichts auflöste. In Andreas' Bewegungen, in seinem Lächeln lagen so viel Charme, so viel Jugend, dass Kat in einer blitzhaften Erkenntnis begriff: Sie war ja selber noch jung! Neunzehn war sie, und das Leben lag vor ihr, nicht hinter ihr. Es spielte keine Rolle, dass es sie nach Russland verschlagen hatte, dass Krieg herrschte, dass es regnete … Ihr Lächeln ließ Andreas verwirrt innehalten. Nikita runzelte die Stirn. Hatte Kat begriffen, und verlor Andreas sein ewiges Zaudern? Es schien ihm, bei aller Neugier, angemessen, sich vom Schauplatz des Geschehens zu entfernen. Mit einer beiläufig gemurmelten Entschuldigung erhob er sich. Aber gerade in diesem Moment trat seine Mutter auf die Veranda.

Die Baronin war russischer Herkunft, und niemand wusste, auf welcher Seite sie in diesem Krieg stand. Auf jeden Fall waren es Reichsdeutsche gewesen, die ihren Mann bei Tannenberg erschossen hatten, und das konnte sie nicht vergessen. Sie verhehlte nie, dass sie Kat nicht besonders mochte.

Auch jetzt würdigte sie den Gast keines Blickes. Ihr Gesicht war bleich und verschlossen. In ihrem schnellen, harten Russisch sagte sie etwas zu ihren beiden Söhnen – obwohl sie sonst aus Höflichkeit in Kats Gegenwart französisch sprach. Beide Männer starrten sie an. Nikita erwiderte etwas auf Russisch. Ein kurzer Disput folgte, und dann, wie unwillkürlich, sahen sie alle zu Kat hin. Die erhob sich unsicher. Sie konnte die Feindseligkeit spüren, die ihr von der Baronin entgegenschlug.

»Riga ist gefallen«, sagte Nikita leise, »die Deutschen stehen weit in Russland.«

»Oh«, entgegnete Kat ebenso leise. Sie wusste, die Baltendeutschen ersehnten das Heranrücken der deutschen Armee, aber Andreas stand zwischen den Fronten, und auf einmal merkte sie, dass etwas zwischen ihnen war, das keiner von ihnen verleugnen konnte, auf einmal war die Welt wieder grau. Es war Krieg, und es regnete.

»Es wäre vielleicht besser«, sagte die Baronin auf Französisch zu Kat, »wenn Sie nun gehen würden.«

»Ich verstehe«, erwiderte Kat beherrscht. Sie hielt noch

immer die Rose in ihren Händen und sah zu Andreas hin, der aber wich ihrem Blick aus und schaute zu Boden. Ohne ein weiteres Wort drehte sie sich um und ging die Treppe hinunter, durch den Vorgarten und dann die verschlammte Auffahrt entlang. Ihr Kleid durchweichte im Nu und hing als trauriger gelber Fetzen an ihr, ihr schweres, dunkles Haar löste sich aus seinen Nadeln und Spangen und fiel pitschnass über ihren Rücken. Sie fing an, schneller zu laufen, als sie weit hinter sich Andreas' Stimme vernahm, die nach ihr rief. »Kat! Kassandra! Warten Sie doch! Sie können doch nicht ohne Mantel durch den Regen laufen! Warten Sie!«

Sie rannte noch schneller. Schlamm sickerte in ihre dünnen Stoffschuhe, der Regen schlug ihr ins Gesicht. Nachdem sie das Tor passiert hatte, tauchte sie sogleich ins Dickicht des Waldes ein. Ihre Füße versanken im nassen Laub, und die Tannenzweige rissen an ihren Haaren.

Sie wollte nur fort, nur heim.

Der Wald wurde dichter, das Vorankommen immer schwieriger. Kat stolperte über Wurzeln und Zweige, blieb mit ihrem Kleid an wuchernden Dornen hängen. Sie war nass bis auf die Haut, vor Kälte schlugen ihre Zähne aufeinander. Immer noch vernahm sie von fern Andreas' Stimme. Von ganzem Herzen hoffte sie, er werde sie nicht einholen. Sie wollte jetzt nicht mit ihm reden.

Die Bäume traten weiter auseinander. Kat spähte zwischen den Zweigen hindurch, ob sie schon die heimatlichen Mauern sehen konnte. Es schien ihr jetzt, als wäre sie falsch gelaufen. Sie blieb stehen und versuchte, die Orientierung wiederzufinden. Unmittelbar vor ihr endete der Park, und gleich dahinter standen ein paar kleine, ärmliche Bauernhäuser. Wie ausgestorben schien die öde Siedlung. Kein Mensch ließ sich auf den verschlammten Wegen blicken. Nur ein nasses Huhn stolzierte kopfnickend durch einen Gemüsegarten.

Kat verschnaufte einen Moment. Hinter ihr knackten Äste. Andreas, in seinem weißen Tennisdress, der jetzt mit Tannennadeln gespickt war, tauchte aus dem Dickicht auf. »Kat!«

»Nein! Lass mich in Ruhe! Lass mich bloß in Ruhe!« Sie rannte weiter. An einer bröckeligen Mauer hinter einem der Häuser holte Andreas sie ein. Er griff nach ihrem Arm und hielt sie fest.

»Kat, hör mir doch zu! Es tut mir leid. Verstehst du, es tut mir leid! Ich hätte eben zu dir halten müssen, aber bitte, verzeih mir! Ich war verwirrt… Ich konnte so schnell nicht… Versteh mich doch, Kat!«

»Ich bin dir ja nicht böse. Es ist nur so, dass ich fast vergessen hätte, dass unsere Völker im Krieg sind, aber das war falsch. Wir sind im Krieg, und es geht nicht, dass wir…« Sie wollte sich losreißen, aber bei diesem Manöver stolperten sie beide und fielen zu Boden. An der Mauer stand das Gras hoch und war jetzt triefend nass im Regen, aber Kat und Andreas waren selber so nass, dass sie es kaum merkten. Kat rang mit der Hand, die ihren Arm umklammert hielt. Panik überfiel sie, denn plötzlich war Andreas nicht mehr nur der gute Freund, mit dem sie Tennis gespielt und Sommernachmittage vertrödelt hatte. Nun begriff sie, dass er sie begehrte – kein Zug in seinem Gesicht, kein Blick aus seinen Augen schien ihr mehr vertraut. Stumm sah sie ihn an, machte noch eine schwache, kaum überzeugende Bewegung der Abwehr, dann lag sie im Gras, roch nasse Erde, nasses Laub, schmeckte Regen auf ihren Lippen, vernahm das Rauschen eines Baches in der Ferne und sah in geballte Wolken. Sie schloss die Augen und lauschte dem Pochen ihres Herzens.

Als Andreas sich von ihr löste, sah er blass aus. Der Regen wusch ihm den Schweiß aus dem Gesicht, seine Lippen zitterten.

»Wir hätten das nicht tun sollen«, sagte er stockend, »es tut mir leid.«

Mit einer matten Bewegung wandte Kat den Kopf und sah Andreas an. »Ich liebe dich«, sagte sie. Ein paar Minuten lang blieben sie unbeweglich liegen, einer an den anderen gepresst. Beide hatten sie zum ersten Mal einen Schritt in die Welt getan, die jenseits all dessen lag, was ihnen vertraut war. Was sie erlebt hatten, verwirrte sie, erschreckte und beglückte sie zugleich.

Es ist ein Geheimnis, dachte Kat, das nur uns gehört, für immer.

Langsam nahmen sie wieder den Regen wahr, und das nasse Gras. Sie fröstelten gleichzeitig und mussten darüber unwillkürlich lachen. Andreas stand auf und zog Kat mit sich hoch. Sie blickte an ihrem Kleid herunter. »Schau dir das Kleid an! Es gehört Felicias Tante Belle! Wie erkläre ich ihr die Grasflecken und den Schlamm?«

»Du bist ausgerutscht und hingefallen. Und außerdem kann sie auch die Wahrheit wissen. Jeder kann die Wahrheit wissen. Wir werden heiraten, Kat, so schnell es nur geht!«

»Meinst du das wirklich?«

Er nickte. Langsam wurde der Regen schwächer. Fahles Licht sickerte zwischen den Wolken hindurch, Nebelschleier stiegen aus den Tälern. Hand in Hand stapften Kat und Andreas den Weg entlang, vorbei an der Bauernsiedlung. Es roch nach Jauche und nassem Laub.

»Du solltest nicht mehr allein hier herumlaufen«, sagte Andreas unvermittelt, »es ist nicht ungefährlich.«

»Warum denn?«

»Man ist hier nicht gut auf euch zu sprechen. Auf uns alle nicht. Wir sind Deutsche, und wir sind Großgrundbesitzer. Die Bauern – jedenfalls viele von ihnen – träumen von einer Revolution. Verstehst du?«

»Ja.« Kat nickte und nieste gleich darauf. »Aber denkst du, sie würden uns wirklich etwas tun?«

»Ich weiß nicht. Ich fände es nur klüger, wenn du hier nicht mutterseelenallein durch die Wälder liefest. Versprichst du mir, dass du das nicht mehr tun wirst?«

»Ich verspreche es.« Kat hatte kaum zugehört, so tief war sie in eigene, weitaus schönere Gedanken versunken. Sie nieste schon wieder.

Andreas fasste ihre Hand fester. »Jetzt nichts wie nach Hause«, befahl er, »denn erstens musst du sofort ins Bett. Und zweitens will ich auf der Stelle um deine Hand anhalten.«

»Überleg's dir lieber noch mal …«

Andreas blieb stehen, nahm ihren Kopf zwischen seine Hände und küsste ihren Mund. »Ich muss nichts mehr überlegen. Nur – von deiner Familie ist niemand hier. Ich werde Belle von Bergstrom fragen müssen. Was sie wohl dazu sagen wird?«

Belle sagte gar nichts dazu, weil sie den halben Tag in deliriumähnlichem Zustand verbracht hatte, endlich eingeschlafen und natürlich nicht in der Lage war, Besuch zu empfangen – schon gar nicht solchen, der in so ernster Angelegenheit kam. So wandte sich Andreas an Felicia, die von der ganzen Affäre tatsächlich keine Ahnung gehabt hatte und eine gewisse Erschütterung nicht verbergen konnte.

»Weißt du«, sagte sie später zu Maksim, »ich bin weiß Gott nicht prüde. Aber als diese beiden Kinder vor mir standen, mit vollkommen verklärten Gesichtern und über und über – verstehst du, von Kopf bis Fuß – mit Erde und Gras verschmiert und etwas davon faselten, sie seien ausgerutscht und sie wollten heiraten, da hätte ich um ein Haar gesagt: Meine Lieben, arrangiert so etwas doch bitte nächstens ein bisschen diskreter, damit man wenigstens nicht errötet bei eurem Anblick! Wirklich …«, sie schüttelte den Kopf, »nur gut, dass sie so ihrem Vater nicht gegenübergetreten ist!«

Es war Abend, und die Hausmädchen hatten schon die Vorhänge zugezogen. Gegen die Scheiben pladderte der Regen. Felicia kauerte in dem kleinen, gemütlichen Zimmer, das für den kranken Maksim hergerichtet worden war, bewaffnet mit einem russischen Wörterbuch, denn sie hatte beschlossen, Russisch zu lernen. Maksim lag auf einem Sofa. Seit vier Wochen war er heute den ersten Tag fieberfrei, aber er sah erschreckend schlecht aus, zum Skelett abgemagert, hohläugig und durchscheinend blass. Seine Augen, endlich unverschleiert, hatten einen harten, hungrigen Glanz. Felicia, die ihn insgeheim beständig beobachtete, erkannte mit wachsender Angst: Er wollte weg. Er wollte nur noch weg.

Um sich abzulenken, plapperte sie lebhaft weiter. »Hoffentlich hältst du mich nicht für altmodisch. Aber das geht doch alles ein bisschen weit, oder nicht? Ich meine, mitten am Tag auf einem … Acker oder etwas Ähnlichem …« Sie machte eine Pause und setzte dann düster hinzu: »Vor allem, wenn man bedenkt, dass Kat einen Verlobten an der Westfront hat … na ja, so gut wie verlobt waren sie jedenfalls!«

Maksim erwiderte nichts. Eine ganze Weile war nichts zu hören als der Regen, der vor dem Fenster gleichmäßig rauschte. Endlich sah Maksim auf. »Felicia«, sagte er ohne Überleitung, »ich muss so schnell wie möglich nach Petrograd zurück. Jemand muss mich zum Bahnhof bringen.«

Felicia versuchte zu verbergen, dass sie seine Worte verletzten. »Sei nicht albern«, erwiderte sie leichthin, »du bist heute den ersten Tag fieberfrei. Du musst noch eine Woche im Bett bleiben und dann mindestens drei Wochen Ruhe halten.«

»Ich bin gesund!« Maksims Stimme verriet, dass er sich nur mit einiger Anstrengung beherrschte. »Und ich war nie so krank, dass du mich mit hierher hättest nehmen müssen.«

»Du warst sterbenskrank. Allein in diesem Keller hättest du keine achtundvierzig Stunden mehr gelebt!« Felicia nahm ihr Wörterbuch auf und tat so, als vertiefte sie sich wieder in die Vokabeln. Aber ihre Hand zitterte leicht.

Maksim holte tief Luft. »Du kannst mich hier nicht festhalten, Felicia«, sagte er. Sie entgegnete nichts. Irgendwo im Haus schlug krachend ein Fenster zu. Eines der Dienstmädchen rief lachend eine Bemerkung durch das Treppenhaus, ein anderes antwortete kichernd. Maksim ballte seine Hand zur Faust, starrte auf seine knochendürren Finger. Er verfluchte seine Schwäche. Das Fieber hatte alle Kraft aus ihm herausgebrannt. Er hätte aufstehen mögen und gehen, aber er ahnte, dass er es kaum bis zur Haustür schaffen würde. Warum war er krank geworden? Warum war Ilja nicht gekommen? Weshalb hatte Felicia ihn finden müssen? Weshalb immer und immer und immer wieder Felicia …

»Sobald ich laufen kann«, sagte er, »mache ich mich auf den Weg.«

Felicia legte ihr Wörterbuch weg. »Ach ja. Zu deiner Mascha, die dich im Stich gelassen hat, als du sie am dringendsten gebraucht hättest.«

Maksim betrachtete sie kalt. »Du müsstest eigentlich zu stolz sein, deine Verdienste gegen die von Mascha in die Waagschale zu werfen!«

»Keine Sorge. Ich will weder dich noch mich noch Mascha wiegen.« Felicias Augen blickten nicht weniger kalt als die von Maksim. »Es ist nur so, dass ich nach wie vor versuche, das Rätsel zu lösen, weshalb du gerade Mascha gewählt hast. Von allen Frauen – warum sie?«

Maksims Lippen verzogen sich zu einem leisen Lächeln. »Und das, wo sie gar keine eleganten Kleider trägt und nicht ganz so hübsch ist wie du, stimmt's?«

Felicia hob eine Augenbraue. »Also – warum?«

»Wie soll ich es dir erklären? Du wirst es nie begreifen. Sie teilt meine Ideen, meine Ideale. Sie kämpft meinen Kampf, und sie hat dasselbe Ziel. Ich liebe sie, weil sie ist wie ich. Wir sind einander gleich.«

»Eben nicht«, sagte Felicia hart.

Maksim wandte den Kopf. »Was?«

»Eben nicht, ihr seid völlig verschieden, aber das willst du nicht sehen. Soll ich dir sagen, welches der Unterschied ist? Als du krank warst, ist Mascha dennoch gegangen. Wäre Mascha krank geworden, du wärest geblieben.« Felicia lächelte. In ihren Augen blitzte ein boshafter Funke. »Das ist der springende Punkt, nicht wahr?«

Maksim erwiderte nichts. Sein Gesicht blieb starr.

Unbarmherzig fuhr Felicia fort: »Du liebst Mascha nicht, weil du dich in ihr wiederfindest. Sie ist nicht dein Spiegelbild. Sie ist nur ein Spiegelbild dessen, was du gern wärst. Die vollkommene Revolutionärin. Die fleischgewordene Idee. Ohne Skrupel, ohne Zweifel. Ohne das, was du an dir so hasst und so verzweifelt verdrängst. Du klammerst dich an sie, um nicht unterzugehen in dieser Revolution. Ja, in der Theorie war das alles sehr schön. Du allein am Schreibtisch mit Karl Marx. Saubere Buchseiten, gefüllt mit schönen Gedanken. Aber in der Wirklichkeit … da ist so viel Blut. So viel Hass. So viel Eigennutz. Du erträgst es nicht. Du bist kein Robespierre, Maksim. Wie sagt euer großer Lenin? Weg mit der Weichheit! Ha!« Felicia lachte auf und warf den Kopf zurück. »Das kannst du nicht. Du kannst es nicht. Du wirst ihm nicht bis zum Letzten folgen. Aber mit Mascha an deiner Seite kannst du dich wenigstens in der Illusion wiegen, es zu tun. Also geh! Geh zu ihr zurück! Aber mach dir wenigstens nichts vor!« Sie hielt inne. Ihre schmalen Augen glühten. Nicht die leiseste Regung von Mitleid, keine Spur Wärme war in ihren Zügen. Nur kaltes Erkennen, unbestechliche Ehrlichkeit.

Wie immer, wenn Maksim in seinem Glauben, Felicia sei nichts als eine oberflächliche Puppe, der schöne Spross einer dekadenten Bürgerfamilie, erschüttert wurde, durchzuckte es ihn in jähem Schrecken. »Du weißt das alles aber sehr genau«, bemerkte er kühl.

Felicia trug einen verächtlichen Zug um den Mund. »Ja, und ich weiß noch mehr. Und wenn du's hundertmal abstreitest, ich weiß doch, dass ich für dich eine Versuchung bin. Ob du mich liebst, weiß ich nicht, aber an mir vorbeischauen kannst du auch nicht. Woher ich das weiß? Da war die Nacht in München, als du kamst, weil du Geld wolltest. Nur eine schwache Minute? Du hast viele schwache Minuten gehabt seither, Maksim. Du hast Angst, mir zu begegnen, aber ist es nicht so, dass ein Mensch nur fürchtet, was ihm gefährlich werden kann? Bedeute ich eine solche Gefahr für dich, dass du lieber einsam in einem Keller am Fieber krepieren würdest, als dich in meine Hände zu begeben? Und wenn das so ist, dann gib es lieber dir selbst gegenüber zu. Belüg dich nicht!«

Es herrschte eine beklemmende Stille im Zimmer, unterbrochen nur von den Regentropfen, die jetzt schwächer und bloß noch vereinzelt gegen das Fenster spritzten. Schließlich sagte Maksim: »Du hast recht. Was unsere Revolution angeht, quälen mich Zweifel. Und vielleicht brauche ich Mascha tatsächlich, um weitermachen zu können. Sie und ich, wir sind verschieden, was die Methoden unseres Kampfes betrifft, aber unsere Idee und unser Ziel sind gleich. Und da gibt es für mich nicht die leiseste Unsicherheit. Verstehst du, nicht in der Idee! Vielleicht darin, ob man sie verwirklichen kann. Aber du solltest Menschen, die zweifeln, nicht unterschätzen. Sie sind nicht schwach. Vielleicht sind sie sogar stärker, weil sie für alles, was sie tun, viel mehr Kraft brauchen als die, deren Überzeugung nie einen Riss erleidet. Und nun«, Maksims Stimme wurde um eine Spur kühler, sein Gesicht erstarrte in derselben Kälte, die eben noch das von Felicia gezeigt hatte, »und nun zu dir. Du verlangst Ehrlichkeit, und du sollst sie haben. Du bist nicht ungefährlich für mich, ich gebe es zu, und ich will dir sagen, warum.« Er machte eine kurze Pause und suchte nach Worten. Felicia spürte, dass ihr Herz rascher schlug. »Du bist nicht ungefährlich für mich«, hatte er gesagt. Er hatte es gesagt! Sie musste an sich halten, nichts von der Unruhe zu verraten, die sich ihrer bemächtigte. Jetzt nur keine Miene verziehen, keine Schwäche zeigen.

»Es gibt vier Gründe, weshalb du einen Reiz auf mich ausübst«, sagte Maksim, und seine Sachlichkeit war beinahe verletzend. »Einmal unsere gemeinsame Kindheit. Die Wälder und Seen von Ostpreußen, die Sommernachmittage, die Dämmerung … und niemand als wir beide … Das alles ist nicht zu vergessen, nicht in hundert Jahren.«

Wie gebannt hing sie an seinen Lippen. Ja, Maksim, du empfindest es auch so wie ich. Du kannst nicht vergessen!

»Zum Zweiten«, fuhr Maksim fort, »bist du sehr schön. Kein Mann wird das abstreiten können. Du hast … unvergessliche, aufregende und höchst eigene Augen, und du«, sein Blick umfasste ihre Gestalt, »du geizt nicht mit deinen Reizen, nicht wahr?«

Sie lächelte, aber eine leise Verwunderung glitt über ihr Gesicht, das plötzlich sehr jung wirkte. Etwas war falsch. Er sprach zu kühl. Fast wissenschaftlich. Als erkläre er ein physikalisches Phänomen und nicht …

»Der dritte Punkt ist, du hattest es von Anfang an auf mich abgesehen!« Maksim schien gänzlich ungerührt von dem Gift, das seine Worte enthielten. »Du hast nichts unversucht gelassen, mich zu verführen. Da du recht skrupellos bist, waren deine Methoden nicht gerade fein. Und ich bin auch nur ein Mann.«

»Maksim!« Das ging wirklich zu weit, aber er winkte nur ab.

»Kommen wir zu Punkt Nummer vier. Dies zu erklären, macht mir die meisten Schwierigkeiten, weil es eine Mauer zum Schwanken brachte, die ich für völlig uneinnehmbar hielt. Ich habe dich lange Zeit völlig falsch eingeschätzt. Unterschätzt, wenn du so willst. Ich hielt dich für eine ebenso blasse, kleine Puppe, wie es deine Freundin Linda ist. Aber das bist du nicht. Du bist egozentrisch und eigensüchtig, du kennst keine Ideale, du scherst dich einen Dreck um die Welt, und wenn du dich für etwas einsetzt, dann nur für deine Belange, aber das, meine Liebe, so viel muss ich zugeben, das tust du mit Eigensinn, Mut und vollkommen unabhängig von den Ansichten anderer. Wie ich's auch drehe und wende, ich komme nicht darum herum, dass du eine Persönlichkeit bist, und das wird niemand leugnen können, ob er dich nun hasst oder liebt.«

Sie lauschte wie benommen. Nie vorher hatte er so mit ihr gesprochen.

»Aber dann …«, sagte sie und brach ab, als sie sein Gesicht sah. Es war völlig unberührt.

»Da du mich ja so genau kennst«, sagte er, »müsstest du wissen, dass all diese Gründe für mich nicht ausreichen, dich zu lieben.« Auf einmal wirkte er sehr erschöpft. Die Blässe seines Gesichtes vertiefte sich. »Ich gehe nach Petrograd«, sagte er hart. Nie hatten seine Augen kälter und klarer auf Felicia geruht, nie abschätzender, und Felicia schoss es durch den Kopf: gewogen und zu leicht befunden … Herrgott, wo kam das her … Es fiel ihr nicht ein.

»Was lasse ich schon zurück!«, sagte Maksim gleichgültig.

Felicia stand im Wintergarten des Hauses, draußen leuchtete ein Septembertag in bunten Farben, drinnen im Wohnzimmer, das gleich an den Wintergarten anschloss, saß Andreas am Klavier und begleitete Kat, die mit ihrer etwas unreinen Altstimme irgendein Liebeslied sang. Kat sah sehr hübsch aus.

Es muss die Liebe sein, dachte Felicia missgünstig. Sie selber trug einen alten schwarzen Rock vom letzten Winter, darüber einen grauen Pullover, ihre Haare hatten keinen Glanz, und ihr Gesicht war von unschöner Blässe. Hätte sie doch nur ein bisschen Creme für Hände und Lippen! Aber die Versorgung wurde täglich miserabler. Es gab nichts mehr von den Dingen, die das Leben früher angenehm gemacht hatten.

In einem weißen Korbsessel zwischen zwei blühenden Rosenbäumchen saß Maksim. Seit einer Woche lag er nicht mehr im Bett, sondern bewegte sich im Haus, aber die gerade erst überstandene Krankheit machte ihm schwer zu schaffen. Mit verbissener Zähigkeit versuchte er, seine Muskeln wieder zu stärken und seinen Kreislauf zu kräftigen, aber er hatte ständig das Gefühl, in Schweiß gebadet zu sein und ein Flimmern vor den Augen zu sehen. Wie ein gefangenes Tier lief er durch alle Zimmer, beherrscht von der verzweifelten Gewissheit, dass sich anderswo die Geschicke des Landes entschieden und dass er nicht dabei sein konnte. Nach Petrograd, nach Petrograd – das war der Gedanke, der unablässig in seinem Kopf hämmerte und beinahe zur Besessenheit wurde. Aber er musste gesund sein. Er musste wenigstens etwas von seinen alten Kräften wiedergewinnen.

»Willst du wissen, was du zurücklässt?«, fragte Felicia unvermittelt. Er hob den Kopf. Sie sieht elend aus, stellte er fest. Ihre Lippen zitterten leicht, was sie vergeblich zu verbergen suchte. Plötzlich, ohne dass er es wollte, rührte ihn ihre Tapferkeit.

»Wie bitte?«, fragte er.

Felicias Augen schienen übergroß. »Du lässt eine sterbende Frau zurück. Und ein zehnjähriges Mädchen. Dazu Kat und mich, die wir kaum ein Wort russisch sprechen. Und das alles mitten in diesem verfluchten Krieg!«

»Wovon redest du? Wer stirbt?«

»Belle. Ihr bleiben vielleicht keine vier Wochen mehr.«

Maksim starrte sie an. »Ist das wahr?«

»Ich würde es sonst nicht sagen. Belle ist krank. Sie ist schon lange krank. Es ist die Schwindsucht. Sie hat keine Chance mehr.«

»Warum hast du keinen Ton gesagt?«

»Du hast mich nie nach Belle gefragt.«

»Ja, weil … weil, ich weiß nicht, ich hatte anderes im Kopf. Felicia …«

»Maksim, du müsstest sie sehen. Sie hat sich aufgegeben. Sie spürt, dass jetzt … Ach Maksim, ich habe Angst. Ich habe so furchtbare Angst!« Sie kauerte neben ihm nieder, umfasste seine Hände. »Du weißt, ich habe mich nie gefürchtet. Jedenfalls habe ich es nie gezeigt. Nicht einmal, als die Russen nach Lulinn kamen, und nicht, als sie uns in Galizien überfielen. Aber jetzt habe ich solche Angst, dass ich gar nicht mehr weiß, wie ich es vor Belle und Kat und Nicola verbergen soll. Belle wird sterben, und ich weiß nicht, wie grässlich es sein wird und ob ich es durchstehe!« In aufkeimender Panik nahm ihre Stimme einen schrillen Klang an. Maksim neigte sich vor. Aus dem Wohnzimmer ertönte Kats unbekümmert jubilierende Stimme.

»Sie ist ein Kind«, flüsterte Felicia, »sie ist verliebt, und sie denkt über das alles nicht nach. Ich bin wirklich ganz allein.«

Voller Grauen hielt sie inne. Maksim begriff, dass sie nicht schauspielerte. Ihre Angst war echt. Weiß der Teufel, sie ist aber auch zu jung für das, was jetzt auf sie zukommt, dachte er.

»Maksim«, sagte sie leise, »lass mich nicht allein. Bleib hier, bitte!«

Er presste die Lippen aufeinander, schloss die Augen. Er wollte ihr Gesicht nicht sehen. Weg mit der Weichheit, ging es ihm durch den Kopf, und: Pflichtgefühl und Verantwortung können wir uns nicht mehr leisten.

Er war kein guter Revolutionär, würde es niemals sein. Nie hatte er sich so sehr gehasst wie in diesem Moment. Felicia nie so gehasst wie jetzt, da sie skrupellos an das Gute und Ehrenvolle in ihm appellierte und ihm damit die Erkenntnis aufzwang, dass er schwach war, armselig und schwach.

»Ich bleibe«, sagte er. In seine Resignation mischte sich ein leiser Anflug von Ironie. »Diesmal hast du's geschafft. Ich bleibe.«

8

»Sieben Gewehre mit Bajonetten und zehn Pistolen«, meldete Ilja, als er das Zimmer betrat, in dem Mascha über den Listen mit Waffenaufstellungen brütete. Er sah höchst kriegerisch aus, so über und über mit Waffen beladen. »Und es kommt gleich noch mal so viel.«

Mascha sah hoch und drückte geistesabwesend ihre Zigarette auf einem Teller aus. »Gut. Wir verwandeln uns langsam, aber sicher in die bestgerüstete Kaserne des Landes.« Sie notierte die neuen Waffen auf ihrer Liste.

Ilja grinste. »Man kann über Trotzki sagen, was man will, aber ein hervorragender Organisator ist er wirklich.«

»Stimmt. Aber der größte Witz an der ganzen Sache ist, dass wir unsere Wiederbewaffnung ausgerechnet der Rechten im Land zu verdanken haben. Die haben an ihrem eigenen Ast gesägt, und jetzt dauert es nicht mehr lange, und sie stürzen in die Tiefe.«

Trotz der Anstrengungen der vergangenen Wochen schwangen Triumph und Erregung in Maschas Stimme. Die bestgerüstete Kaserne Russlands … der Smolnje, ehemals ein Institut zur Erziehung adeliger Mädchen – ausgerechnet! – und heute Hauptquartier der bolschewistischen Partei. Kerenski und seine provisorische Regierung hatten sich inzwischen im Winterpalast eingerichtet. Und es war dem rechtsorientierten General Kornilow zu verdanken, dass die verfolgten Bolschewisten hatten zurückkehren können, dass die Rote Garde wiederbewaffnet wurde. Kornilow, der mit einem Trupp Getreuer im August auf Petrograd marschiert war, um die provisorische Regierung zu entmachten, einte für den Augenblick der Gefahr Kerenski und Bolschewisten.

Der Putsch war vereitelt, kaum dass er begonnen hatte. Aber die Bolschewisten hatten wieder Waffen in den Händen. Und eine erstklassige Propaganda. »Kerenski kooperiert mit den Deutschen!« war ihr erfolgreichster Slogan, Genosse Trotzki ihr derzeit wichtigster Mann. Sein Revolutionskomitee arbeitete mit derselben Präzision und Zielsicherheit, mit der – Mascha musste lächeln, als ihr dieser Gedanke kam –, ja, mit der einst das Messer der Guillotine die Feinde des Volkes ihrer Köpfe beraubt hatte.

»Hast du was von Maksim gehört?«, fragte Ilja. Er stellte diese Frage jeden Tag. Er konnte sich kaum verzeihen, was damals geschehen war, schon deshalb nicht, weil er an jenem verhängnisvollen Tag wider alle Vorsicht gehandelt hatte. Mascha hatte das Haus durch die Hintertür verlassen. Er war vorn herausgegangen wie der blutigste Anfänger.

»Nichts«, erwiderte Mascha, »absolut nichts. Er ist wie vom Erdboden verschwunden. Aber wenn mich nicht alle belügen, dann ist er auch nicht verhaftet worden. Ich habe Nachforschungen angestellt. Es ist, als hätte es ihn nie gegeben.«

»Und du glaubst nicht, dass …«

»Dass er tot ist? Als ich ihn verlassen habe, war er in einem Zustand, der das wahrscheinlich sein lässt. Nur – wer hat ihn dann weggebracht? Irgendjemand muss ihn, tot oder lebendig, gefunden haben, denn allein konnte er nicht weg. Es ist wie verhext, Ilja. Wenn er noch lebt«, Mascha starrte zum

Fenster hinaus, als suchte sie in dem neblig trüben Licht des Novembertages eine Antwort, »wenn er noch lebt, warum ist er dann nicht hier? Das will mir nicht in den Kopf. Jetzt, wo es endlich passiert … was, zum Teufel, hält ihn da von Petrograd fern? Es ist mir vollkommen schleierhaft!«

»Mir auch«, stimmte Ilja zu. Beide sahen sie einander hilflos an. Die Tür ging auf, und ein junger Mann trat ein. Er trug die rote Armbinde der Revolutionäre.

»Vor dem Winterpalast errichten sie Barrikaden«, sagte er, »und sie ziehen ein ganz schönes Aufgebot an Soldaten zusammen. Wir sollten bald …«

»Wir werden bald!«, unterbrach Mascha. Sie schüttelte heftig den Kopf, als wollte sie all die störenden Gedanken, all die Grübeleien hinausschütteln. Nicht an Maksim denken, nicht jetzt! Die Ereignisse jagten sich, drängten der Eskalation entgegen, dem Höhepunkt, dem Sieg. Nicht schlappmachen, Mascha, du hast keinen anderen Geliebten als den Kampf. Ihm gehörst du, niemandem sonst.

Ihre dunklen Augen funkelten, ihre Haare flogen. »Es ist verdammt höchste Zeit zu handeln, Genossen«, sagte sie.

Es war an einem Sonntagmorgen, als auf dem alten Gut der Familie Bergstrom der erste Stein flog. Maksim, Kat und Felicia saßen im Esszimmer um den Frühstückstisch, vor einem Brot, das grau und feucht war, und vor einer braunen Brühe, die nicht einmal mehr farblich eine Verwechslung mit Kaffee erlaubte. Nebelschwaden umwogten das Haus, drängten sich feindselig gegen die Fenster. Das Hausmädchen hatte an diesem Morgen kein Feuer im Kamin gemacht, und alle hatten das Gefühl, als kröchen Feuchtigkeit und Kälte von draußen bereits ins Zimmer hinein. Kein Dienstbote ließ sich blicken. Felicia hatte nur einen Knecht am Morgen gesehen, der mit wirren Haaren und halboffenem Hemd aus dem Zimmer eines der Hausmädchen gekommen war. Er war keineswegs verlegen gewesen, sondern hatte nur frech gegrinst. Sie hatte nicht gewagt, ihm etwas zu sagen, aber insgeheim dankte sie Gott für ihre Vorsicht, die sie die letzten Wodkaflaschen aus der Speisekammer hatte entfernen und in ihrem Zimmer verstecken lassen. Nicht auszudenken, wenn die Leute auch noch Alkohol in die Finger bekämen.

Nicola, die zusammengekauert auf ihrem Stuhl saß, jammerte leise. »Mir ist so kalt«, klagte sie. Felicia, die ihre klammen Hände um die Kaffeetasse legte, weil sie sich so ein bisschen Wärme erhoffte, sprang plötzlich auf und warf ihre Serviette auf den Tisch. »Mir reicht es jetzt!«, rief sie. »Wir sitzen hier alle wie halberfroren, und dabei haben wir, wenn überhaupt noch was, dann Feuerholz. Ich werde diese Schlampen von Dienstmädchen jetzt dazu bringen, dass sie hier ein Feuer machen, und wenn ich sie an den Haaren ins Zimmer schleifen muss!«

Maksim öffnete den Mund, um etwas zu erwidern, und gerade in diesem Augenblick zerbrach klirrend die Fensterscheibe. Glassplitter flogen durch die Luft, Feuchtigkeit flutete ins Zimmer. Auf dem Teppich lag ein großer Feldstein.

Kat sprang mit einem Schrei auf und drückte Nicola an sich. Maksim war sofort am Fenster. Er blickte hinaus, aber der Nebel machte die Feinde unsichtbar. Er verschluckte selbst den Laut der Schritte. Schweigend und unsichtbar lag die Welt auf der Lauer.

Felicia betrachtete fassungslos den Stein, der direkt zu ihren Füßen aufgeschlagen war. »Wer war das? Wer tut so etwas?«

»Die Rache der Unterdrückten«, erklärte Maksim grimmig, aber keineswegs hämisch, »Krieg den Palästen, verstehst du? Dies hier«, er betrachtete die schweren Eichenholzmöbel und das schimmernde Zinngeschirr auf den Regalen, »dies hier war allzu lange ein Palast.«

»Ja, aber was wollen die denn von uns? Wollen sie uns umbringen?«

»Es war vielleicht nur ein Schreckschuss«, meinte Maksim. Mit dem Fuß bewegte er den Stein. »Wir sollten uns ein gemütlicheres Zimmer suchen und, Felicia – kein Streit mit den Dienstboten! Wir sind nur zu dritt, dazu eine kranke Frau und ein kleines Mädchen. Die anderen sind in der Überzahl.«

Sie sah ihn erschrocken an.

Später fing er sie allein vor Tante Belles Zimmertür ab. »Ich muss mit dir sprechen, Felicia. Es ist niemand hier oben außer uns, ich habe mich umgesehen.«

Seine Worte, seine gedämpfte Stimme machten ihr Angst. »Wegen heute früh?«

»Ja. Weißt du, ich glaube, es wäre nicht falsch, wenn wir fortgingen.«

»Wohin?«

»Ja. Wohin. Mit einem Fischerboot rüber nach Finnland, denke ich. Dann weiter. Ihr müsst nach Deutschland zurück.«

»Aber wir …«

Er unterbrach sie mit einer Kopfbewegung zu jener Tür hin, hinter der Belle lag. »Ich weiß. Das ist das Problem. Wie geht es ihr heute?«

»Schlecht. Sie hat sehr hohes Fieber. Man kann sie nicht transportieren.«

Er nickte langsam. »Ja, ja«, meinte er vage.

Felicia sah ihn an, als erwartete sie von ihm die Lösung

aller Probleme. »Du bist doch einer von ihnen. Dir dürften sie nichts tun.«

Maksim lächelte bitter. »Sicher. Bloß wird es schwierig sein, ihnen das zu beweisen. Für die bin ich jetzt einer von euch.«

»Ich … mache dir ziemlich viel Ärger, nicht?«

»Ach, das hast du immer getan«, erwiderte Maksim, aber sein Spott war liebevoll, und seine Augen ruhten sanft auf ihr, »ich habe mich schon beinahe daran gewöhnt.« Er streckte die Hand aus und strich ihr kurz über den Arm. Die Berührung dauerte nicht länger als den Bruchteil einer Sekunde, und doch war sie von einer neuen Zärtlichkeit erfüllt, die über Freundschaft und Vertrautheit hinausging. Felicia zuckte zurück. Sie würde keinen Schritt mehr auf ihn zutun, das hatte sie sich geschworen. Was immer sich in Zukunft zwischen ihnen ereignen würde – es musste von ihm ausgehen.

Zudem überwog in diesem Augenblick die Angst. Vor allem anderen empfand Felicia die gespenstische Furcht, in einer Falle zu sitzen. Nichts von allem, was sie früher geschützt hatte, blieb ihr jetzt noch: Ihr Vater war tot, Alex weit fort, Belle krank. Und schon morgen konnte es sein, dass Gesetze nicht mehr existierten. Dass eine Horde feindseliger, entfesselter Bauern …

Maksim, als ahnte er, was sie dachte, sagte: »Die Leute, die heute früh den Stein ins Fenster geworfen haben, sind Nachkommen von Männern und Frauen, die noch als Leibeigene ihren Herren dienten. Verstehst du?«

»Ja«, flüsterte sie. Ihre Kehle war wie zugeschnürt. Ja, sie verstand. Auf einmal schien ihr das alte Haus erfüllt von Grauen, von wispernden Stimmen, die von jahrhundertelanger Unterdrückung berichteten, von Tränen und Blut, von

Hass und Leidenschaft, die nach Rache schrien, unnachsichtig Vergeltung forderten.

Ach, aber was hab ich mit alldem zu tun, dachte sie, ebenso verzweifelt wie empört. Doch sie sprach es nicht aus, wie sie das noch vor einem Jahr getan hätte. Sie wusste im Voraus, was Maksim antworten würde. Er würde von der Verantwortung aller Menschen für jedes Unrecht auf Erden sprechen – wer keine Partei ergreift, wer neutral bleibt, wer sich ins Schweigen flüchtet, macht sich zum Handlanger der Herrschenden und Unterdrücker –, und jeder hat zu zahlen für jeden Tropfen Blut, den die arbeitende Klasse … oh, Gott wusste, wie satt sie das hatte! Auf einmal spürte sie ihrer Angst eine hemmungslose Wut entwachsen, und diese Wut richtete sich auf Maksim. Er und seinesgleichen waren schuld, dass sie jetzt in Lebensgefahr schwebte und nicht einmal weglaufen konnte, wegen der kranken Belle. Ihr ganzes Leben schien ihr eine Verkettung unglückseliger Ereignisse, und schuld an allem war Maksim.

Sie genoss seinen überraschten Blick, mit dem er des Zornes auf ihrem Gesicht gewahr wurde.

Brüsk wandte sie sich ab und ging davon, die Schultern gestrafft, als wüsste sie von keiner Angst, dabei wuchs in ihr die Gewissheit, dass gerade die Angst sie von nun an nie mehr ganz verlassen würde. Sie war greifbar geworden. An allen Ecken ihres Lebens würde sie stehen und warten – eine boshafte, aufdringliche, alte Bekannte.

Mascha, die Aktivistin, Nina, das Hausmädchen, und Jurij, der Arbeiter, waren einander nie zuvor begegnet. Aber sie waren Genossen im Kampf. Nebeneinander stürmten sie die Treppe im Winterpalast hinauf – keine Viertelstunde, nachdem die Kanone des Kreuzers *Aurora*, der im Hafen vor Anker lag, den Startschuss zur Revolution gegeben hatte. Es war Abend, der späte Abend des siebten November, und die Luft war kalt und roch nach Schnee. Der Frost hatte bereits eingesetzt, der gefürchtete russische Winter stand vor der Tür. Aber Petrograd erwachte in dieser Nacht, lebte, tobte, kämpfte.

Um den Winterpalast herum brannten Fackeln, beleuchtete der Feuerschein Hunderte von Gesichtern, in denen Entzücken und Fassungslosigkeit standen. Arbeiter, Matrosen und Soldaten erkämpften sich Seite an Seite den Weg durch Türen und Pforten, über Treppen und Gänge, durch Zimmer und Säle. Die Verteidigung des Palastes wurde in der Hauptsache von regierungstreuen Junkern bestritten, von denen die meisten kaum älter waren als sechzehn. Sie leisteten nur zögernd Widerstand. Vereinzelt fielen Schüsse, aber die vermochten kaum Geschrei und Jubel der Masse zu übertönen. Überall wehten rote Fahnen, draußen auf dem Platz bildeten sich gewaltige Chöre, die die *Internationale* sangen. Der Kampf schien mitreißend, gefährlich, unbändig, von nichts und niemandem mehr aufzuhalten.

Mit jeder Treppenstufe, die sie erklomm, wurde Nina von wachsender Hysterie ergriffen. Sie meinte, ihr müssten die Sinne schwinden. Sie hatte keine Waffe in der Hand – dafür hatte ihr Freund Jurij wohlweislich gesorgt –, aber sie schrie, als müsste sie sterben. Die Menschenmassen, die Nacht, der Fackelschein, die Lieder und Stimmen berauschten sie.

Jurij, mit aufgepflanztem Bajonett, behielt sie vorsorglich im Auge. Nie war sie so blass und zugleich von solchem Fieber erfüllt gewesen. Er fürchtete, sie werde sich im Rausch von der nächsten Balustrade stürzen oder in die Messer der eigenen Reihen laufen.

In ihm selber glühte das Feuer vom Februar noch, aber es

brannte nicht mehr. Er war immer ein fantasieloser, nüchterner und recht gescheiter Bursche gewesen, und seit einiger Zeit meldete sich sein kühler Verstand wieder mit Nachdruck. Er wusste: Es ging in dieser Revolution vor allem um den Boden; die Umverteilung des Landes, die Umgestaltung der wirtschaftlichen Ordnung waren das Ziel. Das konnte nicht problemlos vor sich gehen, so viel musste jedem klar sein. Nicht nur, dass es Kämpfe geben würde. Nein, was schlimmer war, die Versorgung würde vermutlich zunächst vollständig zusammenbrechen. In Staub und Asche versinken wie das ganze System. Sie würde sich erholen … doch die Zeit dazwischen? Auch ein guter Bolschewist, fand Jurij, musste zuerst an sich denken – Genossen hin, Genossen her. Er hatte vorgesorgt. Mit Ninas Hilfe hatte er das verlassene Haus der Familie Bergstrom ausgeräumt; Bilder, Möbel, Teppiche und Schmuck, so viel seine Wohnung nur fassen konnte. Er erinnerte sich an die entsetzte Miene seiner Mutter, der ehrlichen Arbeiterin. »Junge, Jurij, das nimmt kein gutes Ende. Glaub es mir!«

Er lachte. »Nein, Mutter, die Zeiten ändern sich. Das ist Volkseigentum, verstehst du? Wir schaffen das Privateigentum ab!«

Seine Mutter war eine unbestechliche Frau. »Wenn das Volkseigentum ist, dann gehört es aber auch nicht in unsere Wohnung. Schon gar nicht bei Nacht und Nebel!«

Sie verstand nicht. Es hatte auch keinen Sinn, es ihr zu erklären. Er würde versuchen, diese Dinge ins Ausland zu verkaufen. Was immer die Zukunft brachte, überleben würde, wer genug Geld besaß, die anderen zu korrumpieren. Und er, Jurij, hatte vor zu überleben.

Neben ihm lief Mascha, ein Gewehr im Arm. Ihr Gesicht verriet keine Bewegung. Sie blieb sachlich, kühl und überlegt. Der vergangene Tag glitt durch ihr Gedächtnis: Seit zwei Uhr früh hielten Soldatentrupps der Bolschewisten die wichtigsten Organe der Stadt besetzt – Bahnhöfe, Elektrizitätswerk, Telegraphenamt, Druckereien, Post, die Telefonzentrale und die Staatsbank. Damit war die provisorische Regierung in ihren Handlungen lahmgelegt. Ein weiteres Kommando hatte Plakate verteilt, die den Sturz der Regierung verkündeten, etwas verfrüht zu diesem Zeitpunkt, aber zweifellos eine wirksame Propaganda. Petrograd war in den Händen der Bolschewisten bis auf diese eine letzte Festung: den Winterpalast.

Ein Soldat, der sich den Eindringlingen entgegenstellte, brach von einer Kugel tödlich getroffen zu Maschas Füßen nieder. Sie machte einen großen Schritt über ihn hinweg. Sie sah ihn kaum. Sie fühlte sich müde, erschöpft, fast leer. Um sie herum nichts als Siegeslust, aber sie … Sie konnte nur denken, was nun noch alles kommen würde, welche Schwierigkeiten sie haben würden, wie viele ungelöste Probleme sich vor ihnen türmten. Morgen würde Wladimir Iljitsch Lenin die Ziele seiner, ihrer aller Idee verkünden: den Bauern Land, den Soldaten Frieden, den Arbeitern die Macht.

Dann mussten sie weiterkämpfen, zäh und verbissen, bis dieses gewaltige, riesengroße, unüberblickbare Land die neue Zeit begriffen haben würde. Trotzki hatte schon davon gesprochen: die Eisenbahn nutzen, ein rollendes Büro errichten, das die Revolution weit hinter den Ural, tief in die asiatischen Steppen tragen würde. So viel blieb zu tun … Sie war müde. Sie wünschte, dieses junge Mädchen neben ihr würde aufhören zu schreien. Es war zehn Minuten nach zwei Uhr in der Nacht, am achten November, als sich die Provisorische Regierung im weißen Speisezimmer des Winterpalastes ergab und verhaftet wurde.

Es war am Morgen des achten November, als Lenin die Rednertribüne im großen Saal des Smolnje betrat und dem Zweiten Kongress der Sowjets den Sieg der Bolschewisten verkündete. Er bot den Deutschen Frieden an allen Fronten, sprach von der Propagandafreiheit, der Abschaffung der Todesstrafe in der Armee und erließ den Befehl, den flüchtigen Kerenski zu verhaften.

Und dann verlas er das Dekret über die Landverteilung: »Der Großgrundbesitz wird ohne irgendeine Entschädigung unverzüglich aufgehoben.«

Mitten in der Nacht erwachte Felicia davon, dass jemand neben ihrem Bett stand und sie an den Schultern rüttelte. Es war Kat im knöchellangen weißen Nachthemd mit aufgelösten Haaren. »Felicia! Wach auf! Du musst aufwachen! Es sind Leute hier, die sagen, das Haus der Baronin Randow brennt! Wach doch auf!« Felicia, aus wirren, angstvollen Träumen erwachend, setzte sich auf und blinzelte ihre Schwägerin verschlafen an. Kat hielt eine brennende Kerze in der Hand, deren Schein gespenstische Schatten im Zimmer tanzen ließ.

»Ich hab mich nicht getraut, Licht zu machen«, wisperte sie. »Ach Felicia, ich habe solche Angst um Andreas! Steh doch bitte auf! Wir müssen irgendetwas tun.«

Felicia kam endlich zu sich. »Wer ist hier?«

»Dienstboten der Baronin. Sie wollten uns warnen. Felicia!«

»Ich komme ja schon.« Felicia schwang die Beine aus dem Bett. Ihre Hände zitterten. Nun wurde der Albtraum Wirklichkeit. Sie hatte immer gewusst, dass es irgendwann passieren würde. Verlier jetzt nicht die Nerven, befahl sie sich.

Eine Decke um die Schultern gehängt, folgte sie Kat den

Gang entlang und die Treppe hinunter. In der Halle standen drei Elendsgestalten und blickten sie hilfesuchend an. Die beiden Männer und die Frau waren den ganzen Weg vom Nachbargut bis hierher gerannt, am Strand entlang. In ihren Augen flackerte die Angst. Sie redeten wild durcheinander, in Estnisch und in gebrochenem Deutsch, und was Felicia schließlich verstand, war dieses: Auf dem Nachbargut herrschte schon seit einigen Tagen ein Zustand der Anarchie, ähnlich wie hier, bloß gab es dort ein paar äußerst aggressive Rädelsführer, die die anderen jeden Tag mehr aufhetzten. Die Drohungen von Knechten und Bauern waren so massiv geworden, dass die Familie der Baronin seit dem gestrigen Tag nicht mehr gewagt hatte, das Haus zu verlassen. Da die Telefonverbindung unterbrochen war, konnten sie nicht einmal um Hilfe bitten. Am Abend war eine Gruppe von fünfzehn jungen Burschen ins Haus eingedrungen – eines der Hausmädchen hatte ihnen die Tür geöffnet – und hatte von sämtlichen Räumen Besitz ergriffen, sich über den Wodka hergemacht, einige Möbel zerschlagen und mit feuerroter Farbe Hassparolen an sämtliche Wände geschmiert. Die Baronin und ihre Söhne hatten sich in ein Dachzimmer zurückgezogen, waren aber auch hier bedrängt und belästigt worden. Dank des Wodkas war die Stimmung der Eindringlinge immer überschäumender geworden. Sie hatten alle Kerzen, die sie finden konnten, angezündet und versuchten, einen Pelzmantel der Baronin im Kamin zu verbrennen. Ob sie tatsächlich vorgehabt hatten, das ganze Haus in Flammen aufgehen zu lassen, ließ sich nicht mehr feststellen, aber plötzlich brannten Teppiche und Vorhänge. Die Randalierer waren völlig außer sich geraten. Sie hatten Fackeln aus Tisch- und Stuhlbeinen gemacht und sie in die Gänge und Zimmer geworfen.

»Ich schrie immer nur, wir müssen weg!«, berichtete der ältere Mann, wild gestikulierend. »Keiner versuchte, uns festzuhalten. Aber sie sagten: Wir machen noch mehr Freudenfeuer, wir ziehen weiter. Alle Paläste sollen brennen heute Nacht. Wir wollen euch warnen: Geht weg! Lauft, so weit ihr könnt!« Er hielt inne. Kat machte einen Schritt auf ihn zu, ergriff seine Hände. »Andreas! Nikita! Die Baronin! Was ist mit ihnen!«

Der Mann zuckte mit den Schultern. »Weiß nicht. Wir konnten nicht mehr zu ihnen.«

»Was heißt das, ihr konntet nicht mehr zu ihnen?«

Nun mischte sich die Frau ein. »Konnten nicht, weil ganzes Treppenhaus gebrannt hat!«

Kat starrte sie an. Ihr Gesicht drückte Fassungslosigkeit, dann ungläubiges Entsetzen aus. »Das Treppenhaus brannte ... ja, aber dann ... oh Gott!« Sie wollte zur Haustür.

Felicia konnte sie gerade noch festhalten. »Kat! Du kannst da jetzt nicht hin! Das wäre wahnsinnig. Du ziehst dir jetzt etwas an, wir müssen sofort weg!«

Kat schrie auf. »Nein! Ich muss zu Andreas!«

»Dem kannst du jetzt nicht helfen.« Felicia, die an allen Gliedern bebte, hätte das junge Mädchen am liebsten geohrfeigt. »Du bleibst bei mir, und wenn ich dich fesseln muss!«

Kat wehrte sich rabiat gegen die Hand, die sie festhielt. Um ein Haar hätte es einen Ringkampf zwischen den beiden Frauen gegeben, aber eine scharfe Stimme von der Treppe her ließ sie innehalten. »Was geht hier vor?« Es war Maksim.

Felicia wäre beinahe in Tränen ausgebrochen vor Erleichterung. »Maksim, wie gut, dass du wach bist! Es ist etwas Schreckliches passiert!« In Windeseile berichtete sie von den Ereignissen der Nacht.

Maksim sah sehr ernst aus. »Da diese Leute offenbar betrunken sind, bilden sie eine wirkliche Gefahr«, sagte er, »es wird schwierig sein, mit ihnen zu reden. Sie bringen sich selber in die größten Schwierigkeiten, weil sie sich am Volkseigentum vergreifen, und das wird sehr hart geahndet werden. Aber in ihrem Zustand verstehen sie das überhaupt nicht.«

Kat stand noch immer mitten in der Halle und rieb sich das Handgelenk, das von Felicias eisenhartem Griff brannte. Ihre dunklen Augen schienen schwarz vor Angst und waren übergroß aufgerissen. Maksim neigte sich zu ihr hin. »Wir müssen jetzt an uns denken, Kat«, sagte er freundlich, aber bestimmt, »ziehen Sie sich bitte an. Wir gehen fort.«

Zitternd und widerspruchslos fügte sich Kat seiner sanften Stimme.

Sie dreht durch, ehe die Nacht vorüber ist, dachte Felicia ahnungsvoll. Sie lief hinter Maksim her, der die Treppe hinaufstieg. »Maksim!«

Er wandte sich zu ihr um. »Weck deine Tante auf und versuch ihr klarzumachen, was geschehen ist. Sie soll sich etwas Warmes anziehen. Und dann mach das Kind fertig!«

»Maksim, ich weiß nicht, ob Tante Belle …«

In seinen Augen blitzte Wut. Sie wusste nicht, gegen wen sich seine Wut richtete, gegen sie, gegen sich selbst oder gegen das Schicksal. »Es wird eine Tortur! Aber wir haben jetzt keine andere Wahl!«

Belle erwachte aus Fieberträumen und begriff nicht im Mindesten, was los war. Felicia musste sie fast gewaltsam aus dem Bett ziehen. Während sie ihr in die Kleider half, drohte Belle immer wieder umzufallen. Sie sträubte sich mit Händen und Füßen und hielt dabei wirre Reden.

»Du bleibst jetzt hier sitzen, Tante Belle«, befahl Felicia, »rühr dich nicht von der Stelle!«

Belle sah sie aus glasigen Augen an und war im nächsten Moment schon wieder eingeschlafen. Felicia stürzte nach nebenan ins Kinderzimmer. Der Lärm hatte Nicola schon aufgeweckt. Sie saß im Bett und lächelte Felicia an. »Hallo, Felicia!«

»Nicola, mein Kleines, wir machen einen Ausflug. Hättest du Lust?«

Nicola war sofort auf den Beinen. Felicia legte ihr ihre Kleider hin und schärfte ihr ein, sich nicht aus dem Zimmer zu rühren, dann ging sie sich selber anziehen. Sie stellte dabei fest, dass ihre Hände immer noch zitterten.

Sogar Kat hatte es geschafft, eine Tasche mit den notwendigsten Dingen zu packen. Sie wirkte jetzt sehr ruhig, bewegte sich aber wie eine Schlafwandlerin.

Maksim kam zur Haustür herein, gehüllt in einen schweren Wintermantel, einen dunklen Schal um den Hals geschlungen. »Seid ihr fertig?«, fragte er ohne Umschweife. »Dann können wir los. Die Pferde sind eingespannt.«

»Pferde? Es muss hier auch ein Auto geben!«

»Wir bekommen weit und breit kein Benzin. Außerdem sind die Wege schlecht. Wenn es regnet, verschlammen sie, und wenn es schneit, geht ohnehin nichts mehr. Pferde sind besser.« Er sah nach oben. »Ist Belle fertig?«

»Ja. Nicola auch.«

»Gut. Du holst Nicola, ich Belle. Und schnell jetzt!«

Schweigend und hastig taten sie alle, was getan werden musste. Belle hing wie betrunken in Maksims Armen. Wenigstens schien sie keine Schmerzen zu haben. Sie hatte eine Pelzkappe schräg auf den Kopf gedrückt und ihre lockigen Haare mit einer Samtschleife zusammengebunden. Sie sah fantastisch schön und tragisch aus. Sie kam die Treppe herunter, als bewegte sie sich auf einer Theaterbühne.

Inzwischen waren auch ein paar Dienstboten im Haus erwacht und hatten sich auf der Treppe versammelt. Teils gleichgültig, teils hämisch sahen sie dem Aufbruch zu. Felicia würdigte sie keines Blickes. Sie führte Nicola hinaus in die eisige Nacht, half ihr, auf den Wagen zu klettern und sich in eine Pelzdecke zu hüllen. Belle wurde neben sie gebettet. Ihr Kopf lag auf Kats Schoß, und die hatte von Felicia den Auftrag, sie keinen Moment aus den Augen zu lassen.

»Haben wir alles?«, fragte Maksim.

Haben wir alles! Was hatten sie denn noch? Felicia kletterte zu Maksim auf den Kutschbock hinauf. »Wir haben alles«, sagte sie mit fremd klingender Stimme.

»Gut.« Maksim nahm die Zügel auf, schnalzte mit der Zunge. Die Pferde – zwei schwere, ruhige Kaltblüter, Kriegsheimkehrer – zogen an. Ihre Hufe klangen laut auf dem gepflasterten Hof, wurden leiser, als die Kutsche die sandige Auffahrt hinabrollte. Das Haus blieb dunkel und still zurück. Der Mond lag als unbeteiligter Zuschauer über den Bäumen, den Pferden quoll weißer Atem aus den Nüstern. Felicia hatte die Hände in Maksims Manteltaschen vergraben. Einmal wandte er sich ihr zu. Sein Gesicht hatte gerade jenen Ausdruck, den es seinerzeit in Petrograd angenommen hatte, als der erschossene Polizist vor ihren Füßen zusammengebrochen war. Im gleichen Augenblick schrie Kat auf. Es war ein so hoher, so schriller, so entsetzter Schrei, dass die Pferde zu tänzeln anfingen. Felicia fuhr herum. »Kat! Um Himmels willen, was ist denn?«

Noch ehe sie diese Worte zu Ende gesprochen hatte, sah sie es selber: Sie hatten den Park verlassen, und seitlich von ihnen breiteten sich die Felder aus. Sie lagen im Dunkeln, doch im Westen erhellte ein flammend roter Schein den Himmel, färbte die Wipfel der Bäume wie mit Blut.

Es musste ein gewaltiges Feuer sein, und das Gut der Baronin musste bis auf die Grundmauern abbrennen.

Eine kindische Angst ließ Felicia zusammenfahren, eine instinktive Angst vor Dunkelheit und Feuer. Aber im gleichen Augenblick fühlte sie den Hass auf ihre eigene Angst, und sein Erwachen glich einer Explosion. Zum ersten Mal fand sie die Mauern nicht mehr, die sie davor geschützt hatten, erwachsen zu werden; jene Mauern aus Eitelkeit, Trotz und unerschütterlichem Selbstvertrauen, die immer selbstverständlich um sie gestanden hatten.

Die Angst nahm ihr den Atem, aber da waren auch der Hass, der Zorn, die sie für alles Schwache, besonders für ihre eigene Schwäche hatte. Mit der Angst erwachte die Kampfeslust, und ohne es wirklich zu wissen, nahm sie in dieser Nacht den Kampf gegen ihre Angst auf.

»Sieh nicht hin, Kat«, sagte sie, »du verbrauchst zu viel Kraft dabei. Sieh nicht hin, denk nur daran, dass wir irgendwie durchkommen müssen. Sieh nicht hin!«

Gegen Morgen begann es zu schneien, und Felicia fing an zu ahnen, wie die Hölle aussehen musste. Das Gesicht des Teufels war weiß wie der Schnee, schwarz wie die Tannenwälder und unerbittlich wie die Nacht, die nur zögernd in einen dunklen grauen Morgen überging. Tiefe Wolken hingen am Himmel, schwerfällig und ruhig erst, dann von heulendem Sturm getrieben; die Schneeflocken fielen sanft und gleichmäßig zur Erde, später schlugen sie den Flüchtenden in eisigen Böen in die Gesichter. An den Mähnen der Pferde bildeten sich Eiszapfen. Es dauerte nicht lange, und die Kutsche steckte fest … Maksim warf die Zügel hin und sprang vom Wagen. »Wir müssen zu Fuß weiter, es hilft nichts«, sagte er, »ich spanne die Pferde aus. Wie geht es Belle?«

Felicia spähte nach hinten. Sie fror so sehr, dass sie meinte, ihre Knochen müssten bei jeder Bewegung brechen. Sie konnte Kats blasses Gesicht erkennen und ein unterdrücktes Schluchzen von Nicola vernehmen. »Kat, wie geht es Tante Belle?«

»Ich weiß nicht… Sie hat furchtbar hohes Fieber, glaub ich. Sie ist ganz still. Vielleicht bewusstlos!«

»Das Beste, was ihr passieren kann. Irgendwie müssen wir sie auf einem der Pferde festbinden. Es geht nämlich jetzt zu Fuß weiter.«

»Zu Fuß? Bei dem Schneesturm? Aber…«

Mit einem wütenden Heulen jagte der Wind die Flocken auf. Eisig brannten sie in Felicias Gesicht. Unvermittelt schossen ihr die Tränen in die Augen. Bis ans Ende ihres Lebens, sie wusste es, würde sie diese furchtbare Kälte nicht vergessen. Mühsam kletterte sie vom Wagen. Sie befanden sich auf einem schmalen, unebenen Weg, an dem rechts und links hohe schwarze Tannen standen. Zwischen ihren Wipfeln konnte sie die Wolken über den Himmel jagen sehen. Sie stellte fest, dass ihre Schuhe nicht den geringsten Schutz gegen den Schnee boten und ihre Zehen im Eiswasser erstarrten.

Ich werde wohl sterben, dachte sie apathisch.

Maksim hatte endlich die Pferde ausgespannt und Belle auf das größere von beiden hinaufgehoben. Belle war tatsächlich bewusstlos gewesen, aber nun erwachte sie und klagte über brennenden Durst. Sie glühte vor Fieber, immer wieder verwirrten sich ihre Worte. Es war nicht daran zu denken, dass sie es schaffen würde, allein auf dem Pferd sitzenzubleiben.

»Kat, Sie müssen hinter sie«, befahl Maksim, »anders geht es nicht. Halten Sie sie gut fest. Und Nicola kommt auf das andere Pferd.« Er warf Felicia ein kameradschaftliches Lächeln zu. »Und wir laufen. Wenn's geht.«

»Ja, ja. Hast du eine Ahnung, wo wir ungefähr sind?«

»Noch nicht weit. Im nächsten Haus, das wir sehen, versuchen wir, Aufnahme zu finden. Hoffentlich«, er sah besorgt zum Himmel, »hoffentlich sehen wir bald eins!«

Sie stapften los, Schritt um Schritt, mechanisch, kältestarr, jeden Gedanken in sich selber tötend. Immer höher türmte sich zu ihren Füßen der Schnee.

Das Gutshaus stand verlassen. Als sie sich endlich davon überzeugt hatten, dass sich weder in den Fluren noch in den Zimmern Feinde versteckt hielten, wäre Felicia vor Erleichterung beinahe in Tränen ausgebrochen. Maksim vermutete, dass die Bewohner des Hauses verhaftet worden waren, denn es sah alles danach aus. Schränke und Kommoden waren aufgebrochen worden, Schubfächer herausgerissen, Betten durchwühlt und Matratzen von Bajonetten durchstochen. In einigen Zimmern hatte man sogar die Tapete in Streifen von der Wand gerissen. Aber das Haus selber stand, es hatte Mauern, ein Dach und Fenster, die den stürmischen Tag aussperrten.

Während Maksim die Pferde in den Stall brachte, stützten Felicia und Kat Tante Belle die Treppe hinauf und legten sie in einem der Zimmer ins Bett. Die Bettwäsche fühlte sich ein wenig klamm an, und Felicia schickte Kat mit dem Auftrag fort, irgendwo eine Wärmflasche aufzutreiben und Wasser heiß zu machen. Sie selber zündete alle Kerzen an, die sie im Zimmer fand, denn das elektrische Licht funktionierte im ganzen Haus nicht mehr. Sie entdeckte ein Paar dicke, weiche Pelzpantoffeln, die neben dem Kamin standen, streifte ihre durchweichten Stiefel ab und glitt aufatmend in das Fell. Es war ihr, als taute sie ganz langsam auf. Nach und nach erwachte sie aus ihrer Apathie. Sie trat auf das Bett zu und betrachtete das ausgemergelte graue Gesicht ihrer Tante, lauschte auf den flachen Atem. Sie fuhr herum, als sie eine Bewegung hinter sich hörte. Es war Maksim.

Sein dunkles Haar war weiß vom Schnee, von seinen Wimpern lösten sich tauende Tropfen. Der Schal um seinen Hals starrte von Eis. Er streifte seine Handschuhe ab und hauchte in die Hände.

»Die Pferde sind gut untergebracht«, sagte er, »die haben sogar Hafer. Wir hingegen …«

»Ich werde jetzt gleich hinuntergehen und nachschauen, ob ich irgendetwas zu essen finde«, sagte Felicia, »und wenn es nur ein Stück trocknes Brot ist.«

Mit einer an ihm fremden Scheu sah Maksim zu dem Bett hinüber, auf dem sich Belle unruhig wälzte. »Wie geht es ihr?«

»Sie stirbt. Und ich weiß nicht, ob wir sie aus diesem Bett noch einmal herausbringen. Ich will sie einfach nicht mehr quälen.«

»Wir können einige Zeit hierbleiben, wenn wir etwas zu essen finden und niemand kommt, der uns fortjagt.«

Sie schwiegen beide. Kat betrat das Zimmer, eine Wärmflasche an sich gepresst. »Hier«, sagte sie ausdruckslos, »und in der Küche sind noch Brot, Eier und ein paar andere Sachen. Falls ihr Hunger habt.«

»Falls wir Hunger haben? Kat, wir sterben gleich! Also, ich mache jetzt etwas zu essen, und ihr passt auf Tante Belle auf. Kat«, sie fasste kurz die Hand der Schwägerin, »bist du in Ordnung?«

Kats starre Miene veränderte sich nicht. »Ja danke.«

Felicia nickte. Daheim, entschied sie, daheim kümmere

ich mich um Kat. Jetzt brauchen wir etwas zu essen. Das ist das Wichtigste.

Sie schüttelte die Gedanken ab und ging hinunter in die Küche.

Der Schneesturm tobte den ganzen Tag und die folgende Nacht. Er rüttelte an den Fenstern, dass die Scheiben klirrten. Felicia fand keinen Moment lang Schlaf. Sie lauschte auf die vielen Geräusche im Haus, das Ächzen der Fußböden, das Knacken der Treppenstufen, das unheimliche Heulen in den kalten Kaminen. Sie hatte Maksim gebeten, den Riegel vor die Haustür zu schieben, aber sie zweifelte sehr daran, dass diese Maßnahme einen Schutz bieten würde. Sie ließ zwei Kerzen neben ihrem Bett brennen, damit sie, was immer kommen würde, der Gefahr wenigstens entgegenblicken könnte. Vor ihrem inneren Auge stand beständig das Bild einer Truppe bewaffneter Rotgardisten, die die Treppe hinauf- und in ihr Zimmer stürmten.

Im Übrigen stand sie nahezu jede Stunde auf und sah nach Tante Belle. Im Fieberwahn schleuderte die immer wieder Kissen und Decken von sich, um dann vor Kälte mit den Zähnen aufeinanderzuschlagen. Zweimal fiel sie aus dem Bett. Ein paarmal fragte sie nach Julius, und Felicia gab ausweichende Antworten. In einem Moment der Klarheit öffnete Belle ihre Augen weit und sagte: »Er ist in Sibirien, nicht?«

»Im Osten, Belle. Niemand hat etwas von Sibirien gesagt.«

Aber sie selbst hielt Sibirien für wahrscheinlich. Armer, lieber Onkel Julius! Er war ein freundlicher, stiller Begleiter ihres Lebens gewesen. Auf Lulinn hatte sie ihm über den Tisch hinweg zugezwinkert, wenn Großvater die unvermeidliche Bemerkung über den Treueeid seines Schwiegersohnes an den russischen Zaren machte. Aber das war ja nun auch schon sehr lange her.

Endlich kam der Morgen. Ein blasses graues Licht erhellte den östlichen Horizont, breitete sich langsam über das Land, tauchte den frühen Tag in eine trübe Dämmerung. Die Wipfel der Kiefern rauschten. Es hatte aufgehört zu schneien, aber die Wolken hingen noch tief, durch die Fenster drang ein eisiger Wind. Felicia tappte in die Küche hinunter, um nachzusehen, ob sich noch etwas fand, woraus sich ein Frühstück machen ließe. Zu ihrem Erstaunen erwarteten sie ein knisterndes Feuer im Ofen, ein pfeifender Wasserkessel auf dem Herd und der Duft von gebratenem Speck. Maksim drehte sich zu ihr um. »Du hast bestimmt kein Auge zugetan heute Nacht«, sagte er, »setz dich hin und iss etwas!«

Dankbar sank sie auf einen Stuhl. Sie bemühte sich, die Bilder der Nacht zu verscheuchen. »Ach Maksim«, murmelte sie, »wenn du nicht da wärst …«

»Ich bin ja da«, sagte er sanft. Sie hob den Kopf, sah ihn an und fand die Wärme in seiner Stimme in seinen Augen wieder. Was, so fragte sie sich verwirrt, sah er plötzlich in ihr, dass es eine solche Sanftheit in ihm wachrief? Voller Misstrauen kam ihr der Gedanke, es könnte Mitleid sein, was er empfand, und mit einer brüsken Bewegung erhob sie sich. Solange sie lebte, hatte sie Mitleid weniger ertragen als irgendetwas sonst.

Am wenigsten von ihm.

»Ich sehe noch mal nach Belle«, sagte sie kurz und verließ die Küche.

An Aufbruch war nicht zu denken an diesem Tag, obwohl es sie alle in den Füßen zuckte weiterzukommen, nur weiter! Nachdem aber jeder einmal einen Blick auf Belle geworfen hatte, beschlossen sie einstimmig zu bleiben. Es schien unmöglich, Belle auch nur die Treppe hinunterzubringen.

»Wir müssen ihr irgendwie helfen«, sagte Kat voller Grauen, aber sie wusste selber nicht, wie. Zu ihrem Schrecken sah sich Felicia auf einmal ganz allein mit der Tatsache konfrontiert, Belle helfen zu müssen, und fühlte das alte hysterische Entsetzen in sich aufsteigen, das sie von ihrer Zeit als Schwester kannte.

Kat stand bloß wie ein verschrecktes Kind im Zimmer und sah aus, als wartete sie auf die nächste Anweisung von Schwester Paula. Doch es gab keine Anweisung, keine Schwester Paula. Es gab nichts als ringsum Einsamkeit.

Felicia hielt aus. Sie saß an Belles Bett, eine Decke um die mageren Schultern gehängt, und reichte der Kranken immer wieder ihre Hand, damit sie sich daran festklammern konnte, tupfte ihr mit einem Taschentuch den Schweiß von der Stirn. Sie spürte ihren Rücken kaum mehr und hatte das Gefühl, ihr Kopf müsse in tausend Stücke zerspringen. Sie sehnte sich nach einem Augenblick der Ruhe, danach, Belles Stöhnen wenigstens für einen Moment zu entfliehen. Sie ging ins Nebenzimmer, wo Kat im Schein einer Kerze die Fotografie von Andreas betrachtete, die er ihr vor gerade einer Woche geschenkt hatte. Felicia musste beim Anblick einer so nutzlosen Tätigkeit eine barsche Bemerkung mit Mühe unterdrücken. »Kat, setz dich einen Moment zu Tante Belle«, bat sie, »ich muss mir etwas zu essen holen.«

Kat begab sich willig ins Krankenzimmer. Felicia schlurfte die Treppe hinunter. Sie kam an einem halbblinden Spiegel vorbei und sah sich an. Sie runzelte die Stirn. Sie konnte die Spur jenes Liebreizes in ihrem Gesicht nicht mehr entdecken, den sie von früher kannte, wenn sie in Berlin oder auf Lulinn morgens in den Spiegel gesehen und sich in ihr eigenes Bild verliebt hatte. Keine Süße mehr, nirgends über diesem schmalen Mund. Und wozu auch! Was half ein betörendes Lächeln schon in Wahrheit!

Man hätte mir beibringen müssen, russisch zu sprechen und Menschen sterben sehen zu können, dachte sie zynisch.

Die Hintertür ging auf, und Maksim kam herein. Seine Wangen waren von der Kälte gerötet. »Ich war am Meer«, erklärte er auf Felicias fragenden Blick, »und ich habe jemanden gefunden, der euch nach Finnland hinüberbringen würde. Er will eine Menge Geld, aber ihr wärt in Sicherheit.«

»Belle schafft es nicht mehr.«

Sie sahen einander an.

Sie ist schön, dachte Maksim, und sehr stark.

Sie schraken zusammen, als sie laute Schritte auf der Treppe vernahmen. Kat stürzte in die Küche. »Felicia, du musst kommen. Es geht Belle sehr schlecht. Ich weiß nicht, was ich tun soll! Komm, bitte!«

Wie ein Kind sieht sie mich an, dachte Felicia gereizt. Mit der Hand rieb sie ihren schmerzenden Nacken. Sie war so müde, so leer, so ausgebrannt. Ihre Augen tränten. Sie hätte davonlaufen mögen, dort hinaus in Schnee und Dunkelheit, so weit sie nur konnte, und nichts mehr von alldem hören und sehen. Sie hatte es satt, ihren Kopf für andere hinhalten zu müssen. Sie wollte für sich sorgen, für sich allein, und für niemanden sonst.

Aber unvermutet tauchte eine Erinnerung aus ihrem Gedächtnis auf, Laetitia auf Lulinn an dem Tag, als die Russen kamen. »Wir sind höchst eigensüchtige Naturen, aber wir haben Verantwortung und Mut. Wenn wir jemanden lieben, dann stellen wir uns vor ihn und verteidigen ihn …«

Und dann hatte sie noch gesagt, dass sie nichts aus Edelmut taten, sondern nur, um ihre Herrschsucht zu befriedigen … aber gleichgültig, sie war Laetitias Enkelin, und Laetitia sollte sich ihrer nicht schämen müssen.

Sie strich sich die Haare zurück. Nur nicht zeigen, wie elend sie sich fühlte.

»Es ist schon gut, Kat. Ich gehe hinauf.«

9

Sie musste viele Stunden geschlafen haben. Als Felicia erwachte, waren eine Nacht vergangen und ein Tag, und schon senkte sich draußen wieder Dunkelheit herab. Eine seltsame Zeitlosigkeit lag über diesem Haus: Es schien stets inmitten von Dunkelheit, Sturm und Schnee zu stehen, und in Felicias Empfinden entstand die Vorstellung, sie habe ihr ganzes Leben hier verbracht und werde für alle Zeiten bleiben. Was vorher gewesen war und nachher kommen würde, schien seine Realität verloren zu haben. Die Welt und die Zeit hatten sich auf diesen Ort, auf diese Stunde reduziert.

Tante Belle war gestorben in der letzten Nacht. Felicia wusste nicht mehr, wie lange es gedauert hatte, sie erinnerte sich nur, dass die Minuten geschlichen waren, sich zur Unendlichkeit gedehnt hatten. Das Zimmer war erfüllt gewesen von stickiger Luft, vom Stöhnen der Kranken, von Fieber und Tod. Felicia hatte genug Menschen sterben sehen, damals im Lager, um zu wissen, dass ein Ende lange dauern konnte. Sie hielt Belles Hand, flößte ihr Wasser ein, fächelte ihr mit einem Taschentuch Luft zu. Dabei betete sie im Stillen unablässig: Lieber Gott, lass sie sterben! Lass sie schnell sterben. Lass es nicht so lange dauern!

Als Belle dann einschlief, waren ihre Lippen aufgesprungen und von seltsamer rostbrauner Farbe, ihr Gesicht gelblich, die Wangen tief eingesunken.

Felicia erhob sich. Sie blieb eine Sekunde stehen, darauf gefasst, in Tränen auszubrechen. Aber sie musste nicht weinen, sie konnte es nicht einmal. Fast nüchtern und sachlich dachte sie nur: Wir müssen aufpassen, dass Nicola ihre Mutter so nicht sieht.

Mit schwankenden Schritten verließ sie das Zimmer.

Das Haus lag schwarz und still. Erst als sie den Gang entlangging, vernahm sie von unten das dumpfe Schlagen der Standuhr. Einmal. Ein Uhr in der Nacht. Sie betrat den Raum am Ende des Flurs, die Kerze, die sie mitgenommen hatte, verbreitete ein mattes Licht. Mit ungelenken Bewegungen stieg sie aus ihren Kleidern, kroch ins Bett wie ein Tier, das sich in eine Höhle flüchtet, um seine Wunden zu lecken. Da sie seit sechsunddreißig Stunden nicht mehr geschlafen hatte, gelang es ihr tatsächlich: Sie schlief ein.

Und nun also war sie erwacht, und nach einigen Minuten der Verwirrung stellte sie fest, dass sie draußen nicht den Morgen heraufdämmern, sondern die Nacht hereinbrechen sah. Die Erinnerungen flammten jäh auf, aber sie schob sie sofort von sich. Es war, wie sie zu Kat gesagt hatte – sieh nicht hin, bleib nicht stehen. Sie würde nirgendwo je mehr stehen bleiben. Sie stand auf und öffnete einen der Kleiderschränke an der Wand. Dies schien das Schlafzimmer einer feinen Dame gewesen zu sein, denn sie fand einen Morgenmantel aus blassvioletter Seide, der an Ausschnitt, Ärmeln und Saum mit weißem Hermelin besetzt war. Sie schlüpfte hinein und genoss das Gefühl der kühlen Seide auf ihrer Haut. Dann kämmte sie sich die Haare und ging die Treppe hinunter.

Es herrschte ringsum tiefe Stille. Felicia fragte sich, ob

wohl irgendjemand wach war. Mit langsamen, schläfrigen Bewegungen strich sie durch die unteren Räume, und die Schleppe ihres Morgenmantels raschelte leise hinter ihr her. Schließlich setzte sie sich in einem der Zimmer vor den Kamin, wohl aus Gewohnheit, denn da kein Feuer brannte, war es hier nicht wärmer als in jedem anderen Winkel des Hauses. Sie lehnte sich zurück und schloss die Augen, spürte ihr schweres, weiches Haar im Nacken und vergewisserte sich damit, dass sie lebte. Nach den Schrecken der vergangenen Nacht verspürte sie auf einmal das beinahe süchtige Verlangen, sich der Wärme und des Lebens ihres Körpers gewahr zu werden. Der Morgenmantel glitt auseinander. Mit einem Seufzer streckte Felicia ihre Beine aus, strich mit den Händen über die glatte Haut ihrer Schenkel. Ihr Herz schlug ruhig und gleichmäßig. Das russische Kapitel war fast abgeschlossen. Bald würde sie wieder in Deutschland sein.

Felicia öffnete die Augen, als sie ein Geräusch hörte. Maksim stand in der Tür. Sie war so überrascht, gleichzeitig so voller Ruhe, dass ihr ihr merkwürdiger Aufzug nicht einmal peinlich war.

Maksim hustete. »Entschuldige«, sagte er, »ich hätte mich bemerkbar machen sollen. Du schienst so versunken.«

Sie lächelte, und in ihrem Lächeln lag wenig Freude, umso mehr verhaltener Spott. »Schon gut«, sagte sie.

Maksim trat ins Zimmer. »Du hast ein bisschen viel mitgemacht in den letzten Tagen«, sagte er, »wir … bewundern dich alle.«

»Dann wisst ihr, dass …«

»Ja.«

»Ich möchte jetzt bitte nicht darüber reden.«

Er nickte. »Das Fischerboot liegt bereit«, sagte er sachlich,

»weil das Wetter so schlecht ist, verlangt der Mann noch mehr Geld, aber ... Belle hat in ihrem Gepäck ja wohl ...«

»Ja, sie hat Geld.«

»Ihr sollt morgen früh unten am Meer sein. Ich bringe euch hin. Danach gehe ich nach Petrograd zurück.«

»Ja.«

Er trat noch näher heran, kauerte sich neben sie, nahm ihre Hände. »Du bist sehr tapfer, Felicia. Ich weiß nicht, wer von uns ausgehalten hätte, was du ausgehalten hast.«

Rasch blickte Felicia auf. Die Benommenheit wich. Ihr Verstand arbeitete wieder glasklar. Seine Stimme klang anders als sonst, und schnell vergewisserte sie sich, dass es mehr war als bloße Sorge, was aus seinen Zügen sprach. Früher war sie immer verwundert gewesen, dass er keinen Moment lang ihren vielfach erprobten Reizen erlag, nun hingegen begriff sie den fremden Ton in seiner Stimme nicht. Gestern erst hatte sie festgestellt, dass sie den Zauber allererster Jugend bereits verloren hatte, und heute kam Maksim und schien etwas in ihr zu entdecken, was er bislang nicht gesehen hatte. Verwirrt blickte sie zur Seite.

Maksim betrachtete Felicia. Sie sah sehr müde und blass aus. Die Bewegungen, mit denen sie ihren Mantel übereinanderschlug und ihre Beine an den Körper zog, waren von einer unbewussten Sinnlichkeit. In ihrem Lächeln lag keine Berechnung. Allzu unvorbereitet traf ihn die Erkenntnis: Sie war kein Kind mehr. Irgendwo auf dem Weg, den sie gegangen war, seit er sie in jener Nacht in München geküsst hatte, war ihre Kindlichkeit verloren gegangen. Ob es geschehen war, als ihr Vater starb, als sie durch die Petrograder Revolution irrte, als sie bei Nacht und Nebel fliehen oder als sie Belles Tod miterleben musste, er wusste es nicht. Aber sie war kein unreifes Kind mehr. Er konnte die Linien ihres

Körpers unter dem Seidenstoff erkennen; ihre festen, hohen Brüste, die langen, schlanken Beine. Derselbe Gedanke, der ihm gestern durch den Kopf geschossen war, kam ihm wieder: Sie ist schön und sehr stark.

Und auf einmal sehnte er sich nach ihr. Er wollte mehr, als sie nur ansehen, ihre Schönheit bewundern, ihre Wandlung begreifen. Er wollte gerade das von ihr, was er immer hochmütig zurückgewiesen, wofür er sich unanfällig geglaubt hatte. »Felicia, ich liebe dich«, sagte er. Es klang erschrocken.

Sie sah ihn an. »Wie bitte?«, fragte sie überrascht.

Sein Lachen schien angestrengt. »Spielen wir das Spiel jetzt andersherum?« Seine Finger glitten sanft ihren Arm hinauf, verharrten in der Armbeuge.

Felicia schüttelte den Kopf. »Nein. Ich will das nicht. Nicht mehr. Es ist alles anders geworden.«

»Felicia …«

»Hör auf, Maksim. Solange wir beide einander kennen, hast du mich verachtet. Verachtet – aber irgendwo immer ganz gern haben wollen. All die Jahre musste ich das Wechselspiel mitmachen. Es hat dir Genuss verschafft, immer zwei Schritte neben der wandelnden Versuchung einherzugehen und heroisch zu entsagen. Du brauchtest ja immer so verzweifelt dringend Beweise für deine Vollkommenheit als Revolutionär. Seht, da ist dieses Mädchen, jung und schön, und sie will mich, aber ich … Ich leiste Verzicht! Nun tu's auch, Maksim. Geh zu Mascha zurück.«

Felicia wollte sich abwenden, aber Maksim drehte ihr Gesicht zu sich, zwang sie, ihn anzusehen. »Das Bemerkenswerte an dir ist, dass du so selbstsüchtig, so egozentrisch bist, dass du dir einfach nicht vorstellen kannst, es könnte Menschen geben, die etwas nicht um ihrer selbst willen tun. Du siehst nicht weiter als bis zu deiner eigenen Nasenspitze, und es kommt dir gar nicht in den Sinn, dass das Leben noch ein paar Dimensionen mehr haben könnte. Da du nicht einmal im Traum daran denken würdest, die Welt verbessern zu wollen, suchst du bei jedem, der das vorhat, sofort das selbstsüchtige Motiv. Mein Verzicht auf dich muss einen ganz und gar eigennützigen Grund haben, und wenn ich dir jetzt erkläre, dass es nicht so war, dann wirst du es doch nicht begreifen. Weil du in deinem Denken gefangen bist wie jeder andere auch.«

Sie starrte ihn an. Worauf, um Himmels willen, wollte er denn jetzt hinaus? Leise fuhr er fort: »Aber meine Welt… sie schwankt, Felicia. Es ist mir etwas Schlimmes passiert – ich habe angefangen zu zweifeln. Es ist, als trennten mich hundert Jahre von dem Mann, der ich einmal war. Es gibt so vieles, wovon ich nicht mehr sicher weiß, ob es wahr ist. Ich habe dir einmal gesagt, der Zweifler sei in Wahrheit immer der Stärkere. Aber ich weiß nicht… Wenn das stimmt«, seine Stimme wurde immer leiser, »ob man sich dann so zerbrochen fühlen dürfte.«

Felicias angespannte Züge lösten sich. Sie hatte nicht gewusst, wie sie auf alles, was er sagte, reagieren sollte, aber dies Letzte nun war ihr vertraut. Zerbrochen hatte er sich genannt. Ein Gefühl der Reue stieg in ihr auf. Er litt wirklich, an der Welt, an seinen Zweifeln, an seiner Zerrissenheit oder woran auch immer, und sie stellte sich hin und klagte ihn an, weil sie sich selber müde, zermürbt und unglücklich fühlte. Sie streckte die Hand aus, strich sanft über seine Wange. »Ach Maksim, es ist so viel Zeit vergangen.«

Im gleichen Augenblick wusste sie, dass das nicht stimmte. Wie viele Jahre auch dazwischen liegen mochten, was immer geschehen war, seitdem sich die Welt in den Abgrund dieses irrsinnigen Krieges gestürzt hatte – an diesem

Abend in der verschneiten Einsamkeit fühlten sie sich beide auf einmal wieder ganz jung und frei, und sie überließen sich umso mehr diesem Empfinden, als sie sich beide im gleichen Moment der Erkenntnis unterworfen sahen, dass ihre Sommer in Lulinn hundert Jahre her waren und dass keiner von ihnen seine Erlebnisse seither würde auslöschen können.

Auf einmal fühlten sie sich schwach und hilflos wie Kinder, zerrieben zwischen ihrer Sehnsucht nach einer vergangenen Zeit und dem Wissen, dass nichts im Leben wirklich wiederholbar war.

Zuerst hielten sie einander nur bei den Händen, vorsichtig und scheu, als wären sie wirklich Kinder und als hätte es für Maksim nie Mascha gegeben und als hätte Felicia nie in Alex' Armen gelegen. Als Maksim seine Hand löste, wich Felicia unmerklich zurück, um sich gleich darauf vorzuneigen und seine Lippen zu suchen. Seine Hand lag an ihrem Hals, glitt hinab, strich den Stoff ihres Morgenmantels beiseite. Sie küssten einander, sanft erst, dann heftig. Nebeneinander streckten sie sich auf dem Teppich aus, pressten ihre Körper aneinander, verschlangen ihre Beine, spielten in den Haaren des anderen, lachten und flüsterten einander all die Worte zu, die laut auszusprechen sie nie gewagt hatten und nie wagen würden. Es ist absolut verrückt, dachte Felicia, verrückt und unbegreiflich!

Als sein Körper plötzlich über ihrem war, machte sie eine Bewegung der Abwehr; nicht, weil sie ihn nicht gewollt hätte, sondern weil sie von der jähen Angst ergriffen wurde, es nicht ertragen zu können, wenn er sie wieder verließ. Doch sie zögerte nur Sekunden. Staunend betrachtete sie sein Gesicht und seine Augen; dann kam ihr eine kurze, blitzhafte Erinnerung an Alex, an die rücksichtslosen, rabiaten Zweikämpfe, die sie einander im Bett geliefert hatten und in denen es darum gegangen war, dass jeder seine eigene Kaltschnäuzigkeit bewies. Mit Maksim fühlte sie sich nicht gehetzt, sondern zum ersten Mal in ihrem Leben frei von der Angst, jemand könnte wirklich und zu nah an sie herantreten – vielleicht, so dämmerte es ihr, weil sie zu jeder Sekunde wusste, dass Maksim ein Geschenk auf Zeit war. Lust und Glück trübten ihr Bewusstsein; sie erlaubte sich die Hingabe an das Schicksal, an Liebe, an Entzücken.

Als sie daraus erwachte, Wange an Wange mit Maksim lag, die Mattigkeit und Wärme ihres Körpers spürte, als das übermächtige Glücksgefühl bereits den matteren Glanz von Vergangenem annahm, begriff sie, dass Maksim zu Mascha zurückgehen, dass sie Alex wiedersehen würde. Mit dieser Nacht konnte sie nichts anderes tun, als sie in das Nest ihrer Erinnerungen tragen und dort bewahren. Sie lächelte, und in diesem Lächeln lag verborgen, was sie dachte: Du wirst mich immer verlassen, Maksim, aber du wirst auch immer wiederkommen. Je mehr du an dir und deiner Revolution zweifelst, desto mehr wirst du mich brauchen. Du wirst so vieles brauchen, wovon du geglaubt hast, es sei weit unter deiner Würde. Ach Maksim, das Leben ist die absurdeste Geschichte, die je geschrieben wurde, findest du nicht?

10

Sie kehrten in ein trauriges, kaltes, hungriges Berlin zurück. Das Jahr 1917 neigte sich seinem Ende zu, und das folgende Jahr schien keine Aussicht auf Frieden bereitzuhalten. An den Fronten starben die Soldaten, und es gab beinahe keine Familie, die nicht wenigstens einen Toten aus ihrer Mitte zu beklagen hatte. Die Sozialisten erklärten wieder und wieder, hier werde ein Volk als Kanonenfutter missbraucht, und auch die Unparteiischen begannen sich zu fragen, ob da nicht etwas dran sei. Man verlangte zu wissen, weshalb dieser Krieg eigentlich geführt wurde, und fand keine schlüssige Antwort. Hinzu kam die schlechte Versorgungslage. Besonders in den Großstädten hungerten die Leute erbärmlich, vor allem, seit die Blockade der Alliierten ihre ganze Wirkung zeigte. Mehr als eine Million Menschen in Deutschland waren seit 1914 am Hunger gestorben. Schaudernd erinnerte man sich des berüchtigten Steckrübenwinters der Hungerjahre 1916 und 1917, als es außer ein paar matschigen Rüben buchstäblich überhaupt nichts mehr gegeben hatte. Die Ernte des vergangenen Sommers hatte nicht einmal die Hälfte dessen gebracht, was in Vorkriegsjahren erwirtschaftet worden war. Kriegsgewinnler und Schieber trieben ihr Unwesen, sorgten für neuen Zündstoff. Vom euphorischen Solidaritätsgefühl des ersten Kriegsjahres war nichts übrig geblieben. Das Erste, was Felicia bei ihrer Rückkehr nach Berlin sah, war eine Schar demonstrierender Arbeiter, die rote Fahnen schwenkten und auf gewaltigen Transparenten den Friedensschluss forderten. Für einen Moment schien es ihr, als wäre sie geradewegs wieder in Petrograd gelandet.

In der Schlossstraße lebten Elsa, Linda und der kleine Paul zusammen. Die beiden Frauen und der zweijährige Junge wirkten sehr einsam in der großen, stillen Wohnung. Paul blätterte den ganzen Tag in Bilderbüchern, während seine Mutter und seine Großmutter im Salon saßen und für die Soldaten strickten – unverdrossen, wie sie es schon im August 1914 getan hatten. Felicia kam der Gedanke, dass sie damit selbst dann noch fortfahren würden, wenn der Krieg längst vorbei wäre.

Linda hatte sich nicht verändert. Man hätte sie ins Fegefeuer selber stellen können, es hätte ihre Lieblichkeit, ihr großäugiges Puppengesicht nicht berührt. Wegen der schlechten Ernährung sah sie zwar blass und mager aus, aber sie spitzte noch ebenso unschuldig die Lippen wie früher, schlug noch genauso verwundert die Augen auf. Felicia kam sich ihr gegenüber uralt vor.

Als sie ihre Mutter wiedersah, war Felicia entsetzt. Elsa war immer zart gewesen, aber jetzt schien sie geradezu zerbrechlich. Durch ihr dunkles Haar zogen sich graue Strähnen. »Felicia«, flüsterte sie, »bist du wirklich zurück?«

Felicia legte beide Arme um sie, aber anstatt Ruhe und Geborgenheit zu finden, meinte sie, einen dünnen kleinen Vogel in den Händen zu halten.

Den Hafen, den sie gesucht hatte, fand sie hier nicht.

»Mutter, jetzt wird alles gut. Ich bin wieder da!«

Elsa lächelte, doch es war ein gebrochenes, angestrengtes Lächeln.

»Ich habe gewusst, dass du noch lebst.«

»Hast du keinen meiner Briefe bekommen?«

»Keinen.« Elsa sah zu Kat und Nicola hin. »Nicola«, sagte sie erstaunt, »wie groß du geworden bist!«

Nicola sah aus wie ein verschrecktes kleines Kaninchen.

»Warum ist Nicola hier? Wo sind Belle und ihr Mann?«

Felicia drückte Elsas Hand. Nicola schluchzte auf und flüchtete in Kats Arme. Elsas Lippen zuckten. »Nein … nicht Belle …«

»Tuberkulose, Mutter … Wir haben alles getan, aber … wir mussten fliehen, und wir hatten nichts Richtiges zu essen für sie …«

»Belle …«, sagte Elsa. Sie lauschte dem Klang dieses Wortes nach, und vor ihren Augen erstand das Bild einer Frau, schön, lebhaft und lachend, einer Frau, die für eine ganze Generation, eine Epoche, eine Lebensweise stand. Was war aus ihrer Welt geworden? »Belle«, wiederholte sie noch einmal. Dann sah sie ihre Tochter an. »Und Julius?«

»Wir wissen es nicht. Er wurde während der Februarrevolution verhaftet. Seither …«

»Sie waren so schön, die beiden, so glücklich.«

»Das waren sie, Mutter.« Felicias Nerven waren gespannt. Elsa zwang sie, gerade das zu tun, was sie nie wieder hatte tun wollen: stehen bleiben und hinsehen. Gleich würde sie von Vater reden.

Da kam es auch schon. »Vater war doch schnell tot, nicht wahr?«

»Auf der Stelle, Mutter. Er hat keine Sekunde gelitten«, log Felicia.

»Ich habe damals einen sehr freundlichen Kondolenzbrief aus dem Kriegsministerium bekommen. Vater muss bis zuletzt aufopferungsvoll als Arzt seine Pflicht getan haben.«

Hat er, dachte Felicia bitter, und ein Brief an die Witwe ist der Dank des Vaterlandes. Aber sicher bedeutete der Brief viel für Elsa. Sie konnte sich vorstellen, wie sie ihn Nacht für Nacht las, bis das Papier dünn und knitterig wurde. »Er war der beste Arzt«, sagte sie, »jeder wusste das.« Sie richtete sich auf. Gott mochte ihr vergeben, aber sie konnte jetzt nicht mehr davon reden, weder von dem glühend heißen Tag in Galizien noch von dem fiebererfüllten Krankenzimmer Belles.

»Es ist kalt hier«, sagte sie, »warum brennt kein Feuer im Ofen?«

»Wir haben keine Kohlen«, erwiderte Linda piepsig.

»Gar keine Kohlen? Aber ihr müsst doch Bezugsscheine bekommen?«

»Schon. Aber dann ist immer schon alles weg.«

Felicia seufzte. »Ich nehme das jetzt in die Hand. Ich werde Kohlen beschaffen. Außerdem brauchen wir Lebensmittelkarten für Nicola, Kat und mich. Oh – Kat kennst du noch gar nicht, Mutter. Alex' Schwester aus München. Wir bräuchten irgendetwas zu essen, wenigstens für Nicola. Habt ihr was da?« Sie sprach hastig, sprang von einem Thema zum anderen. Nervös lief sie ihrer eigenen Stimme davon, die sie drängte, weitere unvermeidliche Fragen zu stellen. Schließlich brachte sie es hastig und wie nebenbei heraus: »Mit Jo und Christian ist alles in Ordnung?«

Elsa hob den Kopf. »Wir hoffen, dass Jo zu Weihnachten Urlaub bekommt.«

»Dann lebt er also, Gott sei Dank! Und Christian, kommt er auch?«

Elsa öffnete den Mund, schloss ihn aber wieder. Linda wandte sich ab. Die Standuhr in der Ecke tickte dröhnend.

Felicia griff sich an die Schläfen. »Christian«, wiederholte sie mit schleppender Stimme, »kommt er auch zu Weihnachten?«

Linda schluchzte auf. Vor Felicias Augen begann sich das Zimmer zu drehen. Hilfesuchend griff sie nach einer Stuhllehne, umklammerte sie so fest, dass die Knöchel an ihrer Hand weiß wurden. »Mutter! Christian ist doch nicht …«

»Er ist bei Verdun gefallen«, sagte Elsa tonlos, »im Sommer 1916. Bald nach Jorias.«

»Jorias – er auch?«

Niemand sagte etwas. Felicia versuchte, ihre Gedanken zu ordnen. In ihrem Kopf wirbelte es. Christian tot, ihr Christian, ihr kleiner Bruder, mit dem sie heftig gestritten, den sie heiß geliebt hatte, dem gegenüber sie sich oft wie eine Glucke vorgekommen war, die ihr Küken verteidigt. In ihrem Gedächtnis erwachte ein Bild: Lulinn, ein heißer Juliabend, und zwei Jungen kamen über die Wiesen geschlendert, barfuß und braungebrannt, mit wirren Haaren und lachenden Gesichtern, randvoll mit Kraft und Lebenslust.

»Lieber Gott«, sagte sie hilflos. Sie drängte die Tränen zurück.

Linda weinte, und Kat, obwohl sie Christian gar nicht gekannt hatte, sah so aus, als würde sie auch gleich damit beginnen. Wenn sie sich jetzt nicht zusammennahm, würden sie alle den ganzen Abend lang weinen.

»Sie haben Onkel Leo wegen versuchter Desertion erschossen«, sagte Elsa.

»Was?«

»Er wollte fliehen, aber sie haben ihn erwischt. Er hat ja nie in den Krieg gewollt.«

Felicia ließ sich in einen Sessel fallen. Onkel Leo tot – er, der immer beschwipst war und an keiner Frau vorübergehen konnte?

»Linda«, sagte sie mit schwacher Stimme, »hast du einen Schnaps für mich?«

Gott sei Dank, Schnaps war da. Sie trank ihn in kleinen Schlucken. Das also ist das Ende vom Lied, dachte sie bitter, wir sitzen da und zählen unsere Toten. Vater, Belle, Christian, Onkel Leo und Jorias … und wer kann mir sagen, wofür? Sie sah auf das graue Haar ihrer Mutter, und die Kraft der Verantwortung, die sie schon durch Russland getragen hatte, strömte in sie zurück. »Es wird alles gut«, sagte sie sanft, »ihr braucht euch keine Sorgen zu machen.«

Von der Tür her kam ein Geräusch. Es war Kat, die einen Schritt vortrat. Sie sah bleich und gequält aus. »Wie geht es Alex, meinem Bruder?«, fragte sie, Verwunderung und Vorwurf in der Stimme, und Felicia begriff erst nach einigen Sekunden, dass beides ihr galt. Sie biss sich auf die Lippen. Sie hätte nach Alex fragen müssen.

»Er steht noch in Frankreich, soviel ich weiß«, sagte Elsa.

»Wie? Alex ist an der Front?«

»Er wollte es unbedingt«, erklärte Linda. »1916 schon.«

»Das ist ja wohl nicht zu fassen!« Felicia konnte es kaum glauben. Kat blickte sie verletzt an.

Felicia konnte die vorwurfsvollen Augen ihrer Schwägerin nicht länger ertragen. Sie konnte jetzt überhaupt niemanden mehr ertragen. Sie stand auf und ging hinüber in ihr Zimmer. Nichts hatte sich dort verändert, seitdem sie es drei Jahre zuvor verlassen hatte. Dieselbe lilaverhangene Lampe, die blassblaue Seidendecke auf dem Bett. War das die Heimkehr? Sie öffnete das Fenster, atmete die kalte Luft, lauschte auf den vertrauten Lärm der Berliner Straßen. Vergeblich suchte sie nach dem Frieden, den sie hätte empfinden müssen. Wenn sie ihn hier nicht fand, wo dann? Sie sah hinaus in die Nacht. Dort im Osten, weit, weit fort, lag Russland. Ob es Maksim war, wonach sie suchte?

Sie konnte keine Antwort finden. Undeutlich begriff sie nur dies: Als sie von Christians Tod erfuhr, war dies das Schlimmste, was ihr bisher widerfahren war. Was immer von nun an kam, es konnte nicht schrecklicher sein.

Die ganze Nacht über, als sie in ihrem Bett lag und keinen Schlaf fand, konnte sie zwischen all den Empfindungen, die sie bestürmten, nur ein einziges Bild deutlich sehen – ein Bild, das sich in ihr Denken einbrannte und für alles stand, was verloren und vergangen war: ein blonder und ein dunkler Junge, die barfuß über eine Sommerwiese kamen und lachten, als wäre das Leben ein Spiel und Glück ein unwandelbares Gut.

Im Januar verschärfte sich die Lage in Berlin. Die Stimmung der Menschen konnte nicht tiefer sinken. Es herrschte strenger Frost, und da Kohlen kaum mehr zu bekommen waren, sprangen Grippe- und Keuchhustenepidemien durch die Stadt. Die Leute erfroren beinahe in den Schlangen vor den Lebensmittelgeschäften, und da das Berliner Temperament nicht gerade zum stillen Dulden befähigt, wurde lautstark räsoniert. Zur Hölle mit dem Krieg! Man wollte Frieden. Die Sozialisten riefen zum Widerstand auf, und Tausende folgten ihnen. Es kam zu Massenstreiks und täglich zu Demonstrationen. Berlin brodelte.

Felicia gewöhnte sich daran, alle Wege zu Fuß zu machen, da kaum mehr eine Straßenbahn fuhr. Sie hortete Kerzen, da es leicht passieren konnte, dass abends urplötzlich das elektrische Licht erlosch oder gleich den ganzen Tag über nicht brannte, und mit den Essensmarken jagte sie von Geschäft zu Geschäft. Da sie jung und hübsch war, rückte mancher

Händler heraus, was er eigentlich hatte zurückhalten wollen. Was wussten die schon, wie viel Anstrengung es sie kostete, ihr Gesicht zu einem Lächeln zu verziehen, wie hart sie jedes ihrer schmeichelnden Worte kalkulierte. Einmal stand sie eine ganze Nacht mit einem Handkarren um Kohlen an. Obwohl es schneite, kamen mit jeder Stunde mehr Menschen hinzu. In Lumpen gehüllte alte Frauen, die nicht mehr stehen konnten, kauerten zusammengesunken auf ihren Wägelchen, rachitische Kinder drängten sich wie die Hühner zusammen, um ein wenig Wärme zu finden. Ein geschäftstüchtiger Zeitgenosse baute einen Stand auf, an dem er Glühwein feilbot. Gegen Mitternacht war Felicia überzeugt, innerhalb der nächsten Stunde den Kältetod zu sterben, wenn sie nicht sofort auch solch einen Glühwein bekäme. Da sie es nicht wagte, ihren mühsam erstandenen Platz zu verlassen, schickte sie ein Kind mit einem Geldstück weg, aber weder das Kind noch das Geld sah sie je wieder.

Sie kroch am nächsten Morgen buchstäblich durch die Straßen, vor Kälte bis in die Zehenspitzen empfindungslos geworden, aber stolze Besitzerin eines halben Zentners Kohle, den sie auf dem Karren hinter sich herzog, bereit, jeden Menschen anzufallen, der es auf ihre Beute abgesehen hätte.

Als sie zu Hause ankam, quälten sich die anderen gerade aus ihren warmen Betten, jammerten über Kälte und Hunger. Felicia sehnte sich nach einem heißen Bad, doch es stellte sich heraus, dass die Wasserwerke an diesem Tag streikten und man an den Hähnen drehen konnte, so viel man wollte, es kam kein Tropfen.

»Wir haben kein Brot mehr«, klagte Linda, »und Paul hat solchen Hunger!«

Felicia entriss ihr mit einer heftigen Bewegung die Brotmarken. »Gib her! Ich weiß, wo ich noch welches kriegen kann. Aber wenn heute noch einer von euch jammert, dem kratz ich die Augen aus!« Sie verließ die Wohnung, gefolgt von verstörten Blicken. Es hatte ihr doch keiner etwas getan!

Anfang Februar war Felicia sicher, schwanger zu sein. Bis zu diesem Zeitpunkt hatte sie immer noch versucht, sich etwas vorzumachen und harmlose Erklärungen für eindeutige Indizien zu finden, aber schließlich konnte sie nicht länger die Augen vor den Tatsachen verschließen. Sie raffte sich auf und ging zu einem Arzt.

Die Diagnose war eindeutig.

»Sie sind Anfang des dritten Monats«, sagte der Arzt, »herzlichen Glückwunsch. Soweit ich feststellen kann, ist alles in Ordnung, aber Sie müssten mehr auf Ihre Ernährung achten und unnötige Anstrengungen vermeiden. Ich weiß, das ist schwierig in diesen Zeiten.«

»Ja«, murmelte Felicia, die still auf ihrem Stuhl kauerte. Ihre Gedanken jagten sich. Nicht, dass sie nicht gerne ein Kind von Maksim gehabt hätte, aber wie, um Himmels willen, sollte sie das erklären? Sie und Alex hatten einander seit über zwei Jahren nicht gesehen; nicht einmal der naiven Sara würde man das erklären können. Was würde Elsa sagen? Und vor allem – wie sollte sie Alex jemals wieder gegenübertreten?

Der Arzt, dem ihr Mienenspiel nicht entgangen war, bemerkte: »Es gibt doch keine Schwierigkeiten bei Ihnen?«

»Nein … Nur fragt man sich natürlich, ob es richtig ist, ein Kind mitten im Krieg zu bekommen.«

»Es wird Ihnen keine Wahl bleiben.« Die Miene des Arztes wurde streng. Es ging ihm darum, von vornherein klarzustellen, dass gewisse Dinge für ihn nicht infrage kamen.

Felicia erhob sich. »Ja, es bleibt mir wohl keine Wahl«, bestätigte sie. Sie reichte dem Arzt die Hand. »Auf Wiedersehen, Herr Doktor.«

Mit schwerfälligen Schritten ging sie nach Hause. Drei Tage lang schlich sie wie ein Geist herum und erschreckte alle mit ihrem unruhigen, gereizten Wesen. Es drängte sie, sich irgendjemandem anzuvertrauen, aber ihr fiel keiner ein. Elsa hatte genügend eigene Sorgen. Kat kam natürlich überhaupt nicht infrage. Und Linda – sie würde mit den Augen klappern und erschrocken das Mündchen spitzen: Nein, es half nichts, die Sache musste allein durchgestanden werden. Sie musste nach München. Sie musste Alex von der Front zurückholen. Sofort. Vielleicht konnte sie ihm dann das Kind noch unterschieben … Sie machte Pläne über Pläne, verwarf sie wieder – und dann bekam sie die Grippe.

Sie lag acht Wochen im Bett. Die eisigen Nächte, in denen sie nach Kohlen angestanden hatte, waren nicht ohne Folgen geblieben. Das Fieber schüttelte sie, und sie bekam einen Husten, der sie zu ersticken drohte. Die Wände ihres Zimmers drehten sich um sie, verrückte Gestalten und seltsame Bilder geisterten durch ihre Träume. Immer wieder wollte sie aufstehen und nach München fahren, aber durch eine Wand von Nebel vernahm sie dann Elsas Stimme: »Nicht, Kind. Du kannst jetzt nicht verreisen. Du bist sehr krank.«

Sehr krank, sehr krank, hämmerte es in ihrem Kopf. Aber sie musste doch nach München! Als das Fieber abgeklungen war und sie nicht mehr so furchtbar hustete, schien die Sonne schon wärmer durch ihr Fenster, und sie begriff, dass sie die entscheidenden Wochen verloren hatte.

Erschöpft und verängstigt brach sie in Tränen aus. So fand sie Linda, die ihr eine Tasse Tee bringen wollte. »Aber was ist denn?«, rief sie erschrocken. »Warum weinst du? Geht es dir wieder schlechter?«

Felicia schluchzte nur immer bitterlicher, bis die verschreckte Linda schließlich Elsa und Kat herbeirief. Die drei Frauen standen ratlos um das Bett herum. Elsa kauerte sich schließlich nieder und strich ihrer Tochter über die blasse Stirn. »Liebling, ich muss dir etwas Schönes sagen«, flüsterte sie, »deine Großmutter kommt uns besuchen. Freust du dich nicht?«

Wie gewöhnlich brachte Laetitia Ordnung in alle Angelegenheiten. Sie trat in das Zimmer der Enkelin und fand diese in einen Morgenmantel gehüllt am Fenster sitzen und hinausstarren. Laetitia betrachtete sie prüfend. »Nicht mehr so sternenäugig wie früher, was? Kein Wimperngeklimpere, keine Grübchen. Steht dir aber gut. Nun zieh dir etwas an und komm mit. Ich muss mit dir etwas Wichtiges besprechen. Wir gehen zu Horcher und sehen zu, ob wir da vielleicht wenigstens ein Stück Kuchen bekommen.«

Felicia verzog das Gesicht. »Ich habe Probleme mit meinen Kleidern«, sagte sie. Sie stand auf und strich den Morgenmantel über ihrem Leib glatt. Laetitia schnappte nach Luft. »Ach, du lieber Gott! Im wievielten Monat bist du?«

»Im fünften.«

Laetitia rechnete still zurück. »Da warst du noch in Russland!«

»Ja. Und ich habe Maksim Marakow wiedergetroffen.«

»Oha!« Laetitia lachte spöttisch. »Und inmitten von Krieg und Revolution ist euch dafür noch Zeit geblieben? Ach, es ist schön, jung zu sein!«

»Schön ist gut«, murmelte Felicia, »wie erkläre ich das Alex?«

»Nun versuch halt irgendetwas anzuziehen. Ich glaube, wir haben mehr zu besprechen, als ich dachte.«

Bei Horcher bekamen sie zwar keinen Kuchen, aber zumindest ein paar harte graue Kekse und einen wässrigen Kaffee-Ersatz. Felicia merkte, dass es ihr guttat, wieder einmal andere Menschen zu sehen. Es wehte ein warmer, leichter Wind, und auf jedem Tisch stand eine Vase mit leuchtend gelben Osterglocken. Lebhafte Stimmen schwirrten durch die Luft. Am Nachbartisch unterhielten sich zwei alte Herren über die große deutsche Offensive im Westen. In der Picardie hatten deutsche Truppen versucht, Briten und Franzosen zu trennen, was zunächst auch gelungen war. Die Front der Engländer hatte sich dann aber rasch wieder geschlossen, und weitere Angriffe der erschöpften deutschen Armee blieben erfolglos. »Es ist ein Verbrechen«, sagte einer der beiden Herren und zerrieb die Blütenblätter der Osterglocke zwischen seinen nervösen Fingern, »es ist ein Verbrechen, den Friedensschluss immer weiter hinauszuzögern. Was sie jetzt in Frankreich an Männern und Waffen verbrauchen, ist völlig sinnlos. Ich frage mich, ob Hindenburg und Ludendorff das erst dann begreifen, wenn die deutsche Armee bis auf den letzten Mann ausgerottet ist.«

»Abgesehen davon spielen sie mit alldem nur den Sozialisten in die Hände«, meinte der andere, »mit jedem Tag, den der Krieg länger dauert, gewinnen die an Sympathie und Einfluss.«

Laetitia, die das Gespräch mitangehört hatte, lächelte Felicia über den Tisch hinweg zu. »Ist Marakow immer noch ein überzeugter Sozialist?«

»Ja.«

»Ein interessanter Mann. Aber nun«, Laetitias graue Augen wurden ernst, »nun erzähl mir von Belle. Ich verspreche dir, ich weine nicht. Aber ich möchte alles wissen. Sie war mein liebstes Kind, weißt du. Sie und Leo. Und die beiden habe ich verloren.«

Felicia berichtete. Sie bemühte sich, so sachlich wie möglich zu bleiben. Dabei spürte sie selber einen Kloß im Hals. Sie beobachtete den feinen Staub, der im Licht der einfallenden Sonnenstrahlen wirbelte. Der Frühling, dachte sie, macht es noch schlimmer. Belle hat den Frühling so geliebt!

Nur ein einziges Mal zuckte etwas in Laetitias beherrschtem Gesicht; das war, als Felicia von Julius' Verhaftung berichtete. Doch sie hörte sich alles ruhig bis zum Ende an. Dann sagte sie: »Du bist bei ihr geblieben am Schluss! Ich danke dir dafür, Felicia. Es bedeutet mir viel, das zu wissen. Und du hast die kleine Nicola sicher nach Deutschland gebracht. Alles in allem … bist du eine fantastische Person!«

»Nun, ich …«, murmelte Felicia verlegen.

Laetitia schob ihre Kaffeetasse zurück und setzte sich aufrecht hin. »Nun zu den Lebenden«, sagte sie, »genauer: zu deinem Onkel Victor. Seinetwegen wollte ich mit dir sprechen.«

Felicia runzelte die Stirn. »Was habe ich mit Onkel Victor zu tun?«

»Oh, ich denke, wir alle wünschten, wir hätten nicht allzu viel mit ihm zu tun. Aber seit dem Tod deines Großvaters gehört Lulinn ihm. Er ist der älteste Sohn.«

»Ja …«

»Er schafft es nicht. Das Gut überfordert ihn vollkommen. Natürlich, der Krieg hat die Dinge erschwert, aber nicht jeder hätte so oft die Nerven verloren wie Victor. Noch kann ich manches abfangen, aber«, sie lächelte fein, »jeder Tag, der vorübergeht, nimmt mir ein wenig Kraft. Meine Zeit neigt sich ihrem Ende zu.«

»Großmutter …«

»Doch, Kind. Und dank dieses Irrsinns, in den sich die Welt gestürzt hat, ist die nachkommende Generation reichlich dezimiert. Ich weiß nicht, in wessen Hände ich Lulinn geben soll. Victor spielt mit dem Gedanken, es zu verkaufen.«

»Was?« Felicia erschrak so sehr, dass sie fast schrie. Einige andere Gäste drehten sich nach ihr um. Sie senkte ihre Stimme. »Was?«

»Von seinem Standpunkt aus betrachtet, bietet sich überhaupt nur diese Möglichkeit an«, sagte Laetitia mit jenem vernünftigen Ausdruck auf dem Gesicht, den sie stets annahm, wenn sie die eigenen Emotionen überlisten wollte, »so wie er sich anstellt, muss er das Gut ohnehin in ein paar Jahren verkaufen, nur diktieren dann andere die Preise.«

»Ja, aber Großmutter! Lulinn verkaufen! Es ist unsere Heimat!«

»Wessen Heimat? Außer mir leben nur Victor und seine unausstehliche Familie dort. Die Familie hat sich zerstreut – wer davon noch lebt!«

»Aber ich brauche Lulinn.«

»Du wirst nach München zurückgehen.«

»Nein«, sagte Felicia fest. Laetitia sah sie überrascht an. »Ich meine«, führte Felicia aus, »ich gehe nach München, aber nur, um Alex zu sagen, dass wir uns nie wiedersehen werden.«

»Bist du sicher?«

»Ja.«

Laetitia schnalzte mit der Zunge. »Ich fürchte, das wird eine stürmische Unterredung.«

»Vielleicht. Aber am Ende gehen wir jeder eigene Wege. Und ich«, es war ein Gedankenblitz, aber mit einem Schlag bekam die Zukunft wieder einen Anflug von Farbe, »ich komme dann nach Lulinn. Zusammen schaffen wir es!«

»Ja, ja. Bloß ... wenn wir Victor aus dem Spiel katapultieren wollen, müssen wir ihn auszahlen. Es wäre daher ganz gut, wenn ...«

»Wenn ich Geld mitbringen könnte?«

»Dein Alex ist steinreich, was man so hört!« Sie warf ihrer Enkelin einen verschwörerischen Blick zu. Die fing ihn auf und nickte ratlos.

»Man wird ihn wohl zu einigen Jahren Zwangsarbeit in Sibirien verurteilen«, sagte Mascha und klappte die Akte zu, die vor ihr lag. Aus kühlen Augen musterte sie ihr Gegenüber. »Ich kann nichts tun.«

Nina, im schicken Sommermantel, den sie auf Kredit gekauft hatte, verzog flehentlich das Gesicht. »Bitte! Jurij hat immer für die Revolution gekämpft. Er ist kein schlechter Mensch.«

»Er hat sich am Volkseigentum bereichert. Er hat damit genau die Politik fortgeführt, die wir gerade beseitigt haben.«

»Es war das Haus meiner ehemaligen Arbeitgeber, das er ausgeräumt hat. Er tat es aus ... Hass und Wut. Diese Leute haben mich jahrelang schikaniert und ...«

»Wir dulden keine Privatbereicherung mehr«, unterbrach Mascha sie hart, »und ganz besonders verwerflich ist es, wenn jemand versucht, die Revolution zu benutzen, um Besitz anzuhäufen. Ich weiß, es geschieht überall. Aber wir gehen unnachsichtig dagegen vor. Um es Ihnen also ganz ehrlich zu sagen«, Mascha stand auf und ging zur Tür, öffnete sie, »selbst wenn ich könnte, ich würde für Ihren Freund nichts tun.«

Nina wurde blass. Wortlos ging sie an Mascha vorbei zur Tür hinaus. Dort stieß sie fast mit Maksim zusammen, der rasch zur Seite trat, um sie vorbeizulassen. Dann wandte er sich kopfschüttelnd an Mascha. »Was hat sie denn? Ich dachte schon, sie rennt mich um!«

»Ihr Freund wurde verhaftet. Übergriffe auf Volkseigentum, verstehst du?« Mascha setzte sich wieder an ihren Schreibtisch und zündete sich eine Zigarette an. »Was gibt's bei dir? Du siehst ein bisschen nervös aus.«

Maksim warf sich in einen Sessel und strich sich über die dunklen Haare. Es war eine Geste der Erschöpfung. »Es ist nichts«, sagte er, »sie haben bloß gerade wieder 52 Weißgardisten gestellt und standrechtlich erschossen.«

Mascha zuckte mit den Schultern. »Wir sind im Bürgerkrieg.«

»Ja. Nachdem wir nun glücklich an den Grenzen Frieden geschlossen haben, schlachten wir uns gegenseitig im eigenen Land ab.«

»Die Revolution …«, begann Mascha, aber Maksim sprang auf und schlug mit der Faust auf den Tisch. Er war blass geworden vor Wut, und seine Augen blitzten. Hör auf damit, Mascha!, hätte er am liebsten geschrien. Ich kann es nicht mehr hören. Ich sehe mich um in unserem Land, und was ich sehe, lässt mich nachts keinen Schlaf finden. Wir haben Hungersnöte, an denen Tausende sterben, vor allem Kinder. Die Rote Armee hat Massenerschießungen zu verantworten, die Hinrichtungen von Männern und Frauen, die weder einen Anwalt noch ein Verfahren hatten. Als das Volk im vergangenen November die gesetzgebende Versammlung wählte und die Bolschewisten nur ein Viertel der Stimmen bekamen, hat Lenin die Geheimpolizei aus dem Boden gestampft und die Abgeordneten verhaften lassen. Kommissare unserer Partei haben auf Demonstranten geschossen, die dagegen protestierten. Wie kannst du das denn ertragen?

Er schrie nicht, aber seine Stimme zitterte vor Zorn, als

er leise sagte: »Wie kannst du es ertragen, dass auf Demonstranten geschossen wird? Merkst du denn nicht, dass hier schon wieder der Boden bereitet wird für eine neue Diktatur?«

»Vorsicht«, sagte Mascha kühl, »die Tür ist offen.«

Maksim starrte sie an. Er lächelte, zynisch und resigniert. »Ja«, sagte er, »die Tür ist offen. Genau das meinte ich. Es ist kein gutes Zeichen, wenn wir anfangen müssen zu flüstern.« Ohne eine Erwiderung abzuwarten, verließ er das Zimmer.

Als Alex erwachte, fiel es ihm schwer, die Orientierung wiederzufinden. Vor seinen Augen war alles dunkel, von fern hörte er das Donnern der Kanonen. Er wollte sich aufrichten, aber ein brennender Schmerz in seinem rechten Oberarm ließ ihn in sein Kissen zurücksinken. Allmählich erkannte er, dass Schwestern an seinem Bett standen und eine von ihnen seinen Puls fühlte. Langsam kehrte sein Erinnerungsvermögen zurück: Eine Kugel hatte ihn getroffen, draußen im Gefecht, als seine Kompanie verzweifelt versuchte, die vorderste Linie der Front zu halten, und dabei merkte, dass die anderen die Stärkeren waren. Er war zusammengebrochen, mit dem Gesicht in den Schmutz gefallen, hatte Staub auf seinen Lippen geschmeckt und warmes Blut seinen Arm hinunterlaufen gefühlt.

Wer hätte gedacht, dass es mich in diesem dreckigen Krieg tatsächlich noch mal erwischt, war es ihm durch den Kopf geschossen, ehe er das Bewusstsein verlor. Er hatte sich schon für unverletzbar gehalten. Hundertmal hatte er den Tod herausgefordert, hundertmal war ihm dieser eine Gegner ausgewichen. Und diesmal wieder. Denn während nach und nach all seine fünf Sinne zurückkehrten, begriff er, dass er nicht sterben würde.

»Sie haben viel Blut verloren«, sagte eine Schwester, ein junges, hübsches Mädchen, das er unwillkürlich sofort anlächelte, »der Arzt meint, Sie müssten auf Urlaub geschickt werden. Nach Hause.«

»Wie, fort von Ihnen?« Noch während er den Scherz machte, fand er ihn selber albern. Immer das gleiche dumme Gerede, dachte er, wirst du denn nie erwachsen, Alex?

»Ihre Frau wird sich bestimmt freuen«, meinte die Schwester schüchtern.

»Meine Frau? Schönes Kind, wie kommen Sie darauf, ich könnte verheiratet sein?«

»Der Ring an Ihrer Hand …«

»Oh ja … der Ring …« Alex drehte daran. Er lachte bitter. »Heim zu meiner Frau. Das wird ein Freudenfest!«

Es war ein warmer Maiabend, als Felicia und Kat nach einer beinahe endlos langen Bahnfahrt staubbedeckt und todmüde in München ankamen. Durch einen Warnstreik der Eisenbahner hatten sie in Würzburg keinen Anschluss und mussten die Nacht in der zugigen Bahnhofshalle verbringen. Erschwert wurde die Situation noch dadurch, dass Kat kein Wort mehr mit ihrer Schwägerin redete. Jeder konnte inzwischen sehen, dass Felicia ein Kind bekommen würde, eine Tatsache, die bei Elsa Fassungslosigkeit und Entsetzen, bei Linda atemloses Staunen und bei Kat blanken Hass ausgelöst hatte. Kat sagte einfach überhaupt nichts mehr und wollte nicht einmal eine Erklärung anhören. Felicia versuchte eine ganze Weile, sie zu besänftigen, dann reichte es ihr, und sie erklärte böse: »Du bist eine richtige Pharisäerin, Kat. Mit Phillip warst du schließlich so gut wie verlobt, und das hat dich keineswegs daran gehindert, ein Verhältnis mit diesem Andreas anzufangen!«

Dies war der einzige Moment, in dem Kat ihr Schweigen gebrochen hatte. Mit flammenden Augen hatte sie gefaucht: »Erwähne Andreas niemals wieder! Und Phillip auch nicht! Nimm diese Namen nicht in deinen Mund, denn du bist ein Mensch, der gar nicht weiß, was Liebe ist, und der deshalb nichts versteht!«

Jolanta, die Köchin, brach in Jubelgeschrei aus, als sie Kat erblickte. »Ja, ist das eine Freude! Unser Fräulein Kat ist wieder da! Als das Telegramm aus Berlin kam, hab ich gesagt: Gott sei Dank, das Kind ist am Leben! Aber der gnädige Herr Vater war ganz böse und hat gesagt: Heim gehört sie, nach München! Warum ist sie in Berlin? Aber nun sind Sie ja da, und alles ist gut!«

Felicia zerrte ihre Koffer aus dem Taxi und ging, schwankend unter der Last, ins Haus. Sie hielt den Kopf hocherhoben, die Augen geradeaus gerichtet. Sie sah, wie Jolanta den Mund öffnete, dann ihres Leibesumfanges gewahr wurde und den Mund wieder zuklappte. Auf ihrem runden Gesicht dämmerte ganz langsam Begreifen. Aber ehe sie das Ungeheuerliche tatsächlich ganz erfassen konnte, sagte Felicia mit klarer, kühler Stimme: »Guten Tag, Jolanta. Ich möchte auf der Stelle Severin sprechen.«

Severin saß in der Bibliothek in einem Sessel. Neben ihm kauerte Kat und hielt seine Hände. Severin hatte Tränen in den Augen. Er war alt geworden in den letzten zwei Jahren. Der Kummer um Kat, seine Einsamkeit hatten nicht nur ungezählte neue Falten in sein Gesicht gegraben, sie hatten seinen Zügen auch einen guten Teil Bosheit genommen, und diese neue Sanftheit machte ihn greisenhaft.

Felicia wusste, dass sie störte, aber sie hatte nicht die Nerven, taktvoll zu sein. »Severin«, sagte sie, noch in der Tür stehend, »ich muss mit dir sprechen. Sofort.«

Kat sah verstört auf. Severin kniff die Augen zusammen und betrachtete seine Schwiegertochter eindringlich. Ein amüsiertes Lächeln ließ seine Mundwinkel zucken. »Ja«, sagte er, »ich habe den Eindruck, du solltest mit mir sprechen.«

Kat erhob sich. »Ich gehe schlafen«, sagte sie. Severin blickte ihr nach. »Wo habt ihr Mädels nur eure Träume gelassen?«, fragte er. »Eure Züge sind scharf und euer Lächeln ohne Zärtlichkeit!«

Felicia schloss die Tür. »Kats Träume«, sagte sie, »sind in der russischen Revolution untergegangen und stehen im Granatenhagel der Westfront. Und meine … was weiß ich!«

»Du hast es jedenfalls nicht nur beim Träumen belassen!« Severin kicherte wie in seinen besten Zeiten. »Ich bin gespannt auf Alex' Gesicht.«

»Warum hasst du ihn so?« Felicia zündete sich eine Zigarette an und blies ihrem Schwiegervater provozierend den Rauch ins Gesicht.

»Lass das«, sagte Severin scharf. Er neigte sich vor. »Und du? Warum quälst du ihn so?«

»Ach was! Alex lässt sich nicht quälen. Weder von dir noch von mir.«

»Das ist richtig, Alex ist wie wir. Er kennt auch den letzten Winkel unserer gehässigen Seelen, deshalb treffen ihn unsere Bosheiten nicht. Aber er«, Severin wies kichernd auf Felicias Bauch, »der Vater deines Kindes, er quält dich, stimmt's? Bis aufs Blut quält er dich! Man sieht es dir an!«

»Mich quält überhaupt niemand!«, fuhr Felicia auf. Von dem Tisch in der Ecke nahm sie die Karaffe mit dem Portwein, schenkte sich ein Glas ein und kippte es hinunter. Als sie sich wieder umdrehte, gewahrte sie Mitleid in Severins Augen. Ein scharfes Wort lag ihr auf den Lippen, doch

Severin winkte ab. »Streite nicht mit mir. Ich bin ein schwerkranker Mann.«

»Krank? Du? Ich wette, du bist in deinem ganzen Leben noch nicht krank gewesen!«

»In meinem Leben noch nicht, aber jetzt. Der verfluchte, alte Körper will nicht mehr. Das Herz will nicht mehr. Ich hatte zwei Infarkte. Zwei Jahre gibt mir der Arzt noch.«

»Zwei Infarkte? Aber …«

»Sieh mich doch an! Oh, ich habe dein Gesicht bemerkt, als du vorhin ins Zimmer kamst. Wie alt er geworden ist, hast du gedacht, und: Er sieht ja ganz verändert aus! Gut beobachtet, mein Schatz. Severin ist nicht mehr der Alte. Vielleicht hättet ihr ihn nicht allein lassen sollen, du und Kat und dein sauberer Gemahl!« Severin hustete, und er machte sich nicht mal die Mühe, dabei die Hand vor den Mund zu halten. »Was wisst ihr von meiner Einsamkeit! Von den endlosen Stunden, Tagen und Wochen, die ich allein war mit meinem kranken Körper! Was mich tröstet, ist nur …«, jetzt sprühten die kleinen, boshaften Augen Funken, »dass sich die Krankheit nicht auf meinen Körper beschränkt hat. Nein, sie hat sich ausgebreitet. Sie ist gewissermaßen meine Hinterlassenschaft an euch!«

Hinterlassenschaft? Was redete er da? Eine kalte Angst kroch in Felicia auf, ließ ihre Augen schmal und lauernd werden. »Was heißt das? Wie … Wie stehen denn die Geschäfte?«

Severin kicherte erneut. Die hellen, kindischen Laute zerrten an Felicias Nerven. Wenn er damit nicht gleich aufhörte, würde sie schreien.

»Du bist gekommen, weil du Geld brauchst! Das hab ich mir schon gedacht. An mich hast du dich immer gewandt, wenn du Geld wolltest, ist es nicht so? Dann komm her, setz dich zu mir, und ich erzähle dir von meiner Hinterlassenschaft!« Er streckte seine dürren, arthritischen Finger nach ihr aus.

Sie ging langsam auf ihn zu. »Du musst doch im Geld fast ersticken«, sagte sie beschwörend, »wir haben Krieg, und deine Fabrik produziert Uniformen. Wahrscheinlich bist du reicher, als du überhaupt weißt!«

Sie war nah genug herangekommen, dass seine Hand sie erreichen konnte. Er umfasste ihren Arm und zog sie mit einem schmerzhaften Ruck zu sich heran, zwang sie neben sich in die Knie. Sein Gesicht kam dicht an ihres heran, sie konnte seinen schlechten Atem riechen.

»Jetzt«, sagte er langsam, »erzähle ich dir, welches Vermächtnis du antrittst!«

Als Felicia spätabends in ihr Zimmer ging, wusste sie, dass sie die ganze Nacht über keinen Schlaf würde finden können. Sie zog sich aus und legte sich ins Bett, aber sie ließ das Licht brennen und starrte mit weit geöffneten Augen an die Decke. Ihre Gedanken wirbelten. Sie hatte begriffen, was Severin meinte, als er sagte, die Krankheit habe sich über seinen Körper hinaus ausgebreitet. Er meinte die Fabrik. Sie gehörte zu fast siebzig Prozent einer »emporgekommenen Ratte«, wie Severin sagte – Tom Wolff.

Felicia erinnerte sich dunkel an diesen Mann. Es war nicht viel mehr, was sie wusste, als dass sie ihn ziemlich vulgär gefunden hatte und dass er hinter Kat her gewesen war. Ein Bauer, hemmungslos ehrgeizig und sehr reich, und die ganze Gesellschaft hatte auf ihn herabgesehen.

»Warum hast du das getan?«, hatte sie Severin verzweifelt gefragt. »Warum hast du ausgerechnet ihm so viele Anteile verkauft?«

»Keine andere Wahl. Ich habe immer gesagt, ihr hättet mich nicht allein lassen dürfen. Alex war vom Militär zurückgestellt, um die Fabrik zu leiten, aber er zog es ja vor, nach Frankreich zu gehen.«

»Ihr müsst doch wie die Verrückten produziert haben. Ihr könnt überhaupt nicht in finanzielle Schwierigkeiten gekommen sein!«

»Wir hatten dieselben Schwierigkeiten wie alle. Zu wenig Arbeitskräfte. Unsere Arbeiter fielen ja an der Front. Natürlich, wir bekamen Kriegsgefangene zugewiesen. Aber mir wuchs das alles über den Kopf. Ich war sehr krank, ich bin immer noch krank. Ich werde sterben. Ich sah nicht ein, weshalb und für wen ich mich quälen sollte. Wolff machte mir ein gutes Angebot. Er wollte die Leitung übernehmen. Für einen gewissen Anteil.«

»Siebzig Prozent!«

»Dreißig. Die übrigen vierzig kamen nach und nach dazu. Ich stand oft unter starken Medikamenten. Ich fühlte mich schwach. Mit jedem Anteil, den ich ihm verkaufte, fiel ein Stück der Last von meinen Schultern.«

»Severin, du hast Kinder! Du hättest an sie denken müssen!«

»Haben meine Kinder an mich gedacht? Alex vielleicht?«

»Und Kat?«

»Kat wird heiraten. Sie bekommt eine große Mitgift, dafür ist gesorgt.«

»Severin, aber ich …«

»Mach nicht so große Augen. Du kommst schon durch.«

»Severin …«

»Jetzt geh. Lass mich allein. Ich bin krank und muss schlafen. Geh schon! Du solltest nachdenken. Wenn eine Quelle versiegt ist, sollte man nach der nächsten suchen.«

Nun lag sie also in ihrem Bett und dachte verzweifelt: der alte Teufel! Das ist seine Rache an Alex, wofür auch immer. Und er genießt sie!

Es war ihr, als breche eine Brücke unter ihren Füßen zusammen. Sie wollte Alex verlassen und dabei so viel Geld wie möglich mitnehmen, und die einzige Schwierigkeit hatte sie darin gesehen, ihm klarzumachen, dass er ihr das Geld geben musste. Aber nicht im Traum wäre es ihr eingefallen, Glanz und Reichtum der Lombards seien im Niedergang begriffen.

Ein sinkendes Schiff… Sie war auf ein sinkendes Schiff gesprungen, dessen Fahne nur noch müde dicht über den Wellen flatterte. Und Lulinn ging ebenso unter. Wieder einmal klangen Alex' Worte in ihren Ohren: »Eine blinde, dekadente Gesellschaft, die auf einem Regenbogen tanzt und nicht merkt, dass das Parkett abschüssig geworden ist.«

Er hatte recht, dachte sie, ich hätte es wissen müssen, dass er recht hat. Wie sagte Großmutter über meine Augen – keine Sterne mehr. So ist es nämlich. Die Zeit des sternenäugigen Kaiserreiches ist vorbei. Neue Ideen, Revolutionen, und ehe wir's begriffen haben, gehen wir unter.

In den nächsten Tagen empfing sie zahlreichen Besuch. Der ganze Vaterländische Frauenverein eilte herbei (kein Mensch wusste, woher sie die Neuigkeit von Felicias Rückkehr hatten). Angesichts von Felicias Zustand schlug die Empörung Wellen. Man hatte es ja immer gewusst! Felicia war nie ein Liebling der feinen Gesellschaft gewesen.

Am meisten ging ihr die gleichaltrige Clarissa, Lydia Stadelgrubers Tochter, auf die Nerven. Clarissa war seit zwei Jahren verheiratet und erwartete ebenfalls ein Baby; wohlig badete sie im Bewusstsein der eigenen Sittsamkeit. Sie konnte Felicia nicht ausstehen, und es gab ja Gerüchte, wonach die

Lombards ... Nun, man würde sehen. Clarissa rückte ihr biederes Hütchen zurecht und verabschiedete sich hoheitsvoll – sehr zu Felicias Erleichterung. Sie sah hinter ihr her und seufzte. Eine Woche lang empfing sie Besucher um Besucher, und keiner davon interessierte sie, noch nützte er etwas. Keiner von ihnen hatte die letzten Jahre mit ihr geteilt, und alles, was sie von ihnen denken konnte, war: Was wissen die schon!

Dann schien es vorbei zu sein. Als Jolanta das Zimmer betrat, sah sie sich entnervt um. »Besuch für Sie, gnädige Frau.«

»Oh Jolanta, nein! Sag, ich bin nicht da. Ich will heute niemanden sehen.«

»Das ist aber schade«, sagte Tom Wolff und schob sich an der entrüsteten Haushälterin vorbei ins Zimmer, »wo wir doch jetzt gewissermaßen Geschäftspartner sind.«

»Tom Wolff!«, sagte Felicia. Müdigkeit und Überdruss verflogen, sie wurde wach und gespannt. »Dass Sie sich hierhertrauen!«

»Meine Liebe, ich hielt es für meine Pflicht zu kommen, als ich von Ihrer Rückkehr erfuhr«, sagte Wolff. Er reichte seinen Mantel an Jolanta und scheuchte die alte Frau dann mit einer lässigen Handbewegung aus dem Zimmer. Schwer ließ er sich auf das Sofa fallen, streckte die Beine von sich und legte seine Arme rechts und links von sich lässig über die Lehne. »Wollen Sie mir nichts zu trinken anbieten?«, fragte er. »Immerhin gehöre ich jetzt fast zur Familie.«

»Ich habe Sie nicht eingeladen«, entgegnete Felicia, die demonstrativ stehen blieb und sich eine Zigarette nahm, ohne die Schachtel an den Besucher weiterzureichen.

»Na, na!« Wolff grinste. »Wir werden miteinander auskommen müssen in der nächsten Zeit. Mir gehören fast drei Viertel der Fabrik. Ob es Ihnen passt oder nicht, ich werde dieses Haus in Zukunft noch häufig betreten.«

»Ich denke, es gibt andere Orte, wo sich geschäftliche Dinge abwickeln lassen.«

»Nicht so gemütlich wie hier.«

»Oh, denken Sie nicht, dass wir es Ihnen gemütlich machen werden. Hätten Sie nicht die Dreistigkeit besessen, sich einfach in dieses Zimmer hineinzudrängen, ich hätte Sie unten in der Halle abfertigen lassen, da können Sie sicher sein.«

Wolff nahm seine Arme von der Lehne und beugte sich vor. Nun, da das Grinsen auf seinen Lippen eingefroren war, schien sein Gesicht nackt und brutal. »Sie sollten nicht mehr so vornehm tun, Gnädigste«, sagte er, »denn damit werden Sie nicht mehr weit kommen. Es war kein geschickter Schachzug von eurem Kaiser, Deutschland in diesen Krieg zu führen. Er hat damit den Linken aufs Podest geholfen und an seinem eigenen Thron gesägt. An euer aller Thron. Was jetzt in Deutschland die Fäden in die Hand bekommt, ist nicht mehr das hochwohlgeborene Bürgertum. Es sind Leute, die cleverer sind als ihr, die ihre Nase immer vorn haben, die in Wind und Wetter gestählt sind, die sich nicht im Wohlleben verschlissen haben. Kurz: Solche wie ich machen jetzt das Rennen. Und eure Tage sind gezählt.«

Gelangweilt drückte Felicia ihre Zigarette aus. »Täuschen Sie sich nicht. Mein Mann wird irgendwann zurückkehren, und dann haben Sie es nicht mehr nur mit seinem alten, kranken Vater zu tun, sondern mit ihm selber. Dass Ihnen die Praktiken, mit denen Sie sich bereichern, nicht selbst zuwider sind!«

»Von welchen Praktiken sprechen Sie?«

»Davon, dass Sie die Wehrlosigkeit und Krankheit eines alten Mannes für Ihre Zwecke ausgenutzt haben. Ich an Ihrer Stelle würde mich schämen!«

»Gerade Sie! Reden Sie doch nicht so. Sie würden Ihr eigenes Kind verkaufen, wenn es Ihnen einen Vorteil brächte. Deshalb macht mir das Duell mit Ihnen ja auch solchen Spaß, weil Sie ein ebenbürtiger Gegner sind. Apropos Kind«, er lehnte sich zurück und grinste wieder, »man darf Ihnen wohl gratulieren, wenn ich das richtig sehe.«

»Sie dürfen mir nicht mal gratulieren, Herr Wolff. Im Übrigen möchte ich Sie bitten, jetzt zu gehen.«

»Nicht so hastig. Dafür, dass wir uns über zwei Jahre lang nicht gesehen haben, finde ich Ihr Benehmen ziemlich kühl. Und außerdem schwebte mir ein richtiger Familienbesuch vor. Wo ist denn zum Beispiel Fräulein Kat?«

»Ach!« Felicia lächelte höhnisch. »Die haben Sie also immer noch nicht aufgegeben. Ich muss sagen, Sie haben Stehvermögen. Was in diesem Fall allerdings auch daran liegen mag, dass sich weit und breit keine Frau findet, die Kats Platz in Ihrem Herzen einnehmen könnte. Jedenfalls – keine aus den Kreisen, in die Sie so gern hineinheiraten würden!«

Diesmal hatte sie einen schwachen Punkt getroffen. Mit zwei Schritten war Wolff neben ihr, und sie erschrak vor dem Hass, der aus seinen Augen sprühte. Er packte ihre beiden Arme und hielt sich nur im letzten Moment davor zurück, sie zu schütteln wie einen Sack Mehl. »Oh Gott, mein Seelenheil würde ich dafür geben, Sie und Ihren ganzen erbärmlichen Hochmut im Staub zu sehen«, flüsterte er, »irgendwann, irgendwann kriechen Sie zu Kreuze, und Ihre ganze Sippe mit Ihnen, und Kassandra allen voran!«

»Lassen Sie bitte meine Frau los«, unterbrach ihn eine harte Stimme von der Tür her. Erstaunt wandte sich Wolff um. Doch Felicias Augen wurden nicht weniger groß als seine, ihr Mund öffnete sich, ohne dass sie einen Ton hervorbrachte. In der Tür stand Alex.

11

Seine graue Uniform war staubbedeckt, sein Gesicht unrasiert, und sein rechter Arm hing in einer Schlinge, aber dafür, dass er geradewegs von der Front kam, sah er geradezu ungehörig gesund aus. Seine Haut war sonnengebräunt, und er war mager geworden, aber diese muskulöse Zähigkeit stand ihm gut. Seine Bewegungen hatten das graziöse Phlegma verloren, das ihn früher so katzenhaft hatte erscheinen lassen. Zuletzt hatte es im Feld kaum mehr Alkohol gegeben, daher waren die Ringe unter seinen Augen verschwunden, und die Wangen, die bereits zur Schlaffheit geneigt hatten, waren wieder straffer. Er sah besser aus denn je, jünger, wacher und lebendiger. Neben ihm wirkte Tom Wolff sehr unscheinbar.

»Seien Sie so gut und verlassen Sie auf der Stelle mein Haus«, sagte Alex ebenso liebenswürdig wie kalt.

Wolff reckte sich. »Sie verkennen die Lage, Herr Major. Wir sind Geschäftspartner. Mir gehören siebzig Prozent Ihrer Fabrik.«

Alex war nicht aus der Fassung zu bringen. »Ich denke nicht, dass Ihnen auch siebzig Prozent dieses Hauses gehören. Und deshalb gehen Sie jetzt. Sie finden den Weg allein.« Er hielt Wolff die Tür auf, und der stolperte zornig hinaus. Alex schloss die Tür wieder. Er schnallte seinen Pistolengurt ab und warf ihn in einen Sessel. Er schenkte sich ein Glas Whisky ein und kippte es hinunter wie Wasser. Dann lächelte er und trat an Felicia heran. »Sieh einer an«, sagte er, »du bist also wohlbehalten von all deinen Abenteuern zurückgekehrt. Kat auch?«

»Ja. Sie ist oben. Oh Alex, wusstest du, dass wir von den Russen gefangen genommen wurden und …«

»Deine Mutter hat es mir nach Frankreich geschrieben, ja. Ich wusste es.«

»Oh …« Felicia versuchte in seinen Zügen, in seiner Stimme etwas von der Angst zu finden, die er doch zweifellos um sie gehabt haben musste, aber er hatte sich vollkommen unter Kontrolle. Sein Mienenspiel verriet ihn nicht.

»Ich habe furchtbar viel erlebt«, sagte sie schwach.

Alex lächelte. »Das haben wir alle«, meinte er gleichmütig. Sein Blick umfasste ihre Gestalt. »Du bist ganz schön schwanger, dafür, dass wir uns seit Jahren nicht gesehen haben!«

Felicia zuckte zusammen. Sein Tonfall hatte sich nicht verändert, doch sie witterte eine gefährliche Angespanntheit hinter seinen lässigen Worten. Verletzbar und unsicher, wie sie sich seit einiger Zeit fühlte, hätte sie ihm am liebsten gesagt, er solle sich zum Teufel scheren, aber wahrscheinlich wäre sie im selben Moment in Tränen ausgebrochen, und außerdem konnte sie es sich nicht leisten, ihn zur Hölle zu jagen. Sie musste versuchen, Milde in ihm zu wecken. Aus großen Augen sah sie ihn an. »Du kannst dir gar nicht vorstellen, was ich da drüben erlebt habe. Erst war ich im Lager, und der Typhus brach aus. Meine Tante Belle holte uns nach Petrograd. Aber dort gerieten wir mitten in die Revolution. Ich habe gesehen, wie Menschen erschossen wurden …« Das Grinsen, mit dem er diesen letzten Satz quittierte, ließ sie einen Moment lang stocken. Sie biss sich auf die Lippen. Wie albern, so etwas zu sagen. Er hatte weiß Gott mehr Menschen sterben sehen als sie. »Wir mussten nach Estland fliehen«, fuhr sie stockend fort, »aber die Zustände dort … es herrschte Aufruhr … Anarchie fast. Mein Onkel wurde verhaftet, Tante Belle war krank, und eines Nachts ging das Nachbargut in Flammen auf. Wir wurden gewarnt und mussten fliehen. Es war November, es schneite und war eisig kalt …«

Amüsiert betrachtete Alex ihr schönes, blasses Gesicht, dem der Ausdruck kindlichen Flehens nicht mehr recht stehen wollte.

»Ja, ja«, entgegnete er ungerührt, »ich sehe nur nicht, wie man von alldem schwanger wird!«

Seine Gemütsruhe begann Felicia mehr und mehr zu reizen, zumal sie begriff, dass es bloße Einschüchterungstaktik war und er jeden Moment zuschnappen konnte. So war er immer gewesen. Wie eine Katze mit der Maus liebte er es, mit seinen Opfern zu spielen. Aber er hatte sich getäuscht. Mit ihr würde er nicht länger so umspringen können. Sie warf den Kopf zurück. »Du bist sehr hässlich«, bemerkte sie kühl, »bei alldem hätte ich schließlich auch draufgehen können!«

»Du nicht.«

»Warum ich nicht?«

»Weil du es verstehst zu überleben.«

»Ach …« Wie immer jetzt, wenn sie nervös wurde, angelte sie nach einer Zigarette, doch Alex war schneller. Er umklammerte ihr Handgelenk. »Nicht! In deinem Zustand!« Mit einem Schlag schaltete er sein Lächeln aus. »So«, sagte er kalt, »und nun will ich wissen, wer der Vater des Kindes ist, das ja wohl meinen Namen tragen wird.«

Felicia, wutentbrannt, weil er nicht daran dachte, ihren Arm loszulassen, schleuderte ihm die Worte nur so ins Gesicht: »Maksim Marakow!«

Er ließ sie los und trat einen Schritt zurück. »Das dachte ich mir. Außer ihm hätte es keinen für dich gegeben. Auf deine Art bist du treu.«

Felicia wagte es nicht, noch einmal nach einer Zigarette zu greifen. Sie stand Alex gegenüber, und er war so unbegreiflich und gefährlich wie ein Fremder für sie. Nachdem sie ihn so lange nicht gesehen hatte, konnte sie sich nicht mehr vorstellen, warum sie diesen Mann einmal geheiratet hatte. Seit ihrer ersten Begegnung bis heute war sie ihm keinen Schritt nähergekommen. Sie hatte geglaubt, er sei so klar zu durchschauen wie spiegelblankes Glas und nicht so schwierig wie Maksim. Doch jetzt auf einmal begriff sie, dass sie Alex noch weniger verstand als Maksim.

Einen Moment lang trieb sie ihre eigene Verwirrung in die Enge, doch dann kniff sie die Augen zusammen. Die Falte, die über ihrer Nase entstand, machte ihr Gesicht scharf und sehr hart. »Und du«, gab sie giftig zurück, »behaupte doch nicht, du seist mir jemals treu gewesen!«

Er lachte. »Keineswegs. Bloß hab ich es geschickter angefangen als du.«

»Kunststück! Für einen Mann ist es leicht, mit den eigenen Bastarden nichts zu schaffen zu haben!«

Alex schwieg. Nach einer Weile sagte er: »Aber ob du es glaubst oder nicht, von unserer Heirat an bis zu dem Tag, als ich dich mit Marakow im Salon überraschte, war ich dir treu.«

»Na, eine so furchtbar lange Zeitspanne war das ja nicht«, entgegnete Felicia schnippisch, aber gleichzeitig musterte sie ihn beunruhigt. Ein fremder Klang war in seiner Stimme gewesen, ein Anflug von Traurigkeit. Aber sicher bildete sie sich das nur ein. Sie ging zu einem Sessel, setzte sich und schlug die Beine übereinander. »Wir sollten jetzt nicht streiten. Es gibt Wichtigeres zu besprechen. Wolff hat …«

»Ich weiß. Er ist dabei, uns aufzukaufen.«

»Du weißt das? Hast du schon mit deinem Vater gesprochen?«

»Nein. Aber er hat es mir regelmäßig nach Frankreich geschrieben. Ich nehme an, er glaubte, ich kehre angstschlotternd zurück, wenn ich davon höre.«

»Er hat es dir geschrieben? Und … ich meine, wie kannst du so ruhig sein?«

Alex schenkte sich einen zweiten Whisky ein. Das Glas sacht schwenkend blieb er mitten im Zimmer stehen. »Was geht es mich an? Es ist die Fabrik meines Vaters. Er kann damit machen, was er will.«

»Du redest ja Unsinn. Du bist der Erbe. Er … verkauft deine Zukunft!«

»Meine Zukunft? Wenn die jemand verkaufen kann, dann nur ich selber. Mit meinem Vater habe ich nichts zu schaffen. Und ich lasse mich bestimmt nicht von ihm erpressen. Wenn er seine Fabrik zugrunde richtet, um mich zu treffen, dann sorge ich dafür, dass es ein Selbstmord wird und kein Mord.«

Felicia stützte den Kopf in die Hände. »Es kann doch nicht wahr sein, was du da sagst! Ich glaube, du redest nur so, um mich zu quälen!«

»Dich quälen?« Er lächelte sanft. »Aber Kind, du hast dich nie für unsere Fabrik interessiert! Wie solltest du dann betroffen sein von dem, was geschieht?«

Er machte sie rasend. Gleich würde sie schreien. Um ihrer Erregung Herr zu werden, erhob sie sich und griff nach der

Whiskyflasche, aber eine scharfe Stimme ließ sie zusammenfahren. »Nein! Keinen Whisky! Er schmeckt dir sowieso nicht, jedenfalls sagtest du das damals in *Monas Etablissement.*«

Sie fuhr herum. »Er schmeckt mir nicht? Er bekommt mir offensichtlich nicht! O Gott, was muss ich besoffen gewesen sein in dieser Nacht, sonst hätte ich nie zugestimmt, dich zu heiraten!«

»Ja«, meinte Alex, »ich hätte mit meinem Antrag warten sollen, bis du wieder nüchtern gewesen wärst. Nur – wer weiß, wie lange ich hätte warten müssen? Denn besoffen warst du nicht vom Whisky, sondern immer nur von Maksim Marakow, auch in jener Nacht, und ernüchtert bist du bis heute nicht!«

Felicia ließ die Hände von der Flasche gleiten, wütend auf sich selber, weil sie seinen Befehlen folgte. »Wie auch immer«, sagte sie, »wir sind verheiratet, und damit geht es hier auch um meine Zukunft. Ich kann nicht mitansehen, wie du zulässt, dass …«

»Augenblick«, unterbrach er sie, »wir sollten gleich etwas klarstellen: Eine gemeinsame Zukunft gibt es für uns beide natürlich nicht. Unsere Wege trennen sich.«

Felicia sah ihn ungläubig an. Noch immer blickte sie in das Gesicht eines Fremden, unerbittlich und unerreichbar.

»Wie meinst du das?«, fragte sie.

Alex zuckte mit den Schultern. »Wenn der leidige Krieg aus ist, gehe ich weg von Deutschland, vielleicht reise ich ein paarmal um die Welt. Oder ich lasse mich in Amerika nieder. Wer weiß.«

»Und wovon willst du leben?«

»Ich werde schon nicht verhungern. Mach dir keine Sorgen um mich.«

»Ach, nicht die geringsten Sorgen mach ich mir um dich! Aber was wird aus mir?«

Alex lachte auf. »Endlich ein wahrer Zungenschlag! Was aus dir wird? Kehr zu deiner Familie zurück. Man wird dich mit offenen Armen aufnehmen, da du sicher alle davon überzeugen kannst, dass ich der Schurke bin, nicht du!«

»Alex!« Sie war beinahe grün im Gesicht. »Um meine Familie steht es nicht gut. Wir brauchen Geld.«

»Da sprichst du mit dem falschen Mann. Geh zu meinem Vater. Mit dem konntest du doch schon immer recht gut umgehen, nicht? Hier vertust du deine Zeit mit einem Sohn, der sich selber enterbt hat.«

»Aber Alex!« Schnell trat sie an ihn heran, fasste seine Hand. »Du kannst mich jetzt nicht im Stich lassen. Dein Vater wird gegen Wolff verlieren, und mich trifft er damit am allermeisten. Ich brauche dich!« Verdammt, dachte sie bei sich, ich habe noch immer jeden Mann weichgekriegt!

Er betrachtete sie amüsiert. »Geh doch zu Marakow«, sagte er freundlich. »Denn bei mir rufst du nichts mehr wach. Mitleid … nicht für dich, mein Liebling. Du brauchst es im Übrigen nicht!«

Sie senkte die Augen, um sich rasch auf eine neue Taktik einzustellen, dann blickte sie auf, sah unter langen Wimpern zu ihm empor. Sie hob sich auf die Zehenspitzen und fand seinen Mund. Sanft und herausfordernd berührten ihre Lippen die seinen. Sie spürte, wie sich sein Arm um ihren Rücken legte. Mit ungewohnter Behutsamkeit erwiderte er ihren Kuss. In seinen Augen sah sie etwas … etwas von früher, etwas von der Art, wie er sie angesehen hatte, bevor sie sich beide darin gefielen, einander Boshaftigkeiten um die Ohren zu schlagen. Sie seufzte leise. Sie hatte ihn verführen wollen, aber für den Moment schien es ihr, als sei sie die Verführte. Die Tatsache, dass sie jedes Mal verrückt nach ihm wurde, wenn er sie in die Arme nahm, war ihrem Gedächtnis entglitten. Verzweifelt dachte sie: Er darf nicht fortgehen. Ich brauche ihn. Ihn, nicht sein Geld!

Er ließ sie los und trat einen Schritt zurück. Ihre Augen brannten, er konnte es sehen. Er hatte ihren schnelleren Atem gehört. Für den Bruchteil einer Sekunde schwankte er, dann ging er zur Tür. »Nur der verdient die Freiheit und das Leben, der täglich sie erobern muss«, sagte er. »Faust. Ich will meine Freiheit und vielleicht … ja, vielleicht will ich sogar noch etwas Leben. Also, was mich betrifft, ich gehe hin und erobere es mir. Und du wirst es genauso machen.«

Enttäuschung, Schmerz und Wut brachen gleichzeitig über Felicia herein. »Ich lasse mich scheiden!«, fauchte sie.

Er trat hinaus auf den Gang. »Dann tu's doch«, sagte er und schloss die Tür.

Die Ereignisse überstürzten sich. Herbst 1918, und Berlin war wie im Fieber. Die Extrablätter konnten so rasch kaum gedruckt werden: »Oberste Heeresleitung ersucht um sofortigen Waffenstillstand – Prinz Max von Baden neuer Reichskanzler – Verfassungsreform angenommen – Ludendorff entlassen – Meuterei auf der deutschen Hochseeflotte – Matrosenaufstand in Kiel – Revolution in München, Wittelsbacher gestürzt, Freistaat Bayern proklamiert – Reichskanzler verkündet die Abdankung des Kaisers – Philipp Scheidemann ruft die Deutsche Republik aus – Friedrich Ebert neuer Reichskanzler – Kaiser Wilhelm II. flieht in die Niederlande – Waffenstillstand von Compiègne, endlich Frieden?«

Innerhalb weniger Tage, schneller, als es einer begreifen konnte, war Deutschland zur Republik geworden, hatten

Revolution, Streik, Meuterei und Umsturz das Land überrollt, war der Kaiser geflohen, hatten General Foch und Matthias Erzberger ihre Waffenstillstandsverhandlungen abgeschlossen. In die Fassungslosigkeit darüber, dass nun tatsächlich Friede sein sollte, mischten sich Unsicherheit und Verwirrung. Wie würde es nun weitergehen? Noch herrschte keineswegs Ruhe im Land. Spartakusbund und SPD rangen um die Vormacht, der Gedanke an eine Räterepublik nach sowjetischem Vorbild geisterte durch viele Köpfe. Täglich flatterten Flugblätter durch Berlin, die zu Streik und Revolution aufriefen, verfasst von Karl Liebknecht und Rosa Luxemburg, Führer der Spartakisten. Die Versorgungslage besserte sich nicht, die Schlangen vor den Geschäften gehörten nach wie vor zum vertrauten Straßenbild. Und da war der bittere Gedanke an die Toten, an die ungezählten Gräber von Verdun, an französische Flüsse und Städte, deren Namen sich für alle Zeiten mit den furchtbaren Schlachten dieses Krieges verbinden würden; Marne, Somme, Verdun und das Schrecklichste von allen: Fort Douaumont, ein Name, der wie ein Gespenst durch alle Straßen wanderte, steter Begleiter des Bildes, das dieser Krieg von seinen Kämpfern zeichnete – der Soldat, der mit müden Augen unter seinem Stahlhelm hervorsieht und sich die Frage zu stellen scheint, wofür er eigentlich sein Leben hingibt.

Johannes kehrte an dem Tag nach Berlin zurück, an dem der Kaiser aus seinem niederländischen Exil heraus offiziell seine Abdankung bekanntgab. Linda stieß einen Schrei aus, als sie ihn in der Tür stehen sah. Bis zu diesem Moment noch hatte sie um sein Leben gefürchtet, denn in den letzten Monaten hatte es, trotz aller Erkenntnisse der Obersten Heeresleitung um die unabwendbare Niederlage, noch Gefechte an der Westfront gegeben. Nun stand er vor ihr, mit rotumränderten Augen und hohlen Wangen. Linda starrte ihn an. Er war ein anderer geworden.

»Du musst gleich ein heißes Bad nehmen«, sagte sie, nachdem sie ihn wieder und wieder umarmt hatte, »und die Köchin soll dir etwas zu essen machen. Oh Jo, du musst dir Paul ansehen, er ist so groß geworden. Ich hätte es nicht ausgehalten, wenn er und ich allein zurückgeblieben wären!«

Jo lächelte, aber er wünschte, seine Frau würde nicht so viel reden. Er fühlte eine tiefe Erschöpfung, und es schien ihm, als müsste er Jahre schlafen und würde sich doch nie davon erholen. Inmitten der gepflegten, hübschen Wohnung, umfasst von Lindas Armen, seinen kleinen Sohn auf dem Schoß, sah er nur die starren Gesichter der Toten vor sich, hörte das Krachen der Granaten, schmeckte den Staub der Schützengräben auf den Lippen, roch das Blut der Verwundeten, wurde eingeholt von Hunger, Kälte und Todesangst der vergangenen Jahre. Er betrachtete Linda und versuchte, sich an ihrem zärtlichen, strahlenden Gesicht festzuhalten, in ihren sanften Augen Vergessen zu finden. Sie hatte sich schnell umgezogen, trug ein Kleid aus schwarzem Samt mit einem breiten roten Gürtel. Ihr schweres honigblondes Haar war zurückgekämmt, an ihren Ohren blitzten die Rubine, die er ihr zur Hochzeit geschenkt hatte. Sie duftete nach einem blumigen Parfüm, einem Relikt aus Vorkriegstagen, und ihr Gesicht war ohne Bitterkeit, weiß und fein wie das einer schönen Porzellanpuppe. Warum nur konnte es die anderen Bilder nicht aus seinem Gedächtnis vertreiben? Die Verletzten, die ihn anflehten, sie zu erschießen, die Kameraden, die neben ihm in die Knie brachen, die verzweifelte Todesangst in den schwarzen Augen der Kavalleriepferde, die Gesichter der Feinde, wenn er im Nahkampf plötzlich dicht vor ihnen war, das Bajonett in den Händen, und sie wussten, dass sie jetzt sterben würden.

Warum habe ich es eigentlich überlebt, hätte er um ein Haar gefragt, aber er ahnte, dass sich dann Schrecken auf den Gesichtern Lindas und seiner Mutter ausbreiten würde. Fast fluchtartig verließ er das Wohnzimmer, er musste Felicia sehen. Sie stand in ihrem Zimmer, sehr hübsch anzusehen in einem neuen Kleid aus grauer Wolle, an dessen Ausschnitt sie eine blassrosa Papierrose befestigt hatte. Die doppelreihige Perlenkette um ihren Hals machte sie älter. Ihr Gesicht wirkte ernster und ruhiger als früher, der Zauber ihrer grauen Augen war ein anderer geworden. Jo begriff es sofort: An ihr waren die letzten Jahre nicht spurlos vorübergegangen.

Am meisten überraschte ihn das Kind, das sie in den Armen hielt.

Er starrte es an, als hätte er so etwas noch nie gesehen, bis Felicia schließlich auflachte. »Mach nicht so ein Gesicht, Jo. Das ist meine Tochter. Sie ist drei Monate alt.«

Da Jo nicht genau über den Ablauf der Ereignisse unterrichtet war, zweifelte er wenigstens nicht an Alex' Vaterschaft, aber er brauchte ein paar Minuten, um sich Felicia als Mutter vorstellen zu können. »Wie heißt sie?«, fragte er dann.

»Belle.«

»Belle ... Ich nehme an, du bist in Berlin, weil dich die Räterevolution aus München vertrieben hat?«

Sie zögerte. »Nein. Ich bin hier, weil ich mich von Alex scheiden lasse.«

»Was?«

»Ich weiß, ich benehme mich fürchterlich daneben. Mutter ist auch schon ganz verzweifelt. Aber Alex will fort – nach Amerika oder etwas Ähnliches. Wenn ich das dem

Richter erzähle und dabei mein rührendes Baby auf dem Arm schaukele, habe ich die Scheidung sofort!« Sie lachte. »Aber ich bin dann natürlich nicht mehr gesellschaftsfähig.«

»Ach, ich denke, solche Dinge zählen heute kaum mehr. So viele Tote, wer soll sich da noch über eine geschiedene Frau aufregen?« Jo betrachtete seine Schwester nachdenklich. »Du hast dich verändert. Willst du über alles reden?«

»Nein. Erzähl du lieber.«

»Ich will auch nicht reden.«

Sie nickte. »Stimmt es, dass der Kaiser abgedankt hat?«, fragte sie sachlich.

»Die Extrablätter verkünden es. Jetzt bleibt nur zu hoffen, dass es Ebert gelingt, dieses Land zur parlamentarischen Demokratie hinzuführen. Nicht, dass er ein zweiter Kerenski wird und die Linke politisch die Macht übernimmt.«

»Ja …« Felicia schien nicht recht hinzuhören. Sie legte ihr Baby in sein Bett zurück, dann drehte sie sich mit einer raschen Bewegung zu ihrem Bruder um. »Jo, wir müssen nach Lulinn. Dort treibt alles seinem Ende zu, weil Onkel Victor völlig unfähig ist, das Gut zu bewirtschaften. So unauffällig und diskret wie möglich müssen wir versuchen, unsere Finger ins Spiel zu bekommen.«

»Was meinst du? Nach Lulinn … jetzt?«

»Es ist alles, was wir haben!« Felicia sprach hastig. »Wir dürfen nicht zulassen, dass Victor es verkommen lässt. Gerade in diesen Zeiten brauchen wir einen Platz, von dem uns niemand vertreiben kann. Wer weiß denn, was noch alles passiert. Wir haben eine beginnende Geldentwertung, und wenn die weiter fortschreitet, dann rettet uns nur Grundbesitz. Verstehst du?«

»Ich … habe nie gelernt, ein Gut …«

»Ich auch nicht. Aber zusammen schaffen wir das. Oh Jo!«

Sie trat auf ihn zu, ergriff seine Hände. Seine Augen waren so stumpf, so ohne Leben; nach innen gerichtet, als folgten sie dort den Bildern der Vergangenheit. »Jo! Nicht zurückschauen! Bitte. Der Krieg ist vorbei, und wir leben. Wir müssen leben!«

»Ja«, sagte er bitter, »wir müssen leben.«

»Jo! Ich bin dumm, dich gleich so zu überfallen. Du kommst von der Front, und ich überschütte dich mit tausend Plänen. Du siehst so traurig aus. Vielleicht solltest du doch reden. Erzähl mir von … von Christian!«

»Christian war auf der Stelle tot«, sagte Jo und hoffte, dass sein Gesicht die Lüge nicht verriet. Was nützte es noch zu erzählen, dass Christian mit seinem Bauchschuss eine Nacht lang in einer Scheune gelegen hatte, zwischen anderen stöhnenden und sterbenden Soldaten, dass er vor Schmerzen Stunde um Stunde geschrien, nach seiner Mutter, seinem Vater, nach Jorias gerufen hatte, dass er, Jo, in den frühen Morgenstunden zu ihm gekommen war, seinen Kopf in seinem Schoß gehalten und gebetet hatte, sein Bruder möge endlich sterben dürfen. Nie, er hatte es sich geschworen, sollten Elsa und Felicia von dieser langen furchtbaren Nacht erfahren, nie etwas wissen von der Angst und dem Grauen in Christians letzten Minuten. Aber für ihn würde es gegenwärtig bleiben sein ganzes Leben lang. Auf einmal merkte er, dass er seine Tränen nicht zurückhalten konnte. Er schluchzte auf, und im selben Moment schlangen sich Felicias Arme um ihn. Es schien ihm, als wären diese Arme der einzige Halt, den es auf dieser irrsinnigen, gewalttätigen Erde noch gab. Mit der Hand strich sie ihm über die Haare.

»Wein ruhig«, flüsterte sie, »wein, solange du willst. Wenn du es nicht vergessen kannst, dann wein so lange, bis du es wenigstens erträgst.«

Sie hielt ihn fest, während er weinte, um Christian, Jorias, Onkel Leo und alle anderen. Endlich hob er den Kopf. »Es tut mir leid«, sagte er leise. Seine Augen waren noch immer von einem hoffnungslosen Grauen erfüllt. Felicia kannte sie gut, diese verwüsteten Gesichter, sie hatte sie oft genug in den letzten Tagen bei heimkehrenden Soldaten auf den Straßen Berlins gesehen.

»Es wird alles wieder gut, Jo. Glaub mir, es wird wieder gut.« Dann fiel ihr plötzlich etwas ein. »Wo ist Phillip? Ist er auch schon in Berlin? Oder ist er gleich nach München gefahren, zu Kat?«

Jo schüttelte den Kopf. Leise entgegnete er: »Ich wollte es Linda noch nicht sagen. Seit einem der letzten Gefechte in der Nähe von Reims wird Phillip vermisst. Wahrscheinlich ist er tot.«

III. Buch

1

Maksim hatte einen leichten Schlaf, und so wachte er gleich auf, als er spürte, dass sich Mascha unruhig bewegte.

»Was ist los?«, fragte er. »Bist du krank?«

»Nein«, entgegnete sie. Durch die Vorhänge fiel das Licht der Straßenlaternen, sodass Maksim Mascha schattenhaft erkennen konnte. Sie lag auf dem Rücken und starrte an die Decke. Ihr feingeschnittenes Profil hob sich scharf vom Hintergrund der Wand ab. »Ich muss nur nachdenken. Mich verfolgen so viele Bilder.«

Maksim wusste, wovon sie sprach. Vor drei Tagen hatten sie erfahren, dass es in Berlin Massendemonstrationen und blutige Straßenschlachten gegeben hatte, initiiert vom Spartakusbund, und dass Freikorpstruppen, die gegen die Aufständischen vorgegangen waren, die Führer der Spartakisten, Karl Liebknecht und Rosa Luxemburg, verhaftet und ohne Verfahren erschossen hatten.

Rosa Luxemburg ermordet! Zum ersten Mal hatte Maksim erlebt, dass Mascha unter einem Keulenschlag schwankte. »Von allen Menschen gerade sie! Gerade sie! Sie war eine überzeugte Pazifistin, eine Sozialistin, eine brillante Denkerin! Wie müssen sie sie gefürchtet haben, dass sie nur diesen einen Weg fanden!«

Auch jetzt sagte sie leise: »Weißt du, welches ihre letzten

Worte gewesen sein sollen? Nicht schießen! Und sie haben sie durchsiebt mit ihren Gewehrkugeln!«

Maksim griff nach ihrer Hand. »Die Opfer der Revolutionen …«, sagte er. »Aber denk auch an alles andere. Denk daran, dass morgen in Deutschland Wahlen stattfinden und dass zum ersten Mal die deutschen Frauen ihre Stimmen abgeben werden. Dafür hast du immer gekämpft. Es ist auch dein Sieg.«

Mascha lächelte schwach. Mit einem Seufzer kuschelte sie sich tiefer in ihre Kissen. Draußen heulte der eisige Januarwind ums Haus, wirbelte Schneeflocken durch die Straßen. 1919, das zweite Jahre nach der Revolution, war gerade angebrochen. Maksim und Mascha lebten schon seit einiger Zeit nicht mehr in ihrem Kellerloch, sondern in einer geräumigen Wohnung nahe dem Newskij Prospekt. Mascha war Kommissarin im Stadtkomitee von Petrograd und unermüdlich auf den Beinen. Maksim betrachtete ihr schwach beleuchtetes Gesicht. Seit einiger Zeit kam sie ihm immer jünger und zerbrechlicher vor. Sacht strich er ihr über die Wangen, glitt mit den Fingern ihren Hals entlang. Seine Hand umfasste ihre Brüste. Er neigte sich über sie, und sie wandte ihm ihr Gesicht zu, in dem die dunklen Augen übergroß und wach waren. »Nein, bitte nicht, Maksim.«

Er zog sich zurück. Er sagte nichts, und auch Mascha schien nichts weiter erklären zu wollen. Seit einiger Zeit schon ging es so; sie fanden nicht einmal mehr diesen Weg zueinander. Maksim fragte sich, woher diese Entfremdung rührte. Es musste damit zusammenhängen, dass jeder von ihnen längst eine andere Richtung eingeschlagen hatte. Seit den Tagen, da er angefangen hatte, an seinen Idealen zu zweifeln, war jene wortlose Verständigung zwischen ihnen erloschen, die Grundpfeiler ihrer verliebten Komplizenschaft gewesen war. Das Rad hatte sich weitergedreht. Weil er an der Revolution zweifelte, zweifelte Mascha an ihm. Diskussionen endeten in stummer Erbitterung. »Was mit der Zarenfamilie geschehen ist, war Mord. Nichts anderes. Es ist nicht zu rechtfertigen, durch nichts.«

»Hör zu, ich finde es auch nicht fantastisch, was in jener Nacht da in Jekaterinburg passiert ist, aber es war notwendig.«

»Ich sehe die Kinder in den Straßen vor Hunger sterben.«

»Maksim, sie sind das Opfer, das jeder Revolution gebracht werden muss!«

Mascha verschloss sich, erzählte ihm nicht mehr von ihren Plänen. Sie vergrub sich in ihre Arbeit, verließ in allerfrühester Morgenstunde das Haus und kehrte erst spät am Abend zurück. Sie hatte eine aktive Rolle in der Partei übernommen, während er mehr und mehr von deren Linie abwich.

Sie hasst es, wenn ich von Dingen rede, die sie nicht hören will, dachte Maksim. Wenn ich davon spreche, dass wir auf eine katastrophale Ernährungskrise hinsteuern, wenn ich ihr klarmachen will, dass die Industrieproduktion unseres Landes auf ein Siebtel der Vorkriegsproduktion abgesunken ist. Wenn ich das Wort Ein-Parteien-Diktatur in den Mund nehme, würde sie mir am liebsten an die Kehle gehen … Dabei haben wir einander einmal geliebt.

Seit seinem Erlebnis mit Felicia vor über einem Jahr war er Mascha noch ein paarmal untreu gewesen. Kurze flüchtige Abenteuer mit irgendwelchen Mädchen, deren Namen keine Rolle spielten. Er traf sie in Kneipen, in billigen Hotels, wenn er verreiste. Meistens bewunderten sie ihn, weil er so gut aussah, so melancholische Augen hatte und in keiner Lebenslage seine guten Manieren vergaß. Da er nie ein Mann gewesen war, der seine Selbstbestätigung aus amourösen Abenteuern bezog, musste er sich irgendwann die Frage stellen, was mit ihm los war. Wovor, zum Teufel, lief er weg?

Um ehrlich zu sein, dachte er, vor mir selber. Das, woran ich geglaubt habe, ist dahingegangen, und ich fühle mich wie ein alter Mann, der vergeblich nach dem Feuer sucht, das ihn in seiner Jugend erfüllt hat.

Was er sich nicht eingestand – und er würde es sich nicht eingestehen bis ans Ende seines Lebens: Er sehnte sich nach Felicia.

In den Straßen von München hallten Gewehrschüsse. Man hatte sich in diesem Frühjahr 1919 schon beinahe daran gewöhnt. Seit in Bayern Anfang April die Räterepublik ausgerufen worden war, herrschten Verwirrung, Ratlosigkeit und Verunsicherung. Am ersten Mai waren Truppen des Freikorps zum ersten Mal gegen linke Aufständische vorgegangen. Die Niederwerfung verlief blutig. Täglich wurden Revolutionäre verhaftet, in Gefängnisse gesperrt und sofort hingerichtet. Bei dem kleinsten Anzeichen von Gegenwehr schossen die Truppen ohne Zögern. Es war, als fürchtete die junge Republik keinen Feind so sehr wie den aus dem linken Lager.

Tom Wolff, der am Fenster des Salons in der Prinzregentenstraße stand, lachte, als in der Ferne ein Maschinengewehrfeuer dröhnte.

»Jetzt räumen sie auf mit dem sozialistischen Gesindel«, sagte er.

Kat erhob sich vom Sofa, wo sie in einer Zeitschrift geblättert hatte, und trat vor einen Spiegel über dem Schreibtisch. »Ich finde Sie widerlich«, sagte sie kalt, »da werden Menschen erschossen, und Sie geben solche Kommentare dazu!« Sie zupfte ihre Locken zurecht. Im Spiegel konnte sie sehen, dass sich Wolff umgedreht hatte und sie beobachtete. In seinem Blick lag jenes Lauern, mit dem er stets seine Opfer, private und geschäftliche, bedachte.

»Sie sollten sich nicht immer vor der Wirklichkeit drücken, Kassandra. Man muss alles einmal gesehen haben. Ich habe gestern in Stadelheim eine Exekution erlebt. Die Soldaten waren nicht sehr geschickt und hatten einige ihrer Opfer nur verwundet. Die Leute krochen in ihrem eigenen Blut herum und riefen: Herzschuss! Herzschuss! Sie bekamen dann auch, was sie wollten.«

Kat wurde blass. »Hören Sie auf! Manchmal denke ich, Sie finden Vergnügen an dem Leid anderer!«

»Es ist nicht ohne Reiz«, gab Wolff zu, »nichts auf der Welt ist ohne Reiz.«

Angewidert starrte Kat ihn an. Warum räume ich ihm überhaupt einen Platz in meinem Leben ein?, fragte sie sich. Sie wusste die Antwort. Es waren diese stillen, endlosen, leeren Nachmittage, in denen sie nichts zu tun fand, als auf dem Sofa zu liegen und in Zeitschriften zu blättern. Es waren die grausam einsamen Stunden, in denen sie an Phillip und Andreas dachte, an die beiden Männer, die sie geliebt und verloren hatte. Es gab niemanden mehr für sie. Sosehr sie sich dafür schämte, sie hätte den Teufel selber in ihr Zimmer gelassen, um dem Alleinsein und den Erinnerungen zu entfliehen.

Wolff spürte das. Er merkte, dass ihr Hochmut bröckelte, ihr Stolz rissig wurde. Es hatte sich gelohnt zu warten.

»Ich kann Sie nicht verstehen«, sagte Kat. »Sie müssten doch eigentlich auf Seiten der Sozialisten sein. Schließlich haben Sie uns immer bekämpft.«

Seine Antwort klang kalt: »Ich stehe auf niemandes Seite als auf meiner eigenen. Und was euch und die Sozialisten betrifft: Ihr habt euch nur euer eigenes Grab geschaufelt, die Sozialisten hingegen schaufeln es für alle. Daher seid ihr mir lieber.«

»Bitte gehen Sie jetzt.«

»Ja. Ich gehe. Aber ich komme wieder. Jeden Tag werde ich Sie in Ihrer Einsamkeit trösten, Kassandra.« Er trat an sie heran und berührte sacht ihre Wange. Unwillig wich sie zurück, doch er lachte nur. »Wenn ihr am Ende seid, dann bleibt für Sie nur noch die stattliche Mitgift Ihres Vaters. Und damit werden Sie hingehen und heiraten.«

»Vielleicht. Aber bestimmt nicht Sie.«

»Wen sonst? Ihre romantischen Träume können Sie begraben, nachdem Ihr Offizier in Frankreich den Heldentod gestorben ist.«

»Er ist nicht gestorben. Er wird vermisst, und bis zu dem Tag, an dem ich etwas anderes höre, werde ich daran glauben, dass er lebt!«

Wolff ging zur Tür. »Irgendwann wachen selbst Sie auf«, sagte er kühl. »Sie werden dann weniger stolz sein. Und Sie werden sehen, dass Sie niemanden mehr haben – nur mich!«

Auf den ersten Blick hatte sich Lulinn seit den Tagen des ersten Kriegssommers nicht verändert. Noch immer war da das Herrenhaus, an dem der Efeu bis unters Dach kletterte, in dessen Fensterscheiben sich das Laub der Apfelbäume spiegelte. Über dem schillernden Teich im Obstgarten schwirrten Libellen, der Wind roch frisch und salzig, aus den Ställen klangen das Muhen der Kühe, das Klappern der Holzpantinen, die Flüche der Knechte. Und doch … wenn Felicia genauer hinsah, konnte sie die Zeichen beginnenden Verfalls wahrnehmen: Da waren brachliegende Äcker, auf denen das Unkraut wucherte, Scheunen, nur zur Hälfte gefüllt mit Getreide, ein kaputter Pflug im Hof, der vor sich hin rostete, weil ihn niemand reparierte. Zwischen Großvaters Rosen schossen Disteln aus dem Boden, auf dem Rasen hinter dem Zaun blühte der Löwenzahn. Es waren hundert kleine Hinweise, die sich Felicia quälend ins Bewusstsein brannten. Auch innen im Haus bemerkte sie Veränderungen. Hier fehlte eine alte Vase, dort ein kleines Barocktischchen. Der Kupferstich im Esszimmer war verschwunden, und Großvaters Schachspiel aus Elfenbein, das im Wohnzimmer in einer Vitrine gestanden hatte, ebenfalls. Felicia befragte Tante Gertrud deswegen, die ihr kühl erklärte, Victor habe diese Dinge verkauft, und im Übrigen gehe sie das gar nichts an.

Felicia geriet außer sich. »Verkauft? Das gibt es doch gar nicht! Wie kommt er dazu?«

Gertrud war in den letzten Jahren trotz des Krieges noch dicker geworden. Ihre dünnen Haare hatten den letzten Rest Farbe verloren und präsentierten sich jetzt in einem etwas undefinierbaren, fahlen Gelb. Es passte ihr ganz und gar nicht, dass Felicia plötzlich auf Lulinn aufgetaucht war.

Sie verfolgte die Nichte beständig mit lauerndem Blick, um herauszufinden, was diese anstellte, um ihre dichten dunkelbraunen Haare so glänzend und lockig zu erhalten – ein Phänomen, hinter dem sie unlautere Tricks vermutete. »Victor ist der Erbe und kann tun und lassen, was er will«, entgegnete sie nun, »er brauchte Geld, um zu investieren. Kriegsanleihen.«

»Kriegsanleihen!«, höhnte Felicia. »Was Schlaueres ist ihm wohl nicht eingefallen!«

»Sei nicht so frech! Dieser Krieg wurde von der Regierung fast ausschließlich durch Kriegsanleihen finanziert, und es war daher eine patriotische Pflicht …«

»Hör doch auf mit patriotischer Pflicht! Damit hatte es Onkel Victor doch sonst auch nicht so. Wahrscheinlich hat er mit den Kriegsanleihen sein Gewissen beruhigt, während sich andere Männer an der Front totschießen ließen!«

Gertrud plusterte sich auf wie ein Huhn. »So etwas zu sagen! Victor hatte wichtige Aufgaben in der Heimat. Er musste Lulinn erhalten und …«

»Oh Gott«, sagte Felicia und wandte sich ab. »Lulinn erhalten! Hätte er das doch wenigstens getan! Aber nicht einmal das ist ihm geglückt. Ich frage mich wirklich, was er während der letzten vier Jahre gemacht hat!«

In gewisser Weise fragte sich Victor das auch. Er spürte durchaus, dass das Schiff unter ihm zu sinken drohte. Er hatte Schulden – viel mehr, als irgendjemand ahnte, und es war ihm äußerst unangenehm, dass auf einmal die dreiste Felicia auftauchte und mit schmalen Augen Einblick in die Wirtschaftsbücher verlangte. Mit Jo, den sie in ihrem Schlepptau hatte und dessen Augen dreinblickten, als hätten sie den Weltuntergang selber gesehen, wäre er fertiggeworden, aber Felicia war weder mit Freundlichkeit zu korrumpieren noch durch Drohungen einzuschüchtern. Der einzige Mensch, dessen Wohlwollen er errang, war Linda, aber selbst Victor begriff, dass er das kaum als einen Sieg bezeichnen konnte. Stundenlang hielt er ihr politische Vorträge und entrüstete sich über das »Schanddiktat« von Versailles, das in diesen warmen Junitagen vom deutschen Außenminister unterzeichnet wurde und der Republik neben Reparationskosten auch die Anerkennung der Kriegsschuld aufzwang. »Dagegen müssen wir einmütig die Waffen erheben!«, wetterte Victor, der in seinem ganzen Leben noch keine Waffe erhoben hatte, und Felicia, die das hörte, fuhr ihn an: »Ja, damit es noch einmal ein paar Millionen

Tote gibt! Damit noch mehr Elend über Europa kommt! Du ahnst gar nicht, wie satt ich dein dummes Gerede habe!« Sie schmetterte die Tür hinter sich zu. Draußen im Gang setzte sie sich erschöpft auf die unterste Treppenstufe und stützte den Kopf in die Hände. Sie wusste, es war möglich, Lulinn wieder zur Blüte zu bringen. Nun, da der Krieg vorbei war, würde es auch schnell genug Arbeitskräfte geben. Aber irgendjemand musste das Gut leiten, sonst ging alles im Chaos unter. Victor war völlig ungeeignet und Laetitia zu alt. Und dann mussten sie auch noch die Schulden abtragen. Ich schaffe es nicht allein, dachte sie, ich schaffe es einfach nicht!

Ein Schatten fiel über sie. Jo war leise herangekommen. Er setzte sich neben sie. »Ich bin dir keine große Hilfe, wie?«, fragte er leise. Sie lächelte und legte ihre Hände über seine. »Du bist nicht hilfloser als ich, Jo. Ein Gut wie Lulinn zu führen haben wir beide nicht gelernt.«

»Du willst es unter allen Umständen halten?«

»Ja. Und nicht nur wegen ein paar sentimentaler Erinnerungen. Ich habe wirklich Angst um unsere Existenz. Von Alex bin ich geschieden, und seine Fabrik geht sowieso pleite. Vater hat uns eine gewisse Summe Geld hinterlassen, das stimmt, aber es gibt Leute, die sagen, dass wir einer furchtbaren Inflation entgegengehen. Unser Geld könnte plötzlich nichts mehr wert sein. Dann wäre Lulinn das Einzige, was uns bleibt. Ich muss an Belle denken. Und an Nicola. Dann sind da noch Mutter, Großmutter, du, Linda und euer Kind. Wir können doch nicht alle miteinander verhungern!« Felicia sprach eindringlich, aber ihre Worte entzündeten keinen Funken in Jos Augen. Mitleid und Sorge konnte sie in ihnen entdecken, aber keine Energie. Er schwieg sehr lange, dann sagte er: »Felicia, ich werde dir nicht helfen können, aber wenn du willst, dass ich auf Lulinn bleibe, dann bleibe ich. Sonst würde ich …« Er stockte.

»Was?«

»Ich würde nach Berlin gehen. Und von dem Geld, das Vater mir hinterlassen hat, ein Universitätsstudium beginnen.«

»Universität?« Felicia schnappte nach Luft. Ihnen allen stand das Wasser bis zum Hals, und Jo gedachte, seine Zeit in Hörsälen und hinter Büchern zu verschwenden. »Jo, du …«

»Ich weiß, du hältst mich für verrückt«, unterbrach er sie, »aber es ist mein größter Wunsch. Ich will, ich muss diese Hölle vergessen, die ich erlebt habe. Ich habe Sehnsucht nach … diesen unnützen Dingen wie Büchern und Hörsälen …«

Felicia errötete, weil Jo ihre Gedanken so genau erraten hatte.

»Ich will mit Studenten und Professoren zusammen sein«, fuhr er fort, »mit Menschen, die zusammen arbeiten, diskutieren, die ihre Intelligenz beweisen wollen, anstatt einander zu erschießen. Versteh doch, ich brauche ein neues Bild von der Menschheit, sonst werde ich irgendwann verrückt.«

Felicia nickte. »Du möchtest …«

»… Rechtsanwalt werden.« Jo lächelte. »Ein guter Jurist. Ich kann es schaffen. Linda und Paul werden solange bei Lindas Eltern leben. Aber ich meine es ernst – wenn du mich hier brauchst …«

»Nein. Nein, du musst nach Berlin gehen, du musst ein brillanter Rechtsanwalt werden.« Felicia sprach klar und ohne Zögern. Innerlich dachte sie: Es ist verrückt, und ich kann's nicht verstehen, aber Jo wird krank, wenn ich ihn zurückhalte. Und es kommt sowieso nichts dabei heraus, wenn man Menschen zu etwas zwingt.

Es war einer der wenigen Momente ihres Lebens, wo ihr Eigennutz hinter ihrer Liebe zurückblieb. Sie küsste Jo sacht auf die Wange. »Ich komme hier allein zurecht. Mach dir keine Sorgen.«

Jo sah seine Schwester unsicher an. »Ich mache mir natürlich Sorgen um dich.«

»Völlig unnötig!« Felicia erhob sich. Wohlerprobt in der Fähigkeit, ihrem Gesicht den Ausdruck zu verleihen, den die jeweilige Stunde erfordert, gelang es ihr, zuversichtliche Munterkeit zu spielen. »Ich krieg das alles hin. Ich bin eine clevere Person, weißt du. Im Handumdrehen habe ich einen Weg gefunden, und wir sind fein raus.«

Jo seufzte. Felicia war gut, aber nicht perfekt. Ihr Lachen hatte ihre Augen unberührt gelassen.

Sie hat Angst, und ich bin ein verdammter Egoist, dachte er. Doch ehe er noch etwas sagen konnte, war sie schon zur Haustür hinaus und schlenderte durch den Sonnenschein zur Pferdekoppel.

Benjamin Lavergne war an diesem Abend von Skollna herübergekommen und machte einen Spaziergang mit Modeste, die einen Strohhut trug, der ihren Kopf noch tiefer in die Schultern zu pressen schien, und auf dem ganzen Weg ununterbrochen kicherte. Sie erzählte ihm irgendeine idiotische Geschichte aus ihrer Schule, aber er hörte gar nicht zu. Seit er aus dem Krieg zurückgekehrt war, vergrub er sich noch tiefer als früher in eigene Gedanken. Er zeigte stark fatalistische Neigungen, und sein Lieblingsausspruch war: »Es kommt alles, wie es kommen soll!« Sie gingen die Eichenallee von Lulinn entlang, und plötzlich rief Modeste: »Ach, da ist ja Felicia!«

Es kommt alles, wie es kommen soll!

Mit einer jähen Bewegung wandte er den Kopf. Es waren fünf Jahre vergangen seit jenem Abend, als er sie geküsst hatte, aber er begriff sofort, dass sich für ihn nichts geändert hatte. Felicia lehnte am Koppelzaun und streichelte ein Pferd. Nun drehte sie sich um. Sie trug das hellgraue Kleid aus Berlin mit der Rose im Ausschnitt, und ihr Haar nahm im Licht der Abendsonne einen rötlichen Glanz an. Benjamin betrachtete sie und fühlte sich verzaubert. Das war seine Felicia, unverwechselbar und doch verändert. Schmaler im Gesicht, ernster und strenger. Die Wangen nicht mehr rund, die Augen hungriger, wacher, auch kühler, und sie war schön, sie war noch schöner als damals, sie war alles für ihn, und es würde nie anders sein. Wenn er je von einer Frau geträumt hatte, dann von ihr, wenn er sich je danach gesehnt hatte, eine Frau in seinen Armen zu halten, dann sie.

Felicia lächelte. »Benjamin Lavergne!«, sagte sie. »Dass ich dich wiedersehe!« Sie freute sich tatsächlich, dem einstigen Jugendfreund plötzlich zu begegnen.

Benjamin hing an ihren Lippen, doch sie betrachtete ihn gelassen. Natürlich war er älter geworden, er musste jetzt bald dreißig sein, doch es würde ihm, wie sie feststellte, nie gelingen, wie ein Mann auszusehen. Ein ewiges Kind …

Aber zweifellos besitzt er die berühmten inneren Werte, dachte Felicia, er ist treu wie Gold, ehrlich bis ins Mark und sanft wie ein Lamm. Ein Mann, mit dem man keine Schwierigkeiten hat.

»Du wusstest wohl gar nicht, dass Felicia hier ist?«, sagte Modeste.

»Nein …«

»Wie geht es deinem Bruder?«, erkundigte sich Felicia. »Und wie steht's auf Skollna?«

Benjamin löste seinen Blick keine Sekunde von ihr. »Albrecht ist gefallen. 1916 in der Seeschlacht am Skagerrak.«

»Oh… das tut mir leid…« Noch einer, lieber Himmel, hörte es denn nie auf?

»Unsere Generation ist lückenhaft geworden«, sagte Benjamin leise. Dann fuhr er fort: »Aber auf Skollna steht alles zum Besten. Wir sind jetzt nach dem Krieg noch besser dran als vorher.«

»Wirklich?« Felicia nahm Benjamins Arm. Er spürte, dass seine Hand zu zittern begann. »Du musst mir alles erzählen, Benjamin, was in den letzten Jahren geschehen ist!«

»Benjamin war an der Ostfront«, erklärte Modeste, »er ist 1916 in Rumänien in der Schlacht am Arges für seine Tapferkeit ausgezeichnet worden. Nicht wahr, Benjamin?«

»Ja, ja.«

Modeste betrachtete ihn misstrauisch. Er war mit ihr verabredet gewesen, und nun sah er ständig Felicia an. Es war auch zu ärgerlich, wie elegant die Cousine immer auftrat. Sie, Modeste, musste sich unbedingt auch solch ein Kleid kaufen. Sie überlegte, ob sie nicht irgendeine Gehässigkeit würde loswerden können, dann fiel ihr plötzlich etwas ein. Sie wusste, Benjamin war ein Mann mit strengen Ehrbegriffen. »Ach Benjamin, du weißt ja noch gar nicht, was die arme Felicia mitgemacht hat«, sagte sie. »Stell dir vor, seit einem halbem Jahr ist sie von ihrem Mann geschieden! Diese Schande! Ich meine, es ist natürlich keine Schande, aber die Leute reden und reden, und eine geschiedene Frau ist natürlich nicht mehr gesellschaftsfähig…« Sie betrachtete zufrieden Benjamins fassungsloses Gesicht. Er sollte nur wissen, wes Geistes Kind die hübsche Felicia war.

Felicia und Benjamin heirateten im September 1919, und das sorgte im Landkreis Insterburg für weit mehr Aufregung als Erzbergers Reichsfinanzreform im selben Monat und der Polenaufstand in Oberschlesien vier Wochen zuvor. Benjamin Lavergne nahm sich eine geschiedene Frau mit Kind – alles in allem eine äußerst kompromittierende Angelegenheit.

Die beiden betroffenen Familien reagierten unterschiedlich, aber heftig: Benjamins Eltern waren entsetzt. Eine geschiedene Schwiegertochter mit Kind! Sie kapitulierten zwar vor der heftigen Verliebtheit ihres Sohnes, betrachteten Felicia aber mit tiefstem Misstrauen.

Elsa reagierte bestürzt und erschreckt, denn sie hatte gehofft, Felicia werde nach ihrer Scheidung ein völlig zurückgezogenes, stilles Leben führen. Stattdessen trat sie, geschieden von ihrem ersten Mann, mit einem zweiten vor den Altar, während in der vordersten Kirchenreihe ihr einjähriges Kind saß, das von einem dritten Mann stammte. Es konnte einer Mutter nur schwindelig werden dabei.

Victor und Gertrud, die gehofft hatten, Benjamin werde Modeste heiraten, entrüsteten sich ganz offen über das junge Paar und prophezeiten dieser Liaison ein schnelles Ende (und Benjamin ein böses Erwachen)!

Jo, der als frisch immatrikulierter Jurastudent aus Berlin angereist kam, nahm seine Schwester in die Arme und flüsterte: »Bist du sicher, dass das richtig ist?« Und Linda, die keinen Fußbreit hinter die Fassaden schaute, betrachtete den mondgesichtigen Bräutigam nur mit leiser Verwunderung.

Laetitia war die Einzige, die alles wusste und begriff. Sie hatte auch vor der Hochzeit dafür gesorgt, dass Felicia sich eines makellosen Rufes in den Augen ihres Zukünftigen erfreuen durfte. »Ihr Mann verließ sie wegen des Kindes«, vertraute sie Benjamin an, »er … wollte wohl keine Kinder.« Sie schwieg bekümmert, während Benjamin ganz blass wurde. Abscheulich, dieser Alex Lombard, einfach abscheulich! Aber umso mehr brauchte Felicia nun ihn, einen Mann, der sie wirklich liebte und für sie sorgte. Ein Leben lang wollte er für sie da sein und sie die Enttäuschung vergessen lassen. Seine Liebe war aufrichtig und wahr, das konnte Felicia sehen, als er vor den Altar trat. Seine hellen Augen leuchteten wie stille Seen unter der Sonne.

So unschuldig und vollkommen hat mich überhaupt noch niemand geliebt, dachte Felicia plötzlich, und das Unbehagen in ihr wurde so stark, dass sie sich rasch abwenden musste. Benjamin deutete das als einen Versuch, ihre Rührung zu verbergen. Für ihn bedeutete dieser Tag den Beginn eines Märchens. Er verstand nichts von den Abgründen in den Menschen, am wenigsten von den Frauen. Er wusste nichts von ihren geheimen Schachzügen und glaubte, was er sah. Wenn Felicia ihn sanft anlächelte, dann war er überzeugt, ihr ganzes Wesen sei durchdrungen von Güte, die in ihrem Lächeln lag, und nie wäre er darauf gekommen, sie könne gerade in solchen Momenten denken: Wenn er doch nur eine Spur Männlichkeit in sich hätte! Wenn ich doch ein bisschen Achtung vor ihm haben könnte! Er ist ein lieber Kerl, aber zum Gähnen langweilig!

Schon bald nach der Heirat stellten sich zwei Probleme heraus, mit denen Benjamin nicht gerechnet hatte. Das erste war: Felicia hielt sich vorwiegend auf Lulinn auf, statt auf Skollna. Es geschah immer häufiger, dass sie abends von Lulinn aus anrief, um Benjamin mitzuteilen, sie bleibe die ganze Nacht. »Es ist schon so dunkel und kalt draußen«, sagte sie, oder: »Laetitia geht es nicht sehr gut. Ich bleibe besser bei ihr.« Sie war in solchen Momenten sehr liebevoll, nannte Benjamin »Liebling« oder »Schatz«, aber er hatte trotzdem den Eindruck, dies sei nicht die übliche Art des Ehelebens. Mit äußerster Vorsicht tat er seinen Standpunkt kund. »Ich liebe dich doch, Felicia. Es macht mich traurig, wenn wir so wenig Zeit zusammen verbringen.«

»Ich liebe dich ja auch, Benjamin. Aber siehst du, ich bin in solcher Sorge um Lulinn. Du weißt ja, Onkel Victor ...«

Ja, ja, er wusste. Onkel Victor machte der armen Felicia solchen Kummer. Er hatte sich deshalb auch sogleich bereit erklärt, Victors Schulden zu bezahlen, als Felicia ihn darum bat. »Er stürzt uns sonst ins Unglück«, sagte sie, »und du kriegst das Geld bestimmt wieder.«

»Schon gut. Das hat Zeit. Und bitte ohne Zinsen. Ich möchte keine Geschäfte mit deiner Familie machen.«

Er hatte keine Ahnung von dem Dialog, der sich wenig später zwischen Felicia und Victor abspielte. »Hör zu«, sagte sie kalt, »ich habe hier einen Scheck von Benjamin, mit dem du deine Schulden begleichen kannst. Aber ich habe das für dich natürlich nicht aus Nächstenliebe arrangiert. Ich will Lulinn freihalten von Belastungen, und ich will, dass du das Gut nicht zum Verkauf anbietest. Ich habe hier deshalb eine Erklärung ausgearbeitet, die du unterschreiben wirst. Du verpflichtest dich darin, dass du Lulinn für die Dauer von fünf Jahren nicht verkaufen wirst – es sei denn, an Benjamin oder mich.«

»So viel Geld habt ihr beide nicht!«

»In fünf Jahren vielleicht doch. Und so lange haben wir Zeit.«

»Das ist Erpressung!«

»Nein. Wenn du auf meine Bedingungen nicht eingehen willst, kannst du dir dein Geld ja auch bei der Bank leihen.«

»Die Bank...« Victor stockte. Felicia lächelte. Sie wusste, keine Bank gab ihm mehr etwas.

»Ich könnte Lulinn auch gleich verkaufen«, meinte Victor frech, »und vom Erlös meine Schulden begleichen.«

»Ja, aber wo und wovon willst du dann leben? Du träumst von Berlin, nicht? Dort herrschen Arbeitslosigkeit und Wohnungsnot. Berlin übersteht zurzeit nur, wer wirklich clever ist – und wir wissen beide, dass man das von dir nicht sagen kann.«

Victor beugte sich über das Schriftstück. »Was heißt das hier? Der Verwalter von Skollna kontrolliert auch Lulinn und stellt neue Arbeitskräfte ein? Und dafür bekommt ihr fünfundzwanzig«, er schnappte nach Luft, »fünfundzwanzig Prozent vom Gewinn? Ja, bist du wahnsinnig?«

»Nein, Benjamins Fuß auf Lulinn ist seine Sicherheit für das Darlehen, das er dir gibt. Aber du musst ja nicht unterschreiben.«

Victor unterschrieb, fast erleichtert. Nicht nur, dass er die Last seiner Schulden los war, er brauchte auch keine Verantwortung für Lulinn mehr zu tragen. Natürlich war Felicia ein Biest, und es war eine Schande, wie dieses dreiundzwanzigjährige Gör versuchte, ihn aus dem Feld zu schlagen. Andererseits, das Blatt konnte sich auch wieder wenden.

Felicias zeitraubendes Engagement für Lulinn war also eines von Benjamins Problemen. Das zweite lag in jenem Teil ihrer Beziehung, der sich nachts hinter der verschlossenen Tür ihres Schlafzimmers hätte abspielen sollen. Benjamins Zärtlichkeitsbedürfnis war beinahe unstillbar, und fatalerweise hatte allein der Gedanke an Felicia eine erregende Wirkung auf ihn, sodass es ihr nicht das Geringste nützte, in seiner Gegenwart auf Lippenstift, Parfüm und tiefausgeschnittene Nachthemden zu verzichten.

Ich könnte Lockenwickler tragen und mein Gesicht mit einer dicken Cremeschicht bedecken, dachte sie einmal zornig, das würde ihn immer noch nicht abschrecken!

Sie empfand es als kompliziert und ermüdend, ständig neue Ausreden zu erdenken, und Benjamin wiederum registrierte, dass sie ihn nur mit zusammengebissenen Zähnen und abgewandtem Gesicht erduldete. Bekümmert fragte er sich, woran das liegen könnte. Er wusste, er war rücksichtsvoll, geduldig und sanft. Sie konnte ihm nichts vorwerfen!

Aber – er kannte sie nicht. Und er wusste nicht, dass sie oft bis zum Morgengrauen wach neben ihm lag, zur Decke starrte, grübelte und sich selbst nicht begriff. Ihr Abscheu, ihre Kälte erschreckten sie. Sie liebte Benjamin nicht, aber sie wollte ihm nicht wehtun. Es hätte sie beruhigt, ihn glücklich zu sehen, aber es wollte ihr nicht gelingen, ihn glücklich zu machen. Mit seiner Hilfe war es ein Kinderspiel gewesen, Lulinn vor Victors ruinösen Geschäftspraktiken zu retten, aber gerade weil es so wenig Schwierigkeiten gegeben hatte, schien das Schicksal nun nachträglich seinen Tribut zu fordern. Ein Leben lang würde sie an diesen großen Jungen gekettet sein. Mehr und mehr sehnte sie sich in den kalten, dunklen Winternächten des beginnenden Jahres 1920 nach Maksim, was sie nicht allzu sehr verwunderte, denn nach ihm hatte sie sich immer gesehnt. Zu ihrer Überraschung verlangte es sie aber auch – nach Alex. Sie schalt sich undankbar dem Mann gegenüber, der ihr nach Jahren der Unsicherheit endlich Ruhe geschenkt hatte, bis sie plötzlich begriff, dass dies gerade der Punkt war. Sie wollte keine Ruhe. An den Männern, die sie liebte, wollte sie ihre Kräfte messen, sie wollte das Wechselspiel von Sieg und Niederlage, sie wollte einen Mann, der sie genauso beherrschte wie sie ihn. Beide, Alex und Maksim hatten jeder auf seine Weise dieses Bedürfnis in ihr befriedigt, bloß verstand sie das viel zu spät.

Oft saß sie nachts im Bett, lauschte dem Heulen des Februarsturms und beobachtete dunkle, zerfetzte Wolken, die hinter dem Fenster über den Himmel jagten.

Die Zeichen der Zeit standen keineswegs auf Ruhe und Frieden. Sie wollte ihren Anteil haben. Sie fühlte sich jung, gesund und selbstsicher, und alles nur denkbar Mögliche sah sie im Leben – aber kein langweiliges Wiegenlied.

2

Im November des Jahres 1920 wurde ihr zweites Kind geboren, abermals ein Mädchen, und es wurde nach Benjamins Mutter Susanne genannt.

Felicia, die sich keineswegs darum gerissen hatte, überhaupt je wieder ein Kind zu bekommen, musste sich viel Mühe geben, es wenigstens wohlwollend zu behandeln.

Das Baby konnte schließlich nichts für ihr Unglück. Aber sosehr sie sich anstrengte, sie konnte nicht das Gleiche für die Kleine empfinden wie für Belle. Ihre ältere Tochter war nun über zwei Jahre alt, ein bezaubernd hübsches Geschöpf mit grauen Augen und dunklem Haar, und Felicia betrachtete sie unwillkürlich mit romantischen Gedanken; ein sündig empfangenes Kind, das sie an Russland erinnerte, an Revolution, Flucht, Schnee und Liebe. In der grenzenlosen Langeweile ihres eintönigen Daseins auf Skollna war sie auf die Empfindungen angewiesen, die ihr Gedächtnis bewahrt und – durch die Jahre hin – auch ein wenig verklärt hatte. Benjamins Tochter hingegen …

Sie war nach der Geburt dieses Kindes noch reizbarer und unruhiger als zuvor. Was sollte sie tun? Täglich machte sie neue Pläne, die sie dann wieder verwarf. Sie wollte nach Berlin, nach München, illegal nach Petrograd und Maksim wiedersehen. Hinüber nach Amerika, so wie Alex. Sie wollte etwas Verrücktes, Unvernünftiges tun, nur um der Qual ihrer inneren Rastlosigkeit zu entfliehen. Sie war jetzt vierundzwanzig, und Skollna konnte einfach nicht ihre Endstation sein, dieses düstere Haus mit seinen hohen Räumen, denen die Anmut Lulinns fehlte, und die vielen lauten Stimmen, die dort alle Zimmer erfüllten. Auf Skollna sprach man leise und kultiviert, man lächelte, statt zu lachen. Die Einzige, die schrie, war Baby Susanne, und dann zuckte Felicia jedes Mal zusammen. So wird es jetzt sein für immer! Ich werde Benjamins Kinder großziehen, und eines Tages werde ich selber nur noch flüstern und auf Zehenspitzen gehen, und während ich mit meiner Schwiegermutter Tee trinke, hechle ich die Nachbarn des ganzen Landkreises durch.

Und dann, im Januar des neuen Jahres, traf ein Brief von Kat ein.

»Ich kann nicht verstehen«, sagte Benjamin tief verletzt, »was du noch mit München und mit den Geschäften deines … äh, geschiedenen Mannes zu tun hast! Du lebst jetzt hier als meine Frau, und du müsstest keine Sorge auf der Welt haben!«

Felicia, die am Fenster stand und Kats Brief in der Hand hielt, drehte sich zu ihm um. »Kat bittet mich um Hilfe. Versteh das doch. Wir waren jahrelang sehr eng befreundet.«

»Aber du kannst ihr doch gar nicht helfen! Sie schreibt, die Fabrik ihres Vaters wird langsam aufgekauft von diesem …«

»Wolff. Tom Wolff.«

»Ja, Wolff. Und – was will sie nun von dir? Mit diesem Menschen kannst du es doch gar nicht aufnehmen!«

»Kat glaubt eben, ich könnte es. Benjamin, ihr Vater ist alt und sehr krank. Ihr Bruder ist verschwunden. Der Mann, den sie heiraten wollte, ist aus Frankreich nicht zurückgekommen. Sie ist völlig allein. Dieser Brief hier ist ein Hilferuf!« Es musste Kat viel Überwindung gekostet haben, an Felicia zu schreiben. Die Dinge schienen tatsächlich schlimm zu stehen. Aber Felicia verschwieg, dass es nicht Edelmut war, was sie nach München trieb. Sie selbst klammerte sich an diesen Brief wie eine Ertrinkende an den Strohhalm, er war ihr Billett in die Freiheit, ihre Rückkehr ins Leben.

Benjamin, der ihren Gewissenskampf zu verstehen glaubte, sagte: »Deine Freundin Kat kann doch zu uns kommen. Wir haben ein großes Haus. Sie wäre mir jederzeit willkommen.«

»Sie möchte, dass ich ihr gegen Wolff helfe.«

Benjamin sah sie geradezu verzweifelt an. Er konnte sie nicht begreifen. München – das lag ja am anderen Ende der Welt! »Deine Kinder. Du kannst sie nicht allein lassen.«

»Sie sind ja nicht allein. Susanne bleibt hier, deine Mutter wird sich um sie kümmern. Und Belle kommt zu Großmutter nach Lulinn.«

»Du … hast das alles schon arrangiert?«

»Ja. Und es geht alles so, wie ich will.«

Daran zweifelte Benjamin nicht. Er sah in Felicias Augen und erkannte ein hartes metallisches Glänzen darin. Unerwartet fiel ihm ein, was seine Mutter vor seiner Hochzeit zu ihm gesagt hatte: »Du täuschst dich in ihr. Bedenke immer, sie hatte schon einmal einen Mann, mit dem es nicht gut ging, und so engelsrein sie dir auch erscheinen mag, sei sicher, sie ist nicht völlig unschuldig an der Scheidung. Sie wurde nicht einfach sitzen gelassen. Sie wird ihr Geheimnis vor uns nie preisgeben, aber da gibt es eines, und es ist von der Sünde befleckt!«

Benjamin gab nicht viel auf diese Worte, denn seine Mutter neigte zu Bigotterie und warf dauernd mit Begriffen wie »Sünde« und »Befleckung« um sich. Zum ersten Mal aber regte sich an diesem Tag leiser Zweifel in ihm. Wenn seine Mutter am Ende … Er machte einen letzten Vorstoß, und er versuchte dabei, die männliche Bestimmtheit an den Tag zu legen, von der er in Büchern gelesen hatte. »Ich möchte nicht, dass du gehst«, sagte er, »ich … Ich verbiete es dir!«

Sie tat ihm nicht einmal den Gefallen, wütend zu werden, sie lächelte nur. »Hast du schon mal was von der Emanzipation der Frau gehört?«

Benjamin hatte davon gehört. Und er schwieg.

Felicia reiste über Berlin, um ihre Mutter zu besuchen. Es war Februar, die Luft kalt und feucht, der Himmel grau, aber Felicia fühlte sich so lebendig, als hätte sie Sekt getrunken. Sie hatte sich in Insterburg neue Kleider schneidern lassen, nach Mustern aus der *Styl*, und eines davon trug sie, als sie in Berlin ankam. Es war jadegrün, aus leichtem Wollstoff, und fiel gerade geschnitten bis zur Taille, die beinahe auf den Hüften saß; dort ging es über in einen ebenso gerade verlaufenden Rock bis nur eine Handbreit unter die Knie. Felicia hatte sich zunächst etwas schwer daran gewöhnt. Zum einen zeigte sie recht viel Bein, zum anderen gab dieses Kleid ihrer Figur eine völlig neue Silhouette. Die Taille existierte praktisch nicht mehr, der Busen wurde flach, die Hüften eckiger. Aber als sie in Berlin aus dem Zug stieg, sah sie, dass sie auf der Welle der Zeit schwamm. Die Frauen waren eckiger, in jeder Beziehung. Und in Berlin mehr als anderswo. Sie waren schöner denn je, und sie präsentierten ihre Körper viel freier; das allzu Weibliche, Niedliche, Kokette aus Vorkriegstagen war irgendwo auf dem Weg zwischen 1914 und diesen Tagen verloren gegangen. Die Frauen sahen nicht mehr aus, als seien sie frisch der *Gartenlaube* entstiegen. Sie hatten sich während des Krieges in Männerberufen behaupten müssen, kannten ihren Wert, ihre Intelligenz, und sie hatten jetzt das Wahlrecht.

Wenn sie zu den Männern aufsahen und Augen machten, als hielten sie sie für halbe Götter, dann zuckte um ihren Mund gleichzeitig ein Lächeln, als wollten sie sagen: »Das ist nur Spiel, vergesst es bloß nicht!«

Natürlich gab es daneben noch das andere Bild Berlins. Die Krisenzeit war nicht vorüber. Es gab wenig zu essen, das Straßenbild beherbergte zu viele Bettler, zu viele zerlumpte Kinder, Schlangen vor den Läden und Kriegsveteranen mit leeren, müden Gesichtern, zerschossenen Knochen und amputierten Gliedern. Sorge und Angst waren noch lebendig. Man sprach von der schleichend fortschreitenden Geldentwertung, vom Anwachsen rechter Kräfte, die seit dem Kapp-Putsch im vergangenen Jahr zur reellen Bedrohung geworden waren. Zwei Zeitalter mischten sich; das letzte war noch nicht vergangen, das neue konnte sich noch nicht behaupten, aber in der Verschmelzung wehte ein scharfer Wind.

Felicia genoss Berlin, wenn ihr auch Elsas sanfte Vorwürfe auf die Nerven gingen. Ihre Mutter verstand nicht, weshalb sie nicht bei Mann und Kindern geblieben war, aber am allerwenigsten billigte sie es, dass die Tochter sich auch noch amüsierte. Es schockierte sie, als Felicia eines Nachts erst um halb fünf in der Frühe nach Hause zurückkehrte, sosehr diese auch beteuerte, sie sei schließlich mit Jo fort gewesen, und eine bessere Anstandsdame könne es nicht geben.

Tatsächlich hatte Jo sie nach langem Zögern mit in ein Studentenlokal genommen, wo zu seiner größten Verlegenheit gegen Mitternacht zwei leicht bekleidete Mädchen mit wippenden Hasenohren auf dem Kopf auftauchten und auf einem Tisch tanzend ihre langen Beine schwenkten. Ein uralter, bärtiger Maler, der zwischen den jungen Leuten saß, legte seine Hand auf Felicias Knie, sah sie eindringlich an und sagte, er habe solche Augen nie zuvor gesehen, er müsse sie malen. Felicia lachte dazu und fand sich irgendwann neben dem Klavier stehen, wo sie das wehmütigste und populärste Lied des Krieges sang: »Die alten Straßen noch, die alten Häuser noch, die alten Freunde aber sind nicht mehr …« Der Student, der sie begleitete, brach in Tränen aus und fragte sie, ob sie ihn heiraten wolle, und der Wirt, von Rührung übermannt, gab für alle Freibier aus. Jo entschuldigte sich am nächsten Tag für diese Nacht, aber Felicia hatte zum ersten Mal seit Langem wieder das Gefühl gehabt zu leben.

»Nimmst du mich mit nach München?«, fragte Nicola am Nachmittag, als Felicia aus tiefem Schlaf erwachte. Nicola wohnte bei Elsa, aber sie war inzwischen vierzehn Jahre alt, und das Leben mit ihrer schwermütigen, schweigsamen Tante bedrückte sie zunehmend.

Elsa gab die Erlaubnis, wenn auch nach langen Ermahnungen.

»München ist eine turbulente Stadt. Ich will nicht, dass Nicola verwildert!«

Sowohl Felicia als auch Nicola schworen hoch und heilig, das werde nicht geschehen. Im März – es loderte gerade wieder sozialistischer Aufruhr an allen Ecken und Enden – reisten sie nach München.

Tom Wolff hatte gewusst, dass Felicia kommen würde. Es war nur eine Frage der Zeit gewesen. So arrogant sie sich auch benehmen mochte – auf die Dauer kam sie an ihm nicht vorbei.

»Mir gehören achtzig Prozent der Fabrik«, sagte er, als er ihr gegenübersaß. Um zehn Uhr, so hatte sie ihm telefonisch ausrichten lassen, erwarte sie ihn in der Prinzregentenstraße, und es bereitete ihm ein besonderes Vergnügen, gegen halb zwölf in aller Gemütsruhe zu erscheinen. In seinem Gedächtnis brannten die ungezählten Gelegenheiten, da er aus diesem Haus gewiesen worden war, und er genoss diese Situation so sehr, dass er laut vor sich hinpfiff, als er die Treppe hinaufstieg. Grandios, das Leben, einfach grandios!

Dass ihm inzwischen achtzig Prozent gehörten, hatte Felicia schon von Kat erfahren, sodass sie wenigstens kein Erschrecken zeigte. Sein Zuspätkommen kommentierte sie mit hochgezogenen Augenbrauen und würdevollem Schweigen. Wolff grinste. Weiß Gott, die Frau war ein harter Brocken.

»Möchten Sie etwas zu trinken?«, fragte sie.

Wolff ließ sich in einen Sessel fallen. »Etwas zu trinken? Sie überraschen mich. Ich hatte kaum je das Glück, hier bewirtet zu werden.«

»Einen Whisky?«

»Aber gern!«

Sie reichte ihm das Glas. Er prostete ihr zu. »Auf eine gute Zusammenarbeit, Felicia … äh, wie heißen Sie jetzt eigentlich?«

»Lavergne, Felicia Lavergne.«

»Ah. Klingt doch gut. Wolff und Lavergne!«

»Ich wäre eher für Lavergne und Wolff«, berichtigte Felicia.

Wolff sah sie aufmunternd an. »Nicht verzagen. Wenn Sie dreißig Prozent zurückerobert haben, also insgesamt fünfzig Prozent der Besitzanteile Ihr eigen nennen, lasse ich Ihnen den Vortritt.«

»Gut. Zu einer Zusammenarbeit sind Sie also bereit?«

»Natürlich. Wenn Severin Sie bevollmächtigt, seine Geschäfte zu übernehmen. Und Sie es sich tatsächlich zutrauen …«

»Severin wird mir eine Vollmacht ausstellen. Und was mein Selbstvertrauen angeht, sollten Sie sich keine Sorgen machen. Es ist ziemlich ausgeprägt.«

Wolff trank seinen Whisky und leckte sich behaglich die Lippen. »Mich würde interessieren, warum Sie das tun. Ich meine, hier den Karren aus dem Dreck ziehen. Sie haben mit den Lombards nichts mehr zu tun, und nach allem, was ich gehört habe, sind Sie doch fein raus inzwischen. Haben Sie nicht alles, was Sie brauchen?«

»Ich glaube, das ist meine Sache.«

»Oh, sicher. Sie müssen's mir auch nicht sagen, ich weiß es sowieso. Ihrem geschiedenen Mann wollen Sie es beweisen, stimmt's? Deshalb sind Sie gekommen mit einer Miene wie ein General kurz vor dem Angriff. Sie wollten damals seine Hilfe, er hat sie Ihnen nicht gegeben. Sie flüchteten in das warme Nest einer Ehe, aber Sie fanden keinen Frieden. Friede ist für Sie erst nach dem Sieg.«

»Reden Sie doch nicht so dumm daher. Mein geschiedener Mann ist mir völlig gleichgültig.«

»Ist er nicht. Sie sind verrückt nach ihm. Das konnte man immer sehen. Es ist heute so, und es wird immer so sein.«

»Sie gehen zu weit.«

»Richtig. Euer gesellschaftliches Parkett war mir schon immer zu glatt. Was mich einen Dreck kümmert. Ich habe Geld, und wer Geld hat, kann sich schlechtes Benehmen leisten. Ihre schwarze Seele auszuloten, Felicia Lavergne, macht mir allzu viel Spaß. Ihre Unverfrorenheit hat etwas so Belebendes. Wie Sie nach München kamen und Ihrem

Mann hochschwanger gegenübertraten … ach schade, dass ich gehen musste! Wer ist der andere Mann in Ihrem Leben? Sicher nicht der, den Sie nun geheiratet haben, oder? Frauen wie Sie lieben es, Männer zu lieben, von denen sie nichts zurückbekommen – außer dann und wann einen niedlichen kleinen Bastard. Arme Felicia, Sie werden sich nie entscheiden können! Und Sie sind absolut maßlos, in jeder Beziehung. Das macht den Wettkampf mit Ihnen so spannend!«

Felicia hatte unbewegt zugehört. »Sind Sie fertig?«, fragte sie sachlich.

Wolff stellte klirrend sein leeres Glas ab. »Mit Ihren dunklen Geheimnissen? Für heute, ja. Wir können zum geschäftlichen Teil dieser Unterredung kommen.«

Felicias Stimme klang schneidend. »Gott sei Dank. Darauf hatte ich schon fast nicht mehr zu hoffen gewagt.« Sie setzte sich und schlug die Beine übereinander. »Severin sagt, wir verkaufen so gut wie überhaupt nichts mehr.«

»Klar. Denn wer kauft schon noch Uniformen?«

»Uniformen? Wollen Sie sagen, dass wir immer noch Uniformen produzieren? Das ist doch vollkommen verrückt!«

»Sicher. Deshalb steuern wir auch in den Konkurs.«

»Aha. Ich frage mich …«

»… weshalb ich das tue? Eine einfache Rechnung. Ich überstehe den Bankrott, mit gewissen Verlusten natürlich, aber im Großen und Ganzen unversehrt. Severin übersteht ihn nicht. Er muss mir dann auch den Rest verkaufen, und schon habe ich, was ich will. Es wird mir dann keine große Mühe machen, den Laden wieder in Schwung zu bringen.«

»Gut ausgedacht. Aber jetzt, wo ich da bin, wird das nicht mehr so einfach gehen. Mir stehen nicht mehr viele Anteile zur Verfügung, aber die wenigen, die ich habe, werde ich benutzen, um Ihnen das Leben schwerzumachen.«

»Was schwebt Ihnen vor?«

»Wir müssen natürlich die ganze Produktion umstellen. Keine Uniformen mehr, sondern – Mode! Und zwar exklusive Mode, Haute Couture. Alles vom Feinsten und vom Teuersten. Für die ganz reichen Frauen.«

Wolff betrachtete sie aufmerksam. »Mode für die Oberschicht. Sagen Sie mir, weshalb sparen Sie den Mittelstand aus? Finden Sie das klug?«

»Nicht grundsätzlich, aber im Augenblick. Ich denke, die nächsten Jahre werden hart, und in solchen Zeiten pflegt es der Mittelstand zu sein, der am meisten draufzahlt. Wir sollten auf diese Leute nicht zu sehr zählen. Lieber auf die Reichen setzen, auf die Kriegsgewinnler, die es danach drängt, mit ihrem Geld zu protzen. Wenn wir saniert sind und die Zeiten besser, werden wir vorsichtig umsteigen.«

»Wir werden mit teuren Stoffen arbeiten müssen.«

»Das bringen wir wieder ein. Mir schweben Tageskleider vor und Abendroben, Kostüme, Mäntel, vielleicht auch Badeanzüge und Strandkleider. Wir verwenden Baumwolle, Tweed, Jersey, Seide, Crêpe de Chine, Samt, Brokat und Laméstoffe. Wir sollten versuchten, mit unseren Modellen der Zeit immer einen kleinen Sprung voraus zu sein. Eine Spur auffallender, provokanter sein als andere Hersteller. Leuchtende Farben, ausgefallene Schnitte …«

»Ich habe schon verstanden«, unterbrach Wolff, »wir werden natürlich gute Modezeichner brauchen.«

»Darum kümmere ich mich. Es kann kaum schwer sein, genug Kräfte zu finden.«

»Nein. Aber teuer.«

»Es ist wichtig«, sagte Felicia eindringlich, »dass wir beide an einem Strang ziehen.«

Wolff grinste. »Dass ich diese Worte einmal aus Ihrem

Mund hören würde! Die hochwohlgeborene Felicia Degnelly und der Bauer Tom Wolff, vereint in einem Boot. Ja, das sind die Zeichen der neuen Zeit! Euch da oben ist die Luft zu dünn geworden. Gemessenen Schrittes steigt ihr zur Erde herab.«

»Soll ich nun all Ihren vielen Worten entnehmen, dass Sie meine Pläne boykottieren oder unterstützen?«

Wolff tat, als überlegte er hin und her. Schließlich erhob er sich, nahm Haltung an und hob die Hand zum militärischen Gruß. »Aye, aye, Madam! Ich bin Ihr ergebener Diener und unterstütze Sie bis zum Letzten. Mit Rat und Tat – und finanziell!«

Felicia stand ebenfalls auf. Sie sah Wolff misstrauisch an. »Wieso?«, fragte sie.

»Was?«

»Ich stehe hier bis an die Zähne bewaffnet, und nun kommen Sie daher und machen mir keine Schwierigkeiten. Ich will wissen, weshalb!«

»Ach so. Weshalb ich Ihren Todeskampf und den Ihrer Sippe herauszögere? So wie es jetzt steht, wäre es mir ein Leichtes, Sie in weniger als acht Wochen abzuschießen, aber was hätte ich davon? Nein, ich stelle Sie erst auf die Beine, und dann fangen wir an. Auge um Auge.«

»Wen oder was«, fragte Felicia, »hassen Sie so sehr?«

Wolff nahm seinen Hut und drückte ihn auf den Kopf. »Ich schlage zurück«, sagte er, »das ist alles. Und im Übrigen warte ich auf die Erfüllung meiner Wünsche.«

»Sie haben tatsächlich noch Wünsche offen?«

»Einen Wunsch. Den wir alle hegen. Die Liebe!« Er ging zur Tür, öffnete sie. »Ich warte auf Kassandra. Und sie kommt zu mir. Eines Tages, liebe Felicia, sind wir alle eine große Familie.«

Er nickte ihr zu. »Einen schönen Tag noch!«

Er pfiff wieder laut vor sich hin, als er die Treppe hinablief.

3

Mascha Iwanowna hatte wenig Freunde in der Partei. Paradoxerweise lag das gerade an ihrem Fleiß, ihrer Konsequenz, ihrer Zuverlässigkeit – und vor allem an ihrer völligen Unbestechlichkeit. Sie war keine Frau, mit der man Geschäfte machen konnte. Jedenfalls keine heimlichen. Und sie war ehrgeizig. So ehrgeizig, dass man sich fragte, wie hoch hinaus sie eigentlich noch wollte.

Die drei Männer, die an einem warmen Juninachmittag des Jahres 1921 in einer kleinen, düsteren Wohnung in Petrograd zusammensaßen, waren alle Mitglieder des Revisionskomitees der Stadtkonferenz. Sie hatten sich im Geheimen zusammengefunden, weil sie ein paar Dinge besprechen wollten, die nicht für jedermanns Ohren bestimmt waren. Dabei kam die Rede schließlich auch auf Mascha.

»Maria Iwanowna«, sagte der eine nachdenklich. Er spielte mit einem Bleistift zwischen seinen Fingern und sah seine beide Genossen aus zusammengekniffenen Augen an. »Ist sie noch mit Marakow zusammen?«

»Ja. Mit Marakow, dem großen Zweifler. Er ist nicht ganz ungefährlich. Er stellt unsere Ideen ständig infrage.«

»Die Iwanowna tut das nicht. Nie!«

»Aber sie ist ein Stein, der im Weg liegt.« Der Mann, der mit dem Bleistift gespielt hatte, stand auf und trat ans Fenster. Er blickte hinaus, während er fortfuhr: »Sie hat in diesem Jahr schon einigen Genossen erhebliche Schwierigkeiten gemacht. Sie erträgt es nicht, wenn einer an ihr vorbeizuziehen versucht …«

Einer der Genossen, ein kleiner, dicker Mann mit buschigen Augenbrauen und einer flachen Nase, grinste verstohlen. Der hier so verbittert über die Iwanowna sprach, hätte ihren Posten einstmals selber gern besetzt. Da er wusste, worauf das Gespräch hinauslief, machte er einen kühnen Vorstoß. »Die Frage ist doch, haben wir etwas gegen sie in der Hand?«

Er erntete pikierte Blicke, die ihn aber nicht im Mindesten irritierten. Er hatte ausgesprochen, was alle dachten, die anderen mussten sich nur erst daran gewöhnen, dass die entscheidenden Worte nun plötzlich im Raum standen.

Der Mann, der immer nervöser mit seinem Bleistift spielte, kehrte an den Tisch zurück. Er sah blass und angespannt aus. »Ich denke«, meinte er, »da ließe sich etwas konstruieren. Das geht immer. Notfalls über Marakow … Der ist ein dunkler Fleck auf Maria Iwanownas blütenweißer Weste. Wir sollten mit Dschugaschwili sprechen.«

»Dschugaschwili? Wird er uns helfen können?«

»Er ist Spezialist für solche Fälle. Und eine kommende Größe. Übrigens«, nun fiel der Bleistift auf den Boden und rollte unter einen Schrank, »wir sollten uns daran gewöhnen, dass Genosse Jossif gar nicht mehr Dschugaschwili heißt. Er nennt sich jetzt Josef Stalin.«

»Adolf Hitler«, las Nicola. Der Name stand unter einem Bild, das an einer Litfaßsäule angeschlagen war und einen dunkelhaarigen Mann mit eng zusammenstehenden Augen und einem eigenartigen viereckigen Schnurrbart unter der Nase zeigte.

»Wer ist das?«

»Der Vorsitzende der NSDAP.« Die Stimme von Martin Elias, Nicolas Begleiter, klang so, dass sie sich zu ihm umwandte und ihn fragend ansah. »Und?«

»Diese Partei ist Dreck«, erklärte Martin, »und sie gewinnt zu viel Einfluss in Bayern. Vor zwei Jahren war München noch die Stadt der Bohème, heute ist sie die Stadt nationalsozialistischer Agitation.«

Nicola nickte gläubig. Martin gegenüber kam sie sich immer wie ein dummes, kleines Ding vor. Nicht nur, weil er fünfundzwanzig und damit fast zehn Jahre älter war als sie, er sprach auch immer über weltanschauliche Fragen und Politik und schien alles zu wissen. Auf ihrem täglichen Schulweg war Nicola ihm buchstäblich in die Arme gelaufen. Wie stets hatte sie verschlafen, weshalb sie die Strecke im Galopp zurücklegen musste, und da sie überdies in eigene Gedanken versunken war, bemerkte sie den jungen Mann nicht, der ihr entgegenkam. Er wich zur Seite, aber sie streifte ihn im Vorbeirennen, und all ihre Bücher fielen auf den Boden.

»Seien Sie nur froh«, sagte der Mann und kniete nieder, um ihr beim Aufsammeln zu helfen, »dass ich keine Straßenbahn oder etwas Ähnliches bin!«

Sie sah ihn an und registrierte ein blasses Intellektuellengesicht, grüne Augen und dunkles Haar, schmale, sensible Hände. Er erwiderte ihren Blick, und es ging ihm wie vielen Männern, wenn sie sich den Frauen ihrer Familie gegenübersahen: Er konnte sich von ihren grauen Augen nicht mehr losreißen.

»Trinken Sie irgendwo einen Kaffee mit mir?«, fragte er, nachdem sie sich beide wieder aus dem Staub der Straße aufgerichtet hatten. Nicola dachte an ihren Französischunterricht und fand, der Tag sei zu schade, um ihn mit unregelmäßigen Verben zu verbringen.

»Gern«, sagte sie und wusste im gleichen Moment, dass sie sich in ihn verlieben würde.

Sie wurde seine Freundin, auf eine keusche, kameradschaftliche Art, die Martin selbstverständlich schien, Nicola jedoch ebenso sehr verunsicherte wie frustrierte. Sie hatte die romantische, sinnliche Natur ihrer Mutter geerbt, und Martin erfüllte keinen ihrer geheimen Wünsche.

»Liebst du mich eigentlich?«, fragte sie einmal, und Martin lächelte so hintergründig, als ahnte er ihre unausgesprochenen Wünsche.

»Natürlich, du Baby«, sagte er, »aber du bist erst sechzehn, verstehst du?«

An seiner Seite tauchte Nicola in eine neue Welt. Martin Elias war der Sohn eines jüdischen Münchener Bankiers, aber er schien wenig Lust zu haben, in die Fußstapfen seines Vaters zu treten. Er kam aus dem Schwabinger Künstlerghetto, hatte mit Dichtern wie Eisner, Fechenbach und Toller 1919 für die bayerische Räterepublik gekämpft und war nur im letzten Moment seiner Verhaftung entgangen.

Er nahm Nicola mit, wenn er nächtelang in Schwabinger Kneipen mit seinen Freunden zusammensaß und Worte und Gedanken einer vergangenen Epoche erneut beschwor. Nicola hörte mit großen Augen zu. Was sich da vor ihr auftat, erschreckte und faszinierte sie. Trauer und Melancholie klangen in allem mit. Die Werke, über die man sprach, hießen *Menschheitsdämmerunng* und *Weltende*, und es fielen Sätze wie: »Schönheit können wir nur empfinden aus dem Bewusstsein des eigenen Unterganges heraus«, oder »Das Leben besteht aus brutalen, hundsgemeinen Scherzen«.

Dazwischen war noch immer der Nachklang revolutionärer Lust zu spüren. Martins bester Freund, ein bleicher blonder Musikstudent, der weder einen Blick noch ein Wort an Nicola verschwendete, vertrat die Theorie, dass Lust am Zerstören eine schöpferische Lust sei, und es verging kein Abend, an dem er nicht den von ihm vergötterten Gustav Landauer mit seinen Worten an die Dichter von 1918 zitierte: »Wir brauchen den Frühling, den Rausch, die Tollheit, wir brauchen wieder und wieder und wieder die Revolution, wir brauchen den Dichter!«

Wenn Nicola nach solchen Nächten heimkam, drehte sich ihr der Kopf, und oft weinte sie sich in den Schlaf, weil sie sich ausgeschlossen, dumm und unwissend fühlte. Morgens saß sie dann völlig übermüdet am Frühstückstisch, mit Ringen unter den Augen, und versuchte die besorgten Ermahnungen ihrer Cousine Felicia zu überhören.

»Du siehst wirklich elend aus, Nicola. Du müsstest dringend wieder einmal eine Nacht durchschlafen.«

Nicola war nur dankbar, dass Felicia mit ihren Modezeichnern so viel zu tun hatte, dass ihr weder Zeit noch Nerven blieben, anderer Leute Lebenswandel ernsthaft zu kontrollieren. Nicht auszudenken, wenn sie ihr den Umgang mit Martin verboten hätte. Sie brauchte ihn. War sie mit ihm allein, fühlte sie sich glücklich. So wie an diesem Augusttag, als sie Hand in Hand durch die Straßen liefen und die Sonne auf ihre Gesichter scheinen ließen. Nicola hoffte, Martin werde ihr jetzt keinen Vortrag über Ziele und Hintergründe der NSDAP halten, und er sagte auch nur: »Kommst du heute Abend mit ins *Bistro Latin*?«

Nicola seufzte. »Ich würde so gern einmal einen Abend mit dir allein verbringen. Wir könnten zusammen essen gehen. Warum müssen immer deine Freunde dabei sein? Sie mögen mich nicht.«

»Natürlich mögen sie dich. Und sie würden dir auch zuhören, wenn du mal was sagen würdest. Du hast die russische Revolution miterlebt. Was meinst du, wie interessant es wäre, wenn du uns davon erzählen würdest!«

»Ich weiß nicht, ob ich sagen könnte, was ihr hören wollt. Für euch ist die Revolution eine Göttin. Aber mir hat sie alles genommen, was ich hatte!«

Martin sah sie ernst an, dann küsste er zum ersten Mal sacht ihre Lippen. »Schon gut«, sagte er, »heute Abend gehen wir beide zusammen essen. Ganz allein.«

Sie sah ihn strahlend an. Im gleichen Moment schraken sie beide zusammen, weil vollkommen unerwartet und schrill die Stimme eines Zeitungsverkäufers an ihre Ohren klang. »Extrablatt! Extrablatt! Erzberger von Rechtsradikalen ermordet! Reichspräsident verhängt den Ausnahmezustand! Erzberger ist tot!«

Martin riss dem Verkäufer das Blatt geradezu aus der Hand. Er war ganz blass geworden. »Das«, sagte er, »ist die Zeit, der wir jetzt entgegengehen.«

Das Geschäft florierte. Dafür, dass Lombards Fabrik zu Anfang des Jahres dicht vor dem Bankrott gestanden hatte, war sie nun, im Dezember, erstaunlich erfolgreich. Das lag natürlich an Wolffs Finanzspritzen, da gab sich Felicia keinen Täuschungen hin.

Ohne seine Mittel hätten sie die Produktion nie so schnell umstellen können.

»Werden wir uns so viele Arbeiter leisten können?«, hatte Felicia misstrauisch gefragt, und Wolff hatte mahnend den Zeigefinger gehoben.

»Das ist mein Bereich, in Ordnung? Ich regele das mit den Arbeitern und dass sie uns nicht zu teuer kommen, aber ich möchte keine Einmischung. Kein soziales Geschwätz. So fahren wir alle am besten.«

»Ich habe das Gefühl, es sind nicht gerade saubere Praktiken, mit denen Sie uns zu sanieren versuchen!«

»Sie können jederzeit aussteigen.«

»Ich habe nicht gesagt, ich würde Ihre Praktiken nicht billigen. Aber es ist vielleicht am besten, Sie erzählen mir nichts davon.«

Wolff grinste. »Klar. Sie sollen ja nachts noch ruhig schlafen können.«

Manches sickerte natürlich doch durch und kam Felicia zu Ohren. Abgesehen davon, dass Wolff zu niedrige Löhne und keine Sozialabgaben zahlte, ließ er die Fabrikarbeiter viel mehr als acht Stunden am Tag arbeiten und trieb sie zu beinahe übermenschlicher Leistung an, indem er sie unter der latenten Angst vor Kündigung hielt. Ein paarmal hatte er bewiesen, dass er einen Arbeiter von einer Minute zur anderen auf die Straße setzen konnte, wenn er ihm nicht passte, und angesichts steigender Arbeitslosigkeit und Inflation konnte das keiner riskieren.

Er ist ein Teufel, dachte Felicia manchmal. Ihre Beziehung zu Wolff war von seltsamer Art. Sie misstraute ihm ebenso sehr wie er ihr, und wenn sich die Möglichkeit geboten hätte, sie hätte keinerlei Skrupel gehabt, ihn auszubooten und kopfüber in den Staub fallen zu lassen. Im Übrigen wusste sie, dass er auch keine Skrupel gehabt hätte. Doch so wenig sie einander mochten, so konnten sie es doch miteinander aushalten, weil sie gleich stark waren und weil weder Wolff jemals Felicia noch Felica Wolff wirklich erschüttern konnte.

Sie besaßen das gleiche Realitätsempfinden, den unsentimentalen, praktischen Sinn, die Entschlossenheit durchzusetzen, was sie durchsetzen wollten. Widerwillig und vorsichtig zollten sie einander ein gewisses Maß an Achtung.

Felicia war hauptsächlich damit beschäftigt, Kontakte zu den großen Münchener Modegeschäften herzustellen und neue Kunden für ihre Kollektionen zu werben. Sie hatte nicht nur die schwierige Aufgabe, ihre Ware anzupreisen, sie musste zusätzlich das Misstrauen zerstreuen, das man Wolff von allen Seiten noch immer entgegenbrachte. Es war bekannt, dass er aus dem Krieg beachtliche Gewinne gezogen hatte und dass er nun seine Arbeiter mit einiger Rücksichtslosigkeit behandelte. Doch auf der anderen Seite standen seine erstklassige Produktion – und seine charmante Botschafterin.

Auf dem gesellschaftlichen Parkett bewegte sich Felicia mit Leichtigkeit, außerdem sah sie hübsch aus, und was sie sagte, klang durchdacht und intelligent. Sie trug bunte Kleider aus weichen Stoffen, hauchdünne Strümpfe, zarte Schuhe und klirrenden Schmuck. Nie sah man ihr die durcharbeiteten Nächte und die Hektik eines jeden Tages an. Eisern überspielte sie Erschöpfung und Sorgen. Wer ihr begegnete, erlebte sie, wie sie sich gab: ausgeruht, selbstsicher, erfolgreich und schön. Und wie sie lächeln konnte! Da in den oberen Etagen der Modewelt noch allein die Männer herrschten, spielte Felicia all ihre Waffen aus. Jeder Wimpernschlag war berechnet. Dabei versäumte sie es nicht, immer wieder Sätze über ihre Vergangenheit einfließen zu lassen. Bald wusste jeder, dass sie Krankenschwester an der Ostfront gewesen war, dass die Russen sie geschnappt und ihren Vater erschossen hatten, dass sie Internierung und Revolution hatte erleben müssen. Die Herzen schmolzen reihenweise.

Die junge, hübsche Frau – man musste für sie tun, was

man nur konnte. Sie bekam mehr Bestellungen als irgendjemand sonst, was ihr natürlich auch eine Unmenge Arbeit einbrachte.

Dabei fühlte sie sich trotz aller Anstrengung glücklich. Das Leben hatte seine Geruhsamkeit verloren, und sie genoss es. Sie wurde zu zahlreichen Festen und Empfängen der Modehäuser eingeladen, lernte neue Menschen kennen, flirtete, lachte und trank Champagner. Wochenlang kam sie keine Nacht vor zwei Uhr ins Bett, saß aber bereits um sieben Uhr wieder am Frühstückstisch, trank starken schwarzen Kaffee und schrieb dabei schon die ersten Briefe. Auch die kurzen Nachrichten an Benjamin. Er war der Wermutstropfen in ihrem Leben. Es verging keine Woche, da er ihr nicht geschrieben hätte, und mit der Zeit wurden seine Briefe immer anklagender. Einmal kam nur ein Foto von Susanne, aufgenommen an ihrem ersten Geburtstag, dazu eine kurze Notiz: »Damit du weißt, wie unser Kind aussieht!«

Felicia, diesmal tatsächlich getroffen, antwortete noch am selben Abend.

»Ich komme nach Berlin«, schrieb sie, »ein großes Modehaus dort ist interessiert an unseren Kreationen, von denen einige in *Styl* abgebildet waren. Ich würde mich so freuen, dich, Susanne und Belle dort treffen zu können. Komm mit den beiden nach Berlin, bitte! Wir können alle bei meiner Mutter wohnen und ein paar schöne Tage zusammen verbringen!«

Ein paar Tage … Ihr war bewusst, dass das fast provokant klingen musste. Sie räumte ihrem Mann und ihren Kindern einen Termin ein wie jedem anderen Geschäftspartner auch. Dabei hatten sie sicher gehofft, sie werde Weihnachten nach Hause kommen. Aber es gab einen Empfang in München, mit lauter wichtigen Leuten. Felicia legte den Brief zur Seite und trat an ihren Kleiderschrank. Während sie überlegte, was sie zu dem Fest anziehen sollte – es musste etwas Ausgefallenes, Großartiges sein –, hörte sie unten die Haustür gehen. Es musste Nicola sein, die heimkam. Felicia sah auf die Uhr. Kurz nach Mitternacht. Und Nicola musste morgen früh zur Schule. Sie seufzte. Sie hatte das Gefühl, ihre Pflichten auf allzu vielen Gebieten zu vernachlässigen.

4

Mascha Iwanowna hatte immer gewusst, dass eines Tages ihr Leben umstürzen würde. Die düsteren Prophezeiungen ihrer Mutter, die ihrer Tochter von klein auf gesagt hatte, es werde ein schlimmes Ende mit ihr nehmen, mochten dazu beigetragen haben. »Du hast fanatische Augen, Mascha, und alle Fanatiker richten sich irgendwann selber zugrunde. Das liegt in ihrer Natur.«

Mascha kannte den fanatischen Zug in ihrem Wesen und ihre Neigung, das Verderben herauszufordern, wenn es die Sache verlangte. Als junges Mädchen hatte sie ihre Schulfreundinnen damit schockiert, dass sie die Ansicht verfocht, ein Mensch sei erst dann wertvoll, wenn er bereit sei, für seine Überzeugung zu sterben. Ihre Freundinnen, die allesamt gar keine Überzeugung hatten, erklärten Mascha insgeheim für verrückt.

»Eines Tages«, sagten sie, »wird sie furchtbar auf die Nase fallen. Und sie ist dann selbst schuld daran.«

Die Stunde, da alle Wahrsagungen Wirklichkeit werden sollten, kam in den frühen Morgenstunden des dritten Januar 1922. Die drei Männer der Geheimpolizei erschienen gegen fünf Uhr, als es noch dunkel war und die meisten Leute schliefen. Ein paar Arbeiter auf dem Weg zur Frühschicht sahen das schwarze Auto in die Straße biegen, anhalten und die Männer entlassen, dunkel gekleidet und mit tief in die Gesichter gezogenen Hüten. Die Arbeiter gingen rasch weiter.

Maksim öffnete verschlafen die Tür, als die Männer laut polternd anklopften. Sie drängten ihn sofort zurück, drangen in die Wohnung und schlossen die Tür hinter sich. Einer von ihnen hielt Maksim seinen Ausweis vor. »Geheimpolizei. Wir möchten zu Maria Iwanowna Laskin.«

»Sie schläft«, erklärte Maksim kalt. Natürlich wusste er um die Lächerlichkeit dieser Auskunft, aber es war ein Versuch, etwas Würde zu bewahren. Der Wortführer verzog keine Miene. »Bitten Sie Frau Laskin, aufzustehen und sich anzuziehen. Wir werden hier im Gang warten.«

»Darf ich erfahren, was gegen sie vorliegt?«

»Wir haben nur den Auftrag, sie zum Verhör zu bringen.«

»Wohin?«

»Keine Auskunft. Sorgen Sie jetzt dafür, dass Frau Laskin mit uns kommt.«

Maksim ging ins Schlafzimmer zurück. Mascha war längst aufgewacht und hatte alles mitangehört. Sie streifte sich gerade ein Kleid über und schlüpfte in ihre Winterstiefel. Flüchtig kämmte sie sich vor dem Spiegel zweimal über die Haare. »Ich muss ein paar Sachen mitnehmen«, sagte sie, »ich fürchte, so schnell komme ich nicht wieder. Würdest du mir Zahnbürste, Waschlappen und Handtuch einpacken?«

»Es ist nur ein Verhör. Heute Mittag schon …«

Mascha lächelte mitleidig. Sie war sehr blass. »Hör mal, mein Lieber, für ein kurzes Verhör schicken die einem nicht um fünf Uhr morgens die Geheimpolizei ins Haus. Ich bin eben jetzt dran.«

Maksim war noch blasser geworden als sie. »Mascha, was meinst du damit? Weißt du denn, was gegen dich vorliegen könnte?« Da er keine Anstalten machte, ihre Sachen zu packen, schob sie ihn sanft zur Seite und suchte selbst zusammen, was sie brauchte.

»Ich stehe schon seit einiger Zeit auf der schwarzen Liste, das habe ich gemerkt. Und nun ist es so weit.«

»Aber …«

»Aber ich bin eine so treue Genossin?« Mascha nahm ein paar Haarnadeln vom Tisch und steckte ihre Haare auf. »Schon Robespierre wurde von den eigenen Leuten getötet.«

»Das ist doch vollkommen verrückt!« Maksim fuhr sich mit fünf Fingern durch die Haare. »Ich werde dafür sorgen, dass du den besten Anwalt bekommst, der in ganz Petrograd aufzutreiben ist. Ich werde …«

»Natürlich, Maksim. Es wird alles gut.« Sie hob sich auf Zehenspitzen, küsste seine Wangen. »Mach dir bitte keine Sorgen. Was immer mein Weg ist, ich habe ihn von Anfang an akzeptiert.«

Sie öffnete die Tür, trat in den Gang, wo die drei Männer wie unbewegliche, dunkle Schatten warteten. Maschas Stimme klang nicht im Mindesten verändert, als sie zu ihnen sagte: »Guten Morgen, Genossen. Ich bin fertig. Wir können gehen.«

Der Anwalt, den Maksim noch am selben Tag engagierte, fand schnell heraus, dass man Mascha in die Peter-und-Pauls-Festung gebracht hatte. Als er Maksim davon informierte, fügte er hinzu: »Sie wird dort aber nicht bleiben. Sie soll in das Gefängnis von Butyrki gebracht werden.«

»Wie ist dieses Gefängnis?«

»Nicht gerade ein Sanatorium. Aber welches Gefängnis ist das schon?«

Maksim, der, die Hände in den Hosentaschen, im Zimmer auf und ab ging und dessen Gesicht über dem schwarzen Rollkragenpullover gespenstisch bleich schien, blieb stehen. »Warum? Was wirft man ihr vor?«

»Ja, das ist das Komplizierte an Geschichten dieser Art. Einen richtigen Verbrecher zu verteidigen, ist für einen Anwalt nicht schwer. Es geht darum, seine Unschuld zu beweisen, und entweder man schafft es, oder man schafft es nicht. In diesen politischen Fällen aber …«

»Ja?«

»Nun«, der Anwalt formulierte sehr vorsichtig und zögernd, »ich würde sagen, in solchen Fällen hat der Anwalt eher eine Alibifunktion. Es geht nicht um die Wahrheitsfindung. Es steht von vornherein fest, dass sie verurteilt wird. Bestimmte Leute … sind interessiert daran, dass sie verschwindet.«

Maksim stützte sich schwer auf den Tisch, neigte sich dicht zu dem anderen hin. »Weshalb ausgerechnet sie?«

»Dafür gibt es verschiedene Gründe. Manchen passt sie nicht, weil sie absolut unbestechlich ist. Andere fürchten ihren Ehrgeiz. In jedem System tobt das Gerangel um die besten Plätze, und Mascha befindet sich mitten im Strudel. Das überstehen wenige. Und dann ist da noch …« Er brach ab.

Maksim sah ihn aus schmalen Augen an. »Was?«

»Es hängt mit Ihnen zusammen. Sie haben sich von der Partei losgesagt.«

»Dann sollen sie mich verhaften.«

»Sie stören niemanden. So hart das vielleicht klingt. Sie sind das klassische Beispiel für die sogenannte innere Emigration. Zu viele Verhaftungen schaden dem Ansehen des neuen Regimes; mit Leuten wie Ihnen, die still vor sich hinleiden, wird man sich also nicht abgeben. Aber Mascha Iwanowna – wenn sie kippt, dann ist sie eine Gefahr. Weil sie ein Mensch der Tat ist, immer.«

In einer hilflosen Bewegung strich sich Maksim über die rotgeränderten Augen. Seine Stimme klang gepresst, als er fragte: »Was, glauben Sie, wird mit ihr geschehen?«

»Für die politisch Unbequemen hat es in diesem Land immer nur einen Weg gegeben. Sibirien.«

Mauern, kalt und dunkel, eisiger Zementfußboden, ein Tisch, seitlich an den Wänden entlang hochgestellte Betten. Am Ende des Raumes ein Fetzen Himmel, von Gitterstäben unterteilt. Es war so kalt, dass man nicht stillsitzen konnte. Zu lesen gab es nur die obszönen Sprüche an den Wänden, die Generationen von Gefangenen dort hinterlassen hatten. Das war das Gefängnis von Butyrki.

Die fünfzehn Frauen, die sich eine der Zellen im zweiten Stock teilten, sahen im trüben Licht des verdämmernden Wintertages bleich und krank aus. Sie hatten hohle Wangen, entzündete Augen und strähniges Haar. Die unzureichende Ernährung und die Tatsache, dass es seit vielen Monaten nichts mehr gab, was Vitamine enthalten hätte, ließen bei vielen die Haut im Gesicht aufspringen und die Zähne aus dem Mund herausfaulen. Eine hatte Husten, und ihr Anblick, wie sie röchelnd in der Ecke lag und blutigen Schleim erbrach, ließ die anderen sich abwenden. Es war eine buntgemischte Gesellschaft: Eine Diebin, eine Prostituierte und eine Kindsmörderin befanden sich ebenso darunter wie die Frau eines einstigen Offiziers, eine Baronin und eine ehemalige Lehrerin aus Petrograd. Und Mascha.

Mascha, seit einer Woche in Haft, sah gegenüber den anderen Frauen geradezu gesund aus. Sie fror erbärmlich, aber sie brachte noch die Energie auf, sich auf den Füßen zu halten und in der Zelle hin und her zu gehen, dabei immer wieder warmen Atem in ihre Hände zu blasen. Einige andere kauerten auf dem Boden, dicht aneinandergeschmiegt. Zu Anfang hatte Mascha versucht sie aufzurichten. »Ihr könnt euch nicht auf den Zement setzen. Ihr werdet krank!«

Die Prostituierte, ein junges Mädchen mit vorstehenden Zähnen und dunklen Mongolenaugen, starrte sie an. »Hör zu, Schwester, wir werden nicht nur krank, wir werden sterben. Das ist eine verdammte Scheiße, aber da kommen wir nicht drum herum.«

Heute, an diesem Tag, hatte Mascha ihre letzte Gerichtsverhandlung gehabt. Als sie in die Zelle zurückkehrte, sprach niemand davon. Die meisten wollten danach ihre Ruhe.

Nur eine Frau trat auf Mascha zu. Es war Elisabeth, Frau eines einstigen Großgrundbesitzers, die in den Tagen der Oktoberrevolution verhaftet worden war. Ausgerechnet sie hatte vom ersten Tag an Freundschaft mit Mascha geschlossen. Sie hatte ihr erzählt, weshalb sie in Butyrki saß, und als sie Mascha dann erwartungsvoll ansah, erklärte die: »Ich bin Mitglied der bolschewistischen Partei.« Elisabeth zuckte, dann lächelte sie etwas bitter und meinte ironisch: »Aber darauf kommt es nun wohl auch nicht mehr an!« Seitdem verband die beiden Frauen eine schwierige, spannungsreiche, aber unverbrüchliche Freundschaft.

»Wie lautet dein Urteil?«, fragte Elisabeth leise. »Falls du darüber reden willst.«

Mascha blickte zur Seite. »Arbeitslager. Sibirien. Sieben Jahre.«

»Sieben Jahre! Guter Gott, wofür?«

»Kollaboration mit den Feinden des Sozialismus.«

»Du?«

»Im Leben eines jeden Menschen kannst du Dreck finden«, erklärte Mascha, »und wenn du es dann noch ein bisschen verdrehst, kannst du eine Anklage daraus machen.«

»Die eigenen Genossen…«

»Ja. Die eigenen Genossen. Eine grausame, aber unumgängliche Logik. Ich habe immer die Theorie verfochten, dass sich eine Revolution vom Blut ernähren muss.«

»Von ihrem eigenen?«

»Wenn kein anderes da ist… auch von ihrem eigenen.«

Mascha fühlte sich unendlich müde und leer, und ihr ging auf, dass sie diese Müdigkeit erfüllt hatte seit den Tagen, da die Bolschewisten die Macht übernommen hatten. Ihre Kraft war verbraucht, lange schon.

Während der ungezählten Stunden, in denen sie verhört wurde, hatte sie versucht, jede Bitterkeit in sich zu ersticken. Sie wollte Maksim keine Schuld zuweisen; beharrlich sagte sie sich, dass er sein Leben gelebt habe und sie ihres, und dass die Verkettung ihrer beider Leben Schicksal sei, aber niemals Schuld. Doch nun, in diesem einen Augenblick, als für Sekunden die Erinnerung aufblitzte an jene Zeit, da sie jung und stark gewesen war, während sie gleichzeitig ihrer unendlichen Erschöpfung nicht Herr werden konnte, da flammte der Hass in ihr auf, so gewaltig wie der Hass, der sie einst durch die Revolution getragen hatte. Halb erstickt vor Zorn dachte sie: Er, Maksim, er hat mir alles genommen! Er hat mich runtergezogen in diesen elenden Sumpf aus Zweifeln und Skrupeln und Anklagen. Ich bin keine gute Sozialistin mehr gewesen zum Schluss.

Von draußen machte sich jemand an der Tür zu schaffen. Die Aufseherin erschien, eine dicke ältliche Frau mit Watschelgang und asthmatischem Atem. »Besuch für Mascha

Iwanowna«, meldete sie keuchend, »Maksim Marakow. Wartet im Besucherzimmer.«

Mascha wandte schwerfällig den Kopf. »Was?«

»Besuch. Sie haben die Erlaubnis, ihn eine Viertelstunde zu sprechen.«

Mascha hatte das Gefühl, als flimmerten schwarze Punkte vor ihren Augen. »Nein«, sagte sie mit klirrender Stimme. Elisabeth gab einen Laut der Verwunderung von sich.

Die Aufseherin runzelte die Stirn. »Wie?«

»Ich möchte ihn nicht sehen. Ich kann nicht.«

»Na, hören Sie! Ich weiß nicht, ob Sie noch mal die Erlaubnis kriegen. Überlegen Sie sich das.«

»Ich möchte es nicht. Aus ganz bestimmten Gründen.«

Die Aufseherin zuckte mit den Schultern. »Wie Sie wollen. Aber da, wo Sie jetzt hinkommen, da sehen Sie verdammt lange keinen anständigen Kerl mehr, das kann ich Ihnen versprechen.«

»Ich bleibe dabei.«

»Na gut!« Die Aufseherin wandte sich zum Gehen. Als sie in der Tür stand, sagte Mascha plötzlich: »Würden Sie ihm etwas von mir ausrichten?«

»Ist nicht meine Aufgabe. Aber gut, was soll ich sagen?« Die Aufseherin hatte einst selber in Butyrki gesessen, war von den Bolschewisten befreit und in ihren jetzigen Posten eingesetzt worden. Sie empfand daher eine gewisse Sympathie für Mascha.

»Sagen Sie, ich bin ihm nicht böse«, bat Mascha, »aber dass wir beide hätten früher erkennen sollen, dass wir einander quälen.«

»Ah ja. Sie sind ihm nicht böse, aber er hat Sie immer gequält«, wiederholte die Aufseherin wie eine folgsame Schülerin.

Mascha wollte widersprechen, doch sie schluckte es hinunter. »Na ja, so ungefähr können Sie's ihm sagen.«

»Mach ich!« Die Alte verließ die Zelle. Ehe sie die Tür wieder schließen konnte, sagte Mascha: »Oh, noch etwas, bitte!«

»Herrgott! Wie soll ich mir das alles merken? Was denn?«

»Sagen Sie ihm, ich werde trotz allem immer, mein Leben lang, an den Sozialismus glauben.«

5

Als Felicia das Berliner Hotel *Adlon* verließ, hatte sie einen leichten Schwips und fühlte sich nicht ganz sicher auf den Beinen. Sie hatte mit dem Direktor des Modehauses Cécile Champagner getrunken und ein oder zwei Gläser zu viel erwischt. Aber in der Tasche ihres Mantels knisterte es: der Vertrag, den sie mit ihm geschlossen hatte und der Cécile für ein Jahr zu einem ihrer besten Kunden machte.

Unter den Linden herrschte reger Verkehr. Auf dem grünen Streifen zwischen den Fahrspuren waren Stühle aufgestellt worden, auf denen man für fünf Pfennige sitzen und das Leben und Treiben ringsum beobachten konnte. Trotz des regnerischen Februarwetters hatten vereinzelt Leute Platz genommen; graue Gestalten, die so aussahen, als könnten sie das Leben nur noch ertragen, wenn sie es inmitten von rauschendem Verkehr, Stimmengewirr und Menschen verbrachten. Manche sahen so aus, als hätten sie seit mindestens drei Tagen keine anständige Mahlzeit mehr bekommen. Felicia dachte mit schlechtem Gewissen an ihren Champagner. Wohin sollte sie jetzt gehen? Es drängte sie keineswegs danach, jetzt schon in die Schlossstraße zurückzukehren. Benjamin musste inzwischen angekommen sein, und Felicia konnte keine Vorfreude auf ihn und die beiden Kinder empfinden. Aber sie hatte ja den Vertrag in der Tasche, und jedes

Knistern des Papieres durchzuckte sie wie ein elektrischer Funke. Heute und morgen Familie, gut, sie würde es schon aushalten, und Benjamin sollte die Tage als glücklich im Gedächtnis behalten, dazu war sie fest entschlossen. Dann ging es nach München – ach, Wolff würde staunen, und sie fieberte der Arbeit förmlich entgegen! Neue Entwürfe, neue Modelle, neue Kunden und viel Geld! Sie hob den Kopf, hielt ihn dem kalten Februarwind entgegen. Champagner und das prickelnde Gefühl des Erfolges hoben sie auf leichte Schwingen und schienen sie vom Boden fortzutragen. Nach einer Sekunde des Zögerns beschloss sie, noch irgendwo einen Kaffee zu trinken, und winkte einem Taxi.

Bei *Kranzler* traf sie Sara und deren Mutter. Die beiden Frauen saßen einander gegenüber und hatten verweinte Augen. Saras Gesicht trug den Ausdruck verzweifelter Entschlossenheit. Felicia wollte nicht stören, aber Sara klammerte sich geradezu an sie und beschwor sie zu bleiben. Unbehaglich nahm Felicia Platz und bestellte sich einen Kaffee. Wie sie erwartet hatte, dauerte es keine fünf Minuten, und sie war in die akuten Probleme der Familie Winterthal eingeweiht: Sara plante, ihre Mutter zu verlassen und in einer anderen Stadt ein neues Leben zu beginnen.

»Wissen Sie, Felicia, ich kann das nicht verstehen«, sagte Frau Winterthal ratlos, »ich bin der einzige Mensch, den Sara auf dieser Welt hat. Sie hatte immer Schwierigkeiten mit anderen Menschen. Mir wird himmelangst, wenn ich sie mir in einer fremden Stadt vorstelle.«

»Mutter, mir wird himmelangst, wenn ich daran denke, mein ganzes weiteres Leben in unserer alten Wohnung zu verbringen«, entgegnete Sara mit ungewohnter Heftigkeit, »es ist sinnlos, verstehst du das nicht? Ich sitze herum und lebe von Vaters Pension. Das kann doch nicht alles sein!«

»Bin ich nichts?« Diese Worte wurden begleitet von einem Tränenstrom. Natürlich konnte sich nun auch Sara nicht mehr zurückhalten.

»Du bist alles für mich, Mutter«, schluchzte sie, »aber ich möchte dorthin, wo ich gebraucht werde. Von vielen Menschen gebraucht werde. So wie in Frankreich!«

»Was möchtest du denn tun?«, fragte Felicia sachlich. Sara sah sie dankbar an. »Ich würde gern in einem Krankenhaus arbeiten. Oder in einem Kinderheim. Oder in einer Armenküche. Ich möchte etwas für andere tun, etwas schaffen, organisieren … mit beiden Beinen im Leben stehen!«

Felicia sah sie nachdenklich an. Und irgendetwas willst du vergessen, dachte sie, einen Schmerz, der dich seit Langem begleitet.

»Ich hätte eine Idee«, sagte sie plötzlich, »warum kommt Sara nicht wieder nach München? Sie findet dort bestimmt Arbeit, und ich könnte mich um sie kümmern!«

»Wirklich?«, fragten Sara und ihre Mutter.

»Natürlich«, versicherte Felicia, »es würde mir selber viel Spaß machen.« Sie redete das nicht nur so dahin, sie würde Sara tatsächlich gern in ihrer Nähe haben. Sara war treu, ehrlich und durch und durch verlässlich. Seitdem sie sich in der Geschäftswelt bewegte, von Alex verlassen worden war und mit dem zwielichtigen Tom Wolff zusammenarbeitete, hatte Felicia gelernt, solche Eigenschaften zu schätzen. Es konnte nicht schaden, einen Menschen zu haben, dem sie rückhaltlos vertrauen konnte.

Sie stand auf und zählte ein paar Münzen neben ihre leere Kaffeetasse. »Ich fahre übermorgen nach München zurück. Ruf mich an, Sara, wenn du nachkommst.« Sie nickte den beiden Frauen zu, ehe sie das Café verließ. Frau Winterthal sah ihr nach.

»Eine merkwürdige junge Frau«, stellte sie fest, »vom einen Mann geschieden, und mit dem Zweiten scheint es auch nicht recht gut zu gehen. Ich hielt sie schon früher für flatterhaft und oberflächlich. Eigentlich sah ich eure Freundschaft nie besonders gern.«

»Warum lässt du mich dann fort zu ihr?«

Frau Winterthal konnte durchaus realistisch denken. »Man weiß nicht, wie die Zeiten werden. Es ist gut, einen Menschen zu haben, an dem man sich festhalten kann. Felicia gehört zu denen, die aus irgendeinem geheimnisvollen Grund ihr ganzes Leben lang immer wieder auf die Füße fallen.«

Die erste Begegnung zwischen Felicia und Benjamin nach über einem Jahr war von einer beinahe unerträglichen Spannung begleitet. Keiner von beiden wusste, was er sagen sollte, und sie umarmten einander so distanziert, dass kein fremder Beobachter auf den Gedanken gekommen wäre, zwei Leute vor sich zu haben, die miteinander verheiratet waren.

Beide gelangten schon nach ein paar Minuten zu der Erkenntnis, dass sie einander eigentlich nicht kannten; eine Tatsache, die Felicias stets vorhandenes Gefühl bestätigte und Benjamin in tiefste Verwunderung stürzte.

Er sah elend aus, blass und übernächtigt, die Augen hatten rote Ränder. Es war Felicia im ersten Moment nicht aufgefallen, aber nun bemerkte sie, dass er einen schwarzen Anzug trug und auch eine schwarze Krawatte. Von einer seltsamen Scheu befangen wagte sie es nicht, sogleich die Frage zu stellen, die ihr auf den Lippen brannte. Sie setzte sich und hielt sich im letzten Moment davor zurück, eine Zigarette anzuzünden. Es war ihr ohnedies peinlich bewusst, dass ihr Kleid zu tief ausgeschnitten, ihre Strümpfe zu dünn, ihre Schuhe zu hochhackig und ihre Ohrringe zu funkelnd waren. Ihre Aufmachung, vorhin im *Adlon* noch ganz richtig und passend, nahm sich hier in dem stillen, altmodischen Wohnzimmer mit seinen Biedermeiermöbeln wie ein grellbunter Missgriff aus. Benjamins dunkler Anzug und Elsas graues Vorkriegskleid schienen ein greifbar gewordener Vorwurf. Ein einzelner Sonnenstrahl fiel durch das Fenster und ließ den Staub auf Felicias Porträt flimmern. Felicias und Benjamins Augen folgten dem Sonnenstrahl gleichzeitig, verweilten sekundenlang auf dem Bild und konnten in den zarten Zügen nichts von der Gegenwart entdecken.

»Es tut mir leid, dass ich dich habe warten lassen, Benjamin«, sagte Felicia, »ich hatte eine wichtige Besprechung. Sie dauerte länger als erwartet – aber dafür hab ich sie erfolgreich abgeschlossen.«

»Herzlichen Glückwunsch.« Das klang stockend. »Nach allem, was man hört, bist du überhaupt recht erfolgreich.«

»Ich arbeite sehr angestrengt. Es fällt mir nichts zu.«

»Ja, sicher. Du bist sehr dünn geworden.«

»Steht mir doch, oder?« Felicia stellte diese Frage mit einem provokanten Unterton. Sie wusste genau, dass ihm ihre überschlanke Figur nicht gefiel.

»Natürlich. Steht dir sehr gut.« Seine Augen tauchten in Felicias, hilfesuchend, zärtlich, um eine Erwiderung seiner Liebe in ihrem Blick bettelnd.

Felicia wandte sich ab. Sie merkte, dass ihre Mutter nervös ihre Finger ineinanderknetete und hastig atmete. Sie zog die Augenbrauen hoch. »Was ist denn los? Wo sind überhaupt meine Kinder?«

Benjamin hustete. Er trat an Felicia heran, setzte sich neben sie und nahm ihre Hand. »Ich habe eine sehr traurige Nachricht für dich«, begann er.

Felicia wurde blass. »Belle?«

»Nein, es ist nichts mit den Kindern. Ich habe sie bloß nicht mit nach Berlin gebracht, weil wir beide morgen nach Insterburg fahren müssen und du sie dann ja sowieso siehst.«

Sie entzog ihm ihre Hand und rückte unmerklich ein Stück ab. Ihr Gesicht versteinerte. »Was heißt das? Wir beide fahren morgen nach Insterburg? Davon weiß ich überhaupt nichts!«

Benjamins Lippen zuckten. Er wandte sich ab, barg sein Gesicht in den Händen. Seine Schultern zitterten. »Du weißt auch noch nicht… Du weißt nicht…« Sie konnte ihn kaum verstehen. »Du weißt auch noch nicht, dass meine Mutter vor zwei Tagen gestorben ist.«

»Einen Sherry?«, fragte Wolff und lächelte seinem Besucher zu. Marco Carvelli, vom Modehaus Carvelli in München, kauerte ein wenig unbehaglich in seinem Sessel. Er sah aus wie eine Katze, die vor einer schmutzigen Pfütze sitzt und überlegt, ob sie tatsächlich hindurchwaten soll, um an die Sahne zu gelangen, die am anderen Ufer aufgestellt ist.

»Ich… äh…«, sagte er stotternd.

Wolff schenkte ihm den Sherry ein und reichte ihm das Glas. »Sie sind ein kluger Mann, nicht wahr, Carvelli? Und Sie kennen mich schon lange. Sie haben mich nie sehr gemocht, aber eines haben Sie doch wohl begriffen: dass ich einer von den Männern bin, denen die Zukunft gehört. Und dass es sich nur lohnen kann, meine Freundschaft zu erringen.«

Carvelli nippte an seinem Sherry. »Selbstverständlich ist mir um Ihre Freundschaft sehr zu tun, lieber Wolff. Nur – auch Felicia Lavergne gehört natürlich meine Sympathie, und es widerstrebt mir…«

»Frau Lavergne ist nach Ostpreußen zurückgekehrt«, unterbrach Wolff, »es ist nicht einmal sicher, ob sie je wieder nach München kommt. Schließlich ist sie verheiratet und hat zwei kleine Kinder.«

»Aber dann …«

Wolffs Augen wurden schmal. »Also, jetzt hören Sie zu, Carvelli. Ich möchte diese Fabrik übernehmen, ganz und gar, und ich werde keine Ewigkeit darauf warten. Felicia hat einen großen Fehler begangen, als sie jetzt nach Insterburg ging. Kurz zuvor hat sie, sowohl in München als auch in Berlin, eine ganze Reihe Lieferverträge abgeschlossen. Was ich Ihnen – und übrigens auch den Herren, die vor Ihnen auf diesem Stuhl saßen – zu sagen habe, ist dies: Wir werden nicht liefern. Wir lassen Sie sitzen. Was einen hübschen Verlust für Sie bedeutet, das wissen Sie ja.« Wolff hielt inne und kippte mit heftigem Schwung seinen Sherry hinunter. »Sie werden uns verklagen. Das heißt, Sie werden mit einer Klage drohen.«

»Frau Lavergne wird sich darauf verlassen, dass Sie dafür sorgen, dass alle Liefertermine eingehalten werden«, meinte Carvelli, »soviel ich weiß, sind Sie für die Produktion zuständig, Frau Lavergne für die Vertragsabschlüsse und die Entwürfe. Die Entwürfe liegen vor, ich habe sie gesehen. Also …«

»Also ist Lektion Nummer eins, die Felicia Lavergne zu lernen hat: Verlass dich auf nichts. Es sind ihre Verträge. Was auch immer damit zusammenhängt, ich werde es ignorieren.« Wolff goss sich einen zweiten Sherry ein. »Wir waren bei der Klageandrohung. Schadenersatz. Sie und die anderen zusammengerechnet, da kommt eine stattliche Summe heraus. Ich werde Ihnen Felicias Firmenanteile anbieten für den Fall, dass Sie von einer Klage absehen. Sie und die anderen werden dieses Angebot annehmen. Gleich darauf werden Sie die Anteile an mich verkaufen – und Sie werden dafür doppelt so viel Geld bekommen, wie Ihnen irgendein deutsches Gericht als Schadenersatz zubilligen würde.«

Carvelli zögerte. »Das geht nicht auf. Wenn Sie nicht ermächtigt sind, uns die Aktien zu verkaufen, ist unser Geschäft nicht rechtsgültig. Frau Lavergne wird bei ihrer Rückkehr eine Klage gegen Sie einreichen.«

»Sie wird sich das überlegen. Denn ich werde ihr natürlich mitteilen, dass sie in diesem Fall dann mit einer Schadenersatzklage Ihrerseits zu rechnen hat. Und im Übrigen ist es nur wichtig, dass die Aktien in meinen Händen sind. Ich habe ein Tauschgeschäft vor. Aber das … ist eine interne Familienangelegenheit.«

Carvelli schwirrte der Kopf. Diese Sache behagte ihm ganz und gar nicht. Andererseits – Stadelgruber und Breitenmeister, so hatte Wolff angedeutet, waren bereit mitzumachen. Und wenn sie es taten …

»Die Zeiten werden nicht besser«, bemerkte Wolff gleichmütig, »ein gutes Geschäft sollte sich keiner entgehen lassen.«

»Was ist, wenn Frau Lavergne schon in den nächsten Tagen zurückkommt?«

»Dann wären wir allemal mit der Lieferung in Verzug. Und würden auch kaum aufholen können. Zumal ich beschlossen habe, ein anständiger Arbeitgeber zu werden und die tägliche Stundenzahl meiner Arbeiter drastisch zu reduzieren.«

Carvelli erhob sich. »Ich denke«, sagte er, »wir sind Partner.« Aber er ließ sein Glas stehen, und an der Tür winkte er ab, als Wolff ihm nachkommen wollte. Weiß Gott, im Hause Lombard an der Prinzregentenstraße kannte er sich aus, von besseren Zeiten her. Er schloss die Tür hinter sich. Draußen, im kühlen, dunklen Treppenhaus lehnte er sich für einen Moment seufzend gegen die Wand. Er fischte sein Taschentuch hervor und tupfte sich die Stirn ab. Er fühlte sich nicht wohl in seiner Haut, nein, ganz und gar nicht. Aber, Gott, was sollte er tun, die Zeiten waren schlecht, da hatte Wolff recht… Er schrak zusammen, als er Schritte hörte. Es war Kat, die den Gang entlangkam.

»Oh, guten Tag, Fräulein… Lombard…« Es war Carvelli darum zu tun, bloß nicht in ein Gespräch verwickelt zu werden. So nickte er Kat nur kurz zu und lief eilig die Treppe hinunter. Kat, die ihm über das Geländer gebeugt nachsah, spürte einen Moment lang den Strom kalter Luft, als er die Haustür öffnete und wieder schloss. Nachdenklich zog sie die Augenbrauen hoch. Am Morgen war sie Stadelgruber und Breitenmeister auf dem Gang begegnet, nun Carvelli. Wolff schien sämtliche führenden Persönlichkeiten der Münchener Modewelt bei sich aufmarschieren zu lassen. Eine Ahnung sagte ihr, dass nichts Gutes dahinterstecken konnte. Kurz überlegte sie, ob sie zu ihrem Vater gehen sollte, verwarf aber diesen Einfall wieder. Der kranke Severin durfte nicht aufgeregt werden. Nein, die Einzige, die jetzt… Kat lief hinunter. Das Telefon befand sich in der Halle. Während sie auf das Amt wartete, lauschte sie angstvoll nach oben. Sie betete darum, Wolff möge nicht gerade jetzt aus dem Zimmer kommen. Endlich meldete sich das Amt.

Kat sprach mit gedämpfter Stimme. »Verbinden Sie mich bitte mit einer Nummer aus dem Landkreis Insterburg, Ostpreußen.« Sie nannte die Nummer.

»Einen Moment bitte«, klang es gelangweilt zurück. Kat wartete. Oben rührte sich noch immer nichts. Nervös trat sie von einem Bein auf das andere. Schließlich erklang die

Stimme wieder. »Tut mir leid. Unter der von Ihnen genannten Nummer besteht kein Anschluss.«

»Das kann nicht sein.«

»Ich bekomme jedenfalls keine Verbindung.«

Verärgert hängte Kat den Hörer auf. Entschlossen stülpte sie ihren Hut über den Kopf und griff ihre Handtasche. In der Haustür traf sie auf Nicola und Martin.

»Ich gehe zum Telegraphenamt«, erklärte sie kurz, »wenn Wolff nach mir fragt, ihr habt keine Ahnung, wo ich bin.«

»Ist Wolff etwa schon wieder hier?«, fragte Nicola. »Ich warte ja nur auf den Tag, an dem er ganz und gar hier einzieht. Er benimmt sich sowieso schon wie der Hausherr.« Sie und Martin traten in die Halle. Im selben Moment klingelte das Telefon. Das Fräulein vom Amt meldete ein Gespräch aus Berlin an. Es war Sara, die der etwas verwirrten Nicola ihr Kommen ankündigte.

Benjamin pilgerte jeden Tag zum Grab seiner Mutter, und jeden dritten Tag tat Felicia ihm pflichtschuldig den Gefallen mitzukommen. Susanne Lavergne war auf dem Familienfriedhof am Ende des Parks beigesetzt worden, und Benjamin machte aus der steingeschmückten Stätte seinen persönlichen Altar. Er brachte Blumen, fegte Laub und Gras beiseite, betete, weinte, lag stundenlang auf den Knien. Wenn er zurückkehrte, glich sein Gesicht einer zerbrochenen Maske. Er hatte immer eine bedenkliche Neigung zur Melancholie gehabt, die nun, unmerklich zunächst, aber unaufhaltsam, in eine Depression überging. Er hatte den einzigen Menschen verloren, der wie eine eherne Schildwache zwischen ihm und dem Leben gestanden hatte, und nun fühlte er sich wie ein Kind, das im Dunkeln allein gelassen wird und in der Finsternis schreckliche Gefahren vermutet.

Felicia, die für ihre Schwiegermutter nichts übrig gehabt hatte, fiel es schwer, die Trauer zu zeigen, die von ihr erwartet wurde. Natürlich hatte Susannes plötzlicher Tod sie erschreckt. Doch sie wusste, dass die alte Frau abends zu Bett gegangen und am nächsten Morgen dort tot aufgefunden worden war, und insgeheim fand sie dies zum einen für eine Frau in Susannes Alter nicht allzu ungewöhnlich, zum anderen die Art des Todes – ein Herzversagen – außerordentlich angenehm. Natürlich hütete sie sich, das auszusprechen. Sie hatte vorgehabt, drei Tage nach der Beerdigung wieder nach München zu fahren, diesen Plan jedoch angesichts Benjamins Lethargie und Wehmut fallen gelassen. Er trottete hinter ihr her, ein weiteres Kind, aber hilfloser, schwächer, empfindsamer, als es Belle und Susanne je sein würden. Mit leisem Grauen dachte Felicia: Dieser Mann könnte am Ende noch eine wirkliche Last werden. Er ist schlimmer als ein Kind. Er ist wie ein … Kranker …

Der alte, eiserne Druck von Skollna legte sich über sie, machte sie gereizt und unglücklich. Sie suchte wie früher Zuflucht in Lulinn, aber auch dort fand sie keine Ruhe. Lulinn barg die Erinnerung an eine Zeit, die vergangen war und traurig durch Staub und Schutt hinüberlächelte, zu fern, als dass man sie noch hätte berühren können. Die alten, langen Sommer kamen nicht wieder. Wirklichkeit waren jetzt eine Reihe von Gräbern, eine langsam dahinwelkende Laetitia, ein mit den Jahren immer feister werdender Victor, der mit der deutschen Rechten sympathisierte, Gertrud, die sich ein Gallenleiden zugezogen hatte und quittengelb in die Gegend sah. Modeste war seit Januar verlobt mit einem bleichen, unscheinbaren Kaufmannssohn aus Insterburg, dessen Namen sich niemand merken konnte. Er und Modeste hielten einander immerzu bei den Händen und kicherten, sobald jemand in ihre Nähe kam. Im Übrigen schien jeder von ihnen damit beschäftigt, sich im Stillen einzureden, er habe mit dem anderen eine glänzende Partie gemacht.

Felicia begriff, weshalb sie sich mit aller Macht fortsehnte. Sie brauchte die Unruhe, um zu vergessen. Sie brauchte Arbeit und Sorgen und durchwachte Nächte und Alkohol und Zigaretten und Menschen. Sie ertrug die Stille nicht, am wenigsten die der Seen und Wiesen, die sie einmal so sehr geliebt hatte.

Sie kehrten von einem ihrer langen, schweigsamen Gänge zu Susannes Grab zurück. Es war März, zerfetzte Wolken jagten über den Himmel, vereinzelt fielen helle Sonnenstrahlen zur Erde, dann regnete es wieder, und der warme Tauwind rauschte in den Bäumen. Felicia schüttelte sich, als sie das Haus betraten. »Was für ein scheußliches Wetter! Ich habe ganz nasse Füße!«

»Du musst gleich ein heißes Bad nehmen«, sagte Benjamin. Vorsichtig schälte er sie aus ihrem Regenmantel. Seine Hände blieben auf ihren Schultern liegen.

Felicia versuchte, sich seinem Griff zu entwinden. »Lass mich los … Ich bin doch so nass …«

Er zog sie fester an sich, sein Kopf schob sich nah an ihren, sein Gesicht vergrub sich in ihrem Haar. »Felicia, du musst mir versprechen, dass du mich nie verlässt. Bitte. Nicht wahr, du versprichst es mir. Du wirst mich niemals verlassen!«

Sie hatten diese Szene jedes Mal, wenn sie vom Grab zurückkamen, und Felicia fürchtete, dass sie darüber irgendwann einmal hysterisch werden würde. »Benjamin«, sagte sie vorsichtig, »ich werde hin und wieder nach München müssen, um …«

»Dort läuft doch alles ohne dich. Wenn nicht, würden die doch hier anrufen.«

»Wie denn? Wenn unser Telefon kaputt ist!« Felicia fand, es sei eine besondere Tücke des Schicksals, dass dies hatte passieren müssen. Während der großen Februarstürme waren zwei Leitungsmasten umgestürzt, sodass die Drähte, die Skollna mit der Welt verbanden, nun trostlos und zerrissen in die Luft starrten. Zu Felicias Ärger war es Benjamin mit der Reparatur keineswegs eilig. »Wenn das Wetter besser ist, Liebling«, lautete seine stereotype Antwort auf ihre diesbezüglichen Bitten. Und heute sagte er gleichmütig: »Dann würden sie eben telegraphieren, wenn etwas ist!«

»Ja, das stimmt. Aber ich hatte ja auch alle Verträge schon abgeschlossen. Nur irgendwann muss ich wieder …«

»Nein, sag es bitte nicht! Du bist alles, was ich auf der Welt habe. Bitte, Felicia. Geh jetzt nicht weg von mir!« Benjamins Gesicht trug einen Ausdruck der Ergebenheit, der Felicia aufbrachte.

Unwirsch riss sie sich los. »Lieber Himmel, ich habe ja nicht gesagt, dass ich jetzt gehe!« Sie lief an ihm vorbei und eilte die Treppe hinauf. Sie wollte das Zittern um seinen Mund nicht sehen. Am Ende hätte sie dann bloß wieder ein schlechtes Gewissen, jenes ärgerliche Schuldgefühl, das man hatte, wenn man kleine Kinder oder Hunde anschrie und sich nachher vorkam wie ein brutales Ungeheuer. Am besten, sie setzte sich jetzt tatsächlich in die Badewanne und stellte dabei das Grammophon an, so laut wie möglich.

Benjamin sah ihr nach, wie sie oben verschwand. Er stand unten im Gang mit leicht gebeugten Schultern, das Wasser tropfte ihm aus Haaren und Kleidern und bildete kleine Pfützen um ihn herum. Er war so tief in seine Gedanken versunken, dass er die Schritte des alten Dienstmädchens

Minerva nicht hörte. Erst als sie dicht hinter ihm stand, wandte er sich um. »Ach Minerva, du bist es.«

Minerva hatte der verstorbenen Susanne ein Leben lang gedient, und sie war deren Sohn mit Haut und Haaren ergeben. Auch jetzt verzog sich ihr Mund zu dem geheimnisvollen, vertraulichen Lächeln einer Komplizin. »Herr Lavergne … ich habe etwas für Sie …« Sie zog ein zusammengefaltetes Stück Papier aus der Schürzentasche, reichte es ihm verstohlen. Ihre Stimme war nur ein Wispern. »Wieder ein Telegramm aus München …«

»Danke, Minerva.« Benjamin ergriff das Papier. Sein rechtes Auge zuckte gequält. Seinem guten, ehrlichen Wesen war es zutiefst zuwider, was er tat, er hasste sich dafür, aber er konnte nicht anders … Er konnte nicht anders …

Er erschrak, als von oben in aufdringlicher Lautstärke Felicias Grammophon lostönte. Kreischend schmetterte die Musik durchs Haus. Benjamin konnte die Vorstellung nicht verscheuchen, wie Felicia nun im Badezimmer stand und ihre nassen Kleider vom Leib streifte, wie sie sich nackt im Rhythmus der Musik vor dem Spiegel bewegte, langsam die Arme hob und ihre Haare löste, die Locken schüttelte, bis sie über die Schultern, den Rücken, die Brüste fielen. Er spürte, wie bei dem Gedanken daran die Innenseiten seiner Hände feucht wurden. Hastig riss er das Telegramm auf. Natürlich, wieder von Kat. Das dritte in dieser Woche. Sie flehte Felicia geradezu an zurückzukommen.

Irgendetwas passierte dort in München. Er zerriss das Telegramm in hundert kleine Schnipsel und trat ins Esszimmer, wo die Mädchen schon den Kamin für den Abend geheizt hatten. Nachdenklich sah er zu, wie sich die Fetzen in der Glut krümmten, brannten und zu Asche wurden.

Es gab nur wenige Minuten am Tag, irgendwann in den späten Nachmittagsstunden, an denen die Sonne das kleine Zimmer in Petrogradskaja Storona erreichte, ein rötlich gefärbtes Rechteck an die Wand malte, die Bücher auf dem Regal streichelte und sich so leise davonmachte, wie sie gekommen war. Es war der Zeitpunkt, zu dem die Wirtin an die Tür pochte und vorsichtig eintrat, eine Kanne Tee und eine Tasse in der Hand. Sie war eine alte Frau, die sich keinen Schritt mehr aus ihrer Wohnung rührte, aber eine Bewunderin alles Romantischen war und in ihrem melancholischen Untermieter all jene Gefühle witterte, die sie nur aus Romanen kannte: Leidenschaft, Liebe, Schmerz und den ungreifbaren Kummer um Verlorenes.

»Ihr Tee, Monsieur Marakow«, sagte sie. Maksim, der mit Papier und Bleistift bewaffnet in einem Sessel gekauert hatte, erhob sich. In seinem Gang lag ein unsicheres Schwanken. Die Wirtin seufzte. »Nicht so viel Schnaps trinken, Monsieur Marakow. So früh am Nachmittag!«

»Es ist nicht mehr früh.«

»Zu früh, um zu trinken.«

Maksim lächelte. »Ich habe einen schwierigen Artikel zu schreiben. Ich kann mich so besser konzentrieren.«

Die Wirtin schüttelte den Kopf. Spirituosen zu bekommen, war nicht leicht in dieser Zeit, aber aus geheimnisvollen Gründen gelang es Maksim immer wieder. Er hatte begonnen, kurze Zeitungsartikel zu schreiben, Buch- und Theaterkritiken vorwiegend, und der Chefredakteur eines kleinen Provinzblattes hatte sich dafür interessiert. Seitdem verfügte Maksim wenigstens hin und wieder über ein wenig Geld.

Er nahm die Teetasse vom Tablett und trat ans Fenster. Es schien, als wollte er noch einen letzten Sonnenstrahl erspähen oder festhalten, aber die Sonne tauchte bereits hinter den Häusern auf der gegenüberliegenden Straßenseite unter. Er wandte sich um. »Vielleicht werde ich Petrograd verlassen«, sagte er vage. Die Wirtin hatte so etwas bereits geahnt.

»Wohin wollen Sie gehen?«

»Ich weiß noch nicht. Weit fort jedenfalls. Fort von hier.«

»Sie haben für dieses Land gekämpft!«

»Trotzdem … ist es jetzt nicht mein Land. Nicht mehr und nicht weniger, als es das vorher war.«

»Sie sollten sich eine neue Frau suchen!« Die Wirtin hatte Sinn für das Praktische. Maksims Blick ging an ihr vorbei, irgendwohin in die Ferne, so als hätte er diese letzten Worte nicht gehört. Gedankenverloren griff er nach der Schnapsflasche. Die Wirtin schnappte sie ihm weg. »Nein! Jetzt nicht. Sie trinken erst einmal eine Tasse heißen Tee, dann sieht die Welt gleich ganz anders aus.«

»Ich fürchte, das tut sie nicht«, meinte Maksim bitter, »das tut sie nie. Es können Kriege kommen und Revolutionen und neue Ideen und Systeme – und die Welt bleibt sich gleich. Wissen Sie, weshalb? Weil hinter der schönsten und kühnsten Idee nur der Mensch steht, und der bleibt immer gleich erbärmlich, immer.«

»Ja, ja …« Das Gespräch drohte auf eine Ebene zu geraten, auf der sich die Wirtin nicht zu Hause fühlte. »Haben Sie vor, nach Deutschland zu gehen?«, fragte sie rasch.

Maksim hob die Schultern. »Vielleicht. Ja, vielleicht gehe ich zurück nach Deutschland. Nicht, dass ich es liebe, aber es liegt eine gewisse Ironie darin, zum Ursprung zurückzukehren mit nichts in den Händen. Und jetzt«, er griff nach der Flasche, »müssen Sie mir doch noch einen Schluck erlauben. Wir trinken auf … auf diese beschissene Konstruktion, die unserem Leben zugrunde liegt.«

Sara hatte eine Stelle in einem Münchener Kindergarten für Arbeiterkinder angenommen, was bedeutete, dass sie von morgens sieben Uhr bis zum Abend zweiundfünfzig Kinder beaufsichtigte, schreiende Kinder, lachende, weinende, tobende, aggressive. Sie musste Streithähne auseinanderzerren, Heimwehkranke beruhigen, Hausaufgaben kontrollieren und Verletzungen verarzten. Selten kam sie dazu, zwischendurch etwas zu essen oder sich einen Moment hinzusetzen. Am meisten belastete sie das Elend, mit dem sie konfrontiert wurde. Viele Kinder waren unterernährt, krank, zeigten Spuren von Misshandlungen. Sara hatte manchmal das Gefühl, sie müsse an alldem ersticken. Sie war froh, dass sie abends nicht in eine stille, leere Wohnung zurückkehren musste, sondern – auf Kats Einladung hin – in der Prinzregentenstraße wohnen durfte.

Auch an diesem Abend öffnete ihr Jolanta freundlich lächelnd die Tür. »Was sehen Sie wieder müde aus, Fräulein Sara! Kommen Sie nur schnell herein. Möchten Sie einen Tee?«

»Ein Tee wäre herrlich.« Sara nahm ihren Hut ab und strich sich die feucht verklebten Haarsträhnen aus der Stirn. Draußen war es frühlingshaft warm. Sie fühlte sich müde und durstig. Als sie das Wohnzimmer betrat, wandte sich Martin, der vor dem Bücherregal gestanden und in einem Buch geblättert hatte, zu ihr um.

»Verzeihung«, sagte Sara verwirrt, »ich wusste nicht, dass hier jemand ist. Ich werde meinen Tee woanders …«

Martin legte das Buch beiseite. »Bleiben Sie doch. Ich warte hier nur auf Nicola. Sie ist noch in der Schule, Musikstunde oder irgendetwas, aber sie müsste jeden Moment kommen.«

Sara wäre liebend gern wieder verschwunden, aber nachdem Martin sie aufgefordert hatte zu bleiben, wagte sie es nicht, ihm zu widersprechen. Sie setzte sich auf die äußerste Sesselkante und wünschte sich weit weg.

Martin nahm ihr gegenüber Platz und betrachtete sie prüfend. Er registrierte, dass sie ein schmales Gesicht, etwas zu eng stehende Augen und strenge schwarze Brauen hatte, eine hohe Stirn und einen Mund, der sich etwas wehmütig nach unten bog. Sie trug ein altmodisches Kleid mit einem altjüngferlichen Spitzenkragen und hatte die braunen Haare glatt und streng zurückgestrichen. Sie verfügte über keines der Mittel, mit denen Nicola so verschwenderisch um sich warf, Raffinesse, Charme und Koketterie, aber sie wirkte weder naiv noch weltfremd.

»Nicola erzählte mir, Sie arbeiten in einem Kindergarten«, sagte Martin, »für Arbeiterkinder. Es würde mich interessieren, welche Erfahrungen Sie dabei machen.«

Sara sah ihn unsicher an. Sie war es nicht gewohnt, dass sich jemand für das, was sie tat, interessierte. Sie argwöhnte, Martin habe bloß Mitleid mit ihr. »Nun, es …«, fing sie mit spröder Stimme an, »es …« Wie gewöhnlich geriet sie ins Stottern.

Martin neigte sich vor. Er lächelte. »Es interessiert mich wirklich«, sagte er sanft.

Auf einmal begann Sara zu sprechen, schnell, überstürzt und hastig. »Es ist entsetzlich, diese Kinder zu beobachten. Sie bekommen nicht genug zu essen, leben in ungesunden, feuchten Wohnungen, haben viel zu wenig frische Luft. Sie sind bleich, unterernährt, haben kaputte Zähne, viel zu dünne Arme und Beine, kranke Augen, von einem Schleier überzogen. Man kann sich das Elend nicht vorstellen, aus dem sie kommen. Familien mit zehn Personen hausen in einem einzigen Zimmer, in dem gekocht, gegessen, geschlafen und die Wäsche getrocknet wird. Schleppt einer eine Krankheit herein, bekommt sie jeder, und sie wird nie richtig ausgeheilt. Keuchhusten, Diphtherie, Lungenentzündung, Tuberkulose, Hungerödeme. In unserer Republik verhungern täglich Menschen oder nehmen sich das Leben, weil sie nicht weiterwissen. Ich habe nie geahnt, wie groß das Elend ist. Die Väter der meisten Kinder sind arbeitslos, seit Langem schon, seit der Krieg aus ist. Sie bringen kein Geld nach Hause oder nur ganz unregelmäßig. Sie verzweifeln, fangen an zu trinken, tyrannisieren ihre Familien. Wenn sie tatsächlich eine Arbeit bekommen, sind sie so betrunken oder schon so am Ende, dass sie sie gleich wieder verlieren. Die Frauen arbeiten sich halbtot, zuerst daheim für die Familie, dann gehen sie noch putzen oder waschen, um ein bisschen Geld zu verdienen. Die meisten von ihnen werden keine vierzig Jahre alt.« Sara schwieg. Sie hatte noch nie so lange gesprochen. Jetzt erschrak sie über sich selbst. Unsicher stand sie auf. »Ich habe Sie sicher gelangweilt«, sagte sie, »entschuldigen Sie bitte.«

»Im Gegenteil«, versicherte Martin. Er erhob sich ebenfalls. »Denken Sie nicht auch, dass Deutschland nur durch eine radikale Änderung des Systems gerettet werden kann?«, fragte er.

Sara starrte ihn an. »Wovor gerettet?«

»Vor den Nazis. Ich halte die Nazis für die größte Gefahr, die uns zurzeit droht. Das Elend des Volkes kommt ihnen zustatten, und …«

»Wären die Kommunisten besser?« Sara stellte diese Frage ganz unbefangen, aber sie brachte Martin damit völlig aus dem Konzept.

»Wären die Kommunisten besser?«, wiederholte er ungläubig. »Hören Sie, Sara, was wissen Sie vom Kommunismus? Nur das, was regierungstreue Zeitungen schreiben, oder schlimmer, was ein Mann wie Hitler darüber sagt? Der Kommunismus ist …«

Die Tür ging auf, und Nicola trat ein. »Ach, hier bist du, Martin. Guten Tag, Sara!«

»Guten Tag«, murmelte Sara. Aus ihnen allen unbegreiflichen Gründen herrschte plötzlich eine gespannte Stimmung im Raum. Martin fixierte Sara wie eine Schlange das Kaninchen. Nicola lachte auf und machte ein paar tänzelnde Schritte auf das Grammophon zu. »Mögt ihr Walzer hören? Mir ist jetzt nach Wiener Walzer.«

»Bitte nicht«, sagte Martin gequält. Von draußen hörten sie jemanden laut pfeifend die Treppe hinaufsteigen. Diese aufdringliche Art hatte nur Wolff. Nicola starrte auf die Tür, als vermutete sie dahinter ein Gespenst.

»Ich möchte wissen, weshalb der inzwischen jeden Tag hier ist! Ich meine, Felicia hat ihm einen Schlüssel gegeben und die Erlaubnis, ihr Arbeitszimmer zu betreten, aber langsam sieht es so aus, als gedenke er, hier einzuziehen.«

»Wir können nichts tun«, meinte Martin, »wir sind selber nur Gäste.«

»In der Tat. Nur Kat könnte ihn rauswerfen, aber es fragt sich, ob er sich nicht einen Dreck um das schert, was Kat ihm sagt.«

Wie auf ein Stichwort ging die Tür auf, und Kat erschien. Etwas erstaunt blickte sie die drei anderen an. »Ist hier eine Geheimkonferenz, oder was? Wenn ja, dann habe ich gleich ein brisantes Thema für euch. Wolff ist wieder im Haus!«

»Wissen wir«, sagte Nicola, »wir überlegten gerade, wie man ihn am besten rausschmeißen kann.«

»Er ist sehr guter Laune«, fuhr Kat fort, »er sah aus, als wollte er jeden Moment in Triumphgeschrei ausbrechen.«

»Felicia hat auf keines deiner Telegramme reagiert, nicht?«, fragte Sara.

Kat schüttelte den Kopf. »Es ist, als wäre sie vom Erdboden verschwunden.«

»Ich finde, wir sollten die Geheimkonferenz in einem Café fortsetzen«, schlug Nicola vor, »da kommen uns bestimmt die besseren Einfälle.«

Als sie hinaus in den Gang traten, vernahmen sie vom oberen Treppenabsatz lautes Gelächter. Tom Wolff lehnte sich über das Geländer. »So viel blühendes Leben!«, rief er. »Oh Gott, ich möchte auch sagen: Gib meine Jugend mir zurück!«

Martin verzog das Gesicht.

Wolff fuhr ungerührt fort: »Wie war das mit des Hasses Kraft und der Macht der Liebe?« Sein Blick glitt über die jungen Leute hinweg, saugte sich an Kat fest. »Ich bin jetzt über vierzig Jahre alt, aber ich kann nur eines feststellen: Keines von beidem, weder Hass noch Liebe, erlischt mit dem Alter. Im Gegenteil, die Gefühle werden heftiger, die Erfüllung der Sehnsucht erscheint süßer und süßer. Aber das werdet ihr alle noch feststellen. Das Schönste ist der Triumph, umso mehr, je länger man ihn herbeigesehnt hat.« Er drehte sich um, wandte sich zum Gehen. »Einen schönen Abend wünsche ich euch!« Lachend verschwand er in Felicias Arbeitszimmer.

Die vier unten sahen einander an.

»Ist der noch ganz normal?«, fragte Nicola.

Kat bekam schmale Augen. »Oh ja. Der tut uns nicht den Gefallen, den Verstand zu verlieren. Er weiß ganz genau, was er sagt, und ich weiß jetzt endlich, was ich tun werde.«

»Was?«

»Ich fahre nach Insterburg. Ich hole Felicia, und wenn ich sie in Handschellen nach München bringen muss.«

Der Tag, an dem Kat in den Zug stieg, sah nicht so aus, als bahnten sich Ereignisse an, die nur im Chaos ihr Ende finden konnten. Der laue Aprilwind verriet nichts vom zunehmend raschen Verfall der Reichswährung; Schatten und Elend der Republik verbargen sich hinter blühenden Kirschbäumen und goldfunkelndem Ginster. Über Münchens Himmel zogen föhnige Wattewolken. Am Stachus fand eine Propagandaveranstaltung der NSDAP statt. Besonders das Versprechen des Redners, seine Partei werde alles tun, ihren Einfluss in Deutschland zu verstärken, und dann entschieden gegen die Arbeitslosigkeit vorgehen, stieß auf großen Beifall. Die Hörer, zumeist arbeitslose Männer – denn nur sie hatten Zeit, am frühen Morgen Straßenveranstaltungen beizuwohnen –, applaudierten und nickten einander zu. Ja, es wurde Zeit, dass jemand ihre Probleme in die Hand nahm.

In New York, Tausende von Kilometern entfernt, jenseits des Atlantiks, betrat Alex Lombard das elegante Sandsteinhaus des Verlegers Callaghan in der 87. Straße von Manhattan. Das Hausmädchen empfing ihn mit großer Ehrerbietung. »Mr. Callaghan erwartet Sie, Sir!« Sie eilte vor ihm her und öffnete die Tür zu Callaghans Arbeitszimmer. »Mr. Lombard, Sir«, meldete sie. Jack Callaghan erhob sich beim Eintritt seines Besuchers. Er ging auf ihn zu und ergriff seine beiden Hände. »Mein lieber Lombard, ich sehe, zu allem anderen sind Sie auch noch pünktlich! Nehmen Sie doch bitte Platz. Einen Portwein?«

»Danke«, sagte Alex, »gern.« Er setzte sich in einen der breiten, bequemen Sessel. Durch das Fenster konnte er die Schiffe über den East River ziehen sehen. Sein Gastgeber wies auf den Schreibtisch: »Der Vertrag liegt bereit. Wir können jederzeit unterschreiben!«

Alex lächelte und nahm einen Schluck Wein. Nun, da die Erfüllung seiner Wünsche greifbar vor ihm lag, war es ihm ein Vergnügen, den entscheidenden Moment noch um ein paar Minuten hinauszuzögern.

Jack Callaghan hatte dafür Verständnis. Es gab im Leben eines Mannes Augenblicke, die es verlangten, ihnen mehr Zeit einzuräumen, als notwendig war. Er lehnte sich gegen seinen Schreibtisch und betrachtete seinen Besucher.

Heute, wie auch bei ihrer ersten Begegnung ein Jahr zuvor, fiel ihm auf, wie gut Alex Lombard aussah. Callaghan wusste, dass gutes Aussehen wichtig war, um Karriere zu machen. Lombard hatte alles, um erfolgreich sein zu können: Charme, Gewandtheit, Eleganz, ein betörendes Selbstbewusstsein. Hinter seiner Sicherheit mochten irgendwo Enttäuschungen, Erfahrungen, Kränkungen nisten – im schnellen Wettlauf um den Dollar aber würde das niemandem auffallen. Zumal Alex es meisterhaft verstand, seine wahren Gedanken und Gefühle zu verbergen.

Callaghan war stolz auf seinen Fang. Er hatte Alex auf einer Party der New Yorker Gesellschaft kennengelernt. Alex war damals der ständige Begleiter der schönen Laura Shelby gewesen, einer verwitweten Bankiersgattin, die ihn überall dorthin mitnahm, wo sich der Geldadel traf. Als er Callaghans Bekanntschaft machte, suchte er, einer der reichsten Verleger der amerikanischen Ostküste, gerade nach einem Partner, und Alex suchte nach einem Weg, sehr schnell zu sehr viel Geld zu kommen. Ein Jahr lang schlichen sie umeinander herum. Dann wusste Alex, dass Callaghan der Mann war, auf den er gewartet hatte, und Callaghan hatte sich ein Bild von Alex gemacht: clever, schnell, ausgestattet mit jener Mischung aus Skrupellosigkeit und Loyalität, die einen Menschen unaufhaltsam voranbringt. Er hatte keine Erfahrung im Verlagswesen, gehörte aber zu den Leuten, die man in jeden Fluss werfen konnte – sie würden ihn bezwingen, weil sie einmal richtig schwimmen gelernt hatten.

»Sagen Sie, was erträumen Sie sich vom Leben?«, fragte Callaghan.

Alex grinste. »Eine Million Dollar«, erwiderte er. Er stand auf und trat auf den Schreibtisch zu. Der Portwein hatte einen Funken in ihm entzündet, aber er zeigte es nicht. Seine Liebe zum Alkohol war das Einzige, was Callaghans Scharfblick entgangen war, und Alex legte bei Gott keinen Wert darauf, dass er es zu guter Letzt noch herausfand.

»Sind Sie noch mit Laura Shelby zusammen?«, erkundigte sich Callaghan.

»Nein. Sie wissen, ich wechsle ziemlich schnell.«

»Ja, ja.« Sehnsucht klang in Callaghans Seufzer. »Man sollte eben nicht heiraten. Für Sie gibt es auch drüben in Deutschland keine Frau?«

»Nein«, sagte Alex heftig. Die Unterschrift auf dem Vertrag geriet ihm außer Kontrolle; ein fast gewalttätiger, zorniger, unbeherrschter Schriftzug.

In dem kleinen bretonischen Dorf St. Maurin war dieser Aprilmorgen von bezaubernder Schönheit. Das Gras leuchtete hell und grün, die Sonne malte goldene Flecken auf Hausdächer, Baumwipfel und auf die Felsen am Meer. Der Sand in den Buchten leuchtete weiß, und das Meer spiegelte glitzernd den blauen Himmel. Ein frischer, salziger Wind wehte vom Atlantik her ins Land; in ihm mischte sich der Geruch des Wassers mit dem Duft des Ginsters.

In dem Bauernhof am Rande des Dorfes hatte Claire Lascalle schon das Vieh gefüttert, die Küche geputzt, den ausgeleierten Pumpenschwengel des Hofbrunnens repariert und ihrem alten Vater das Frühstück gemacht, was dieser kaum registrierte, da ihm der Schlag eines Gewehrkolbens im Krieg das Augenlicht zerstört und den Verstand verwirrt hatte. Als Claire in die Küche zurückkehrte, war sie erschöpft und bekreuzigte sich hastig vor dem Bild der Mutter Gottes über dem Hausaltar, weil ihr aufopferungsvolles Tun wieder einmal von sündigen Gedanken begleitet gewesen war: Sie hatte gewünscht, ihr Vater wäre damals, 1917, seinen Verletzungen erlegen.

Phillip Rath saß am Küchentisch, verschlafen noch und unrasiert, ein wenig beschämt, weil ihm der Stand der Sonne verriet, dass es schon auf Mittag zuging. Er war sehr spät ins Bett gekommen, bis drei Uhr in der Frühe hatte Claire ihn auf dem Hof hin und her gehen hören. Einmal war sie aufgestanden und ans Fenster getreten. Sie konnte sein Holzbein auf dem Pflaster hören und den glimmenden Funken seiner Zigarette durch die Dunkelheit leuchten sehen. Seine Unruhe schien ihr fast greifbar. Sie wusste, sie würde ihn bald verlieren.

Der junge deutsche Offizier war vor beinahe vier Jahren, kurz vor Kriegsende, in dem französischen Lazarett gelandet, in dem Claire Dienst tat. Man hatte ihn halbtot aus dem Schlamm eines Flussbettes gefischt. Claire hatte einen unbändigen Hass auf die Deutschen gehabt, aber der war zerbrochen über dem, was sie nun sehen musste: Phillip irrte durch fiebrige Angstträume, sah sich den Schrecken seiner Erinnerung ausgeliefert, schrie vor Verzweiflung, kämpfte gegen unsichtbare Feinde, versuchte aufzustehen und wegzulaufen. Sie mussten ihm sein rechtes Bein abnehmen, und der Arzt sagte zu Claire: »Er hat einen schweren Schock. Im Moment weiß er vermutlich weder wer noch wo er ist. Worin eine gewisse Barmherzigkeit liegt.«

Phillip fand sein Gedächtnis rasch wieder, ohne dass ihn das von seinen apokalyptischen Träumen hätte befreien können. Was immer es gewesen war, was sich seinen Augen geboten hatte, ehe er in den Graben rutschte und die Besinnung verlor, es musste etwas wie eine Essenz allen Schreckens gewesen sein. Als er wieder sprechen konnte, gab es nur eines, was er immer und immer wieder sagte: »Ich will nicht mehr zurück. Ich will nicht mehr zurück. Nie wieder.«

Ohne Hass, jedoch nicht ganz frei von einer gewissen Brutalität, erwiderte Claire: »So schnell können Sie auch nicht zurück. Ich fürchte, Sie kommen jetzt erst einmal in Kriegsgefangenschaft.« Nach seiner Entlassung tauchte er eines Tages auf Claires Hof auf. Er musste Himmel und Hölle in Bewegung gesetzt haben, um herauszufinden, wo sie wohnte. Sie war der einzige Mensch, an den er sich wenden konnte, und er tat es mit der verzweifelten Anhänglichkeit eines herrenlosen Hundes.

»Sie haben eine Familie in Deutschland! Man wird um Sie trauern. Jeder wird glauben, Sie seien gefallen.«

»Ich bin gefallen.«

»Aber Sie leben.«

»Nein.«

»Erlauben Sie mir, Ihrer Familie zu schreiben.«

»Nein.«

»Was wollen Sie? Was wollen Sie hier bei mir?«

»Ich will wieder anfangen zu leben.«

»Ich habe mir einmal geschworen, jedem Deutschen, der mir in die Hände fällt, die Kehle durchzuschneiden. Haben Sie keine Angst?«

»Nein.«

»Wollen Sie nicht Ihrer Familie …« Sie drehten sich im Kreis. Claire kapitulierte am Ende. Ich werde mich nicht in ihn verlieben, gelobte sie sich im Stillen. Denn irgendwann hat er den Schrecken überwunden, und dann geht er nach Hause.

In der Einsamkeit, die sie praktisch nur mit ihm teilte – denn ihren Vater konnte sie kaum mehr zu den Lebenden zählen, und ihre Mutter war seit zehn Jahren tot –, fiel es Claire schwer, an ihrem Gelöbnis festzuhalten. Einmal küsste Phillip sie, und sie hätte sich in seine Arme fallen lassen mögen, aber sie wich zurück und sagte spröde: »Nein. Bitte, tu das nicht wieder. Ich möchte das nicht.«

Phillip lächelte. »Ist gut. Aber du bist sehr schön, Claire.«

Sie stellte sich vor den Spiegel, und zum ersten Mal in ihrem Leben fand sie sich schön. Sie brach in Tränen aus, weil sie wusste, dass das Schicksal ihr den Mann vorenthalten würde, den sie hätte lieben können. In der Nacht, als er auf dem Hof herumgelaufen war wie ein Tiger im Käfig, und jetzt im Sonnenlicht am blankgescheuerten Tisch begriff sie, dass ihre Vorsichtsmaßnahmen nichts genützt hatten. »Du siehst müde aus«, sagte sie gleichmütig.

»Ich habe kaum geschlafen heute Nacht.«

»Ich weiß. Ich hörte dich herumlaufen.«

»Oh – tut mir leid, wenn ich dich gestört habe.«

»Nein, es war Vollmond, da kann ich sowieso nicht gut schlafen.« Claire trat an den Herd. »Ich mach dir ein paar Eier. Wann fährst du nach Deutschland zurück?«

Phillip sah auf. »Wie?«

»Heute Nacht hast du den Entschluss gefasst, nach Deutschland zu gehen.«

»Woher …«

»Woher ich das weiß? Ich kenne dich, Phillip. Ich habe dich gesehen, als du zerbrochen warst, und ich sehe dich jetzt. Du bist ein anderer geworden. Du brauchst nicht länger vor dir selber davonzulaufen. Du kannst dein Leben wieder dort aufnehmen, wo es 1914 endete.«

Phillips dunkle Augen irrten zum Fenster hinaus in den blühenden Vorgarten. »Nein. Es wird nie wieder sein, wie es war.«

Claire verzog den Mund. »Bemitleide dich nicht selbst«, sagte sie kalt.

Phillip sah sie an. »Mich bemitleide ich nicht.«

»Oh … mich bitte auch nicht. Dazu besteht kein Grund. Ich war vor dir glücklich, und ich werde es nach dir sein. Und im Übrigen …« Claire näherte sich vorsichtshalber der Tür, denn sie fürchtete, dass sie gleich überstürzt die Küche würde verlassen müssen, »im Übrigen bist du ein Deutscher! Und ich werde nie aufhören, die Deutschen zu hassen, solange ich lebe!« Sie lief hinaus. Laut krachend fiel die Tür hinter ihr zu.

In München verließ Sara den Kindergarten, um nach Hause zu gehen, und als sie aus dem Tor trat, sagte eine Stimme: »Guten Abend, Sara!« Es war Martin, der neben dem Portal gewartet hatte. »Ich wusste nicht genau, wann Sie freihaben«, fuhr er fort, »aber ich dachte mir, wenn ich hier lange genug stehe, werden Sie mir irgendwann über den Weg laufen.«

Sara starrte ihn an. Es war wie immer, ihre Schüchternheit lähmte sie und machte sie sprachlos. »Ja …«, sagte sie schließlich mühsam.

Martin lächelte. »Darf ich Sie zum Essen einladen?«

Es war eine Situation, wie sie Sara nicht kannte, und sie fühlte sich ihr kaum gewachsen. »Entschuldigen Sie«, sagte sie schließlich, »ich bin etwas müde und wahrscheinlich keine besonders gute Gesellschafterin.«

»Ich lege gar keinen Wert auf eine gute Gesellschafterin. Ich will ganz ernsthaft mit Ihnen reden.« Er nahm ihren Arm. »Wir wurden neulich unterbrochen, erinnern Sie sich?« Sara nickte, und während sie neben ihm die Straße überquerte, hatte sie das Gefühl, als beginne sich ihr Leben unerwartet auf eine seltsame Weise zu verwirren.

Irgendwo weit hinter dem Ural zwischen endlosen Wäldern und strömenden Flüssen hatte Mascha Iwanowna an diesem Morgen ihre Holzpritsche in der Baracke nicht verlassen. Die anderen Frauen waren zum Straßenbau ausgerückt – wobei es sich weniger um eine Straße als um die Befestigung eines Feldweges nach den Winterstürmen handelte –, aber Mascha hatte nicht die Kraft gefunden, sich ihnen anzuschließen. Am Tag zuvor war sie bei der Arbeit zweimal zusammengebrochen und hatte schließlich die Erlaubnis erhalten, frühzeitig ins Lager zurückzukehren und sich hinzulegen. Die Krankenschwester, die sie untersuchte, diagnostizierte Unterernährung – woran sie alle litten –, Kreislaufschwäche und eine unausgeheilte Bronchitis. Der endlose sibirische Winter mit seinem eisigen Wind und seinen kalten Stürmen hatte von den meisten Lagerinsassen einen hohen Tribut gefordert: Grippe, Lungenentzündung, Fieber, Keuchhusten. Es gab keine Medikamente, keine kräftige Nahrung, nicht genug Decken, um die Kranken bei gleichmäßiger Wärme zu halten. Durch die dünnen Holzwände der Baracken pfiff der Wind. Zum Waschen mussten die Frauen morgens das Wasser vom Fluss holen, das Eis aufhacken und die schweren Eimer den weiten Weg bis zum Lager schleppen. Wer allzu oft umkippte, wurde von der harten Arbeit befreit und zum Küchendienst eingeteilt; eine begehrte Aufgabe, weil es neben dem Herd warm war und man sich, ehe die anderen zurückkamen, die besten Bissen aus dem Essen zusammensuchen konnte.

Doch selbst zur Küchenarbeit fühlte sich Mascha an diesem Tag zu schwach. Sie hatte den Eindruck, kaum die Hand heben zu können. Sie fühlte sich selbst den Puls und stellte resigniert fest, dass es ihn kaum mehr gab. Zu ausgelaugt, um sich auflehnen zu wollen, beschloss sie, nun zu sterben.

Als Elisabeth, verurteilt zu zwanzig Jahren Zwangsarbeit und im selben Lager gelandet wie Mascha, am späten Nachmittag in die Baracke kam, fand sie Mascha im Dämmerschlaf, die durchsichtig blassen Lider über den Augen geschlossen, die Hände ruhig auf der wollenen Decke. Weder Brot noch Wasser hatte sie angerührt. Elisabeth, die wegen ihres schlechten Gesundheitszustandes für ein halbes Jahr zum Küchendienst abgestellt worden war, hatte Mascha am Morgen einen Haferflockenpamps aus den letzten Vorräten gekocht und unter der Schürze hinübergeschmuggelt. Nicht einmal davon hatte Mascha einen Bissen angerührt.

»Du wirst nicht gesund, wenn du nichts isst, Mascha!«

Mit Anstrengung öffnete Mascha die Augen. »Ich werde sterben, Elisabeth. Ich fühle mich sehr schwach. Aber es ist nicht schlimm.«

»Nicht schlimm? Du hast recht, es ist das Natürlichste auf der Welt, aber es ist kein Kunststück. Jeder kann sterben, aber das Fantastische ist, dass man leben kann. Es ist ein Geschenk, Mascha, wirklich.«

»Es ist ein Verhängnis.«

»Nicht, wenn du deinen Willen nicht aufgibst.«

Mascha erwiderte nichts, aber ihre müden Augen baten um Verständnis dafür, dass sie die Kraft, so zu denken wie Elisabeth, nicht mehr finden konnte. Elisabeth aber erklärte, sie werde es nicht zulassen, dass Mascha aufhörte zu tun, was sie immer getan hatte: zu kämpfen.

»Du isst und trinkst jetzt«, sagte sie, »und morgen, ganz gleich, wie du dich fühlst, arbeitest du in der Küche bei mir. Ich kann dich hier nicht allein lassen mit deinen morbiden Gedanken. Du bleibst so lange unter meiner Aufsicht, bis du es begriffen hast.«

Durch den Nebel von Müdigkeit drangen die Worte wie halbverlorene Fetzen an Maschas Ohr, formten sich mühsam zu einem Sinn.

»Was soll ich begreifen?«

»Du sollst begreifen, dass du leben willst«, sagte Elisabeth.

Kat kam auf Skollna an in einem Augenblick, als dort Aufregung und Verwirrung ihren Höhepunkt erreicht hatten. Der alte Lavergne, Benjamins Vater, hatte sich am Tag zuvor aufgemacht, das Grab seiner Frau zu besuchen, war dabei, wie es jetzt häufiger geschah, von einer Verwirrung überfallen worden, hatte auf dem Rückweg die Orientierung verloren und war nach Insterburg marschiert, wo er mehrere Wirtshäuser aufgesucht hatte und schließlich in einem Bordell gelandet war. Die Mädchen hatten ihn freundlich aufgenommen, ihm zu essen und zu trinken gegeben und ein Zimmer zum Übernachten. Am nächsten Morgen hatte Lavergne seine Identität wiedergefunden. Er ließ ein Taxi kommen und fuhr zurück nach Skollna, wo die Polizei mit der Spurensuche begonnen und sein Sohn Benjamin eine schlaflose Nacht verbracht hatte. Knechte und Mägde liefen wie aufgescheuchte Hühner durcheinander.

»Guter Gott, Vater, wo warst du?«, rief Benjamin. Der alte Lavergne vertrat die Ansicht, dass man in seinem Alter keine Hemmungen mehr zu haben brauchte.

»Bei Madame Rosa«, erklärte er laut. Madame Rosa war allgemein bekannt. Benjamin wurde totenblass, einer der Knechte pfiff anerkennend, die Mägde pressten kichernd die Hände auf den Mund. Mitten in das allgemeine Durcheinander erklang die Hupe des zweiten Taxis, mit dem Kat eintraf.

»Das reinste Tollhaus!«, sagte Minerva, während Felicia Mund und Nase aufsperrte und ungläubig fragte: »Kat? Wo, um Himmels willen, kommst du denn her?«

»Wieso hast du auf keines meiner Telegramme reagiert?«, schnappte die erschöpfte Kat.

»Vielleicht sollte man besser die Kinder ins Haus bringen«, meinte Benjamin, der sich von den Worten seines Vaters noch nicht erholt hatte und um den Seelenfrieden der kleinen Mädchen bangte.

»Welche Telegramme?«, erkundigte sich Felicia ahnungslos.

»Welche Telegramme? Willst du damit sagen, dass du keine von den Nachrichten bekommen hast, die ich dir geschickt habe?«

»Nein. Ist denn irgendetwas passiert?«

»Ja. Halt dich bloß fest. Ich fürchte, Wolff hat dich ausgebootet. Wahrscheinlich besitzt du im Augenblick schon nicht mal mehr den Bruchteil einer Aktie von unserem Geschäft.«

In den frühen Abendstunden gestand Benjamin alles. Er tat es fast mit Erleichterung. Seit seiner Kindheit war er unfähig gewesen zu lügen; und Felicia zu hintergehen hatte ihn in eine Not gestürzt, von der er im Nachhinein glaubte, sie sei schlimmer gewesen, als es der Schmerz um eine Trennung hätte sein können. Allerdings nicht schlimmer als das, was ihn jetzt erwartete. Felicia geriet vollkommen außer sich; seine gestammelten Entschuldigungen fegte sie beiseite und weigerte sich, die Verzweiflung zur Kenntnis zu nehmen, die aus ihnen sprach.

»Wie konntest du nur! Wie konntest du das tun! Du wusstest, was die Fabrik mir bedeutet, du wusstest, wie ich gearbeitet und gekämpft und gerechnet habe, um sie zu erhalten. Ich hatte dir auch erzählt, wer Wolff ist und dass ich mich vor ihm in Acht nehmen muss wie der Hase vorm Fuchs. Von Anfang an hat er es darauf angelegt, mich zu ruinieren, und jetzt hat er es möglicherweise geschafft, nur weil du …«

»Ich hatte Angst, du würdest sofort nach München zurückfahren, wenn du diese Telegramme liest.«

»Und ob ich das getan hätte. Natürlich!«

»Eben«, sagte Benjamin still, »davor habe ich mich gefürchtet.«

»Du hättest wissen müssen, dass ich sowieso irgendwann zurückgehen würde. Du kannst mich nicht ewig halten. Wir hatten immer nur befristete Zeit.«

»Wozu brauchst du diese Fabrik? Ich kann und kann es nicht begreifen. Du hast alles, was du brauchst, ein Haus, Land, Geld. Wozu dieser Kampf um immer mehr und mehr?«

»Ich lasse mir nicht entreißen, was mir einmal gehört hat. Und außerdem soll Alex mal sehen, dass ich es allein schaffe und dass ich von allen Menschen der Welt am wenigsten ihn brauche!«

Benjamin wurde fast grau im Gesicht. »Alex Lombard! Dass du an den überhaupt noch denkst!«

Felicia war zu wütend, um noch vorsichtig zu sein. »Jawohl, ich denke noch an ihn! Wir haben uns fast zu Tode gestritten, aber das ist immer noch besser, als sich zu Tode zu langweilen! Und eines kann ich dir sagen: Einen so gemeinen und hinterhältigen Betrug wie du hätte er nie begangen. Er hätte mir laut und offen gesagt, was er will und was nicht, und vielleicht hätte er meine Zimmertür verriegelt, und ich hätte mich bei Nacht an einem Seil aus dem Fenster lassen müssen, aber er wäre nicht im Traum darauf gekommen, meine Post abzufangen und zu verbrennen. Und da wir gerade bei deinen Methoden sind – es würde mich überhaupt nicht wundern, wenn du dafür gesorgt hättest, dass unsere Telefonverbindung zusammengebrochen ist, denn das fügte sich ja wohl nur allzu gut in deine Pläne!«

»Nein, nein, nein, das stimmt nicht! Ich …«

»Du hast jedenfalls verdammt viele Ausreden gefunden, um die Reparatur immer wieder hinauszuschieben. Ich glaube, wenn du könntest, du würdest mich auf einen einsamen Stern verbannen!«

»Ich liebe dich, Felicia …«

Stunde um Stunde ging es so. Felicia, die wusste, dass erst am nächsten Morgen wieder ein Zug ging und dass sie vor übermorgen nicht in München sein konnte, meinte, ihre Nerven müssten zerreißen. Zum Schluss hatte sie einen trockenen Mund und zittrige Hände, und Benjamin sah aus wie ein Geist und war den Tränen nahe.

»Ich kann jetzt nicht mehr«, sagte Felicia erschöpft, »und außerdem muss ich packen.«

»Wirst du zurückkommen?«

»Oh Gott, frag mich das jetzt nicht! Ich habe keine Ahnung. Ich muss sehen, was ich von all den Scherben noch zusammensetzen kann.«

Benjamin wandte sich um und trat ans Fenster. Draußen rauschte der Wind in den Bäumen, hin und wieder tauchte der Mond hinter vorüberziehenden Wolken auf. »Wir beide hätten nicht heiraten sollen«, sagte er leise, »ich habe dich nicht glücklich gemacht.«

Felicia erwiderte nichts darauf, sondern öffnete den Schrank und fing an, mit unbeherrschten Bewegungen ihre Kleider hervorzuzerren und auf ihr Bett zu werfen. Später erst begriff sie, dass dies der Moment war, in dem auch ihre zweite Ehe endgültig scheiterte.

6

Auf ihrem Schreibtisch in München erwartete Felicia eine Einladung zum Frühlingsball bei Tom Wolff. Offenbar hatte er erfahren, dass Kat gefahren war, um sie zu holen, denn in die unterste Ecke hatte er mit seiner kritzeligen Handschrift geschrieben: »Schön, dass Sie rechtzeitig wieder in München sein werden! Ich hoffe, ich darf Sie als meinen Ehrengast begrüßen!«

»Da hat er sich geschnitten!«, rief Felicia und knäulte die Einladung zusammen. »Ich ginge nicht hin, und wenn es der letzte Ball meines Lebens wäre!«

Neben der Einladung lagen säuberlich aufgereiht Schriftstücke, Akten und Formulare, die haarklein Auskunft über Wolffs Aktivitäten während der vergangenen Wochen gaben. Felicia saß eine Nacht lang darüber und entschlüsselte die ausgeklügelten Schachzüge ihres Gegners, dann stürzte sie zum Telefon. Es war sieben Uhr in der Frühe. In der Halle traf sie Nicola, die, um ihre Versetzung bangend, neuerdings pünktlich zur Schule ging. Sie probierte gerade ihren neuen Matrosenhut vor dem Spiegel aus, zerrte ihn aber gleich wieder vom Kopf und warf ihn auf den Boden. Ihre Augen waren verweint.

»Morgen, Nicola«, sagte Felicia zerstreut und nahm den Telefonhörer ab. Während sie darauf wartete, vom Amt mit

Wolff verbunden zu werden, musterte sie ihre Cousine aufmerksamer. »Ist alles in Ordnung? Du hast so rote Augen! Und warum willst du den hübschen Hut nicht tragen?«

»Ich sehe damit aus wie ein kleines Schulmädchen!«

»Du bist ein Schulmädchen«, entgegnete Felicia, die den Ernst der Lage nicht erfasste, »und du siehst ganz entzückend aus. Martin Elias findet das sicher auch!«

Die Erwähnung von Martin reichte aus, die Schleusen zu öffnen. Nicola schluchzte, als wäre das Ende über sie hereingebrochen. »Es ist alles aus. Martin liebt mich nicht mehr!«

»Oje«, sagte Felicia, kam jedoch nicht zu mehr, da sich Wolffs Sekretärin endlich meldete.

»Ich möchte sofort Herrn Wolff sprechen«, verlangte sie.

»Ich glaube, er liebt Sara«, weinte Nicola, »weil sie älter ist und sich für die Arbeiterkinder aufopfert. Ich bin nur ein dummes kleines Schulmädchen.«

Wolffs Sekretärin bedauerte gleichzeitig, Felicia nicht verbinden zu können, da Wolff ausdrücklich angeordnet hatte, niemanden vorzulassen. »Erst auf seinem Ball ist er wieder zu erreichen. Sie haben doch sicher eine Einladung erhalten?«

»Ich will nicht mit ihm tanzen, ich will mit ihm sprechen, und zwar sofort!«

»Es tut mir leid.«

»Verdammt noch mal, ich glaube, er ist übergeschnappt!«, schrie Felicia.

»Sprechen Sie noch?«, erkundigte sich das Fräulein vom Amt pikiert.

»Nein!« Felicia schmetterte den Hörer auf die Gabel. »Es ist nicht zu glauben! Er will mich zwingen, zu diesem Fest zu kommen, was immer er auch damit bezweckt. Weißt du, was er getan hat? Er hat die von mir geschlossenen Verträge nicht erfüllt, hat die drohende Klage der Geschädigten abgewendet, indem er ihnen meine Aktien überlassen hat, und hat sie dann von ihnen zurückgekauft. Aber natürlich ist das alles nicht im Mindesten rechtmäßig, und ich werde ihm eine Klage anhängen, die ihn ruiniert. Ich werde …« Mit finsterer Miene brütete sie vor sich hin, dann fiel ihr Blick auf Nicolas verzweifeltes Gesicht. »Oh Nicola, mein Liebes, entschuldige! Du hast ganz andere Sorgen, nicht? Martin liebt Sara, meinst du? Das ist bestimmt Unsinn!«

»Nein. Ich bilde es mir nicht ein. Er bewundert sie, weil sie als Krankenschwester im Krieg so umwerfend gewesen sein muss, und jetzt kann er mit ihr immer über Wohlfahrt, soziale Sicherheit und Gewerkschaften reden – und ich verstehe nichts davon. Nur …«, ihre Augen trafen im Spiegel auf ihr verwundertes junges Gesicht mit den regelmäßigen Zügen, den zarten hohen Wangenknochen und den dunklen Locken über der Stirn, »ich bin doch viel hübscher als Sara!«

»Ach Nicola …«

»Meinst du, es ist, weil Sara jüdisch ist wie er?«

»Ein bisschen hängt es wohl damit zusammen. Aber sie ist auch … die Antwort auf das, was ihn bewegt.« Felicia seufzte und dachte an eigene Erfahrungen zurück. »Diese Weltverbesserer sind ganz seltsame Menschen, weißt du.«

»Ich glaube, ich gehe heute doch nicht in die Schule«, sagte Nicola trostlos, »ich könnte mich auf nichts konzentrieren. Mein Leben ist leer und sinnlos.«

Felicia ahnte, dass Tante Belle von ihren Erziehungsmethoden nicht entzückt wäre, aber sie nickte trotzdem bereitwillig.

»In Ordnung. Du kannst mich begleiten, ich will ein Kleid für Wolffs Frühlingsball kaufen. Ich muss … absolut fantastisch aussehen!«

Jede Herausforderung hatte sie elektrisiert. Die Brisanz eines Problems wirbelte ihre Gedanken auf, sensibilisierte sie, machte sie wach und aufmerksam. Sie war entschlossen, jede Waffe zu nutzen, die ihr zur Verfügung stand. Sie wusste, dass Wolff sie entnerven wollte, indem er sich nicht sprechen ließ, und sie war nicht gewillt, ihm auf dem Ball das Bild einer eingeschüchterten Frau zu bieten.

Das Kleid, das sie zusammen mit Nicola kaufte, war aus schwarzem Crêpe de Chine, an den Schultern von dünnen Trägern gehalten und so tief ausgeschnitten, dass es keine unkontrollierten Bewegungen erlaubte. Es fiel nahezu durchsichtig bis zu den Hüften hinab, war dort mit einer Schärpe gerafft und endete in verschieden langen Falten auf den Knöcheln. An der einen Schulter steckte eine große dunkelgrüne Rose aus Samt, die Strümpfe, die Felicia dazu tragen wollte, waren aus schwarzer Spitze. Sie erstand lange dunkelgrüne Samthandschuhe, die bis über die Ellbogen reichten, und ein grünes Stirnband, das mit Strasssteinen bestickt war.

Nicola vergaß vor lauter Bewunderung fast ihren Kummer. »Du siehst auf einmal meiner Mutter so ähnlich«, sagte sie während der Anprobe, und Felicia, die sich herausfordernd lächelnd vor dem Spiegel drehte, fand plötzlich auch, dass Tante Belle wiedererwachte und ihr verschwörerisch zublinzelte.

»Irgendetwas«, murmelte sie, »stört mich …« Sie grübelte, dann schnippte sie mit den Fingern. »Ich weiß! Meine Haare! Seit ich achtzehn wurde, trage ich sie aufgesteckt, und das ist einfach altmodisch. Ich werde sie abschneiden lassen!«

Die Verkäuferin und Nicola stießen gleichzeitig einen Laut des Entsetzens aus und beteuerten, Felicias Haar sei das Schönste, was sie seit Langem gesehen hätten, und es sei eine Sünde, auch nur einen Zentimeter abzuschneiden. Aber Felicia scherte sich nicht darum. Beladen mit Tüten und Päckchen strebte sie durch die Straßen dem Friseur zu, gefolgt von einer händeringenden Nicola. »Willst du es dir nicht noch einmal überlegen, Felicia?«

»Nein«, sagte Felicia und stieß entschlossen die gläserne Schwingtür zu Monsieur Jacques' Salon auf.

Unter Monsieur Jacques' rasch und souverän geführter Schere fiel Locke um Locke zu Boden, bis ein ganzer Haarberg neben dem Stuhl aufgetürmt lag. Felicias Gesicht wurde immer blasser, je mehr sich das Werk seiner Vollendung näherte. Sie war das schwere Gewicht und die Wärme ihrer Haare im Nacken gewohnt; nun fühlte sie sich nackt und kahl und so leicht auf dem Kopf, als wäre er losgelöst.

»Ist das nicht ein bisschen zu kurz?«, fragte sie ängstlich.

Monsieur Jacques zupfte die Haare sachkundig zurecht. »Im Gegenteil, es ist genau richtig. Sie haben das perfekte Gesicht und die perfekten Haare für einen solchen Schnitt. Zauberhaft, einfach zauberhaft!« Er trat einen Schritt zurück und begutachtete seine Kreation entzückt. Felicia starrte in den Spiegel. Ihre Haare bedeckten knapp die Ohren und legten sich in dicken, glänzenden Locken um den Kopf. Monsieur Jacques hatte einen Seitenscheitel gezogen und die größte Fülle auf eine Seite gebürstet, die andere Seite war kürzer und glatter. Felicia musste sich an diese neue Asymmetrie erst gewöhnen. Zaghaft suchte sie Nicolas Gesicht im Spiegel. »Wie … findest du es?«

Nicola hatte riesengroße Augen bekommen. »Du bist ganz verändert. Eine völlig andere Frau. Es ist … Es ist einfach wundervoll!«

»Sag ich doch«, bestätigte Monsieur Jacques. »An den

Ohren müssen Sie viel Strass tragen oder bunte Federn. Ahhh…«, er betrachtete sie mit zusammengekniffenen Augen, »aus Ihrem Gesicht könnte ich noch viel mehr herausholen. Sie haben einen Ausdruck wie für die Filmleinwand!«

Felicia lehnte sich ergeben zurück. »Machen Sie. Machen Sie eine Diva aus mir! Ich muss einen Mann in die Knie zwingen, und da darf man nicht knausrig sein.«

»Er wird auf dem Bauch liegen vor Ihnen«, versicherte Monsieur Jacques. Dann winkte er ein paar Assistentinnen herbei, denn für das, was er jetzt vorhatte, benötigte er mehrere Hände. Als Felicia eine Stunde später wieder in den Spiegel sah, erkannte sie sich kaum wieder.

Das Gesicht blass gepudert, der Mund leuchtend rot geschminkt, die Wimpern zu ungeahnten Längen getuscht, Rouge auf den Wangen, ein nahezu violettes Blau auf den Lidern.

Außerdem hatte Monsieur Jacques die natürlichen Augenbrauen wegrasiert und durch hauchfeine, in die Höhe gebogene Kohlestriche ersetzt. Er hatte eine Frau geschaffen, die in jedem Detail dem Ideal ihrer Zeit entsprach – künstlich, elegant, raffiniert und undurchsichtig. Felicia verzog ihren allzu roten Mund zu einem Lächeln, als sie sich an die frischen, unschuldigen Mädchengesichter aus Vorkriegstagen erinnerte.

Eine Sekunde dachte sie an ihre Mutter und Benjamin und daran, was beide sagen würden, könnten sie sie jetzt sehen, dann hob sie den Kopf und hatte sich bereits in ihre eigene Erscheinung verliebt. Und wenn sich ganz München das Maul über sie zerreißen würde, eines wusste sie – Alex hätte sie fantastisch gefunden.

München zerriss sich das Maul, zumindest die Gäste auf Wolffs Frühlingsball. Wolff hatte bei der Ausstattung des Festsaales geprotzt, dass einem übel werden konnte; außerdem traten eine Jazzkapelle auf und eine fette Sängerin, die eine Zigarettenspitze zwischen den Fingern hielt und eine ellenlange Federboa schwenkte. Trotzdem hatte der Ball dank seiner Teilnehmer einen eher konservativen Charakter. Da waren die Breitenmeisters, die Stadelgrubers, die Carvellis, Auguste und Lydia im Reinseidenen, eine recht feiste Clarissa, die ihren schüchternen Mann hinter sich herzerrte. Die alte Garde war vollzählig angetreten, offenbar entschlossen, ihre einstige Ablehnung Wolffs großzügig zu vergessen. Der ehemals Geächtete war inzwischen ein einflussreicher Mann und wichtiger Geschäftspartner geworden, und niemand erinnerte sich mehr gern daran, dass man seine Gesellschaft früher mit hochgezogenen Augenbrauen und verächtlichem Lächeln gemieden hatte. Es machte Wolff Spaß, die einstigen Könige zu sich einzuladen, wissend, dass sie es nicht wagen würden abzusagen, obwohl es sie beim Anblick halbnackter Tanzmädchen schüttelte und sie es hassten, neben den Kriegsgewinnlern zu sitzen und ihren vulgären Frauen freundliche Komplimente zu machen. Es bereitete ihm ein außerordentliches Vergnügen, die hochmoralische Auguste Breitenmeister im Gespräch mit der halbseidenen Gattin eines Emporkömmlings zu erleben, einer Frau, die sie früher kaum zur Kenntnis genommen hätte. Ja, er hatte es immer gewusst, die Rache war das süßeste aller Gefühle!

Angestauter Ärger und lang unterdrückte Aggression aber richteten sich wie auf eine geheime Verabredung hin vor allem auf Felicia. Im Grunde hatte nie jemand sie richtig gemocht.

»Ich sage dir, sie kam aus Russland zurück mit einem Bauch, so dick wie ein Wildschwein«, berichtete Auguste ihrem Mann zum hundertsten Mal, »Gott mag wissen, mit wem sie sich da eingelassen hat! Es ist unglaublich, mit welcher Dreistigkeit und wie schamlos sie Alex Lombard ihren Ehebruch präsentiert hat. Und kaum hat sie ihn glücklich davongejagt, reißt sie sich seinen Besitz unter den Nagel und tut sich auch noch mit diesem Wolff zusammen!«

Ihr Mann murmelte verlegen vor sich hin. Schließlich hatte er sich selbst mit Wolff zusammengetan, und Felicia wusste das bestimmt auch. Als sie in ihrem Abendkleid hereingerauscht war und ihm zur Begrüßung zugenickt hatte, hatte er es kaum gewagt, sie anzusehen. Er hatte verunsichert auf ihr Dekolleté gestarrt und hinter sich seine Frau mit Clara Carvelli tuscheln hören: »Eine Provokation!« Damit allerdings hatte sie das richtige Wort gefunden. Felicia wirbelte wirklich als leibhaftige Provokation durch den Saal, und die Blicke folgten ihr voller Neugier.

»Das ist Felicia Lavergne. Sie war verheiratet mit Alex Lombard. Jetzt führt sie die Fabrik mit Wolff zusammen.«

»Er soll sie aufs Kreuz gelegt haben, sagt man.«

»So wie die aussieht, steht sie wieder auf!«

»Irgendwie wirkt sie verändert …«

»Sie hat sich die Haare abschneiden lassen. Ich finde das eine Unsitte! Zu meiner Zeit waren die Frauen stolz auf ihr langes Haar!«, trompetete Auguste. Clarissa sandte Felicia neiderfüllte Blicke nach und zupfte kummervoll an ihrer wolligen Dauerwelle herum, die ihr Verdruss bereitete, seitdem sie sich auf dieses Abenteuer eingelassen hatte.

Wolff, der sich im Gespräch mit einigen Herren befand, strahlte auf, als Felicia auf ihn zukam, und streckte beide Arme nach ihr aus. »Meine Liebe, endlich! Ich dachte schon,

Sie seien in den ostpreußischen Weiten verloren gegangen! Sie sehen sehr schön aus, wissen Sie das?«

Felicia ergriff seine Hände, lächelte süß und flüsterte, während sie ihn dicht an sich heranzog (zu dicht, wie später die einhellige Meinung aller lautete): »Ich werde Sie vor Gericht bringen, Tom Wolff! Und wenn ich mit Ihnen fertig bin, ist nichts mehr von Ihnen übrig!«

Wolff lachte sie an. Er betrachtete sie von Kopf bis Fuß. »Man wird nie behaupten können«, sagte er, »Felicia Degnelly habe an irgendeiner Biegung ihres wechselvollen Lebens klein beigegeben.«

»Nie«, bestätigte Felicia.

Wolff entzog ihr seine Hände und reichte ihr seinen Arm. »Wir eröffnen den Ball mit einem Walzer. Würden Sie ihn mit mir tanzen?«

»Oh ja, das werde ich! Aber ich werde Ihnen dabei die Hölle heißmachen. Es ist Ihnen hoffentlich klar, dass Sie mit Ihren Methoden nicht durchkommen werden?«

»Psst, schimpfen Sie nicht. Lauschen Sie lieber auf die herrliche Musik. Und zählen Sie, wie Sie es sicher in der Tanzstunde gelernt haben!«

»Zählen Sie lieber für sich. Sie sind nicht im Takt.«

»Das ist wieder meine mangelhafte Erziehung. Ich besuchte nie eine Tanzschule. Trotzdem habe ich es weit gebracht, nicht?«

»Wahrscheinlich sind Sie von einem Betrug zum nächsten geeilt!«

»Na, na! Ich bin Ihr Geschäftspartner, vergessen Sie das nicht!«

»Es fiele mir schwer, das zu vergessen. Denn diese Tatsache haben Sie weiß Gott gründlich ausgenutzt!«

»Ich habe Ihnen von Anfang an gesagt, dass wir zwei

wilde Tiere sind, von denen jedes darauf wartet, dass das andere ihm die Kehle zeigt. Sie haben mir Ihre nur allzu offen hingehalten.«

»Reden Sie doch nicht so geschwollen. Sie haben einfach meine Abwesenheit benutzt, sich auf betrügerische Weise zu bereichern. Und dafür werde ich Sie verklagen.«

»Bleibt für Sie eine Klage wegen Vertragsnichterfüllung.«

»Für uns. Wir sind eine Gesellschaft.«

»Dazu hätte ich noch manches zu sagen. Nicht hier, später vor Gericht. So leicht mache ich es Ihnen nicht, Felicia. Sie sollten sich vorher völlig klar darüber sein, wer von uns beiden den längeren Atem hat!«

»Sie sollten meinen nicht unterschätzen.«

»Pardon! Dann gestatten Sie mir, die Frage aufzuwerfen: Wer von uns hat mehr Geld? Ich weiß, Geld ist nicht alles, aber es hilft durchzuhalten. Und wie Sie es auch drehen und wenden – Ihre Mittel werden vor den meinen zu Ende gehen.«

»Versuchen Sie doch nicht, mich einzuschüchtern. Ich werde Ihnen mein Eigentum nicht kampflos überlassen.«

»Das sollen Sie ja auch nicht. Den Kampf mit Ihnen und Ihresgleichen habe ich mir schon gewünscht, da waren Sie noch ein dummes, junges Ding, das ewig mit den Wimpern klimperte. Aber ich wusste, dass Sie erwachsen werden würden.«

»Wie schön. Dann kann es ja losgehen!«

»Aber vielleicht müssen wir kein Gericht bemühen. Wir sind zwei vernünftige, erwachsene Menschen, und wir wissen beide, was wir wollen.«

»Was wollen wir denn?«

»Sie wollen Ihre Firmenanteile. Und ich will – Kassandra!«

»Wie bitte?«

»Achtung, eben sind Sie aus dem Takt gekommen! So neu kann Ihnen das nicht sein. Ich habe alle irdischen Güter, und ich habe Ihnen immer gesagt, das Einzige, was ich noch will, ist diese Frau.«

»Geht es Ihnen um Kat oder nur darum, uns allen eins auszuwischen, indem Sie zu guter Letzt in unsere Kreise einheiraten?«

»Meine Motive sollten Sie nicht interessieren. Überlegen Sie lieber, wie Sie mir meine Wünsche erfüllen können.«

»Sie sind verrückt. Ich kann Ihnen Kat schließlich nicht verkaufen.«

»Nicht einmal für den Preis Ihrer Firmenanteile?«

»Sie verstehen nicht. Ich kann nichts tun!«

»Sie sind doch sehr einfallsreich!«

»Schlagen Sie sich das aus dem Kopf.«

»Ja, ja. Aber Sie werden darüber nachdenken. Und Sie werden zu dem Ergebnis kommen, dass ein Prozess langwierig und schmutzig, kostspielig und im Ausgang ungewiss ist. Es wird Ihnen einleuchten, dass der von mir vorgeschlagene Weg viel einfacher und zudem narrensicher ist. Ich wünschte, ich könnte zusehen, wie Ihr besseres und Ihr schlechteres Ich miteinander streiten, zuhören, wie Sie die Stimme Ihres Gewissens überlisten, wie Sie an sich raffen, was Ihnen gehört. Ich biete Ihnen übrigens anteilmäßig noch zehn Prozent mehr, als Sie vorher besaßen.«

»Ich bin nicht käuflich.«

»Schauen Sie nicht so finster drein! Lächeln Sie wie vorhin, als Sie auf mich zukamen, dieses süße, falsche Lächeln. Ich will sehen, wie sich Ihr Mund zu einer großen feuerroten Lüge verzieht. Es wärmt mein Herz!«

»Wärmen Sie's woanders. An mir nicht. Oh, Gott sei

Dank, endlich hört die Musik auf. Sie sind der schlechteste Tänzer, der je auf meinen Füßen herumgetrampelt ist!«

Als sie nach Hause kam, überdreht, beschwipst, etwas schwindelig von Musik und Menschen, war schon alles dunkel und still. Sie knipste das Licht an, ließ ihren Mantel von den Schultern rutschen und betrachtete im Spiegel ihr fremdes, blasses Gesicht mit den roten Lippen. Das kurze Haar stand ihr tatsächlich gut, stellte sie fest. Ganz rasch ließ sie im Geist ein paar Szenen an sich vorüberziehen – sie und Wolff vor Gericht, Prozesse, Anwälte, Zeugen, Richter –, dann wurde ihr klar, dass er am Ende gewinnen würde und dass kein Friede sein könnte, bis er sein Ziel erreicht hätte. Die Vorstellung, sie müsste ihr mühsam erkämpftes Geld in Münchens Gerichtssälen verprassen, machte sie schwach. Soll Kat ihn doch heiraten, dachte sie müde, er ist keine schlechte Partie, und ich hätte meine Ruhe. Sie stieg die Treppe hinauf und klopfte an Saras Zimmertür, denn sie musste mit irgendjemandem sprechen. Als sich nichts rührte, trat sie ein und stellte zu ihrer Überraschung fest, dass Sara nicht in ihrem Bett lag. Wahrscheinlich war sie mit Martin unterwegs. Um die Verwirrung perfekt zu machen, befand sich auch Nicola nicht in ihrem Zimmer, was Felicia in düstere Vermutungen stürzte. Wahrscheinlich spielte sich irgendwo gerade ein Eifersuchtsdrama ab. An ihrer Zimmertür fand sie einen Zettel, von Sara geschrieben: »Benjamin hat angerufen!«

»Oh Gott«, murmelte sie, »auch das noch!«

Wie magisch angezogen trottete sie auf die Tür zu, hinter der Severin lag, klopfte und trat ein.

Severin schlief in den Nächten schon lange nicht mehr, weil ihm sein schwaches Herz keinen einzigen normalen Atemzug und schon gar kein flaches Liegen mehr gestattete. Er ertrug die Dunkelheit nicht, weil ihn seine Todesangst hinter jedem Schatten das Verderben wittern ließ. Er saß aufrecht im Bett und kämpfte röchelnd um sein Leben. Die Ärzte gaben ihm keine vier Wochen mehr.

»Ich wusste, dass du kommen würdest«, sagte er keuchend, als er seine Schwiegertochter erblickte, »ich habe längst gemerkt, dass hier irgendetwas nicht stimmt. Setz dich hin, und erzähl mir alles, und wehe, du lässt auch nur eine einzige Einzelheit aus!«

Als Felicia den Alten nach einer Stunde wieder verließ, von seinem Japsen so angesteckt, dass sie selber schon beinahe röchelte, klang ihr von allem, was gesprochen worden war, ein Satz in monotoner Wiederholung im Ohr: »Rette unsere Fabrik! Rette unsere Fabrik! Rette …«

»Warum nur hast du Wolff so viel Macht gewinnen lassen, Vater?«

»Ich wollte, dass Alex zurückkommt.« Nur das Bewusstsein des nahen Endes konnte Severin dieses Geständnis entreißen.

»Ihr habt euch doch immer nur gehasst?«

»Er ist mein einziger Sohn.«

»Was würdest du sagen, wenn Wolff und Kat heirateten?«

»Standesdünkel sind überholt, nicht? Wir leben in einer neuen Zeit. Meinen Segen hätten die beiden. Denn eines muss man diesem Emporkömmling lassen: Für das, was er besitzt, sorgt er gut.«

»Es gab eine Zeit, da hättest du für Kat einen König gewollt, keinen Bauern.«

»Man muss sich den Umständen anpassen, wenn man durchkommen will. Ein bisschen Opportunismus schadet nie.«

Der nächste Morgen bescherte dem Haus mancherlei

Aufregung. Nicola, die Sara und Martin am Abend zuvor heimlich gefolgt war und herausgefunden hatte, dass die beiden die halbe Nacht lang durch den Englischen Garten spaziert waren, legte Sara vor den Augen und Ohren aller Hausbewohner eine Eifersuchtsszene hin, die sich auf der Bühne hätte sehen lassen können. Beide Mädchen waren am Ende in Tränen aufgelöst und flüchteten jede in ihr Zimmer. Ein Blumenbote brachte im Auftrag von Tom Wolff einen Rosenstrauß für Kat, den die sofort der erstaunten Jolanta in den Arm drückte. Gleichzeitig klingelte das Telefon. Es war Benjamin, der Felicia fragte, weshalb sie nicht zurückgerufen habe, wo sie am gestrigen Abend gewesen sei und ob sie angesichts der jüngsten Geschehnisse gedenke, nach Hause zu kommen.

»Was ist denn geschehen?«, erkundigte sich Felicia pflichtschuldig.

»Susanne hat die Masern«, teilte ihr Benjamin mit getragener Stimme mit.

»Schlimm?«

»Ob du das schlimm findest, musst du selber wissen.«

Felicia konnte sein Quengeln nicht ertragen. »Das ist keine Auskunft. Wenn du merkst, es geht ihr sehr schlecht, dann ruf mich wieder an, dann komme ich. Aber im Augenblick herrscht hier das vollkommene Chaos, und ich kann nicht weg. Benjamin, bist du noch da? Benjamin!«

»Der Gesprächsteilnehmer hat das Gespräch beendet«, sagte das Fräulein vom Amt. Felicia legte auf, schüttelte den Gedanken an Benjamin ab. Sie drehte sich um und gewahrte Kat, ein dünner grauer Schatten im morgendlichen Zwielicht. Sie war blass und hatte in der letzten Zeit die Gewohnheit angenommen, sich wie eine Schlafwandlerin zu bewegen. Felicia wusste, dass sie an ihrer Einsamkeit litt und von dem Gedanken beherrscht wurde, ihre Jugend und ihr Leben gingen dahin, ohne dass etwas geschah, was sie in späteren Jahren zu einer Erinnerung würde machen können.

»Warum hast du Wolffs Rosen nicht behalten?«, fragte Felicia unvermittelt. »Er meint es doch sehr nett.«

»Er meint es seit Jahren sehr nett. Aber irgendwann müsste er begreifen, dass ich nichts von ihm will.«

»Warum eigentlich nicht? Er ist gut zu denen, die er mag.«

Kat starrte ihre Schwägerin an. »Das sagst du? Nach allem, was war?«

»Er ist ein harter Geschäftsmann. Darüber kann man sich ärgern, aber anders setzt sich niemand durch. Privat … kann er sehr gutherzig sein.«

»Was ist denn los? Sah er gestern Abend so gut aus?«

»Er hat sehr warm von dir gesprochen.«

Kat stieß einen verächtlichen Laut aus. Felicia nahm ihre Hand.

»Kat, kann es nicht sein, dass du zu sehr an der Vergangenheit hängst und nicht offen bist für das Neue? Die alten Zeiten sind vorbei. Sie kommen nicht wieder. Und … die Menschen auch nicht.«

»Wie meinst du das?«

»Nun, ich meine einfach, dass …« Felicia stockte, weil ihr plötzlich ein Einfall kam, der sie selber so erschreckte, dass sie sich fast daran verschluckte. Blitzschnell versuchte sie ihre Gedanken zu ordnen. Nein, wenn sie jetzt sagte, was sie hatte sagen wollen, würde sie wohl dafür in die Hölle kommen. »Ach nichts«, murmelte sie unbestimmt und lief eilig die Treppe hinauf.

Jedoch, der Gedanke ließ sie nicht los in den nächsten Tagen. Sie hatte gehört, wer einmal den Teufel in sein Herz lasse, sei unrettbar von ihm besessen. Hundertmal sagte sie sich: Ich tue es nicht! Nein, ich tue es nicht, ich darf nicht Schicksal spielen!

Ihr Moralbegriff war nicht allzu ausgeprägt, aber sie hegte eine unbestimmte Furcht vor der Rachsucht des Schicksals. Sie diskutierte mit ihrem eigenen Gewissen und fand dabei heraus, dass sie seine Penetranz unterschätzt hatte. Wahrscheinlich hätte das eine Ewigkeit so gehen können, wenn nicht ein Ereignis eingetreten wäre, das die Lage der Dinge veränderte: In den frühen Morgenstunden des ersten Mai gab Severin den Kampf gegen seine Atemlosigkeit auf. Nach einer furchtbaren Nacht, in der er den Hals immer höher reckte und mit blau gefärbten Lippen um das Einzige bettelte, was er auf dieser Erde noch begehrte, nämlich ein wenig Sauerstoff, starb er schließlich unter den Händen des Arztes.

Felicia organisierte in den nächsten Tagen die Trauerfeier, die Beerdigung, schrieb die Karten an Verwandte und Bekannte und erfuhr während der Testamentseröffnung, dass Kat und Alex das Haus geerbt hatten, Alex außerdem die verbliebenen Anteile an der Fabrik, dass sie aber Verfügungsvollmacht erhielt. Jeder vertraute darauf, dass sie die Dinge im Griff hatte, so als hätte die Mauer, die sie alle umgab, nie zu bröckeln begonnen. Felicia dachte ungeduldig: Meinen sie, es geht alles weiter wie bisher, nur weil sie sich weigern, den Tatsachen ins Auge zu sehen?

Die Verzweiflung machte sie kühn. Als sie von der Beerdigung zurückkehrte, war sie entschlossen, jeden Strohhalm zu ergreifen, der sich ihr bieten würde.

»Wo ist Kat?«, fragte sie die anderen. Niemand hatte sie seit der Rückkehr vom Friedhof gesehen.

»Ich glaube, sie ist völlig gebrochen«, sagte Sara, »sie hat den Letzten verloren, den sie liebte. Sie irrt herum wie jemand, der keinen Weg mehr sieht.«

»Ich wünschte, sie würde heiraten«, sagte Felicia, »damit sie jemanden hat, zu dem sie gehört. Wie findest du Tom Wolff? Er ist sehr verliebt in Kat.«

»Ich denke, er würde gut für sie sorgen. Allerdings ist da noch Phillip, und …«

»Eben«, unterbrach Felicia kurz, »das ist das Unglück. Kat wartet auf einen Toten.«

Sie fand ihre Schwägerin schließlich im Wintergarten. Im verdämmernden Licht des Tages saß sie dort auf den Rohrgeflechtstühlen, auf denen ihr in glücklicheren Tagen Phillip Rath einen Heiratsantrag gemacht hatte, und starrte in den weit geöffneten blutroten Kelch einer Orchidee, als erwartete sie dort das Wunder, das ihrer Lethargie ein Ende machen und ihren Kummer mildern würde. Felicia setzte sich neben sie und sagte ihr, dass es im Leben eines Menschen Zeiten gebe für die Trauer, aber dass es gefährlich sei, nicht zu erkennen, wann die Zeit zu leben wiederkehre. »Es nützt nichts, in vergangenen Träumen zu leben, Kat. Nicht zu oft stehen bleiben. Du hast es damals in Russland geschafft weiterzugehen, als Andreas und seine Familie ums Leben kamen, und du musst es mit … Phillip genauso machen.«

Kat wandte ihr brennend schwarze Augen in einem totenblassen Gesicht zu. »Phillip ist am Leben. Und ich werde warten, bis er kommt.«

»Nein. Phillip ist tot.«

Die Worte blieben im Raum stehen, klangen bis in seinen letzten Winkel nach. Es war sonst völlig still. Von irgendwoher im Haus tönte gedämpftes Stimmengemurmel.

»Er wird vermisst«, sagte Kat schließlich. Ihre Stimme hatte etwas von brechendem Eis.

»Nein. Er wird nicht vermisst. Wir erhielten damals die Nachricht, dass er gefallen ist.« Es hätte Felicia nicht gewundert, wenn in diesem Augenblick der Teufel selber neben ihr aus der Erde gefahren wäre und sie zur Rechenschaft gezogen hätte. »Wir wollten es dir nicht sagen. Du hattest schon so viel Schweres erlebt.«

Überraschenderweise geschah nichts, kein Blitz, kein Donner, kein Weltbeben. Unverändert blutrot starrte ihnen die Orchidee entgegen, und unvermittelt musste Felicia an etwas denken, was Tom Wolff zu ihr gesagt hatte: »Ihr Mund ist eine einzige feuerrote Lüge!« Es war nicht schwer zu lügen. Die Uhr an der Wand tickte, die Bienen vor dem Fenster summten, der Fußboden roch scharf nach Bohnerwachs.

Felicia hustete. »Hast du … Hast du verstanden, was ich gesagt habe, Kat?«

»Ja«, erwiderte Kat. In ihren Augen stand kein Zweifel. Nur ihre Blässe hatte sich vertieft. Sie erhob sich. »Dann habe ich niemanden mehr.«

Kats Ruhe schien Felicia bedrohlich. Sie stand ebenfalls auf.

»Kat, geh nicht fort. Schau, du musst es doch schon gewusst haben. Seit vier Jahren ist der Krieg vorbei, und nie hat es ein Lebenszeichen gegeben. Du hast es geahnt, nicht?«

»Warum sagst du es mir gerade heute?«

»Weil du vielleicht jetzt, heute, ein neues Leben anfangen solltest.«

»Amen«, sagte Kat zynisch. Sie verließ den Raum und schmetterte die Tür hinter sich zu. Die giftige Orchidee nickte Felicia im Luftzug zu.

Niemand erfuhr je, welchen Weg Kat in den folgenden drei Tagen ging. Sie schloss sich in ihr Zimmer ein, und den besorgten Familienmitgliedern, die an ihrer Tür vorüberdefilierten, gab sie keine Antwort. Die anderen dachten, es sei der Tod ihres Vaters, der Kat so verstörte. Nur Felicia kannte die Wahrheit, und es kostete sie große Mühe, sich ihre Unruhe nicht anmerken zu lassen. Noch konnte alles schiefgehen. Sie hörte Kat in ihrem Zimmer hin und her gehen und verkrampfte nervös ihre Hände. Sie wusste, Kat war leicht zu manipulieren, wenn ihr Gefühlsleben durcheinandergeriet, und es könnte gelingen, sie jetzt in Wolffs Arme zu treiben.

Und genaugenommen hatte sie nicht einmal gelogen, davon war sie überzeugt.

Phillip musste tot sein, es war eine Tat der Barmherzigkeit, Kat von einer Sehnsucht zu befreien, die sich nie erfüllen würde. Sollte sie alt, grau und einsam werden über ihrem Warten auf Phillip?

Als Kat nach drei Tagen ihr Zimmer verließ, zeigte ihr Gesicht keine Regung, aber aus ihren Augen war die Zärtlichkeit verschwunden, mit der sie die Welt betrachtete, aus ihrem Lächeln das Vertrauen, das sie dem Schicksal trotz allem entgegengebracht hatte. Irgendwann in den vergangenen Tagen hatte sie wohl beschlossen, erwachsen zu werden und aus dem, was ihr geblieben war, das Beste zu machen. Felicia zitterte, weil sie fürchtete, Kat werde nun allzu genaue Nachforschungen anstellen, aber sie war doch noch naiv genug, eine solche Skrupellosigkeit nicht in Erwägung zu ziehen. Felicias Aussage zweifelte sie keinen Moment lang an.

Als sie verkündete, sie habe Wolffs Antrag angenommen und werde ihn so bald wie möglich heiraten, sah sie keineswegs glücklich aus, aber in ihren Zügen lag eine Ruhe, wie sie lange niemand mehr dort gesehen hatte. Sara erkundigte sich diskret bei Felicia, was diesen Sinneswandel bewirkt haben könnte, und erfuhr die ganze Wahrheit. Sie verbarg ihr

Entsetzen, versprach, nichts zu verraten, und ging unmerklich auf Distanz.

München hatte wieder einmal einen Skandal. Keine sechs Wochen nach dem Tod des Vaters feierte Severins Tochter Hochzeit mit Tom Wolff. Zwei Dinge entrüsteten die Leute: die unschicklich kurze Trauerzeit und die Wahl des Bräutigams. Die Lombards hatten es wieder einmal geschafft, in aller Munde zu sein, und Felicia konnte nur Gott danken, dass wenigstens niemand etwas von ihren allergeheimsten Transaktionen wusste.

Tom Wolff sah sich am Ziel seiner Wünsche. Er war jetzt achtundvierzig Jahre alt, und er hatte alles erreicht, was er sich vorgenommen hatte.

Er besaß Geld, Einfluss und eine Frau aus vornehmer Familie. Letzteres war die größte Hürde gewesen und hatte ihm am meisten Geduld abverlangt, doch das hatte er von Anfang an einkalkuliert. Geld und Einfluss konnte erlangen, wer clever war, eine Spürnase für gute Geschäfte hatte und vor unfeinen Praktiken hin und wieder nicht zurückschreckte. Mit den Frauen aus den feinen, alten Familien war das schwieriger. Lieber heirateten sie einen degenerierten Adligen, dem die Vornehmheit den Verstand aus dem Kopf gezogen hatte, als dass sie sich an einen erfolgreichen Aufsteiger aus unteren Klassen verschwendet hätten. Aber Wolff hatte immer gewusst, dass die Zeit auf Seiten derer ist, die warten können. Jede Epoche erlebte ihren Umsturz. Der Krieg kam, das Kaiserreich ging dahin, und die Elite von einst kam hinter den Mauern ihrer Paläste hervor, weil sie begriff, dass sie in ihren erhabenen Höhen früher oder später verhungern würde.

»Eines Tages wirst du weniger stolz sein. Und du wirst

feststellen, dass du niemanden hast, nur mich.« Er lachte und lauschte in der Erinnerung dem Klang seiner Worte nach. Welch wahre Prophezeiung! Kat hatte ihren Vater verloren, war von ihrem Bruder verlassen und um den Glauben an Phillips Wiederkehr gebracht worden und sah sich jener Sehnsucht nach Geborgenheit ausgeliefert, die schicksalhaft für sie war seit den Tagen, da ihre Mutter allzu früh gestorben war.

Wolff stand auf und kippte mit einem Schwung den Whisky hinunter, den er schon eine ganze Weile nachdenklich im Glas herumgeschwenkt hatte. Die Uhr hinter ihm schlug zehn Mal. Seit zehn Stunden war er verheiratet. Seit zehn Stunden war er ein Mann, der alles erreicht hatte. Kassandra Lombard … er sprach den Namen leise vor sich hin. Die schöne, schöne Kassandra! Er hatte sie aufwachsen sehen, und seit ihrem vierzehnten Geburtstag hatte er davon geträumt, über ihre dunklen Haare zu streichen, ihre Lippen zu küssen, mit den Händen jede Linie ihres Körpers zu verfolgen. Den ganzen Abend über schon malte er sich aus, wie es mit ihr sein würde. Fast war er ein wenig nervös. Er kannte entweder Huren, die er manchmal von der Straße mitnahm, oder die verlebten, immer etwas gelangweilten Frauen der Münchener High Society. Neureiche, die wie er im Zuge des Krieges zu Geld gekommen waren. Er schenkte sich noch einen Whisky ein und trank ihn hastig, ehe er die Treppe hinaufstieg.

Im Schlafzimmer brannte kein Licht. Im ersten Moment dachte er, Kat sei bereits eingeschlafen, was ihn tief enttäuschte. Er hätte es nicht gewagt, sie zu wecken, obwohl er sich innerlich über seine eigene Scheu lustig machte. Aber als er das Licht einschaltete, sah er, dass sie wach im Bett lag, und ihre Augen blickten ihn mit einem seltsamen Ausdruck an … herausfordernd, fast provozierend. Das wunderte ihn. Er hatte sie sich schüchterner vorgestellt, aber nun schien es, als sei seine Verlegenheit größer als ihre. Auf einmal fühlte er sich ihr unterlegen; er wusste, er war nie ein gutaussehender Mann gewesen. Seit Jahrzehnten daran gewöhnt, seine Komplexe hinter protzigem Gehabe zu verstecken, flüchtete er auch diesmal in ein übertriebenes Gebaren. Er wurde ausgesprochen aggressiv.

Seine Unsicherheit und ihre überlegene Ruhe machten ihn wütend. Verdammt, er war ein Mann von Welt, er hatte hundert Frauen gehabt, sich vor keiner gefürchtet, keine hatte sich je beschwert. Mit heftigen Bewegungen zog er sich aus, warf sich ins Bett und machte sich über Kat her wie über eine langgejagte Beute. Sie lag so bewegungslos wie ein Stück Holz und hoffte nur, er werde fertig sein, ehe der schmerzende Druck seiner Ringe an ihrem Hals unerträglich wurde. Wolff war ein erfahrener Liebhaber, aber diese Nacht konnte er nur als missglückte Inszenierung betrachten. Vor dem entscheidenden Moment hatte er sich bereits verausgabt, für ihn vollkommen neu, ein Phänomen, das sich mit Kat später noch oft wiederholen sollte und von ihm schließlich resigniert als Folge seiner Minderwertigkeitsgefühle erklärt wurde. Kat lag immer noch völlig unbeteiligt im Bett und lauschte auf seine keuchenden Atemzüge. Als er wieder sprechen konnte, wandte er sich ihr zu. Im Licht der Gaslaternen von der Straße konnte sie sein Gesicht schwach erkennen. »Alle Achtung«, sagte er, »dein in Frankreich verschollener Offizier verstand es schon, sich einen besonders lieben Gruß zum Abschied mit in die Fremde zu nehmen!«

»Bitte?«

»Du verstehst schon. Dein unschuldiges Gesichtchen ist bloß eine gelungene Täuschung. Wie viele Kerle hattest du denn schon?« Er formulierte bewusst brutal, um seine Betroffenheit darüber zu verbergen, dass sie in all den Jahren keineswegs in ihrer stillen Kammer auf den Mann gewartet hatte, dem sie einmal angetraut werden würde. Er hatte nie einer Frau wegen Eifersucht empfunden, denn sein Geld hatte ihm immer die Möglichkeit gegeben, sich so viele Mädchen zu kaufen, wie er nur wollte, und manchmal hatte er mit einem Gefühl der Übersättigung zu kämpfen gehabt. Aber jetzt, in diesem Augenblick, überfiel ihn quälende Eifersucht. Er stützte sich auf seinen Arm auf. »Wie viele?«, wiederholte er wütend.

»Nur einer«, sagte Kat, »ein russischer Baron. Er ist tot.«

Ihre Stimme verriet nichts davon, dass sie in diesem Moment hätte sterben mögen vor Sehnsucht nach Andreas, nach Russland, Regen und Revolution. Nach dem feuchten Duft der Rosen und dem satten Geruch der nassen Erde. Für Wolff bedeutete ihre Antwort eine Ohrfeige. Phillip Rath war eine reale, greifbare Figur gewesen, dem russischen Baron hingegen haftete die geheimnisvolle Aura eines fernen Landes, einer stürmischen Zeit, eines im Nachhinein leicht zu verklärenden romantischen Weltunterganges an.

»Verdammt!«, sagte Wolff.

Ausgelaugt, erschöpft und enttäuscht rollte er sich am äußersten Rand des Bettes zusammen. Sein Triumphgefühl war verflogen. Kat gehörte ihm nicht, so wie seine Häuser, seine Autos, seine Geschäfte. Sie würde ihm nie gehören, und er begriff, dass er die letzte Hürde nicht genommen hatte.

7

Die Reichsmark verfiel. Die Inflation hatte sich schon lange angekündigt, aber dass es so schnell ging und vor allem so deutlich uferlos zu sein schien, überraschte die meisten dann doch. Als das Jahr 1923 anbrach, bekamen die Menschen für immer mehr Geld immer weniger Waren. Wer Sachwerte besaß, konnte sich, fing er es geschickt an, ein Vermögen aufbauen, während Lohnempfänger hoffnungslos auf der Strecke blieben.

Der Mittelstand verblutete. Kleinere Unternehmen machten Pleite, während die größeren immer größer wurden. Wer am Abend mit seinem Lohn nach Hause kam, konnte damit rechnen, am nächsten Morgen schon beinahe nichts mehr dafür zu bekommen. Die Menschen erstickten im Geld, blätterten Millionen auf die Ladentische, um dafür ein Pfund Butter zu bekommen und Stunden später schon nur noch einen Kanten Brot. Kinderreiche Familien wussten nicht mehr, wie sie die vielen hungrigen Mäuler satt bekommen sollten. Existenzen gingen zugrunde, und aus dem Sumpf entstanden neue, und diese Umwälzung ging weit über die der Novemberrevolution von 1918 hinaus.

Die Regierung Wirth war zurückgetreten, weil sie in der Frage der deutschen Reparationspflichten nicht weiterkam, aber die neue Regierung unter Wilhelm Cuno stand diesem Problem ebenso hilflos gegenüber. Daraufhin besetzten die Franzosen im Januar das Ruhrgebiet. Der Reichskanzler rief die Arbeiter zum passiven Widerstand auf, eine Maßnahme, die von den Gewerkschaften unterstützt wurde, sich aber schon bald als verhängnisvoll erwies, denn die Verpflichtungen des Reiches stiegen dadurch und konnten nur durch den vermehrten Druck von Banknoten ausgeglichen werden. Dies trieb die Inflation ihrem Höhepunkt entgegen. Der Ruhrkampf kostete die ehrenwerte Familie Stadelgruber aus München ihren guten Ruf; zur größten Überraschung aller wurde Lydias Mann illegaler Waffenlieferungen an nationalsozialistische Widerstandsgruppen überführt und verhaftet. Felicia wurde den Verdacht nicht los, dass auch Wolff seine Finger dort im Spiel hatte, denn bei der Nachricht von Stadelgrubers Verhaftung wurde er blass und war drei Tage lang nicht ansprechbar. Doch wenn es eine Verbindung gab, so hielt Stadelgruber dicht, ging heroisch allein ins Gefängnis und gab seinen Komplizen die Möglichkeit, ihre dunklen Geschäfte einigermaßen ungerührt weiterzubetreiben. Lydia verschwand aus der Münchener Gesellschaft, denn sie, die sich nie etwas hatte zuschulden kommen lassen, wusste nicht, wie sie die Schande ertragen sollte. Stadelgrubers Textilfabrik machte kurz darauf Pleite und wurde von Wolff aufgekauft. Felicia traf Lydias Tochter Clarissa einige Tage später in einem Kaufhaus, wo sie als Verkäuferin hinter der Kasse arbeitete. Sie erstarrte vor Scham, als sie plötzlich Felicia gegenüberstand, und die dachte erleichtert: Wie gut, dass es Tom Wolff gibt.

Sie wusste, allein hätte sie diese Zeit nicht überstanden. Wolff sorgte dafür, dass sie an der wirtschaftlichen Tragödie Deutschlands verdienten, nicht zerbrachen. Ihr Einfluss wuchs, die Zweige ihres Geschäfts breiteten sich weit über München hinaus aus. Felicia verdiente genug Geld, um Nicolas Schule zu bezahlen, Elsa zu unterstützen und Jos Studium zu finanzieren. Seine pflichtschuldigen Proteste beantwortete sie mit dem Satz, er könne ja alles zurückzahlen, wenn er erst ein reicher und berühmter Anwalt sei, und im Übrigen verdiene sie kein Geld, um es auf einem Bankkonto zu horten. Jetzt, in diesen düsteren Zeiten, begriff sie, weshalb sie gearbeitet und gespart hatte, weshalb es ihr so wichtig gewesen war, unabhängig von ihrem Mann zu sein.

»Eine Frau muss ihr eigenes Geld haben«, sagte sie immer wieder und genoss es, die Menschen erhalten zu können, die sie am meisten liebte.

Seit der Affäre um Kat, Tom Wolff und die Firmenanteile hatte sich Sara von Felicia zurückgezogen. Sie lebte noch immer in der Prinzregentenstraße, aber sie ging eigene Wege. Durch Martin und durch ihre Arbeit hatte sie sich längst weit entfernt von ihrer früheren Lebensweise und der ihrer Freunde. Not und Elend der Zeit wurden ungefiltert an sie herangetragen.

Als eines Tages eines der Kinder, ein kleines, mageres Mädchen, das immer ohne Schuhe herumlief und blaue Lippen hatte vom ewigen Husten, nicht im Kindergarten erschien, begann sie sich Sorgen zu machen. Ihre Kolleginnen lachten, aber Sara war von einer inneren Unruhe gepackt, die sie nicht mehr losließ. In der Mittagspause beschloss sie, zu Elke nach Hause zu gehen. Sie rief Martin an, um ihn zu fragen, ob er sie begleiten könnte, und er holte sie eine Viertelstunde später mit dem Auto seines Vaters am Kindergarten ab.

»Fahr so schnell du kannst«, drängte Sara, »irgendetwas ist nicht in Ordnung! Ich spüre es!«

Martin spottete zunächst, weil er an Vorahnungen nicht

glaubte, aber als er sah, wie blass Sara geworden war, schwieg er und fuhr zügig und konzentriert in die von Sara bestimmte Richtung. Sie kamen in den Westen der Stadt, wo kaum mehr Bäume standen und keine Blumen blühten, sondern nur lange Reihen grauer Mietskasernen in den Himmel ragten. Ein paar verwahrloste Kinder spielten in den Straßen oder tauchten beim Näherkommen des Autos neugierig aus den Hinterhöfen auf.

»Hier«, sagte Sara, als sie an den nächsten dieser uniformen Wohnblocks gelangten, »hier muss es sein!«

Martin hielt. Nebeneinander betraten sie das Haus. Im engen, dunklen Treppenflur hingen noch ein paar Fetzen einer fleckigen Tapete von den Wänden, der Rest war bröseliger, roher Putz. Es waberte vom Geruch tagealten Essens. Ein einsamer Ball kullerte über den in kleinen braunen und weißen Karos gemusterten Fußboden. Irgendwo weinte ein Kind, und ein Grammophon leierte ein Volkslied herunter. Sara hatte Elkes Karteikarte aus dem Kindergarten in der Hand. Sie seufzte. »Siebter Stock!«

Sie fanden die Wohnungstür verschlossen vor. Nichts rührte sich dahinter. Während sie noch unschlüssig im Gang herumstanden, tauchte eine Nachbarin auf, die ihnen mitteilte, von der Familie sei seit dem Morgen kein Schatten zu sehen und kein Laut zu hören. »Riecht's hier nicht irgendwie nach Gas?«, setzte sie unbeteiligt hinzu.

Von Panik ergriffen hämmerte Sara gegen die Tür. Schon hatten sich einige Hausbewohner um sie versammelt, von denen ein stämmiger, rotgesichtiger Mann das einzig Vernünftige tat: Er holte ein Brecheisen und brach die Tür auf. Nun strömte ihnen eine Woge von Gas entgegen. Die Hand vor den Mund gepresst, drängte sich Martin ins Zimmer, riss das Fenster auf und drehte den Hahn am Gasherd zu. Sara zerrte zwei Kinder aus einem der Betten und schleppte sie zur Tür. Eines davon war Elke, und Sara konnte so rasch kaum feststellen, ob sie überhaupt noch atmete. Gleichzeitig ertönte ein markerschütternder Schrei. Eine der Gafferinnen, eine ältliche Frau mit schlaffem Gesicht und rosafarbenen Lockenwicklern im Haar, kippte um und blieb regungslos auf dem Boden liegen. Während die anderen neben ihr niederknieten und sie aufzuwecken versuchten, sagte ein Mann: »Da hängt einer!«

Das Geschrei, das daraufhin ausbrach, war panisch. Nun konnte jeder sehen, dass in einer verborgenen Ecke hinter einem Schrank ein Seil von der Decke fiel, an dessen unterem Ende, nur knapp über dem Fußboden, ein Mann hing. Ein umgestoßener Stuhl lag zu seinen Füßen.

»Raus, schnell!«, drängte Martin, der die junge Frau aufgehoben hatte, die vor dem Gasherd lag, »nicht auch noch umfallen, Sara!«

Sara riss sich zusammen. Sie betteten die Kinder und die Frau auf Decken, die irgendjemand herbeigeholt hatte. Einen jungen Mann schickten sie los, einen Arzt zu holen. Martin trug unterdessen die beiden anderen Kinder aus dem Zimmer. Vorsichtig legte er sie neben ihre Geschwister. Alle vier Kinder atmeten. Sara nahm Elkes Kopf zwischen die Hände und schüttelte ihn sacht hin und her. »Elke, aufwachen! Wach doch auf, Elke, bitte!«

Elkes Lider zuckten. Sara atmete tief. »Gott sei Dank«, sagte sie leise.

»Ich möchte, dass wir heiraten, Sara«, sagte Martin, der ihr gegenüber auf dem Boden kniete.

Sara blickte ihn über das Lager hinweg fassungslos an. »Wie bitte?«

»Ich möchte dich heiraten. Könntest du dir das nicht vorstellen?«

Sara dachte an den toten Mann, der dort drinnen im Zimmer von der Decke baumelte, und unvermittelt wurde ihr schwarz vor den Augen. Sie kippte nach vorn und blieb neben den Kindern liegen.

Am nächsten Tag erschien Martin in der Prinzregentenstraße, wo Sara mit rotumränderten Augen am Fenster ihres Zimmers saß und hinaus in den Himmel starrte. Martin kam direkt von der Polizei, wo die ganze Geschichte protokolliert worden war. Bevor sie völlig zusammenbrach, hatte die Mutter der vier Kinder den Hergang des Geschehens erzählt: Ihr Mann zeigte schon seit Jahresbeginn eine beängstigende Lebensmüdigkeit, hervorgerufen durch Sorge und Angst und den ewigen Kampf um das tägliche Brot. Mit der Inflation nahm seine Panik zu. Schon lange hungerte die Familie, keiner wusste mehr, wie es weitergehen sollte. Als er schließlich erfuhr, dass er möglicherweise noch seinen Arbeitsplatz verlieren würde, drehte der Mann durch. Mit seiner Frau verabredete er, es sei das Beste, wenn die ganze Familie aus dem Leben ginge, besser auf jeden Fall, als langsam zu verhungern. Sie kauften Schlaftabletten, Frau und Kinder versetzten sich damit in einen schläfrigen Dämmerzustand, und der Mann drehte den Gashahn auf.

»Verabredungsgemäß hätte er nun ebenfalls Tabletten schlucken müssen«, schloss Martin, »aber offenbar hatte er zu seinem eigenen Plan kein Zutrauen mehr. Er erhängte sich.«

Sara hatte unbeweglich zugehört. »Wie verzweifelt muss er gewesen sein«, flüsterte sie, »ich glaube, wir können das gar nicht nachempfinden. Wenn nur noch dieser Weg bleibt, wie pechschwarz muss es dann in einem Menschen aussehen.«

»Er arbeitete übrigens für Wolff«, fügte Martin hinzu, »in der Fabrik.«

»Nein!«

»Doch. Wolff hatte ihm mit der Kündigung gedroht, weil er sein Pensum nicht mehr schaffte.«

»Warum müssen solche Dinge passieren? Warum nur?«

»Solange die einen Geld haben und die anderen nicht, wird es immer so sein. Willst du mich nun heiraten, Sara?«

Sara blickte ihn geistesabwesend an. Von draußen wurde an die Tür geklopft. Es war Felicia, die sich nach Saras Befinden erkundigen wollte, aber sie platzte in die düstere Stimmung hinein wie ein Wesen von einem anderen Stern. Sie kam gerade von einer Besprechung, hatte blitzende Augen und gerötete Wangen, einen wehenden Chiffonschal um den Hals, dazu ein Kleid aus elfenbeinfarbener Seide, trug weiße Handschuhe und eine taillenlange Perlenkette. Sie strahlte so viel Frische und Lebenskraft aus, dass sie damit ungewollt provozierte. In diesem Augenblick war sie die Verkörperung jenes Systems, das Martin in seinen Träumen stürzen sah.

»Der Mann, der sich gestern umgebracht hat, arbeitete für euch«, sagte Sara unvermittelt. »Wolff wollte ihn entlassen.«

Felicia spürte den Vorwurf. »Davon wusste ich nichts«, sagte sie zögernd. Martin und Sara schwiegen. Felicia kramte eine Zigarette hervor. »Wie viele Kinder hatte er denn?«

»Vier. Und die Frau hat auch keine Arbeit.«

»Man sagt, Wolff gehe sehr skrupellos mit seinen Arbeitern um«, warf Martin ein.

»Ich bin für diese Dinge nicht zuständig«, erwiderte Felicia. Die anderen sagten nichts. Verärgert drückte sie ihre kaum angerauchte Zigarette aus. »Die Zeiten sind schlecht, und es ist weiß Gott nicht so, dass es den Leuten anderswo besser geht als bei uns, aber ich will nicht schuld sein, wenn die Frau noch einmal den Gashahn aufdreht. Ich werde mit Wolff sprechen, dass er ihr Arbeit gibt, und ich werde sie finanziell unterstützen. Ihr könnt ihr das sagen.« Sie öffnete die Tür. »Übrigens«, fügte sie hinzu, »ich bin in der nächsten Zeit nicht hier. Ich fahre nach Insterburg. Ich werde versuchen, Lulinn zu kaufen.«

Es begann eine rastlose, hektische Zeit für Felicia. Sie verhandelte auf Lulinn mit Onkel Victor, der sich aufgeblasener gab denn je und unfähig war, eine Entscheidung zu treffen. Sie besuchte auf Skollna ihre Kinder und erschrak vor Benjamins Melancholie. In Berlin sah sie ihre Mutter wieder, die viele Stunden des Tages meditierend vor einer Art Altar verbrachte, den sie im Wohnzimmer errichtet hatte: Er bestand aus Kerzen, Blumen und Schleifen, die sie kunstvoll um die gerahmten Fotografien ihres Mannes, von Christian, Onkel Leo und Tante Belle drapiert hatte. Sie betete viel, und sie konnte den Namen ihres jüngsten Sohnes noch immer nicht aussprechen, ohne dass ihr die Tränen kamen.

Überraschend tauchte auch Nicola in der Schlossstraße auf, mit Sack und Pack und dem festen Entschluss, nie wieder nach München zurückzukehren. »Ich werde hier zur Schule gehen«, erklärte sie, »ich kann Martin und Sara nicht dauernd vor der Nase haben. Die beiden werden heiraten.«

Das verschlug Felicia die Sprache. Aber Nicola wollte nicht weiter darüber reden. Sie war überzeugt, durch eine Tragödie gegangen zu sein und nun das Recht zu haben, ihr Leben zu genießen. Sie fand bald Kontakt zu weißrussischen Exilanten, die die Berliner Cafés bevölkerten und in ernsten, langen Gesprächen eine vergangene Epoche heraufbeschworen. Nicola mit ihren langen Beinen und fantastischen Augen war bald überall der Mittelpunkt, und Felicia gab es auf, ihre schnell wechselnden Affären zu zählen. Das Gespräch der jungen Leute drehte sich meistens um eine

Anastasia Romanow, eine junge Frau, die man im Februar aus dem Landwehrkanal gefischt hatte und die behauptete, Tochter des letzten Zaren und der Mordnacht von Jekaterinburg entgangen zu sein. Die Wogen des öffentlichen Interesses gingen hoch, und Nicola war bereit, das Drama um Martin zu vergessen und das Leben sehr spannend zu finden. Felicia traf auch Jo, der angestrengt und blass aussah und sich auf sein Examen vorbereitete. Er hatte keine Zeit mehr, mit ihr wie früher durch die Kneipen zu ziehen; stattdessen ging sie mit Linda und Paul im Tiergarten spazieren und fragte sich, worüber sie früher mit der Freundin gesprochen hatte. Sie versuchte, ein wenig von dem zu erzählen, was sie bewegte, von der Münchener Fabrik, von der Modebranche, von ihren Reisen und Terminen, von den Schwierigkeiten mit Benjamin, aber Linda begriff nichts, sah sie nur mit einer Mischung aus Bewunderung und Befremden an. Die einzig treffende Bemerkung, die sie machte, war: »Du wirkst so entsetzlich rastlos und unruhig, Felicia!«

Ja, Felicia wusste es, sie war rastlos und unruhig. Sie konnte keine Minute still verbringen. Sie wusste um ihre Anfälligkeit für Erinnerungen und wollte sich dem um keinen Preis aussetzen. Nicht an Vater denken, an Christian, Leo und Belle, wie Elsa es ständig tat. Nicht an die geruhsamen Jahre vor dem Krieg, an Alex und Maksim. Jeden Tag arrangierte sie einen Wirbel von Ereignissen. Sie reiste nach Hamburg, nach Frankfurt, nach Düsseldorf. Sie traf neue Menschen, schloss neue Verträge, trieb sich auf Champagnerempfängen und Cocktailpartys herum. Sie vermied es, der Republik ins graue, inflationsgeplagte Gesicht zu sehen, ignorierte die Schattenseiten und genoss den aufgesetzten Glitzer. Die Ereignisse überschlugen sich, unberührt glitt sie durch sie hindurch. Im August trat die Regierung Cuno zurück, unter dem neuen Kanzler Stresemann formierte sich das erste Kabinett einer großen Koalition. Im September verhängte die Münchener Regierung den Ausnahmezustand über Bayern, als Reaktion auf die Beendigung des passiven Widerstandes im Ruhrgebiet. Nationalsozialistischer Aufruhr an allen Ecken und Enden, daraufhin der Ausnahmezustand über dem ganzen Reichsgebiet. Krisenstimmung machte sich breit. Der Reichtstag nahm ein Ermächtigungsgesetz an, wonach die Regierung die Möglichkeit hatte, wirtschaftliche und politische Verordnungen zu erlassen, die sogar mit den Grundrechten kollidieren konnten. In Sachsen, Thüringen und Bayern kam es zu Zusammenstößen zwischen politischen Gruppierungen. Der bayerische Generalstaatskommissar von Kahr weigerte sich, die NSDAP-Zeitung *Völkischer Beobachter* zu verbieten, obwohl die Oberste Heeresleitung das Blatt scharf angegriffen hatte. Besorgte Stimmen sprachen von einer Spaltung des Reiches, andere – hellsichtigere Naturen – prophezeiten eine Rechtsdiktatur. In Hamburg geriet Felicia im Oktober in blutige Straßenkämpfe zwischen Kommunisten und Polizei und verbrachte einen Tag im Krankenhaus, weil ein Stein sie an der Schläfe getroffen und ihr eine tiefe Wunde zugefügt hatte.

Anfang November traten die sozialdemokratischen Minister aus der Koalitionsregierung zurück, als Antwort auf die Vorkommnisse in Bayern. Gerüchten zufolge erwog von Kahr, gegen Berlin zu marschieren und in einem Putsch die Regierung an die deutsche Rechte zu geben. Die Stimmung im Reich war aufgeheizt, der Rücktritt der Sozialdemokraten schien vielen der Auftakt zu Schlimmerem. Felicia hatte auch diesmal kaum Augen für die politischen Geschehnisse im Land. Im November geschahen zwei Dinge, die ihre Aufmerksamkeit weit mehr beanspruchten: Onkel Victor stimmte dem Verkauf von Lulinn zu. Und Sara und Martin schickten ein Telegramm, in dem sie ihre Heirat ankündigten.

»Es wird nicht gelingen«, sagte Martin beschwörend, »die Deutschen sind nicht so dumm, das zuzulassen!« Er stand wie gebannt in einem Hauseingang auf der Leopoldstraße und sah den Demonstranten zu, die fackelbeleuchtet, Parolen schreiend durch das nächtliche München zogen. Es war die Nacht des achten auf den neunten November 1923, und vor einer Stunde hatte der Führer der NSDAP, Adolf Hitler, die Reichsregierung und die bayerische Regierung für abgesetzt und sich selber zum Reichskanzler erklärt. Es war bereits durchgesickert, dass General Ludendorff auf Seiten der Putschisten stand, sodass Hitler zumindest auf die Chance rechnen konnte, die Reichswehr zu seiner Unterstützung zu haben. Ganz München wachte in dieser Nacht, die Straßenränder waren trotz der feuchten, nebligen Kälte von Menschen gesäumt. Hier und da wurden Hochrufe laut. »Das sind die Leute, die wir brauchen! Die werden endlich die verdammten Franzosen von deutschem Boden verjagen!«

»Die werden das Schanddiktat von Versailles aufheben!«

»Auf jeden Fall ist Hitler unser neuer Mann.«

»Ich glaub es nicht«, sagte Martin, »ich glaube es einfach nicht!«

Sara, die sich dicht an ihn presste und nicht wusste, ob ihr Zittern von der Kälte oder vom Gefühl des Grauens herrührte, bat flüsternd: »Lass uns heimgehen. Ich möchte das nicht sehen.«

Eine Frau, die dicht neben ihnen stand und Saras Worte gehört hatte, drehte sich um und starrte die beiden an. Ihr Gesicht bekam einen verachtungsvollen Ausdruck. »Juden!«, sagte sie. »Ihr seid schuld an der Inflation. Mit euch müsste man auch mal aufräumen!«

Sara hatte Tränen in den Augen. »Oh, bitte, lass uns gehen!«

»Wegen der alte Schlampe? Ich möchte zusehen, wo das hinführt. Komm mit!« Martin war wie im Fieber. Hand in Hand folgten sie dem Demonstrationszug. Ein Mann in ihrer Nähe murmelte: »Saubande! Wenn die jetzt das Militär für sich gewinnen, haben sie's geschafft!«

»Von Kahr macht nicht mit«, prophezeite Martin, »er ist rechts, aber nicht verrückt.«

»Aber Ludendorff unterstützt Hitler.«

»Ludendorff hat nicht mehr viel Einfluss.«

Aus den vorderen Reihen der Demonstranten erklang brüllend die *Wacht am Rhein*. Und ein anderes Lied, das Sara noch nie gehört hatte: …heute gehört uns Deutschland und morgen die ganze Welt!

Die Fackeln warfen einen rotgoldenen Schein auf die dunklen Häuserwände und die regennassen Straßen. Die Stiefel der Putschisten knallten aufs Pflaster. Als die Feldherrenhalle in Sicht kam, geriet der Zug ins Stocken. Zwischen den Säulen brannten Lichter; deutlich konnte man die Polizisten erkennen, die ihre Maschinengewehre drohend gegen die Demonstranten richteten. Für einen Moment verebbte der selbstbewusste Gesang, dann erhob er sich umso dröhnender, und der Zug setzte sich wieder in Bewegung.

Im nächsten Moment prasselten die ersten Salven Gewehrfeuer. Schreie hallten durch die Nacht, in die Menge kam Bewegung. In Sekundenschnelle hatten sich die Zuschauer in Hauseingänge und Seitenstraßen geflüchtet. Die Demonstranten traten den Rückzug an; auf einige, die trotz allem vorwärtsstürmten, wurde sofort geschossen.

Martin umklammerte Saras Hand, als wollte er sie zerbrechen. »Sie schießen! Sie schießen tatsächlich!« Nun konnten sie auch sehen, dass die Polizisten ihre Plätze verließen und Demonstranten festnahmen, sie in die Autos stießen und mit ihnen davonfuhren. Von ganz vorn kamen Rufe. »Sie haben Adolf Hitler verhaftet! Hitler ist festgenommen!«

Das genügte, die Menge endgültig auseinanderzutreiben. Vereinzelt fielen noch Schüsse. Die Szenerie war gespenstisch: Nebel, Dunkelheit, Fackeln, Polizisten und auseinanderströmende Menschenmassen, dazwischen Autohupen und Sirenen.

»Komm«, sagte Martin, »wir gehen nach Hause.« Er war sehr gut gestimmt auf dem Rückweg. Sara blieb stumm. Sein Triumphgefühl darüber, dass der Putschversuch der Nationalsozialisten zerschlagen worden war, konnte sie nicht teilen. Zeitlebens hatte sie auf die Stimme gelauscht, die manchmal in ihrem Inneren laut wurde. Es war ihre feine Intuition gewesen, die sie der kleinen Elke hatte zu Hilfe kommen lassen, noch ehe sie hatte wissen können, was geschehen war. Sie konnte nicht an gegen diese Warnungen aus ihrem Inneren, und was die NSDAP betraf, so schlug die Alarmglocke lauter denn je. Es ging ihr nicht wie Martin, der die Ziele der Partei radikal ablehnte und dabei logisch die Chancen ihres Aufstieges und Niederganges diskutieren konnte. Seine Furcht vor Hitler basierte auf klaren Überlegungen, ihrer hingegen lag ein Gefühl zugrunde, das sie quälte, weil sie ihm nicht sachlich begegnen konnte. In ihrer Angst lag eine unbestimmte Todesahnung.

Sie und Martin waren seit einer Woche verheiratet, und auf Felicias telefonische Bitte hin bewohnten sie das Haus in der Prinzregentenstraße, das sonst leer gestanden hätte. Im

Grunde blieb ihnen auch nichts anderes übrig, denn Martin nahm kein Geld mehr von seinem Vater und verbrachte seine Zeit damit zu schreiben, vor allem Gedichte, die niemand veröffentlichte. Sie lebten praktisch allein von Saras Gehalt, aber Martin tröstete sich damit, dass seine Stunde kommen würde. »Ich arbeite an einem Roman, Sara. Ich bin überzeugt, dass ich dafür einen Verleger finden werde, und dann sind wir alle Sorgen los.«

Als sie sich dem Haus näherten, gewahrten sie einen Schatten vor der Tür. Ein Mann stand dort, machte ein paar unschlüssige Schritte hin und her, sah an der Hauswand hinauf, schien sich aber nicht entschließen zu können zu klingeln – verständlich, denn es war bereits nach Mitternacht. Er schrak zusammen, als Sara und Martin auf ihn zukamen. »Suchen Sie jemanden?«, erkundigte sich Martin.

Das Gesicht des Fremden blieb im Dunkeln. »Verzeihen Sie«, sagte er höflich, »mein Zug ist vor einer halben Stunde in München angekommen, daher die ungewöhnliche Besuchszeit. Ich … äh, bin ein alter Freund der Familie Lombard. Wissen Sie, ob Fräulein Kassandra Lombard noch in diesem Haus lebt?«

Die Stimme rief eine Erinnerung in Sara wach. Wo nur … Noch während sie grübelte, trat der Fremde einen Schritt vor. Der Schein der Straßenlaterne erfasste sein Gesicht, und im gleichen Augenblick schrie Sara auf. »Phillip Rath!«, sagte sie fassungslos.

Phillip packte ihre Hand. »Sara! Mein Gott, dann muss ich hier richtig sein. Ach, Deutschland, München, Sara!« Er zog sie in die Arme. Sie konnte es noch immer kaum glauben.

»Wo warst du nur all die Jahre, Phillip?«

»Ich werd's euch erklären. Meint ihr … wir können Kat wecken? Sie wohnt doch noch hier?«

Acht Jahre, dachte Sara verzweifelt, nach acht Jahren kommst du wieder und erwartest, dass alles ist, wie es war!

Sie schloss die Haustür auf. »Komm erst einmal herein«, sagte sie und schaltete das Licht an.

Das Telegramm erreichte Felicia auf Skollna, wo sie sich inmitten einer der zermürbenden Diskussionen mit Benjamin befand. Sara teilte ihr darin in dürren Worten mit, Phillip sei aus Frankreich zurückgekehrt; sein langes Untertauchen sei offenbar auf einen schweren seelischen Schock zurückzuführen. Es habe eine kurze Begegnung mit Kat gegeben, dann habe Phillip München mit unbekanntem Ziel verlassen.

Mehr sagte Sara nicht, und mehr gab es auch nicht zu sagen. Felicia ließ die Arme sinken, das Telegramm flatterte ihr aus den Händen, sie schien so verstört, dass Benjamin beunruhigt fragte: »Schlechte Nachrichten?«

Felicia antwortete nicht. Sie trat ans Fenster und blickte hinaus in den silbrigen Dezemberraureif. Ihr war kalt, und sie begriff, dass sie allein war. Sie war in eine Welt vorgedrungen, in der hoch gepokert wurde, und sie wusste, dass keiner ihrer Freunde ihr dorthin folgen würde. Fröstelnd hob sie die Schultern. Sie sehnte sich nach der Wärme lang vergangener Tage; sie sah in den grauen Himmel und sehnte sich nach dem Schrei der heimkehrenden Wildgänse, die den Frühling brachten.

IV. BUCH

1

Vierundzwanzig junge Mädchen mit langen Beinen, dunkelroten Lippen und falschen silbernen Wimpern marschierten in kurzen Röckchen zackig über die Bühne, knallten ihre roten Stiefel auf die Bretter, schwenkten die Hüften, rissen die Arme hoch, präsentierten großzügig jede einzelne Linie ihrer schönen Körper und blieben mit dem letzten Ton der Musik stramm stehen, verbeugten sich und strahlten. Der Schmuck an Hals, Ohren und Armen glitzerte im Scheinwerferlicht. Der Direktor, in Frack und Zylinder, trat vor, wies noch einmal mit einer weit ausholenden Gebärde auf seine zugkräftigste Nummer und brüllte: »Diiiiiiiie Tiller-Girls!«

Das Publikum im Admiralspalast in der Friedrichstraße tobte. Begeisterter Applaus füllte den Saal, schrille Pfiffe und Hochrufe erklangen. Von allen Seiten hagelte es Komplimente, und irgendwo in einer der hinteren Ecken formierte sich ein Chor angetrunkener Männer, der zwar falsch, aber dafür umso lauter das heißgeliebte Lied der Berliner schmetterte: In der Nacht, wenn die Liebe erwacht …

Die Luft waberte von Zigarettenqualm, vermischt mit dem Geruch nach Alkohol und Parfüm. Schmuck, falscher und echter, funkelte, nackte Arme und Beine leuchteten hell, junge Männer in weißen Anzügen und mit kleinen runden Hüten auf dem Kopf wippten auf ihren Stühlen, andere schlürften mit schwermütigen Mienen ihre Champagner-Cocktails. Über allem lag die Stimmung eines rauschhaften, fast provokanten Lebensgenusses.

Das neue Lebensgefühl befahl, jeden Tag und jede Nacht bis zum Äußersten auszukosten und zu genießen, weil morgen schon alles vorbei sein konnte. Man war nicht mehr romantisch, nicht sentimental, nicht beschaulich. Man war wild, frech, zynisch, frivol und spritzig. Und Berlin leuchtete in allen Farben. Die Zwanzigerjahre, dachte Maksim, eine verdammt komische Angelegenheit.

Er schlürfte seinen Drink zu Ende – irgendetwas mit Pfefferminz –, stand auf, drückte seinen Hut tief ins Gesicht und schwankte leicht. Waren ein paar Gläser zu viel gewesen heute Abend. Er hatte sich im Tauentzienpalast den Film »Die freudlose Gasse« mit Greta Garbo angesehen, war dann in einer zweitklassigen Revue gelandet, weitergezogen in ein Kabarett, wo er reichlich Sekt brauchte, um die dargebotenen Witze lustig finden zu können, und hatte schließlich zum dritten Mal in dieser Woche den Admiralspalast aufgesucht, um die Tiller-Girls über sich ergehen zu lassen. Es war fast zwei Uhr, und er wollte ins Bett. Morgen früh um acht hatte er einen Termin beim Lokalanzeiger, und es würde wahrscheinlich nicht den besten Eindruck machen, wenn er dort völlig übernächtigt und verkatert auftauchte.

Er trat auf die Friedrichstraße hinaus und wurde kurz hintereinander von zwei Prostituierten angesprochen, von denen er die eine kaum mehr loswurde. Sie lief ihm nach und beteuerte, sie habe sich in sein schwermütiges Gesicht verliebt und es sei ihr tödlich ernst. Maksim schlug seinen Mantelkragen hoch und erklärte der jungen Frau, sie sei nicht sein

Typ. Als er weitergehen wollte, stieß er mit einer Dame zusammen.

»Pardon«, sagte er.

»Macht nichts«, entgegnete die Dame. Es war Felicia.

Es war der 30. November 1925, und sie rekonstruierten später, dass es fast auf den Tag genau acht Jahre her war, dass sie einander zuletzt gesehen hatten. Sie erkannten jeder den anderen sofort, und es verwirrte und erheiterte sie, dass sie sich nach all den Jahren nachts um zwei auf der Berliner Friedrichstraße zwischen einem halben Dutzend Huren treffen mussten. Maksim hatte noch immer das schwer verliebte Mädchen mit den Stöckelschuhen am Arm, und Felicia war in Begleitung eines sehr distinguiert wirkenden Herrn, der einen Modesalon besaß und einen weißen Seidenschal um den Hals trug. Er musterte Maksim feindselig. »Maksim Marakow – Harry Morten«, stellte Felicia vor, ohne den Blick von Maksim abwenden zu können. Maksim sah sie ebenso fasziniert an. Nach dem ersten blitzartigen Erkennen stellte er fest, dass sie sich völlig verändert hatte. Das kurze Haar, die in die Stirn gekämmten Locken machten eine völlig fremde Frau aus ihr. Trotz aller Schminke sah sie abgekämpft und müde aus. In Gedanken rechnete er schnell nach und kam zu dem überraschenden Ergebnis, dass sie fast dreißig Jahre alt sein musste.

»Ich habe die Sowjetunion verlassen«, sagte er, was, da er mitten in Berlin stand, nicht gerade geistreich klang.

»Russe?«, fragte Harry Morten mit hochgezogenen Augenbrauen. Es reizte Maksim. »Bolschewik«, erklärte er. Die Hure machte drei Schritte zurück, Harry sagte gedehnt: »Ohhh …« Das Ende vom Lied war, dass Harry Morten mit der Prostituierten davonzog, ohne recht zu begreifen, wie er dazu gekommen war, und Maksim und Felicia fanden sich in der nächsten Kneipe wieder, wo sie einen süßen Likör tranken, einem heiseren Sänger lauschten, der einen Schmachtfetzen nach dem anderen trällerte, und einander in die Augen sahen, Erinnerungen fanden und die Jahre zu begreifen versuchten, die sie sich nicht gesehen und die sie verändert hatten.

Maksim hatte noch immer das blasse, schmale Gesicht von früher, daneben entdeckte Felicia Anzeichen, die verrieten, dass er zu viel trank. Er hatte Schatten unter den Augen, sein Gesicht war schlaffer, müder geworden. Auf seinen Wangen lag der Schimmer eines Bartes. Mehr noch als zuletzt in Reval durchzog Enttäuschung sein ganzes Wesen, zu keinem Moment konnte er das verbergen. Er erzählte von Maschas Verhaftung, von ihrer Verurteilung, davon, dass es damals eine Zeit gegeben hatte, in der er gedacht hatte, sterben sei ebenso gut wie leben.

»Mir blieb nur, die Sowjetunion zu verlassen«, sagte er, und wieder hatte er diesen Kummer in den Augen, »ich kann hier einigermaßen leben. Theaterkritiken, Rezensionen, Kurzgeschichten … irgendwie komme ich durch.«

»Nie mehr Russland?«

»Es ist alles anders gekommen. Lenin ist tot … und wer weiß, was wird …« Er lauschte seinen Worten nach, dann winkte er der Bedienung und bestellte noch zwei Liköre. Felicia berichtete von ihrem Leben, ohne Scheu diesmal, weil sie wusste, dass sie ihren Preis zahlte, und weil sie in dem veränderten Maksim ein neues Verständnis witterte. Sie erzählte von ihrer Fabrik, ihren Reisen, ihren Verträgen, ihrem Geld. Von ihrem Leben in Hotels und auf Empfängen.

»Aber die Luft wird dünn weiter oben. Ich habe die alten Freunde nicht mehr und eigentlich niemanden wirklich.«

»Dein Mann?«

»Von Alex bin ich geschieden, seit sieben Jahren schon. Ich hab nie wieder von ihm gehört. Meinen jetzigen Mann sehe ich selten. Die Kinder auch kaum.«

»Du hast Kinder?«

»Zwei Töchter. Belle und Susanne.« Eine Sekunde lang kam ihr der Gedanke, ihm zu sagen, dass Belle sein Kind war, aber ebenso schnell verwarf sie ihn wieder.

Nicht jetzt, dachte sie, später … vielleicht …

Sie redeten und redeten. Diese Begegnung war wie all ihre Begegnungen vorher: Sie standen verwirrt vor der Erkenntnis, dass Jahre vergangen waren und das Leben den anderen nicht unberührt gelassen hatte, und fanden doch ohne Zögern die alte Vertrautheit wieder.

»Mir ist«, sagte Felicia, »als könnte ich nie wieder stehen bleiben und ruhig atmen.«

Maksim sah sie an. »Mir geht es genauso.«

Eine müde Kellnerin näherte sich dem Tisch und gähnte provokant. »Sie sind die Letzten«, knurrte sie, »und es ist fast halb vier.«

Tatsächlich war die Kratzstimme des Sängers längst verstummt, und kein Gast saß mehr an den Tischen.

»Wir schließen jetzt«, fuhr die Kellnerin mürrisch fort. Maksim und Felicia standen auf und zogen gleichzeitig ihre Geldbeutel hervor. Es entspann sich eine kurze und heftige Diskussion darüber, wer zahlen sollte; ein Wettkampf, den Felicia gewann, weil die Kellnerin ihr die offene Hand hinhielt – in der Annahme, hier mehr Trinkgeld zu kassieren.

Draußen auf der Straße funkelten noch hier und da Lichter, und Menschen strichen um die Häuser, aber die Nacht näherte sich ihrem Ende. Felicia fiel etwas ein, das sie einmal irgendwo gehört oder gelesen hatte: Es kommt immer wieder der nächste Morgen. Und er ist grau und einsam.

Von einer unerwartet heftigen Furcht ergriffen, suchte Felicia Maksims Arm. Sie konnte jetzt nicht allein sein. Sie wollte seine Nähe – nicht berechnend wie früher, sondern aus einer untergründigen Angst heraus; jener Angst, die sie seit den Tagen des Krieges mit sich trug und die sie verletzbar gemacht hatte.

»Wohnst du bei deiner Mutter?«, fragte Maksim.

»Nein, im *Adlon*. Und du?«

»In einem Hinterhaus auf dem Kaiserdamm.«

»Ich würde deine Wohnung gern sehen.«

»Jetzt?«

»Ja. Wirklich … nur anschauen.«

Es war nach vier Uhr, als sie ankamen. Das Hinterhaus erreichten sie durch ein breites Hoftor, in dem alle Schritte unheimlich widerhallten, und über einen schmutzigen Hof, der voller Mülltonnen und Gerümpel war. Felicia balancierte in ihren hochhackigen weinroten Wildlederschuhen vorsichtig über den Schutt hinweg und fragte sich plötzlich, was wohl der feine Harry Morten sagen würde, könnte er sie jetzt sehen.

Maksim schloss die Haustür auf. Über eine enge, gewundene, knarrende Holzstiege gelangten sie in den ersten Stock.

»Hier«, sagte Maksim, »meine Wohnung!«

Sie bestand aus zwei Zimmern, einer kleinen Küche und einem noch kleineren Bad und war sehr ärmlich eingerichtet. In einem Zimmer standen ein alter Schreibtisch, zwei Stühle und ein Bücherregal. In dem anderen befanden sich ein Matratzenlager und an der Wand – mit Reißzwecken befestigt – ein Bild von Lenin. Sonst gab es buchstäblich nichts. Vom Fenster aus blickte man auf die kahle Wand des nächsten Hauses.

Maksim verschwand in der Küche und kehrte mit leeren Händen zurück. »Nichts da. Aber möchtest du eine Zigarette?«

Felicia nickte. Sie setzten sich nebeneinander auf die Matratze und rauchten schweigend. Maksim hatte ein paar Kerzen aufgetrieben, die er mit geschmolzenem Wachs auf dem Fußboden befestigte. Sie gaben das einzige Licht im Raum. Ihr flackernder Schein verlieh den nackten Wänden ein wenig Wärme.

Felicia fröstelte leise und zog die Beine enger an den Körper. Maksim, ohne sie anzusehen, hatte die Bewegung gespürt. »Wir sind beide ziemlich kaputt«, sagte er und betrachtete Felicias elegante Schuhe und ihren kostbaren Schmuck mit unbestechlichem Gleichmut, »jeder auf seine Weise. Irgendwie haben wir unsere Träume verloren, auch du, obwohl du das Geld zu deinem Gott gemacht hast und im Reichtum fast erstickst. Wir sind leer, Felicia, leer und kalt.« Er blies seinen Zigarettenrauch in Richtung Lenin. »Scheiße, dass sich Götter immer wieder selbst entthronen«, sagte er bitter.

»Auf der anderen Seite«, entgegnete Felicia ohne die Spur von Sentimentalität in der Stimme, »haben wir auch nichts mehr zu verlieren.«

Schweigend drückte Maksim seine Zigarette aus und wandte sich ihr zu. Im zuckenden Flammenschein wirkte sein Gesicht sehr verletzlich. Felicia dachte – und es war eigentlich das Letzte, was sie in dieser Nacht bewusst dachte: Was immer jetzt geschieht, es hat nichts zu tun mit Liebe oder Sehnsucht … oder mit irgendeinem von diesen verdammten Gefühlen, von denen wir in unserer Jugend glauben, dass sie dazugehören.

Felicia betrog Benjamin, wie sie Alex betrogen hatte, aber sie blieb sich und ihnen in einem Punkt treu: Außer Maksim gab es für sie keinen anderen Mann. Sie wäre nie auf den Gedanken gekommen, mit Harry Morten oder einem anderen aus der Branche ins Bett zu gehen, nicht, solange sie verheiratet war. Sie schlief mit den ihr jeweils angetrauten Männern oder mit Maksim.

Das kahle Zimmer in dem heruntergekommenen Hinterhaus wurde zu ihrem geheimen Treffpunkt, und schon bald waren sie beide süchtig nach ihren Begegnungen dort. Maksim war den ganzen Tag damit beschäftigt, neue Filme anzusehen und Kritiken darüber zu schreiben, und Felicia traf sich mit den Harry Mortens der Stadt und quälte sich im Übrigen mit den Modezeichnern herum. Manchmal saßen sie und Maksim einander gegenüber an seinem klapprigen Schreibtisch; er hackte mit konzentriertem Gesicht auf seiner Schreibmaschine herum, während sie Briefe schrieb oder seitenlange Verträge studierte. Meistens stand Felicia irgendwann auf, um vom Telefon des Pförtnerhauses aus bei *Habels Weinstube* anzurufen und das Abendessen zu bestellen: Krabbensalat, Hummercocktail, Kaviar auf hartgekochten Eiern, Rumtörtchen, Champagner; und immer Schokoladenpudding mit Krokantsplittern, weil Maksim verrückt danach war.

Maksim bewahrte alle leeren Champagnerflaschen auf und stellte sie unter Lenins Bild. Er konnte laut lachen über diesen Anblick, aber sein Lachen hatte etwas von einer Clownsmaske; es wirkte verkrampft und so, als lauerte gleich dahinter die Verzweiflung. Es konnte vorkommen, dass er das ganze teure Abendessen zum Teufel wünschte, stattdessen Felicias Hand nahm, sie hochzog und sagte: »Komm, mir fällt die Decke auf den Kopf, wir gehen irgendwohin!«

Es machte ihm Spaß, sie in die verkommensten Spelunken zu schleppen, Hinterhofkneipen, in denen es nach Fisch stank und sich drittklassige Ganoven ihre Stelldicheins gaben; dann wieder musste es eine Glitzerrevue auf der Friedrichstraße sein oder ein hochintellektuelles Kabarett auf dem Kurfürstendamm.

An vielen Tagen aber trieben sie beide auf die Wohnung am Kaiserdamm zu wie Schiffbrüchige auf eine Insel und verließen sie bis zum nächsten Morgen nicht mehr. Sie verzichteten auf Hummer und Kaviar, aßen stattdessen Butterstullen und tranken den lächerlich billigen Beaujolais, von dem Maksim seit Jahren lebte. Nackt lagen sie auf der Matratze und verteidigten sich gegen die Kälte, indem sie sich stundenlang liebten; nicht zärtlich, romantisch und staunend wie vor Jahren in Russland, sondern hungrig, hastig, ungeduldig und fast grob. Sie waren beide jung und kräftig genug, um diese durchtobten Nächte aushalten zu können; atemlos, schweißgebadet und erschöpft blieben sie aneinandergepresst liegen, rauchten Zigaretten, tranken ein paar Schlucke Rotwein. Irgendwann schliefen sie dann ein, erwachten von den Stimmen des Hauses und dem fahlen Morgenlicht, das sich seinen Weg bis in die Häuserschluchten grub und die Reste des Abendessens, die Zigarettenkippen, die Gläser beleuchtete. Felicia schlug meist als Erste die Augen auf. Sie liebte es, Maksim im Schlaf zu beobachten, denn er lag wie hingegossen neben ihr, das Gesicht im Kissen vergraben, die Decke um die Beine gewickelt, die Haare zerwühlt, satt und müde von Liebe, Rotwein und Zigaretten. Felicia erhob sich, schlüpfte in ihre Schuhe und hängte sich Maksims Jackett um die Schultern, tappte ins Bad hinüber und versuchte, sich in dem winzigen, verrosteten Becken zu waschen, das dort verloren an der Wand klebte und in das nur eiskaltes Wasser im hauchdünnen Rieselstrahl floss. Das Morgenlicht und der halbblinde Spiegel ließen ihren Teint fahl erscheinen, aber es gelang ihr jedes Mal, aus sich die Frau zu machen, als die sie sich der Welt präsentieren wollte: schön, ausgeruht, von unerschöpflichen Energien durchpulst. Parfümduftend und elegant kehrte sie ins Zimmer zurück, legte ihren Schmuck an und machte sich wie eine Verdurstende über den Kaffee her, den Maksim bis dahin gekocht hatte. Sie trank Kaffee mit derselben Maßlosigkeit, mit der sie Zigaretten konsumierte und mit Maksim ins Bett ging. Manchmal während dieser Frühstücke ertappte sie sich dabei, dass sie an die Felicia von 1914 zurückdachte und an die Träume, die sie damals mit Maksim verbunden hatten. Albern, sagte sie sich, während sich Maksim über den Tisch lehnte, sie ansah und fragte: »Wann hast du eigentlich aufgehört, das zickige kleine Mädchen zu sein?«

»Ich weiß nicht … vor langen Jahren …« Sie stand auf und griff nach ihrer Handtasche. »Entschuldige. Ich muss gehen. Ich habe eine wichtige Verabredung.«

Sie hatte ständig wichtige Verabredungen, und manche führten sie fort von Berlin. Es blieb ihr nichts anderes übrig, als gelegentlich nach München zu fahren, denn es schien ihr ratsam, Tom Wolff hin und wieder mahnend auf die Finger zu sehen. Zwei Dinge fürchtete sie auf diesen Reisen; eine mögliche Begegnung mit Kat und die Trennung von Maksim. Wolff wusste von Felicias Schwierigkeiten, und da er trotz allem einen Sinn für Fairness hatte, arrangierte er ihre Treffen so, dass sich Kats und Felicias Wege dabei nicht kreuzten.

»Hast du einen neuen Liebhaber?«, fragte er Felicia kurz vor Weihnachten, und als sie ihn anfauchte, er solle gefälligst nicht so unverschämt sein, kicherte er: »Du siehst nämlich ganz so aus. Frag mich nicht, woran man's sieht, aber man sieht es!«

Was Maksim anging, so wurden die Trennungen von ihm zum Albtraum. Felicia tigerte im Haus in der Prinzregentenstraße herum, starrte beschwörend das Telefon an in der Hoffnung, Maksim werde einmal anrufen. Er tat es nie. Er holte sie auch nie am Bahnhof ab, wenn sie nach Berlin zurückkehrte, aber meistens saß er in seiner Wohnung, wenn sie kam, und ging ohne Umschweife mit ihr ins Bett.

Weihnachten verbrachte Felicia auf Lulinn. Schon im Zug nach Insterburg wäre sie am liebsten umgekehrt, weil sie auf einmal Panik bekam bei dem Gedanken, Maksim zwei Wochen lang nicht sehen zu können. Aber dann war sie auf Lulinn, und das alte Haus nahm sie mit vertrauter Zärtlichkeit auf. Auf den Weidezäunen lagen dicke Schneehauben, im Wohnzimmer stand eine gewaltige Tanne, Benjamin, Belle und Susanne kamen im Ponyschlitten von Skollna herüber. Alle waren versammelt: Tante Gertrud mit der protzigen Granatbrosche am Kleid, die sie unweigerlich jedes Weihnachten trug und die ebenso unweigerlich jedes Mal krachend in ihren Suppenteller fiel, Onkel Victor, feist und weinselig, der von Geist und Tatendrang Adolf Hitlers schwärmte, Modeste mit ihrem Dauerverlobten, der so falsch sang, dass sich die Katzen von der Ofenbank erhoben und das Zimmer verließen. Laetitia musterte Felicia, die in ihrem neuen dunkelblauen Strickkleid und einem Saphircollier fantastisch elegant aussah, besorgt. Elsa kämpfte mit den Tränen, als Victor zum Abschluss des Abends eine lange, sentimentale Rede auf die Toten der Familie hielt. Jo, frisch promoviert und seit einem halben Jahr in einer renommierten Berliner Kanzlei assoziiert, hielt unter dem Tisch Lindas Hand, während Paul mit Belle und Susanne um den Weihnachtsbaum herumtobte. Benjamin fixierte Felicia unablässig und warf vor Verwirrung sein Weinglas um. Aus München waren Sara und Martin angereist, und Saras ruhiges Gesicht tat Felicia unerwartet gut. Es hatte sie zutiefst aufgewühlt und schockiert, als sie bei ihrer Ankunft feststellen musste, dass Jo seinen Freund Phillip mitgebracht hatte. »Wie konntest du das tun?«, fragte sie spät in der Nacht aufgebracht, als sie mit Jo noch einmal über den tiefverschneiten Hof ging. »Du weißt doch sicher alles … wegen Kat …«

»Phillip hat es mir erzählt, ja. Er weiß es von Kat. Er hatte niemanden, mit dem er Weihnachten hätte verbringen können, also habe ich ihn hierher eingeladen. Außerdem weiß ich, dass du nie feige warst.«

Felicia atmete tief. Dann reckte sie die Nase in die Luft. »Nein, feige bin ich nicht«, bestätigte sie, »aber es tut mir so leid, was passiert ist. Ich war wirklich davon überzeugt, Phillip müsse tot sein. Wir alle waren es doch.«

»Du musst dich nicht rechtfertigen. Ich habe dich nicht angegriffen.«

»Ja, ich weiß, du denkst, dass ich allein mein Leben lang damit fertigwerden muss und dass das Strafe genug ist. Das ist es auch. Phillip dasitzen zu sehen, mit seinem Holzbein und seinem zerquälten Gesicht, und an Kat zu denken, wie sie aussah, als sie Wolff heiratete … denk nicht, dass ich eine einzige meiner Sünden je vergesse. Ich vergesse leider überhaupt nie irgendetwas!«

Jo nahm ihre kalte Hand. »Geh ein bisschen sanfter mit dir um. Und pass auf dich auf. Ich weiß, was die ganze Familie dir zu verdanken hat, dass du es bist, die uns Lulinn erhalten, uns durch die Inflation gesteuert und mir mein Studium ermöglicht hat. Was auch geschieht, ich werde immer zu dir halten.«

»Hör auf, sonst fange ich an zu weinen!« Felicia hob die Arme und schlang sie um Jos Hals. »Ich glaube, du bist das Einzige, was in meinem Leben Bestand hat!«

Jo sah sie ernst an: »Wofür auch immer – gib nicht dein Glück, deine Gesundheit, deine Ruhe hin!«

Felicia nickte, entschlossen, diesen Rat zu befolgen. Natürlich, sie hatte zu maßlos gelebt. Sie ging in den zwei Wochen auf Lulinn jeden Tag stundenlang spazieren, stapfte über weiße Wiesen und durch verschneite Wälder, unternahm Ausritte mit Jo und Nicola, saß mit der ganzen Familie vor dem Kamin, gewärmt von den grauen Schatten der winterlich frühen Dämmerung, knackte Nüsse, sah in den Flockenwirbel vor dem Fenster und rührte weder eine Zigarette noch einen Tropfen Alkohol an. Mit ihren Kindern ging sie Schlitten fahren, versuchte, ihnen das Reiten beizubringen, und fuhr mit ihnen in ein Kindertheater nach Insterburg. Sie war eine ganz andere Frau auf Lulinn. In langer Hose und mit dickem Pullover tauchte sie morgens zum Frühstück auf, ungeschminkt, noch blass vom Schlaf, aber zuversichtlich und voller neuer Ideen für den Tag.

»Heute werden wir zusammen Kuchen backen«, sagte sie zu Belle und Susanne, die für die zwei Wochen nach Lulinn übergesiedelt waren, oder: »Heute machen wir eine Schneeballschlacht auf dem Hof. Fragt Paul, ob er dabei sein will!«

Ende der ersten Januarwoche reisten erst Jo und seine Familie ab, dann Elsa und Nicola, dann Martin und Sara. Die alte Unruhe erwachte wieder in Felicia. Sie fing an zu rauchen und stand stundenlang am Fenster. Sie war verrückt nach Maksim, verrückt nach Berlin. Sie sehnte sich nach dem vergammelten Zimmer am Kaiserdamm, nach den schmuddeligen Kneipen auf der Friedrichstraße, nach den bunten Revuen, nach Glitzer, Show und Geschrei.

Einen Tag eher als ursprünglich geplant reiste sie ab, in allerfrühster, dunkler Morgenstunde. Für Benjamin hinterließ sie einen Brief, in dem sie ihn um Verständnis für ihren überstürzten Aufbruch bat. Es habe sich unerwartet eine fantastische geschäftliche Gelegenheit ergeben, und um die wahrzunehmen, müsse sie unverzüglich nach Berlin.

2

An einem heißen Sommerabend kehrten Felicia und Maksim im *Romanischen Café* ein, und sie waren beide schlecht gelaunt. Sie hatten am Vormittag die neue Wochenendausstellung auf dem Messegelände besucht, weil Maksim darüber schreiben musste, und mit jeder Minute war seine Wut darüber gestiegen, dass man ihn zwang, sich mit Gartenstühlen, Sonnenschirmen und Paddelbooten abzugeben.

»Ich werd verrückt«, sagte er schließlich zornig, »komm, wir gehen!«

Sie mieteten ein Auto und fuhren hinaus an den Wannsee, aber hier wiederum störten Maksim die vielen Menschen und das Kindergeschrei. Irgendwann begehrte Felicia auf und sagte, er solle seine schlechte Laune nicht an ihr auslassen, womit die Stimmung endgültig hin war. Schweigend fuhren sie zurück. Die Sonne tauchte den westlichen Himmel in ein blutrotes Licht, die Amseln zwitscherten laut, und die Rosen dufteten süß. Maksim fuhr viel zu schnell und unkonzentriert. Er fragte Felicia nicht, wohin sie wollte, er hielt einfach vor dem *Romanischen Café*, stieg aus und betrat den vollbesetzten, verqualmten Raum. Felicia trottete wutentbrannt hinterher.

Der Erste, den sie an einem Tisch gleich neben der Tür entdeckte, war Phillip. Er hielt sein Holzbein von sich gestreckt, hatte ein Glas Sekt vor sich stehen und eine in sich gekehrte brünette Frau neben sich sitzen, die ein buntes Zigeunergewand und klimpernden Silberschmuck trug und aussah, als wäre sie eine Künstlerin. Wie sich herausstellte, malte sie Porträts, die ihr nachher niemand abkaufte, da sie unfähig war, auch nur etwaige Ähnlichkeiten mit dem Modell herzustellen.

Felicia wollte sofort umkehren, aber Phillip hatte sie schon gesehen und winkte ihr zu. Zögernd schob sie sich an seinen Tisch heran. Sie hatte geglaubt, dass er sie hassen musste, aber seit Weihnachten war sie nicht mehr sicher. Auf Lulinn hatte nichts darauf hingedeutet, und sie war ihm dort aus dem Weg gegangen.

Ach was, ich kann ihm nicht mein Leben lang ausweichen, sagte sie sich und zwang sich, ihn so unbefangen anzulächeln wie früher.

Felicia wusste nicht, wo Phillips Scherben lagen; nicht allein bei Kat, da war sie sicher. Sie vermutete eher, irgendwo in Frankreich, irgendwo in diesem verdammten Krieg. Er hatte seine herzliche, unverkrampfte Kumpelhaftigkeit von früher verloren, sein Gesicht war starr geworden und verriet nichts von seinen Gedanken.

»Setz dich«, sagte er zu Felicia und musterte sie gleichmütig, »du siehst gut aus.«

»Danke«, murmelte Felicia und setzte sich. Die andere Frau lächelte ihr zerstreut zu. Phillip bestellte einen Martini für Felicia und begann irgendeine lustige Geschichte von einer Segelpartie auf dem Wannsee zu erzählen. Felicia betrachtete ihn. Er trug einen eleganten Anzug aus erstklassigem Stoff. Von Jo wusste sie, dass er mit einem bekannten Börsenmakler zusammenarbeitete; offenbar gingen die Geschäfte gut. Sie fragte ihn danach, und er berichtete ausführlich davon, jedoch stets mit dieser seltsamen Distanziertheit in den Augen. Felicia erzählte ebenfalls, und ehe sie sichs versah, sagte sie: »Ich werde demnächst nach Paris fahren und eine Modenschau von Coco Chanel sehen, und Tom Wolff wird …« Sie brach erschrocken ab. Wolff wird mich begleiten, hatte sie sagen wollen, aber in Phillips Gegenwart brannte ihr der Name wie Feuer auf der Zunge. Hastig trank sie ein paar Schlucke von ihrem Martini und sehnte sich weit fort.

»Was ist mit Wolff?«, fragte Phillip freundlich. Felicia schob ihren Stuhl zurück und stand auf. »Er begleitet mich«, erwiderte sie gepresst, »wenn … du mich jetzt entschuldigen …« Im gleichen Moment trat Maksim von hinten an sie heran, ließ seine Hände um ihre Taille gleiten und verschränkte sie auf ihrem Bauch. »Hier sind Freunde von mir«, flüsterte er, »ich will dich ihnen vorstellen.«

Phillip beobachtete diese intime Geste mit leiser Irritation. Er und Maksim kannten einander flüchtig von früheren Sommern her, als sie beide Gast auf Lulinn gewesen waren. Sie nickten einander zu. »Verzeihen Sie, wenn ich nicht aufstehe«, sagte Phillip und wies auf sein Holzbein, »ein Andenken an jene letzten Kriegstage, als im Grunde schon alles verloren war, die Oberste Heeresleitung uns aber unbedingt noch in eine Schlacht hetzen musste!«

Maksim hob die Augenbrauen. »Herr Generalfeldmarschall von Hindenburg ist jetzt unser Reichspräsident. Mehr Ehrfurcht bitte!«

Beide Männer grinsten. Dann reichte Phillip Felicia seine Karte. »Wir sollten uns öfter sehen, Felicia. Ruf mich an!«

»Ja«, murmelte Felicia.

Sie folgte Maksim an einen Tisch, wo eine Gruppe von Männern saß, etwas heruntergekommene, vergammelte Intellektuelle, zum Teil ehemalige Spartakisten aus dem Kreis um Karl Liebknecht und Rosa Luxemburg. Sie betrachteten Felicia mit indiskretem Interesse. »Ist das deine bourgeoise Freundin, Maksim?«, fragte einer, und ein anderer setzte hinzu: »Die so wahnsinnig viel Geld macht?«

Maksim lachte. Felicia war nicht in der Stimmung für solche Anzüglichkeiten; die Begegnung mit Phillip steckte ihr noch in den Knochen, und der lange, heiße Nachmittag voller Streit und Missbehagen. Zum ersten Mal seit Langem sehnte sie sich danach, allein zu sein.

»Wenn ich gehen soll …«, sagte sie brüsk.

Einer der Männer nahm ihre Hand: »Hierbleiben!«, befahl er. »Wir sind eine klassenlose Gesellschaft. Wir akzeptieren Sie!«

Felicia setzte sich. Die Männer sprachen über alte Zeiten, tranken und rauchten. Draußen ging die Sonne unter. Die sanfteren Farben des Abends legten sich über den Raum, verwischten alle Konturen, ließen jedes Lachen gedämpfter, Stimmen geheimnisvoller erscheinen. Kerzen flammten auf. Felicia, die eigenen Gedanken nachhing, fischte in ihrer Handtasche nach Zigaretten. Der Mann neben ihr, der sich Rudolfo nannte, nahm seine eigene, kaum angerauchte Zigarette aus dem Mund und reichte sie ihr.

»Nimm die. Dann geht's dir besser.«

»Hör auf mit dem Unsinn!«, befahl Maksim ärgerlich.

Jetzt wurde Felicia natürlich hellhörig. »Was ist das denn?«

»Dieser ganz und gar gewissenlose Mensch versucht gerade, dir Marihuana anzudrehen«, erklärte Maksim grinsend.

»Du kennst das Zeug doch, oder?«, fragte Rudolfo. »Auch in deinen Kreisen ist das zurzeit Mode!«

Felicia hatte davon gehört, es selber aber nie versucht. Auf einmal reizte es sie, um Maksim zu provozieren vor allem. Sie nahm Rudolfo die Zigarette aus der Hand und rauchte hastig ein paar Züge. Im ersten Moment wurde ihr so schwindelig, dass sie sich am Tisch festhalten musste, um nicht vom Stuhl zu fallen. Der Raum und die Menschen wirbelten vor ihren Augen, das Stimmengewirr schwoll an, um gleich darauf zu einem kaum hörbaren Hintergrundgeräusch zu verebben.

»Hoppla«, sagte sie verwirrt. Doch Minuten später verflog der Schwindel. Müdigkeit und Überdruss waren wie weggeblasen, ein Gefühl ungeheurer Leichtigkeit durchschwemmte sie, fast so, als könnte sie sich jeden Moment vom Erdboden lösen und sorglos entschweben. Sie breitete beide Arme aus und lachte. »Maksim, mach das auch mal! Es ist das Beste, was ich kenne!«

»Ich weiß«, sagte Maksim und griff nach der Zigarette. Gemeinsam rauchten sie sie zu Ende. Rudolfo sah ihnen aus glasigen Augen zu. »Das wird heute die Nacht aller Nächte für euch!«, prophezeite er. »Das Zeug wirkt Wunder!«

Felicia konnte diese Worte nicht einmal peinlich finden. Es existierten ohnehin keine unangenehmen Empfindungen mehr. Sie hielt Maksims Hand, die warm und ruhig war, und sah in seinen Augen, dass es ihm ging wie ihr.

»Gehen wir?«, fragte er. Seine Stimme klang samtig und zärtlich, sehr jung, als hätte die Zeit sich zurückgedreht.

Felicia stand auf. Ihre Augen sprühten vor Lebenslust. Es war Nacht, die Lichter von Berlin gingen an, und sie war mittendrin.

»Ja«, sagte sie, »lass uns gehen!«

An dem Morgen, als er nach Paris reisen wollte, um sich dort mit Felicia zu treffen, fand Tom Wolff seine Frau zum ersten Mal in volltrunkenem Zustand. Dass sie manchmal aus

Langeweile zu viel trank, wusste er, aber bislang hatte sie immer noch ins Bett gefunden. Diesmal musste sie sich hemmungslos über jeden Tropfen Alkohol hergemacht haben, dessen sie habhaft werden konnte. Wolff stolperte buchstäblich über sie. Sie lag gleich hinter der Tür in der Bibliothek. Eine Woge von Alkoholdunst schlug ihm entgegen.

»Lieber Gott, Kat!« Ängstlich forschte er in ihrem Gesicht, denn sie atmete nur noch flach. Wahrscheinlich hatte sie eine handfeste Alkoholvergiftung. Er hob sie auf und bettete sie auf das Sofa, damit nicht nach und nach die ganze Dienerschaft über sie fiele wie über einen zerknäulten Schuhabstreifer. Dann telefonierte er mit dem Arzt.

Der Arzt diagnostizierte eine Alkoholvergiftung. Er flößte Kat ein Mittel ein, auf das hin sie erbrechen musste, und sagte Wolff, er möge dafür sorgen, dass sie den ganzen Tag über viel Wasser trinke. »Hat Ihre Frau Probleme?«, erkundigte er sich.

Wolff schüttelte den Kopf. »Nein, nein«, entgegnete er leichthin, »sie hat die Nacht durch nur ein bisschen wild gefeiert. Passiert ja jedem mal!«

Der Arzt nickte nur halb überzeugt, dann verabschiedete er sich. Wolff kniete neben dem Sofa nieder und betrachtete Kats blasses Gesicht. Sie atmete jetzt ruhiger. Aber er bemerkte, was ihm lange entgangen war: ein paar feine Fältchen um den Mund, blassblaue Schatten um die Augen, die abgemagerten Wangenknochen, die dem einst runden Gesicht seine Lieblichkeit nahmen.

»Ich brauche dich doch, Kat«, flüsterte er, »vielleicht bist du das Einzige, was ich überhaupt je gebraucht habe. Und das Einzige, was zählt.« Wäre sie bei Bewusstsein gewesen, er hätte nie so mit ihr gesprochen. Er küsste sacht ihre kühlen Lippen, ehe er aufstand und das Zimmer verließ.

In Paris traf er eine überraschend gut gelaunte Felicia. Sie war noch magerer geworden, hatte sich die Haare inzwischen so kurz schneiden lassen wie ein Mann und trug ein Band aus blauer Seide um die Stirn, das seitlich von Perlen zusammengehalten wurde. Ihre Kohlestiftbrauen wölbten sich in fast unsichtbaren Bogen über ihren Augen. Sie wirkte glücklich und energiegeladen. Paris entzückte sie, und die durchfeierten Nächte bei *Maxim's* oder in den verqualmten Künstlerlokalen am Montmartre konnten ihr nichts von ihrer Kraft nehmen. Sie war begeistert von Coco Chanels kleinen schwarzen Abendkleidern, von ihrem glitzernden, klirrenden Modeschmuck, von ihren gerade geschnittenen Kostümen. Sie war begeistert von der Stadt, von den Straßencafés, von den Händlern auf den Boulevards, von der Bohème in den Seitenstraßen und der prunkhaften Eleganz auf den Champs-Élysées. Sie fuhr nach Versailles, bummelte durch die Tuilerien, stand staunend im Louvre und vor dem Arc de Triomphe. Sie ging an der Seine spazieren, hielt ihr Gesicht in die Sonne und atmete den Sommer und Paris.

Schweigend, abwesend trottete Wolff hinter ihr her. Einmal fragte sie ihn, was los sei, und er, in einem Anflug von Vertrautheit, erzählte ihr von Kat. Zu seinem Erstaunen reagierte Felicia darauf kaum betroffen.

»Es tut mir leid«, sagte sie beinahe höflich, so als sei Kat eine halb vergessene Bekannte aus einem anderen Leben. Es gelang ihr nicht, das Glitzern aus ihren Augen zu verscheuchen. Sie fühlte sich frei, unberührbar von allem Bösen. Wolff, der nicht wusste, dass sie vom Marihuana inzwischen beinahe lebte, sah sie hasserfüllt an.

»Was macht dich so gottverdammt glücklich?«, fragte er. Es war frühmorgens, sie saßen in einer Bar und stippten Croissants in ihren Kaffee. Felicia hatte sich die Lippen in einem aufdringlichen Hummerrot angestrichen, das Wolff scheußlich fand.

»Vielleicht meine guten Geschäfte«, entgegnete sie.

»Hier die in Paris?«

»Die auch. Aber du ahnst ja nicht, wie tief ich schon in der internationalen Finanzwelt verstrickt bin!« Sie lächelte triumphierend. »Phillip Rath, du weißt, der Mann, der …« Sie stockte.

Wolff kniff die Augen zusammen. »Ja?«

»Er ist Börsenmakler in Berlin. Er macht meine Anlagen. Aktienkäufe, verstehst du? Nicht nur hier, auch in Amerika, Wall Street. Die Kurse steigen und steigen und steigen. Ich verdiene ein Vermögen damit. Und zwar ganz von selbst!«

»Hm.« In Wolffs Augen erwachte ein Funken Interesse. »Dieser …«, er hasste es, den Namen auszusprechen, »dieser Phillip Rath, der versteht was von seinem Geschäft, was?«

»Er ist fantastisch. In Finanzkreisen gilt er als einer der Größten. Du gibst ihm ein paar Scheine, und im Handumdrehen verdoppelt er den Wert!«

Für derlei Dinge hatte Wolff immer ein offenes Ohr.

»Ich werde Erkundigungen über ihn einziehen. Wenn er wirklich so gut ist – vielleicht könnte man über ihn auch mit meinen Fabrikanteilen investieren!«

»Darüber wollte ich mit dir sowieso schon reden. Es wäre eine Überlegung wert.«

»Investitionen sind immer Risiken.«

»Das ganze Leben ist ein Risiko.«

»Wie wahr!« Wolff schob angewidert seine Kaffeetasse weg, in der mittlerweile schon eine ganze Reihe Krümel schwammen. Der Gedanke an ein gutes Geschäft hatte ihn belebt, seine Niedergeschlagenheit aber zugleich in Aggression umgewandelt. Er hatte das Gefühl, Felicia eine Schwachstelle gezeigt zu haben, indem er von seinem Kummer um Kat sprach, nun musste er rasch den Spieß umdrehen und sie verletzen. Ausgestattet mit der feinen Intuition des cleveren Geschäftsmannes, kannte er ihre brennendsten Wunden. »Da wir einmal in Frankreich sind«, sagte er sanft, »sollten wir vielleicht die Schlachtfelder von Verdun besuchen. Dein Bruder Christian liegt dort, nicht? Seit zehn Jahren …«

Diesmal siegte er über das Marihuana. Der Pfeil traf und saß tief. Felicia wurde bleich unter der Schminke.

»Nein«, sagte sie heftig, »nein. Nicht nach Verdun! Wie … kommen Sie denn bloß darauf?« Sie stand auf und verließ eilig das Café. Draußen strahlte die Sonne, aber ihr kam es vor, als rieche die Luft schal, als seien Herbst und Wolken nicht fern, als sei alles grau – grau wie die Fabrikschornsteine und wie die Uniformen der Soldaten.

Wolff sah ihr nach und grinste. Sogar gesiezt hatte sie ihn wieder vor lauter Verwirrung. Er zahlte, stand auf, ging ihr nach und schob die Hand unter ihren Arm. »Komm«, sagte er, »künftigen Geschäften entgegen!«

Langsam gingen sie die Straße hinunter.

Jack Callaghan schob die Vorhänge am Fenster seines Arbeitszimmers zurück und spähte hinaus auf die dunkle Straße. Der dunkelblaue Cadillac von Alex Lombard parkte soeben vor dem Haus. Alex stieg aus und öffnete Patty Callaghan die Beifahrertür. Nebeneinander kamen sie auf das Haus zu.

Callaghan ließ die Vorhänge fallen und lächelte. Er sah es gern, wenn Patty mit Alex ausging. Sie war seine einzige Tochter, gerade erst siebzehn Jahre alt, ein lebhaftes, naives Kind, für das ein älterer Mann sicher besser geeignet wäre als ein junger. Und einer wie Lombard schon sowieso. Ein cleverer Kopf mit gesunden, realistischen Instinkten, sehr gut aussehend und sicher kein Heiliger, aber inzwischen so weit gesättigt, dass Frauen ihn nicht mehr einfach nur durch ihr bloßes Frausein reizen konnten. Callaghan hätte nichts gegen eine Heirat der beiden einzuwenden gehabt, im Gegenteil, sie hätte wunderbar in seine Pläne gepasst. Alex wäre als Schwiegersohn dauerhaft an den Verlag gebunden gewesen, und er, Callaghan, hätte sich beruhigt auf seinen Landsitz nach Kalifornien zurückziehen können. Allem Anschein nach entwickelten sich die Dinge nach seinen Vorstellungen. Gutgelaunt trat er in die Eingangshalle.

»Kommen Sie noch auf einen Schluck herein, Lombard!«, rief er Alex zu, der sich an der Haustür von Patty verabschieden wollte.

Patty wirbelte herum. »Hallo, Dad! Wir waren in einem Musical. Und wir waren essen, auf einem Schiff im Hafen. Es war absolut fantastisch!«

Callaghan strich ihr die Haare aus der Stirn und lächelte Alex über ihren Kopf hinweg zu. Ist sie nicht entzückend?, fragte sein Blick. Alex erwiderte das Lächeln und nickte. Natürlich war sie entzückend, bildhübsch und faszinierend jung. Es machte ihm Spaß, mit ihr auszugehen, ihr lebhaftes, begeistertes Gesicht neben sich im Auto zu betrachten, und es amüsierte ihn, wenn sie sich mit halb bewusster, halb unbewusster Raffinesse an ihn schmiegte und den Kopf hob, so dass ihre Lippen dicht an seinen waren. Er wusste, worauf Callaghan wartete.

»Patty, du siehst müde aus, du gehst schlafen«, bestimmte dieser jetzt, »Alex, kommen Sie doch bitte mit in die Bibliothek!«

Patty küsste Alex leicht auf die Wange, ehe sie verschwand. Callaghan schloss die Tür hinter sich und seinem

Gast und schenkte zwei Gläser Whisky ein. »Patty mag Sie sehr«, sagte er beiläufig.

»Oh, ich mag sie auch sehr«, erwiderte Alex, »sie ist ein zauberhaftes Mädchen.«

Callaghan sah ihn abwartend an, aber Alex trank nur schweigend. Callaghan fuhr fort: »Sie sind sehr ernst in der letzten Zeit, Alex. Irgendetwas geht Ihnen im Kopf herum.«

Alex lachte. »Ich bin siebenundvierzig geworden in diesem Jahr. Es war wie ein Einschnitt für mich. Auf einmal ist mir bewusst geworden, dass ich älter werde, und in diesem Bewusstsein fängt man wahrscheinlich immer an, anders über das Leben zu denken.«

»Selbstzweifel? Bei Ihnen?«

»Ein bisschen. Ein bisschen Unsicherheit, ob ich mein Leben richtig gelebt habe.«

»Mein Lieber, ich bitte Sie! Sie sind ein reicher Mann. Sie haben alles, was Sie sich nur wünschen können. Einfluss, Geld, Freunde, ein schönes Haus am Riverside Park, teure Autos, und die Frauen fallen Ihnen nur so zu! Wo liegt Ihr Problem?«

Alex, der von dem Thema ablenken wollte, sagte ausweichend: »Apropos Geld! Ich hatte ein Gespräch mit unserer Finanzabteilung. Kaufen wir weiter Aktien?«

Callaghan starrte in die Flammen des Kaminfeuers. Bedächtig sagte er: »Im Gegenteil, Alex, im Gegenteil. Ganz vorsichtig und diskret fangen wir an, Aktien abzustoßen. Unauffällig.«

»Aber … alle Welt kauft Aktien!«

»Eben. Das gerade stimmt mich ja so nachdenklich. Auf dem Geldmarkt, Alex, bin ich ein alter Hase, und wenn ich eines im Laufe meines Lebens gelernt habe, dann das: Auf einen solchen Boom, wie wir ihn im Moment erleben, kann nur ein Absturz folgen, und der wird in die allertiefsten Tiefen führen. Das klare Gesetz von Aufstieg und Fall. Jeder kauft Aktien? Ja, natürlich kauft jeder Aktien. Nichts ist schließlich leichter als das. Zehn, zwanzig Prozent Anzahlung, den Rest auf Kredit, wunderbar, und so schaukelt sich dieses Wunder immer höher. Nun – und was wird passieren?«

Alex hatte aufmerksam zugehört. »Ich verstehe«, sagte er langsam, »Sie meinen was wird passieren, wenn die Börsenmakler plötzlich anfangen, die Kredite einzutreiben?«

»Was sie tun werden in nicht allzu ferner Zeit. Seit 1923 sind die Kurse auf das Dreifache ihres Wertes angestiegen, aber jedem muss klar sein, dass ein Höhepunkt auch irgendwann einmal überschritten ist. Wenn ein solches Gefühl erst einmal aufkommt, fallen die Kurse sofort, die Makler werden panisch ihr Geld fordern, und die Schuldner müssen ihre Aktien verkaufen, um ihre Verpflichtungen einlösen zu können. Verkaufen müssen heißt immer verschleudern. Die Kurse fallen weiter, es kommt zu Panikverkäufen, der Dollar stürzt ... ah, nicht auszudenken! Ich bin eine vorsichtige Natur, Alex, mir wird hier inzwischen zu hoch gepokert, mir sieht das alles zu glanzvoll aus. Ich glaube an Höhenflüge, aber ich glaube auch an den ganz großen Crash. Und da will ich nicht dabei sein. Das Gebot der Stunde lautet: Aktien abstoßen! Investieren wir lieber in Grundstückskäufe. Alles klar?«

»Alles klar«, sagte Alex.

Callaghan grinste. »Nach diesem Exkurs zurück zu Ihnen. Sie sollten eine Familie gründen. Sie wissen, ich sähe es gern, wenn Sie und Patty heirateten, aber es kann auch ein anderes Mädchen sein. Werden Sie sesshaft – innerlich, meine ich!«

»Lassen Sie mir Zeit, Callaghan.«

»Aber Alex, sprachen Sie nicht vorhin vom Älterwerden?

Ist Ihnen nicht klar, wie wenig Zeit das Leben jedem von uns lässt?«

»Sicher zu wenig, das stimmt.«

»Es gibt da … eine Melancholie in Ihrem Wesen, die ich nicht verstehe. Wissen Sie, was ich glaube? Sie haben Heimweh. Sie sehnen sich nach Deutschland!«

»Ach was! Ich habe Deutschland den Rücken gekehrt, und zwar für immer.«

»Aber irgendetwas oder irgendjemand dort hält Sie gefesselt. So sehr gefesselt, dass Sie hier nicht mal Ihre Millionen genießen können!«

»Callaghan – mangelnden Lebensgenuss hat mir wirklich noch niemand vorgeworfen. Im Gegenteil.«

»Weil Sie den anderen etwas vormachen können. Mir aber nicht. Und wenn Sie hundert fantastische Autos fahren, die teuersten Nachtclubs besuchen und die schönsten Frauen im Arm halten – im Inneren berührt es Sie nicht, in Wahrheit bedeutet es Ihnen nicht einmal etwas. Was immer Sie gesucht haben in Ihrem Leben, Sie haben es nicht gefunden.«

»Haben Sie denn gefunden, was Sie suchten?«

»Sie weichen mir aus, Alex.«

»Ja.«

»Na gut!« Callaghan seufzte. »Ich geb's auf. Reden wir eben wieder über Investitionen. Es gibt da ein Hotel in San Francisco, über das ich gerne mit Ihnen gesprochen hätte. Ich finde, wir sollten es kaufen …«

Benjamin Lavergne saß in Laetitias Salon auf Lulinn und sah so verzweifelt aus, dass es der alten Frau fast das Herz zerriss. Sie neigte sich vor und lächelte aufmunternd. »Nun nimm doch einen Schluck Tee, Benjamin, dann geht es dir besser.«

»Tee hilft mir nicht. Mir hilft überhaupt nichts mehr. Ich kann an nichts anderes denken als an Felicia. Tag und Nacht, ich schlafe schon nicht mehr. Seit zwei Wochen keine Nachricht mehr von ihr. Im *Adlon* in Berlin heißt es immer, sie sei gerade ausgegangen. Ich kann sie nicht mehr erreichen.«

»Wann hast du zuletzt von ihr gehört?«

»Im Sommer. Aus Paris. Sie hat eine Kiste voller Spielzeug für die Kinder geschickt. Und einen langen Brief. Aber …«

»Aber das ist nicht dasselbe, als wenn sie hier wäre«, vollendete Laetitia verständnisvoll. Benjamin nickte. Laetitia stand auf und trat ans Fenster. Draußen wirbelte der Herbstwind die Blätter über den Hof, von Westen her zogen dunkelgraue, tiefe Regenwolken heran. »Ich rate dir, Benjamin, mach dich unabhängig von ihr. Sie ist keine Frau, die sich bindet. Sie verschenkt etwas von sich, und dann geht sie weiter. Sie ist ruhelos, und glaub mir, das ist für sie wahrscheinlich schlimmer als für dich.«

»Was hat sie dazu gemacht?«

»Gemacht? Es war immer in ihr, denke ich. Ein gewisses Geltungsbedürfnis, Machthunger, aber auch sehr viel beschützende Kraft. Der Hang, sich unglücklich zu verlieben. Der Wunsch, idealistisch, zärtlich, gut zu sein, der immer mit ihrem Realitätssinn, ihrer Eigenliebe und ihrer Ironie im Gefecht lag. Eine widersprüchliche Frau, die vielleicht einfach kein gradliniges Leben führen kann.«

Benjamin hatte nach der Teetasse gegriffen, stellte sie aber nun klirrend wieder ab. »Sie tut das auf Kosten anderer, Laetitia!«

Laetitias Miene wurde kühl. Benjamin war kein Mann, der in ihren Augen etwas zählte; sie fand ihn wehleidig, weich und zimperlich. Er hatte Kummer, das verstand sie, aber er brauchte nicht mit dieser brechenden Stimme zu reden. Die Art, wie er dasaß, so grau und gebeugt, die treuen blauen Augen flehend auf sie gerichtet, reizte sie.

Sei nicht ungerecht, Laetitia!, rief sie sich zur Ordnung, und plötzlich dachte sie: Du armer Junge, ich fürchte, meine Felicia ist deine Tragödie.

»Auf Kosten anderer?«, wiederholte sie scharf. »Ja, vielleicht manchmal auch auf Kosten anderer. Das geht womöglich Hand in Hand mit dem Vermögen, andere zu schützen. Soll ich dir sagen, was diese – zugegeben, völlig eigensüchtige, egozentrische – Frau schon alles geleistet hat? Abgesehen davon, dass sie Lulinn dem unfähigen Victor abgeluchst und damit mir und ihrer Mutter Elsa ein sorgenfreies Alter gesichert hat, abgesehen davon, dass sie ihrem Bruder Jo das Studium finanziert hat und ihrer Cousine Nicola eine gute Schulausbildung, abgesehen davon war sie es auch, die meine todkranke Tochter Belle durch das brennende Russland schleppte, damals, in den Jahren der Revolution, als ihnen die Bolschewisten auf den Fersen waren und sie fürchten musste, als deutsche Spionin verhaftet zu werden. Sie hätte sich die Erde da drüben leichter und schneller von den Füßen schütteln können, aber sie ist bei Belle geblieben. Sie blieb bis zu ihrem letzten Atemzug. Und Jahre vorher, 1914, als die Russen in Ostpreußen einfielen und alle sich davonmachten, da konnte ich nicht weg, weil mein Mann schwer krank war. Die ganze Familie, die Dienstboten, alle sind sie mit schlotternden Knien abgereist, bis auf Felicia. Sie blieb, und während oben ihr Großvater starb, ging sie allein die Treppe hinunter, den russischen Soldaten entgegen, und sie scheuchte die schwer bewaffneten Kerle davon wie eine Schar Hühner. Du kannst sie selbstsüchtig nennen, unkonventionell, eigenwillig und skrupellos, aber du kannst dir in einem auch sicher sein: Sie ist eine absolut loyale Person, und wenn es hart auf hart käme, wenn ihr sie wirklich bräuchtet, du und die Kinder, sie wäre hier und würde sich vor euch stellen, und gnade Gott euren Feinden!«

Laetitias Augen blitzten. Sie hatte sich in Fahrt geredet, etwas von ihrem eigenen jugendlichen Geist war in ihrem alten, hinfälligen Körper erwacht und wärmte ihn wie ein Feuer. Doch es sprang kein Funke auf Benjamin über. Er war gut und sauber wie klares Quellwasser, das den Grund unverschleiert nach oben spiegelt, und der widersprüchliche, wilde, hungrige Geist von Frauen wie Felicia und ihrer Großmutter war ihm fremd. Ihn verlangte nach Ruhe, Wärme und Geborgenheit, nach dem Glanz der Abendsonne auf den Kiefern von Skollna, nach dem Duft des Heus, nach dem Zirpen der Grillen. Felicia drohte ihm seine Welt zu zerstören, weil sie ihn zwang, in eine andere zu blicken, die er nicht verstand und von deren Existenz er nichts wissen wollte. Und er begriff: Sie liebte ihn nicht.

»Laetitia«, sagte er, »ich muss die Wahrheit wissen: Gibt es einen anderen Mann für Felicia?«

Davon war Laetitia überzeugt, aber sie sah Benjamin an, und ihr war klar, dass er belogen werden wollte.

»Sie lebt für ihre Arbeit«, sagte sie, »daneben gibt es nichts.«

Die Wolken waren herangezogen, verdunkelten den Himmel. Regen sprühte gegen die Scheiben. Benjamin stand auf. Plötzlich wusste er, dass Laetitia log. Das Entsetzen brach jäh über ihn herein, vergleichbar nur mit dem Grauen, das sich seiner bemächtigt hatte, als er 1915 zum ersten Mal im Nahkampf vor der unausweichlichen Situation gestanden hatte, einem russischen Soldaten sein Bajonett in den Leib rammen zu müssen. Er erinnerte sich, dass es ihm gewesen war, als durchbohre das blitzende Eisen sein Fleisch, als wäre er es, der auf regennasser Erde sein Blut verströmte. Das gleiche Gefühl überkam ihn jetzt – sterbenselend zu sein und doch voller Verwunderung den eigenen, gleichmäßigen Atemzügen zu lauschen. Der Unterschied war, dass er sich damals an die Vision hatte klammern können, die vielen Soldaten die Kraft zum Durchhalten gegeben hatte: Es würde vorübergehen, und er würde nach Hause kommen, und die alte, freundliche Welt würde sich auftun, ihn wieder in ihre sanften Arme schließen. Diesmal gäbe es keine alte Welt, nur eine feindselige, unwägbare Finsternis.

Zum ersten Mal, so hell, schnell und vergänglich wie ein Blitz, kam ihm der Gedanke, dass es schön sein müsse, den Boden unter den Füßen zu verlieren, sich fallen zu lassen und zu wissen, dass Angst und Kampf für alle Zeiten vorüber waren.

»Ich muss heim zu den Kindern«, sagte er leise und verließ das Zimmer. Laetitia sah ihm nach, trommelte unruhig mit den Fingern auf eine Stuhllehne. Dann ging sie zum Telefon und ließ sich mit dem *Adlon* in Berlin verbinden. An der Rezeption teilte man ihr mit, Frau Lavergne sei auf unbestimmte Zeit verreist.

Felicia warf ihren Kopf auf dem Kissen hin und her, ihr Gesicht glänzte schweißfeucht, sie bog den Hals zurück und atmete schnell und schneller. Ihre rechte Hand umklammerte Maksims Oberarm und spürte die Nässe seiner Haut zwischen den Fingern. Den anderen Arm hatte sie von sich gestreckt, die Hand krallte sich in das Betttuch, riss es aus der Matratze und zerknüllte es. Ihre Beine schlossen sich um die von Maksim, sie keuchte lauter, presste sich an ihn und stieß ihn wieder von sich weg. Beinahe wütend, kämpfend, genossen sie orgiastische Höhen, zitternd und fiebernd lösten sie sich voneinander, erschöpft nicht nur von diesem Gefecht, sondern auch von ihrem immerwährenden Zweikampf, mit dem sie einander bewiesen, dass sie gleich stark und unabhängig waren.

Sie lagen minutenlang unbeweglich, dann öffneten sie die Augen und sahen erstes Morgenlicht durch die Vorhänge einfallen. Durch einen Spalt konnten sie den Himmel erkennen; er war tiefblau, aber der Wind jagte Wolke um Wolke darüber hinweg. Von einer Minute zur nächsten, das wussten sie, konnte es regnen, und ebenso schnell würde dann die Sonne wieder durchbrechen. Sie stellten sich den Wind in ihren Haaren vor, den Sand zu ihren Füßen, den salzigen Meeresgeschmack auf ihren Lippen und hatten Lust, an den Strand zu gehen.

Es war Felicias Idee gewesen, nach Sylt zu fahren. Ihr steigender Verbrauch an Marihuana begann ihr Sorgen zu machen; sie glaubte, in der Einsamkeit, in der Natur, irgendwo zwischen hohen Wellen und weißen Dünen den Absprung vom Rauschgift finden zu können.

»Zurück zur Natur«, spottete Maksim, aber Felicia trat ihm heftig entgegen. »Wir gehen kaputt, Maksim. Merkst du das nicht?«

»Oh doch, wir verrotten. Aber immer noch besser, als in irgendeinem verdammten Ferienort Geselligkeit zu pflegen!«

»Wir fahren ja nicht nach Travemünde.«

»Dahin«, sagte Maksim, »würdest du mich auch nie bekommen.« Er ließ sich schließlich breitschlagen, nicht ohne sich täglich selbst zu verspotten, und beim Anblick des Kampener Friesenhauses, das Felicia gemietet hatte, zog er die Augenbrauen hoch. Doch trotz allem und trotz gelegentlicher Streitereien tat Sylt ihnen gut. Das Unruhige, Gehetzte wich aus ihren Wesen. Der Herbst war klar, trocken und sonnig, die Luft kalt und frisch.

Sie liefen am Meer entlang, gleich an der Brandung, hielten ihre Gesichter in den Wind und schrien auf, wenn ihnen die Wellen über die Füße schwappten. Sie gingen von Kampen bis hinauf nach List und zurück, sie spürten ihre Füße kaum mehr, aber sie fühlten sich so leicht, dass sie bis ans Ende der Welt hätten laufen können. Kurz vor List konnten sie die Sonne als glühend rote Kugel ins Meer sinken sehen, während über ihnen der Himmel dunkel wurde und sich die Abendkälte über Strand und Dünen senkte. Auf dem Rückweg war es schon Nacht, über den Dünen leuchtete der Mond, und das Meer rauschte lauter. Sie gingen eng aneinandergeschmiegt und schweigend, versunken in einen Frieden, den es nie vorher zwischen ihnen gegeben hatte. Vielleicht, dachte Felicia, weil es so ist, als wären außer uns keine anderen Menschen auf der Welt. Sie empfand Traurigkeit, weil ihr klar war, dass ein Rückzug aus dem Leben wie dieser immer zeitlich begrenzt und sein Ende zu jeder Minute absehbar sein würde.

Manchmal standen sie morgens früh auf und gingen spazieren über neblige Deiche am Wattenmeer, begleitet nur von ein paar Möwen. In irgendeiner verlassenen Kneipe tranken sie einen Kräuterschnaps, wechselten ein paar Worte mit den Männern, die am Tresen lehnten, und zogen weiter, unberührt von der Wirklichkeit, für seltene, verzauberte Stunden zwei Menschen ohne Vergangenheit und ohne Zukunft. Abends saßen sie meist in kleinen Restaurants, tranken Wein und aßen Fisch und sahen in die Kaminflammen.

»Was glaubst du«, fragte Felicia, »wenn wir beide alt sind, weißhaarig, gebeugt, werden wir wieder hier sitzen und die Tür vor der Welt zumachen?«

Maksims Augen ruhten in ihren; sie waren jung und amüsiert. »Wahrscheinlich. Wir sagen einander weder, dass wir uns lieben noch, dass wir uns brauchen, aber wir ziehen einander in den schwierigen Phasen unseres Lebens an, und da es vielleicht das Schwerste von allem ist, das Leben zu Ende zu leben, verbringen wir womöglich noch unser Alter zusammen.«

»Bis dahin …«

»Bis dahin begehren wir einander auf infame, seelenlose Weise«, sagte Maksim, und unter den missbilligenden Blicken einiger anderer Gäste lehnte er sich über den Tisch und küsste Felicias Mund.

Sara hing an dem Haus in der Prinzregentenstraße, und sie konnte Martins Begeisterung nicht recht teilen, als er ihr eines Abends erzählte, er habe endlich Arbeit gefunden, und sie könnten sich jetzt eine eigene Wohnung leisten.

»Ein Verlag hat mich eingestellt! Endlich, Sara, ist es nicht wundervoll? Wir brauchen nicht mehr von Felicia zu leben!«

»Wir haben von meinem Gehalt gelebt«, erinnerte Sara, »Felicia hat uns hier nur mietfrei wohnen lassen, weil sie nicht wollte, dass das Haus leer steht.«

»Egal. Wir sind jetzt unabhängig. Freust du dich nicht?«

»Du wolltest doch schriftstellerisch arbeiten. Was wird nun aus deinem Roman?«

»Das habe ich mir schon überlegt. Ich werde ihn an den Wochenenden und nachts schreiben. Hoffentlich stört es dich nicht zu sehr, wenn dann ständig die Schreibmaschine klappert?«

»Das nicht. Aber ich fürchte, du übernimmst dich.«

»Bestimmt nicht«, sagte Martin kühn, »äh … ich habe übrigens schon eine Wohnung für uns!«

Die Wohnung lag in der Hohenzollernstraße, hatte zwei Zimmer, Küche, Bad und einen kleinen Balkon, der zum Hinterhof hinausging und über Abfalltonnen und spielenden Kindern schwebte. Das Haus war in gutem Zustand, aber etwas dunkel und eng. Sara hatte, während sie über die finsteren Stiegen nach oben turnten, wieder einmal eine ihrer hellsichtigen Minuten und sagte: »Martin, ich kann es nicht erklären, aber es ist in mir ein Gefühl, als wäre dieses Haus unsere Falle. Es gibt keinen zweiten Ausgang, nicht? Nur die eine Haustür, durch die wir hereingekommen sind.«

»Sara, die meisten Häuser haben nur eine Tür!«

»Nein. Normalerweise gibt es eine zweite zum Hof.«

»Nun, hier musst du eben vorn hinausgehen und dann durch die Einfahrt in den Hof. Was ist dabei?«

»Nichts«, sagte Sara. Sie schämte sich ihrer Furcht.

»Also, was ist, gefällt dir die Wohnung?«, drängte Martin. Sara begriff, dass sein Herz daran hing.

»Sie gefällt mir. Wir sollten sie nehmen.« Sie trat schnell ans Fenster, um ein paar Sonnenstrahlen zu erhaschen, die steil durch die Scheiben fielen und ein paar goldene Flecken auf die zerschlissenen Vorhänge malten.

»Stirb und werde«, sagte Maksim nachdenklich. Er spielte mit einem langen Grashalm, ließ ein paar Sandkörner durch seine Finger rieseln, sah hinunter in die Heide, die violett flimmerte und süßlich nach schwarzen Beeren roch. Es war ein klarer, kühler Tag, aber an windgeschützten Stellen in den Dünen wärmte die Sonne noch. Felicia kauerte im Sand. Sie trug eine lange Hose, einen dicken Wollpullover und hatte die Beine eng an den Körper gezogen. Weder hatte sie sich die Haare gebürstet noch das Gesicht geschminkt, und ihre grauen Augen sahen ohne die gewohnte schwarze Kajalumrandung seltsam kindlich und verletzbar aus.

»Stirb und werde«, wiederholte sie und versuchte, aus den Tiefen ihres Gedächtnisses hervorzukramen, was sie in der Schule darüber gelernt hatte, »du willst sagen …«

»Ich will sagen, wir werden nicht als die von hier fortgehen, als die wir hergekommen sind. Wir wären kaputtgegangen in Berlin. Ich meine nicht das Marihuana. Es war einfach so, dass wir alles verloren hatten, was je wichtig gewesen ist für uns. Wir lebten, ohne zu wissen, wofür und weshalb, und was das Gefährlichste war: Wir genossen es, unseren Untergang grandios zu feiern. Es war der beste Untergang, den je zwei Menschen hatten.«

Maksim lachte. »Er war so fantastisch, dass man am liebsten mit dem Untergehen nicht mehr aufhören wollte.«

»Aber wir werden aufhören?«

Er sah sie nachdenklich an. »Es wäre vielleicht das Beste.«

Felicia lehnte sich zurück. Die Sonne schien ihr warm ins Gesicht, und wieder strömte eine Welle des herbstlich würzigen Geruchs von der Heide in die Dünen hinauf.

»Ich glaube«, sagte sie leise, »ich werde nie aufhören, dem Geld nachzujagen.«

»Was weißt du, was kommt«, meinte Maksim unbestimmt. Er ließ noch immer den Sand durch seine Finger rieseln.

Felicia betrachtete seine Hände und dachte: Wie merkwürdig ist es, dass ich diesen Mann ein Vierteljahrhundert liebe und nun nicht traurig bin über seine Worte.

»Zum ersten Mal seit der Revolution fühle ich mich wieder stark«, sagte Maksim, »verstehst du, die Müdigkeit ist weg, die Trostlosigkeit, die Leere. Es kehrt etwas zurück, wovon ich schon glaubte, es sei für immer verloren. Felicia, glaubst du, es ist möglich, ein zweites Mal im Leben ganz von vorn anzufangen, trotz aller Erfahrungen und Enttäuschungen und trotz des Wissens, dass man klein und sterblich ist?«

Sie setzte sich auf, legte ihre Hand auf seinen Arm. »Natürlich ist es möglich«, sagte sie, »natürlich!«

3

»Der Rhein. Deutschlands Strom, nicht Deutschlands Grenze.« So lautete das Thema der schriftlichen Abiturprüfung in Deutsch, mit dem sich Nicola fünf Stunden lang herumschlagen musste. Sie kaute verzweifelt an ihrem Federhalter, während sie sich Wort um Wort aus den Fingern saugte. Es war Ostern 1928, und es war, als hätte der Sommer schon begonnen. Warme Sonne lag über Berlin, in allen Vorgärten leuchteten Tulpen, Narzissen und Veilchen, und die samtige Luft war erfüllt vom Summen der Bienen. Die Sonne fiel auch durch die hohen Fenster des Klassenzimmers und zeichnete helle Kringel auf die Tische. Nicola seufzte und warf einen sehnsüchtigen Blick nach draußen.

Was für ein absolut idiotisches Thema, dachte sie, ich habe den Rhein nie gesehen, und es ist mir ganz egal, wo Deutschlands Grenzen liegen!

Ihre Gedanken schweiften ab. Zu Sergej, ihrem neuen Freund, Exilrusse, mit dem sie gestern die halbe Nacht hindurch im *Rio Rita* am Kurfürstendamm getanzt hatte. Elsa war natürlich dagegen gewesen, dass Nicola am Tag vor ihrer ersten Abiturprüfung abends ausging, aber Nicola hatte erklärt: »Ich werde viel besser sein, wenn ich mich nicht den Abend lang hier totlangweile!«

Elsa hatte ihr nachgesehen, wie sie davontrippelte, gehüllt in eines ihrer obskuren Seidenfähnchen, ein Netz aus Silberlamé eng um den Kopf gezogen. Als sie nach Hause kam, war es drei Uhr morgens, und als sie um sieben geweckt wurde, war sie so verschlafen, dass sie beschloss, auf ihr Abitur zu verzichten. Diesmal aber ging Elsa auf die Barrikaden. Es entspann sich eine lange, hitzige Diskussion, in deren Verlauf Nicola zumindest wach wurde.

»Wozu brauche ich das blöde Abitur? Ich heirate Sergej und führe ein sorgloses Leben!«

»So etwas Dummes habe ich noch nie gehört! Vor dem Krieg, da hat man noch so geredet, aber die Zeiten haben sich geändert. Was weißt du, wie die Zukunft aussehen wird und ob du immer einen Mann haben und versorgt sein wirst? Meine Generation wurde noch so erzogen, dann kam der Krieg, und wir standen hilflos vor den Trümmern. Die modernen Frauen sollten daraus gelernt haben!«

»Ich will nichts lernen. Ich will leben.«

»Um zu leben, wirst du auf eigenen Füßen stehen müssen.«

Widerwillig machte sich Nicola schließlich auf den Weg, getröstet nur durch die Tatsache, dass das Ende ihrer Schulzeit in greifbare Nähe gerückt war.

Sergej wartete um ein Uhr vor dem Schultor. Er war ein großer junger Mann mit Samtaugen und einem fantastischen Akzent, den er sehr pflegte und den Nicolas Freundinnen als überaus sinnlich bezeichneten. Er ging nur ganz gelegentlich seinem Beruf nach – er hatte irgendetwas mit Immobilien zu tun – und war im Übrigen in sich selbst unsterblich verliebt. Er trug spitze Schuhe, auffällig gemusterte Krawatten und dandyhafte Hüte. Heute hatte er Nicola zur Feier des Tages einen großen Blumenstrauß mitgebracht.

»Wie war es, Kleines?«, fragte er zärtlich.

»Oh schrecklich! Reaktionär und hoffnungslos langweilig. Ich fürchte, meine Arbeit wird nicht mehr ausreichend sein.«

»Mach dir nichts draus. Vergiss es einfach. Wir gehen jetzt erst mal Tennis spielen!«

Sergej war Mitglied im berühmten Tennisclub Rot-Weiß und fuhr wenigstens dreimal in der Woche hinaus an den Hundekehlensee im Grunewald, wo Rot-Weiß seinen Platz hatte.

»Ich weiß nicht«, meinte Nicola zögernd, »morgen ist Latein dran, und …«

Sergej verzog das Gesicht.

»Latein! Wie kann man an einem solchen Frühlingstag an Latein denken!«

»Aber dann muss ich heute Abend …«

»Heute Abend«, sagte Sergej und zog sie an sich, »gehen wir ins *Barberina*!«

Das *Barberina* war eines der teuersten und mondänsten Tanzhäuser, und Nicola liebte es heiß. Während in ihr noch Pflichtbewusstsein und Vergnügungssucht miteinander rangen, hörte sie plötzlich von hinten ihren Namen.

»Nicola von Bergstrom?«

Sie drehte sich um. Hinter ihr stand Benjamin Lavergne.

Er trug einen schlecht sitzenden grauen Anzug, einen altmodischen Hut und an den Füßen zwei verschiedenfarbige Strümpfe. Sein zerknittertes Gesicht war von gespenstischer Blässe. Nicola hatte ihn nur drei- oder viermal im Leben gesehen, dennoch erschrak sie über sein Aussehen. Neben dem gepflegten Sergej wirkte er wie ein Wesen aus einer anderen Welt.

»Wer ist denn das?«, fragte Sergej auf Russisch und zog eine Augenbraue hoch.

»Der Mann meiner Cousine«, entgegnete Nicola, ebenfalls auf Russisch, »ich frag mich, was der hier will!«

»Nicola, ich habe den ganzen Vormittag über vor der Schule gewartet«, sagte Benjamin. Seine Stimme zitterte. »Du … Du kommst spät!«

»Abitur«, entgegnete Nicola lässig. Sie warf die schwarzen Haare zurück. »Was kann ich für dich tun, Benjamin? Weshalb bist du überhaupt in Berlin?«

»Ich muss unbedingt mit Felicia sprechen.«

»Du hättest anrufen können.«

»Es ist zu wichtig. Außerdem erreiche ich sie nie. Es geht um … um Belle, Felicias Tochter …«

»Belle? Was ist mit ihr?«

»Bitte, Nicola, wo ist Felicia?«

Nicola zögert. Sie hatte Felicia in den vergangenen Jahren mindestens zweimal in der Woche mit Maksim in einem Nachtclub oder in einer Bar getroffen, und so wusste sie von dem Verhältnis zwischen den beiden. Sie wusste sogar, wo Maksim wohnte, denn im vergangenen Sommer hatte sie ihn einmal mit Felicia im Taxi abgeholt, weil sie alle zusammen an den Wannsee hinausfahren wollten. Im Grunde wusste Nicola alles über diese Liaison und doch nichts; in jedem Fall war ihr aber klar, dass Benjamin nicht unbedingt eingeweiht werden musste.

»Nicola, in Gottes Namen, sag mir, wo ich sie finden kann! Bitte!«

»Nun, ich …«

Benjamins Gesicht wurde noch grauer, seine Lippen fahl. »Nicola, du musst nicht … Ich meine … Ich weiß von diesem anderen Mann …«

»Oh …« Das hätte Nicola nicht gedacht. Woher, in Teufels Namen, weiß er das?, überlegte sie. Allmählich fürchtete sie, er könne jeden Moment umfallen, er sah ganz danach aus. Wenn etwas Schlimmes mit Belle war, dann musste Felicia das erfahren.

»Können wir nicht endlich gehen?«, murrte Sergej.

»Gleich. Benjamin, wenn es wirklich so wichtig ist …« Nicola nannte Maksims Adresse.

Auf Benjamins Stirn standen Schweißperlen.

»Danke, Nicola.« Er wandte sich abrupt ab und stieg in ein wartendes Taxi. Nicola sah ihm nach.

»Hoffentlich habe ich keinen Fehler gemacht …«

»Kommst du jetzt oder nicht?«

»Er wird Maksim doch nicht erschießen?«

»Der nicht«, erwiderte Sergej voller Überzeugung, »der hat kein heißes, russisches Blut. Der erschießt höchstens sich selber!«

Nicola lachte hell.

»Und da trifft er noch daneben. Komm, lass uns fahren!«

Sie stiegen in das schicke weiße Cabrio, und Sergej startete mit quietschenden Reifen.

Es dauerte eine Weile, bis Benjamin herausgefunden hatte, dass Maksim Marakow im Hinterhaus wohnte – eine Tatsache, die er nie in Erwägung gezogen hätte. Als er den Namen nicht fand, dachte er zuerst, die Schlange Nicola habe ihn angelogen, und wieder brach ihm der Schweiß aus. Als er endlich durch den schmutzigen Hof zum Hinterhaus ging, war es ihm, als wären seine bösesten Träume Wirklichkeit geworden. Maksim Marakow … der Name hatte etwas von einem Spuk, von Geistern, die immer neu erstanden. Der Rivale aus Vorkriegstagen, der Rivale auch jetzt noch. Und der Sieger.

Seinen Trick hatte Nicola nicht durchschaut, Gott sei

Dank. Seine Behauptung, er wisse sowieso alles, war ein kluger Schachzug gewesen, das und seine gespielte Angst um Belle. Wie damals, als er Kats Briefe abgefangen hatte, konnte er auch diesmal keinen Triumph wegen seines listenreichen Vorgehens empfinden. Mit zitternder Hand strich er sich über die Stirn. Lieber Gott, wäre dieser Tag erst vorüber!

Eine dicke Frau, die das Treppenhaus putzte, musterte ihn misstrauisch. »Wo woll'n Sie denn hin?«, fragte sie und starrte auf seine verschiedenfarbigen Strümpfe.

»Zu Maksim Marakow«, krächzte Benjamin. Er hatte weder seine Hände noch seine Stimme unter Kontrolle.

»Der is' nich' da«, teilte ihm die Frau mit.

»Oh … dann … werde ich warten, wenn Sie erlauben.«

»Bitte sehr!« Sie ließ ihn an ihrem Putzeimer und Schrubber vorbeibalancieren und rief ihm noch nach: »Dritter Stock, zweite Tür links!«

Es gab kein Namensschild an dieser Tür, doch Benjamin war sicher, die richtige Wohnung gefunden zu haben. Er kauerte sich auf die gegenüberliegende Treppe, betrachtete das abgeblätterte Holz an der Tür und die abgerissenen Tapeten ringsum und fühlte sich kalt und leer.

Er saß Stunde um Stunde. Ein paarmal kamen Kinder vorbei und sahen ihn verwundert an, zwei junge Mädchen stiegen die Treppe hinauf, kicherten, und eine zupfte ihn am Haar. In ihren Kleidern schwang Frühlingsduft und erinnerte ihn daran, dass draußen die Welt weiterexistierte und das Leben seinen gewohnten Gang ging. Seine eigene Zeit schien ihm vorbei zu sein, sie lief sich tot an dieser Tür vor ihm.

In den frühen Abendstunden erschien Maksim. Wie immer, wenn er Schritte vernahm, wich Benjamin zurück, verschwand hinter der Treppenbiegung und spähte über das Geländer hinunter. Er erkannte Maksim sofort, obwohl er ihn so viele Jahre lang nicht gesehen hatte. Er konnte ihn beobachten, wie er vor der Wohnungstür stehen blieb und nach dem Schlüssel suchte. Unter dem Arm hielt er einen Stapel Papier, seine dunklen Haare waren zerwühlt, die Krawatte nur locker umgebunden. Was, um Himmels willen, sieht sie in ihm, fragte sich Benjamin verzweifelt, während ihm seine Fantasie mit unerbittlicher Grausamkeit überdeutliche Bilder vorspiegelte: Maksim und Felicia in einer wilden Umarmung, Maksim und Felicia im Bett. Ihm wurde übel, eilig presste er die Hand gegen den Mund.

Nicht lange nach Maksim kam Felicia. Benjamin erkannte sie schon am Schritt. Sein Herz klopfte zum Zerspringen. Er hatte das Licht im Treppenhaus angeschaltet, eine hässliche, kahle Birne an der Decke, die ein grelles Licht spendete. Benjamin wagte kaum zu atmen. Er beobachtete, wie Felicia innehielt, einen Spiegel und die Puderdose aus der Tasche zog und sich die Nase puderte. Sie trug ein grüngeblümtes Sommerkleid mit einer grünen Schärpe um die tiefliegende Taille, darüber einen Mantel aus braunem Mohair. Sie hatte keinen Hut auf, und ihre Haare waren wieder länger geworden; sie reichten jetzt bis auf die Schultern und glänzten rötlicher als früher. Sie färbt sich die Haare, dachte Benjamin entsetzt. Seine Mutter hatte von Frauen, die das taten, immer im Ton tiefster Verachtung gesprochen. Fasziniert schaute er zu, wie sie ihre Lippen nachzog. Sie war eine Fremde für ihn, wie sie dort in dem kahlen Flur, in dem hässlichen Treppenhaus stand, aber im gleichen Moment war ihm bewusst, dass sie nie etwas anderes als fremd für ihn gewesen war.

Als sie an die Tür klopfte, meinte er, sterben zu müssen, aber diese Qual war noch nichts, verglichen mit der, die er empfand, als Maksim öffnete und die beiden einander ge-

genüberstanden. Er hatte den ganzen Nachmittag über versucht, sich diese Szene auszumalen. Er hatte sie sich stürmisch vorgestellt, verliebt, ein bisschen dramatisch, wie er es aus Filmen und Büchern kannte. Nichts davon fand in diesem Flur statt. Es war viel schlimmer: keine Umarmung, kein Sturm, nur Blicke, vertraut und zärtlich, ruhig und klar wie der Frühlingstag draußen, selbstverständlich wie die Sonne, freundlich wie die samtige Luft. Felicia hob die Hand und strich Maksim sacht über die Wange, er sagte etwas, leise und lächelnd, und trat zurück, um sie einzulassen. Die Tür schloss sich hinter ihnen.

Benjamin erhob sich langsam. Mit brennenden Augen starrte er auf die Tür. Kraftlos und betäubt stolperte er die Treppe hinunter, unfähig zum Zorn, schwach und krank. Die Frau, die am Mittag geputzt hatte, saß auf der untersten Treppenstufe. Vor ihr stand eine andere Frau, auf dem Arm einen Säugling, in der Hand eine Zigarette. Die beiden unterbrachen ihren Tratsch, als Benjamin mit halbirrem Blick vorübertaumelte.

»Heh, junger Mann«, sagte die Frau mit der Zigarette, »is' Ihnen nich' jut?«

Benjamin starrte sie stumm an und ging weiter.

»Der kommt unter die Räder«, stellte die andere Frau fest und schüttelte betrübt den Kopf.

Felicia lag auf dem Rücken und rauchte eine Zigarette. Neben ihr hatte sich Maksim ausgestreckt, er stützte sich auf und streichelte Felicias Haar. Vom Hof herauf klang das Geschrei spielender Kinder.

»Ich gehe in die Sowjetunion zurück«, sagte Maksim leise. Felicia nahm einen tiefen Zug aus ihrer Zigarette, blies den Rauch aus und sah ihm gedankenverloren nach.

»Ich hab's mir schon gedacht.«

»Kein Jahr mehr, und Mascha kehrt aus Sibirien zurück. Ich möchte da sein, wenn sie nach Hause kommt. Möglicherweise wird es Schwierigkeiten für sie geben, und sie braucht jemanden, der sich mit ihrem Anwalt in Verbindung setzt.«

»Ja, ich verstehe.«

Maksim nahm ihr die Zigarette aus der Hand und rauchte ein paar Züge.

»Und du? Wohin werden dich deine Wege führen?«

»Ich weiß nicht. Es wird alles so weitergehen wie bisher. München, Berlin, und hin und wieder Insterburg.« Sie verzog das Gesicht. »Ich werde wieder eine treue Ehefrau sein.«

»Im Ernst?«

»Natürlich. Wenn du fort bist.«

»Glaubst du eigentlich«, fragte Maksim, »an die einzige, wahre, große Liebe im Leben eines Menschen?«

Felicia nahm sich ihre Zigarette zurück. »Soll ich dir etwas verraten, Maksim? Ich bin zweiunddreißig Jahre alt geworden, ohne herauszufinden, ob ich auf diese wichtige Frage mit Ja oder Nein antworten soll. Ich habe keine Ahnung!«

»Dann wirst du nie daran glauben.«

»Nein?«

»Du wirst immer an dich glauben. Nicht an Liebe, an Gott, an das ewige Leben oder an das Fegefeuer, sondern einfach an dich.«

Felicia seufzte. »Maksim, es ist nur so, dass ich nicht daran glaube, dass irgendetwas Bestand hat, und ich bin meine einzige berechenbare Größe. Ich glaube, dass alles dahingeht und dass uns am Ende nur die Erinnerung an einige kurze Momente bleibt.«

»Uns bleibt die an die Zwanzigerjahre.« Maksim ließ seinen Zeigefinger sacht über Felicias Nase gleiten. »Du hast immer gewusst, dass es auf Abruf war, nicht?«

»Ja. Wann gehst du?«

»Ich weiß nicht … im Herbst …«

»Und glaubst wieder an Lenin!« Felicia lachte dem Genossen an der Wand zu, der drei Jahre lang stummer Zeuge ihrer intimen Begegnungen gewesen war. Die leeren Champagnerflaschen allerdings waren verschwunden. Maksim hatte derartigen Vergnügungen abgeschworen.

»Ich glaube an Lenin«, sagte er, »anders als früher, aber ich glaube an seine Lehre.«

Draußen ging der Abend in die Nacht über, Dunkelheit kroch ins Zimmer. Felicia drückte ihre Zigarette aus. Sie kuschelte sich tiefer in die Decken. »Maksim, was ich dich schon lange fragen wollte: Bereust du diese Zeit mit mir? Quält es dich, dass du schwach geworden bist?«

Maksim lächelte. »Ich kann mit meinen Schwächen leben«, entgegnete er.

»Ich auch«, sagte Felicia. Sie küsste ihn und wusste, sie würde ihm nie von Belle, seiner Tochter, erzählen. Nie.

Benjamin stieg in Insterburg aus dem Zug. Eine fremde Frau reichte ihm aus dem Fenster seine Tasche nach.

»Die hätten Sie fast vergessen! Sie müssen besser auf Ihre Sachen achtgeben!«

»Danke«, sagte Benjamin gleichgültig und nahm die Tasche. Wie blind ging er über den Bahnsteig. Eine Blumenverkäuferin hielt ihm einen Strauß Tulpen unter die Nase, aber er ging achtlos daran vorbei. Er rempelte einen alten Mann an, der empört losschimpfte. »Können Sie nicht aufpassen?«

Benjamin drehte sich nicht einmal nach ihm um. Er trat auf den Bahnhofsvorplatz und winkte ein Taxi herbei.

»Nach Skollna«, sagte er und ließ sich auf den Rücksitz fallen.

»Es könnte das Geschäft deines Lebens werden«, sagte Phillip beschwörend, »du brauchst ein bisschen Mut, natürlich, aber es gibt praktisch kein Risiko dabei. Wirklich, ich hätte dir sonst nicht dazu geraten!«

»Das glaub ich dir schon«, meinte Felicia zögernd. Sie und Phillip saßen mit Jo und Linda im Restaurant des *Adlon* beim Essen und feierten den neuesten Geschäftsabschluss, den Felicia und Phillip getätigt hatten. Genaugenommen hatte Felicia noch gar nicht alles begriffen, außer dass es sich um Aktienkäufe gewaltigen Ausmaßes handelte und dass sie einen Kredit hatte aufnehmen müssen, der die Fabrik bis unters Dach belastete. Zwei Faktoren hatten ihre Entscheidung schließlich bestimmt: Zum einen hatte Phillip ihr noch immer Glück gebracht, und wenn alles lief wie geplant, konnte sie ihr Vermögen verdreifachen. Zum anderen beteiligte sich auch Wolff an der Transaktion, was Felicia zumindest des unbehaglichen Gefühls enthob, die allein Verantwortliche zu sein.

»Ich glaube, ich muss mich erst daran gewöhnen, praktisch nur noch auf Kredit zu leben«, meinte sie und hob ihr Glas. »Prost! Auf alles Geld der Erde!«

Linda kicherte, Jo lächelte gezwungen. »Ich hätte es nicht getan«, sagte er, »sei mir nicht böse, Phillip, aber ich finde das einfach zu riskant. Andererseits verstehe ich davon auch nicht genug.«

»Du bist Jurist, das ist es«, entgegnete Phillip, »und einen Juristen wird man nie für ein wirklich gutes Geschäft gewinnen. Euch ist die schwarze Seite der Menschheit zu gut bekannt.«

»Wir reden jetzt nicht mehr davon, sonst kann ich heute Nacht nicht schlafen«, bestimmte Felicia, »wir wollen uns heute Abend nur amüsieren. Also esst und trinkt und macht keine ernsten Gesichter.«

Sie waren beim Dessert angelangt, als ein Kellner an ihren Tisch trat und Felicia diskret ans Telefon bat.

»Ein Anruf für Sie, Madame. Die Dame sagt, es sei dringend.«

»Ich komme.« Felicia stand auf. Im Foyer traf sie Nicola und Sergej. Die beiden waren auf dem Weg in die Bar.

»Ach Nicola, wie stehen die Aktien?«, erkundigte sich Felicia, noch im Bann ihrer Geschäfte.

Nicola blickte düster drein. »Mehr als schlecht. Heute war Latein dran, und ich kann nur sagen, es ist unwahrscheinlich, dass ich mehr als einen einzigen Satz richtig übersetzt habe.«

»Du machst das schon«, tröstete Felicia, zerstreut und allzu optimistisch.

Nicolas Miene erhellte sich. »Rate, was wir hier tun, Felicia! Ich meine, was wir jetzt gleich feiern werden!«

»Keine Ahnung. Das Leben als solches?«

»Nein. Unsere Verlobung. Sergej und ich werden heiraten.«

Sergej grinste dümmlich, und Felicia fragte sich, ob man Nicola dieses Vorhaben noch werde ausreden können.

»Wie … schön, Nicola. Meinen Glückwunsch, Sergej. Wir reden noch mal darüber, ja? Ich muss jetzt telefonieren.« Noch in Gedanken versunken nahm sie den Hörer auf. »Felicia Lavergne.«

»Felicia?« Es war Laetitias Stimme.

»Großmutter! Wie schön, dass du mich anrufst! Aber du klingst so komisch. Liegt das am Telefon, oder ist etwas passiert?«

»Felicia, du musst sofort hierherkommen. Sofort, hörst du? Es ist Benjamin, er …«

»Ja, um Himmels willen, was hat er denn?«

»Felicia, Kind, es tut mir so leid, wir haben es auch gerade erst erfahren … Er hat sich erschossen. Benjamin hat sich erschossen.«

Felicia starrte den Telefonhörer an, als hielte sie ihn für einen bösen Geist. Hinter ihr schwirrten Stimmen; Satzfetzen, Gelächter, Rufe wehten durch das hell erleuchtete Foyer. Seidenkleider, Parfüm, Gläserklingen – ihre ganze Welt tanzte dort hinter ihr vorbei und entglitt ihr zugleich, wurde fremd und fern.

»Felicia! Bist du noch da?«

»Ja, Großmutter. Ich hab alles verstanden. Ich komme so schnell wie möglich.« Sie legte auf, wandte sich schwerfällig um und sah in Nicolas strahlendes, junges Gesicht.

»Eine Nachricht von Benjamin, Felicia? Ich hatte ganz vergessen, dich zu fragen, ob er dich eigentlich noch gefunden hat gestern?«

Felicia brachte kaum die Lippen auseinander. »Wie?«

»Er war in Berlin. Wegen … Oh Gott, Felicia, es ist doch nichts mit Belle? Ich hatte ihm Maksim Marakows Adresse gegeben, weil … Oh Sergej, halt sie bloß fest! Ich glaube, sie fällt um!«

Zum ersten Mal in ihrem Leben war sie krank, zerbrochen, müde, am Ende ihrer Kräfte. Sie konnte nicht weiter; alle Gedanken, alle Wünsche, alle Pläne endeten an Benjamins Grab auf dem Familienfriedhof von Skollna.

Sie wusste später kaum, wie sie das Begräbnis durchgestanden hatte. Die ganze Zeit über hörte sie Elsa leise weinen und Victor lautstark schniefen, denn er war erkältet und hatte sein Taschentuch daheim vergessen. Gertrud trug einen schwarzen Wollhut und kondolierte Felicia ununterbrochen, und Modeste strahlte ihre übliche Selbstgefälligkeit aus, drückte die Hand ihres Verlobten und betrachtete ihre Cousine voller Mitleid.

Als sich der Tag seinem Ende zuneigte, als die Sonne untergegangen war und die Vögel lauter durch die klare, kühle Abendluft zwitscherten, als Belle und Susanne verweint, verwirrt und völlig überdreht in ihren Betten lagen, da konnte sich auch Felicia endlich zurückziehen, und die albtraumhafte Entrücktheit, in der sie den Tag verbracht hatte, machte glasklarer Verzweiflung Platz. Sie hatte sich in das Zimmer der verstorbenen Susanne Lavergne begeben, jenes Zimmer, in dem auch Benjamin seinem Leben ein Ende gesetzt hatte. Mit Nachdruck schloss sie die Tür hinter sich. Sie wusste, wenn jetzt jemand käme, mit ihr zu sprechen, sie würde schreien. Besonders, wenn es Minerva wäre, die zum hundertsten Mal von jenem schrecklichen Moment berichtete, als sie den toten Benjamin gefunden hatte. »Stellen Sie sich vor, es ist Abend, und ich bin unten im Haus und gieße die Blumen, ich denke natürlich an nichts Böses, nicht wahr? Und plötzlich kracht der Schuss. Ich bin so erschrocken, ich hab gleich die Gießkanne fallen lassen und hab um Hilfe gerufen. Es ist aber niemand gekommen, und da bin ich die Treppe hochgelaufen. Ich hab gleich gedacht, dass der Schuss aus dem Zimmer von der seligen gnädigen Frau kommt, und wie ich da rein bin – nein, Jesus, hab ich mich erschreckt! Da liegt der gnädige Herr am Boden und neben ihm seine Pistole, die aus dem Krieg, wissen Sie, der gnädige

Herr war ja an der Ostfront, und neben seinem Kopf ist ganz viel Blut …«

Die Dienstmädchen hatten das Zimmer aufgeräumt und geputzt, es waren keine Spuren jenes dramatischen Abends geblieben. Felicia kauerte sich auf das Sofa, zog die Beine fest an sich und umschlang sie mit ihren Armen. Sie fror in ihrem dünnen schwarzen Kleid und in dem kalten Zimmer, in dem noch immer der Geist der toten Susanne lebte – und die Aura einer schrecklichen Tat. Irgendwie gehörten sie zusammen, Susanne, ihr Zimmer, Benjamin. Wieder meinte sie Minervas aufgeregte Stimme zu hören: »Ich wusste gleich, dass der Schuss aus dem Zimmer der gnädigen Frau kam …«

Sie wusste es gleich. Als hinge Benjamins Schicksal mit diesem Zimmer zusammen, mehr als mit irgendetwas anderem.

Aber es hing auch mit ihr zusammen, dachte sie mit harter Ehrlichkeit.

So saß sie, ließ die Minuten verrinnen und versuchte zum ersten Mal, den Mann zu verstehen, den sie zehn Jahre zuvor geheiratet hatte.

Als sich leise die Tür öffnete und Laetitia wie ein Schatten hereinhuschte, hob sie den Kopf. »Großmutter? Du bist noch hier? Warum bist du nicht mit den anderen zurückgefahren?«

»Ich dachte, du könntest mich brauchen.« Sie setzte sich neben die Enkelin, und Felicia legte den Kopf an ihre Schulter. »Wenn ich dich nicht hätte! Es ist so wundervoll, dass du immer alles verstehst.«

»Weil wir einander sehr ähnlich sind, Felicia.«

»Ich bin viel schlechter als du. Ich habe …«

»Nein, nein. Zähl jetzt nicht deine Untaten auf, sonst wird mir schwindelig«, sagte Laetitia, die eine Flut von Selbstvorwürfen ahnte und fürchtete, die wenigsten davon widerlegen zu können. »Es nützt nichts!«

»Großmutter!« Felicias Augen waren dunkel vor Kummer und Angst. »Großmutter, die ganzen letzten Jahre habe ich mir nur immer gesagt, dass ich nicht stehen bleiben und hinsehen darf, weil ich es sonst nicht aushalte. Ich wusste, würde ich anfangen nachzudenken, würde ich weinen müssen, um Vater und Christian, Tante Belle und Leo, darum, dass nichts wahr geworden ist von dem, was ich für mein Leben haben wollte. Ich hab es geschafft, ich bin nie stehen geblieben. Aber jetzt kann ich nicht weiter. Es ist zu Ende. Ich muss hinsehen, und ich kann es nicht ertragen. Benjamin ist tot, durch meine Schuld, und wer sollte mich denn jemals davon freisprechen?«

»Niemand. Aber zwei Dinge solltest du bedenken: Zum einen wird ein Selbstmörder nicht allein durch die Verfehlungen seiner Umwelt zur Tat getrieben. Es ist in ihm, von Anfang an. Welche Eigenschaft ist es, die den einen Menschen aushalten, den anderen kapitulieren lässt? Ein interessantes Problem, und wie du es drehst und wendest, du wirst nur darauf kommen, dass die Lösung im Menschen selber liegt. Woanders findest du sie nicht. Und das andere: Bevor du dich jetzt hinsetzt und dich mit spitzen Klauen zerfleischst, solltest du die Aufrichtigkeit deiner Reue überprüfen. Nach allem, was geschehen ist, würdest du anders handeln? Auf deine Geschäfte verzichten, deine Reisen, auf das lärmende, funkelnde Berlin? Auf Maksim Marakow und eure zweifellos beneidenswert stürmischen Nächte?«

»Großmutter, bitte, ich …«

»Du würdest nicht verzichten. Du würdest nichts anders machen. Du würdest dir jetzt genauso nehmen, was du willst, wie du das vorher getan hast, du würdest nur ein bisschen jammern dabei. Und dies alles bedenkend, kannst du eigentlich das Jammern auch getrost streichen.«

»Du … bist so unbarmherzig …«

»Nein. Ich versuche nur, die Dinge sachlich zu sehen. Was ist geschehen? Zwei Menschen haben geheiratet, die nicht zueinander passten. Du hast das mit einer gewissen Kaltblütigkeit getan, weil du sehr genau wusstest, dass du nicht die Frau warst, die er sich erträumte. Er wusste nichts, er tappte in diese Ehe mit der Gläubigkeit eines Kindes, das nicht weiter sieht als bis zu den Grenzen seiner Welt. Aber er war kein Kind, verstehst du? Er war erwachsen, und was immer du auf dich nehmen willst – du brauchst ihm nicht die Verantwortung eines erwachsenen Menschen für sich selber zu erlassen.«

»Ich war die Stärkere. Ich hätte …«

»Du hättest ritterlicher sein können. Freilich. Aber weißt du, ich habe es satt, dass an den Tragödien dieser Welt immer die Starken schuld sein sollen, nur weil sie es dann und wann versäumen, die Schwachen an die Hand zu nehmen.«

»Ich hab ihn schlecht behandelt«, beharrte Felicia, aber sie merkte schon, wie sich Laetitias Worte kühl und besänftigend über ihr aufgewühltes Gemüt legten.

»Hat er dich glücklich gemacht?«, fragte die alte Dame zurück, und als Felicia den Kopf schüttelte, brummte sie: »Eben. Du warst mit ihm ebenso wenig glücklich wie er mit dir, nur bist du damit fertiggeworden. Ich will dir etwas erzählen: Irgendwann, vor längerer Zeit, war er bei mir auf Lulinn, und er jammerte und klagte und wollte wissen, ob es einen anderen Mann für dich gäbe, und plötzlich dachte ich: Du armer Junge, meine Felicia ist deine Tragödie. Doch das stimmte gar nicht. Seine Tragödie hat vor dir begonnen, sie liegt hier begründet, in diesem Zimmer, in dem er seinem Leben ein Ende gesetzt hat.« Laetitia sah sich um, ihre Augen blieben an denen von Susannes Bild hängen. »Er war nicht lebensfähig. Ein Vogel, dem nie Flügel gewachsen sind.«

Felicia seufzte. Es klang klug und vernünftig, was Laetitia sagte, aber in irgendeiner Ecke ihres Herzens blieb ein nagender Zweifel zurück. Sie konnte die Geschehnisse nicht wegwischen. Benjamin war ihr immer fremd gewesen, aber es blieb als Wahrheit bestehen, dass ein Mensch, der sich an sie gebunden hatte, zum Schluss nur noch den Weg sah, sein Leben wegzuwerfen.

»Ich muss jetzt damit leben«, sagte sie leise und verzweifelt.

Laetitia musterte sie scharf. »Du kannst damit leben. Was ist? Gehst du zu Marakow zurück?«

»Maksim verlässt Deutschland. Er will in die Sowjetunion. Mascha wird frei sein im nächsten Jahr.«

In Laetitias alten, klugen Augen flackerte etwas auf, eine mit Schmerz gepaarte Erkenntnis. Mit rauen Fingern umfasste sie Felicias Hand. »Na, siehst du. Man bittet dich schon zur Kasse. Du brauchst dich nicht selber zu quälen, die Schulden bucht ein anderer für dich ab. Für deine Art zu leben zahlst du auch deinen Preis, und glaub mir, liebes Kind, er wird hoch genug sein.«

4

29. Oktober 1929. Die Wall Street brodelte. Zu Füßen der wolkenhohen Bankhäuser drängten sich die Menschen, Autos hupten, die Pferde der berittenen Polizei wieherten, Schreie hallten von den Mauern wider. Hysterie erfüllte die enge Straßenschlucht. Die protzigen Wagen der Großaktionäre bahnten sich mühsam ihren Weg. Immer mehr Polizisten zogen auf.

Der Dollar stürzte.

Er stürzte seit Donnerstag vergangener Woche. Auf die ersten Panikverkäufe an der Börse hatten die Banken noch blitzschnell reagiert, indem sie einen Notfonds einrichteten und einen Agenten der J. P. Morgan jr. Bank entsandten, für insgesamt 240 Millionen Dollar Unmengen an Aktien zum alten Kurs zu kaufen. Sie erreichten damit eine trügerische Stabilisierung, die am Montag zusammenbrach. An diesem Dienstag nun stürzten die Kurse mit solcher Geschwindigkeit, dass die Anzeigentafeln in der Börse mit dem Aufzeichnen nicht mitkamen. Der tödliche Kreislauf drehte sich von Minute zu Minute schneller. In den New Yorker Polizeirevieren liefen die Nachrichten von den ersten Selbstmorden ein.

»Was wir hier sehen«, sagte Jack Callaghan zu Alex, »ist der Zusammenbruch eines goldenen Jahrzehnts. Seit dem

Krieg zum zweiten Mal das Ende der Welt. Jetzt beginnt die Talfahrt.«

Er hatte sich mit Alex und Patty in die Wall Street begeben, um Zeuge jener dramatischen Szenen zu werden, von denen das Radio seit dem frühen Morgen in Sondersendungen berichtete. Er fand nicht unbedingt Vergnügen an dem, was er sah, aber er konnte nicht umhin, sich einer gewissen inneren Zufriedenheit hinzugeben. Seine Strategie war richtig gewesen. Ihm drohten kaum ernst zu nehmende Verluste.

»Schrecklich, Daddy«, sagte Patty, die einen weißen Chiffonschal um den Kopf trug und mit den großen Augen einer schönen Puppe in die tosenden Massen sah, »die armen Menschen. Dort hinten ist gerade eine Frau ohnmächtig geworden.«

»Ja, hier gehen Existenzen zugrunde«, meinte Alex, »kein sehr erhebender Anblick. Und es ist ja nicht nur New York. Die ganze Welt wird schwanken.«

»Ich bin gespannt, was die Dreißigerjahre bringen«, sagte Jack. »Im Grunde beginnen sie wohl gerade jetzt in diesen Tagen. Ich wittere Katastrophen, Alex, und meine Witterungen haben mich nie getäuscht.«

»Oh Gott, Dad, hör auf! Ich will jetzt nach Hause! Ich finde das alles hier zu schrecklich!«

Callaghan riss sich sichtlich schweren Herzens los, aber Alex unterstützte Patty und beharrte ebenfalls darauf, möglichst rasch heimzufahren. »Ganz ungerupft gehen wir auch nicht aus«, meinte er. »Wir sollten jetzt telefonisch erreichbar sein.«

Callaghan nickte gutmütig. Während des Heimweges summte er leise vor sich hin.

Als sie das Haus betraten, kam ihnen eine aufgeregte Sekretärin entgegen. »Mr. Callaghan; ein Gespräch für Sie aus San Francisco. Der Manager Ihres Starhotels!«

Callaghan ging an den Apparat. Eine Weile hörte er mit gefurchter Stirn zu, dann brummte er: »Ja, furchtbar, aber ich kann auch nichts machen. Sehen Sie zu, dass sich so etwas nicht wiederholt. Schauen Sie sich die neuen Gäste sehr genau an, und Verdächtigen geben Sie ein Zimmer im ersten Stock. Höchstens!«

Er hängte ein und wandte sich an Patty und Alex. »Es geht los. Jetzt geht es richtig los. Drei Gäste haben sich Appartements im zwölften Stock unseres Hotels gemietet, nur um sich hinabzustürzen. Andere Hotels melden die gleichen Vorkommnisse. Makaber, nicht? Diese finanziellen Bruchpiloten legen ihr letztes Geld im Selbstmord an.«

»Um Gottes willen, Mann, sind Sie wahnsinnig?«, brüllte Tom Wolff in den Telefonhörer. Er war kreidebleich, seine Lippen zitterten, am ganzen Körper brach ihm der Schweiß aus. Den ganzen Tag über hatte er versucht, Phillip Rath in Berlin zu erreichen, ohne vom Amt eine andere Auskunft zu bekommen als die stereotype Behauptung: »Tut mir leid, die Leitung ist besetzt.«

Wolff hatte gebrüllt wie ein Stier, war im Zimmer herumgetobt, hatte einen Schnaps nach dem anderen hinuntergekippt und seine Sekretärin so wüst beschimpft, dass sie weinend fristlos kündigte.

Es wurde fast halb sieben, bis er durchkam. Und er war mit seinen Nerven am Ende. »Was heißt das, die Banken wollen umgehend ihr Geld zurück? Ich habe kein Geld. Ich habe nur meine belastete Firma und…« Er lauschte, während seine Finger feucht wurden und das Herzklopfen seinen Atem in ein stoßweises Keuchen verwandelte. »Pfänden? Was heißt das? Will man mich ruinieren? Ich werde nicht zulassen, dass …« Seine Stimme brach. Vor seinen Augen flimmerte es. Hilfesuchend sah er sich nach einem Stuhl um. Er musste sich setzen.

»Gnade Ihnen Gott, Phillip! Gnade Ihnen Gott, wenn Sie mich aus dieser Sache nicht rausholen! Sie haben das zu verantworten, und Sie werden den Karren aus dem Dreck ziehen, hören Sie. Sie werden das in Ordnung bringen, oder Sie sind nicht mehr als versoffener Dreck, verstehen Sie mich, versoffener Dreck sind Sie, ein korrupter Verbrecher, der es mir nie verziehen hat, dass ich ihm eine Frau weggeschnappt habe, so verrottet wie Müll, Abfall, geistiger Abschaum …«

»Piep, piep, piep«, klang es aus dem Telefon. Wolff begriff erst nach einer Weile, dass das Gespräch beendet war. Er ließ den Hörer fallen, der ein paarmal wild an seinem Draht herumhüpfte und schließlich langsam auspendelte. Er schwankte zu einem Sessel, fiel schwer hinein, schnappte nach Luft. Neben ihm auf dem Boden lag zerknäult sein Jackett; aus einer Seitentasche fischte er das Röhrchen mit seinen Herztabletten.

»Sie haben Übergewicht und Bluthochdruck«, hatte ihm der Arzt gesagt, »vermeiden Sie Aufregungen jeder Art. Sie sind in einem Alter, da soll man nicht leichtsinnig sein.«

Vermeiden Sie Aufregungen! Oh, der ahnungslose Engel! Wolff nahm eine Tablette in den Mund, schluckte sie ohne Wasser. Sein Atem ging noch immer schwer. Er sah sich in seinem Arbeitszimmer um – all die protzigen Möbel, die eichenholzgetäfelten Wände, die Perserbrücken auf dem Fußboden, die alten Kupferstiche hinter dem Schreibtisch, Symbole seines Erfolges, seines Reichtums, seiner Energie und seines schrankenlosen Selbstvertrauens.

Es war auf einmal so still. Wie ausgestorben. Das leise

Piepen aus dem Telefon machte die Stille erst deutlich. Und das Ticken der Standuhr. Die Zeit lief ab.

»Es ist nicht wahr«, sagte Felicia, »es ist nicht wahr.« Ihre Lippen formten diese Worte immer wieder, beschwörend, eindringlich, fiebernd … Das Cognacglas, das sie in der Hand hielt, entglitt ihr und zerbrach klirrend auf dem Fußboden. Sie sah die Scherben mit einem Blick an, als seien sie das einzig Fassbare in einer Welt, die sich zu schnell drehte, deren Schicksalsläufe zu unerwartet kamen.

»Es tut mir leid … Ich bin so ungeschickt heute …« Sie kauerte nieder, um die Scherben aufzusammeln.

»Lass das doch«, sagte Phillip. Seine Stimme klang heiser. »Bitte, Felicia, das wird morgen die Putzfrau machen.«

Sie stieß einen leisen Jammerlaut aus. Vom Mittelfinger ihrer rechten Hand tropfte Blut. »Jetzt hab ich mich auch noch geschnitten. Es ist wirklich …«

Das Blut kam in dicken Tropfen. Phillip kniete neben ihr nieder und wickelte sein Taschentuch um den Finger. Es weichte in Sekundenschnelle durch, und Felicia wurde weiß um die Nase. »Jetzt sieh dir das an. Wie kann man so bluten von einer einzigen Scherbe! Wie kann man nur so bluten!«

In ihrer Stimme schwang Hysterie. Phillip zog ein zweites Taschentuch hervor und schlang es um das erste. »Nur nicht aufregen«, sagte er beruhigend, »das hört gleich auf.«

Sie hockten nebeneinander und betrachteten den verwundeten Finger. In Phillips Büro brannte nur eine einzige Lampe, was den Raum warm und gemütlich machte. Keiner sagte mehr etwas. Felicia lauschte dem Pochen ihres Herzens, das sich heiß und hämmernd in ihrem Finger fortsetzte, und sah Phillip an, sein angespanntes Gesicht, seine ersten grauen Haare über der Stirn. Auch ihm zerrann heute alles unter den Händen, die Tragödie der Wall Street war auch seine Tragödie wie die von Tausenden von Menschen. Auch ihre. Alles, alles hatte sie investiert. Was sie auch besaß, es war belastet. Sie würde es verlieren. Ihr ganzes Vermögen würde sie verlieren, und sie musste hilflos dabei zusehen.

»Jetzt ist es aus«, sagte sie.

Phillip hob den Kopf. Seine Lippen waren so angespannt, dass sich eine weiße Linie um sie herum abzeichnete.

»Es ist deine Schuld, Phillip, du hast mich auf dem Gewissen. Du hast …«

In seinen Augen glühte Zorn. »Streiten wir lieber nicht darum, wer wen auf dem Gewissen hat. Reden wir vielleicht am besten gar nicht von Gewissen!«

Sie vergaß ihren Finger. Angriffslustig wie eine gereizte Katze fauchte sie: »Du hast mich immer gehasst! Seit deiner Rückkehr aus Frankreich hast du mich gehasst. Du hast getan, was du nur konntest, um mich dahin zu bringen, wo ich nun bin!«

Sein Gesicht wurde noch blasser. Zum ersten Mal in all den Jahren fiel die steinerne Maske; zum Vorschein kamen verletzte, gequälte Züge. »Ja«, sagte er heftig, »ja, ich hab dich gehasst. Vielleicht hasse ich dich noch immer, vielleicht werde ich es mein Leben lang tun. Aber ich habe dich nicht absichtlich ruiniert. Wenn dies hier Rache ist, dann eine des Schicksals. Nicht meine.«

Seine letzten Worte klangen sanft, und das entwaffnete sie. Auf einmal schämte sie sich ihrer Anklage. Weiß Gott, Phillip hätte jedes Recht gehabt, ihr in den letzten Jahren anders zu begegnen, als er es getan hatte. Sie sah ihn an und erkannte seine Wehrlosigkeit.

Sacht berührte sie seinen Arm. »Entschuldige bitte. Ich war sehr ungerecht. Ich hab mich nur plötzlich so allein und hilflos gefühlt. Seit Benjamins Tod fühle ich mich allein. Seltsam, nicht? Ich habe so gut wie überhaupt nicht mit ihm gelebt, aber jetzt ist mir klar, dass er immer hinter mir stand, und so schwach er auch war, er war der Mensch, der immer zu mir gehalten hätte. Mir ist niemand geblieben, nur mein Geld. Und das …«, sie lachte hilflos und nur, um nicht zu weinen, »das ist jetzt auch dahin.«

»Maksim Marakow ist zurückgegangen nach Leningrad?«

»Ja. Zu Mascha Laskin.«

Sie sahen einander an, seufzten beide und versuchten, über die Jahre zurückzublicken zu jener Zeit, als sie jung genug gewesen waren, an Niederlagen nicht zu glauben.

»Führst du das Büro weiter?«, fragte Felicia.

Phillip schüttelte den Kopf. »Ich bin ruiniert. Ich hoffe, irgendwie meine Schulden ausgleichen zu können. Und dann … wahrscheinlich verlasse ich Deutschland.«

»Wohin?«

»Nach Frankreich. Was nicht einer gewissen Ironie entbehrt, wenn man bedenkt, dass ich dort in den Schützengräben lag und mein Bein verloren habe. Aber ich hätte immer dortbleiben sollen.« Er schaute auf Felicias Finger. »Es hat aufgehört zu bluten«, stellte er fest.

Felicia stand auf und half auch Phillip auf die Beine. Er hielt ihre Hand fest. »Was tust du als Nächstes, Felicia?«

»Ich fahre nach München. Ich muss mit Wolff reden und wahrscheinlich verhindern, dass er sich in die Isar stürzt. Im Übrigen«, sie rang sich ein Lächeln ab, »mach dir keine Sorgen um mich. Irgendwie falle ich schon auf die Füße.«

Elsa blickte völlig ratlos drein. »Ich fürchte, ich kann euch nicht helfen. Meine Ersparnisse könnt ihr haben, aber die werden euch wenig nützen.«

»Kaum«, sagte Sergej gereizt. Sein weißer Anzug hing zerknittert an ihm herunter, sein betörendes Lächeln war erloschen. Ohne sein übliches Strahlen bekamen seine Züge etwas Verschwommenes. Er wirkte ausgesprochen unsympathisch.

Nicola, seit drei Monaten seine Frau und seit vier Wochen Mutter einer Tochter, nahm seine Hand. »Es geht schon weiter«, tröstete sie.

Sergej entriss ihr unbeherrscht seine Hand. »Rede nicht solchen Unsinn!«, fuhr er sie an. »Du verstehst überhaupt nichts davon!«

»Aber, Sergej, ich …«

»Halt bloß deinen Mund! Ich weiß nicht, woher ich das Geld nehmen soll, dich und dein Baby satt zu kriegen, und du stellst dich hin und faselst, anstatt mir zu helfen!«

»Anastasia ist auch dein Baby«, entgegnete Nicola verletzt, und Elsa, wie um die Situation noch schlimmer zu machen, fügte vorwurfsvoll hinzu: »Warum musstest du auch an der Börse spekulieren, Sergej? Dabei kommt nie etwas Gutes heraus!«

Es war Sergej anzusehen, dass er sich nur mühsam beherrschte. »Wenn ihr aufhören würdet zu quengeln, könnten wir vielleicht darüber nachdenken, was ich jetzt tun soll. Ich glaube, ihr habt gar keine Ahnung, was da draußen passiert. Die Welt geht unter, versteht ihr? Und ich stecke bis zum Hals in der Scheiße!«

»Und wenn wir doch Felicia fragen …«, meinte Nicola schüchtern.

Sergej ließ sich mit einer theatralischen Bewegung in den

nächsten Sessel fallen. »Oh Gott, oh Gott, du bist so etwas von ahnungslos! Unsere liebe Felicia geht genauso den Bach runter, aber schneller, als du schauen kannst! Wenn du einmal dein Näschen in etwas anderes stecken würdest als in Modejournale, zum Beispiel in eine Zeitung, dann würdest du wissen, dass Wolff & Lavergne vor der totalen Pleite steht. Mit denen ist es aus, erledigt, finito! Felicia kann sich ja als Würstchenverkäuferin versuchen oder als Putzfrau, jedenfalls …«

»Das reicht, Sergej!« Elsas zusammengesunkene Gestalt straffte sich. »In meiner Anwesenheit spricht niemand in diesem Ton von meiner Tochter!«

»Entschuldigung«, knurrte Sergej. Er sah die beiden Frauen hasserfüllt an.

»Tante Elsa, was sollen wir nur tun?«, fragte Nicola kläglich.

Elsas Augen waren groß, rund und ratlos. »Ach Kind, ich weiß nicht. Vielleicht kannst du irgendeine Arbeit annehmen?«

»Das ist ein hervorragender Gedanke«, warf Sergej ein, »es fragt sich bloß, auf welchem Gebiet Madames Begabungen liegen. Irgendwelche hervorstechenden Fähigkeiten habe ich jedenfalls noch nicht bemerkt.«

»Du bist so gemein!« Nicola brach in Tränen aus. »Früher hast du auch nicht gefragt, ob ich so schlau bin wie du oder nicht. Aber jetzt …« Sie angelte nach einem Taschentuch.

Elsa legte tröstend den Arm um sie. »Du bist sehr gescheit, Nicola. Du hast nur ein bisschen zu gut gelebt. Komm, jetzt trinken wir erst einmal Kaffee, und … was ist denn?« Sie sah, dass Sergej Nicola ein paar heftige Zeichen machte.

»Ja«, sagte Nicola zögernd, »wir wollten nämlich noch

etwas fragen, Tante Elsa. Es ist … Sieh mal, Sergej wird seine Wohnung nicht halten können, und wir wollten fragen, ob wir drei, Sergej, ich und Anastasia, ob wir für einige Zeit bei dir wohnen könnten … umsonst …«

»Wir sind eine Familie, Nicola. Natürlich könnt ihr hier wohnen. Und satt werden wir schon auch noch alle. Im Hintergrund haben wir schließlich noch Lulinn.«

Nicola umarmte ihre Tante. In Sergejs Augen jedoch glomm ein boshafter Funken. Es hatte ihn tief gedemütigt, bei Elsa um Hilfe bitten zu müssen, und er spürte das dringende Bedürfnis, sich umgehend zu rächen.

»Seid mal nicht zu sicher, was euer Lulinn angeht«, sagte er, »ihr habt wohl noch nichts davon gehört, wie? In Geschäftskreisen erzählt man sich, Felicia Lavergne habe in weit größerem Maße an der Börse spekuliert, als es irgendjemand ahnt. Tatsache ist, sie hat Lulinn bis unters Dach belastet. Also«, Sergej sprang lässig auf die Füße, er fühlte sich schon viel besser, »also, wenn ihr nicht bald etwas einfällt, dann pfändet die Bank jedes Gänseblümchen, das dem fruchtbaren Boden eures Herrensitzes entsprießt, darauf könnt ihr Gift nehmen!«

»Möchtest du noch mit hereinkommen?«, fragte Patty an der Haustür. Sie lächelte einladend. »Mein Vater ist nicht da«, fügte sie hinzu. Alex zögerte einen Moment, dann folgte er ihr. Patty ließ ihren Mantel einfach auf den Boden fallen und lief summend ins Wohnzimmer. »Was möchtest du trinken?«, rief sie.

Alex blieb in der Tür stehen. »Einen Martini, bitte.«

Er beobachtete sie, während sie hinter der Bar hantierte. Sie trug ein leichtes Kleid aus eierschalenfarbener Spitze, und ihr blondes Haar glänzte im Schein der einzigen Lampe, die sie eingeschaltet hatte. Ein schönes, verspieltes Kind…

Sie hatte seinen Blick bemerkt und drehte sich um. »Was schaust du mich so an?«

Er lächelte. »Das weißt du doch, oder?«

Sie kam auf ihn zu, reichte ihm das Glas.

»Du bist ein bisschen still heute Abend, Alex. Schon die ganze Zeit.«

Alex entgegnete nichts, sondern trank nur etwas zu schnell seinen Martini. Er und Patty waren bei einer Party im *Village* gewesen; eines der üblichen Feste mit Champagner, Musik und oberflächlichem Geplaudere. Natürlich sprach man auch von der Wall Street – und von den Opfern des großen Crashs. Der Schwarze Freitag hatte die Reihen der New Yorker Schickeria gelichtet. Leute, die sonst bei keiner Party fehlten, waren diesmal nicht erschienen.

»Sam irgendwo gesehen?«, fragte einer, und ein anderer antwortete: »Weißt du's nicht? Sams Millionen sind futsch. Wahrscheinlich überlegt er sich gerade, ob er sich eine Kugel in den Kopf jagt oder bei Nacht und Nebel ins Ausland emigriert!«

Wieder ein anderer plapperte: »Mein Gott, die arme Maggie Sullivan! Was hat sie sich immer eingebildet auf ihre Pelze, ihren Schmuck und ihren reichen Mann! Jetzt trägt sie ihre Kleider ins Pfandhaus, und beim Friseur sieht man sie auch nicht mehr – jedenfalls nicht bei ihrem teuren in der Fifth Avenue!«

Von allen Seiten her wehten diese Gesprächsfetzen. Alex konnte nicht umhin, sie aufzuschnappen. Der Champagner schmeckte plötzlich schal, die leeren Gesichter ringsum ödeten ihn an. Armselige Bande, dachte er, bloß immer Highlife, immer die besten Freunde, aber wehe dem, der bei euch nicht mehr mithalten kann! Den lasst ihr schneller fallen als die berühmte heiße Kartoffel!

Über zehn Jahre lang hatte er mit diesen Leuten gelebt, gefeiert, getrunken und gelacht. Auf einmal war er ihrer überdrüssig. So überdrüssig, dass er nichts dagegen gehabt hätte, wenn sie alle miteinander in den Hudson gesprungen und nie wieder aufgetaucht wären.

»Woran denkst du denn?«, fragte Patty. Sie hatte das Grammophon angestellt. Ein leises, trauriges Liebeslied klang durchs Zimmer. Sie legte beide Arme um seinen Hals. »Wollen wir nach oben gehen?«

Alex stellte sein Glas ab. Seine Hände blieben auf Pattys Körper liegen. Durch die Seide hindurch konnte er fühlen, dass ihre Haut warm, weich und glatt sein musste. Halb naiv, halb provozierend schmiegte sie sich an ihn. Sie hob den Kopf, öffnete die Lippen, und Alex berührte sanft, was sich ihm willig darbot, presste seinen Mund dann heftiger auf ihren, liebkoste ihn, bis sich Patty willenlos an ihn drängte, schamlos darum bemüht, ihrer beider intimste Zonen in Berührung zu bringen. Das Spiel seiner Lippen wurde sachter, er löste sich von ihr, ließ seine Hände aber auf ihr liegen. Patty sah ihn aus weit aufgerissenen, entzückten Augen an. »Oh, Alex, das war …«

Er neigte sich vor und küsste sie noch einmal, nur flüchtig, wie zum Abschied. Es tat ihm leid, was geschehen war, denn für ihn hatte eine gewisse Routine darin gelegen, während Patty völlig aufgewühlt und halb von Sinnen schien.

»Komm mit nach oben«, sagte sie noch einmal.

Alex ließ sie los und griff nach seinem Martiniglas. »Ich glaube nicht, dass das deinem Dad recht wäre.«

»Er ist nicht hier.«

»Trotzdem, oder gerade deshalb, hätte er etwas dagegen.«

»Ach!« Patty funkelte ihn wütend an. »Ich bin doch kein Kind mehr! Aber ich werde noch eine alte Jungfer, weil jeder lumpige Feigling von einem Mann immer glaubt, mein Dad könnte etwas dagegen haben!«

»Patty, Darling, unter gewissen Umständen wäre mir dein Vater egal, aber wie die Dinge liegen … sieh mal«, er formulierte behutsam, »heute Abend hat sich etwas in mir geändert. Ich habe einen Entschluss gefasst … Ich werde Amerika verlassen. Ich gehe zurück nach Europa.«

»Was?«

»Ich habe ein dummes, sentimentales Heimweh, und das schon seit einiger Zeit. Ich möchte Deutschland wiedersehen, meine Familie, was immer von ihr noch übrig ist …«

»Eine Frau wohl auch, was?«, fauchte Patty.

Er wollte ihre Hand ergreifen, aber sie entriss sie ihm und rannte aus dem Zimmer. Er hörte ihre heftigen Schritte auf der Treppe. Nach einem Moment des Zögerns folgte er ihr und fand sie quer über ihrem Bett liegend. Die Szene war filmreif, und sicher imitierte Patty die heißblütigen Stars, die man täglich in den Kinos sehen konnte. Über ihr wölbte sich ein gelbseidener, gerüschter Himmel, vor den Fenstern hingen nachtblaue Vorhänge, die mit goldenen Sternen bestickt waren, auf weißen, flauschigen Kissen saßen große Porzellanpuppen. Das Zimmer war wie Patty, und Patty war wie das Zimmer. Alex sah sich amüsiert um, dann setzte er sich auf den Bettrand.

»Patty, wein doch nicht. Wir bleiben Freunde für immer, ja?«

Statt einer Antwort richtete sie sich auf, legte beide Arme um ihn und weinte an seiner Schulter weiter. Er ließ sie gewähren, bis ihre Tränen versiegten und sie nur noch stoßweise schniefte.

»Wer ist diese Frau?«, fragte sie mit feiner Intuition. »Was ist so besonders an ihr, dass du dich zehn Jahre lang nach ihr sehnst und am Ende zu ihr zurückkehrst?«

»Es gibt keine Frau«, entgegnete Alex heftig, aber unwillkürlich drängte sich ihm das Bild eines Mädchens mit kühlen grauen Augen auf, ein krasser Gegensatz zu diesem Sternenhimmelzimmer und seiner blonden Bewohnerin.

»Was mich forttreibt, ist dieses Gefühl des Überdrusses – zu viel Geld, zu viel Champagner, zu schöne Autos und zu oberflächliche Menschen. Aus Deutschland bin ich damals vor dem Ende meiner Welt davongelaufen, vor den Bildern, die ich im Krieg gesehen habe, vor dem Elend der Leute, vor dem großen Zusammenbruch. Aber hin und wieder muss man vielleicht zu seinen Wurzeln zurückkehren.«

Patty sah ihn verständnislos an. »Aber du hast hier alles, was du willst! Geld, Ansehen, Freunde, ein gutes Leben. Du hast Amerika! Weshalb musst du in das arme kleine Deutschland gehen, das einen großen Krieg angefangen und ihn jämmerlich verloren hat? Du hast selbst einmal gesagt, dass du die Deutschen nicht verstehst und dich nicht deutsch fühlst! Was bindet dich noch an dieses Land?«

Er lächelte, verspottete sich selbst dabei. »Nichts«, entgegnete er, »nur – es ist meine Heimat.«

»So ein Unsinn!«

»Nenn es Unsinn, wenn du magst. Vielleicht ist es das auch. Aber ich«, er stand auf und deutete zum Abschied eine nachlässige Verbeugung an, »ich geh trotzdem. Einfach mal nachsehen, wen ich noch wiederfinde von der alten Garde!«

Er schlenderte zur Tür hinaus. Patty rappelte sich auf und lief ihm nach. Sie blieb auf der Galerie stehen und sah zu, wie er die Treppe hinunterging und in der Halle nach seinem Hut griff.

»Mein Vater wird dich nicht gehen lassen!«, rief sie ihm nach. »Nie und nimmer!«

»Aber Kind!« Er drehte sich noch einmal um. »Glaubst du wirklich, dass ich ihn um Erlaubnis bitte?«

Die Haustür fiel hinter ihm zu. Patty starrte sie an, ein Schluchzen stieg in ihrer Kehle auf.

Du kommst zurück, dachte sie wild, du findest deine Ruhe drüben ebenso wenig wie hier. Diese Frau, wer immer sie ist, hat dich einmal vertrieben, und sie wird es wieder tun. Du kommst zurück!

Martin stand am Fenster der düsteren Wohnung in der Hohenzollernstraße und starrte hinaus auf die dunkle Straße. Es war spät; vereinzelt hasteten noch Passanten ihren Wohnungen zu. Es regnete leicht, Novemberregen umwogte die Straßenlaternen.

»Was ist?«, fragte Sara. »Warum stehst du im Dunkeln?« Sie hatte unbemerkt das Zimmer betreten und kam heran. Martin ahnte sie mehr, als dass er sie sah: ihre schmale, etwas knochige Gestalt, das geblümte Baumwollkleid, die glatten braunen Haare. Er tastete nach ihrer Hand.

»Ich habe vor einer halben Stunde meinen Roman abgeschlossen«, sagte er.

»Oh, wirklich?« Sara wusste, dass er gearbeitet hatte wie ein Besessener, nächtelang hatte seine uralte Schreibmaschine geklappert, an manchen Wochenenden war er von Freitag bis Sonntag überhaupt nicht ins Bett gekommen. Manchmal war Sara aufgestanden und hatte seine gebeugte Gestalt am Schreibtisch betrachtet.

»Solltest du nicht doch etwas schlafen?«, hatte sie gefragt, und er hatte, ohne aufzusehen, geantwortet: »Ich komme gleich. Wie spät ist es denn?«

»Vier Uhr morgens.«

»Dann lohnt es sich nicht mehr. Mach mir doch bitte einen Kaffee, ja?«

Nun also war es vorbei. Und sosehr sie seinen künstlerischen Ambitionen Tribut zollte, der erste Gedanke, der Sara kam, war: Gott sei Dank, nun schreibt er vielleicht wieder für eine Zeitung, und wir kriegen ein bisschen Geld!

Sie hatte ihn mit diesem Problem nicht belasten wollen, denn sie dachte, Geldsorgen seien der Tod der Kreativität, aber die Probleme fingen an, sie zu zermürben. Der größte Teil ihres Gehaltes ging für die Miete drauf, ab dem Zwanzigsten eines jeden Monats musste sie beim Kaufmann anschreiben lassen, und ohne die Hilfe ihrer Mutter wären sie gar nicht durchgekommen.

»Du siehst nicht glücklich aus, Martin«, sagte Sara. Im blassen Licht der Straßenlaternen konnte sie sehen, dass ein angespannter Zug um seinen Mund lag. »Du müsstest dich doch erleichtert fühlen!«

»Nein. Ich fühle mich leer und gleichzeitig aufgewühlt, mir ist etwas entrissen, das monatelang Bestandteil meines Lebens, vielleicht meine einzige Realität war. Es ist, als bliebe mir jetzt nichts mehr.«

»Vielleicht solltest du erst mal was essen«, schlug Sara vor, die sich ihren praktischen Sinn bewahrt hatte.

Martin lachte. »Vielleicht keine schlechte Idee. Aber weißt du, abgesehen von meinem Buch musste ich gerade an etwas ganz anderes denken – an die Wall Street.«

»Wall Street? Was haben wir damit zu tun?«

»Die ganze Welt hat damit zu tun. Es werden sehr harte Zeiten auf uns zukommen. Ganze Wirtschaftszweige brechen zusammen, Tausende von Unternehmen gehen in Konkurs, es wird Arbeitslosigkeit geben, Inflation vielleicht wieder, Hunger, Wohnungsnot … all diese hübschen Tragödien, die ein Volk nach und nach zermürben. Es krank machen und anfällig …«

»Anfällig, wofür?«

»Die Nazis«, sagte Martin, und sein Gesicht war auf einmal voller Hass, »mit jedem Schlag, den die Republik erleidet, sammeln die Nazis Punkte.«

»Nicht genug Punkte.«

»Oh doch. Sie haben eine fantastische Propaganda, und du kannst sicher sein, dass sie, was immer von nun an geschieht, für sich ausnutzen werden. Mir machen diese Leute Angst. Ich kann sie nicht als harmlose Verrückte abtun. Sie wissen zu gut, in welche Kerben sie schlagen müssen. Sie erkennen die Schwachstellen der Leute und nutzen sie für ihre Zwecke. Außerdem haben sie im Reichspräsidenten einen Sympathisanten.«

»Hindenburg geht nicht mit den Nazis!«

»Bist du sicher? Wenn es hart auf hart kommt? Du wirst dem heiligen Sieger von Tannenberg einen gewissen Hang nach rechts nicht absprechen können.«

»Trotzdem – die Nazis kommen auf keinen grünen Zweig. Sie machen sich doch ständig lächerlich. Schau dir nur ihre Schlägertrupps an. Kannst du dir einen einzigen normalen Menschen vorstellen, der nicht den Kopf schüttelt, wenn er den Leuten von der SA oder SS begegnet?«

»Ich weiß nur«, sagte Martin düster, »dass eine raffiniert ausgeklügelte Propaganda auch vernünftigen Leuten schon die seltsamsten Ideen eingetrichtert hat.«

Sie schwiegen beide und sahen hinaus. Ein paar Straßen weiter erklangen die Tritte schwerer Stiefel. Das Kampflied der SA erscholl zwischen den Häusermauern. »Die Fahne hoch …« Sara schluckte. Martin lachte, es klang gequält.

»Nun, Sara, Prophetin, blick hinein in deine geheimnisvolle jüdische Seele, und sag mir: Geh'n die da draußen zur Hölle, oder steigen sie auf wie der berühmte Komet am Himmel?«

Sara blickte ihn fest an. »Natürlich gehen sie zur Hölle«, sagte sie, »wie alles, was schlecht ist, irgendwann dorthin verschwindet.«

Martin lächelte wieder traurig und zärtlich.

»Irgendwann«, wiederholte er, »sicher, irgendwann …«

Tom Wolff kehrte am Heiligabend erst kurz vor 23 Uhr nach Hause zurück, obwohl Kat für acht Uhr Gäste zum Essen eingeladen und ihn gebeten hatte, pünktlich zu sein. Er mochte niemanden sehen und hoffte, die Besucher seien bereits gegangen. Vorsichtig betrat er das Wohnzimmer. Gott sei Dank, es war niemand mehr da. Vor dem Kamin stand der Weihnachtsbaum, eine große Tanne mit weit ausgebreiteten Ästen, verschwenderisch behängt mit Lametta, Engelshaar und großen goldenen Kugeln. Auf der Spitze steckte ein gewaltiger fünfzackiger Stern.

Wolff betrachtete den Baum. »Albern«, brummte er, »wir gehen zwar bankrott, aber ein Baum muss her. Wie in unseren besten Zeiten.« Dann warf er sich in einen Sessel und streckte die Beine von sich. Die letzten Wochen waren schwer für ihn gewesen, er hatte sehr abgenommen, sah müde und resigniert aus. Nicht einmal mehr Zigaretten rührte er an.

Die Tür ging auf, und Kat kam herein. Sie trug ein bodenlanges silberfarbenes Kleid, und in ihren kurzgeschnittenen schwarzen Locken steckte eine silberne Rose.

»Ich dachte schon, du kommst überhaupt nicht mehr«, sagte sie, »unsere Gäste habe ich weggeschickt, weil ich dachte, du magst sie wohl nicht sehen. Wo warst du?«

»Bei Felicia. Wir sind noch einmal unsere Bücher durchgegangen, haben jeden möglichen Weg besprochen. Es hilft nichts. Wir sind am Ende.«

»Felicia ist daheim? In der Prinzregentenstraße?«

»Ja. Allein in dem großen Haus. Sie verliert wahrscheinlich auch noch ihre ostpreußischen Güter, aber«, über sein Gesicht flog ein Ausdruck von Anerkennung, »aber, das muss man dieser Frau lassen, sie hat Format. Vor mir hat sie weder eine Träne vergossen noch lange lamentiert. ›Wir müssen jetzt jeder auf eigene Faust versuchen durchzukommen‹, hat sie gesagt.«

»Wie sieht sie aus?«

»Elend. Ihre Lage ist ziemlich verzweifelt. Sie ist Witwe, steht mit zwei Kindern da … Allerdings, wessen Lage ist nicht verzweifelt! Meine jedenfalls … ach Scheiße!« Er vergrub das Gesicht in den Händen. Kat setzte sich vorsichtig neben ihn auf die Sessellehne. Sie riecht nicht nach Alkohol, registrierte er, und zum ersten Mal wurde ihm bewusst, dass sie seit jenen dramatischen Tagen im Oktober nicht mehr getrunken hatte. Langsam hob er den Kopf.

»Oh Kat, Kat, was soll ich nur tun? Es ist alles zu Ende! Es ist alles aus!« Er griff hilfesuchend nach ihren Händen, und plötzlich zog sie ihn an sich, er legte seinen Kopf an ihre Schulter, und alles, was ihn bedrängte, was so schwer gewogen hatte sein Leben lang, was verschüttet lag unter dem Tom Wolff, den die Welt kannte, brach aus ihm heraus: die trostlose Kindheit, die bittere Armut, wie er betteln gegangen war, um Geld für ein Paar Schuhe zusammenzubekommen, die Demütigungen durch die Reichen, wie er Tag für Tag die Zähne zusammengebissen hatte, um sein Leben zu ertragen, der Spott der Klassenkameraden, seine schwindsüchtige Mutter, sein Vater, den das elende Leben zu einem hilflosen seelischen Krüppel hatte werden lassen, seine Flucht bei Nacht und Nebel, der Hohn der etablierten Münchener Bürger, seine ohnmächtige Wut …

»Ja, ich verstehe das. Ich verstehe das ja.«

Immer und immer hatte er gekämpft, sie alle zu besiegen, die großschnäuzigen Pseudoaristokraten mit ihren meterlangen Stammbäumen und ihren geschliffenen Manieren, ihrem scheißvornehmen Auftreten und ihren großkotzigen Worten …

»Ich weiß, wie sie waren, ich kenne sie.«

Er hob den Kopf, starrte sie an. »Du bist wie sie. Du hast mich verspottet wie sie alle. Ich bin der letzte Dreck für Kassandra Lombard, das bin ich immer gewesen und werde es immer sein, gib es doch zu!«

»Ich habe dich nicht verspottet. Ich habe dich nur nie geliebt.«

»Weiß Gott, nein, das hast du nie. Und ich hatte noch gedacht, ich könnte dich dazu bringen, mich zu lieben. Ich hab dich mit Schmuck behängt, dir Reisen und Autos geschenkt, das beste Leben solltest du haben, Geld, so viel du nur wolltest … Aber du hast mich aus abwesenden Augen angesehen, und all die Jahre hindurch bist du in Gedanken bei deinem russischen Baron gewesen und bei diesem einstigen Offizier, der uns in diese fantastische Lage hineinmanövriert hat. Es ist wirklich eine Ironie des Schicksals!« Er lachte schrill. »Eine Ironie des Schicksals, dass Felicia Lavergne und Tom Wolff zu guter Letzt von diesem Mann ruiniert werden! Und ich hatte schon gehofft, für meine Sünden erst im Jenseits bezahlen zu müssen … na ja, egal. Wie auch immer, Madame, unsere guten Zeiten sind vorbei. Es ist nur noch eine Frage der Zeit, wann wir aus diesem Haus hinausmüssen. Wahrscheinlich werde ich keine Arbeit finden und keine

Wohnung haben, also werde ich mich womöglich noch auf mein Erbe besinnen müssen.« Er lachte wieder, das schrille, verzweifelte Lachen, das Kat noch nie vorher von ihm gehört hatte.

»Es muss mit dem Teufel zugehen, findest du nicht auch? Zu guter Letzt kehrt Tom Wolff dorthin zurück, wo er hergekommen ist. Auf diesen gottverlassenen Hof irgendwo an der tschechischen Grenze, wo die Menschen leben wie vor hundert Jahren. Das ist die Moral meiner Geschichte: Versuche nie, den dir angestammten Platz zu verlassen. Du fällst auf die Nase, immer wieder!«

»Wir werden durchkommen«, sagte Kat gelassen.

»Ja, du wirst durchkommen. Genauso wie Felicia. Und wenn man euch alles nimmt, was ihr nur habt auf dieser Welt, es geht euch nie so dreckig wie mir. Warum? Oh, Mesdames verlieren nie das aristokratische Bewusstsein. Ihr kommt nicht aus dem Dreck, daher könnt ihr auch nie dort landen. Du und Felicia, ihr könnt in Lumpen gehen, ihr bleibt immer die höheren Töchter, die nie vergessen, was ihre Gouvernanten ihnen einmal beigebracht haben. Aber ich – komisch, ich begreif's erst jetzt –, ich könnte zum reichsten Mann der Welt werden, ich bliebe immer Tom Wolff, der aus der Gosse kam!« Er löste sich von Kat, die er die ganze Zeit über hilfesuchend umklammert hatte, und stand auf.

»Wenn du willst, Kat … Ich biete dir die Scheidung an. Ich wollte dich zu einer Königin machen, aber der Traum ist aus, und was jetzt kommt, kann ich dir nicht zumuten. Ich lege dir keine Steine in den Weg. Du …«, er machte eine ironische Handbewegung zur Tür hin, »du bist frei!«

Kat blieb unbeweglich sitzen. Wolffs Gesicht zeigte für Sekunden einen Anflug seiner früheren Überheblichkeit. »Was ist? Der Sessel, auf dem du sitzt, gehört gewissermaßen schon der Bank! Geh in das Haus deines Vaters zurück, sonst landest du doch noch auf meinem verlassenen Bauernhof!«

»Ich bleibe«, sagte Kat.

»Wie bitte?«

»Ich bleibe. Wir sind verheiratet, wir gehören zusammen, also bleibe ich.«

»Was ist mit … Phillip Rath?«

»Das war früher. Es ist vorbei. Die Dinge geschehen, wir können sie nicht ändern, und wir können nicht zurückholen, was vorüber ist. Phillip gehört für mich einer anderen Zeit an, ebenso wie Andreas. Es sollte nicht sein, von Anfang an. Ich glaube, es wäre eine Enttäuschung, wenn ich versuchen würde, meine eigene Vergangenheit wiederzufinden und lebendig werden zu lassen.«

Tom Wolff betrachtete ihren erhobenen Kopf, den schmalen Mund mit den klar geschnittenen Lippen. In der Tat, sie war nicht mehr wie früher. Kummer, Erfahrungen, Alkohol hatten ihr ihre Lieblichkeit genommen und ihr Gesicht härter werden lassen.

»Ich will kein Mitleid«, sagte er ungeduldig und begriff im gleichen Augenblick, dass Mitleid das Letzte wäre, was er je von ihr bekommen würde. Sie stand ebenfalls auf.

»Ich bemitleide dich nicht«, sagte sie mit jenem leisen Anflug von Spott in der Stimme, der sich erst seit wenigen Wochen bei ihr eingeschlichen hatte, »ich liebe dich auch nicht. Aber ich glaube noch immer an dich.«

5

Am ersten Weihnachtsfeiertag hielt es Felicia in dem großen, leeren Haus nicht mehr aus. Den Heiligen Abend hatte sie überstanden, indem sie, gleich nachdem Wolff verschwunden war, ins Bett ging, ein Schlafmittel nahm und sofort einschlief. Am Morgen hatte Jolanta sie mit einem festlichen Frühstückstablett geweckt, auf das sie einen Strauß Tannenzweige und eine Kerze gestellt hatte.

Felicia setzte sich, noch benebelt von der Tablette, im Bett auf und presste die Hände gegen den schmerzenden Kopf. »Oh, danke schön, Jolanta. Wie spät ist es?«

»Halb neun. Wenn es recht ist, mache ich mich jetzt auf den Weg in die Kirche.«

»Natürlich. Gehen Sie nur.«

Jolanta blieb in der Tür stehen. »Falls Sie auch mitkommen möchten ...«

Felicia schüttelte den Kopf. »Nein. Dieses Jahr ist mir wirklich nicht danach.«

Sie trank ein wenig Kaffee und probierte ein Stück von Jolantas Weihnachtsstollen, dann stand sie auf und zog sich an.

Sie wollte sich an den Schreibtisch setzen, aber die Papiere, die dort lagen, war sie schon hundertmal durchgegangen, es lohnte sich nicht, noch einmal damit anzufangen.

Einsam, unstet streifte sie durch das Haus. Alle Dienstboten waren in die Kirche gegangen.

Vor den Fenstern fiel Schnee, dichte graue Wolken lagen tief über der Stadt. Von der Bibliothek aus konnte sie zum Nachbarhaus hinübersehen. Dort hatten sie im Wohnzimmer die Kerzen des Tannenbaumes angezündet, sie sah den Lichterschein hinter den Gardinen. Fröstelnd zog sie den Schal, den sie um die Schulter trug, fester. Ich sollte auf Lulinn sein, dachte sie, bei meinen Kindern.

Aber sie hatte es nicht fertiggebracht, dortzubleiben. Sie war vor den betroffenen Gesichtern ihrer Familie geflohen, vor den unausgesprochenen Vorwürfen, vor allem aber vor dem Gefühl, im wahrsten Sinne des Wortes den Boden unter den Füßen zu verlieren.

Auf Lulinn sitzen und warten, dass die Zeit ablief – nein, das konnte sie nicht. Irgendetwas, sie wusste nicht, was es war, hielt sie in München. Etwas hinderte sie, sich in die ostpreußische Einsamkeit zurückzuziehen und ihre Wunden zu lecken. Eine beharrliche innere Stimme sagte ihr, sie dürfe den Kampf noch nicht aufgeben. Aber warum dieses Haus? Es erschlug sie, seine Stille erstickte sie. Sie hatte sich hier nie heimisch gefühlt, seit jenen Tagen, da sie mit Alex zum ersten Mal hierhergekommen war. Alex… Sie blieb stehen. Im Grunde war es nicht das Haus. Es war Alex, der hier ihre Sinne beherrschte. Alex, das ewig widersprüchliche Element in ihrem Leben.

Die Hassliebe, in die er sie gestürzt hatte, schien ihr im Nachhinein Ausgangspunkt für alle weiteren Verwicklungen – für jene inneren Gefechte, die sich zwischen ihrer Güte und ihrer Selbstliebe, ihrer Sanftheit und ihrer Kaltschnäuzigkeit, ihrer Sehnsucht nach Wärme und der nach Geld abspielten.

Zum Teufel, ich will jetzt nicht an ihn denken, dachte sie gereizt, und überhaupt ist das alles Unsinn. Ich sitze hier und drehe noch durch!

Nach kurzem Überlegen beschloss sie, Martin und Sara zu besuchen. Die beiden waren die letzten Freunde, die ihr geblieben waren – und auf einmal hatte sie eine überwältigende Sehnsucht nach Sara, danach, von ihr in die Arme genommen zu werden und ihr alles zu erzählen. Sie betrachtete sich im Spiegel. Sie war blass, ihre Haare strähnig, nur flüchtig gekämmt. Sie band sie zurück, legte ein wenig Rouge und Lippenstift auf und schlüpfte in ihren schwarzen Pelzmantel aus besseren Tagen. Als sie aus der Haustür trat, wehte ihr der Wind Schneeflocken ins Gesicht, und unter ihren Füßen knirschte das Eis.

Jolanta war es, als träfe sie der Schlag. Alex Lombard, der verloren geglaubte Alex war zurückgekehrt. Er stand vor der Haustür, älter geworden, aber unverkennbar der Sohn des Hauses.

»Ja, du lieber Gott, das kann ja wohl nicht wahr sein! Das gibt es doch gar nicht! Herr Lombard ... der junge Herr Lombard ist wieder da!«

»Darf ich hereinkommen?«

»Oh, bitte, natürlich!« Jolanta trat zur Seite. »Sie müssen entschuldigen, ich bin völlig durcheinander. Nein, ist das eine Weihnachtsüberraschung! Damit hat man doch nicht gerechnet! Nach mehr als zehn Jahren!«

Fanny, das Hausmädchen, stürzte herbei und schrie leise auf. »Nein! Das ist doch ...«

Alex hob beschwichtigend die Hände. »Jetzt fallt bloß nicht alle in Ohnmacht! Wisst ihr, ich saß da drüben in New York und führte ein gutes Leben, und auf einmal dachte ich, es könnte nett sein, die Prinzregentenstraße in München wiederzusehen. Und, voilà! Hier bin ich!« Mit Schwung hängte er seinen Mantel auf den Haken. »Und nun«, fuhr Alex fort, und nur ein aufmerksamer Beobachter hätte die leise Gespanntheit auf seinem Gesicht bemerkt, »nun würde ich gern die Familie sehen. All meine Lieben, die ich einst schmählich verlassen habe!«

»Ach …«, Jolanta und Fanny warfen einander bekümmerte Blicke zu, »es ist keiner da!«

»Was heißt das? Irgendjemand wird doch da sein?«

»Nein. Es ist ja schon so einsam hier, seit vielen Jahren. Wir sind immer gut bezahlt worden von Frau Lavergne, das muss man wirklich sagen, aber wofür, das wusste ich nie genau, denn nachdem noch Fräulein Sara ausgezogen war …«

»Moment«, unterbrach Alex, »wer ist Frau Lavergne?«

»Nun …« Fanny zögerte. Jolanta raffte sich auf. »Ihre … Ihre geschiedene Frau. Sie hat wieder …«

»Ach!«

»Ja, aber ihr neuer Mann hat sich das Leben genommen, vor zwei Jahren. Erschossen hat er sich, stellen Sie sich das vor!«

Ein boshaftes Lächeln verzog Alex' Lippen. »Arme Felicia«, sagte er hintergründig, »sie hat Pech mit den Männern …«

»Ach, sie ist aber auch …« Jolanta brach ab. Es war wohl nichts Freundliches, was sie hatte sagen wollen, dachte Alex. »Es ist so viel geschehen«, fuhr sie hastig fort, »und nichts davon wissen Sie, weil man Sie ja nicht erreichen konnte. Ihr gnädiger Herr Vater ist gestorben. Kurz nach Kriegsende schon. Und Fräulein Kassandra …« Nun brach Jolantas Stimme.

Alex packte ihr Handgelenk, seine Augen glitzerten angstvoll. »Was ist mit Kat?«

»Unglücklich ist sie, das arme Ding. Den Herrn Wolff hat sie geheiratet, und das hat Frau Lavergne auf dem Gewissen!« Jolanta konnte sich nun doch nicht zurückhalten. »Sie hat ihr eingeredet, der Herr Major Rath ist in Frankreich gefallen und außer Wolff bleibt ihr niemand, aber stellen Sie sich vor, bald nach der Hochzeit ist der Herr Major hier erschienen und hat nach Fräulein Kat gefragt. Sein Gesicht, als ich ihm die Wahrheit sagte!« Nun war ein gewisses wohliges Schaudern in Jolantas Stimme. »Dem Wolff sein Geld hat sie gewollt, die Frau Lavergne. Oder die Fabrikanteile oder was auch immer. Fräulein Kassandra hat seitdem kein Wort mehr mit ihr gesprochen. Und nun ist doch alles aus, denn Wolff und Frau Lavergne haben alles verloren. Ich verstehe ja nichts davon, aber es hängt mit dem Börsenkrach zusammen, von dem man in allen Zeitungen liest. Jawohl, alles verloren. Arm wie Kirchenmäuse sind die jetzt!«

»Ich nehme an, Felicia … Frau Lavergne ist daheim in Ostpreußen?«

Jolanta schüttelte den Kopf. »Aber nein. Hier ist sie, in München. Hier im Haus wohnt sie. Aber als ich heute früh aus der Kirche kam, war sie verschwunden. Ich hab schon gedacht – sie wird sich doch nichts antun? Man hört und liest jetzt so viel!«

Alex setzte seinen Hut wieder auf. »Weißt du, wo Tom Wolff wohnt, Jolanta? Ich möchte Kassandra sehen. Ich will das alles von ihr noch mal ganz genau hören.«

»Ich glaube nicht, dass ich je im Leben feige gewesen bin«, sagte Felicia, »aber diesmal – ich würde am liebsten, solange ich lebe, diese Wohnung nicht mehr verlassen!«

Sie saß mit Sara und Martin am Küchentisch und trank Tee. Draußen schneite es ohne Unterlass, und aus der Wohnung über ihnen klang leise Grammophonmusik. Felicia war schon den dritten Tag bei Sara. Sie hatte plötzlich nicht mehr in das leere Haus zurückkehren wollen.

»Du bleibst hier, so lange du möchtest«, hatte Sara sofort gesagt, »ich bin froh, mich endlich revanchieren zu können. Wäsche, Seife und alles kannst du von mir haben. Und du kannst auf dem Sofa schlafen.«

Felicia hatte allerdings das Gefühl, dass Martin nicht sehr begeistert war von dieser Regelung. Auch jetzt, auf ihre Bemerkung hin, trank er nur schweigend seinen Tee, während Sara sofort sagte: »Du bist nicht feige. Bloß erschöpft. Du bleibst hier und kommst wieder zu Kräften.«

An der Wohnungstür klingelte es Sturm. Martin stand auf und öffnete. Als er zurückkam, sagte er: »Die Frau vom Hausmeister. Ein Telefongespräch für Sie, Felicia.«

Felicia stand auf. Sie folgte der älteren Frau durch das düstere Treppenhaus hinunter in eine dunkle Wohnung. Im Flur hing ein Telefonapparat an der Wand.

»Das wird aber nich' zur Gewohnheit«, knurrte die Alte, »ihr könnt euch ja selber 'n Telefon anschaffen!«

Felicia nahm den Hörer auf. »Hallo?«

»Felicia?« Es war Kats Stimme. Felicia brauchte ein paar Sekunden, das zu begreifen.

»Kat? Kat, bist du es wirklich?« Zu albern, ihre Worte klangen wie ein Schluchzen.

»Ja«, entgegnete Kat kühl. Nach einer kurzen Pause fuhr sie fort: »Es war nicht leicht, dich zu finden. Jolanta war in großer Sorge. Aber schließlich fiel mir ein, du könntest bei Sara sein.«

»Ja, ich …« Felicia fiel keine Erklärung für ihr Verschwinden ein, aber Kat schien auch keine zu erwarten. »Alex ist in München«, sagte sie übergangslos.

»Was?« Das war fast ein Aufschrei. Die Hausmeisterin trat neugierig näher. Felicia nahm sich zusammen.

»Was?«, wiederholte sie leiser.

»Seit vorgestern ist er hier in München, ja. Völlig überraschend für uns alle. Er ist in der Prinzregentenstraße eingezogen.«

»Das kann doch nicht wahr sein!«

»Wenn du ihn sehen möchtest, solltest du also nach Hause gehen.«

»Hat er ... nach mir gefragt?«

»Ja. Aber von sich aus wird er dich nicht aufsuchen.«

»Kat ...«

»Ich wollte dir das nur sagen.«

»Wie lange wollen Sie hier noch stehen und reden?«, fragte die Hausmeisterin, die sich ärgerte, weil sie von der Unterhaltung nichts mitbekam.

»Gleich«, sagte Felicia. Dann, wieder zu Kat: »Ich danke dir, Kat. Das war sehr nett von dir. Ich weiß nicht, warum du es getan hast, aber ich danke dir.«

»Nichts zu danken. Wie immer wir zueinander stehen, ich bin dir manches schuldig. Also, auf Wiedersehen.«

»Auf Wiedersehen, Kat.«

Das Gespräch war beendet. Wie eine Schlafwandlerin verließ Felicia die Wohnung, stieg die Treppe hinauf. Sara und Martin blickten ihr fragend entgegen. Felicia blieb in der Tür stehen.

»Es war Kat. Alex ist zurückgekehrt. Er ist hier in München.«

Kaum jemals zuvor hatte sie sich befangener gefühlt. Hätte ein Schild an der Haustür vor bissigen Hunden gewarnt, sie hätte nicht ängstlicher sein können. Über und über verschneit stand sie da in ihrem schwarzen Pelz, und als sie Jolantas Schritte hörte, wünschte sie sich, nur weglaufen zu können. Nimm dich zusammen, befahl sie sich, albern, sich vor Alex zu fürchten!

Jolanta sah ganz so aus, als wollte sie in endloses Lamentieren ausbrechen, sodass Felicia ihr rasch zuvorkam.

»Herr Lombard ist zu Hause?«, fragte sie so leichthin wie möglich.

»Ja! Es ist doch kaum zu glauben, nicht? Er …«

»Ich weiß. Ist er oben?«

Sie trat ein, ehe ihr Mut sie verlassen konnte. Jolanta schluckte vor Aufregung.

»Ja, in der Bibliothek ist er – also, ich kann es nicht fassen, dass er …«

Felicia ließ sie stehen und stieg die Treppe hinauf. An ihren Füßen schienen Gewichte zu hängen.

Mein Gott, ich war mit diesem Mann verheiratet. Er ist doch kein Fremder, trotz der zwölf Jahre.

Doch er war ein Fremder, und die Erinnerungen, die sich schroff in Felicias Gedächtnis drängten, machten es nur noch schlimmer. Aber als sie die Tür zur Bibliothek öffnete, wusste sie, dass sie auf diesen Moment gewartet hatte und deswegen in München geblieben war.

Alex stand mitten im Zimmer. Er hielt ein Cognacglas in der Hand und betrachtete angelegentlich die Bücherrücken in den Regalen, als gäbe es dort etwas Neues zu entdecken. Er wandte sich langsam um, sah Felicia an und sagte: »Ach …«

Sie schloss die Tür hinter sich, weil Jolanta mit Sicherheit zuhören wollte, und schüttelte den Kopf, dass die Wassertropfen aus ihren Haaren flogen.

Sie fühlte sich plötzlich nackt und schutzlos, wollte den letzten Halt, ihren teuren Pelzmantel, unter keinen Umständen ausziehen, obwohl im Kamin ein loderndes Feuer brannte. Sie und Alex taxierten einander mit den Augen, keinem entging auch nur eine Kleinigkeit am anderen.

Er hat Geld, dachte Felicia, im gleichen Moment, da Alex das Schweigen brach und sagte: »Soll ich dir den Preis meines Anzuges in Dollar oder gleich in Reichsmark nennen? Es würde deine Berechnungen vielleicht erleichtern?«

»Was meinst du?«

»Deine schönen, kalten Augen haben mich soeben in Geld aufgewogen, und ich will dir nur sagen, du musst dich nicht zurückhalten. Frag mich ruhig, wie hoch der Stand meiner Konten ist.«

»Wie kommst du darauf, dass ich …«

»Ich weiß alles über dich. Pardon, es war vielleicht etwas indiskret, aber ich habe mir von Kat deine Lebensgeschichte der letzten zwölf Jahre erzählen lassen. Im Moment bist du ein bisschen … out of business, oder?«

»Was geht's dich an?«

Er lächelte. »Verzeihung. Wenn du nicht willst … gar nichts!«

Felicia vergrub ihre Hände in den weiten, weichen Taschen ihres Mantels, hob die Schultern, sodass sich der breite Kragen an ihr Gesicht schmiegte. Sie sah aus wie eine junge Katze, die sich in das Fell ihrer Mutter kuschelte. Nein, entschied Alex in Gedanken, wie eine etwas verlebte Katze, die gar keine Mutter mehr hat. Ihre nassen, tropfenden, rotgefärbten Haare hatten etwas Rührendes …

»Dass wir so reden müssen«, sagte sie, »über ein ganzes

Jahrzehnt hinweg haben wir uns nicht gesehen, und kaum stehen wir einander gegenüber, machen wir da weiter, wo wir aufgehört haben – im schönsten Streit!«

»Das ist wohl unsere Bestimmung.«

Sie zuckte mit den Schultern. »Warum bist du nach München zurückgekehrt?«

»Warum du?«

»Ich? Um hier in Konkurs zu gehen, das weißt du ja.«

»Ja, ja.« Nachdenklich schwenkte er seinen Cognac. »Du und Wolff. Dass ihr gemeinsame Sache machen und gemeinsam untergehen würdet … Es findet sich auf dieser Welt, was zusammenpasst. Darin liegt wohl die gewisse Harmonie begründet, die das Erdenschicksal doch noch da und dort zu haben scheint.«

»Es gibt weiß Gott nichts, was Wolff und mich verbindet.«

»Nein?« Jetzt klang seine Stimme kalt. »Eure gemeinsame Liebe ist das Geld, eure gemeinsame Angst die Armut, eure gemeinsame Waffe die vollkommene Skrupellosigkeit. Soll ich weitermachen?«

»Nein.«

»Meiner Schwester Kat hast du recht übel mitgespielt. Ja, fast könnte man sagen, du hast ihr Leben verpfuscht. Natürlich, du wirst entgegnen, dass du sie zu nichts gezwungen hast. Aber da du im Grunde deines Wesens zumindest eine gute Eigenschaft besitzt, nämlich eine gewisse Ehrlichkeit, wirst du zugeben müssen, dass du Kat gegenüber erstens nicht ganz bei der Wahrheit geblieben bist und zweitens ihre damals recht labile Gemütsverfassung für deine Zwecke benutzt hast. Das sehe ich nicht falsch, oder?«

»Du hast ja keine Ahnung, was …«

»Doch. Ich weiß, dass dich Wolff in der Mangel hatte. Kat oder die Fabrik – eines von beiden wollte er haben. Und eines von beiden, das hattest du wohl begriffen, würdest du ihm geben müssen. Natürlich hast du nächtelang mit dir gerungen, aber schließlich trafst du die Entscheidung, die dir für alle Beteiligten am besten schien – und in allererster Linie natürlich am besten für dich!«

Wenn er nur aufhören würde, sie zu verhöhnen! Sie kam sich vor wie ein kleines Schulmädchen. Zorn stieg in ihr auf. Was bildet er sich denn ein? Kommt plötzlich nach Hause und präsentiert mir die Generalabrechnung! Jünger ist er auch nicht geworden. Langsam wird unser Altersunterschied deutlich. Ich bin Anfang dreißig, er steht kurz vor fünfzig. Letzthin hab ich die besseren Karten, die Zeit arbeitet für mich.

Sie meisterte ihre Unsicherheit, indem sie zum Gegenangriff überging. »Es ist sehr leicht«, sagte sie giftig, »mir jetzt im Nachhinein Vorhaltungen zu machen, nachdem du dich, als der Karren im Dreck steckte, in Luft aufgelöst und mir die Scheiße hinterlassen hast!«

Er lächelte. Ihre Fähigkeit, dann und wann unerwartet vulgär zu werden, hatte er immer gemocht.

»In der Tat«, stimmte er mit verdächtiger Sanftmut zu. »Deserteure sollten den Mund halten. Menschen ohne Ehre sind keine überzeugenden Prediger.«

»Sehr richtig!« Langsam gewann Felicia wieder Boden unter den Füßen. Sie reckte das Kinn. »Da wir diese Feststellung nun tatsächlich in seltener Übereinkunft getroffen haben, könntest du vielleicht endlich die Frage beantworten, die ich dir vorhin gestellt habe. Weshalb bist du zurückgekommen?«

Alex zögerte und sah sie an. Es wurde ihr unbehaglich unter seinem prüfenden Blick. Dieses Gesicht kannte sie nicht, es trug auf einmal einen fremden Ausdruck. Er hatte sie früher oft mit dieser Kälte gemustert, aber dann hatte Ironie seinen Zorn entschärft. Diesmal lag seine Feindseligkeit unverschleiert vor ihr – mit Verwunderung empfand sie sogar eine an ihm völlig ungewohnte Verletzbarkeit darin.

»Vielleicht«, sagte er leise, »bin ich nur gekommen, dir den Hals umzudrehen.«

Es kam Kat vor, als wäre etwas von dem Zauber in ihr Leben zurückgekehrt, der über ihrer Jugend gelegen und sie zu einem glücklichen, leichtlebigen Mädchen mit etwas überspannten Nerven gemacht hatte. Erinnerungen an früher waren in den letzten Jahren bitter für sie gewesen, weil ihnen der triste Geruch der Unwiederbringlichkeit anhaftete. »Damals glaubte ich noch … Damals hoffte ich noch … Damals war ich noch naiv genug zu denken …«

Weg mit dem Quatsch!, befahl sie sich jetzt. Ein warmer Funke hatte sich in ihr entzündet, machte ihre Schritte leichter, ihr Gemüt regsam. Zwar hatte sie einen steinigen Weg vor sich, aber sie hatte den verzweifelten, demaskierten Wolff in ihren Armen gehalten, und eine wahre Woge der Kraft war über sie hinweggeflutet. Ein Mensch suchte Halt bei ihr – das war die Herausforderung! Und nun auch noch Alex … Als hätte das Schicksal beschlossen, ihr all die Energie wiederzugeben, die es ihr in den letzten Jahren genommen hatte.

»Du bist der einzige Mensch, dem ich vertraue, Kat. Der Einzige, dem ich immer alles sagen konnte.«

»Ich bin deine Schwester. Uns kann nichts jemals trennen.«

Sie hatte seine Hand gehalten, während er sprach, abwechselnd ruhig und erregt, Selbstanklagen mit messerscharfen Analysen seines Wesens mischte, sein Heimweh bekannte und seine unheilbare, ewige Sehnsucht nach Felicia.

Von der ersten Sekunde an habe sie ihn angezogen und zugleich abgestoßen. Kraft, Liebe, Loyalität habe er in ihr gespürt, eine starke Hingabe an das Leben. Er sei fasziniert gewesen von der vollkommenen Zwiespältigkeit ihres Wesens, nicht ahnend, dass es das war, was sie unerreichbar machte. Oberflächlich sei sie ihm vorgekommen, verspielt, unreif, vergnügungssüchtig, oft sogar grausam. Aber das sei nur die eine Seite gewesen.

»Begreifst du, Kat, das war die Seite, die sie ausspielte, weil es bequemer war, ihr mehr Vorteile brachte, sie davor bewahrte, das Leben ernst nehmen zu müssen. Sie wollte nicht erwachsen werden, sie muss gespürt haben, dass dann ein Zug in ihr die Oberhand gewinnen würde, der ihr Leben nur erschwerte. Aber immer wieder sind das Gute und Bewundernswerte an ihr sichtbar geworden.«

Eine Liebe frei von Zynismus habe er auf einmal in sich entdeckt, und ihm hätte gleich klar sein müssen, dass hieraus nur eine Tragödie entstehen konnte. Einem widersprüchlichen, komplizierten Wesen mit dem berühmten Glauben an das Gute im Menschen entgegenzutreten, sei tödlich, es besitzen zu wollen, führe in einen aussichtslosen, ermüdenden Kampf.

»Es war das Bild, das ich von ihr sah. Ich sah es, und sie war das schönste Mädchen der Welt für mich, und ich erkannte alles, was ihr Wesen ausmacht – ihre hinreißende Tapferkeit, ihren Stolz, ihre Klugheit und Wärme. Ich begriff, dass ihr Spott giftig sein konnte wie ein Schlangenbiss, aber dass sie unsichtbar immer ein Schwert in der Hand hielt, die zu beschützen, die sie liebte. Eigensinnig sah ich sie und unabhängig … nur, der Maler, dachte ich, hat sie nicht gemocht. Dieser kühle, entrückte Ausdruck in den Augen, dieser verwirrende, abweisende Gegensatz zu dem lebensverliebten, zärtlichen Lachen auf ihren Lippen. Ich irrte mich. Der Maler hatte nichts gegen sie. Es war ihr Onkel Leo, er liebte sie, und er kannte sie durch und durch. Er malte sie, wie sie war, und es war, als wollte er eine hintergründige Warnung aussprechen: Passt auf, ihr könnt machen, was ihr wollt, sie wird sich euch nie geben. Ihr werdet sie lieben und brauchen, und sie wird euch nie im Stich lassen, aber sie wird niemals jemandem gehören, weil sie die Freiheit braucht, ihre eigenen Widersprüche auszuleben.«

Der Griff seiner Hand wurde härter. »Ich liebe sie, Kat. Ich werde sie immer lieben, aber ich kann's dir schwören, ich werde es ihr nie sagen.«

Sie hatte den Pelzmantel ausgezogen, ihn achtlos zur Erde gleiten lassen. Nun kauerte sie mit angezogenen Beinen auf dem Boden vor dem Kamin und hielt ihre nassen Haare gegen die Flammen, entwirrte die Locken mit ihren Fingern. Alex saß neben ihr, mit dem Rücken an einen Sessel gelehnt, zwischen den Händen sein Cognacglas. Er blickte in die Flammen, und Felicia blickte zu ihm – verstohlen, unter halbgesenkten Lidern. Draußen brach die Dämmerung herein, das Feuer im Kamin verbreitete ein weiches Licht. In seinem Schein wirkten die Konturen von Alex' Gesicht sanfter, die Schatten enthüllten die neue Verletzbarkeit in seinen Zügen.

Felicia hatte früher nie über ihn nachgedacht; nichts hatte sie von ihm gesehen als das, was er ihr präsentierte: den eleganten, weltgewandten, selbstbewussten Mann, der ebenso leicht gute Manieren wie ein ungehobeltes Benehmen an den Tag legen konnte, der sie abwechselnd zärtlich und rücksichtslos behandelte. Nun regte sich eine neue Erkenntnis in ihr: Ich habe mich ja nie bemüht, ihn zu ergründen. Ebenso wenig wie Benjamin. Verstehen wollte ich immer nur Maksim, dabei hat er ohnehin wie ein aufgeschlagenes Buch vor mir gelegen. Er war kein Geheimnis. Aber Alex ist eines, und hätte ich nur früher versucht … Gleich darauf fragte sie sich verwundert: Ja, will ich ihn denn noch?

»Das kann doch wohl nicht sein«, murmelte sie.

Alex sah sie an. »Was ist?«

»Ich fragte mich eben, ob ich in all den Jahren in Wahrheit zwei Männer geliebt habe.«

»Wen denn außer Maksim Marakow?«

»Dich«, sagte sie, und in ihren Augen erwachte der Spott über das Groteske dieser Situation. Er siegte über den sekundenlangen Anflug von Romantik, der sich schon einschleichen wollte.

Alex grinste. »Es ist anzunehmen. Sonst wären wohl deine Beziehungen nicht alle schiefgegangen. Du hast es bloß nie wahrhaben wollen, weil du in mancher Hinsicht immer das kleine Mädchen aus gutem Hause warst, dem man beigebracht hat, es gäbe nur die eine große, überirdische Liebe. Lass es dir von einem erfahrenen Mann gesagt sein: In den meisten Fällen paart sich die Liebe mit höchst irdischen Gelüsten, mit Begierde, Machthunger oder Selbstbestätigung … Und da bei dir alles zusammenkommt, brauchst du mindestens zwei Männer, um es auszuleben!«

»Du siehst nicht die Spur Gutes in mir, oder?«

Gelassen entgegnete er: »Der Mann, der an das Gute in dir glaubte, hat sich erschossen, war es nicht so? Nein, nein, ich hänge zu sehr an meinem Leben und an meiner Gemütsruhe. Ich sehe dich, wie du dich gibst, und es amüsiert mich, weil du immer ein Spielball deiner Maßlosigkeit sein wirst. Ausgerechnet deine Gier verhindert, dass du erreichst, was du willst. Ich kann dir einen gewissen Mut nicht absprechen. Es ist faszinierend zu sehen, wie du grundsätzlich zu hoch pokerst – und dann schließlich alles verlierst. Ob es um Männer geht oder um Geld, du willst alles und riskierst alles.«

»In allererster Linie riskiere ich mich dabei.«

»Wie ich schon sagte – deinen Mut habe ich ja auch immer bewundert.«

Seine Gelassenheit machte sie erneut zornig.

»Unsinn, das alles«, sagte sie heftig, »Weihnachten und Kaminfeuer, mehr steckt nicht dahinter. Wie ich nur auf die Idee kommen konnte, ich hätte dich und Maksim je zu gleicher Zeit …«

»So abwegig ist es nicht. Irgendwo sind dein teurer Maksim und ich einander gleich. Wir reizen dich, weil du uns nicht unter deinen Willen zwingen kannst. In Maksims Herzen hatte Genosse Lenin immer den ersten Platz, und ich habe auch nie vor dir auf den Knien gelegen. Nicht gerade originell, weißt du. Es gibt viele Frauen von deinem Schlag. Du haust den Männern, die dich anhimmeln, ihre Gefühle um die Ohren, und für die anderen bringst du dich fast um.«

»Für dich«, sagte Felicia, »bringe ich mich bestimmt nicht um. Ich habe mich nur eben ein bisschen schwach gefühlt und allein, sonst hätte ich nie so dummes Zeug geredet.«

»Schwach und allein!« Alex' Lächeln war kalt, aber dahinter lauerte verborgene Zärtlichkeit. »Das glaub ich gern, mein Liebling. Maksim hat dich offenbar verlassen. Dein Gatte ruht unter der Erde. Dein Geld ist dahin. Ja, ich kann mir schon denken, dass ich an Wert gewinne für dich. Du bist sehr wendig, Felicia. Die Zeiten werden mager, also siehst du dich rasch nach Hilfe um.«

Sein Spott brannte, wie keine Wunde in ihrem Leben

je gebrannt hatte. Sie wusste nicht, warum er sie so treffen konnte, sie wollte es auch nicht wissen. Sie wollte nur, dass er bliebe, dass er nicht auch davonginge wie alle anderen, wie Maksim, Vater, Christian, Tante Belle und Benjamin. Auf einmal hatte sie das Gefühl, als wäre sie ganz allein auf der Welt und die Welt schwarz und bedrohlich und als wäre die letzte Insel dieses Zimmer – und dieser Mann.

Sie begriff erst später, dass sie buchstäblich vor ihm auf den Knien gelegen hatte, so wie sie gerade vor dem Kamin kauerte, die Hände auf dem Schoß, die halbtrockenen Haare wirr um die Schultern.

»Ich liebe dich, Alex«, sagte sie, und ihr Verstand arbeitete noch klar genug, um sie gleichzeitig denken zu lassen: Seltsam, ich bin dreiunddreißig Jahre alt, und es ist das erste Mal, dass ich das zu einem Mann sage.

Aber nun hatte sie es gesagt, und es war wie eine Befreiung. Alex wusste jetzt, woran er war; den nächsten Schritt musste er tun.

Zur gleichen Zeit stand Mascha Iwanowna am Eingang der Baracke, in der sie Jahre ihres Lebens verbracht hatte, und wartete. Sie hielt eine Tasche in der Hand, die ihr ganzes Hab und Gut enthielt.

Die Aufseherin hatte ihr befohlen, stehend zu warten, und zwar bei offener Tür; eine letzte Schikane, die ihr offenbar Befriedigung brachte. Die Kälte des sibirischen Winters brannte in der Haut und schien selbst die innersten Knochen auszuhöhlen. Mascha sah hinaus in den Himmel, der schneeschwer über der Erde lastete, sie sah auf die Schneefelder, die sich am Horizont verloren und mit dem Himmel zu jener furchtbaren Einsamkeit verschmolzen, die tödlicher sein konnte als Hunger und Frieren, harte Arbeit, wenig Schlaf und Krankheit. Ein paar Krähen schrien über der öden Weite, aber heute waren ihre Schreie nicht die verzweifelte Antwort auf die Trostlosigkeit der Welt, heute vernahm Mascha den Triumph derer darin, die trotzdem leben. Ich werde frei sein, dachte sie, ich werde frei sein.

Sie hatte kaum mehr daran geglaubt, denn wenn auch die sieben Jahre ihrer Verbannung vorüber waren – wer sollte sich ihrer erinnern, wer kannte noch ihren Namen? Sie hatte verlangt, Kontakt mit ihrem Anwalt aufnehmen zu dürfen, aber man hatte sie hohnlachend gefragt, wie sie sich das vorstelle. »Glauben Sie, der reist Tausende von Kilometern, um mit Ihnen zu sprechen?«

Die neue Zeit brauchte Menschen. Stalin, der neue Mann im Kreml, der Heilige, der Führer, der Revolutionär, hatte den zweiten Umsturz eingeleitet – die Verwandlung des Agrarlandes in einen modernen Industriestaat. Die Güterwaggons, die aus dem Westen in den Ural oder nach Sibirien fuhren, transportierten Menschen, Menschen, Menschen. In den Weiten der Steppen wuchsen Städte, Häuser, Fabriken aus dem kalten, unwirtlichen Boden. Im Süden entstanden Stauseen, Elektrizitätswerke, Schornsteine.

Und allen voran kämpfte die große Industriestadt an der Wolga um ihren Platz in der modernen Zeit – Zarizyn, als Huldigung für den großen Führer in Stalingrad umbenannt.

Nein, wenn die Züge zurückfuhren, waren sie leer, sie brachten Menschen, dieses kostbare Material, nicht von Osten nach Westen. Nachts lag Mascha wach, lauschte auf das Heulen des Windes, der über die eisige Steppe brauste, und dachte: Sie werden mich nicht gehen lassen. Sie brauchen jede Hand. Ich werde hierbleiben – lebendig begraben.

Aber irgendjemand hatte sich ihrer Sache angenommen. Jemand hatte für sie gefochten. Weit weg, im fernen Leningrad, gab es jemanden … Eine innere Stimme sagte ihr, dass es Maksim sein musste. Er hatte sie nicht aufgegeben, ebenso wenig, wie sie sich aufgegeben hatte. Ihrer beider Lebenswille hatte sie durchhalten lassen, und jetzt gab es in ihr sogar einen neuen Glauben an die Zukunft. Sie wusste nicht, wie das Morgen aussehen würde, aber sie glaubte daran, dass es ein Morgen geben würde. Es war so viel zu tun.

Sie wollte wieder ein Teil des Lebens werden. Sie wollte …

»Gefangene Iwanowna, nehmen Sie Ihr Gepäck und folgen Sie mir!«

Sie hob ihre Tasche auf und trat hinaus in den Schnee. Die Kraft junger Jahre flutete über sie hinweg und ließ sie lächeln. Mit allen Sinnen nahm sie die Versprechungen der Freiheit auf.

Die alte Frau kniete in der hintersten Ecke des Zimmers. Ihre Augen hingen voller Verehrung am Bild des Diktators. Stalin im Metallrahmen, dort, wo noch vor Jahren die Madonnenikone gestanden hatte. Maksim betrachtete es mit Kopfschütteln. Er hatte bei seiner früheren Wirtin in Leningrad Unterkunft gefunden, und an jedem Tag seines Hierseins wunderte er sich von Neuem, wie sich das Leben der einfachen Frau verändert hatte. Stalin anstelle der heiligen Jungfrau. Stalin, der Heilsbringer. Stalin, die Zukunft der Menschheit, das Licht am Horizont.

Die Alte erhob sich, klopfte den Staub von ihrem Rock. »Ich habe ihm gedankt«, erklärte sie, »dafür, dass Ihre Freundin zurückkommen wird.«

»Dafür müssen Sie ihm nicht danken. Sie war zu sieben Jahren verurteilt, fast acht Jahre sind aber vergangen. Dieser neue Messias da hat ihr ein Jahr ihres Lebens gestohlen, das ist alles, was er für sie getan hat.«

Die Frau starrte ihn an. »Aber … Sie haben selbst für die Revolution …«

»Das ist lange her. Und vieles ist anders gekommen. Ich habe für die Freiheit gekämpft, aber heute finde ich sie in diesem Land nicht mehr.«

»Ach …« Das war nur Gerede, fand die Alte. Leute vom Schlag dieses Maksim Marakow redeten oft so geschwollen daher, und kein Mensch wusste, was sie eigentlich meinten. Freiheit – wurde man davon satt? Nein, davon nicht, und deshalb war ihr der große Josef Stalin lieber, der Brot und Arbeit versprach. Das war reell, nicht bloß Wortgeklingel. Unter Brot konnte sie sich etwas vorstellen, die Sprüche von Maksim hingegen hatten weder Hand noch Fuß. Sollte er sich doch lieber freuen, dass seine Mascha zurückkam!

»Ich mach jetzt erst mal einen heißen Tee«, sagte sie, »mit einem Schuss Wodka darin, nicht? Diese letzten Monate zwischen Anwälten und Richtern haben Sie richtig ausgezehrt, Maksim. Ganz blass sind Sie!« Geschäftig eilte sie davon.

Maksim blieb im Zimmer stehen, die Hände in den Hosentaschen, sein Jackett über die Schultern gehängt. Draußen schneite es, und Dämmerung verhüllte die Häuser der Stadt. Petersburg. Petrograd. Leningrad. Er dachte an die Jahre des Kampfes, die diese Stadt verwandelt hatten, an die bunte Mixtur aus Träumen, Blut, Tränen, Hoffnungen und bitteren Erfahrungen, die der Verwandlung zugrunde lag. All das war noch in den Straßen, in der Luft, über Plätzen und Wegen, aber er konnte daran denken ohne den bitteren Geschmack von Enttäuschung und Resignation auf der Zunge. Die Wunden der Vergangenheit bluteten nicht mehr. Was zählte, waren einzig der Augenblick und die Hoffnung. Der Augenblick war Wärme, ein knisterndes

Feuer im Ofen, die Sanftmut der Dämmerung und die alte Frau, die nebenan in der Küche mit den Teetassen klapperte. Und die Hoffnung war … Er trat ans Fenster, aber er sah nicht die Straßen und Häuser. Sein Blick reichte weiter, bis in die Steppen Sibiriens. Er ging dem Zug entgegen, der, von einer schnaufenden Lokomotive gezogen, unaufhaltsam näher kam, Kilometer um Kilometer, durch Eis und Schnee, Wälder, Sümpfe, Seen, Felder, über die großen asiatischen Ströme hinweg und durch die unwirtliche Welt des Ural. Er ging dem Zug entgegen, der Mascha brachte.

Felicia hatte von Anfang an gewusst, wie die Szene vor dem Kamin enden würde. Jede Szene, die ihrer beider gemeinsamer Auftritt verlangte, musste in einem wie auch immer gearteten tosenden Finale ihren Ausgang nehmen. Mit höflicher Diskretion konnten sie nie auseinandergehen. Bei ihrer letzten Begegnung hatten sie einander den Teufel an den Hals gewünscht und sich scheiden lassen. Bei dieser nun fielen sie ins Bett und liebten sich so gierig, als hätten sie all die Jahre nur darauf gewartet. Es war schön, grandios, unvergesslich – aber es brachte ihr nicht den Sieg, den zu erringen sie gehofft hatte.

Als sie sich voneinanderlösten, als ihre Hände von seinem Rücken glitten, seine Finger von ihren Armen, da begriff sie auch schon, dass er nicht bleiben würde. Das war der Unterschied, das waren die zwölf Jahre. Sie konnten sich für Minuten in Nichts auflösen, aber so sicher wie ein Stehaufmännchen standen sie dann wieder da und gemahnten gnadenlos an ihre Existenz. Zwölf Jahre und zu viele Scherben.

»Liebe am Nachmittag«, sagte Alex, »und das mit einer Dame aus feinsten Kreisen.«

Felicia öffnete die Augen. »Die Dame ist vom Regenbogen gestürzt«, plapperte sie in plötzlicher Erinnerung.

Alex stutzte, dann lachte er. »Das weißt du noch, das mit dem Regenbogen?«

»Das hab ich mir immer gemerkt.«

»Typisch. Ich wette, von meinen feurigen Liebesschwüren damals hast du keinen einzigen behalten.«

»Wozu auch? Da du sie selber vergessen hast, nützen sie mir reichlich wenig.«

»Mein Vergessen ist das Kind deines Vergessens«, sagte Alex geheimnisvoll. Er tastete auf dem Nachttisch nach einer Zigarette, fand sie und zündete sie an. Unvermittelt fuhr er fort: »Ich werde Lulinn kaufen.«

»Was?« Felicia fuhr in die Höhe. Ihre grauen Augen, eben noch verschleiert im Nachklang der Leidenschaft, blickten hellwach, misstrauisch und aufmerksam. »Ja, was willst du denn mit Lulinn?«

»Ich? Nichts. Nach New York kann ich es ja schlecht mitnehmen«, sagte Alex lässig und wusste, dass er in diesem Moment rücksichtsloser mit Felicia umging als je zuvor. Diesmal kratzte er an ihrer Substanz. Die beiden Heiligtümer ihres Lebens – Lulinn und die Familie – waren ihre Achillesferse. Sie starrte ihn an, als hätte er versucht, sie zu ermorden, und jede Faser ihres Körpers schien zu schreien: Hände weg! In diesem Teil meines Lebens hast du nichts zu suchen!

»Ich werde es dir überlassen«, fuhr er fort, »es gehört zwar mir, doch du kannst damit tun, was du möchtest. Wie gefällt dir das?«

Felicias Gesichtszüge entspannten sich. Sie hätte es gleich wissen müssen, er meinte es nicht ernst. Er wollte sie ärgern, und fast wäre es ihm gelungen, sie aus der Fassung zu bringen.

»Rede doch keinen Unsinn«, sagte sie.

»Ich rede keinen Unsinn. Ich mache dir ein Angebot. Und du wirst es annehmen.«

Sie sah ihn forschend an, ängstlich und irritiert. Er musste über den misstrauischen Ausdruck in ihren Augen lachen.

»Kind, ich meine es wirklich ernst. Ich weiß von Kat, dass du drauf und dran bist, dein gesamtes irdisches Hab und Gut zu verlieren, sogar die Hinterlassenschaften deines verstorbenen Gatten. Guter Gott«, er grinste, »mir wird himmelangst, wenn ich mir vorstelle, wie unglaublich skrupellos und beutegierig du deine Geschäfte betrieben haben musst. Nur wer sehr hoch steigt, kann so tief fallen!«

»Ich nehme nichts von dir.«

»Ich schenke dir auch nichts. Ich kaufe einen Besitz, für den zu sorgen mir selber die Zeit fehlt, und du als meine geschiedene Frau lebst dort. Auch wenn es dir nicht passt – es gibt noch ein paar juristische Verkettungen zwischen uns.«

»Warum tust du das?«

»Oh … Dankbarkeit. Ich habe dich damals in einer ziemlich hoffnungslosen Lage sitzen lassen, und du hast es trotzdem geschafft, die Fabrik zu neuer Blüte zu bringen, mit … äh, welchen Mitteln auch immer. Mein Vater und meine Schwester haben von dir gelebt. Ich revanchiere mich jetzt bloß. Es ist ein Handel wie jeder andere auch, und vom Handeln verstehst du doch schließlich etwas.«

Sie sah ihn aus schmalen, katzenhaft klugen Augen an.

»Warum wirklich, Alex?«

Er erwiderte ihren Blick, sanft plötzlich, fast zärtlich.

Jetzt, dachte Felicia, jetzt wird er mir sagen …

»Einen Zugriff zu deinem Leben will ich behalten«, sagte er gleichmütig. Seine Stimme hatte nichts mit seinen Augen gemein. »Hin und wieder, wenn mir Amerika zu viel wird und mir die Frauen mit den Kulleraugen und dem ewigen Wimperngeklimpere zu süß schmecken, möchte ich zu dir zurückkommen. So wie dein heißgeliebter Maksim kommt, wenn ihn mal wieder der Zweifel an der proletarischen Weltrevolution überfällt. Er wird so denken, wie ich dachte – zurück in die Heimat, neue Kraft aus vertrautem Boden ziehen. Aber in Wahrheit … suchen wir dich, weil du kräftespendend und lebendig bist. Und ich …« Er stockte. »Ach nichts«, meinte er dann unbestimmt, und im gleichen Moment war es, als explodierte die Wahrheit zwischen ihnen: die Wahrheit, dass sie einander liebten und dass keiner von ihnen je wieder davon sprechen würde, weil sie beide nicht dazu geschaffen waren, mit wirklicher Liebe umzugehen.

»Dann wirst du also fortgehen«, sagte Felicia, denn sie musste etwas sagen, um nicht an dem Fieber zu ersticken, das in ihr war, und aus dem gleichen Grund entgegnete Alex: »Ja. Vielleicht nach Südamerika zunächst. Ich könnte mich mit dem Gedanken an eine Kaffeeplantage befreunden und mit dem eines guten Lebens in einem weißen Säulenhaus.«

Draußen schneite es noch immer. Die Dunkelheit war längst hereingebrochen. Schweigend lagen sie nebeneinander im Bett, rauchten ihre Zigaretten und sahen den grauen Qualmschleiern nach, die davonschwebten und sich in der Dunkelheit verloren.

Der Morgen war klar und leuchtend. Ein goldfarbenes Licht war am Horizont erwacht, hatte sich langsam über den Himmel gebreitet, ehe es den dicken, harschen Schnee berührte und sich mit kristallenem Funkeln in ihm fing. Auf Lulinn begann der Tag.

Es war der erste Januar 1930, der Anfang eines neuen Jahres und eines neuen Jahrzehnts. Das vergangene Jahr hatte sich mit dem großen Börsenkrach verabschiedet, das beginnende stand im Zeichen einer weltweiten Wirtschaftskrise, aber die Menschen hofften darauf, dass es nicht zu schlimm kommen werde. Nur in seltenen Fällen von dunklen Vorahnungen geplagt, sagten sie: »Wartet nur, in zehn Jahren sieht schon alles wieder ganz rosig aus, und wir wissen nichts mehr von all dem Ärger.«

Felicia trat auf die rückwärtige Veranda hinaus, von der irgendein dienstbarer Geist den Schnee entfernt hatte. Sie stützte sich mit beiden Armen auf die steinerne Balustrade und betrachtete den schimmernden strahlenden Morgen, das Licht am Himmel, die Schneefelder, die Bäume mit ihren winterkahlen Ästen und den schwarzen Tannengürtel am Horizont. Wie immer auf Lulinn hatte sie das Gefühl, Salz in der Luft zu schmecken. Sie umarmte das Land mit den Augen, zärtlich und ohne Scheu, wie einen Geliebten. Dann, nach dieser sekundenlangen, wortlosen Begrüßung, wandte sie sich um und ging ins Haus zurück.

Die ganze Familie war auf Lulinn. Modeste thronte neben ihrem Verlobten auf dem Sofa und erzählte einen Witz, dessen Pointe sie schon dreimal verpatzt hatte und der keinen Menschen interessierte. Linda lehnte in einer Ecke und hörte mit der Miene eines Opferlammes Tante Gertruds höchst durchschnittlichen Jugenderinnerungen zu. Nicola, die sich neuerdings mit der Frage herumschlug, ob Ehe und Schwangerschaft ihr bereits den ersten Schmelz der Jugend geraubt hatten, kokettierte vor dem Spiegel neben der Gartentür, während ihr Sergej alle damit nervte, dass er unbedingt wissen wollte, wie man den Neujahrstag zu verbringen gedächte. »Wenn ich jetzt in Berlin wäre …«, sagte er immer wieder sehnsüchtig, und seine Miene ließ keinen Zweifel daran, dass er Lulinn und das Leben dort schrecklich provinziell fand. Onkel Victor platzte in das gemütliche frühmorgendliche Geplaudere mit ganz eigener Grazie; er trug das braune Hemd der SA und bewegte sich in zackigem Schritt. »Neujahrsversammlung der SA in Insterburg«, verkündete er mit Kommandostimme, »na, kann ich bei einem der jungen Herren hier Interesse wecken?«

Sergej, der die Uniform der SA unelegant fand und es aus diesem Grund nie in Erwägung gezogen hätte, in ihren Reihen mitzumarschieren, wandte sich mit hochgezogenen Augenbrauen ab. Onkel Viktor erspähte Jo und schlug ihm kräftig auf die Schulter. »Nun, Neffe, was ist mit dir? Hast du nicht auch Lust, ein ganzer Mann zu sein?«

»An dich reiche ich doch nie heran, Onkel Victor«, entgegnete Jo lächelnd, und Victor fragte sich misstrauisch, ob da ein Anflug von Spott in der Stimme seines Neffen geklungen habe.

»Onkel Victor, läufst du jetzt auch immer herum und singst affige Lieder?«, erkundigte sich die elfjährige Belle.

Victor fuhr herum, sah eine Wolke von dunkelbraunem Haar und blickte in die grauen, herausfordernden Augen der Frauen von Lulinn.

»Felicia!«, schrie er, »Felicia, ich verlange, dass sich deine Tochter dafür bei mir entschuldigt!«

Felicia musterte ihn kalt. »Wieso denn? Sie hat doch ganz recht. Und es wäre nur gut, wenn es ein paar mehr Leute in Deutschland gäbe, die euch hin und wieder sagen würden, wie albern ihr euch aufführt!«

Victor schnappte nach Luft, aber Felicia kümmerte sich nicht weiter um ihn, sondern trat an Elsa heran, die an dem Sekretär in der Ecke saß und im großen Familienbuch blätterte. Ihre Augen waren dunkel und bekümmert. »Ach Felicia«, sagte sie leise, »solche wie sie wird es nie wieder geben.«

Felicia blickte auf die aufgeschlagene Seite. »Christian Degnelly«, las sie, »gefallen am 20. März 1916 bei Verdun. Dr. Rudolf Degnelly, gefallen am 12. August 1916 in Galizien. Leopold Domberg, gestorben 1916 in Frankreich.« Hier war Onkel Victor, dem Bewahrer deutscher Ehre, vor Wut die Feder ausgerutscht; stellten doch Leo und sein Desertionsversuch den Schandfleck der Familie dar.

»Johanna Isabelle von Bergstrom, gestorben im November 1917 in Estland auf der Flucht vor den Bolschewisten.« Dies zu erwähnen war Victor ein Herzensbedürfnis gewesen.

Selbst Benjamin hatte Aufnahme ins heilige Buch gefunden: »Benjamin Lavergne, Ehemann der Felicia Lavergne, geborene Degnelly, geschiedene Lombard, am 23. April 1927 im Freitod gestorben.«

Sowohl Freitod als auch Scheidung galten als Schande, und Victor hatte lange mit sich gerungen, ob er diese Peinlichkeiten erwähnen sollte, sich schließlich aber dafür entschieden, weil er so Felicia immerhin eins auswischen konnte. Felicia aber sah längst nicht mehr die vergilbten Seiten, die schwarze Tinte, war nicht im Mindesten angerührt von Victors Bosheit. Sie schaute über die Jahre zurück hin zu der Zeit, als die Toten noch lebten, und in ihrer Erinnerung zogen sie in einem langen Reigen auf: Christian, fast noch ein Kind, über dessen Tod sie nie hinwegkommen würde. Ihr Vater, das Bild des brütend heißen Nachmittages in der Bukowina, sein Blick, mit dem er sie angesehen hatte, ehe er starb.

Leo mit seiner Papierrose am Revers, mit seiner Lebensgier, seinem Hang zur Sentimentalität, seiner unstillbaren Genusssucht. Tante Belle erstand vor ihren Augen, verzog den schönen Mund zu einem Lachen und wirbelte auf gefährlich hohen Absätzen durch den kerzengeschmückten

Ballsaal des Winterpalastes in Petrograd. Und Benjamin schließlich, der gute Benjamin! Was hatte Laetitia gesagt? Ein Vogel, der niemals fliegen gelernt hat … Und an ihre eigenen Worte erinnerte sie sich: »Ich muss jetzt damit leben.«

»Es gibt sie nie wieder«, wiederholte Elsa flüsternd. Felicia legte den Arm um ihre Schultern.

»Nicht weinen«, bat sie, »bitte nicht weinen. Du darfst nicht hinsehen!«

Aber sie selber sah hin in diesem Moment, und sie begriff, dass die Toten keine Tränen verlangten, sondern den Einsatz für eine bessere Zukunft derer, die nach ihnen kamen. Mit geschärftem Blick sah sich Felicia im Raum um, und der Spott, mit dem sie Onkel Victor bisher bedacht hatte, mischte sich mit Furcht. Von dort, von Männern wie ihm kam die Gefahr. Sie war nie eine sehr fürsorgliche Mutter gewesen, aber immer bereit, ihre Kinder gegen jede Gefahr zu verteidigen, und nun kam ihr zu Bewusstsein, dass sie alle, alle hier versammelten Erwachsenen die Verantwortung dafür trugen, dass niemand Sicherheit und Leben ihrer Kinder aufs Spiel setzte.

Der Klang zart aneinanderklirrender Gläser weckte sie aus ihren Gedanken.

Laetitia stand hinter ihr, ein silbernes Tablett mit gefüllten Gläsern in den Händen. »Diesen besonderen Tag beginnen wir mit Champagner!«

Sie griff nach einem Glas. Elsa erhob sich. Das Stimmengewirr ebbte ab, sogar die Kinder hielten inne und sahen sich verwundert an. Victor räusperte sich, aber ehe er mit einer seiner gefürchteten, schwulstigen Reden beginnen konnte, hatte seine Mutter schon das Wort ergriffen. »Schöne Worte wurden genug gesprochen in der letzten Nacht«, sagte sie mit feinem, aber unnachgiebigem Lächeln, »lasst uns jetzt einfach auf das neue Jahr trinken. Und auf das neue Jahrzehnt, von dem wir nicht wissen, was es bringen wird, das wir aber immerhin hier auf unserem Lulinn beginnen, und das ist mehr, als wir oft in der Vergangenheit hoffen konnten. Wir haben den Weltkrieg überlebt, die Revolution, die Inflation und mit Ach und Krach auch den Wall-Street-Crash. Wir schaffen es auch weiter, und darauf…« Sie hob ihr Glas. Elsa, die ihren Blick nicht vom Familienbuch lösen konnte, fügte hastig hinzu: »Wir sollten auch auf unsere Toten trinken.«

Die Mienen der anderen nahmen einen betroffenen Ausdruck an. Mit einem Schlag war es, als hätte der strahlende Morgen an Glanz verloren. Felicia wusste, dass sie Elsa wehtat, wenn sie ihr das letzte Wort, dieses letzte Wort nahm, aber sie wusste auch, dass sie ihr wehtun musste, weil heilende Wunden immer schmerzen.

Noch einmal lächelten die Toten ihr zu; mit ihrem charakteristisch irdischen Sinn aber sah sie vor allem das Bild Alex Lombards, der ihr lachend zurief: »Lulinn von Lombards Gnaden, vergiss es nicht!« Und insgeheim trank sie ihm zu, verbunden mit dem grimmigen Versprechen, es nie zu vergessen, bis zu dem Tag, an dem sie jeden Morgen dieses Bodens wieder ihr Eigen nennen könnte. Ihre Gedanken flogen in die Zukunft, denn nach allem, was sie gerade gedacht hatte, wusste sie, dass dies das letzte Wort sein musste: Die Zukunft.

Sie hob ihr Glas, und ein Blick stillen Einverständnisses wechselte zwischen ihr und Laetitia.

»Trinken wir auf die nächste Generation«, sagte sie.

CHARLOTTE LINK

STURMZEIT

Wilde Lupinen

Band 2

Deutschland 1938. Alle Zeichen stehen auf Sturm, aber im Gegensatz zu ihrer Mutter Felicia kümmert Politik die junge Belle Lombard nur wenig. Ihre Pläne gelten einzig ihrer Filmkarriere in Berlin und dem vermeintlichen Mann ihrer Träume, dem Schauspieler Max Marty. Während Belle sich auf die bevorstehende Hochzeit auf dem Gut der Familie konzentriert, verteidigt Felicia indes als erfolgreiche Unternehmerin rücksichtslos ihre Interessen – sogar gegen die eigenen Gefühle. Doch der ausbrechende Krieg macht auch vor der weitverzweigten Familie der beiden Frauen nicht Halt und droht ihnen schließlich, alles zu nehmen. Und Belle und Felicia müssen schließlich eine Entscheidung treffen, die ihr Leben für immer verändern wird …

I

Es war im Mai, und die Rapsfelder blühten. Hellgrünes Laub leuchtete in der Sonne. Auf den Wiesen wucherten Klee und Löwenzahn, und der Wind trug einen leisen Salzgeruch ins Land. Flimmernd fielen die Sonnenstrahlen des Frühsommerabends durch die Blätter der Eichen, die die Auffahrt zu Lulinn säumten. Am Ende der Allee konnte man das Gutshaus erkennen, efeubewachsen und verwittert. Entlang der Auffahrt grasten Pferde, Trakehner, zwei von ihnen galoppierten quer über die Koppel hintereinanderher. Ein anderes stand aufrecht, mit hocherhobenem Kopf, am Zaun und wieherte laut.

Obwohl sie fast das ganze Jahr über in Berlin lebte, wäre Belle Lombard nie auf die Idee gekommen, etwas anderes als Lulinn mit Heimat zu bezeichnen.

»Ich komme aus Ostpreußen«, pflegte sie zu sagen, wenn man sie nach ihrem Zuhause fragte, und erklärend setzte sie hinzu: »Von Lulinn. Ein Gut, schon seit drei Jahrhunderten im Besitz meiner Familie. Es liegt nahe bei Insterburg … also nicht mehr weit von der litauischen Grenze.«

Sie musste die Worte »Lulinn« und »Insterburg« nur aussprechen, und es wurde ihr so sehnsüchtig zumute, dass sie meinte, Berlin keine Sekunde länger ertragen zu können. Natürlich, sie hing an dieser Stadt, sie lebte dort, arbeitete dort, hatte eine Menge Freunde, aber Lulinn… Das war etwas ganz anderes. Lulinn – das waren im Sommer Kornfelder, so weit das Auge reichte, und im Winter dicke, aufgeplusterte Schneehauben auf den Weidezäunen, das waren Schwarzbeeren im Herbst und der Geruch von Laub und Pilzen, das waren als erste Frühlingsboten die Wildgänse am Himmel, die aus dem Süden zurückkehrten. Lulinn – mächtige Eichen und wilde Lupinen, blaugrau die Schatten der Wälder am Horizont, schwer der Duft von Jasmin im Wind und der von frischem Kümmelbrot aus der Küche im Souterrain. Der farbenprächtige Rosengarten vor dem Portal, das Klappern der Holzschuhe, wenn die Knechte und Mägde in aller Hergottsfrühe die Arbeit auf dem Hof begannen, das Rauschen des Laubes von den Obstbäumen im Garten und die herrlichen schneeweißen Federbetten, die immer so gut rochen, weil Jadzia, die polnische Haushälterin, die Leinenbezüge nach dem Waschen draußen trocknen ließ und sich der Duft von frischem Heu, von Blumen und Kräutern in ihnen fing.

Auf Lulinn war die Zeit irgendwann stehen geblieben und hatte sich dann einen bedächtigen Lauf angewöhnt, und Belle dachte, es sei das unwandelbare Gleichmaß aller Dinge, was dem Gut seinen Zauber gab. Draußen zeigte sich die Welt abwechselnd gleichgültig, böse oder sogar grausam, aber auf Lulinn gab es Beständigkeit, und wenn man seine Mauern nach ein paar Tagen wieder verließ, fühlte man sich gegen alles gewappnet, was das Leben an Misshelligkeiten bereithalten mochte.

Alles wird gut, dachte Belle auch diesmal, als der blankgeputzte schokoladenbraune Armstrong Siddeley ihrer Tante die Eichenallee entlangfuhr. Wie schwer der Flieder roch! Sie wandte den Kopf und betrachtete die Frau, die am Steuer saß. Tante Modeste, die sie am Bahnhof in Insterburg abgeholt hatte und seitdem ununterbrochen darüber jammerte, wie viel Zeit sie dieses Unternehmen kostete. »Als ob man nichts Besseres zu tun hätte«, knurrte sie auch jetzt.

Wie kann man nur so missmutig sein, wenn man das Glück hat, das ganze Jahr auf Lulinn leben zu dürfen?, fragte sich Belle im Stillen. Sie und Modeste hatten einander nie leiden können. Modeste fand, Belle sei vorlaut und frech und habe die unglückliche Neigung, sich in jeder Lebenslage danebenzubenehmen. Umgekehrt hielt Belle Modeste für falsch und heimtückisch und unerträglich rechthaberisch. Modeste hatte vor acht Jahren geheiratet, einen kleinen, schmächtigen Mann, Kaufmannssohn aus Insterburg, der vollkommen unter ihrer Fuchtel stand und sich für eine Art Missionar hielt; auf eine nervtötend salbadernde Art fragte er jeden Bewohner Lulinns ständig nach seinen geheimsten Problemen, wobei er selbst vor den allerintimsten Fragen nicht zurückschreckte. Nachher plauderte er, auch im größeren Kreis, aus, was er erfahren hatte. Immerhin – man traute es ihm nicht zu, wenn man ihn in seiner trostlosen Magerkeit sah – hatte er in den acht Jahren seiner Ehe schon vier Kinder gezeugt, mit dem vierten war Modeste nun schwanger. Sie machte viel Aufhebens darum, keuchte und klagte. Aber wahrscheinlich, dachte Belle in einem Anflug von Mitleid, hat sie es wirklich nicht leicht damit. Sie ist so dick wie ein Hefekloß!

»Es ist heiß wie im Hochsommer«, stöhnte Modeste und wischte sich den Schweiß aus dem geröteten Gesicht. »Man hält es kaum aus. Besonders in meinem Zustand!«

»Warum trägst du auch ein schwarzes Kleid, Tante Modeste? Das macht es nur schlimmer!«

Sofort verwandelte sich Modeste in die verkörperte Empörung.

»Du hast vergessen, dass ich in Trauer bin! Aber natürlich, du hast meine Eltern ja nie gemocht!«

Modestes Eltern waren beide kurz nacheinander gestorben, und Belle konnte tatsächlich nicht behaupten, dass es sie außerordentlich geschmerzt hätte – obwohl es einen immer erschreckt, wenn Menschen sterben, die man gut gekannt hat, selbst wenn sie so sauertöpfisch waren wie die alte Tante Gertrud oder ein Erznazi wie ihr Mann Victor. Modeste aber hatte es tief getroffen. Sie fügte hinzu: »Meiner armen Mutter hast du sogar regelrecht das Leben schwergemacht! Immerzu widersprochen …«

»Ach Modeste! Ich war ein Kind, und ich hatte meine Trotzphase wie alle Kinder! Das brauchte doch keiner ernst zu nehmen!«

Modeste betrachtete beinahe hasserfüllt das Gesicht der jungen Frau. Diese vollkommen reine weiße Haut, dachte sie, und wieso glänzt ihr Haar so? Wie schön sie ist und wie jung!

»Alles hing an meiner Mutter«, fuhr sie fort, »denn deine hat sich ja fast nie blicken lassen. Geht ihren eigenen Weg, die gnädige Frau, und lässt andere die Arbeit tun! Schöne Moral!«

Belles Augen wurden schmal. »Lass Mama aus dem Spiel. Sie tut mehr für uns alle als irgendjemand sonst!«

»Jaja …«, murmelte Modeste unbestimmt. Der Wagen war vor dem Portal angekommen, Modeste trat auf die Bremse.

Sie stöhnte schon im Voraus, denn sie wusste, wie schwer es ihr fallen würde, ihren massigen Leib aus dem Auto zu wuchten. »Dir wird es auch bald nicht anders gehen«, prophezeite sie finster und wies auf ihren Bauch.

»Möglich«, entgegnete Belle ruhig und entschlossen, sich nicht über Modeste zu ärgern. Sie war auf Lulinn, und sie war glücklich. Es war der 20. Mai 1938. Belle Lombard war nach Lulinn gekommen, um dort zu heiraten.

Joseph Blatt, Modestes Mann, kam den beiden Frauen entgegen. Er sah noch dünner und bleicher aus als sonst. Wie üblich konnte er seinen langen Hals nicht beherrschen und nickte bei jedem Schritt mit dem Kopf wie ein Huhn.

»Meine liebe Belle!«, rief er überschwänglich und drückte sie an sich. Dann hielt er sie ein Stück von sich weg und zwinkerte ihr vertraulich zu. »Na, wie fühlt sich die junge Braut? Bisschen nervös, wie? Alles in Ordnung? Oder möchtest du dich aussprechen?« Offensichtlich brannte er darauf, ihr vor dem Schritt ins Unbekannte noch ein paar Tipps zu geben, aber dazu wollte es Belle keinesfalls kommen lassen.

»Mir geht es wunderbar, Onkel Joseph«, sagte sie munter.

Er schien enttäuscht. »So? Aha … ich habe dich übrigens neulich in *Das unsterbliche Herz* gesehen. Lief in Insterburg im Kino. Du hast sehr hübsch ausgesehen.«

»Ich habe dich nicht entdecken können«, kam es sofort von Modeste. »Du hattest wohl eine sehr kleine Rolle! Die Söderbaum war jedoch hervorragend!«

Belle zuckte mit den Schultern. Sie war seit zwei Jahren bei der UFA und kam noch nicht über die Statistenrollen hinaus, aber das hatte sie einkalkuliert, als sie beschloss,

Schauspielerin zu werden. Sie überhörte Modestes Spitze und fragte: »Wer ist schon von der Familie da?«

»Fast alle!« Joseph lächelte fröhlich. Er liebte die Rolle des Gastgebers, der seine weitläufige Verwandtschaft mit offenen Armen empfängt. »Dein Onkel Jo ist gestern gekommen, mit Linda und Paul. Und Sergej und Nicola sind da. Sie haben Anastasia mitgebracht.«

Jo, Johannes Degnelly, war der Bruder von Belles Mutter. Er lebte als Rechtsanwalt in Berlin und war für Belle immer eine Art Vaterersatz gewesen. Sie hing an dem grauhaarigen Herrn mit den melancholischen Augen und dem grüblerischen Wesen. Sie mochte auch seine Frau Linda, obwohl die, selbst mit zweiundvierzig Jahren noch, das naive kulleräugige Püppchen spielte, das sie schon als Mädchen gewesen war. Am meisten aber mochte sie Paul, den Sohn der beiden. Er war zweiundzwanzig Jahre alt, drei Jahre älter als sie, ein ruhiger, etwas verträumter Mann mit einer merkwürdigen Leidenschaft für Autos und Motoren. In Belle weckte er Muttergefühle und Beschützerinstinkte. Als Kinder hatten sie beschlossen, später zu heiraten, und inzwischen waren sie die besten Freunde.

In der Tür begegnete Belle ihrer Großcousine Nicola, einer schönen Frau mit etwas verdrossenen Gesichtszügen. Nicola war als Kind vor der Revolution aus Petrograd geflohen, hatte dabei ihre Eltern verloren und sich später als junge Frau mit verbissener Liebe an den ebenso charmanten wie leichtsinnigen Exilrussen Sergej Rodrow geklammert, der dann tatsächlich mit ihr zum Traualtar marschiert war, seitdem aber nie einen Zweifel daran ließ, dass er sie im Grunde für ihre Anhänglichkeit verachtete. Beruflich kam

Sergej nicht mehr so recht auf die Füße. Er hatte einst in einem Berliner Immobilienbüro eine Menge Geld verdient, aber nachdem sein Arbeitgeber am Schwarzen Freitag 1929 in die große Pleite gesegelt war, blieb auch für Sergej der Erfolg aus. Er war inzwischen mit seiner Familie in Breslau gelandet, wo er Schreinerarbeiten in einer Baufirma erledigte und mit einer Sekretärin ein Verhältnis hatte. Nicola sah man inzwischen die durchwachten Nächte an, in denen sie auf ihn wartete. Ihre Tochter Anastasia, ein achtjähriges Mädchen mit langen schwarzen Haaren, von der Familie nur »Anne« gerufen, war das typische Beispiel eines Kindes aus einer zerrütteten Familie. Sie lutschte noch immer heftig am Daumen, kaute ständig an den Fingernägeln, schrie im Schlaf und fiel in der Schule durch aggressives Benehmen auf. Sie hasste ihren Vater, weil er sie nicht beachtete.

»Ach Belle«, sagte Nicola nun. Es klang zerstreut, sie sah aus, als hätte sie geweint. »Wo ist dein Verlobter?«

»Er kommt erst übermorgen, er muss heute und morgen noch Theater spielen in Berlin. Wie geht es dir, Nicola?«

»Gut.« Das klang wenig überzeugend. »Es ist schön, mal wieder hier zu sein.«

Beide sahen einander an, die frustrierte Nicola und Belle mit ihrer Zuversicht und unbekümmerten Fröhlichkeit. Du wirst es schon auch noch merken, dachte Nicola, wie das Leben ist, wie die Männer sind …

Wie ein Geist tauchte Jadzia, die polnische Haushälterin, aus dem Dämmerlicht des kühlen Flures auf. Sie hielt zwei große Steinkrüge, gefüllt mit Buttermilch, in den Händen. »Essen gleich fertig. Wird nicht besser, wenn stehen auf Tisch. Wird kalt, weil die Damen reden und reden!« Jadzia, alt, klein und schlau, hatte vor niemandem Respekt. Ihr Wort galt auf Lulinn mehr als das von Modeste, die immerhin die offizielle Hausfrau war.

»Wir kommen gleich, Jadzia. Ich muss mir nur noch schnell die Hände waschen.« Belle lief die Treppen hinauf. Ihr Zimmer hatte geblümte Tapeten und einen kleinen Erker, vor dem ein Apfelbaum stand. Seine Zweige ragten fast ins Fenster hinein. Auf dem hölzernen Fußboden malte der Abendsonnenschein rötliche Flecken, es roch nach Kiefern und warmem Gras. Belle atmete tief durch. Sie nahm ihren Hut ab, und während sie ihre Hände wusch, betrachtete sie sich im Spiegel. Max hatte gesagt, sie habe die schönsten Augen der Welt und er habe solche Augen noch nie gesehen. »Sie sind vollkommen grau, Belle, wie das Meer bei Regen, aber unbewegt, kühl und fern. Sie haben keine Wärme, deine Augen, und das ist es, was mich an ihnen fasziniert und zugleich ängstigt.«

Es war typisch für Belle, dass sie von seinen Worten nur die wirklich aufnahm, die ihr gefielen. Was er von der fehlenden Wärme in ihren Augen sagte, irritierte sich nicht weiter, verliebte Männer interpretierten ihrer Erfahrung nach alles Mögliche in die Augen einer Frau, und meistens konnte man getrost die Hälfte davon abziehen. Aber wenn er sie schön fand, dann fand er sie schön, und das war entscheidend.

Max Marty war achtunddreißig Jahre alt und damit beinahe zwanzig Jahre älter als Belle. Seine Kindheit hatte er in Rom verbracht, als Sohn des bekannten Schauspielers Massimo Marti und dessen kapriziöser deutscher Frau, die die Familie mit ihren verrückten Einfällen in Atem gehalten hatte. Max und sein Vater hatten sich nie verstanden, weshalb der Sohn, kaum der Schule entronnen, nach Deutschland gegangen war und in Berlin bei Max Reinhardt Schauspielunterricht genommen hatte. Dass er seinen Nachnamen von da an hinten mit »y« statt mit »i« schrieb, hatte zwei Gründe: Zum einen schien es ihm, als dem jungen exaltierten Mann, der er damals gewesen war, interessanter, zum anderen bedeutete es für ihn aber auch eine Abgrenzung gegen seinen Vater. Er wollte einen klaren Unterschied schaffen zwischen sich und Massimo.

Eigentlich könnte ich Max noch schnell anrufen, dachte Belle, wenn ich Glück habe, erwische ich ihn noch, bevor er ins Theater geht.

Das Telefon stand im Salon, wo sich um diese Zeit niemand aufhielt. Während Belle auf die Verbindung wartete, sah sie sich um, und ein Gefühl der Ruhe breitete sich mehr und mehr in ihr aus. Der Rokokosekretär, die blauen Seidenvorhänge vor den Fenstern, der kostbare Perserteppich. Eine über Jahrhunderte erworbene und bewahrte Wohlhabenheit, aus der sie alle die Selbstsicherheit schöpften, mit der sie lebten.

»Ja«, erklang die Stimme von Max.

Wie immer fühlte Belle sofort die Spannung, die zwischen ihnen war. »Max? Ich bin es, Belle. Ich bin in Lulinn!«

Max lachte leise. »Lulinn! Das Zauberwort. Wie geht es dir?«

»Wunderbar. Aber ich vermisse dich. Wehe, du überlegst es dir anders und sitzt übermorgen nicht im Zug nach Insterburg!«

»Das wage ich nicht. Du würdest mich um die halbe Welt jagen.«

»Sei dir da nicht so sicher. Vielleicht schnappe ich mir nur ganz schnell einen anderen Mann und lebe glücklich und zufrieden mit ihm!«

Es waren die üblichen Scherze zwischen ihnen, aber beider Lachen hatte etwas Verkrampftes, und es gab Momente, da begriff Belle, dass zwischen ihr und Max nicht alles in Ordnung war. Sie hatte ihn irgendwie dazu gebracht, sie zu heiraten, aber in Wahrheit war er keineswegs so versessen darauf wie sie. Etwas stimmte nicht, aber Belle kam nicht dahinter, was es war. Ein Streitgespräch fiel ihr ein, das sie und Max vor wenigen Tagen geführt hatten. Sie waren mit ein paar Freunden in einem Café gewesen, man hatte hitzig über den Anschluss Österreichs an Deutschland im März und über die unverhohlene Aufrüstung der Wehrmacht diskutiert.

Belle hatte gelangweilt dabeigesessen und Max auf dem Heimweg Vorwürfe gemacht. »Wenn du mit deinen Freunden redest, merkst du gar nicht mehr, dass ich auch noch da bin. Es ist dir ganz egal, ob ich fast einschlafe bei euren hochinteressanten Unterhaltungen!«

Max war heftig geworden. »Einschlafen! Einschlafen! Weißt du, was zurzeit in Deutschland passiert? Ist dir klar, dass …«

»Vielleicht redest du ein bisschen leiser«, fauchte Belle, »wir sind immerhin mitten auf der Straße.«

Max senkte seine Stimme. »Es ist dir gleichgültig, was die Nazis tun. Es ist dir gleichgültig, was Adolf Hitler tut. Solange er dir nicht in die Quere kommt. Du bist keineswegs zu dumm, die Dinge zu begreifen, nur kümmern sie dich einen Scheißdreck. Alles, was dich umtreibt, ist die Frage, wie du es schaffen kannst, ein großer Filmstar zu werden, nichts sonst!«

In entwaffnender Ehrlichkeit sagte sie: »Ja.«

Max stemmte beide Hände in die Taschen seines Jacketts.

»Verstehst du denn nicht, dass … verdammt, es ist ja auch egal!«

Irgendwie hatten sie sich wieder versöhnt. Und Belle dachte später nur: Ach was, er hatte eben schlechte Laune!

»Schatz, ich muss mich beeilen«, sagte Max nun, »die Vorstellung beginnt in einer Stunde. Du drückst mir die Daumen, ja?«

»Klar. Max – ich liebe dich.«

Sie lauschte dem Klang ihrer Stimme nach, als sie den Hörer aufgelegt hatte. Dann verzog sie das Gesicht, sodass sich zwischen ihren Augen eine kleine, zornige Falte bildete. Warum konnte er ihr niemals seine Gefühle zeigen?

Draußen auf dem Gang vernahm sie schon die Stimmen aus dem Esszimmer, Teller klapperten dazwischen, Bestecke klirrten. Deutlich war Modeste zu verstehen. »Ich bin wirklich gespannt, ob Felicia zu Belles Hochzeit kommt. Es wäre das erste Mal seit Jahren, dass sie es für nötig hält, einem Familienfest beizuwohnen.«

»Sei nicht ungerecht, Modeste«, sagte Nicola, »Felicia hat einfach zu wenig Zeit. Aber sie wird bestimmt kommen, sie hängt so sehr an Belle.«

Modeste gab ein verächtliches Schnauben von sich, und dann sagte sie über Belles Mutter genau das, was Max immer über Belle sagte: »Felicia hängt an sich selber, liebe Nicola. An sonst niemandem.«

Wenn Sie wissen möchten,
wie es weitergeht, lesen Sie

CHARLOTTE LINK

STURMZEIT

Wilde Lupinen

Band 2

ISBN 978-3-7341-0601-9
ISBN 978-3-641-22962-7 (E-Book)

blanvalet